BASTEI
LÜBBE

LAWRENCE SANDERS

DAS ZEHNTE GEBOT

Aus dem Amerikanischen übersetzt
von Günther Danehl

BASTEI LÜBBE

BASTEI-LÜBBE-TASCHENBUCH
Band 10 631

1. Auflage 1985
2. Auflage 1986

Die Originalausgabe erschien unter dem Titel
THE TENTH COMMANDMENT
bei G. P. Putnam's Sons, New York

Lizenzausgabe: Gustav Lübbe Verlag GmbH, Bergisch Gladbach
Printed in Western Germany 1986
Einbandgestaltung: Manfred Peters
Titelbild: Mall Design
Satz: ICS Computersatz GmbH, Bergisch Gladbach
Herstellung: Ebner Ulm
ISBN 3-404-10631-8

Der Preis dieses Bandes versteht sich einschließlich
der gesetzlichen Mehrwertsteuer

TEIL EINS

1

Ich war ein Einzelkind, und folgerichtig wurde ein Einzelgänger aus mir.

Ich heiße Joshua Big – ein Scherz, den sich das Leben mit mir erlaubt hat; denn ich bin klein – einen Meter dreiundfünfzig, um genau zu sein. In einer von Riesen bevölkerten Welt ist jeder Zentimeter für den Kleinwüchsigen kostbar.

Dies war der erste Streich, den das Schicksal mir spielte, es folgten weitere. So wurde ich mit drei Monaten Vollwaise, als meine Eltern beim Einsturz einer Brücke über den Skunk River in Oskaloosa im Bundesstaat Iowa gleichzeitig ums Leben kamen. Ich selber wurde aus ihrem Kleinlaster geschleudert und später in einem Lorbeergebüsch gefunden, zufrieden an einem Zeh saugend.

Man sagte, dies sei ein Wunder, doch die so redeten, waren nicht selber zu Waisen geworden. Roscoe Dollworth, der mir Jahre später beibrachte, was ein guter Ermittler wissen muß, hatte zu diesem Thema seine eigene Ansicht. Nachdem er monatelang von der Angst gepeinigt worden war, an Magenkrebs zu leiden, stellte sich heraus, daß es nur ein Magengeschwür war, das ihn plagte. Nichts weiter als ein Magengeschwür. Und alle Welt pries ihn darob glücklich.

»Glück«, bemerkte Roscoe damals, »Glück haben immer die anderen.«

Großgezogen wurde ich vom Bruder meiner Mutter und dessen Frau: Philo und Velma Washabaugh. Er hatte einen enormen Adamsapfel, und sie roch nach Selbstgebackenem. Es waren aber herzensgute Leute, die mir Zuneigung und Mitgefühl entgegenbrachten. Ich wollte, dies könnte ich auch von ihren drei Söhnen und zwei

Töchtern berichten, allesamt älter (und größer) als ich. Es war wohl nicht anders zu erwarten, als daß sie in mir den Eindringling sahen, jedenfalls ließen sie mich nie vergessen, daß ich elternlos und kleinwüchsig war.

Mein Onkel besaß eine Eisenwarenhandlung in Ottuma im Staat Iowa. Der Laden ging nicht besonders gut, doch ausreichend zu essen gab es immer, und mich darüber zu beklagen, daß ich die abgelegten Sachen meiner Vettern auftragen mußte, wäre mir undankbar vorgekommen.

Weil ich gute Zensuren hatte und offenkundig mittellos war, erhielt ich ein Stipendium für Grenfall, ein mageres Stipendium für ein unbedeutendes College. Während des Semesters verdiente ich mir als Platzanweiser im Kino, als Kellner und Tankwart etwas dazu und gab unseren Sportskanonen Nachhilfestunden. Während der Sommerferien half ich im Laden meines Onkels aus.

Mein Ehrgeiz ging dahin, Rechtswissenschaften zu studieren, doch sah ich ein, daß ein solches Studium für mich unerschwinglich war, da nützte auch mein mit den besten Noten bestandenes Examen nichts.

In Amerika hat man als kleinwüchsiger Mann die Wahl, ob man umdüstert, verbittert und mißgünstig werden will oder gescheit, heiter und manisch. Ich wählte das letztere, fest entschlossen, mich weder durch meinen kleinen Wuchs noch durch Geldmangel daran hindern zu lassen, in einer Welt meinen Weg zu machen, in der ich gezwungen war, meine Kleidung in der Kinderabteilung der Warenhäuser zu kaufen.

Ich packte also meinen einzigen präsentablen Anzug, stellte mich auf die Zehenspitzen, um Onkel und Tante den Abschiedskuß zu geben, sagte Vettern und Kusinen Lebewohl und bestieg den Bus, der mich nach New York City und meinem Glück entgegenführen sollte. Dabei war ich entschlossen heiter.

In den nun folgenden Jahren wohnte ich im CVJM an der 23. Straße und verdiente mein Brot mit recht deprimierenden Tätigkeiten: ich spülte Teller, half in einem Drugstore aus, führte auf der Straße Kartoffelschäler vor etc. Mein Leben war einsam, beinahe trübselig. Freunde hatte ich nicht. Meine freie Zeit verbrachte ich in den Museen (damals war der Eintritt noch frei) oder in der Stadtbibliothek. Ich war schon immer ein unersättlicher Leser; Balzac, Hugo, Dumas und Theodore Dreiser sind meine Lieblingsautoren. Auch historische Werke und Biographien lese ich gern und Romane, in denen Rechtsfälle eine Rolle spielen, wie in denen von Dikkens.

Nun ein Wort über mein Sexualleben. Keine Sorge, das ist schnell gemacht. Wahr ist, daß in unserer Gesellschaft kleinwüchsige Männer im Nachteil sind, wenn es darum geht, begehrenswerten Frauen den Hof zu machen und sie zu gewinnen. Aus der Lektüre von Meinungsumfragen weiß ich, daß in Amerika Erfolg und Körpergröße gleichgesetzt werden. Leitende Angestellte sind hochgewachsen und von imponierendem Aussehen. Erfolgreiche Politiker sind meist an die zwei Meter groß, und ähnliches läßt sich von den bekannteren Juristen und Ärzten sagen, gar nicht zu reden von erfolgreichen Verkäufern, von Polizisten, Berufssportlern und sogar Bartendern. Größe und Gewicht zählen allemal.

Es kommt mir also ganz selbstverständlich vor, daß die meisten Frauen in einem imposanten Mann instinktiv Entschlußkraft, Aggressivität, Energie und damit auch den Erfolg wittern. Ein kleinwüchsiger Mann, noch dazu ein kleinwüchsiger *mittelloser* Mann, ist nur allzuoft Gegenstand von Mitleid und Verachtung; man macht sich über ihn lustig, ja, man weist ihn gedankenlos ab.

Während der vier Jahre auf dem gemischten College hatte ich indessen eine unbezahlbare Erkenntnis gewonnen: Wollte ich Frauen gefallen, war es zwecklos, in Redeweise oder Auftreten großgewachsene oder auch nur durchschnittlich große Studenten nachzuahmen. Erfolg hatte ich nur, wenn ich meinen kleinen Wuchs, meine körperliche Schwäche, meine Zaghaftigkeit noch übertrieb.

Zwar behaupten manche Vertreterinnen der Frauenbewegung das Gegenteil, ich bin aber der Meinung, daß in den meisten Frauen ein starker *Mutterinstinkt* schlummert und daß sie spontan und aus dem Gefühl heraus auf Hilflosigkeit reagieren, schon gar, wenn sie die bei einem Mann antreffen. Also habe ich mich in meinen Collegetagen danach gerichtet. Nahmen die Frauen mich erst einmal auf den Schoß und murmelten mir tröstliche Worte ins Ohr, dann wußte ich: Jetzt hast du's geschafft und kannst die Erfüllung deiner gewagtesten Wünsche erwarten.

Sechs Jahre vor Beginn der Geschichte, die ich hier erzählen will, hatte ich in der Vorweihnachtszeit bei *Macy's* ausgeholfen und war nach Weihnachten wieder arbeitslos. Doch hatte ich genügend Geld in der Tasche, um mir eine angenehme Woche zu machen, gönnte mir einige gute Mahlzeiten, wanderte in Manhattan umher, besuchte Museen und Galerien, stöberte in den Bibliotheken herum, sah mir ein Ballett an und telefonierte mit einer jungen Dame, mit der ich in der Herrenwäscheabteilung von *Macy's* bekannt geworden war. Wir aßen beim Chinesen, gingen ins Kino, und hinterher krabbelte ich ihr auf den Schoß.

Mein Geld ging nun aber zur Neige, und ich verbrachte einen Nachmittag mit der Durchsicht der Stellenanzeigen in der Sonntagsausgabe der *Times*. Montag früh graste ich die rot angestrichenen Angebote in der Osthälfte von Manhattan ab. An vierter Stelle hatte ich mir eine Anwaltsfirma vorgemerkt, die für ihre Postabfertigung einen Laufburschen suchte. Mit 26 Jahren konnte ich mich zwar nicht gut als »Burschen« ausgeben, doch bin ich nicht nur klein, sondern auch schlank und habe zarte Knochen, meine Haare sind fast flachsfarbig, die

Augen samtbraun, die Züge regelmäßig und fein, und ich brauche mich nur jeden zweiten Tag zu rasieren. Von der Erscheinung her also bot ich, wie ich fand, die nötigen Voraussetzungen, um mich für diesen Job zu bewerben, und ich machte mich gleich auf den Weg.

TORT – die Kanzlei von Tabatchnik, Orsini, Reilly und Teitelbaum – befindet sich im Bezirk Murray Hill von Manhattan, auf der East 38. Straße in einem umgebauten, vier Stockwerke hohen Wohnhaus, und als ich hinkam, stand bereits eine Schlange dort, einen halben Häuserblock lang, Männer jeden Alters in allen nur erdenklichen Jacken und Mänteln. Selbstverständlich war ich zwischen all diesen Dicken und Dünnen der Kleinste.

»Der Laufburschenjob?« fragte ich den letzten in der Schlange. Der nickte nur trübselig, und ich stellte mich hinter ihn. Kurz darauf waren schon etliche Bewerber hinter *mir*. Nun fiel mir etwas Sonderbares auf: Die Schlange bewegte sich ungemein rasch, die Eingetretenen kamen sehr schnell wieder zum Vorschein, es war ein ständiges Kommen und Gehen. Der Mann vor mir packte einen der Herauskommenden am Ärmel. »Was ist denn los da drinnen?« wollte er wissen.

Der Abgewiesene schüttelte nur verständnislos den Kopf. »Keine Ahnung. Keiner fragt einen was, ausfüllen muß man auch nichts. Da sitzt so ein feiner Pinkel, glotzt einen an und sagt: ›Bedaure, Sie kommen nicht in Frage.‹ Weiter nichts. Ein Verrückter.«

Ich bewegte mich in der Schlange an den Häusern entlang, die Vortreppe hinauf, durch die Tür und endlich in eine große, eindrucksvolle Halle mit gewölbter Decke und paneelierten Wänden. Dann ging es eine mit Teppich belegte Treppe hinauf, und zwar so schnell, daß ich kaum Zeit fand, die gerahmten Stiche von Currier und Ives zu betrachten. Im Handumdrehen stand ich auf dem Treppenabsatz im ersten Stock, von wo es einen Korridor entlangging, der vor einer schweren Eichentür endete.

Neben der Tür stand ein kleiner Schreibtisch, daran saß eine junge Dame, die sich sehr gerade hielt und keine Miene verzog. Sobald ein abgewiesener Bewerber in der Tür erschien, rief sie: »Der nächste.«

Die Schlange glitt weiter, ich hörte das »Der nächste! Der nächste! Der nächste« und konnte doch die Augen nicht von der bildhübschen Hüterin dieser heiligen Pforte wenden. Für gewöhnlich packt mich Verzweiflung, wenn ich schöne Frauen sehe, sie kommen mir so gänzlich unerreichbar vor, so fern, ja fast exotisch.

Es ging rasch voran, und bald schon war ich derjenige, der sich auf der anderen Seite jener bedrohlichen Tür würde vorzustellen haben.

Nun ging sie auf, und der Trübselige, der mein Vordermann gewesen war, kam heraus, mit hängendem Kopf. Ich hörte: »Der nächste«, trat durch die Tür und zog sie sachte hinter mir zu. Einen deutlichen Eindruck hatte ich zunächst nicht. Ich befand mich offenbar in einem sehr großen Zimmer, von dem Teile im Schatten lagen, sah Bücherschränke mit Glastüren, vollgestellt mit juristischen Handbüchern, Klubsessel, einen Globus, ein aufgeschlagenes Lexikon auf einem Lesepult.

Beherrscht wurde dieser Raum von einem riesigen Schreibtisch aus geschnitztem Mahagoni, dessen Platte keinerlei Schriftstücke aufwies, sondern nur eine Arbeitslampe und eine Schreibtischgarnitur, deren einzelne Teile mit Leder entweder eingefaßt oder bezogen waren, ferner ein Telefon mit unzähligen Knöpfen und Lämpchen, und auch der Griff des Hörers war mit Leder bezogen.

Es schien, als wäre auch der Mann, der an dem Schreibtisch saß, aus diesem Material gemacht – es mochte dunkles Kalbsleder sein. Mir kam er uralt vor, die Hände, die reglos auf der Tischplatte ruhten, waren leere Handschuhe, das Gesicht warf Falten wie ein Ballon, dem die Luft ausgegangen ist.

Die blauen Augen allerdings waren hellwach, und

seine Stimme, als er jetzt sagte: »Kommen Sie bitte näher«, klang volltönend und lebhaft.

Ich trat zum Tisch, hinter dem er auf einem Drehstuhl mit hoher Lehne saß. Wie groß er sein mochte, war schwer zu schätzen, doch entgingen mir nicht die schmalen Schultern, der magere Hals, die schlanken Arme.

»Wie groß sind Sie?« fragte er unvermittelt.

Ich ließ alle Hoffnung fahren.

»Einen Meter dreiundfünfzig, Sir.«

Er nickte. »Und wann können Sie anfangen?«

Ich glaube nicht, daß mein Mund offenstehen blieb, daß ich taumelte oder blinzelte oder schluckte, doch genau weiß ich es nicht.

»Sofort, Sir«, sagte ich.

Wieder nickte er, lehnte sich vor, hob eine jener leblosen Hände und drückte mit einem Zeigefinger, der aussah wie gepökelt, auf einen Knopf der Gegensprechanlage.

»Miss Apatoff«, sagte er energisch, »die Stelle ist besetzt. Danken Sie den Leuten draußen, und schicken Sie sie fort.«

Sodann lehnte er sich wieder zurück und betrachtete mich gedankenvoll.

»Name?«

»Joshua Big, Sir.«

Er lachte nicht, schmunzelte nicht einmal.

»Wo geboren?«

»In Iowa, Sir.«

»Schulabschluß?«

»College. Cum laude, Sir.«

»Miss Apatoff, die Dame draußen im Korridor, wird Sie mit unserem Bürovorsteher bekannt machen. Mr. Hooter erledigt den notwendigen Papierkram und führt sie in Ihre Pflichten ein.«

»Danke, Sir.«

»Gehalt?«

Ich antwortete verwirrt: »Ja, wie hoch ist das Gehalt, Sir?«

Er wandte den Blick nicht von mir. »Hundert die Woche. Einverstanden?«

»O ja, Sir.«

Er wedelte mit einem Finger, was ich als Zeichen nahm, daß ich entlassen sei. Ich war schon an der Tür, als ich ihn sagen hörte: »Mr. Big.«

Ich wandte mich um.

Er war aufgestanden, und ich sah nun, wie klein er war.

»Ich«, verkündete er stolz, »bin einen Meter und fünfundfünfzig.«

Auf dem Korridor fiel mir ein, daß es angebracht wäre, von der bildhübschen Person zu erfragen, mit wem ich da gerade gesprochen hatte. »Ach, das war Mr. Teitelbaum. Er ist der Seniorpartner. Ich bin Yetta Apatoff.« Und dabei beugte sie sich weit genug vor, um mir einen unvergeßlichen Blick in ihren Ausschnitt zu gewähren. »Willkommen bei TORT.«

Und so begann meine Laufbahn bei Tabatchnik, Orsini, Reilly und Teitelbaum.

Zwei Jahre etwa blieb ich auf der Poststelle, und mein Gehalt erhöhte sich derweil dankenswerterweise auf hundertfünfzig Dollar die Woche, während meine Leidenschaft für Miss Apatoff noch erheblich größere Fortschritte machte. Und endlich ergab sich, ganz wie ich vorhergesehen hatte, die Chance aufzusteigen.

Mr. Roscoe Dollworth, einer von mehr als fünfzig Angestellten der Firma, schmückte sich mit dem Titel Chef-Ermittler, die reine Augenwischerei, denn er war unser einziger Ermittler. Dollworth hatte ehedem der New Yorker Stadtpolizei angehört und war »aus gesundheitlichen Gründen« ausgeschieden, d. h., er war ungeheuer fett und ein schwerer Trinker. Doch störte ihn weder sein Umfang noch sein ehrfurchtgebietender Alkoholkonsum (vor ihm auf dem Tisch stand für jedermann sichtbar eine mit Wodka gefüllte Thermosflasche) in der Ausübung seiner Pflichten.

Ein hauptberuflich angestellter Ermittler erledigt für seine Arbeitgeber die Aufgaben, die eine kleinere Anwaltskanzlei je nach Bedarf an Privatdetekteien abgibt. Er treibt schwer aufzufindende Zeugen auf, prüft die Alibis von Mandanten nach, auch die von Mandanten der Gegenpartei, er sorgt dafür, daß widerspenstige Zeugen im Gericht erscheinen, beschafft Experten, deren technisches Wissen von Nutzen sein kann, etc.

Dollworth hatte darüber hinaus mehrmals selbständig die Untersuchung in Fällen geführt, wo Mandanten von TORT eines Verbrechens beschuldigt worden waren, obgleich TORT als Verteidiger in Strafsachen kaum je auftrat. Bei diesen Gelegenheiten waren Dollworth seine alten Beziehungen zur Stadtpolizei sehr nützlich gewesen, und womöglich beschäftigte man ihn aus gerade diesem Grund trotz seines enormen Wodkakonsums weiter. Hinzu kam, daß der Chef-Ermittler, als ich in die Firma eintrat, bereits 61 Jahre zählte und jedermann wissen ließ, daß er mit 65 nach Florida ziehen, Shuffleboard spielen und den Pelikanen zusehen wolle.

Ich glaube, daß Dollworth mich mochte, ich jedenfalls mochte ihn sehr. Niemals verlor er eine Bemerkung über meinen kleinen Wuchs, stets behandelte er mich mehr als Freund denn als die unterste Schnitzerei an dem Totempfahl von TORT. Ich tat ihm also mit dem größten Vergnügen jeden Gefallen, besorgte eine frische Flasche Wodka, holte in meiner eigenen Mittagspause die Pepperoni-Pizza, die er unweigerlich jeden Tag samt Gürkchen und Pfefferschoten an seinem Tisch verdrückte, worauf er alsdann ein mächtiges Stück Käsekuchen mit Ananas folgen ließ.

Er seinerseits erzählte mir von Fällen, die er als uniformierter Streifenpolizist und später als Kriminalbeamter bearbeitet hatte, lehrte mich die Tricks des Ermittlers, was mich alles sehr faszinierte. Bislang hatte ich nicht geahnt, wie komplex die Arbeitsweise der Polizei sein kann, wie wenig man darüber in Büchern zu lesen bekommt. Man mußte augenscheinlich seine eigenen Erfahrungen machen oder aus den Erfahrungen anderer Polizisten lernen.

Fand sich die Zeit und erteilte einer der drei Chefs (der vierte, Sean Reilly, war in London an einer Fischgräte erstickt) die Erlaubnis, gab Dollworth mir einen Ermittlungsauftrag. Anfangs waren es Kleinigkeiten: Stellen Sie die Nummer der Wohnung von Soundso fest; sehen Sie, wo der und der seinen Wagen gewöhnlich parkt; machen Sie ausfindig, wann jene Frau sich von ihrem ersten Mann hat scheiden lassen. Im Laufe der Monate gab Dollworth mir indessen interessantere und schwierigere Aufträge.

»Haben Sie heute abend was vor, Josh? Nein? Gut. Folgen Sie diesem Burschen. Angeblich geht er jeden Mittwochabend in einen Schachklub. Ich habe da meine Zweifel. Lassen Sie sich nicht sehen. Es geht um eine Scheidungssache.«

Oder: »Stellen Sie fest, ob diese Puppe regelmäßig Besuche empfängt. Sie lebt allein – aber wer weiß? Kann sein, daß Sie dem Türsteher einen Fünfer in die Hand drücken müssen. Keinesfalls mehr, sonst verliert er den Respekt. Es geht um eine Erbschaft.« Und so fort.

Alle diese Aufträge führte ich erfolgreich aus, und mir kam der Gedanke, ich könnte eine angeborene Begabung für diese Tätigkeit haben. Zum Teil verdankte ich meine Erfolge, wie mir schien, meiner Erscheinung. Da mir jegliche Aggressivität fehlt, erweckt mein scheues, zaghaftes, beinahe hilfloses Auftreten offenbar überall jenes Mitgefühl, das den Leuten eingibt: »Dem Kleinen soll geholfen werden.« So brachte mir denn die gleiche Methode, die ich schon bei den Frauen angewendet hatte, den gewünschten Erfolg: alle Welt schien darauf versessen zu sein, mich zu knuddeln.

Als ich etwa zwei Jahre bei TORT war, rief Roscoe

Dollworth mich eines Tages in sein Büro und befahl mir, die Tür zu schließen. Es ging diesmal nicht um einen Auftrag, sondern um mehr, viel mehr.

Ich sah schweigend zu, wie Mr. Dollworth seinen Pappbecher mit Wodka füllte, den er nachdenklich in kleinen Schlucken zu sich nahm, während er mich sinnend anblickte.

Er war wirklich ein feister Bursche, seine Wampe ließ ihn nicht näher als einen halben Meter an die Tischkante. Das strubbelige, strohfarbige Haar ging aus, man sah die von Sommersprossen übersäte Kopfhaut. Seine dunklen Brauen wuchsen so buschig, daß ich schon gesehen hatte, wie er sie gelegentlich kämmen mußte. Seine Nase war augenscheinlich mehrmals gebrochen, man wußte nicht recht, in welche Richtung sie wies. Die Lippen waren klebrig feucht, die Zähne voller Nikotinflecken. Die Augen allerdings blickten unter hochgezogenen Brauen hart, und als ich ihn jetzt ansah, war ich froh, ihn zum Freund zu haben und nicht zum Feind.

»Hören Sie zu, Junge«, sagte er schließlich mit seiner tiefen, wie ein Rülpser klingenden Stimme, »ich sage Ihnen jetzt, was anliegt. Sie wissen, in zwei Jahren will ich mich zur Ruhe setzen, falls dieses elende Magengeschwür mich nicht schon vorher umbringt. Es wird mithin Ersatz gebraucht für mich, klar? Ich gehe also zum alten Teitelbaum – der kann Sie gut leiden, wußten Sie das? Er hat Sie eingestellt, weil Sie als einziger von allen Bewerbern kleiner waren als er. Das wußten Sie, oder?«

»Ja, das wußte ich.«

»Also . . .«, er nahm wieder einen Schluck, »Sie haben sich gut gehalten, das heißt, Sie arbeiten flott, klauen keine Briefmarken und sind höflich. Immer vergnügt. Alle hier können Sie gut leiden, ausgenommen höchstens Hamish Hooter, der Stinkmops. Der kann aber keinen leiden, außer vielleicht Yetta Apatoff. Jedenfalls möchte er sie gern leiden können.«

Ich nickte verdutzt.

»Ich sage also zu Teitelbaum: Warum machen wir Joshua Big nicht zum Ermittler? Soll er mir doch während meiner beiden letzten Jahre helfen, ich bringe ihm schon bei, was er wissen muß. Haue ich in den Sack, haben Sie einen flotten, agilen jungen Mann, der sich auskennt und meine Nachfolge antreten kann. Ich hab Teitelbaum gesagt, daß Sie sich bei den kleinen Sachen, die ich Ihnen gegeben habe, prima gemacht haben. Der Junge hat Grips, hab ich gesagt. Geben Sie ihm eine Chance, und Sie kriegen einen erstklassigen Ermittler für die Firma.«

Vor Aufregung rutschte ich bis zur Stuhlkante und lehnte mich eifrig vor: »Was hat er gesagt?«

»Nein, hat er sagt«, eröffnete Dollworth mir mit Bedauern. »Sie sind zu jung, hat er gesagt. Ihnen fehlt die Erfahrung, hat er gesagt. Er will wieder einen ehemaligen Polizisten für mich einstellen, hat er gesagt.«

Das haute mich um.

»Moment!« Dollworth hob eine Hand gegen mich, die aussah wie ein Räucherschinken. »Ich stecke keine Niederlage ein, ich schlage zurück. Ich sage also, zwar sieht er jung aus, aber schließlich ist er dreißig, wenn ich aufhöre, stimmt's? Und Verstand hat er reichlich. Und was Erfahrung angeht, sage ich, kann ich ihm praktisch alles beibringen, was er wissen muß; das übrige lernt er bei der Arbeit. Daß er einen abgehalfterten Bullen einstellen will, na schön, das ist seine Sache, sage ich, aber statt so ein Wrack wie mich anzuheuern, soll er lieber jemand nehmen, der sich adrett kleidet, die Firma anständig vertreten kann. Schließlich kommt er viel herum, und Big versteht sich darauf, den passenden Schlips zum Jackett zu wählen. Und dann das schlagende Argument zum Schluß: Stellen Sie einen ehemaligen Bullen ein, sage ich zu Teitelbaum, kostet der Sie im Jahr glatte 20 000 Piepen, und Big erledigt Ihnen dieselbe Arbeit für die Hälfte.«

»Und was hat er darauf gesagt?« fragte ich atemlos.

»Heute nachmittag ist Konferenz«, sagte Roscoe Dollworth. »Die drei Chefs sind da. Ich sage Ihnen Bescheid, wie es ausgeht. Ich sehe gerade, daß mein Gefäß Ebbe hat. Holen Sie mir einen Labetrunk?«

Später am gleichen Nachmittag wurde mir eröffnet, daß die Herren Tabatchnik, Orsini und Teitelbaum feierlich beschlossen hatten, daß ich von der Poststelle abgelöst und auf die Dauer von zwei Jahren dem Chef-Ermittler Dollworth zugeteilt werden solle. Nach Ablauf dieser Zeit würden die drei Herren Dollworths Urteil über meine Tauglichkeit akzeptieren, und bis dahin sollte mein Gehalt unverändert 150 Dollar die Woche betragen.

»Keine Sorge«, blinzelte Roscoe. »Die Sache ist gelaufen. Von jetzt an haben Sie keine ruhige Minute mehr, ich werde Ihnen die Flötentöne beibringen, und Sie werden was lernen.«

Das tat er, und das tat ich. Zwei Jahre lang arbeitete ich härter, als ich für möglich gehalten hatte, und ein Achtzehnstundentag war keine Seltenheit. Ich war entschlossen, mein Handwerk zu meistern.

Dollworth lehrte mich so vieles, daß es unmöglich ist, alles aufzuzählen. Es gehörten dazu Grundkenntnisse in Zivil- und Strafrecht, Beachtung der Intimsphäre, die Regeln der Beweiserhebung, ferner ganz praktische Dinge, als da sind das illegale Öffnen eines Türschlosses, jemanden auf einer belebten Straße beschatten und was man mitnehmen muß, wenn man längere Zeit zu observieren hat. (Vor allem eine leere Milchtüte, in die man urinieren kann.)

Abgesehen von Dollworths Belehrungen und den Ermittlungsarbeiten, die mir aufgetragen wurden, trieb ich daheim intensive Studien. Dollworth besorgte mir Handbücher der New Yorker Polizeischule, und ich selber kaufte oder entlieh kriminologische Handbücher und ein Exemplar der Strafprozeßordnung.

Nach Beendigung meiner zweijährigen Lehrzeit meinte ich mit meinem unbesieglichen Optimismus, in die innersten Geheimnisse meines neuen Berufes eingedrungen und durchaus qualifiziert für den Posten des

Chef-Ermittlers von TORT zu sein. Meinem Mentor dürfte nicht entgangen sein, daß ich mich sehr selbstsicher fühlte, denn wenige Tage vor seinem Ausscheiden rief er mich in sein Büro, knallte die Tür zu und hielt mir folgende Predigt:

»Sie glauben wohl, Sie wissen schon alles, wie? Sie machen mich krank! Nichts wissen Sie, überhaupt nichts. Wenn Sie an den Richtigen geraten, läßt der Sie durch den Reifen springen. Warten Sie erst mal ab, bis Sie an einen ausgepichten Lügner geraten, dann wissen Sie nicht mehr, wo Ihnen der Kopf steht. Sie sind noch ganz am Anfang, Junge. Sie haben noch eine Menge zu lernen. Ich sehe doch, wie Sie diese Yetta Apatoff beäugeln. Wenn die sagt: Spring aus dem Fenster, dann springen Sie. Und nun stellen Sie sich mal vor, jemand wie die Apatoff wäre eine Verdächtige und Sie sollten Beweise gegen sie sammeln. Da würden Sie doch weiter nichts sehen als ein paar prächtige Titten, und die Biene geht Ihnen durch die Lappen. Sie müssen erst noch lernen, jedem zu mißtrauen, Josh. Jedem. Die Welt ist schlecht und voll von üblen Typen, und Millionen andere wären es gerne, wenn sie nicht Angst hätten, erwischt zu werden. Glauben Sie nichts, was man Ihnen erzählt, bevor Sie es nachgeprüft haben. Lassen Sie sich bei der Arbeit nie von Ihren Gefühlen beeinflussen. Und glauben Sie nicht, daß eine Frau, bloß weil sie hübsch ist, oder ein Mann, weil er gut aussieht, Erfolg hat und was in den Klingelbeutel tut, nicht die schlimmsten Ganoven sein können. Die meisten Leute, denen Sie begegnen, sind darauf aus, Sie übers Ohr zu hauen. Also machen Sie eine freundliche Bemerkung, setzen Sie Ihr schönstes Lächeln auf, und überprüfen Sie alles gründlich. Sie haben eine Menge auf dem Kasten, Josh, Sie sind gewitzt, Sie können die Leute zum Reden bringen, und Sie haben Phantasie. Vielleicht zu viel. Aber was mir am meisten Sorgen macht, ist, daß Sie so arglos sind, so gottverdammt arglos.«

All meine Mängel hinderten ihn aber nicht daran, mich als seinen Nachfolger zu empfehlen. Eine Woche später war er bereits unterwegs nach Florida mit nagelneuen Koffern, die die Angestellten von TORT ihm geschenkt hatten, einer Gratifikation von fünftausend Dollar und einem guten deutschen Fernglas, das ich ihm überreicht hatte.

»Damit Sie die Pelikane beobachten können«, sagte ich dazu.

»Klar, Junge«, und er kniff mich in den Arm. »Sehr hübsch. Ich lasse Sie meine Adresse wissen. Wir bleiben in Verbindung. Und falls ich für Sie mal bei der Stadtpolizei ein gutes Wort einlegen kann, lassen Sie's mich wissen.«

»Tausend Dank, Mr. Dollworth, für alle Ihre Hilfe.«

Während der folgenden 26 Monate wurde mir nun allzu klar, welch ein Unterschied bestand zwischen der Lehrzeit unter Anleitung eines ausgepichten Ermittlers und der eigenverantwortlichen Arbeit, die ich ohne jeden Beistand für Tabatchnik, Orsini, Reilly und Teitelbaum zu leisten hatte.

Zunächst einmal waren da die drei Chefs, sieben Juniorpartner (einschließlich Tabatchnik II, Orsini II und III), zwölf Associés, juristische Hilfsarbeiter und der verabscheuungswürdige Bürovorsteher Hamish Hooter, die mich mit Aufträgen förmlich überschwemmten. Es dauerte eine Weile, bis ich mir ein System von Prioritäten erarbeitet und gelernt hatte, mit all diesen energischen und furchterregenden Personen fertig zu werden. (Es scheint, daß Juristen an einer gewissen Überheblichkeit leiden, die ihnen durch nichts auszutreiben ist.)

Jedermann wünschte, schneller und besser bedient zu werden, was dazu führte, daß ich anfangs total überfordert war. Als ich aber beobachtete, in welchem Schneckentempo die von TORT bearbeiteten Rechtsfälle vorankamen, wurde mir klar, daß es zwei Arten von Zeit gibt: einmal die Stunde zu sechzig Minuten und den Tag zu vierundzwanzig Stunden, die rasch vergehen. Zum andern gibt es die Zeit der Juristen, die so gemächlich dahinschleicht, daß man kaum eine Bewegung wahrnimmt.

Sagt ein Geschäftsmann: »Ich schreibe Ihnen morgen«, dann meint er wirklich den nächsten oder jedenfalls den übernächsten Tag, schlimmstenfalls eine Woche. Sagt ein Anwalt das gleiche, meint er gewöhnlich sechs Wochen oder den kommenden November oder auch nie. In einer Anwaltspraxis gilt die unausgesprochene Mahnung: »Wozu die Eile?«, und schon Shakespeare beklagt die Verschleppung der Rechtsausübung. Jedermann kennt die Langsamkeit der Gerichte, und auch der jüngste, eifrigste Anwalt, der eben von der Universität kommt, gewöhnt sich nur allzubald daran, daß alles einen gemächlichen Gang nimmt. Das Rechtswesen gleicht einem Gletscher; wer in Eile ist, scheitert gewöhnlich mit seinen Bemühungen.

Als ich diesen Grundtatbestand erkannt hatte, war auch ich imstande, mir Zeit zu lassen; ich begriff, daß die Aufträge, die man mir gab, in den seltensten Fällen wirklich dringlich waren, und wendete alle meine Energie und meinen Grips daran, die Technik meines neuen Berufes zu meistern. In aller Bescheidenheit darf ich sagen, daß ich das nicht übel machte. Jedenfalls wurde mein Gehalt zum Ende meines ersten Jahres als Chef-Ermittler auf 12 500 Dollar erhöht und am Ende des zweiten Jahres auf 15 000. Das zeigt wohl zur Genüge, daß TORT mit meiner Tätigkeit zufrieden war. Ich konnte nun aus dem CVJM in eine eigene Wohnung ziehen, meine Garderobe aufbessern und Miss Apatoff zu einem Abendessen mit französischem Wein einladen. Sie allerdings lud mich ihrerseits nicht ein, auf ihren Schoß zu krabbeln.

Nicht alles lief glatt. Selbstverständlich machte ich Fehler, oder sagen wir lieber, es passierte mir, daß ich den möglichen Ablauf der Ereignisse falsch beurteilte. So etwa sollte ich in einem Schadensersatzprozeß einen angeblich wohlgesinnten Zeugen ins Gericht geleiten, der sich aber, als ich ihn aufforderte, mit mir zu kommen, rundheraus weigerte. Es war dies ein Schrank von einem Kerl, großmäulig, angetan mit einem fleckigen Unterhemd, zwischen den Zähnen eine zerkaute Zigarre.

»Sie müssen aber mitkommen«, sagte ich.

»Muß?« schnaufte er. »Gar nichts muß ich.«

»Sie haben es aber zugesagt«, flehte ich verzweifelt.

»Ich hab's mir anders überlegt.«

»Und ich bestehe darauf, daß Sie mich begleiten«, erwiderte ich mit, wie ich fürchte, schriller Stimme.

»Sie bestehen darauf?« lachte er lauthals. »Was wollen Sie machen – mich hinzerren? Sie kleiner Scheißkerl?«

Ich mußte diesen Fehlschlag also jenem unserer Anwälte eingestehen, der den Fall bearbeitete. Zum Glück nahm er mein Versagen gleichmütig auf – die Zeugenaussage war nicht entscheidend, eine Vorladung kam nicht in Frage, und er vergaß die Sache bald. Ich hingegen vergaß nicht, mir saß der Stachel im Fleisch.

Beim nächsten Mal bereitete ich mich besser vor, ich machte mich, so gut es ging, mit der Person des Zeugen vertraut, beschattete ihn sogar einige Tage lang und notierte mir, was er so trieb. Ganz wie erwartet sagte auch er, er habe sich die Sache überlegt und wolle keine Zeugenaussage machen.

»Dann überlegen Sie es sich wieder anders«, sagte ich gleichmütig, »ich möchte Ihrer Frau nämlich nicht gern verraten, wo Sie gestern nachmittag drei Stunden verbracht haben.« Darauf zog er seinen Mantel an.

Auch er sagte: »Sie kleiner Scheißkerl.«

So lernte ich denn mit jenen seltenen Fällen fertig werden, in denen meine Schmächtigkeit mir die Arbeit erschwerte.

Selbstverständlich hatte ich keine Lizenz als Privatdetektiv, und ich verspürte auch nicht den Wunsch, mir einen Waffenschein zu beschaffen, vielmehr glaubte ich, allen Anforderungen, die mein Beruf an mich stellte, ohne Gewaltanwendung gerecht werden zu können.

Im großen und ganzen jedoch darf ich sagen, die ersten beiden Jahre als Chef-Ermittler bei Tabatchnik, Orsini, Reilly und Teitelbaum liefen wie geschmiert. Ich erkannte, daß vieles von dem, was Dollworth mir zum Abschied hinter die Ohren geschrieben hatte, nur allzu berechtigt war. Die Leute lügen, und zwar hauptsächlich, weil sie meinen, die Wahrheit sei zu kostbar, als daß man sie einem Fremden ohne Gegenleistung offenbart. Man versuchte tatsächlich, mich hinters Licht zu führen, und ich lernte auch bald die äußeren Merkmale deuten: der freie, offene Blick; die glatte, eilfertige Redeweise.

Auch lernte ich, persönlich von den Leuten, mit denen ich zu tun hatte, Distanz zu halten und doch höflich, mitfühlend und gedämpft zu sprechen. Auch lernte ich, daß der Ermittler unerschöpfliche Geduld braucht, ferner pedantische Aufmerksamkeit fürs Detail, dazu Zähigkeit und das Vermögen, Langeweile zu ertragen. Ich bedauerte eigentlich nur, daß ich keine Gelegenheit hatte, auf eigene Faust in einem wichtigen Fall Ermittlungen anzustellen, also selber einen Fall zu lösen. Daß ich die Routinearbeit beherrschte, die im wesentlichen aus Korrespondenz, Telefonaten und Nachforschungen bestand, zu denen es keiner besonderen detektivischen Begabung bedurfte, glaubte ich bewiesen zu haben. Ich sehnte mich nach einer Herausforderung.

Im Februar meines siebenten Jahres bei TORT kam endlich die Gelegenheit, zu beweisen, was in mir steckte.

2 Ich traf jeden Morgen Punkt halb neun in meinem Büro ein, eine Thermosflasche mit schwarzem Kaffee und ein Butterbrot in der Aktenmappe. Mir lag daran, meinen Tagesablauf zu organisieren, bevor das Telefon zu läuten begann.

Dienstag, den 6. Februar fand ich auf meinem Tisch ein Memo von Leopold Tabatchnik vor: »Erwarte Sie heute früh um 10 in meinem Büro. 6. Febr. L. T.«

Ich verschob den Weg, den ich für den Vormittag geplant hatte, und sah um 9 Uhr 50 auf der Herrentoilette nach, ob mein Haar ordentlich gekämmt war, rückte den Schlips zurecht, säuberte die Fingernägel und fuhr mit einem Papierhandtuch über die Schuhe.

Die Privatbüros der Chefs lagen im ersten, zweiten und dritten Stock übereinander, es waren die größten Räume im Haus. Teitelbaum war im ersten Stock, Orsini im zweiten, Tabatchnik im dritten. Seine Sekretärin, Thelma Potts, eine alte Jungfer von etwa sechzig mit jugendlichem Gesicht und aufgeplusterter Frisur, saß an einem Schreibtisch im Flur; sie trug stets hochgeschlossene Blusen mit einer Kamee am Kragen, erteilte Ratschläge, verlieh kleinere Geldsummen und vergaß keinen Geburtstag. Die unterste Schublade ihres Schreibtisches quoll über von Kopfschmerztabletten, Magenpulvern, Tranquilizern, Heftpflaster, Hustentropfen, Schnupfenmittel etc., alles in Bereitschaft für jeden, der etwas brauchte. Zwischen ihren Arzneien stand ein Pappbecher, in den man gelegentlich einen Obolus warf für die Apotheke.

»Guten Morgen, Miss Potts«, sagte ich.

»Guten Morgen, Mr. Big.« Sie blickte auf die Uhr, die sie an ihrer Bluse angesteckt trug. »Sie sind drei Minuten zu früh dran.«

»Stimmt, die wollte ich mit Ihnen verbringen.«

»Oh, Sie Schlimmer!«

»Ich dachte, Sie könnten eine passende Frau für mich finden, Miss Potts«, sagte ich bekümmert.

»Habe ich je so was versprochen?« Sie errötete. »Bestimmt können Sie selbst ein nettes Mädchen finden.«

»Bislang habe ich kein Glück gehabt. Darf ich jetzt rein?«

Wieder schaute sie auf ihre Uhr. »Noch dreißig Sekunden«, sagte sie entschieden.

Ich seufzte. Wir warteten schweigend, Miss Potts immer die Uhr im Auge.

»Jetzt!« sagte sie dann, als gäbe sie das Kommando zu einem Wettlauf.

Ich klopfte einmal an die schwere Tür, öffnete, trat ein, zog die Tür hinter mir zu.

Hier waren die Wände nicht mit juristischen Handbüchern vollgestellt, sondern mit Aquarien, in denen tropische Fische schwammen. Es waren Behälter jeder Form und Größe, von rückwärts angestrahlt. Aus Belüftungsanlagen quollen Blasen. Es war drückend warm und feucht hier drinnen. Ich sah Millionenfischchen, Seepferdchen, Meerengel, Zebrafische, rosa Meerjungfern, Aale, Feuerfische, Purpurköniginnen, Schwertträger und einen Piranha. Die glitzerten in den erleuchteten Bassins, schossen im klaren Wasser hin und her, machten Luftblasen, saugten an den Glaswänden, kamen an die Oberfläche und spien Wasser aus.

Bei meinem ersten Zusammentreffen mit Mr. Tabatchnik hatte er gefragt, ob ich was für tropische Fische übrig hätte, was ich verneinte. »Dann«, so sagte er damals, und räusperte sich, »ahnen Sie nicht, welchen Trost der Anblick unserer flossentragenden Freunde bieten kann.«

Es folgte eine halbstündige Führung von Behälter zu Behälter, wobei Mr. Tabatchnik mir die lateinischen Namen, die Lebensgewohnheiten, Neigungen, Futtervorliebe, das sexuelle Verhalten und die bösen Unarten seiner flossentragende Freunde erläuterte. Offenbar verspeisten die meisten ihre Brut. Ich erfuhr später, daß jeder neue Angestellte diesen Vortrag über sich ergehen lassen mußte. Zum Glück war es eine einmalige Vorführung, wiederholt wurde sie nicht.

Der Mann hinter der auf Böcken liegenden Tischplatte schien Mitte Siebzig zu sein. Sein gewichtiges Haupt ruhte auf einem mächtigen, kantigen halslosen Rumpf, den er so starr aufgerichtet hielt, als hätte er einen Zeigestock verschluckt. Die Hände waren breit, die Finger spatelförmig, die Haut verhornt und verfärbt. Die Arme waren unproportioniert lang, und da er einen schwankenden Gang hatte, den Kopf beim Gehen vorschob und eine grimmige Miene machte, nannten ihn die niederen Angestellten – selbstverständlich nur flüsternd – »King-Kong«. Dabei hatte das Gesicht nichts Affenartiges, eher schon glich es dem eines Bluthundes, mit zahllosen Falten und Runzeln. Die hängende Unterlippe war stets feucht, und in den Augen standen Tropfen, so daß es schien, als wäre er im Begriff, in Tränen auszubrechen. Normalerweise blickte er tief bekümmert drein, und es hieß, daß er in seiner Zeit als Strafverteidiger mit dieser traurigen Miene so manche Geschworenenbank für sich eingenommen hatte.

»Guten Morgen, Mr. Tabatchnik«, sagte ich heiter.

Er gönnte mir das Nicken, mit dem der Herrscher seinen Leibeigenen grüßt, und deutete auf einen Klubsessel neben dem Tisch. »Sol Kipper«, sagte er mit grollender Stentorstimme, die klang wie ein Orgelton. Ich hätte ihn gern mal vor Gericht plädieren gehört.

»Wie bitte, Sir?«

»Sol Kipper«, wiederholte er, »genauer, Solomon Kipper. Sagt Ihnen der Name nichts?«

Ich dachte angestrengt nach. Einen solchen Namen würde ich nicht so leicht vergessen. Dann fiel es mir ein . . .

»Ich erinnere mich. Solomon Kipper. Ein Selbstmord. Vor etwa zwei Wochen. Aus dem obersten Stock seines Hauses auf der East Side. Eine kleine Meldung in der *Times*.«

»Ganz recht.« Seine Hängebacken schwabbelten betrübt. »Eine kurze Meldung in der *Times*. Sie müssen wissen, junger Mann, Sol Kipper war 55 Jahre mein enger Freund und 40 Jahre ein geschätzter Mandant unserer Firma.«

Darauf gab es nichts zu sagen.

»Wir wickeln den Nachlaß ab«, fuhr Mr. Tabatchnik fort. »Sol Kipper war ein vermögender Mann. Nicht sehr vermögend, aber immerhin vermögend. Alles geregelt. Ich erwartete keinerlei Schwierigkeiten.«

Er brach ab, lehnte sich vor und drückte die Taste der Gegensprechanlage. »Bitte, kommen Sie herein, Miss Potts, und bringen Sie die Notizen mit, die Sie gestern von dem Gespräch gemacht haben, das ich mit dem Unbekannten führte.«

Er lehnte sich zurück, und wir warteten. Thelma Potts kam leise herein, in der Hand einen Stenoblock. Mr. Tabatchnik forderte sie nicht auf, Platz zu nehmen.

»Gelegentlich halte ich es für nützlich«, bemerkte er in lehrhaftem Ton, »Miss Potts zu bitten, sich in gewisse Telefongespräche einzuschalten und mitzuschreiben. Gut denn, Miss Potts, fangen Sie an . . .«

Thelma blätterte etliche Seiten um und verlas ihr Stenogramm, wobei sie durch ihre randlose Brille blickte. Sie las tonlos, schnell und mit korrekter Betonung:

»Am Montag, dem 5. Februar kam um 16 Uhr 46 bei der Hauptvermittlung ein Anruf an. Der männliche Anrufer wollte den Anwalt sprechen, der den Nachlaß Kipper bearbeitet. Der Anruf wurde an mich durchgestellt, und der Mann wiederholte sein Anliegen. Ich fragte, was genau er zu erfahren wünsche, doch sagte er, er wolle unbedingt mit dem den Fall bearbeitenden Anwalt reden. Wie in solchen Fällen üblich, sagte ich, er möge uns brieflich wissen lassen, welches Interesse er an dieser Angelegenheit habe. Der Anrufer lehnte dies ab und setzte hinzu, der betreffende Anwalt werde es sehr bedauern, nicht mit ihm gesprochen zu haben. ›Er wird das hinterher sehr bedauern‹, waren seine Worte. Ich bat ihn, am Apparat zu bleiben, und informierte Mr. Tabatchnik über die Gegensprechanlage. Mr. Tabatchnik war bereit, mit dem Mann zu reden, ordnete aber an, daß ich mithörte und Notizen machte.«

Ich unterbrach: »War es eine junge Männerstimme oder eine ältere, Miss Potts?«

Sie stierte mich sekundenlang an.

»Mittleres Alter«, sagte sie und las dann weiter von ihrem Block: »Mr. Tabatchnik erkundigte sich nach dem Zweck des Anrufs. Der Mann fragte, ob er den Nachlaß abwickle. Mr. Tabatchnik bejahte. Der Mann erkundigte sich nach seinem Namen, und Mr. Tabatchnik nannte ihn. Sodann sagte der Mann, er besitze wertvolle Informationen im Zusammenhang mit dem Kipper-Nachlaß. Mr. Tabatchnik fragte nach der Art der Information. Der Anrufer wollte darüber nichts sagen. Darauf sagte Mr. Tabatchnik, er nehme an, die Information sei für einen Preis erhältlich. Der Anrufer sagte, ja, so sei es. Seine Worte waren: ›Sie haben genau ins Schwarze getroffen, Freundchen.‹ Mr. Tabatchnik schlug eine private Zusammenkunft hier im Büro vor, was der Anrufer ablehnte, wobei er andeutete, ihm liege nichts daran, daß heimlich aufgezeichnet werde, was er zu sagen habe. Er sei aber bereit, Mr. Tabatchnik oder einen Beauftragten an einem Ort seiner Wahl zu treffen. Mr. Tabatchnik fragte ihn nach seinem Namen, und er sagte, ›Marty‹ sei ausreichend. Seine Adresse wollte er nicht angeben. Mr. Tabatchnik sagte, er wolle die Sache überlegen, sei im Prinzip aber bereit, Marty zu treffen. Marty gab sodann eine Telefonnummer an und sagte, der Anruf müsse innerhalb von 24 Stunden erfolgen. Höre er nichts von Mr. Tabatchnik bis Dienstag, den 6. Februar um 17 Uhr, müsse er annehmen, daß Mr. Tabatchnik kein Interesse an, ich zitiere, ›der wertvollen Information hinsichtlich des Kipper-Nachlasses‹, Zitat Ende, habe und werde sich an andere Käufer wenden. Ende des Gesprächs.«

Miss Potts ließ den Block sinken und blickte auf. »Ist das alles, Mr. Tabatchnik?«

Er hob das schwere Haupt. »Ja, danke.«

Sie glitt aus dem Zimmer und schloß lautlos die Tür.

Er starrte mich düster an.

»Nun, was halten Sie davon?« fragte er dann.

Ich zuckte die Achseln. »Unmöglich zu sagen, Sir. Noch wissen wir zuwenig. Es könnte Erpressung sein, versuchte Nötigung, oder ein kleiner Gauner probiert auf die Schnelle, zu ein paar Dollar zu kommen.«

»Meinen Sie, ich sollte mich mit diesem Mann in Verbindung setzen und ein Treffen verabreden?«

»Nein, Sir. Das sollte ich tun. Er hat ja auch gesagt, Sie oder ein Beauftragter von Ihnen.«

»Mir gefällt das Ganze nicht«, sagte Leopold Tabatchnik nervös.

»Mir auch nicht, Sir, ich halte es aber für angebracht, ihn zu treffen und zu hören, was das für wertvolle Informationen sind, die er angeblich hat.«

»Hmm . . . tja . . .« Tabatchnik trommelte mit den dicken Fingern auf die Tischplatte.

Er schwieg längere Zeit, und ich hatte den befremdlichen Eindruck, als wisse oder vermute er was, das er mir nicht gesagt hatte, und überlege, ob er mich einweihen solle. Er entschied sich schließlich dagegen. »Also gut«, sagte er endlich und wiegte den schweren Kopf bedächtig, »verabreden Sie ein Treffen mit ihm, und bringen Sie heraus, was er da angeblich zu verkaufen hat. Die Katze im Sack kaufen wir nicht, legen Sie sich überhaupt auf keine Summe fest, weder eine geringe noch eine größere.«

»Selbstverständlich nicht, Sir.«

»Sagen Sie einfach, Sie würden mir seine Bedingungen übermitteln.«

»Sehr wohl, Sir.«

»Sagen Sie ihm, außer mir könne unter den obwaltenden Umständen niemand eine Zahlung zusagen.«

»Ich verstehe, Sir.«

»Und versuchen Sie, Namen und Adresse in Erfahrung zu bringen.«

»Jawohl, Sir.« Ich unterdrückte einen Seufzer. Manchmal wurde ich immer noch wie der Laufbursche von der Poststelle behandelt.

3

Ich verließ Tabatchniks mit Aquarien vollgestelltes Allerheiligstes und ließ mir von Thelma Potts die Telefonnummer des geheimnisvollen Anrufers geben, dann stieg ich die Treppe hinab. Mr. Romeo Orsini hielt auf dem Treppenabsatz im zweiten Stock hof, hauptsächlich von Frauen umstanden. Er war ein schlanker, hochgewachsener Mittsechziger mit wundervoll frisiertem, schneeweißem Haar. Straff und geschmeidig wie ein Endzwanziger, kerngesund, äußerst gepflegt, von rosiger Hautfarbe, unüberbietbarem Selbstvertrauen, mit funkelnden dunklen Augen war er das Inbild des Advokaten im Film oder Fernsehen.

Romeo Orsinis Spezialität waren Ehescheidungen, und es gelang ihm meistens, Unterhaltszahlungen für die verlassene Ehefrau und die Kinder in einer Höhe herauszuschlagen, welche die Hoffnungen seiner Mandantinnen weit übertrafen. Auch hieß es, er sei häufig der erste, der die geschiedene Frau tröste. Ich hoffte, ungesehen an diesem Grüppchen vorbeizuschlüpfen, doch schnellte sein Arm vor, und er bekam mich am Jackett zu fassen.

»Josh!« rief er munter. »Sie kommen wie gerufen!«

Er zog mich näher, und nicht zum erstenmal roch ich sein Toilettenwasser.

»Ich habe da einen Witz gehört, der Ihnen gefallen wird«, sagte er tückisch und schmunzelte mich an.

Mir sank das Herz. Seine Witze handelten unweigerlich von kleinwüchsigen Männern.

»Stellen Sie sich einen Zwerg vor«, begann er und schaute sich im Kreise seiner Untertanen um, die sich sichtlich bereitmachten, in Gelächter auszubrechen. Einige grinsten schon.

»Und dieser Zwerg heiratet die größte Artistin im Zirkus«, fuhr Orsini fort und legte um der Wirkung willen eine Pause ein. Ich wußte schon, was kam.

»Seine Freunde halfen ihm rauf!« schloß er unter dem Gelächter der Umstehenden, einige klatschten sich vor Wonne auf die Schenkel. Zu meiner Schande sei gesagt, daß auch ich lachte, mich losmachte und innerlich fluchend die Treppe hinabging.

Unten erwartete mich ein aufgeplusterter Hamish Hooter, der Bürovorsteher.

»Jetzt hören Sie mal, Big«, begann er. So fing er übrigens jedes Gespräch an, und am liebsten hätte ich mich hochgereckt und ihm eins in die Schnute gehauen.

»Was ist denn los, Hooter?« fragte ich statt dessen resigniert.

Er wedelte mit einem Blatt Papier vor meiner Nase herum. »Wieso brauchen Sie eine Sekretärin?« Ich erkannte eine Aktennotiz, die ich in der Vorwoche verfaßt hatte.

»Das steht da alles drin. Bislang habe ich meine Korrespondenz selber getippt, aber ich schaffe das nicht mehr. Und ich kann unmöglich dauernd die Sekretärinnen bitten, mir auszuhelfen, die haben alle selber reichlich zu tun.«

»Dollworth hat keine Sekretärin gebraucht«, höhnte er.

»Dollworth hat auch keine Unterlagen gesammelt. Er hat selber zugegeben, daß er sich um den notwendigen Schreibkram drückte. Deshalb haben wir jetzt auch lauter unvollständige Ermittlungsberichte, keine Durchschläge von Briefen, die er womöglich geschrieben hat, keine

Notizen von Telefongesprächen und sonstigen Unterredungen. Solche Belege braucht man aber unbedingt für den Fall, daß in der höheren Instanz andere Urteile ergehen oder Prozesse aus irgendwelchen Gründen wiederaufgenommen werden. Ich muß Akten anlegen und auf dem laufenden halten.«

»Ich glaube nicht, daß Ihnen die Zeit fehlt, das selber zu machen.« Und er fügte tückisch an: »Jedenfalls haben Sie offenbar reichlich Zeit, mit Miss Apatoff zu schwatzen.«

Ich starrte ihn an. Was für ein mieser Typ! Und mehr noch, er sah wirklich mies aus.

Er war durchschnittlich groß, hielt sich aber so schlecht (rundschultrig, krumm, vorgestreckter Bierbauch), daß er kleiner wirkte, als er war. Dazu war er bleich und schaute aus kleinen, wäßrigen, zu weit auseinanderstehenden Augen. Um den Mund hatte er einen affektierten Ausdruck, und die Nase sah aus wie ein Stück Cheddarkäse. Sein Haar war kohlrabenschwarz und etwas fettig, und zu meiner Freude lichtete es sich am Hinterkopf bereits. Um das zu verbergen, kämmte er die Strähnen seitwärts.

Er sprach mit einer hohen, etwas piepsigen Stimme, die klang wie ein Mittelding zwischen Winseln und Kreischen, auch hatte er die Angewohnheit, nach jedem Satz an den Zähnen zu zutzeln, als hätte er da eine Faser Sellerie, die er nicht herausbekäme. Was noch . . . o ja, er machte Yetta Apatoff Augen, gierige, heiße Glubschaugen, und das allein genügte mir, ihn zu verabscheuen. Ich wußte, daß die beiden gelegentlich gemeinsam essen gingen, und ich glaubte, Yetta ließe sich aus purem Mitleid dazu überreden, etwa wie man einem besonders scheußlich aussehenden, rotärschigen Pavian im Zoo eine Erdnuß hinwirft.

»Ich entnehme dem, daß ich keine Sekretärin genehmigt bekomme.«

»Das entnehmen Sie ganz richtig«, sagte er und zutzelte hörbar an seinen Zähnen.

Ich schaute ihn mit Abscheu an und nahm mir vor,

meinen Beruf aufzugeben, falls ich dieses Ekel nicht überlisten könnte. Jetzt wandte ich mich brüsk ab, marschierte in mein Büro und schloß die Tür.

Als erstes wählte ich Martys Nummer, ließ es zehnmal klingeln, bekam aber keine Antwort. Also nahm ich mein Notizbuch, die Stoppuhr, zog den Mantel an und machte mich an eine Routineermittlung.

Yetta Apatoff saß an ihrem Schreibtisch, hatte aber mit einem ältlichen Ehepaar zu tun, das ihr mit starkem deutschen Akzent etwas klarzumachen suchte, also winkte sie mir nur mit ihren göttlichen Fingern zu, als ich vorüberging, und ich winkte zurück.

Den Vormittag verbrachte ich damit, den Nachweis zu führen, daß einer unserer Mandanten unmöglich um 12 Uhr 06 am Busbahnhof auf der 8. Avenue einen Kameraladen ausgeraubt und um 12 Uhr 14 auf einer Ausstellung im Coliseum am Columbus Circle gesehen worden sein konnte.

Ich machte die Fahrt vom Busbahnhof zum Coliseum dreimal mit dem Taxi, dreimal mit der U-Bahn und dreimal mit dem Bus (die Rückfahrt jedesmal mit dem Taxi). Mit Hilfe meiner Stoppuhr stellte ich die Fahrtzeit genauestens fest und notierte alles.

Um 14 Uhr 30 war ich damit fertig, aß einen Hamburger und wählte Martys Nummer von einer Telefonzelle aus. Immer noch keine Antwort. Jetzt wurde ich etwas nervös. Marty hatte gesagt: bis 17 Uhr.

Als ich gegen 15 Uhr 20 zurück ins Büro kam, war Yetta Apatoff am Telefon, lächelte mir zu (welche Wonne, dieses Lächeln!) und reichte mir, immer weitersprechend, einen Zettel von Mr. Teitelbaums Sekretärin; ich solle sie gleich anrufen, sobald ich ins Haus käme. Ich ging in mein Büro, zog den Mantel aus und wählte wiederum Martys Nummer. Immer noch keine Antwort. Dann rief ich Ada Mondora an, Teitelbaums Sekretärin. Der wolle mich gleich sehen, habe aber im Moment noch eine Mandantin bei sich; sie werde zurückrufen, sobald er frei sei.

Ich zog das Jackett aus, setzte mich an die Maschine und ratterte einen Bericht über die Zeitmessungen herunter.

Mein Büro lag im Erdgeschoß und war etwas größer als ein Besenschrank. Ein Schreibtisch samt Maschinentisch paßte gerade hinein, ferner ein Bürostuhl und ein Besuchersessel. Des weiteren ein Aktenschrank aus Blech, ein Papierkorb, ein Kleiderständer und ein schmales Bücherregal. Das war alles. Als Dollworth hier in seiner ganzen Leibesfülle thronte, schien der Raum zu bersten, und auch jetzt kam er mir eng und niederdrückend vor, wenngleich ich weniger Platz beanspruchte. Fenster gab es keines. Sollte es mir gelingen, eine Sekretärin zu bekommen, würde ich als nächstes größere Räumlichkeiten erkämpfen. Mein Ehrgeiz war grenzenlos.

Ich war beinahe mit meinem Bericht fertig, als Ada Mondora mich nach oben rief. Ich zog das Jackett an, machte mich auf der Toilette fein und stieg in den ersten Stock hinauf.

»Hallo, Josh«, sagte Ada mit ihrer tiefen, rauhen Stimme. Sie näherte sich den fünfzig und klang, als habe sie ihr Lebtag schwere Zigarren geraucht. »Er sucht schon den ganzen Tag nach Ihnen. Gehen Sie rein.«

Ignaz Teitelbaum war sechs Jahre älter geworden seit dem Tag, da er mich eingestellt hatte, doch sah man ihm das nicht an. Offenbar hatte er ein Plateau erreicht (70? 75?) und alterte nun nicht mehr. Er würde so ins Grab steigen, wie er derzeit aussah, die Haut ledern, die blauen Augen blitzend, die Stimme voller Leben.

»Setzen Sie sich, junger Mann.«

Ich wählte den Klubsessel, der dem Tisch zunächst stand, und saß dort von der Arbeitslampe beleuchtet, während sein Gesicht im Schatten blieb.

»Ich hatte eine Mandantin bei mir, die Frau von Professor Yale Stonehouse. Er ist ein Prozeßhansel, wie man sagt. Sie kennen den Ausdruck?«

Ich murmelte eine Zustimmung.

»Nun denn, Professor Stonehouse prozessiert, jederzeit und aus jedem Anlaß – oder keinem. Er hat die Handwerker verklagt, die in seiner Wohnung Reparaturen ausgeführt haben. Er hat seinen Hauswirt verklagt. Er verklagt Warenhäuser und Taxifahrer und deren Arbeitgeber, ferner Zeitungen, Zeitschriften, Fabrikanten, Hotels, die Busgesellschaft, die Telefongesellschaft, die Elektrizitätswerke, die Stadt New York, die amerikanischen Pfadfinder, die Hersteller eines bestimmten Konfektes und einen armen Teufel, der das Pech hatte, ihn unwillentlich auf der Straße anzurempeln. Einmal hat Professor Stonehouse auch die Vereinigten Staaten von Amerika verklagt.«

»Und hat er gewonnen, Sir?«

»Er gewinnt kaum je«, sagte Mr. Teitelbaum mit herbem Lächeln, »und wenn, so deckt der erstrittene Schadensersatz niemals die Prozeßkosten. Ich erinnere mich, daß ein Richter ihm einmal einen Cent zusprach. Doch das macht dem Professor nichts aus, jedenfalls behauptet er das. Er meint, ihm gehe es einzig ums Prinzip.« Mr. Teitelbaum seufzte tief. »Ich bezweifle, daß Professor Stonehouse ganz zurechnungsfähig war, bestimmt war er exzentrisch.«

»War? Ist der Herr nicht mehr unser Mandant? Oder ist er verstorben?«

Mr. Teitelbaum fuhr fort, ohne meinen Einwurf zu beachten: »Wir haben versucht, ihm von seinen sinnlosen Klagen abzuraten, doch vergebens. Seine Prozesse waren für die jüngeren Mitarbeiter unserer Firma lehrreich. Wir führten übrigens nicht nur seine Prozesse, sondern kümmerten uns auch um seine Investitionen. Ich möchte sagen, er war wohlhabend. Wie wohlhabend weiß ich nicht genau, denn was er an Grundbesitz und sonstigen Investitionen hatte, ist uns unbekannt, weil wir nicht sein Testament aufgesetzt haben. Als ich einmal darauf zu sprechen kam, reagierte er ablehnend; das sei bereits geregelt. Ich habe diesen Punkt nie wieder berührt, denn er äußerte sich damals beinahe feindselig. So nahm ich denn an, er habe sein Testament von einem anderen Anwalt aufsetzen lassen, was durchaus nicht unüblich ist.«

Nun verstummte er. Auch ich blieb stumm und fragte mich, wohin das alles führen solle.

Ignaz Teitelbaum faltete die runzligen Hände auf der Tischplatte, betrachtete sie und bewegte jeden Finger einzeln. Er fuhr mit seiner ruhigen, verträumten Stimme fort: »Professor Stonehouses Frau hat mich hier aufgesucht. Ihr Mann, so sagte sie, sei eines Abends nach dem Essen fortgegangen, ohne zu sagen, wohin, und seither ist er nicht mehr zurückgekommen. Bis heute nicht.«

»Hat er etwas Schriftliches hinterlassen, Sir? Hat er Garderobe mitgenommen? Hat er größere Summen von der Bank abgehoben? Hat er angedeutet, daß er seine Frau verlassen wolle?«

Mr. Teitelbaum hob langsam den Kopf und schaute mich an. »Genau das habe ich Mrs. Stonehouse ebenfalls gefragt. Sie hat alle Fragen verneint.«

»Ich nehme an, Mrs. Stonehouse hat ihren Mann als vermißt gemeldet?«

»O ja. Die Polizei hat in allen Krankenhäusern nachgefragt, auch im Leichenschauhaus, hat Unfallmeldungen geprüft und so fort. Man hat auch mit den Kollegen des Professors an der Universität gesprochen. Stonehouse war bereits emeritiert, hielt gelegentlich aber noch Gastvorlesungen. Sein Spezialgebiet war die Geschichte der britischen Seefahrt im 17. Jahrhundert. Niemand an der Universität hat seit Monaten von ihm gehört oder ihn gesehen. Er wird jetzt bei der Polizei als vermißt geführt. Ich habe einige, ah, Kontakte zu den Behörden und konnte mit dem Sachbearbeiter sprechen. Der meint, der Professor sei aus eigenem Willen verschwunden und werde eines Tages ebenso freiwillig wieder auftauchen.«

»Und hat der Sachbearbeiter für diese Meinung Anhaltspunkte, Sir?«

»Nicht, daß ich wüßte. Offenbar hält er sich an seine Erfahrung mit vermißten Personen.«

»Wissen Sie, Sir, ob der Sachbearbeiter auch Flughäfen, Busbahnhöfe und die Eisenbahnstationen überprüft hat, Sir?«

»Ja, das hat er. Der Professor hat nirgendwo Fahrkarten auf seinen Namen bestellt. Doch das ist nicht schlüssig. Man kann Karten unter einem beliebigen Namen bestellen oder auch bar bezahlen. Das wissen Sie wohl.«

»Ja, Sir.«

»Der Sachbearbeiter hat dem Personal auf den Bahnhöfen und Flughäfen ein Foto von Professor Stonehouse gezeigt – ohne Ergebnis.«

»Besaß er einen Wagen, Sir?«

»Ja. Und der stand nach seinem Verschwinden noch in der Garage.«

Ich holte tief Luft. »Damit sind wir dann wohl am Ende, Sir. Hat Mrs. Stonehouse eine Vermutung, was das Verschwinden ihres Mannes angeht?«

Mr. Teitelbaum machte eine vage Handbewegung.

»Sie glaubt, er machte einen Spaziergang und erlitt irgendeinen Unfall, der zu Gedächtnisschwund führte; sie meint, er irrt jetzt in der Stadt umher, ohne zu wissen, wer er ist.«

»Hm . . . möglich, aber unwahrscheinlich.«

»Ganz recht. Unwahrscheinlich.«

»Wie alt war – ist Professor Stonehouse?«

»Zweiundsiebzig.«

»Und Mrs. Stonehouse?«

»Ich schätze, Ende Fünfzig. Vielleicht sechzig. Eine Tochter und ein Sohn sind einunddreißig respektive achtundzwanzig. Stonehouses haben spät geheiratet.«

»Sind die Kinder verheiratet, Sir?«

»Nein.«

Nun saßen wir wieder stumm da, und ich ließ mir durch den Kopf gehen, was ich da gehört hatte. Mir fiel dazu nichts ein. Das Verschwinden des Professors schien unerklärlich. »Darf ich etwas fragen, Sir?«

Ignaz Teitelbaum nickte gewichtig.

»Welches Interesse haben wir am Verschwinden des Professors, Sir?«

»Mrs. Ula Stonehouse möchte uns als Rechtsbeistände haben«, sagte er tonlos. »Sie hat drei Probleme: Erstens sollen wir ihr einen Privatdetektiv empfehlen, der sich mit dem Verschwinden ihres Mannes befaßt. Ich habe sie, glaube ich, davon überzeugt, daß dies eine sinnlose Geldausgabe wäre. Meiner Ansicht nach können Privatdetektive nicht mehr ausfindig machen als die entsprechende Stelle der Polizei. Stimmen Sie mir zu?«

»Ja, Sir. Es scheint ja, als hätte die Polizei gründliche Arbeit geleistet.«

»Richtig. Ich konnte Mrs. Stonehouse allerdings nicht gänzlich überzeugen, habe ihr also versichert, daß das Verschwinden ihres Mannes gründlich von unserer eigenen Ermittlungsabteilung untersucht werden würde.«

Vor vier Jahren war ich Laufbursche, jetzt war ich eine Abteilung! Das nennt man Erfolg.

»Das zweite Problem von Mrs. Stonehouse ist finanzieller Natur«, fuhr Teitelbaum fort. »Alle verfügbaren Mittel sind unter dem Namen ihres Mannes angelegt, Mrs. Stonehouse ist also, ah, in der Klemme.«

»Das kann man sich denken – schließlich ist er seit einem Monat verschwunden.«

»Richtig. Ich lasse gerade prüfen, wie der finanzielle Status eines Vermißten rechtlich beschaffen ist. Vermutlich kann ich das Gericht dazu bringen, bis zur Todeserklärung des Vermißten – falls je eine erfolgt – einen angemessenen Unterhalt für die Familie aus den Mitteln des Vermißten freizugeben.«

»Wer erbt, Sir, falls diese Todeserklärung je erfolgt?«

»Damit sind wir beim dritten Problem«, sagte Mr. Teitelbaum umdüstert. »Mrs. Stonehouse kann das

Testament ihres Mannes nicht finden. Offenbar ist auch das verschwunden.«

4

Von meinem Büro aus versuchte ich gleich wieder, Marty zu erreichen. Immer noch keine Antwort. Es war jetzt 16 Uhr 25. Ich beendete den Bericht über die Fahrtzeitenkontrolle, legte das Original in mein *Aus*-Kästchen, den Durchschlag zu den Akten. Sodann versah ich zwei neue Aktendeckel mit der Aufschrift *Stonehouse* und *Kipper*. Zu Kipper hatte ich einzig Martys Telefonnummer, zu Stonehouse nichts.

Ich lehnte mich bequem in meinem Stuhl zurück, legte die Füße auf den Tisch und überdachte meine Unterhaltung mit Teitelbaum. Teitelbaum verlangte weiter nichts, als daß ich die Familie Stonehouse und die Dienstboten befragte und sonst noch unternahm, was mir im Zusammenhang mit dem Verschwinden des Professors etwa einfiel, kurzum, daß ich mich umsah und Vermutungen darüber anstellte, was da eigentlich vorgegangen war.

»Sie sind ein gescheiter junger Mensch«, hatte Teitelbaum gesagt, »vielleicht fällt Ihnen was ein, woran die Polizei nicht gedacht hat, eine neue Perspektive oder so etwas in der Art.« Teitelbaum lag daran, dem Gericht, falls er um die Bewilligung einer monatlichen Unterhaltszahlung für die Familie Stonehouse nachsuchte, glaubhaft machen zu können, daß jede erdenkliche Mühe aufgewendet worden war, den Vermißten zu finden. »Wir können bereits jetzt darauf verweisen, daß die New Yorker Polizei sich vergeblich darum bemüht hat, ihn zu finden. Ich will aber auch dartun, daß Mrs. Stonehouse mit unserer Hilfe ihrerseits noch eine Anstrengung unternommen hat, ihren Mann zu finden. Notieren Sie sich genau, wieviel Zeit Sie darauf verwenden – je mehr, desto besser. Selbstverständlich ohne Ihre anderen Pflichten zu vernachlässigen. Ich werde auch Annoncen in die Lokalblätter einrücken lassen und eine Belohnung für Hinweise zur Auffindung des Vermißten aussetzen. Man könnte auch Handzettel mit dem gleichen Inhalt drucken und in der Nachbarschaft verteilen lassen. Ich glaube nicht, daß dabei etwas herauskommt, doch geht es darum, dem Gericht ganz klarzumachen, daß wir alles getan haben, den Vermißten zu finden, bevor wir um die Erlaubnis ersuchen, Geld von seinen Konten abzuheben.« So Teitelbaum.

Ich fand das sehr vernünftig. Es störte mich wenig, daß meine Ermittlungen nichts weiter sein würden als ein juristisches Manöver und daß keine bedeutenden Ergebnisse erwartet wurden.

Um vier Minuten vor 17 Uhr wählte ich noch einmal Martys Nummer. Diesmal wurde nach dem dritten Rufzeichen abgehoben, und ein Mann sagte:

»Ja?«

»Marty?«

»Ja. Wer spricht?«

»Ich rufe im Auftrag von Mr. Tabatchnik an.«

»Das wird auch Zeit. Sie haben es noch knapp geschafft.«

»Ich versuche es schon den ganzen Tag.«

»So? Na, ich war unterwegs.«

Die Stimme war belegt und rauh, sie gehörte offenbar einem ungebildeten Einheimischen. Er wartete jetzt ab, was ich zu sagen haben würde.

Ich sagte höflich: »Mr. Tabatchnik möchte, daß Sie und ich uns treffen. Ich kann mich dabei ganz nach Ihnen richten. Wir können dann über den Nachlaß Kipper sprechen.«

»Genau. Ich hab was zu verkaufen, und Sie kaufen, klar?« sagte er munter.

»Das muß sich erst zeigen«, sagte ich eilig. »Wo und wann können wir uns treffen?«

Nach einem Moment des Überlegens sagte er: »Zwischen der 8. und der 9. Straße ist eine Kneipe, *Bunte Kuh* heißt sie. Da treffen Sie mich morgen um 11 Uhr 30. Klar?«

Ich hatte mir Notizen gemacht und sagte jetzt: »Klar. Wie erkenne ich Sie?«

»Ich sitze linkerhand in der letzten Nische.« Und dann mit gutturaler Stimme: »Sie kommen doch allein?«

»Selbstverständlich.«

»Gut. Keine Dummheiten.«

Und er legte auf.

Ich legte ebenfalls nachdenklich auf und starrte auf meine Notizen. Wie hatte seine Stimme eigentlich geklungen? Recht betrachtet, nicht gerade drohend. Doch sehr selbstsicher.

Seufzend legte ich meine Notizen in den Aktendeckel Kipper und legte den in meinen Aktenschrank. Dann zog ich den Mantel an und wechselte im Hinausgehen Grüße mit anderen Angestellten, die jetzt ebenfalls gingen. Yetta Apatoffs Tisch war bereits verlassen; augenscheinlich war sie schon gegangen.

Es war ein grauer Tag gewesen, rauhes Wetter, fahles Licht, ein Geruch wie von Schnee in der Luft. Die Temperatur war aber etwas gestiegen, der Wind biß noch ein wenig, es wehte aber stärker, und der Abendhimmel war stellenweise blau. Statt mich in einen vollen Bus zu quetschen, beschloß ich, zu Fuß zu gehen.

Ich wohnte in Chelsea, in einer Straße mit Reihenhäusern, deren Vorgärten noch gußeiserne Staketenzäune hatten und zu deren verzierten Haustüren kleine Treppen führten. In den noch gut erhaltenen Häusern gab es Marmorkamine, und die hohen Decken hatten Stuckverzierungen.

Weil die Eigentümerin selber im Haus wohnte, war meine Wohnung ausreichend beheizt, und es gab heißes Wasser. Im Erdgeschoß war ein Architekturbüro, Armentrout & Pook, daneben Hooshang Aboudi, eine Importfirma.

Die Hausbesitzerin, Hermione Hufnagel, wohnte mit ihrer Tochter Cleo im ersten Stock, jede in ihrer eigenen Wohnung. Ich selber teilte mir das zweite Stockwerk mit Bramwell Shank, einem ältlichen, pensionierten Fährschiffskapitän, der an den Rollstuhl gefesselt war. Ganz oben, im dritten Stock, wohnte Madame Zora Kadinsky, die angeblich mal an der Met gesungen hatte und auch jetzt noch Tonleitern übte; gegenüber Adolph Finkel, ein Schuhverkäufer.

Die Wohnungen waren düster, doch die Decken waren hoch, und die Kamine ließen sich beheizen. Ich zahlte monatlich 350 Dollar Miete plus Nebenkosten.

An diesem Abend erwartete Bramwell Shank mich in seinem Rollstuhl auf unserem Treppenabsatz. Im Schoß hielt er eine Flasche Muskateller. Für mich stand ein sauberes Glas am Boden, er selber hatte seines schon halb geleert. Kaum hatte ich meine Tür aufgeschlossen, rollte er in meine Wohnung, und bevor ich noch den Mantel abgelegt hatte, berichtete er, was es heute im Fernsehen gegeben hatte.

In seinen besten Tagen dürfte er ein Kraftprotz gewesen sein, mit breiten Schultern, sehnigen Armen und mächtigen Fäusten. Obwohl er nun in seinem Rollstuhl gefangen saß und reichlich viel trank, haftete ihm doch noch etwas Streitlustiges an. Seine Stimme ließ die Scheiben erbeben, und seine Gebärden waren maßlos und heftig.

Weil er kahl war, hatte er den lieben langen Tag seine Kapitänsmütze auf dem Kopf. Das fleischige Gesicht darunter war rötlich bis purpurn. Er trug Rollkragenpullover und blaue Schiffsoffiziersjacken mit Messingknöpfen.

Ich ließ ihn reden, und als er mal eine Pause machte, um unsere Gläser aufzufüllen, fragte ich, ob er Lust habe, mit mir zu essen. »Ich wollte eigentlich Rührei mit Salami machen, dazu Salat und vielleicht zum Abschluß ein Stück Torte. Sie sind herzlich eingeladen, Käpt'n.«

»Ah wo, ich hab mir meinen Fraß schon angerichtet und verschlungen. Wo haben Sie denn die Torte her – ein Geschenk von Katrinka der Großen?«

So nannte er unsere Hausbesitzerin, Mrs. Hufnagel. Der Spitzname paßte – sie war fast zwei Meter groß und mindestens Weltergewicht.

»Stimmt. Holländische Apfeltorte, selbstgemacht und ausgezeichnet.«

»Ahhh.« Er schmunzelte mich an. »Sie ist so richtig lieb zu Ihnen, wie?«

»Ist sie nicht auch zu Ihnen freundlich?«

»Torten backt sie mir keine. Gehen Sie zu der Party?«

»Zu was für einer Party?«

»Samstag abend. Katrinka hat alle Mieter eingeladen.«

»Mich nicht.«

»Das kommt noch.«

»Und was ist der Anlaß?«

»Valentinstag – sagt sie. Aber ich habe da so meine eigenen Vermutungen.«

»Sie sprechen heute abend in Rätseln, Käpt'n.«

Er sah zu, wie ich Papier und Anmachholz im Kamin zurechtlegte. »Sie machen das verkehrt! Kreuzweise müssen Sie das Anmachholz schichten!«

»Ich mache es immer so, und es brennt auch immer.«

Auch diesmal ging das Feuer an. Wir schauten in die Flammen, das Glas in der Hand, als es klopfte.

»Hallo, hallo, Joshy? Sind Sie zu Hause?« Das war Madame Kadinsky.

»Lassen Sie sie nicht rein«, knurrte der Kapitän.

»Madame Kadinsky!« Ich öffnete und strahlte sie an. »Wie nett, Sie zu sehen. Kommen Sie herein.«

Sie tätschelte meine Wange. »Sie haben doch versprochen, mich Zora zu nennen, Sie unartiger Knabe.« Nun kam sie mit schnellen Trippelschritten herein. »Aber ich sehe, Sie haben schon Besuch. Der Herr Kapitän Shink.«

»Shank«, knurrte er.

»Störe ich?« Sie lachte affektiert.

»Nicht im geringsten. Wir tranken gerade einen Schluck Wein. Ich hole Ihnen ein Glas.«

»Gehen Sie Samstag zur Party, Joshy?«

»Noch bin ich nicht eingeladen.«

»Das kommt noch«, sagte sie, genau wie Shank. Beide lächelten.

»Was haben Sie denn nur?« fragte ich.

Zora legte eine Hand an die Wange und rollte die Augen.

»Er weiß noch nichts«, sagte Shank.

»Dann sagen Sie es endlich«, platzte ich heraus.

»Katrinka die Große hat Sie für Cleo vorgemerkt«, erklärte mir der Kapitän.

Bald darauf gingen die beiden, und ich bereitete in der Küche mein Omelette. Wahrscheinlich fühlte ich mich geschmeichelt, schließlich bin ich ebenso eitel wie meine Mitmenschen. Das Ganze war selbstverständlich lachhaft. Cleo Hufnagel war eine angenehme, sanfte junge Frau. Wir lächelten einander zu, grüßten uns selbstverständlich. Aber mehr ging einfach nicht, denn Cleo war mindestens einsfünfundsiebzig und in hohen Absätzen noch größer.

Trotzdem gingen meine Gedanken immer wieder zu der großen Hufnagel-Verschwörung, und als es klopfte, wußte ich gleich, wer es war. Mrs. Hufnagel stand vor der Tür, in der Hand eine mit einem Tuch verdeckte Schüssel.

»Welche Überraschung! Wollen Sie nicht eintreten, Mrs. Hufnagel?«

»Hm, nun ja, auf eine Minute. Ich will nicht stören.«

»Sie stören durchaus nicht. Möchten Sie eine Tasse Kaffee?«

»Nein, tausend Dank. Wir haben eben gegessen. Cleo hat ein wunderbares Abendbrot gemacht, Schweizer Steak mit Kartoffelbrei, frische grüne Bohnen und eine vortreffliche Sauce. Haben Sie schon Ihren Kaffee getrunken?«

Ich verneinte wahrheitsgemäß.

»Cleo hat Schokoladenplätzchen gebacken, und wir dachten, die würden Ihnen zum Kaffee schmecken.«

»Sie sind wirklich zu großmütig, Mrs. Hufnagel.«

»Probieren Sie eines«, befahl sie.

Gehorsam probierte ich ein Plätzchen.

»Köstlich«, sagte ich.

Sie seufzte. »Cleo ist eine wunderbare Köchin. Sie wäre eine wirklich gute Ehefrau.«

»Bestimmt«, murmelte ich. »Möchten Sie die Schüssel wieder mitnehmen? Ich kann die Plätzchen in eine Büchse füllen.«

»Es hat keine Eile, bringen Sie die Schüssel irgendwann zurück. Übrigens bin ich nicht nur der Plätzchen wegen gekommen, Mr. Big. Ich wollte Sie auch zu der Party einladen, die Cleo und ich am Samstag abend geben.«

5

In der *Bunten Kuh* roch es nach verschüttetem Bier und billigen Zigarren, und das schon am Vormittag um 11 Uhr 30. An der Bar hockten Männer über ihre Drinks gebeugt und erwarteten grimmig den Weltuntergang. Marty saß richtig in der letzten Nische links, das Gesicht zur Tür. Er hielt mit beiden Händen sein Bierglas umfaßt. In dem trüben Licht schätzte ich ihn auf Mitte Vierzig; er war mager, hatte Pickel im Gesicht und trug einen kleinen Schnurrbart. Er beobachtete teilnahmslos, wie ich näherkam. Neben seiner Nische blieb ich stehen und fragte: »Sind Sie Marty?«

»Ja und?«

»Ich komme im Auftrag von Mr. Tabatchnik.«

Er bleckte die Zähne. »Wer sind Sie – der Bürobote?«

Ich setzte mich ihm gegenüber.

»Ich bin von Mr. Tabatchnik beauftragt, die Verhandlungen zu führen.«

»Reizend.«

»Könnten Sie mir erklären, worum es sich handelt? Sie behaupten –«

»Wollen Sie was trinken?« unterbrach er mich.

»Nein, trotzdem vielen Dank.«

»Wofür? Eingeladen hätte ich Sie nicht.«

»Sie behaupten, gewisse Informationen hinsichtlich des Nachlasses von Solomon Kipper zu besitzen. Stimmt das?«

»Ich behaupte das nicht, ich habe sie.«

»Und könnten Sie mir sagen, was das für Informationen sind?«

»Sie machen wohl Spaß? Ich will sie ja gerade verkaufen.«

Ich seufzte und lehnte mich zurück.

»Dann stecken wir wohl leider in einer Sackgasse. Sie erwarten gewiß nicht, daß wir ein Angebot auf etwas machen, das wir nicht kennen.«

Er lehnte sich vor, und ich roch seinen sauren Atem. Seine Augen waren beinahe farblos, und ich sah, daß ihm das linke Ohrläppchen fehlte. Er hatte eine Stoffmütze auf, einen grünen Anorak an, dazu ein kastanienbraunes Hemd und einen rosa Schlips. Der Anorak war fleckig, im Gesicht sprossen weiße Bartstoppeln, seine Fingernägel hatten schwarze Ränder, und seine Stimme klang noch klebriger als am Telefon.

»Jetzt hören Sie mal zu, Jungchen. Sie sollen mir kein Angebot machen, sondern zahlen, was ich verlange. Und was ich Ihnen verkaufen will, sage ich nicht, denn dann habe ich ja nichts mehr zu verkaufen. Das sehen Sie doch ein? Soviel kann ich Ihnen sagen: was ich weiß, reicht aus, den Karren umzuschmeißen. Das Testament von Kipper ist nicht das Papier wert, auf dem es geschrieben steht, wenn ich mit meinen Informationen rausrücke.«

»Und wieviel verlangen Sie dafür?«

»50 000. Zahlen Sie, oder lassen Sie es bleiben.«

Ich glaube, es gelang mir, meinen Schock zu verbergen.

»Eine erhebliche Summe«, murmelte ich.

»Quatsch«, sagte er. »Das sind bloß Pfennige. Was ist der Nachlaß wert – vier Millionen oder fünf? Jedenfalls sind 50 000 nicht zuviel, wenn dafür das Geld in die richtigen Hände kommt.«

»Hm . . . ich werde Mr. Tabatchnik entsprechend unterrichten.«

»Spielen Sie nicht mit mir, ich habe andere Kunden, die nur darauf warten, die Information in die Hände zu kriegen. Die treffe ich später. Wer zuerst kommt, mahlt zuerst.«

»Ich setze mich mit Ihnen in Verbindung, sobald Mr. Tabatchnik seine Entscheidung trifft. Würden Sie mir Ihren Namen nennen? Sie können nicht erwarten, daß wir eine so große Summe jemandem aushändigen, den wir nur als Marty kennen.«

Er bedachte dies, wobei er die Augen zusammenkniff und die Nase rümpfte.

»Das kann wohl nicht schaden«, meinte er schließlich. »Ich heiße Reape. Marty Reape. Sie können mich unter der Nummer erreichen, die Sie haben. Am späten Nachmittag bin ich zu Hause.«

Ich nickte und glitt aus der Nische. »Hat mich sehr gefreut, Mr. Reape.«

»Ja.« Er machte keine Anstalten, gemeinsam mit mir zu gehen. Selbstverständlich blieb er sitzen, weil er nicht wollte, daß ich ihm folgte, doch unterschätzte er meine Berufserfahrung. Ich wandte mich nach Westen, überquerte die 9. Straße und suchte mir eine geeignete Toreinfahrt, um ihn von hier aus zu beobachten. Dann machte ich mich auf ein längeres Warten gefaßt, die Hände in den Manteltaschen. Gelegentlich stampfte ich mit den Füßen, damit sie nicht zu kalt wurden, und ab und an hielt ich die Hände an die Ohren. Endlich kam er heraus, blieb am Rinnstein stehen, knöpfte den Anorak zu und schaute sich um. Dann wandte er sich nach Osten, Richtung Times Square.

Er hielt sich auf der Südseite der West 46. Straße, ich blieb auf der gegenüberliegenden Seite, ziemlich weit hinter ihm. Er kam nur langsam voran, denn jetzt wimmelte es hier von Angestellten, die Mittagspause hatten. Seine Mütze und der Anorak waren aber gut im Auge zu behalten. Offenbar fühlte er sich nicht beschattet, er schaute nicht ein einziges Mal hinter sich, suchte in keiner Schaufensterscheibe nach dem Spiegelbild eines Beobachters. Ich folgte ihm bis zu einem Hauseingang neben einem Sex-Kino, wo *Jugendliche Honigschlecker* gezeigt wurde, und schlüpfte hinter ihm in die Halle, an deren schmieriger Marmorwand mehrere Schilder befestigt waren, darunter eines: Marty Reape, Privatdetektei.

Ich ging, so rasch ich konnte, zurück ins Büro, um Mr. Tabatchnik zu berichten, Miss Potts sagte mir aber, er sei zum Essen gegangen, sie wolle mich anrufen, sobald er zurück sei. Ich ließ mir Milch und belegte Brote kommen und tippte den Bericht über mein Treffen mit Marty Reape, legte ihn in die Akte Kipper und rief sodann Mr. Teitelbaum an. Der ging niemals zum Essen aus, sondern trank an seinem Tisch eine Tasse Tee und aß zwei Grahamkekse dazu. Ich sagte ihm, ich wolle gern mit der Familie Stonehouse sprechen, und es würde gewiß einfacher sein, wenn er selber einen Termin abmache, zu dem die Familienmitglieder wie auch das Personal anwesend seien. »Gut, gut«, sagte er barsch. »Ich rufe Sie zurück.«

Womöglich waren seine Kekse altbacken.

Kaum hatte ich aufgelegt, rief Thelma Potts an. Ich teilte den Fahrstuhl in den dritten Stock mit zwei Hilfskräften, welche Aktenstöße schleppten, hinter denen sie fast verschwanden.

»Schon zweimal innerhalb von zwei Tagen«, staunte Thelma Poots. »Wo kämen wir ohne Sie hin?«

»Halten Sie sich an mich, Schönste, und Sie werden eines Tages Diamanten tragen«, sagte ich.

Ich klopfte einmal an und trat ein. Mr. Tabatchnik fütterte seine Fische mit einem weißlichen Pulver, das er ins Wasser streute, wobei er kleine Geräusche machte, die sich anhörten wie »nk, nk«.

»Ich habe Marty wegen des Nachlasses Kipper getroffen, Mr. Tabatchnik.«

Er fuhr fort, die Fische zu füttern. »Setzen Sie sich und erzählen Sie.«

Als ich die Summe von 50 000 Dollar nannte, zuckte Mr. Tabatchniks Hand, und einer seiner flossentragenden Freunde bekam ein unerwartetes Bankett. Ich setzte meinen Bericht fort, und er ließ sich in dem Stuhl hinter seiner Arbeitsplatte nieder, wobei er die Hände aneinanderrieb.

»Das gefällt mir immer weniger«, bemerkte er. »Hätte er 500 oder 1000 oder auch 5000 verlangt, nähme ich an, es handele sich um einen kleinen Gauner. Aber er glaubt doch offenbar selber, daß das, was er weiß, wertvoll ist. Und da er Privatdetektiv ist, könnte er wirklich was Wissenswertes entdeckt haben. Wiederholen Sie noch mal, was er über die Art seiner Information sagte.«

»Er sagte wörtlich: ›Was ich weiß, reicht aus, den Karren umzuschmeißen. Das Testament von Kipper ist nicht das Papier wert, auf dem es geschrieben steht, wenn ich mit meinen Informationen rausrücke.‹ Zitat Ende.«

»Und er sagte, er hat andere Kunden?«

»Ganz recht, Sir. Die will er später am Tage noch treffen. Es sind offenbar mehrere, denn er sagte ausdrücklich ›die‹.«

Wir saßen eine Weile schweigend. Schließlich raffte er sich auf und sagte: »Mir mißfällt dies ungemein. Als Organ der Rechtspflege kann ich mich nicht in solche Machenschaften einlassen. Andererseits habe ich unserem verstorbenen Mandanten gegenüber die Pflicht, dafür zu sorgen, daß sein Nachlaß genau so verteilt wird, wie er es in seinem Testament bestimmt hat.«

Er starrte mich ausdruckslos an, und ich begriff nicht gleich. Dann kam es mir. »Ist an diesem Testament irgendwas ah . . . sonderbar, Sir?«

»Nein, nein, es ist ein relativ knappes und einfaches Dokument. Ich habe Ihnen allerdings nicht alles gesagt, Mr. Big. Am Vormittag des Tages, da er Selbstmord beging, rief Sol Kipper hier an und sagte, er wolle ein neues Testament machen.«

»Ah, ich verstehe«, sagte ich leise.

»So? Ich verstehe das nicht. Jetzt taucht dieser ›Marty‹ auf und behauptet, Material zu besitzen, das das bestehende Testament wertlos macht.«

»Sie wollen also zahlen, Mr. Tabatchnik?«

»Ich sagte doch bereits«, donnerte er, »daß ich mich auf solche Sachen nicht einlassen kann!«

»Selbstverständlich nicht, Sir. Ich indessen bin kein Organ der Rechtspflege und kann demgemäß in dieser Angelegenheit tätig werden.«

Ebendies wollte er hören. Er lehnte sich zurück, faltete die Hände vor seinem Bauch und betrachtete mich sinnend.

»Was schlagen Sie vor, Mr. Big?«

»Das Geld darf nicht von der Firma kommen, darf in den Büchern nicht erscheinen. Es muß von außerhalb kommen.«

Er dachte nach. »Das könnte arrangiert werden«, meinte er endlich.

»Und Reape darf mit niemand aus der Firma zusammenkommen außer mit mir. Niemand hier im Haus darf mit ihm sprechen oder ihn gar treffen.«

»Ich stimme Ihnen zu.«

»Als erstes müssen wir Reape wissen lassen, daß wir auf seine Forderung eingehen. Und das, bevor er mit seinen anderen Kunden abschließt. Sodann werde ich einen Zeitpunkt für die Übergabe des Geldes machen, einen möglichst späten Zeitpunkt. Er bekommt sein Geld, und wir seine Information.«

»Warum wollen Sie die Übergabe des Geldes verzögern?«

»Um Zeit zu gewinnen, um vielleicht an seine Informationen heranzukommen, ohne dafür zu bezahlen.«

»Ausgezeichnet, junger Mann! Falls es gelingt. Es geht jedoch in erster Linie darum, die Information zu beschaffen. Das muß Ihnen ganz klar sein.«

»Das ist es, Sir.«

»Gut. Halten Sie mich auf dem laufenden. Ich brauche einen Tag oder zwei, um das Geld aufzutreiben.«

»Es wäre mir eine große Hilfe, Mr. Tabatchnik, wenn Sie mich über den Inhalt des vorhandenen Testamentes unterrichteten. Vor allem: Wer erbt den Hauptanteil? Und wer hätte den größten Nutzen, falls das Testament aus irgendwelchen Gründen für ungültig erklärt würde?«

Er betrachtete seine großen Hände, die nun vor ihm auf dem Tisch lagen.

»Im Moment möchte ich darüber nichts sagen. Sollte es für Ihre Ermittlungen unumgänglich werden, sollen Sie eine Abschrift des Testaments bekommen.«

Damit war ich denn ja wohl entlassen.

»Mr. Big.«

Ich wandte mich an der Tür um.

»Diese Unterredung hat niemals stattgefunden«, sagte er streng.

»Welche Unterredung, Sir?« fragte ich.

Da lächelte er beinahe.

6 Von meinem Büro aus rief ich Marty Reape an. Keine Antwort. Ob er wohl schon mit seinen anderen Interessenten verhandelte? Ich zog die Jacke an und machte mich über Anfragen der jüngeren Partner und Associés her. Die meisten waren durch Telefongespräche, Briefe oder einen Blick in die von Dollworth zusammengestellte kleine, aus Handbüchern bestehende Bibliothek zu klären.

Wie viele spanische Einwohner hatte die Bronx im Jahre 1964?

Wie lange dauert es, einen Wagen umzulackieren?

In welchem Jahr wurde das Penicillin entdeckt?

Wer wurde im Staat New York als letzter auf dem elektrischen Stuhl exekutiert?

Aus welchen Bestandteilen setzt sich ein Molotowcocktail zusammen?

Zweimal versuchte ich, Reape zu erreichen. Ada Mondora ließ mich wissen, daß ich um 20 Uhr in der Wohnung von Stonehouse am Central Park West zu sein hätte.

Es war jetzt etwa 16 Uhr 30. Ich beschloß, nicht nach Hause zu gehen, sondern in der Stadt zu essen und dann zu Stonehouse zu fahren. Ich besah mein Portemonnaie und rief dann Yetta Apatoff an.

»Ach, Josh, wenn Sie doch früher angerufen hätten!« sagte sie. »Ich wäre so gern mit Ihnen essen gegangen, aber vor einer halben Stunde habe ich mich schon mit Hammy verabredet.«

»Hammy?«

»Hamish. Hamish Hooter.«

Den nannte sie also Hammy!

»Schade, Yetta, aber dann probiere ich es eben ein andermal.«

»Bestimmt?« hauchte sie.

»Bestimmt.«

Also blieb ich bis 18 Uhr 30 am Schreibtisch und rief Marty Reape noch zweimal vergebens an. Von dem

Restaurant, wo ich mein Abendessen alleine einnahm, versuchte ich es noch einmal, wieder ohne Erfolg. Ich fürchtete bereits, daß er anderweitig abgeschlossen hatte.

Da ich reichlich Zeit hatte, nahm ich von der 42. Straße einen Bus zum Broadway und schlenderte hinüber zum Central Park West. Der Himmel war bedeckt, es fing an zu nieseln. Der Wind kam in leichten Stößen und roch nach Asche. Ein passender Abend, um das Verschwinden eines Mannes zu untersuchen.

Die Stonehouses wohnten in einem mächtigen, pyramidenähnlichen Appartementhaus, sehr alt und sehr teuer. Die Halle war ein Gedicht aus Marmor und Spiegeln. Der uniformierte Türsteher vergewisserte sich telefonisch, daß ich erwartet wurde. »Ein Mr. Big zu Mrs. Stonehouse.« Dann legte er auf. »Appartement 17 B.«

Der Fahrstuhl war auf Selbstbedienung umgestellt, seine Wände mit Walnußholz paneeliert und mit ovalen abgeschrägten Spiegeln versehen, der echte Perserteppich eigens für den Fahrstuhl gewebt.

17 B ging auf den Central Park hinaus. Ich klingelte und mußte lange warten. Schließlich wurde von einer blendend aussehenden jungen Frau geöffnet. Sie lächelte mich an.

»Mr. Big? Guten Abend. Mein Name ist Glynis Stonehouse.«

Sie hängte meinen Mantel im Foyer auf und führte mich einen matt erleuchteten Korridor entlang, an dessen Wänden ich antike Seekarten und Darstellungen von Seeschlachten wahrnahm. Jetzt wurde mir klar, weshalb ich so lange hatte warten müssen: bis zum Wohnzimmer war es ein tüchtiger Marsch. Die Wohnung war riesig.

Sie ging mir ins Wohnzimmer voran, das größer war als meine ganze Wohnung. Ich sah aus den Augenwinkeln, daß im Kamin ein Feuer brannte. Die auf den Park gehenden Fenster reichten vom Fußboden bis zur Decke, überall standen mit Samt bezogene Sessel und Sofas.

Glynis Stonehouse führte mich in eine Ecke, in der ein Kanapee stand, auf dem eine zierliche Dame ruhte. Sie hielt ein halbvolles Weinglas in der Hand, und auf dem Glastisch neben dem Sofa stand eine Sherryflasche.

»Meine Mutter«, sagte Glynis mit tiefer, etwas heiserer, fast tonloser Stimme.

»Mein Name ist Joshua Big, Mrs. Stonehouse, und ich komme im Auftrag von Mr. Teitelbaum. Es ist mir eine Ehre.«

»Mein Mann ist tot, nicht wahr?« sagte sie. »Ich weiß es.« Ihre Worte verblüfften mich, ihre Stimme allerdings noch mehr. Es war eine zwitschernde, flötengleiche Stimme.

»Dafür gibt es nicht den geringsten Anhaltspunkt, Mutter«, sagte Glynis.

»Ich weiß, was ich weiß«, beharrte Mrs. Stonehouse. »Setzen Sie sich, Mr. Big. Dort drüben, da kann ich Sie besser sehen.«

»Danke.« Ich nahm den Sessel, auf den sie wies. Zum Glück reichte ich mit den Füßen auf den Boden, wenn auch nur knapp.

»Haben Sie schon gegessen?«

»Ja, Madame.«

»Wir auch«, sagte sie munter, »und nun trinke ich mein Glas Sherry. Glynis trinkt nicht. Nie. Nicht wahr, Liebe?«

»Nein, Mutter«, sagte Glynis geduldig. »Möchten Sie etwas trinken, Mr. Big?«

»Ein Glas Sherry wäre mir willkommen, vielen Dank.«

Glynis nahm von einem Barwagen ein Glas und goß aus der Flasche ihrer Mutter ein. Sie reichte es mir und setzte sich dann ans Fußende des Sofas. Ihre Bewegungen waren geschmeidig und beherrscht.

»Mr. Teitelbaum hat Mutter gesagt, daß Sie das Verschwinden meines Vaters untersuchen wollen.«

»Richtig. Wir meinen zwar, daß die Polizei alles getan

hat, was möglich ist, doch kann es nicht schaden, noch einmal nachzuforschen.«

»Er ist tot«, wiederholte Mrs. Stonehouse.

»Wie Mr. Teitelbaum mir sagte, waren Sie der Meinung, Ihr Mann habe einen Unfall erlitten und sein Gedächtnis verloren, Madame«, sagte ich.

»Das war einmal. Jetzt glaube ich das nicht mehr. Er ist tot. Ich habe eine Vision gehabt.«

Glynis Stonehouse musterte ihre Fingernägel. Ich nahm Notizbuch und Kugelschreiber zur Hand. »Ich bedauere, Sie noch einmal mit Fragen behelligen zu müssen, die gewiß schmerzlich sind für Sie, doch wüßte ich gern von Ihnen, wie genau der Abend verlief, an dem Ihr Mann verschwand.«

Mrs. Stonehouse redete am meisten, ihre Tochter berichtigte sie dann und wann oder fügte mit ihrer ruhigen Stimme etwas hinzu. Ich machte mir dabei Notizen, doch geschah dies mehr, um Eindruck zu schinden; sie sollten sehen, wie ernst die Kanzlei Tabatchnik, Orsini, Reilly und Teitelbaum die Affäre nahm. Ich blickte von meinem Gekritzel häufig zu Mrs. Stonehouse hinüber.

Während sie sprach, nippte sie immer wieder an ihrem Glas und goß zweimal nach. Ihre Augen hatten eine milchige Farbe und blinkten wie zwei brennende Kerzen. Das stark gekräuselte blonde Haar war hochgekämmt, ihre Haut war chamoisfarben, und sie hatte die Angewohnheit oder den nervösen Tick, mit dem linken Zeigefinger an ihre Stupsnase zu tippen, so als wollte sie sich vergewissern, daß sie noch da ist.

Ihre Gesten waren zerfahren, und sie grimassierte so heftig, daß das Gesicht ständig in Bewegung war. Gekleidet war sie in mädchenhaftes Chiffon, und so, wie sie da hingegossen lag, ließ sie ein gut Teil ihrer Beine sehen.

Sie sprach hastig, als läge ihr daran, alles rasch hinter sich zu bringen. Die Zwitscherstimme flötete fort und fort, und nach einer Weile glaubte man, ein Kind zu hören, das seine Rolle für eine Schulaufführung eingeübt hat.

Am 10. Januar hatte die Familie Stonehouse um 19 Uhr gespeist. Anwesend waren Professor Stonehouse samt Gattin Ula, Tochter Glynis und Sohn Powell. Serviert wurde von der im Hause wohnenden Haushälterin Mrs. Effie Dark. Das Hausmädchen Olga Eklund hatte ihren freien Tag.

Glynis Stonehouse stand ziemlich früh vom Tisch auf, gegen 20 Uhr, weil sie im *Circle in the Square* eine Vorstellung von *Man and Superman* ansehen wollte. Nach dem Essen begab die übrige Familie sich ins Wohnzimmer. Gegen 20 Uhr 30 ging der Professor in sein Arbeitszimmer, kam aber gleich wieder heraus und erklärte, er wolle noch ein paar Schritte gehen. Er ging ins Foyer, und später stellte sich heraus, daß er Hut, Schal und Mantel mitgenommen hatte. Mrs. Stonehouse und ihr Sohn hörten die Wohnungstür zufallen. Der Türsteher erinnerte sich, daß der Professor gegen 20 Uhr 45 das Haus verlassen hatte.

Seither war er nicht mehr gesehen worden.

Nachdem sie diesen Bericht gegeben hatten, schauten Mutter und Tochter mich so gespannt an, als erwarteten sie von mir, daß ich sofort eine Erklärung dafür hätte.

»Hat Professor Stonehouse seit seinem Verschwinden versucht, sich mit Ihnen in Verbindung zu setzen?«

»Nein«, sagte Glynis. »Nein.«

»War es üblich, daß Ihr Vater um diese Zeit noch einen Spaziergang machte?«

»Nein«, sagte Mrs. Stonehouse. »Abends ging er nie weg.«

»Selten«, berichtigte ihre Tochter sie. »Ein- oder zweimal im Jahr traf er Kollegen. Das war aber meistens mit einem Bankett verbunden, und dann ging er schon früher weg.« – »Wohin er am Abend des 10. Januar gehen wollte, sagte er nicht?«

»Nein«, antwortete Mrs. Stonehouse.

»Und Sie fragten ihn auch nicht, Madame?«

Die Mutter schaute hilfesuchend ihre Tochter an.

Die sagte zögernd: »Mein Vater war – mein Vater ist ein schwieriger Mensch. Er mochte nicht, daß man ihn fragte, er ging seiner Wege und ließ darüber nichts verlauten.«

»Fanden Sie sein Betragen beim Essen damals ungewöhnlich?«

Diesmal schaute die Tochter die Mutter an.

»Hmmm . . . er redete wenig beim Essen, doch war das nicht ungewöhnlich.«

»Sie meinen also, er betrug sich für seine Verhältnisse ganz wie üblich?«

Beide nickten.

»Gut. Ich möchte nachher noch einiges in diesem Zusammenhang fragen, zunächst aber muß ich wissen, was nach dem Weggang des Professors geschah.«

Mrs. Stonehouse fuhr also in ihrem Bericht fort.

Erst gegen 23 Uhr fing man an, sich Sorgen über den Verbleib von Stonehouse zu machen. Bis dahin saßen Mutter und Sohn im Wohnzimmer, tranken etwas und schauten ein Stück von Beckett auf Kanal 13 an. Gegen 22 Uhr 30 sagte Mrs. Dark gute Nacht und suchte ihr Zimmer am anderen Ende der Wohnung auf.

Nun wurde der Portier gefragt, der aber weiter nichts sagen konnte, als daß Professor Stonehouse gegen 20 Uhr 45 gegangen und nicht zurückgekommen sei. Man weckte Mrs. Dark und befragte sie, ob der Herr des Hauses etwa ihr gegenüber geäußert habe, wohin er gehen wolle. Mrs. Dark wußte nichts, machte sich aber ebenfalls Sorgen, zog einen Morgenrock über ihr Nachthemd und gesellte sich zu Mutter und Tochter im Wohnzimmer. Man telefonierte nun herum bei Kollegen des Professors und entschuldigte sich jeweils wegen der späten Anrufe, doch hatte niemand von ihm gehört oder ihn gesehen. Außer ehemaligen Kollegen hatte er keine Freunde.

Gegen 23 Uhr 30 war die Besorgnis bereits so groß, daß man erwog, die Polizei zu benachrichtigen, doch scheute man sich, denn wäre er zurückgekommen, wäre er wütend geworden.

»Er war sehr jähzornig«, meinte Glynis.

Sie selber kam kurz nach Mitternacht aus dem Theater und erfuhr von der Abwesenheit des Vaters. Sie schlug vor, in der Garage anzurufen, um zu hören, ob ihr Vater den Wagen genommen habe. Powell tätigte diesen Anruf und erfuhr, daß der Wagen noch dort sei.

Um 2 Uhr früh benachrichtigte man telefonisch das örtliche Polizeirevier und bekam zu hören, daß sich die Abteilung für Vermißte erst vierundzwanzig Stunden nach dem Verschwinden einer Person der Sache annähme, doch wolle man unterdessen in den Hospitälern nachfragen und zurückrufen.

Nun wurde Kaffee gemacht, und um 3 Uhr 20 kam die Meldung, weder Professor Stonehouse noch jemand, auf den seine Beschreibung passe, sei als Unfallopfer irgendwo eingeliefert worden.

Jetzt konnte man nichts mehr unternehmen. Tags darauf wurde wieder telefoniert, Powell erkundigte sich bei den Nachbarn, hielt sogar Nachfrage in den umliegenden Straßen, erkundigte sich an Zeitungskiosken und in Lokalen, die Tag und Nacht geöffnet hielten. Niemand hatte seinen Vater gesehen oder jemand, der ihm glich.

Als die vierundzwanzig Stunden verstrichen waren, meldeten sie den Abgang des Professors bei der Abteilung für Vermißte der New Yorker Stadtpolizei, und das war das letzte, was sie tun konnten. Ich holte tief Luft.

»Ich möchte Sie bei diesem ersten Zusammentreffen nicht so lange aufhalten«, sagte ich. »Ich hoffe, Sie gestatten mir, wiederzukommen oder auch anzurufen, falls mir weitere Fragen einfallen.«

»Selbstverständlich«, sagte Glynis Stonehouse, »und nehmen Sie sich soviel Zeit, wie Sie brauchen. Wir sind nur zu gern bereit, Ihnen zu helfen.«

»Also dann noch einige Fragen.« Ich schaute sie an. »Hatte Ihr Vater Feinde? Kennen Sie jemanden, der ihn genügend haßte, um . . .«

Ich ließ den Satz hängen, sie zuckte aber mit keiner Wimper. Sie sah aber auch nicht aus wie der Typ, der mit den Wimpern zuckt. Sie war größer als ihre Mutter, festes Fleisch, wohlgeformt. Das dunkle Haar hing glatt auf die Schultern, das Gesicht war wie ein Dreieck geformt, die Augen hellblau, der Mund groß, die Lippen kaum geschminkt. Sie trug ein schlichtes Kleid aus dünnem Stoff, der am Busen, an den Hüften und Schenkeln anlag, und keinen Schmuck. Mir schien sie sehr leidenschaftlich, aber von einer beherrschten Leidenschaft. Die Augen verrieten nichts, sie lächelte so selten, wie sie die Stirne runzelte. Bevor sie auf eine Frage antwortete, dachte sie nach, nicht lange, aber doch lange genug, um den Eindruck zu erwecken, als antworte sie mit Überlegung.

Jetzt sagte sie gleichmütig: »Nein, Mr. Big, ich glaube nicht, daß irgendwer meinen Vater genügend haßte, um ihm was anzutun.«

»Aber Feinde hatte er?« beharrte ich.

»Eine Menge Leute konnten ihn nicht leiden. Es war nicht einfach, mit ihm auszukommen.«

»Aber Glynis«, warf ihre Mutter bekümmert ein.

»Mr. Big soll ruhig die Wahrheit erfahren, Mutter. Vielleicht ist ihm das nützlich. Mein Vater war – ist ein Tyrann. Dickschädlig, verbohrt, diktatorisch, und sein Siedepunkt ist extrem niedrig. Er prozessierte unentwegt wegen Nichtigkeiten. Selbstverständlich hatte er Feinde, sowohl an der Universität als anderswo. Aber ich kenne niemand, der ihm übel genug wollte, um ihn – um ihm etwas anzutun.«

Ich nickte und schaute auf meine Notizen.

»Mrs. Stonehouse, Sie sagten, Ihr Mann sei, kurz bevor er das Haus verließ, in sein Arbeitszimmer gegangen?«

»Ja, das stimmt.« – »Wissen Sie, weshalb?«

»Nein. Sein Arbeitszimmer ist sein ganz privates Zimmer.«

»Dort durfte niemand hinein«, bestätigte Glynis.

»Du schon«, widersprach ihre Mutter.

»Er machte dort sogar selber sauber«, fuhr Glynis fort. »Er arbeitete an einem Buch und wollte nicht, daß seine Papiere durcheinanderkämen.«

»An einem Buch? Was war das für ein Buch?«

»Die Geschichte der Prince Royal, ein berühmtes englisches Schlachtschiff aus dem 17. Jahrhundert.«

»Hat Ihr Vater schon früher publiziert?«

»Etliche Monographien und Artikel in Fachzeitschriften. Auch schreibt er unermüdlich Leserbriefe an Zeitungen. Noch etwas Sherry, Mr. Big?«

»Nein, danke. Der Sherry ist köstlich. Ihr Sohn ist heute abend nicht anwesend, Mrs. Stonehouse?«

»Nein, er ist . . .«

Sie brach ab und lehnte sich vor, um ihr Glas zu füllen. »Mein Bruder wohnt nicht hier«, sagte Glynis unbewegt. »Powell hat eine Wohnung im Village. Er blieb nur darum in jener Nacht, als mein Vater verschwand, hier, weil wir alle so besorgt waren.«

»Ich nehme an, Ihr Vater und Ihr Bruder vertrugen sich nicht besonders gut?«

»Sie vertragen sich recht gut. Powell kommt zwei-, dreimal in der Woche zum Abendbrot, jedenfalls hat die Beziehung zwischen meinem Bruder und meinem Vater mit Ihren Nachforschungen gewiß nichts zu tun.« »Powell hat sich so große Mühe gegeben«, murmelte Mrs. Stonehouse.

Glynis lehnte sich weit vor und legte eine Hand auf den Arm ihrer Mutter. Dabei streckte sie sich so weit, daß Schenkel, Hüften, Taille, Busen und Schultern sich deutlich abzeichneten . . .

»Wir haben uns allesamt große Mühe gegeben, Mutter . . .«, sagte sie weich.

Ich schloß mein Notizbuch und steckte es weg. »Ich habe Ihnen für einen Abend genügend Fragen gestellt, meine Damen. Wenn Sie gestatten, würde ich gern noch Professor Stonehouses Arbeitszimmer sehen. Und ein paar Minuten mit Ihrer Haushälterin sprechen.«

»Selbstredend.« Glynis stand auf, und ich folgte ihr zu einer Tür am anderen Ende des Raumes. Sie führte in ein kaltes, streng gehaltenes Speisezimmer. An der Wand drüben sah ich zwei weitere Türen, eine offenbar die Küchentür.

»Das ist die Küchentür?«

»Richtig.«

»Und die andere geht ins Arbeitszimmer Ihres Vaters?«

»Richtig.«

»Ihre Mutter sagte, Ihr Vater sei in sein Arbeitszimmer gegangen, bevor er die Wohnung verließ, aber gesehen haben kann sie es nicht. Vielleicht ging er in die Küche?«

»Sehr gut beobachtet, Mr. Big, aber Mrs. Dark räumte hier noch ab, und sie sah ihn ins Arbeitszimmer gehen.«

Glynis öffnete die Tür, langte hinein, um Licht zu machen, und ging beiseite. Ich trat vor und schaute hinein. Einen Moment war ich ihr ganz nahe und sog ihren Geruch ein, nicht den von Parfüm oder Eau de toilette, sondern ihren eigenen, warm, weiblich, erregend. Dann trat ich ein.

»Ich werde nichts anrühren«, sagte ich.

»Das haben wir leider schon selber besorgt, als wir Vaters Testament suchten.«

»Und nicht fanden?«

Sie schüttelte den Kopf, daß das glänzende Haar flog. »Paß und Scheckbuch, aber kein Testament.«

»Hat Ihr Vater ein Bankschließfach?«

»Jedenfalls bei keiner der Banken, wo er Konten unterhielt.«

»Woher wissen Sie, daß ein Testament vorhanden ist, Miss Stonehouse?«

»Oh, es gibt eines – oder gab eines. Ich habe es gesehen. Bloß gesehen, nicht gelesen. Eines Abends lag es auf seinem Tisch. Vier oder fünf Seiten in einem blauen Hefter. Als Daddy sah, daß ich es bemerkte, faltete er es und schob es in einen langen Umschlag. ›Mein Testament‹, sagte er dabei, daher weiß ich, daß eines vorhanden war.«

»Kennt Ihre Mutter den Inhalt?«

»Nein. Vater beredete nie etwas mit ihr, er gab ihr Wirtschaftsgeld, und das war alles.«

»Und bekamen Sie ein Taschengeld von ihm, Miss Stonehouse?«

»Ja.«

»Ihr Bruder ebenfalls?«

»Nein. Nicht, seit er ausgezogen ist.« Und sie fügte gereizt an: »Was hat das alles mit Vaters Verschwinden zu tun?«

»Das weiß ich auch nicht«, sagte ich wahrheitsgemäß und wandte mich wieder dem Arbeitszimmer zu.

Es war fast quadratisch, hatte eine hohe Balkendecke, einen gekachelten Kamin, eingebaute Bücherschränke und Regale für großformatige Bücher, Zeitschriften und aufgerollte Karten.

Ein mit kastanienfarbigem Leder bezogener Klubsessel samt Fußkissen stand neben einem Tisch, dessen Platte ebenfalls mit Leder bezogen war. Darauf ein silbernes Tablett mit einer unangebrochenen Flasche Rémy-Martin, dazu zwei Cognacgläser. Hinter dem Sessel eine Stehlampe mit grünem Schirm. Mitten im Zimmer befand sich der Schreibtisch, die Platte ebenfalls mit Leder bezogen, die Beschläge aus Messing, darauf eine Unmenge Papiere, Karten, Bücher, Buntstifte, ferner eine Lupe, ein Zirkel und etwas, das aussah wie ein antiker Kompaß.

Meine Aufmerksamkeit richtete sich aber auf die Rückwand des Zimmers, die von Stuhlhöhe bis zur Decke mit Schiffsmodellen geschmückt war, und zwar mit den

Modellen von Schiffsrümpfen im Längsschnitt. Die Schnittflächen waren auf einem Sockel befestigt, und unter jedem Modell standen Name und Baujahr des Schiffes. Ich hatte nie so viele beisammen gesehen, und auch nie so schöne.

Glynis bemerkte mein Interesse. »Vater ließ sie von einem Mann in Connecticut anfertigen. Wenn der mal stirbt, gibt es niemanden mehr, der solche Modelle nach den Bauplänen anfertigen kann.«

»Sehr schön.«

»Und sehr teuer.«

Falls dieser Raum mir was zu sagen hatte, hörte ich es nicht. Ich wandte mich ab. »Einen Safe besaß Ihr Vater nicht?«

»Nein. Und die Schreibtischschubladen waren unverschlossen.«

»War das seine übliche Praxis?«

»Das weiß ich nicht. Vielleicht fragen Sie Mrs. Dark.«

Ob sie wohl dabeisein wollte, wenn ich Mrs. Dark befragte? Diese Sorge war überflüssig. Sie führte mich in die hell erleuchtete Küche und sagte zu der dort anwesenden Frau:

»Effie, dies ist Mr. Big. Er stellt im Auftrag der Anwälte Nachforschungen über das Verschwinden meines Vaters an. Beantworten Sie ihm bitte alle Fragen, die er stellt. Dies ist Mrs. Effie Dark, Mr. Big. Wenn Sie hier fertig sind, finden Sie wohl den Weg ins Wohnzimmer allein.« Damit ging sie.

Mrs. Dark war eine mächtige Weibsperson mit drei Kinnen und einem Busen, der wie ein aufgepumpter Schlauch aussah. Ihre Arme waren wurstförmig, und an den Knöcheln bildete die Haut Wülste, die über die Ränder ihrer Schnürschuhe quollen. In dem Puddinggesicht glänzten zwei Augen wie Blaubeeren auf einem Kuchen. Ihre Hüften waren so breit, daß sie die Küchentür nur seitwärts passieren konnte.

»Ich hoffe, ich störe Sie nicht, Mrs. Dark.«

»Gar nicht. Ich warte darauf, daß das Wasser kocht, und dann gieße ich mir einen Tee auf. Möchten Sie auch einen?«

»Ich wüßte nicht, was mir jetzt lieber wäre«, log ich.

Sie hievte ihren Körper vom Stuhl und trat ans Buffet. Während der Tee zog, richtete sie Tassen, Untertassen und Löffel her. Ich hielt meine Untertasse gegen das Licht und bewunderte das durchscheinende Porzellan.

»Wunderschön!«

»Hier ist alles vom Besten. Der Professor war nicht geizig, wenn es um sein Wohlbehagen ging.«

»Seit wann sind Sie schon bei Stonehouses, Mrs. Dark?«

»Seit dem Jahr eins. Ich war Köchin und Haushälterin bei dem Professor, da war ich schon verheiratet und er noch nicht. Dann starb mein Mann, der Professor heiratete, also bin ich bei ihm und seiner Familie geblieben.«

Ich sah zu, wie sie den rötlich-braunen Tee einschenkte. Ihre Tasse hielt sie mit beiden Händen und sog das Aroma ein, bevor sie den ersten Schluck nahm, und ich tat es ihr gleich. Dann begann ich: »Mrs. Stonehouse und Miss Glynis haben mir erzählt, was sich an dem Abend zutrug, als der Professor verschwand. Den beiden Damen ist an seinem Verhalten nichts Ungewöhnliches aufgefallen, aber Ihnen vielleicht?«

Sie überlegte. »Nee«, sagte sie dann gedehnt, »er war wie immer, ein richtiger Teufel.« Sie schmeckte das Wort auf ihren vollen Lippen nach, schien Gefallen daran zu finden und wiederholte es mit Betonung: »Ein Teufel. Aber mir konnte er nicht an den Karren fahren, und das wußte er auch. Was ich koche, schmeckte ihm, und ich halte die Wohnung in Ordnung. Er wußte sehr gut, daß seine Frau mit diesem Affenstall nicht fertig wird und daß seine Tochter kein Interesse daran hat. Deshalb hat er mich immer gut behandelt und auch anständig bezahlt, das muß man ihm lassen.«

»Und das alles von seinem Gehalt als Professor?«

»Ah nein. Nein, nein, nein. Er kommt aus einer betuchten Familie. Sein Großvater und sein Vater waren Schiffbauer. Er hat ein schönes Stück Geld geerbt.«

»Aber weshalb war er dann so . . . so grimmig? Es scheint ja, als habe er alle Welt gehaßt.«

Sie hob die gepolsterten Schultern.

»Wer will das wissen? Er hat Enttäuschungen erlebt, das weiß ich, aber wer hat das nicht? Er hat keinen Lehrstuhl an der Universität bekommen – deshalb hat er sich emeritieren lassen –, und als junger Mensch hat er mal einen Korb gekriegt. Aber ich kann mir beim besten Willen nicht vorstellen, was ihn so gemacht hat, wie er war. Unter uns – ich glaube, es machte ihm einfach Spaß, tückisch zu sein. Noch Tee?«

»Bitte.«

Ich sah ihr zu, wie sie eingoß. »Sein Testament ist verschwunden und nicht aufzufinden. Wußten Sie das?«

»Und ob! Die ganze Küche haben sie auf den Kopf gestellt. Sogar im Mehlbehälter haben sie nachgesehen. Ich habe Stunden gebraucht, um wieder Ordnung zu schaffen.«

»Glynis sagt, ihr Vater hat in seinem Arbeitszimmer selber saubergemacht, er wollte keinen reinlassen. Stimmt das?«

»Erst seit kurzem. In dem Monat, in dem er verschwunden ist. Vorher habe ich Staub gewischt und so. Einmal die Woche kommt ein Reinigungstrupp, der die ganze Wohnung macht – staubsaugen, Fliesen waschen und so. Auch die durften in sein Arbeitszimmer, wenn ich dabei war. Dann, ungefähr einen Monat vor seinem Verschwinden, wollte er keinen mehr reinlassen, sondern alles selber machen.«

»Und hat er dafür einen Grund angegeben?«

»Er arbeitete angeblich an einem Buch, hatte wertvolle Papiere rumliegen, und nichts sollte durcheinanderkommen.«

»Hm. Mrs. Stonehouse und ihre Tochter sagen, am

Abend des 10. Januar sei er kurz in sein Arbeitszimmer gegangen, bevor er die Wohnung verließ. Haben Sie das gesehen?«

»Ja. Ich war im Speisezimmer. Olga hatte den Abend frei, deshalb mußte ich abräumen. Er kam aus dem Wohnzimmer, ging in sein Arbeitszimmer und kam gleich darauf wieder raus. Danach habe ich ihn nicht mehr gesehen.«

»Hat er die Tür zum Arbeitszimmer hinter sich zugemacht?«

»Ja.«

»Konnten Sie hören, was er da drinnen machte?«

»Was zum Beispiel?«

»Irgendwas, woraus man schließen könnte, was er da trieb, Möbel gerückt, Dinge umgestellt, irgendwas.«

Sie überlegte eine Weile, und ich wartete geduldig. »Ich weiß nicht . . . es ist vier Wochen her . . . Kann sein, er hat eine Schreibtischschublade zugeschoben. Aber beschwören könnte ich's nicht.«

»Übrigens die Schreibtischschubladen – hat er die verschlossen gehalten?«

»Ja«, sagte sie entschieden. »Sobald er rausging, schloß er sie ab. Ich weiß noch, daß er die Schlüssel einmal verlor und daß der Schlosser kommen mußte.«

»Niemand sonst hatte Schlüssel zu diesem Schreibtisch?«

»Nicht, daß ich wüßte.«

»Was ist zwischen dem Professor und seinem Sohn vorgefallen, Effie?«

»Der arme Junge. Powell wurde einfach rausgeschmissen.«

»Warum?«

»Er wollte sich keine Arbeit suchen, sein Studium wollte er auch nicht fertigmachen, und er trieb sich in Greenwich Village mit so Typen rum. Dann erwischte der Professor ihn, wie er in seinem Schlafzimmer Hasch rauchte, und da war der Ofen aus.«

»Hat Powell jetzt einen Job?«

»Nicht, daß ich wüßte.«

»Wovon lebt er?«

»Ich glaube, er hat etwas von seiner Großmutter geerbt. Und Mrs. Stonehouse und Glynis helfen ihm wohl gelegentlich aus, ohne daß der Professor davon weiß.«

»Wann ist das passiert?«

»Daß Powell raus mußte? Oh, länger als ein Jahr ist das her.«

»Und trotzdem kommt er noch zum Essen her?«

»Erst wieder in den letzten zwei, drei Monaten. Mrs. Stonehouse jammerte, ihr Sohn müsse hungern, und Glynis hat ihren Vater auch bearbeitet, bis er schließlich sagte, Powell könnte zum Abendessen kommen, wenn er wollte, aber wieder einziehen – *nix.*«

»Was ist mit Glynis? Hat die Arbeit?«

»Jetzt nicht mehr. Ein oder zwei Jahre hatte sie einen Job, aber sie hat aufgehört.«

»Was hat sie denn gemacht?«

»Ich glaube, sie war als Sekretärin in einem medizinischen Labor. Irgend so was.«

»Und jetzt tut sie nichts?«

»Sie arbeitet drei Tage in der Woche unbezahlt in einer städtischen Klinik, aber ein regulärer Job ist das nicht.«

»Hat sie viele Bekannte?«

»Offenbar. Jedenfalls geht sie viel aus. Ins Theater und zum Ballett. So was. Manche Woche ist sie jeden Abend weg.«

»Hat sie einen festen Freund?«

»Mir nicht bekannt.«

»Lädt sie ihre Freunde hierher ein?«

»Nein«, sagte Mrs. Effie Dark bekümmert, »ihre Freunde bekomme ich nie zu sehen. Überhaupt sind seit Jahren kaum Gäste im Haus gewesen.«

Sie wies mit ihrer Patschhand auf all die zahllosen

Küchenutensilien, die Gewürze, Kasserollen, den Backofen, den Kühlschrank, den Gefrierschrank.

»Sehen Sie das alles? Monatelang benutze ich von alledem so gut wie nichts. Als die Kinder noch jünger waren, ging es anders zu. Der Professor war die meiste Zeit in der Universität, und hier wimmelte es von jungen Leuten. Parties und Tanzveranstaltungen jede Menge. Sogar Mrs. Stonehouse hatte ihren Bridgenachmittag und Besuch von Bekannten. Himmel, was hatte ich da zu tun! Aber damals hatten wir ein zweites Hausmädchen, und es wurde mir nicht zuviel. Lärm und Gelächter im ganzen Haus. Eine richtige Kirmes. Dann ließ der Professor sich pensionieren und war den ganzen Tag daheim. Da war es dann vorbei mit den Parties und der Tanzerei, er verbot das alles, und er war so mürrisch, daß schließlich keine Gäste mehr ins Haus kamen. Wir lebten fortan wie die Einsiedler, wir gingen nur auf Zehenspitzen, um ihn nicht zu stören. Nichts war mehr wie früher.«

Ich nickte und stand auf.

»Tausend Dank für den Tee und die Unterhaltung, Effie.«

»Ich schwatze gern, wie Sie wohl gemerkt haben. Man könnte manchmal die Wände hochgehen, weil man niemand hat, mit dem man mal ein Wort reden kann.«

»Nun, mir hat es Freude gemacht, und ich habe eine Menge erfahren. Ich hoffe, ich darf mal wiederkommen und ein bißchen schwatzen?«

»Jederzeit. Ich habe einen eigenen Telefonanschluß. Wollen Sie die Nummer haben?«

Ich notierte sie mir.

»Was, glauben Sie, ist Professor Stonehouse zugestoßen, Effie?«

»Ich ahne es nicht«, sagte sie bekümmert. »Wissen Sie was?«

»Nein, nichts.«

Im Wohnzimmer traf ich Mrs. Stonehouse allein, immer noch auf dem Sofa liegend, nur die Sherryflasche war leer.

»Heda, Sie . . .«, flötete sie, versuchte die Nase anzutippen, verfehlte sie aber.

»Hallo«, sagte ich.

»Glynis ist in die Heia gegangen«, kicherte sie.

Ich schaute auf die Uhr. Kurz vor zehn. Ziemlich früh für die Heia.

Ich nahm die U-Bahn und ging den Rest des Weges zu Fuß. Ich hielt mich am Rand des Gehsteigs und legte einen flotten Schritt vor. Wie alle New Yorker erfüllte es mich mit Befriedigung, unbelästigt und sicher den heimatlichen Hafen zu erreichen. Wenn jetzt kein maskierter Eindringling mich in meinem Wohnzimmer erwartete und von meinem Cognac trank, war alles in Butter.

Aber mich erwartete kein Einbrecher, sondern Kapitän Shank, und er trank auch nicht meinen Cognac, sondern seinen Muskateller. Seine Wohnungstür stand offen, und er rollte sich auf den Treppenabsatz, als er mich heraufkommen hörte. »Wo stecken Sie denn so lange«, quengelte er. »Kommen Sie rein, trinken Sie was, und sehen Sie sich die Elfuhrnachrichten mit mir an.«

»Ich fürchte, ich muß verzichten, Käpt'n. Ich habe einen schweren Tag hinter mir und will zeitig zu Bett.« Dann ging ich aber doch mit, fegte Wäsche von einem Stuhl und glotzte in die farbige Mattscheibe.

»Sind Sie unterdessen zu der Party eingeladen worden?« fragte Shank und goß sich ein neues Glas ein.

»Ja, bin ich.«

»Wußt' ich's doch«, krähte er. »Es ist alles gekommen, wie ich gesagt habe, stimmt's?«

Ich nahm einen Schluck Wein, legte den Kopf zurück und schloß die Augen. Es folgten die Lokalnachrichten samt den obligaten Vorhersagen von New Yorks bevorstehendem finanziellem Kollaps. In der Bronx hatte es gebrannt, drei Personen waren umgekommen. Der Bürgermeister überreichte die Schlüssel der Stadt einem preisgekrönten Pizzaschwenker.

Ich überlegte gerade, wann ich mich mit Anstand davonmachen könnte, als die Nachrichten kamen. Die ersten Meldungen versetzten mich in Halbschlaf, dann hörte ich:

»Der U-Bahnverkehr kam heute abend für eine Stunde zum Stillstand, weil auf der Station 14. Straße die Leiche eines Mannes vom Gleiskörper geborgen werden mußte, der sich entweder vor den Zug geworfen hatte oder gestoßen wurde. Der Name des Opfers wurde vorläufig mit Marty Reape angegeben, wohnhaft in Manhattan. Weitere Einzelheiten sind zur Stunde nicht bekannt. Und jetzt eine gute Neuigkeit für alle Gebißträger . . .«

»Was hat er da eben gesagt?« fragte ich, plötzlich hellwach.

7

Ich las die Meldung am nächsten Morgen im Bus. Die *Times* brachte nur eine kurze Mitteilung unter *Neues aus der Stadt*. »Die Polizei sucht Zeugen im Fall eines gewissen Marty Reape aus Manhattan, der an der U-Bahn-Station 14. Straße gestern entweder vor den einfahrenden Zug gestoßen wurde oder sich davor stürzte. Der Zwischenfall ereignete sich in der abendlichen Stoßzeit und hatte zur Folge, daß der U-Bahnverkehr um mehr als eine Stunde unterbrochen werden mußte. Der Zugführer berichtete der Polizei, er sei gerade in die Station eingefahren und habe schon gebremst, als ›der Mann aus dem Nichts geflogen kam‹.«

Kurz vor 9 Uhr war ich im Büro und sagte Thelma Potts, ich müsse Mr. Tabatchnik dringend sprechen.

»Sie wachsen sich ja zum regelmäßigen Besucher aus.«

»Das ist nur ein Vorwand, um Sie zu sehen, Thelma.«

»Sie Schäker!«

Eine Stunde verbrachte ich mit der Niederschrift eines Berichtes über meine Gespräche mit Stonehouses und Mrs. Dark. Ich gab mir Mühe, nichts auszulassen, denn noch ahnte ich nicht, was von Wichtigkeit sein könnte und was nicht. Ich las den Bericht durch und konnte nicht den geringsten Anhaltspunkt dafür entdecken, weshalb der Professor verschwunden sein mochte. Da rief Thelma Potts an: Mr. Tabatchnik wolle mich jetzt empfangen. Als ich in sein Büro kam, stand er hinter dem Tisch und trank aus einer riesigen Tasse, auf der *Opa* zu lesen stand. Er war gereizt.

»Was ist denn so dringend, daß ich mich nicht vorher in Ruhe mit meinen Fischen beschäftigen kann?«

Ich legte ihm die *Times* auf den Tisch; die Meldung über Reape hatte ich schwarz angestrichen.

Er nahm dick umrandete Gläser aus der Brusttasche, ein sauber gefaltetes Taschentuch aus der Hosentasche, polierte die Gläser, nachdem er sie zuvor angehaucht hatte, setzte die Brille auf und begann, immer noch stehend, zu lesen. Er las einmal von Anfang bis Ende, schaute mich an, las ein zweites Mal. Seine Miene blieb unverändert, doch ließ er sich langsam in einen Sessel sinken.

»Setzen Sie sich, Mr. Big.« Das klang nicht mehr gereizt, eher etwas unsicher. »Was halten Sie davon?«

»Ich nehme an, er wurde ermordet, Sir. Von dem oder den Kunden vor den Zug gestoßen, mit denen er verhandeln wollte.«

»Sie haben eine lebhafte Phantasie, Mr. Big.«

»Es paßt alles, Sir.«

»Hätte er nicht das Geld bei sich gehabt, wenn er seine Information verkauft hätte? Davon steht nichts in der Zeitung. Und wenn er nicht verkauft hat, müßte er die Information bei sich gehabt haben.«

»Nicht unbedingt, Sir. Zum ersten wissen wir nicht, ob seine Information eine handgreifliche war, es kann sein, daß er nur etwas wußte. Zweitens ist es möglich, daß er mit der anderen Partei die Bedingungen aushandeln wollte und daß daher zunächst nichts bezahlt wurde. Es könnte ferner sein, daß der Kunde fürchtete, die verlangte Summe sei nur die erste Rate weiterer Forderungen, und daß man Reape aus dem Wege schaffen müsse.«

Er schnaufte.

»Alles recht hübsch, und ohne jeden Beweis.«

»Das gebe ich zu, Sir. Ich erwähnte während des Gespräches mit Reape, 50 000 sei eine Menge Geld, worauf er sagte: ›50 000 sind nicht zuviel, wenn das Geld dafür in die richtigen Hände kommt.‹ Er meinte damit den Nachlaß, Sir. Die anderen Kunden waren womöglich die falschen Leute – Sie verstehen?«

»Selbstverständlich verstehe ich«, schnaufte er wütend. »Sie behaupten, jetzt, wo Reape aus dem Wege ist, werden die falschen Leute profitieren. Das heißt, die im vorhandenen Testament benannten Erben könnten die falschen Leute sein.«

Das gefiel ihm nicht die Bohne. Er lehnte sich vor und las die Zeitungsmeldung ein drittes Mal, dann schob er das Blatt zornig weg.

»Wenn ich nur mit Sicherheit wüßte, daß dieser Reape tatsächlich wußte, was er zu wissen behauptete. Es kann ja sein, daß er bloß die Meldung von Sol Kippers Selbstmord gelesen und dann diesen Plan ausgeheckt hat, um auf Kosten des armen Teufels zu Geld zu kommen. Das Ganze kann ein ausgemachter Schwindel gewesen sein.«

»Mr. Tabatchnik, stand in der Meldung über den Tod von Mr. Kipper etwas über den Wert seines Nachlasses?«

»Selbstverständlich nicht!«

»Reape sagte unter anderem zu mir: ›Wieviel ist der Nachlaß wert – vier Millionen oder fünf?‹ Kommt das dem wirklich Wert nahe, Mr. Tabatchnik?«

»Nahe genug«, antwortete dieser leise. »Er beläuft sich auf etwa viereinhalb Millionen.«

»Und woher soll Reape das gewußt haben, wenn er nicht enge Beziehungen zur Familie Kipper unterhalten hat? Daß er den Wert des Nachlasses kannte, beweist doch ziemlich schlagend, daß er die Information besaß, die zu besitzen er behauptete.«

Leopold Tabatchnik seuftze tief. Dann brütete er mit gesenktem Kopf vor sich hin. Er zupfte an seiner Unterlippe. Ich hatte Lust, ihm einen Klaps auf die Hand zu geben und ihm zu sagen, seine Vorderzähne stünden ohnedies genügend vor. So saß er lange. Schließlich seufzte er noch mal, richtete sich auf und legte die kräftigen Hände auf die Tischplatte. »Gut. Ich begreife, was Sie da andeuten wollen. Sie meinen, falls Reape die Wahrheit gesagt hatte, falls er wirklich Beweise hatte, die dazu dienen könnten, Sol Kippers Testament für ungültig erklären zu lassen, dann wäre eine Überprüfung von Sol Kippers Selbstmord angezeigt.«

»Seines vorgeblichen Selbstmords. Ganz recht, Sir. Das meine ich.«

»Also schön. Stellen Sie diskrete Nachforschungen an, ich wiederhole, *diskrete* Nachforschungen. Und um Sie nicht in der einen oder anderen Richtung zu beeinflussen, nenne ich Ihnen jetzt nicht die Haupterben.«

»Wie Sie wünschen, Sir. Es wäre mir aber eine große Hilfe, wenn Sie mir etwas über den Verstorbenen und seine Angehörigen erzählten. Sie erwähnten, daß Sie 55 Jahre mit ihm befreundet gewesen sind.«

»Ja. Wir waren zusammen im College. Ich habe dann Jura studiert, und Sol ist in die Textilfirma seines Vaters eingetreten, doch haben wir die Verbindung nicht abreißen lassen und uns häufig gesehen. Ich war sein Trauzeuge und er der meine. Unsere Frauen waren eng befreundet, das heißt, Sols erste Frau. Die starb vor sechs Jahren, und er hat dann wieder geheiratet.«

War da eine Spur von Mißbilligung in seiner Stimme?

»Sol war als Unternehmer sehr tüchtig. Nach dem Tode seines Vaters wurde er Aufsichtsratsvorsitzender bei Kipmar und kaufte Spinnereien in New England, South Carolina, Spanien und Israel. Vor zehn Jahren wandelte er die Firma in eine AG um, und Sol wurde sehr vermögend. Von seiner ersten Frau hatte er drei Söhne und eine Tochter, die heute selbstverständlich alle schon verheiratet sind. Sol hatte elf Enkel. Kurz nach seiner zweiten Heirat überließ er die laufenden Geschäfte der Aufsicht zweier seiner Söhne. Der dritte ist Arzt und lebt in Los Angeles. Die Tochter wohnt in Florida. Was möchten Sie sonst noch wissen?«

»Was können Sie mir über die zweite Frau sagen, Sir?«

»Sie ist erheblich jünger als Sol war. Ich glaube, eine Weile war sie beim Theater. Sie heißt Tippi.«

Kein Zweifel, das klang mißbilligend. »Sehr wohl, Sir. Und nun zu Mr. Kipper selber. Was war er für ein Mensch?«

»Er war einer der prächtigsten Menschen, die ich je das Glück hatte zu kennen. Ungemein generös. Ein ausgezeichneter Ehemann und verständnisvoller Vater und Großvater. Seine Kinder vergötterten ihn. Sein Tod hat sie alle schwer getroffen.«

»Und warum beging er Selbstmord – falls er es wirklich getan hat? Gab es dafür Gründe?«

Tabatchnik schüttelte bekümmert das Haupt. »Sol war der schlimmste Hypochonder, den ich gekannt habe. Dauernd lief er mit eingebildeten Leiden zu Ärzten. Seine Freunde und die Familie lachten darüber, doch man konnte ihn nicht davon überzeugen, daß er bei bester Gesundheit war, auch wenn ein Arzt nach dem anderen ihm das versicherte. Er brauchte bloß irgendwo was über eine obskure Krankheit zu lesen, und schon glaubte er, er habe die Symptome. Er nahm alle erdenklichen Medikamente, und ich weiß sicher, daß er mehr als fünfzig Tabletten und Pillen am Tag schluckte. Das tat er schon als junger Mensch, und später wurde es schlimmer. Manchmal kamen schwere Depressionen hinzu. Und ich nehme an, daß er in einer solchen Verfassung Selbstmord beging.«

»Nachdem er sich vorher bei Ihnen angemeldet hatte, um ein neues Testament zu machen?«

»So war es nun mal«, entgegnete Mr. Tabatchnik gereizt.

»Das ist wohl alles, Sir. Ich melde mich sofort, falls es etwas gibt, was Sie erfahren müssen.«

»Bitte. Und falls ich Ihnen behilflich sein kann, sagen Sie es mir. Sie können mich notfalls auch daheim anrufen. Die Nummer steht im Telefonbuch. Ich verlasse mich darauf, daß Sie Ihre Ermittlungen umsichtig und diplomatisch vornehmen, Mr. Big.«

»Ja, Sir. Ich verstehe. Ich möchte mir als ersten den Kriminalbeamten vornehmen, der den Todesfall bearbeitet hat. Wissen Sie zufällig, wer das war, Sir?«

»Nicht aus dem Kopf, aber Miss Potts hat seinen Namen und seine Telefonnummer. Sie wird Ihnen beides geben.«

»Mr. Tabatchnik, dieser Beamte wird wahrscheinlich wissen wollen, warum wir uns dafür interessieren. Darf ich Marty Reape erwähnen?«

Darüber dachte er ein Weilchen nach.

»Nein«, sagte er schließlich, »das möchte ich nicht. Kommt nichts dabei heraus, Reape war eine unwichtige Person, und ich möchte nicht, daß jemand erfährt, daß wir bereit waren, mit ihm zu verhandeln. Sollte der Beamte fragen, warum wir uns für die Sache interessieren, sagen Sie einfach, es betreffe den Nachlaß und die Versicherung. Das wird ihn gewiß zufriedenstellen. Sie könnten ihn zum Essen einladen, bei ein paar Gläsern Wein und einer guten Mahlzeit wird er eher bereit sein, zu reden. Spesen werden von mir genehmigt. In vernünftigen Grenzen, versteht sich.«

Percy Stilton hieß der Kriminalbeamte, der den Fall Kipper bearbeitet hatte, und ich wählte seine Nummer, die Thelma Potts mir gab, kaum daß ich in meinem Büro war. Er kam erst um 16 Uhr zum Dienst, und ich sagte, ich würde dann noch mal anrufen.

Ich tippte meine Notizen über das Gespräch mit Mr. Tabatchnik in die Maschine und ließ alles aus, was Marty Reape betraf. Anschließend rief ich in der Wohnung von Stonehouse an, wo eine sehr kehlige Stimme antwortete. Ich nahm an, es sei das Hausmädchen Olga Eklund. Dann meldete sich mit zwitschernder Stimme Mrs. Stonehouse, und ich stellte ihr Fragen, betreffend die Gesundheit ihres Mannes. Zur Zeit seines Verschwindens sei er wohlauf gewesen, davor jedoch recht krank. »Es fing schon letzten Sommer an«, sagte sie, »und wurde immer schlimmer. Oktober und November waren für ihn sehr schlimme Monate, aber dann brachte er es ganz plötzlich hinter sich. Er war nämlich ein Skorpion, wissen Sie.«

»Oktober und November waren schlimm, sagen Sie.« Also mußte er sich vier Wochen vor seinem Verschwinden so plötzlich erholt haben.

»Und um was für eine Art Krankheit handelte es sich, Mrs. Stonehouse?«

»Oh, so richtig weiß ich das nicht«, sagte sie vergnügt. »Mein Mann sprach über solche Dinge nie. Vermutlich die Grippe oder so ein hartnäckiger Virus. Er wollte nicht zum Arzt, mußte dann aber doch, denn ihm war so elend. Er ist mehrmals dort gewesen, und der Arzt hat alle möglichen Tests gemacht. Er hat wohl herausbekommen, was es war, denn Yale erholte sich sehr rasch.«

»Und könnten Sie mir den Namen des Arztes sagen, Mrs. Stonehouse?«

»Seinen Namen? Mmmm . . . nun, wie hieß er doch gleich . . . Ich glaube Morton oder so ähnlich.«

Ich hörte sie »Olga« rufen und unverständliches Gerede. Dann kam Mrs. Stonehouse wieder an den Apparat. »Stolowitz hieß er, Dr. Morris Stolowitz.«

Ich schaute im Telefonbuch nach: Dr. Stolowitz hatte seine Praxis auf der West 74. Straße, unweit von Stonehouses Wohnung. Ich rief an, und eine Frauenstimme sagte: »Praxis Dr. Stolowitz.« Der Doktor hatte gerade einen Patienten bei sich. Ich hinterließ Namen und Telefonnummer und bat um Rückruf. Ich glaubte nicht recht daran, daß Dr. Stolowitz mich anrufen würde, und überlegte gerade, ob ich Mrs. Stonehouse vorschieben sollte, als Hamish Hooter hereingestürzt kam und mir mein Gehalt im Umschlag auf den Tisch knallte. »Hören Sie mal«, begann er.

»Und was ist jetzt wieder los, Hooter?«

»Ich habe es Ihnen freundlich beizubringen versucht«, er zutzelte scheußlich an seinen Zähnen, »aber Sie sind offenbar taub. Yetta Apatoff und ich gehören zusammen, und Sie sollen sie gefälligst in Ruhe lassen.«

»Falls ich ihr lästig falle, und das bezweifle ich sehr, mag die Dame mir das selber sagen.«

Er murmelte irgend was Bedrohliches, rannte raus und knallte die Tür zu.

Ich mußte selbstverständlich sofort Yetta anrufen.

»Josh hier«, sagte ich und fragte mich zugleich, warum meine Stimme so kehlig und so . . . so intim klang, wenn ich zu ihr sprach.

»Hei, Josh«, sagte sie mit ihrer gehetzten Kleinmädchenstimme. »Lange nicht gesehen, wie?«

Klang das etwa, als spräche da eine Frau, die sich von mir belästigt fühlte?

»Wie wär's heute mit einem gemeinsamen Lunch? Einfach nur so, um den Zahltag zu feiern?«

»Wundervoll. Gehen wir doch zum Chinesen auf der 3. Avenue.«

Mittags erwartete sie mich bereits am Empfang, den Mantel überm Arm, ein blaues Barett keck auf den blonden Löckchen. Ihr eng anliegendes Strickkleid war von etwas dunklerem Blau, und als ich die vertrauten Formen erblickte, fühlte ich die bekannte Beklemmung in der Kehle und die ebenso bekannte Schwäche in den Kniekehlen.

Auf dem Wege zur 3. Avenue nahm sie meinen Arm, schwätzte munter drauflos, augenscheinlich ohne die geringste Ahnung davon, wie ihre sanfte Umklammerung auf meinen Puls und meine Atmung wirkte. Wie immer, wenn ich mit ihr zusammen war, wurde ich blind und taub für die übrige Welt. Meine Sinne waren ausschließlich auf sie konzentriert, und als sie einmal »Brrr« machte, weil ihr kalt war, dabei meinen Arm fester umfaßte und gegen ihre weiche Brust drückte, hätte ich vor Wonne fast geschluchzt.

Im Restaurant wollte ich weiter nichts als sie anschauen, zusehen, wie die perfekten weißen Zähne in ein Markklößchen bissen, wie die herrliche Kehle sich bewegte, wenn sie schluckte, wie sie den Mund zierlich mit der Serviette betupfte, nachdem sie delikat aufgestoßen hatte.

»Habe ich Ihnen schon von diesem absolut hinreißenden Pullover erzählt, Josh«, fragte sie zwischen Bissen und Schlucken, »den ich auf der Madison Avenue gesehen habe? Den würde ich für mein Leben gern haben, nur ist er soooo teuer und außerdem unerhört tief ausgeschnitten. So tief, daß ich wahrscheinlich einen Schal dazu tragen müßte, falls ich ihn im Büro anzöge, vielleicht auch eine Bluse darunter, nur würde das die ganze Wirkung verderben, denn er liegt richtig eng an. Waldgrün ist er. Mögen Sie Grün, Josh?«

»Ich stehe auf Grün«, brachte ich heiser hervor.

»Er ist einfach zu teuer, aber dieses eine Mal leiste ich mir vielleicht doch etwas, was über meine Verhältnisse geht, denn ich finde, wenn man sich wirklich ganz wahnsinnig etwas wünscht, soll man es sich kaufen, egal, was es kostet. Ich lebe nach dem Motto ›Nur das Beste ist gut genug‹, und das finden Sie bestimmt ganz schlimm.«

»Aber überhaupt nicht. Ihnen gönne ich –«

»Vielleicht mache ich mir selber ein Geburtstagsgeschenk damit«, kicherte sie.

»Was denn, Sie haben heute Geburtstag?« rief ich.

»Aber nein, Josh, erst nächste Woche. Ich hoffe nur, Sie glauben nicht, ich habe irgendwelche Nebenabsichten, wenn ich Ihnen das erzähle, angele nach einem Geschenk oder so, denn zu dieser Sorte Mädchen gehöre ich nicht.«

»Das weiß ich doch, Yetta.« Sie legte ihre Hand kurz auf meine. Zum Eis bekamen wir Knallbonbons, und der Zettel in Yettas verhieß EIN NEUES LEBEN ERWARTET SIE, und auf meinem las ich EIN NEUES LEBEN ERWARTET SIE!

Yetta starrte mich plötzlich ganz ernst an.

»Finden Sie das nicht höchst bemerkenswert, Josh? Ich meine, daß uns beide ein neues Leben erwartet? Ich jedenfalls finde das sonderbar. Meinen Sie etwa . . .«

Sie brach ab und schaute auf die Uhr.

»Lieber Himmel, die Zeit vergeht ja wie im Fluge. Ich muß zurück, die Pflicht ruft.«

Wir schlenderten zurück zum Büro, und kurz bevor wir ankamen, fragte ich beiläufig: »Dieses Geschäft, Yetta, in dem Sie den Pullover gesehen haben . . .«

»Zwischen der 36. und 37. Straße auf der Westseite. Er liegt im Fenster.«

Ich blieb finster entschlossen den Nachmittag im Büro, erledigte Anfragen der jüngeren Partner und Associés. Kurz nach 16 Uhr rief ich den Kriminalbeamten an, der den Selbstmord von Sol Kipper untersucht hatte. Er meldete sich förmlich:

»Detective Percy Stilton.«

»Mein Name ist Joshua Big, Sir, ich bin bei Tabatchnik, Orsini, Reilly und Teitelbaum als Ermittler tätig, und Mr. Tabatchnik bezeichnete Sie als den Beamten, der den Selbstmord von Solomon Kipper überprüft hat.«

»Kipper? Ja, das stimmt, der Fall wurde mir zugeteilt.«

»Ich hätte gern ein paar Worte mit Ihnen in dieser Sache gesprochen, es handelt sich um den Nachlaß und Versicherungsdinge.«

»Ich darf Ihnen die Akte nicht zeigen.«

Ich sagte hastig: »Nein, nein, nichts dergleichen. Alles ist ganz formlos. Sie würden nicht als Zeuge gebraucht werden, ich hätte Sie nur gern einiges gefragt.«

»Sie sagen, es handelt sich um die Versicherung?«

»Ganz recht, Sir.«

»Hm.« Er schwieg eine Weile. Dann: »Na, schaden kann es wohl nicht. Wollen Sie zu mir ins Büro kommen?«

»Ich dachte eher, wir könnten uns vielleicht zum Abendessen irgendwo verabreden?«

»Abendessen? Dürfen Sie Spesen machen?«

»Ja, Sir.«

»Großartig. Ich habe die ewige Pizza satt. Paßt Ihnen heute abend?«

»Ausgezeichnet.«

»Ich habe heute abend auf der West 54. Straße zu tun, müßte aber gegen 20 Uhr fertig sein. Treffen wir uns doch dann im Cheshire Cheese auf der West 51. Straße zwischen der 8. und 9. Avenue. Ein sehr englisches Lokal.«

Ich räumte gerade meinen Tisch auf, als das Telefon klingelte. Eine willkommene Abwechslung.

»Joshua Big.«

»Einen Moment«, sagte eine Frauenstimme, »ich stelle zu Dr. Stolowitz durch.« Der Doktor redete laut und ziemlich gereizt. »Was soll denn diese Fragerei wegen Professor Stonehouse?«

Ich sagte, wer und bei wem ich beschäftigt sei und daß ich ihn gern einiges gefragt hätte. Er wollte wissen, woher ich seinen Namen hätte, und daß das Berufsgeheimnis selbstverständlich gewahrt werden müsse. Schließlich gab er mir für den folgenden Tag fünf Minuten, knallte den Hörer hin, und ich beschloß, Schluß zu machen.

Da mein Heimweg mich über die Madison Avenue führte, fand ich mühelos den Laden, den Yetta Apatoff erwähnt hatte, auch den grünen Pullover, den eine Schaufensterpuppe trug. Yetta hatte nicht übertrieben: der Ausschnitt war nicht tief, er war abgründig. So tief, wie mir der Mut sank, als ich den Preis sah: 59 Dollar 95. Vielleicht tat es ja auch ein hübsches Taschentuch? Das mußte überlegt sein, schließlich hatte sie erst in der folgenden Woche Geburtstag. Ich nahm den nächsten Bus und ging von der 9. Avenue zu Fuß. Kapitän Shank erwartete mich nicht auf dem Treppenabsatz, doch hörte ich hinter seiner Wohnungstür den Fernseher plärren. Ich schlich mich in meine Wohnung und zog die Tür so leise zu, wie es nur gehen wollte. Ich mochte den Alten wirklich gern, aber sein Muskateller konnte mir heute gestohlen bleiben.

Um 19 Uhr 30 nahm ich einen Bus zur 8. Avenue und war vorzeitig in der 51. Straße. Das *Cheshire Cheese* lag etliche Stufen unter dem Straßenniveau, war, ganz wie Stilton gesagt hatte, im englischen Stil gehalten, mit einer langen Bar links vom Eingang und kleinen Tischen entlang der rechten Wand. Weiter hinten befand sich der eigentliche Speiseraum mit Tischen für vier Personen.

Es war angenehm schummerig hier, roch appetitlich nach guter Küche und war geschmackvoll dekoriert. Die Leute, die vor dem Theater aßen, waren bereits gegangen, und der Speiseraum war leer bis auf zwei Männer, zwei Paare und vier Personen an einem Tisch. Kein Detective Stilton weit und breit.

Ich wartete unweit vom Eingang. Nach einer Weile trat ein schlanker Mann in einer langen Schürze auf mich zu, der bis dahin hinter der Bar Gläser poliert hatte.

»Sir?« fragte er. »Ich erwarte einen Herrn«, sagte ich. »Vielleicht sollte ich mich schon an einen der Tische dort setzen und etwas trinken?«

»Sehr wohl. Vielleicht in der Ecke dort?«

Da also setzte ich mich hin, nachdem ich meinen Mantel aufgehängt hatte, den Rücken zur Wand, den Eingang im Auge. Bei dem Kellner, der zu mir kam, bestellte ich Scotch. Ich hatte gerade den ersten Schluck genommen, als ein großer Schwarzer hereinkam und sich umsah. Er zog den Mantel aus, packte ihn mitsamt seinem Hut auf die Garderobe und kam ohne zu zögern mit geschmeidigen, tänzelnden Schritten an meinen Tisch. Ich stand auf und gab ihm die Hand.

»Mr. Big? Mein Name ist Stilton.« Er stellte den freien Stuhl mir gegenüber auf, und schon arrangierte auch der Kellner Besteck und Serviette entsprechend.

»Warten Sie schon lange?«

»Ich bin eben gekommen. Möchten Sie auch einen Drink?«

Er bestellte einen trockenen Martini, der denn auch mit Blitzgeschwindigkeit serviert wurde.

»Schmeckt er?« fragte ich.

»Genau richtig. Seit wann sind Sie Chef-Ermittler?«

Er lächelte, als er sah, wie ich zusammenzuckte, doch bewahrte ich Haltung.

»Seit zwei Jahren. Und die zwei Jahre davor war ich der Gehilfe eines gewissen Roscoe Dollworth. Der war ehedem auch bei der Polizei. Vielleicht haben Sie ihn gekannt?«

»Dolly? Aber ja. Ein ungeheuer tüchtiger Bulle, bevor er an den Suff geriet. Lebt er noch?«

»Pensioniert. In Florida.«

»Wir bestellen am besten gleich. Reden können wir auch beim Essen. Ich habe ungefähr eine Stunde für Sie, dann wird der Boss ungeduldig. Ich weiß genau, was ich bestelle: ein blutiges Roastbeef, Yorkshire Pudding, was es an frischem Gemüse gibt und einen Salat. Und einen Krug Ale.«

Ich bestellte Steak und Nierchen, Salat und Ale.

»Was nun diese Kipper-Sache angeht«, begann Stilton unvermittelt, »so macht die Versicherung Schwierigkeiten?«

Ich nickte. »Der Anspruch muß nachgewiesen werden.«

»Bei wem war er versichert?«

»Bei der *Metropolitan*.«

»Komisch. Eine Woche nach Kippers Tod kam ein Mann von der *Prudential* zu mir und sagte, Kipper sei dort versichert gewesen.

Er schaute mich scharf an, und ich glaube, ich wurde rot, jedenfalls konnte ich seinem Blick nicht standhalten. Mag sein, ich senkte den Kopf.

»Es macht Ihnen doch nichts, wenn ich Sie Josh nenne?« fragte Stilton milde.

»Nein, überhaupt nichts.«

»Nennen Sie mich Percy. Also Josh, zwei Jahre in diesem Beruf reichen nicht aus, einen guten Lügner aus einem zu machen, auch vier nicht. Regel Nummer eins: Lüge nur, wenn es unumgänglich ist. Und wenn du lügst, dann bleib so nahe an der Wahrheit wie möglich. Und so simpel wie möglich. Nur keine Verzierungen, die bringen einen in Schwulitäten. Als ich fragte, ob es sich um eine Versicherungssache handele, hätten Sie sagen sollen, ja, und weiter nichts. Ich hätte das wahrscheinlich geschluckt, es ist nämlich durchaus logisch, daß Anwälte, die mit dem Nachlaß zu tun haben, sich für Versicherungsangelegenheiten interessieren. Aber als Sie sagten, der Anspruch müsse nachgewiesen werden, wußte ich, Sie lügen.«

»Und den Namen der Versicherung wußte ich auch nicht«, bemerkte ich umdüstert.

Er legte den Kopf zurück und lachte so laut, daß die anderen Gäste hersahen.

»Ach, Josh, ich weiß doch auch nicht, wo Kipper versichert war, mich hat kein Versicherungsmensch besucht, *Prudential* habe ich bloß gesagt, um Ihre Reaktion zu prüfen, und als Sie umfielen, wußte ich, Sie machen mir was vor.«

Jetzt kam das Essen, und wir redeten erst weiter, als der Kellner gegangen war.

»Sie werden mir also über den Fall Kipper nichts sagen?« fragte ich.

»Warum nicht?« staunte er. »Ich will Ihnen gern behilflich sein, denn das alles ist in irgendwelchen der Öffentlichkeit zugänglichen Unterlagen festgehalten. Ihr Boss, der Bursche mit den Fischen, der würde sogar Akteneinsicht bekommen, wenn er es darauf anlegte. Wie schmeckt Ihr Essen?«

»Ausgezeichnet. Ich habe wirklich Appetit. Und Ihr Roastbeef? Ist es roh genug?«

»Noch eine Spur roher, und es wäre lebendig. Also hören Sie zu: Ich habe mir vorhin noch mal die Akte Kipper angesehen. Folgendes ist passiert . . .«

Während er sprach und dabei nicht aufhörte zu essen, schaute ich ihn mir genau an. Er war wohl Anfang Fünfzig, knappe zwei Meter groß und gertenschlank, sehr sorgfältig in einen gestreiften Zweireiher mit auffallend breiten Aufschlägen gekleidet. Das Hemd war schneeweiß, und er trug dazu eine getupfte Schleife. Am einen Handgelenk hatte er eine goldene Armbanduhr, am anderen ein goldenes Armband mit der Erkennungsmarke. Hatte er einen Revolver bei sich, so war davon jedenfalls nichts zu sehen. Seine Hautfarbe war bei dieser Beleuchtung nicht gut auszumachen, doch schien mir, daß sie einen Stich ins Rötliche hatte. Sein Haar war tiefschwarz und lag flach an, die Locken ganz kurz geschnitten. Seine Hände waren groß, die Fingernägel manikürt. Seine Augen lagen tief in den Höhlen und standen weit auseinander, die Nase war etwas platt, die Lippen voll, die Jochbeine hoch angesetzt, wie die eines Indianers. Der Unterkiefer war kräftig, der Hals erstaunlich massig, die Ohren waren klein und lagen dicht am Kopf.

Ich hätte ihn nicht gerade gutaussehend genannt, doch wirkte er sympathisch. Seine Miene war etwas amüsiert, er strahlte Selbstvertrauen aus, und man merkte, daß er sein Handwerk verstand. Überlegte er oder suchte nach dem passenden Ausdruck oder Satz, steckte er die Zungenspitze in die Wange, die dann wie ausgebeult wirkte.

Am meisten imponierte mir, glaube ich, die kühle Eleganz dieses Mannes, eine Eleganz, die ich bei einem Kriminalbeamten nie vermutet hätte. Er wirkte wie ein leitender Angestellter oder ein sehr selbstbewußter Verkäufer. Vermutlich glaubte er, daß ihm dieses Auftreten bei seiner Arbeit zustatten kam.

»Fangen wir mit dem Zeitablauf an«, begann er. »Der Vorfall ereignete sich am 24. Januar, und das Revier 911 bekam um15 Uhr 06 den ersten Anruf. Um 15 Uhr 14 traf ein Streifenwagen vom Revier 911 am Ort ein. Nicht übel, wie? Die beiden Beamten sahen sich um und benachrichtigten das Revier um 15 Uhr 21. Jeder Beteiligte machte seine Sache gut – wir verpfuschen nämlich durchaus nicht jeden Fall. Die Mordkommission, bei der ich arbeite, bekam um 15 Uhr 29 Bescheid, obwohl es nicht nach Mord aussah. Man muß so was aber überprüfen. Ich traf mit meinem Kollegen Emandola um 15 Uhr 43 dort ein, Emandola wurde aber gleich abgerufen. Irgendein Verrückter hatte in einem Supermarkt auf der 1. Avenue Geiseln genommen, und alle verfügbaren Leute wurden dorthin beordert.«

»Emandola verschwand, und ich blieb als einziger der Mordkommission am Ort. Selbstverständlich waren Streifenpolizisten da, die Sanitäter mit dem Krankenwagen, der Polizeiarzt, das fahrbare Labor, ein Fotograf und so weiter, ein ganzer Haufen Leute also. Ich befragte etliche Zeugen, die waren aber so durcheinander, daß ich es aufgab. Abends ging ich noch mal hin und nahm mir die Augenzeugen vor, und das noch zweimal. Außerdem sprach ich mit dem Arzt, der die Obduktion machte, mit Ihrem Mr. Tabatchnik, mit den Söhnen von Kipper. Alles deutete auf Selbstmord hin, und so steht es denn auch in den Akten. Der Fall ist erledigt. Haben Sie dazu Fragen?«

»Wer hat das Revier 911 angerufen?«

»Dazu komme ich gleich, ich bin erst am Anfang.« Er trank seinen Bierkrug leer und schaute mich an. Ich bestellte zwei neue Portionen Ale. Nun fuhr er fort:

»Also . . . zunächst mal müssen Sie sich den Tatort vorstellen, wenn man überhaupt von einem Tatort reden kann, einen Selbstmord also für eine Straftat hält. Das Haus ist ein veritabler Palast. Sie können halb East-Harlem drin unterbringen. Fünf Stockwerke hoch, zwei Kellergeschosse, dazu ein Fahrstuhl. Wie viele Zimmer es hat, ahne ich nicht, aber dreißig bestimmt, die meisten leer, das heißt möbliert schon, aber nicht bewohnt. Eine grausige Platzverschwendung. Das Obergeschoß ist ein einziger riesiger Raum zur Straße hin, der hintere Teil eine offene Terrasse. Dort werden Parties gegeben, Filme vorgeführt, es gibt eine Bar da, kurz, alles, was man sich denken kann. Auf der Terrasse stehen wetterfeste Möbel, Pflanzen und Bäume in Kübeln. Und von dieser Terrasse ist Sol Kipper gesprungen. Zwar ist die Terrasse ummauert – die Einfassung ist einen Meter zwanzig hoch, ich hab sie gemessen –, aber auch für einen alten Mann wie Sol Kipper leicht zu übersteigen.«

Er unterbrach sich, um einen Schluck aus dem frischen Krug zu nehmen, und ich nutzte die Pause, um endlich was zu essen, denn bislang hatte ich so gespannt zugehört, daß ich das vernachlässigt hatte. Er hatte sein Roastbeef fast aufgegessen und hantierte so geschickt mit dem Messer wie ein Chirurg. »Je näher am Knochen, desto besser der Geschmack«, bemerkte er dabei. »Weiter im Text: Um 14 Uhr 30 befanden sich fünf Personen im Haus: Sol Kipper, seine Frau Tippi – eine toll aussehende Nummer übrigens – und drei Dienstboten. Sol und Tippi waren in ihrem gemeinsamen Schlafzimmer im vierten Stock, das Personal unten, in der Küche, oder nahebei. Tippi erwartete einen Gast, einen protestantischen Geistlichen namens Knurr, ein häufiger Besucher, der meist mit einem Drink und Sandwiches bewirtet wurde. Dieser Imbiß wurde gerade zurechtgemacht. Um zehn vor drei kam Mrs. Kipper nach unten, um nachzusehen, daß alles für den Reverend Knurr vorbereitet war. Jetzt sind also vier Personen unten und nur eine oben, nämlich Sol Kipper. Hinter dem Haus gibt es eine Art Innenhof, großenteils mit Platten ausgelegt und mit Gartenmöbeln aus Aluminium ausgestattet – ein Cocktailtisch, Stühle, Sonnenschirme und so weiter. Dahinter ist noch ein kleiner Garten mit einem Baum und Blumenrabatten. Aber das meiste, wie gesagt, mit Platten belegt. Man kam aus der Küche in diesen Patio und durch Glastüren vom Eßzimmer aus. Kurz nach drei hören alle vier unten befindlichen Personen einen mächtigen Plumps im Patio. Alle laufen zur Küchentür, schauen raus und sehen Sol Kipper zerschmettert auf den Platten liegen. Mit einem Bein hatte er noch einen Sonnenschirm umgerissen. Sie rannten raus und sahen gleich, Sol Kipper war tot.«

Stilton war jetzt mit essen fertig. Er schob seinen Stuhl zurück, schlug die Beine übereinander und zupfte an seiner Bügelfalte. Er setzte eine Zigarette in Brand und trank seine Ale aus.

»Allgemeine Hysterie«, fuhr er fort. »Mrs. Kipper fiel in Ohnmacht, die Köchin fing an zu heulen, und in diesem Moment klingelte es an der Haustür.«

»Der Gast?« fragte ich.

»Stimmt. Reverend Knurr. Der Butler ging aufmachen, ließ ihn ein und sagte gleich, was passiert war. Nun nahm Knurr die Sache in die Hand. Er rief das Revier an, brachte Tippi wieder zu sich und beruhigte die anderen. Als ich hinkam, hatten sie den Abschiedsbrief schon gefunden. Wie wäŕs mit einem Kaffee?«

»Klar. Vielleicht ein Dessert? Einen Cognac?«

»Cognac gern. Darf ich Rémy Martin vorschlagen?«

Ich bestellte zwei Cognacs und eine Kanne Kaffee.

»Da habe ich mehrere Fragen«, fühlte ich vor.

»Wundert mich nicht. Legen Sie los.«

»Sie wissen genau, daß außer Sol Kipper nur vier Personen im Haus waren?«

»Ganz genau. Wir haben alles abgesucht, und die Zeugen sagen übereinstimmend, daß keiner später weggegangen ist.«

»Haben Sie die zeitliche Abfolge der Ereignisse von Mrs. Kipper erfahren?«

»Und vom Personal. Und von Reverend Knurr. Die Aussagen stimmten alle überein und klangen keineswegs verabredet. Und falls Sie glauben sollten, es wären alle daran beteiligt gewesen, können Sie das gleich vergessen. Welches Motiv hätten sie gehabt? Er behandelte sie offenbar erstklassig. Ein Muster an Großzügigkeit. Die Frau behauptet, die Ehe sei glücklich gewesen. Anzeichen von einem Kampf waren nicht zu sehen, Kratzer oder Schrammen oder so was – nichts. Und falls einer von ihnen oder alle zusammen den alten Sol hätten hinmachen wollen, wäre es viel einfacher gewesen, ihm was in seine Pillenfläschchen zu tun. Eine wahre Apotheke hatte er da oben. Und außerdem der Abschiedsbrief. In seiner Handschrift.«

»Wissen Sie noch den Wortlaut?«

»Adressiert war er an seine Frau und lautete: ›Liebe Tippi, bitte verzeih mir all den Ärger, den ich verursacht habe.‹ Unterschrift ›Sol‹.«

Ich seufzte. Kaffee und Cognac wurden gebracht, wir schwiegen ein Weilchen und nippten dann am Rémy Martin. Nicht zu vergleichen mit dem kalifornischen, den ich zu Hause trinke.

»Haben Sie sich die Umfassung der Terrasse genau angesehen?«

Stilton schaute mich an, ohne die Miene zu verziehen.

»Sie sind soweit in Ordnung, Dolly hat sich Mühe gegeben mit Ihnen. Ja, ich habe mir die Brüstung angesehen. Roher Beton, mit rosa Anstrich. Obendrauf, wo Kipper gestanden haben muß, waren Kratzer, und an den Spitzen seiner Schuhe, in der Naht, waren Spuren von rosa Beton. Noch was?«

»Nein«, sagte ich niedergeschlagen. »Vielleicht fällt mir später noch was ein, aber nicht gleich. Ein klarer Fall von Selbstmord also?«

»Was sollten wir machen?« Stilton klang gereizt. »Wir

haben unzählige unaufgeklärte Morde, ich meine eindeutige Mordfälle. Was also sollen wir in einem Fall tun, der sich als Selbstmord darstellt, einerlei von wo aus man ihn betrachtet? Die Akte Kipper ist geschlossen.«

Ich nahm einen Schluck Cognac, einen größeren als bekömmlich, und erstickte fast daran. Stilton schaute amüsiert drein.

»Wohl in die falsche Kehle gegangen, wie?«

Ich nickte. »Und dieser Selbstmord, Perce«, ächzte ich, »steckt mir ebenfalls in der Kehle. Was ist Ihre persönliche Meinung? Sind Sie selber fest davon überzeugt, daß es Selbstmord war?«

Er starrte mich an, schob die Zunge in die Backentasche, und es sah aus, als bedenke er sich. Dann goß er Kaffee nach.

»Jetzt decken wir mal die Karten auf«, sagte er leise.

»Was? Ich verstehe nicht.«

»Wir, Sie und ich, wir machen einen kleinen Tauschhandel. Sie sagen mir, weshalb Sie sich wirklich dafür interessieren, wie Kipper umgekommen ist, und ich sage Ihnen, was ich ganz persönlich davon denke.«

Ich holte tief Luft und verwünschte mich dafür, daß ich Tabatchnik gefragt hatte, ob ich Marty Reape erwähnen dürfe. Tabatchnik hatte dies ausdrücklich verboten. Hätte ich nicht gefragt, ich hätte unbedenklich mit Stilton tauschen können. Ich überlegte, was meine Loyalität mir vorschrieb, und kam zu einem Entschluß. »Falls hiervon was zu den falschen Ohren kommt, liege ich auf der Straße.«

»Von mir erfährt keiner was«, versicherte mir Stilton.

»Also gut. Ich vertraue Ihnen . . .«

Und ich berichtete alles über Reape, alles, angefangen von seinem Anruf, meinem Anruf, unserer Zusammenkunft, was er gesagt hatte und was ich gesagt hatte, von dem Entschluß, ihm die 50 000 Dollar zu zahlen und seinem Ende vor der U-Bahn am vergangenen Mittwoch.

Stilton hörte aufmerksam mit undurchdringlicher

Miene zu, ließ mich aber keinen Moment aus den Augen und rauchte dabei eine Zigarette nach der anderen. Als ich endete, wollte er gerade wieder eine anzünden, brach sie statt dessen aber in zwei Stücke, die er wegwarf.

»Ich rauche zuviel«, sagte er angewidert.

Ich lehnte mich eifrig vor: »Was halten Sie davon? Ich meine von Reape?«

»Ihr Boss könnte schon recht haben«, meinte er gedehnt, »Reape kann wirklich ein kleiner Gauner gewesen sein, der mit einem Trick versuchte, Sie reinzulegen.«

»Aber er ist ermordet worden!« sagte ich mit Nachdruck.

»So? Das wissen Sie nicht. Und selbst wenn es so war, beweist das nicht, daß er die Information besaß, die er zu haben behauptete. Kann sein, er hat seinen Trick an Leuten ausprobiert, die weniger zivilisiert sind als Sie und Ihr Boss, und die haben ihm auf die Füße getreten.«

»Aber er kannte den Wert von Kippers Nachlaß«, beharrte ich. »Beweist das nicht, daß er die Familie kannte oder irgendwelche Beziehungen zu Kipper unterhielt?«

»Mag sein, mag auch sein, Kipper hat jemand erzählt, was in seinem Testament steht, und mag sein, dieser jemand hat das Reape weitererzählt. Mag auch sein, Reape hat zufällig richtig geschätzt.«

Für mich war es ungemein wichtig, diesen erfahrenen Detective davon zu überzeugen, daß mein Verdacht in bezug auf die Todesart von Sol Kipper gerechtfertigt war und weitere Nachforschungen erforderte. Nachdem ich Tabatchniks Vertrauen nun bereits soweit mißbraucht hatte, fand ich, es könne nichts schaden, alles zu offenbaren, was ich wußte.

»Noch eines«, sagte ich also, »am Vormittag seines Todestages hat Sol Kipper bei Tabatchnik angerufen und einen Termin mit ihm vereinbart, zu dem er ein neues Testament machen wollte.«

Stilton hörte auf, mit seinem Feuerzeug zu spielen, und schaute mich durchdringend an.

»Jesus Maria, die Suppe wird immer dicker«, ächzte er.

»Jetzt wissen Sie, was ich weiß. Offenbar ahnen Sie doch auch so was. Sie glauben doch auch nicht an den Selbstmord?«

»Offiziell ist es Selbstmord, und die Akte ist geschlossen«, sagte er ohne zu zögern. »Aber es gab da von allem Anfang an Sachen, die mir stanken. Kleinigkeiten, nicht genug, um die Mordkommission zu alarmieren. Insgesamt haben drei Umstände mich gestört. Erstens: Wer aus dem fünften Stock springt, kann nicht sicher damit rechnen, daß er tot ist. Man kann aus noch größerer Höhe fallen und überleben. Deshalb springen die meisten Selbstmörder von weiter oben. Sie wollen sich umbringen, nicht den Rest ihrer Tage als Krüppel vegetieren. Kipper gehörte ein Textilunternehmen, das zwar seine Söhne führten, doch ging er drei-, viermal die Woche für ein paar Stunden hin, und sein Büro ist im 34. Stock. Wäre er da rausgesprungen, wäre das eine sichere Sache gewesen.«

»Was war denn eigentlich die Todesursache, Percy?«

»Schädelfraktur. Gut, das ist wohl passiert, aber ebensogut hätte er bei einem Sprung aus dem fünften Stock mit Knochenbrüchen und inneren Verletzungen davonkommen können. Nicht, wenn er aus dem 34. Stock gesprungen wäre. Also, das ist der erste Grund: Selbstmord durch Sprung aus dem fünften Stock. Das ist, als wollte man sich mit dem Luftgewehr erschießen.

Zweiter Grund: Wer aus dem Fenster, von einem Mauervorsprung, einem Balkon oder was weiß ich springt, läßt sich im allgemeinen einfach fallen. Er macht einen einzigen Schritt in die leere Luft und Schluß. Springen, mit dem Kopf voran, tut keiner. In allen mir bekannten Fällen war die Leiche nicht weiter als einen Meter von dem Gebäude entfernt, meist lag sie auf dem Bürgersteig. Springt jemand aus sehr großer Höhe, kommt der

Körper wohl mal ins Taumeln und schlägt auf einem parkenden Wagen auf, aber weiter als, sagen wir einen Meter zwanzig hat kein mir bekannter Selbstmörder von dem Bauwerk entfernt gelegen, von dem er sprang. Kippers Leiche war aber fast drei Meter vom Haus entfernt.«

Ich überdachte das.

»Sie meinen – jemand hat ihn geworfen?«

»Wer aber? Vergessen Sie nicht, es waren noch vier Personen in jenem Haus. Kipper wog etwa 130 Pfund. Keine der Frauen hätte ihn über die Terrassenbrüstung heben und so weit vom Haus weg werfen können. Der einzige Mann, der Butler, ist so fett, daß er kaum aufrecht stehen kann. Kipper muß also einen Kopfsprung mit Anlauf gemacht haben.«

»Ein so alter Mann?«

»Möglich ist es«, beharrte er. »Der dritte Grund ist noch dürftiger als die beiden anderen: Der Abschiedsbrief. ›Verzeih mir all den Ärger, den ich verursacht habe.‹ Verstehen Sie? ›Verursacht‹. Nicht ›gemacht‹. Mir kommt vor, er bezieht sich auf etwas, was lange zurücklag, nicht auf etwas, das er vorhatte zu tun. Auch ist die Schrift gut lesbar, mit fester Hand geschrieben, nicht wie von jemand, der so durcheinander ist, daß er gleich darauf einen Kopfsprung von seiner Terrasse macht. Aber wie schon gesagt, das alles ist dürftig, eines wie das andere.«

»Das finde ich durchaus nicht«, widersprach ich heftig, »ich finde das alles sehr wichtig.«

Er schenkte mir ein leichtes Lächeln, schaute auf die Uhr und verstaute Zigaretten und Feuerzeug.

»Was machen wir aber jetzt?« fragte ich verwirrt.

»Keine Ahnung.«

»Könnten Sie nicht –«

»– den Fall noch mal aufgreifen? Die vorliegenden Beweise reichen dazu nicht aus. Ich brauchte nur so was anzudeuten, und der Lieutenant würde mich in die

Klapsmühle schicken. Sie sind doch der Chef-Ermittler, also ermitteln Sie gefälligst.«

»Aber ich weiß nicht, wo anfangen«, brach es aus mir hervor. »Selbstverständlich müßte ich mir die Familie Kipper und das Personal vorknöpfen, aber mit welcher Begründung?«

»Mit der gleichen, die Sie mir gegeben haben – die Versicherungskiste. Darauf beißen sie bestimmt an.«

»*Sie* haben aber nicht angebissen.«

»Die sind auch nicht so abgebrüht wie ich.« Er grinste. »Die glauben Ihnen aufs Wort. Denken Sie nur an das, was ich übers Lügen gesagt habe: Halten Sie sich möglichst an die Wahrheit und vermeiden Sie alle Schnörkel. Und während Sie da herumschnüffeln, kümmere ich mich mal um Reape. Nach dem, was Sie mir gesagt haben, steht zu vermuten, daß die Sache als Unfall abgetan worden ist, aber man kann nie wissen. Bleiben Sie mit mir in Verbindung. Sie können mich immer unter der Nummer erreichen, die Sie kennen, oder dort hinterlassen, daß ich Sie anrufen soll. Kann ich Sie bei Tabatchnik erreichen?«

Ich überlegte.

»Lieber nicht, Percy. Ich möchte unsere Beziehung vertraulich behandeln.«

»Verstehe.«

»Ich gebe Ihnen meine Privatnummer. Abends bin ich da fast immer zu erreichen.«

»Das geht in Ordnung.«

Er schrieb meine Nummer in sein kleines Notizbuch – elegant in Seehundsleder gebunden, mit vergoldeten Ecken. Wie alles, was er an sich trug, sah es teuer und gut aus.

Ich zahlte, ließ ein Trinkgeld liegen, und wir gingen hinaus. »Ich glaube immer noch nicht an Selbstmord«, sagte ich.

»Damit könnten Sie recht haben«, erwiderte er sanft, »aber etwas denken und es dann auch beweisen, sind zwei Paar Stiefel. Das wird Ihnen jeder Bulle sagen.«

Er trug einen marineblauen Überzieher und dazu einen schwarzen Homburg. Ein richtiger Dandy.

»Schönsten Dank für das Essen, Josh. Es war erstklassig.«

»Es war mir eine Freude.«

»Wo gehen Sie lang?«

»Die 9. Avenue. Ich nehme den Bus nach Chelsea. Da habe ich meine Wohnung.«

»Ich begleite Sie.« Und wir gingen in westlicher Richtung los. »Geben Sie diesen Fall nicht auf, Josh«, sagte er, plötzlich ganz ernst. »Ich darf mich nicht drum kümmern, ich habe alle Hände voll zu tun. Aber mir ist ganz so, als führte uns wer an der Nase rum, und das gefällt mir überhaupt nicht.«

»Ich will auch nicht aufgeben.«

»Gut. Es freut mich, daß Sie mich ins Bild gesetzt haben. Übrigens . . .«, er zögerte etwas, »falls Sie recht haben und irgendwer hat Sol Kipper und Marty Reape erledigt, dann sind das keine besonders zartfühlenden Leute, ist Ihnen das klar? Seien Sie also vorsichtig.«

»Oh, das bin ich bestimmt.«

»Tragen Sie eine Waffe?«

»Nein. Ich halte nichts von Gewalt.«

Er seufzte.

»Und ein Kind wird ihnen den Weg weisen«, zitierte er. »Gute Nacht, Josh.«

8

Ich erwachte am nächsten Morgen voller Tatendrang. Stilton hatte zwar gesagt, außer unbewiesenen Verdachtsmomenten hätten wir nichts in der Hand, doch war ich überzeugt, daß Kipper sich nicht selbst umgebracht hatte. Auch glaubte ich fest, daß Stilton bei allen Vorbehalten diese Ansicht teilte.

Über Nacht hatte es leicht geschneit, und eine dünne Schneeschicht lag auf den geparkten Autos und dem Gehsteig. Der Schnee schmolz aber schon unter der aufgehenden Sonne. Der Himmel war azurn, die Luft prickelte. Das alles paßte sehr gut zu meiner Stimmung, und ich nahm es für ein gutes Vorzeichen, als ich mich auf den Weg zu Professor Stonehouses Arzt machte. Es würde ein erfolgreicher Tag werden. Dr. Stolowitz hatte seine Praxis im Erdgeschoß eines Appartementhauses, das die umliegenden Reihenhäuser weit überragte. Ich kam um 8 Uhr 15 an. Seine Sprechstundenhilfe war groß und knochig, hatte krauses rotes Haar und schien gewohnheitsmäßig mißmutig. Sie hatte ungemein lange, grell lackierte Fingernägel, und an den Handgelenken klirrten zahllose Amulettchen. Sie begrüßte mich nicht sehr freundlich.

Ich lächelte sie erwartungsvoll an: »Joshua Big, Dr. Stolowitz erwartet mich.«

»Sie sind zu früh dran. Setzen Sie sich ins Wartezimmer«, blaffte sie.

Ich setzte mich und wartete, den Hut auf dem Schoß. Genau um 8 Uhr 25 kam eine andere Sprechstundenhilfe herein – diesmal eine kleinere – und bat mich zu Stolowitz. Dieser stand hinter einem Schreibtisch, auf dem grauenhafte Unordnung herrschte, er war mittelgroß, untersetzt, und sein Bauch schien die kurze weiße Jacke zu sprengen. Er trug sehr dicke Gläser vor den Augen, was den Eindruck erweckte, als quöllen ihm diese aus dem Kopf, und er rauchte eine übelriechende schwarze Zigarre.

»Guten Morgen, Herr Doktor«, grüßte ich.

»Fünf Minuten«, kläffte er. »Länger nicht.«

»Ich werde mich daran halten, Sir.«

»In welcher Beziehung stehen Sie zu Professor Stonehouse?«

»Wie ich schon am Telefon sagte«, erklärte ich geduldig, »versuche ich sein Verschwinden aufzuklären.«

»Sie sind Privatdetektiv?« fragte er mißtrauisch.

»Nein. Ich stehe in den Diensten der Anwälte von Professor Stonehouse. Wenn Sie es für geboten halten, rufen Sie Mrs. Stonehouse an.«

Er grunzte.

Zum Sitzen forderte er mich nicht auf.

»Gut. Stellen Sie Ihre Fragen. Ich werde antworten oder nicht.«

»Wann hat Professor Stonehouse Sie konsultiert, Sir?«

Er nahm ein Krankenblatt zur Hand, immer noch die Zigarre zwischen den Zähnen, und schaute darauf.

»Insgesamt siebenmal im vergangenen Oktober und November. Wollen Sie die Daten wissen?«

»Nein, das ist nicht nötig, Sir. Mrs. Stonehouse sagte mir, ihr Mann sei schon im Sommer erkrankt.«

»Na und?«

»Er hat Sie aber erst im Oktober aufgesucht.«

»Wie ich schon sagte.«

»Wissen Sie, ob er, bevor er zu Ihnen kam, bei einem anderen Arzt war?«

»Wie, zum Teufel, sollte ich das wissen?«

»Er erwähnte also keine vorangegangene Behandlung?«

»Nein.«

»Ich erwarte nicht, daß Sie mir sagen, woran der Professor erkrankt war, Sir –«

»Da haben Sie recht.«

»– ich wüßte aber gern, ob die Krankheit, wäre der Patient nicht behandelt worden, tödlich hätte verlaufen können?«

Sein Blick glitt zu einem riesigen kristallenen Aschenbecher, in dem er jetzt den Zigarrenstummel umständlich ausdrückte, und als er sich wieder vernehmen ließ, klang seine Stimme erstaunlich mild.

»Man kann auch an einem eingewachsenen Zehennagel sterben, wenn der nicht behandelt wird.«

»War der Professor geheilt, als er aufhörte, zu Ihnen zu kommen?«

»Er war auf dem Wege der Besserung.« Das klang schon wieder gereizt.

»Hatte er eine ansteckende Krankheit?«

»Was denken Sie sich eigentlich bei diesem Verhör?«

»Ich frage nicht nach der Art der Krankheit, sondern möchte nur wissen, ob sie ansteckend war, Sir.«

Er schaute mich listig an.

»Es war keine Geschlechtskrankheit – darauf wollen Sie doch hinaus?«

»Ja, Sir. Wie beurteilten Sie die Gemütsverfassung des Patienten?«

»Ein schwieriger, zänkischer Mann.« (Das hatte er gerade nötig!) »Falls Sie aber meinen: Zeigte er Anzeichen geistiger Störung, die nicht im Zusammenhang mit seiner Krankheit standen, so lautet die Antwort nein.«

Offenbar war ihm nicht klar, daß er eben zugegeben hatte, daß im Zusammenhang mit Stonehouses Krankheit auch geistige Störungen auftreten konnten.

»Hat er Ihnen in irgendeiner Weise Anlaß zu der Vermutung gegeben, er beabsichtige, seine Familie zu verlassen?«

»Nein.«

»Würden Sie die Beschwerden von Professor Stonehouse als Krankheit bezeichnen, Sir?«

Er schaute auf die Uhr an der Wand.

»Ihre fünf Minuten sind um, Mr. Big. Adieu.«

»Verbindlichen Dank, Herr Doktor.« Draußen warteten bereits einige Patienten. Ich bedankte mich bei der Sprechstundenhilfe mit meinem besten Lächeln, und siehe da, sie taute auf.

»Ein richtiger Bär, nicht wahr?« flüsterte sie.

»Schlimmer«, flüsterte ich zurück. »Ist er immer so?«

Sie rollte die Augen. »Immer. Übrigens, dürfte ich Ihnen mal eine ganz persönliche Frage stellen?«

»Einsdreiundfünfzig«, sagte ich und winkte Adieu.

Von der nächsten Telefonzelle aus rief ich Thelma Potts an, sagte, ich sei außer Hause beschäftigt und werde sie wissen lassen, wann ich ins Büro käme.

Dann nahm ich den Bus zur 49. Straße und ging zu Fuß zu dem schäbigen Gebäude, wo Marty Reape sein Büro gehabt hatte. Unten in der Halle war sein Name noch an der Tafel, doch im 8. Stock stand die Tür zu 810 offen, und ein bärtiger Mann in fleckigem Malerzeug kratzte mit einer Rasierklinge von der Milchglasscheibe die Aufschrift MARTY REAPE PRIVATDETEKTEI.

Ich schaute an dem bärtigen Maler vorbei in den Raum, doch war der völlig leer. Kein Schreibtisch, kein Aktenschrank, nichts, außer fleckigen Wänden, einem verstaubten Fenster und gerissenem Linoleum.

»Suchen Sie was?« fragte der Maler.

»Wissen Sie, was mit den Möbeln aus diesem Büro geworden ist?«

»Fragen Sie den Hausmeister.«

»Ist das Büro zu vermieten?«

»Fragen Sie den Hausmeister.«

»Und wo steckt der?«

»Unten.«

»Wissen Sie, wie er heißt?«

Keine Antwort.

Im hinteren Teil der Halle sah ich an einer Stahltür ein Pappschild mit der Aufschrift HAUSMEISTER und drückte die Tür mit einiger Mühe auf. Eine Eisentreppe führte steil nach unten. Ich tappte behutsam treppab und umklammerte dabei das schmutzige Geländer. Unten führte ein schwach erleuchteter Korridor in den hinteren Teil des Kellers. An der Decke ein Gewirr aus Rohren und Abzugsschächten und am Ende eine verwitterte Holztür. Dahinter sah es aus wie in einer Gefängniszelle, das einzige, was fehlte, waren Gitter. Decke, Wände und Fußboden aus Beton. Kein Fenster. Das Möblement sah aus, als hätten ehemalige Mieter es stehengelassen. Zwei Personen hielten sich in diesem Loch auf, eine junge

Orientalin, die eine uralte Schreibmaschine bearbeitete und gelegentlich ihr schwarzes Haar aus der Stirn strich, und ein kleingewachsener braunhäutiger Mann, der rasend schnell in einer mir unbekannten Sprache ins Telefon redete. Auf seinem Tisch stand ein hübsches Messingschild mit der Inschrift CLARENCE NG, MANAGER.

Keiner von beiden blickte auf, als ich eintrat, und ich wartete geduldig. Mr. Ng fuhr fort, in seiner mir unverständlichen Sprache zu reden, ging aber unvermittelt ins Englische über. »Sie mich auch, Sie Schmock!« kreischte er, knallte den Hörer hin und schaute mich an.

»Kann ich Ihnen behilflich sein, Sir?« fragte er gedämpft.

»Das könnte sein. Ich suche Mr. Reape, sein Büro hat die Nummer 810, aber es ist völlig leer.«

»Ach, Mr. Reape weilt nicht mehr unter uns.«

»So? Und wohin ist er verzogen?«

»Mr. Reape ist nicht verzogen, er ist tot.«

»Tot?« rief ich entsetzt. »Gütiger Gott, wann ist denn das passiert?«

»Vor zwei Tagen ist er vor die U-Bahn gestürzt. Waren Sie mit ihm näher bekannt?«

»Ich war einer seiner Klienten. Das ist ja schrecklich. Er hatte sehr wichtige Papiere von mir in Besitz. Was ist denn aus seinen Akten geworden?«

»Seine Witwe kam gestern und hat alles abgeholt.«

»Und das haben Sie erlaubt?«

Er drehte die Handflächen nach außen und zuckte die Achseln. »Die Witwe hat schließlich ein Recht auf den Nachlaß.«

»Und wissen Sie denn, daß es wirklich seine Witwe war?«

»Mr. Reape schuldete zwei Monatsmieten. Die Dame hat gezahlt.«

»Was noch längst nicht beweist, daß es seine Witwe war«, versetzte ich gereizt.

Die junge Orientalin hörte auf zu tippen und sagte, ohne mich anzusehen: »Sie war seine Witwe, ich bin ihr mal mit ihm zusammen in der Halle begegnet, und er hat uns bekannt gemacht.«

»Sehen Sie?« triumphierte Mr. Ng. »Die Witwe.«

»Haben Sie zufällig ihre Telefonnummer.«

»Leider nein.«

»Die Adresse seiner Wohnung?«

»Leider auch nicht.«

»Aber die stand doch bestimmt in seinem Mietvertrag?«

»Kein Mietvertrag«, erklärte Mr. Ng. »Wir vermieten monatsweise.«

»Dann muß ich im Telefonbuch nachsehen.«

Mr. Ng zögerte einen Moment, dann sagte er: »Leider steht seine Nummer nicht drin.«

Ich bedankte mich und ging durch den feuchten Korridor zurück, war auch schon fast an der Treppe, als mich jemand anrief. Die junge Orientalin kam mir nachgerannt. »Zehn Eier«, sagte sie.

»Wie bitte?«

»Zehn Eier für die Adresse von Reape«, wiederholte sie, riß mir die Banknote förmlich aus den Fingern und rannte auch schon zurück. Über die Schulter rief sie: »Steht im Telefonbuch!«

Zweifellos teilte sie die Beute mit Mr. Ng.

Zwei Blocks weit mußte ich gehen, bis ich ein Telefonbuch fand; ich schlug es mit gemischten Gefühlen auf, fürchtend, ich sei zweimal reingelegt worden, doch siehe da, Reape war drin, einmal mit seiner Büroadresse auf der 49. Straße und einmal in der 93. Straße. Auf der 8. Avenue erwischte ich einen Bus, immer noch wütend darüber, daß man mir das Geld so leicht aus der Nase gezogen hatte.

Reapes wohnten in der Sorry Street, zwischen der Somber Street und der Gaunt Street. Das höchste Gebäude in ihrem Häuserblock war ein offenbar von der Wohlfahrtsbehörde gemietetes Hotel; die Reihenhäuser waren zu Pensionen umgebaut, und statt Gardinen sah man Rolläden vor den Fenstern. In den Schaufenstern der Geschäfte standen verwelkte Blumen und Farne, und überall waren Graffiti, die meisten in spanischer Sprache, und ich fragte mich, was wohl *puta* heißen mochte.

Reapes wohnten in einem der besser erhaltenen Häuser, zweistöckig, aus grauem Stein, die Fassade verschmiert und bröckelig. Es gab noch Reste aus besseren Zeiten: ein schön behauener Türsturz, geschliffenes Glas in der Eingangstür, und um den Türknopf ein Messingwappen. Ich drückte auf die Klingel neben dem Schild REAPE und wartete. Nichts. Ich klingelte noch mal. Wieder nichts. Und auch das dritte Klingeln brachte kein Resultat. Als ich mich abwandte, kam gerade eine ältliche Dame mit bläulich gefärbtem Haar die Treppe herauf, beladen mit zwei schweren Einkaufstaschen.

»Darf ich Ihnen behilflich sein, Madame?« fragte ich.

Sie schaute mich ängstlich und mißtrauisch an.

»Nur bis an die Tür. Dann gehe ich.«

»Danke, junger Mann«, sagte sie matt.

Ich trug ihre Taschen bis zum Eingang. Sie erklomm derweil keuchend die Treppe und blieb auf jeder Stufe stehen. »Mein Asthma ist heute schlimm.« Und sie faßte an ihre Brust.

»Tut mir leid, Madame, könnten Sie wohl –«

»Manchmal ist es wie ein Messer«, keuchte sie. »Schneidet richtig mittendurch.«

»Das kann ich Ihnen nachfühlen. Ich suche –«

»Keine Minute Schlaf hatte ich letzte Nacht, immerzu mußte ich husten.«

»Ich suche Mrs. Reape«, versuchte ich es verzweifelt. »Die wohnt doch hier.«

Wieder wurde sie mißtrauisch.

»Was wollen Sie von der? Sie sind für einen Bullen viel zu klein.«

»Ich bin auch keiner«, beteuerte ich. »Es handelt sich um die Versicherung ihres Mannes.«

Das saß.

»War er hoch versichert?« fragte sie flüsternd.

»Sie verstehen, daß ich Ihnen das nicht sagen darf. Aber Mrs. Reape dürfte sich freuen, mich zu sehen.«

»Hm . . .«, schnaufte die alte Dame. »Soweit ich weiß, geht's ihr nicht gerade schlecht. Falls ich nicht irre, junger Mann, finden Sie sie im *Dirty Shame*, das ist eine Kneipe im nächsten Block Richtung Broadway.«

Tatsächlich fand ich die Kneipe, und sie war relativ gepflegt, hatte einige Tische und hinten eine Bar. Dort spielte sich auch alles ab – offenbar war da eine Party im Gange. Mindestens vierzig Männer und Frauen drängten sich an der Bar, die Luft war verraucht, und es herrschte ein höllischer Lärm, Stimmengewirr, übertönt von einem Musikautomaten, der eine irische Jig plärrte. Zwei Bartender hatten alle Hände voll zu tun, und die Theke schwamm förmlich. Ein rotgesichtiger Partyteilnehmer packte mich am Arm.

»Freund von Marty?« brüllte er.

»Genaugenommen bin –«

»Immer rein!« Und er schubste mich Richtung Bar. »Blanche hält alle frei.«

Man reichte mir über die Köpfe hinweg ein Glas Bier, und mein neuer Freund klopfte mir auf die Schulter, so fest, daß die Hälfte des Biers überschwappte. Dann wandte er sich einem weiteren Neuankömmling zu.

Es war eine recht liederliche Versammlung. Die Anwesenden waren augenscheinlich alle miteinander bekannt, und ich drängte mich auf der Suche nach der Witwe zwischen ihnen durch. Ich fand sie schließlich umgeben von Trauernden, die Mühe hatten, sich an den Text von *When Irish Eyes are Smiling* zu erinnern. Sie war eine talgige Person mit karottenfarbenem Haar, stark geschminkt, mit einem Schnurrbart aus Bierschaum. Ihre Trauerkleidung war aus dünnem, glänzendem Stoff gemacht, so eng, daß die Nähte schier barsten, und so tief ausgeschnitten, daß man ihren mit

Sommersprossen gesprenkelten, stark gepuderten Busen sah.

Als sie einen Moment zu sprechen aufhörte, sagte ich: »Mrs. Reape, darf ich –«

»Was?« schrillte sie und beugte sich von ihrem Hocker herunter. »Ich verstehe kein Wort bei diesem beschissenen Krach!«

»Ich möchte Ihnen mein Beileid –«

»Klar, klar«, sie tätschelte meine Schulter. »Sehr nett von Ihnen. Hier, Ihr Glas ist ja leer. Ein großes Glas hierher! Waren Sie mit Marty befreundet?«

»Genaugenommen war ich ein Klient von ihm.«

Ich bildete mir das vielleicht ein, doch schien mir, als gefröre ihr Lächeln, jedenfalls ließ sie Zähne sehen, so perfekt, daß es unmöglich ihre eigenen sein konnten.

»Klient? Na, viele hat er nicht gehabt.«

Sie wollte sich schon abwenden, deshalb sagte ich hastig: »Ich war im Büro Ihres Mannes, Mrs. Reape, aber das war leer –«

»Hab ich ausgeräumt. Er hatte einen Haufen Mist dort, aber der Lumpenhändler hat mir ein paar Dollar dafür gegeben.«

»Und seine Akten? Was ist mit denen? Er hatte wichtige Papiere von mir.«

»Im Ernst?« Sie riß die Augen auf. »Das tut mir wirklich leid, ich hab das Zeug gestern abend alles in den Müll geschmissen.«

»Dann ist es vor Ihrem Haus im Mülleimer?« fragte ich hoffnungsvoll.

»Ach wo, heute früh ist alles abgeholt worden. Das ist längst verbrannt.«

»Erinnern Sie sich zufällig, ob –«, doch da wurde ich schon abgedrängt. Ich ließ mein Glas auf einem der Tische stehen und schlüpfte unauffällig aus dem Lokal. Ein Anruf im Büro ergab, daß niemand nach mir gefragt hatte. »Haben Sie übrigens den Pullover gesehen?« fragte Yetta beiläufig.

Ich bejahte; ich fände ihn wunderschön. – »Aber er zeigt alles, ich meine, es bleibt nichts für die Phantasie!«

»Das würde ich nicht sagen. Vor dem Mittagessen komme ich nicht ins Büro, falls jemand nach mir fragen sollte.«

»Und Grün ist meine Farbe, finden Sie nicht, Josh?«

Ich beendete das Gespräch mit einiger Mühe, kam zeitig genug zur West 74. Street und nahm Wartestellung gegenüber der Praxis von Dr. Stolowitz ein. Kurz nach Mittag kam die rothaarige Sprechstundenhilfe aus dem Haus. Ich sauste über die Straße und ging direkt auf sie zu, hob anscheinend überrascht den Kopf, blieb stehen und nahm den Hut ab. »So trifft man sich«, lächelte ich sie an.

Auch sie blieb stehen und schaute auf mich herunter. »Sieh an, Mr. Big. Ich hoffe, ich habe Sie heute früh nicht gekränkt, Sie wissen schon, mit meiner ganz persönlichen Frage.«

»Nicht die Spur«, beteuerte ich, »ich bin Bemerkungen über meine mangelnde Größe gewöhnt. Das hat auch einen Vorteil: Man vergißt meinen Namen nicht so leicht.«

»Meinen auch nicht; nicht etwa, daß er so besonders wäre, im Gegenteil, die Leute machen Witze darüber.«

»Wie heißen Sie denn?«

»Peacock, Ardis Peacock.«

»Ardis Peacock – das ist aber doch ein sehr schöner Name! Der Pfau ist immerhin ein besonders prächtiges Tier!«

»Ja, mit einem schönen bunten Schweif. Wohnen Sie hier in der Nähe?«

»Nein, ich hatte nur hier zu tun. Jetzt bin ich hungrig und hätte Lust, was zu essen. Wo gibts denn hier in der Nähe ein ordentliches Restaurant?«

»Oh, hier gibt's haufenweise Lokale. Ein McDonalds Ecke 71. Straße und Amsterdam Avenue, ein Bagel Nosh am östlichen Broadway, und auf der Columbus

Avenue gibt es auch welche, da gehe ich meistens hin, da kann man mexikanisch, chinesisch, indisch essen, was sie wollen.«

»Das klingt gut. Darf ich Sie begleiten?«

»Aber gern.«

Wir gingen Richtung Columbus Avenue.

»Haben Sie je daran gedacht, hohe Absätze zu tragen?« fragte sie.

»Doch, schon, aber viel würde das nicht nützen, es wäre wirklich kein großer Unterschied. Da brauchte ich schon Stelzen.«

»Tja, es ist wirklich eine Schande. Ich bin viel zu groß und finde das scheußlich – ich möchte kleiner sein und Sie größer, aber na, wennschon.«

»Es steht Ihnen aber gut, Sie halten sich gerade und sind schlank – wie ein Mannequin.«

»Meinen Sie das im Ernst?« Offenbar hörte sie das gern.

Wir aßen im *Cherry* Restaurant auf der Columbus Avenue, Ardis Krabben mit Hummersoße, ich Schinken, Rührei und Bratkartoffeln.

»Ihr Boss hat mich heute früh ziemlich abfahren lassen«, sagte ich nach einer Weile beiläufig.

»Ärgern Sie sich nicht darüber, das macht er bei allen so. Mich behandelt er auch wie Dreck, aber manchmal ist mir so, als wäre er in Wahrheit scharf auf mich.«

»Dann hätte er mehr Geschmack, als ich ihm zutraue.«

»Holla!« Sie stieß mich neckisch an und warf mich fast vom Stuhl. »Weshalb wollten Sie ihn denn sprechen? Wegen dem Stonehouse, den Sie am Telefon erwähnten?«

»Eben wegen dem. Er ist vergangenen Oktober und November zu Ihnen in die Praxis gekommen. Erinnern Sie sich an ihn?«

»Und ob! Ein Raunzer. Immerzu hatte er über irgendwas zu maulen. Entweder mußte er warten, oder es war zu kalt im Wartezimmer, oder es stank nach den Zigarren vom Chef. Ein richtiger Querulant.«

»Stolowitz hat Glück, daß er ihn nicht verklagt hat. Das war nämlich seine Spezialität. Er hat dauernd prozessiert.«

»Hat er etwa auch Sie verklagt?«

»Nicht mich persönlich, aber womöglich meine Firma.« Und ich begann mit meiner vorbereiteten Geschichte. »Ich bin Schadensbearbeiter bei einer Krankenversicherung. *Isley* heißt sie. Haben Sie den Namen je gehört?«

»Nicht, daß ich wüßte.«

»Wir sind auch eine kleine Gesellschaft und spezialisieren uns auf Akademiker – Schullehrer, Professoren an Colleges und Universitäten, Gruppenpolicen und so fort. Stonehouse hat früher an der New York University gelehrt, ist zwar emeritiert, aber noch bei uns versichert, weil er die Prämien selber zahlt. Sie verstehen?«

»Klar. Ich mache für Stolowitz alle Kassenabrechnungen. Eine echte Qual.«

»Stimmt, das ist leider so. Man muß auf den Formularen die Krankheiten genau angeben.«

»Klar, das muß sein.«

»Nun denn, Stonehouse weigert sich, das zu tun, er behauptet, das sei ein Einbruch in seine Intimsphäre und ginge keinen was an.«

»So ein Knallkopf!«

»Richtig. *Medicare* hat seinen Antrag auf Erstattung deshalb auch abgelehnt, und jetzt klagt er.«

»Er klagt gegen *Medicare?*« Sie war richtig entsetzt. »Da klagt er quasi gegen den Staat!«

»Ganz recht. Man möchte es nicht glauben.«

»Ganz unwahrscheinlich!«

»Ja. Von uns will er auch Kosten erstattet haben, und auch uns will er seine Krankheit nicht nennen. Sein Anspruch wurde also abgewiesen, und jetzt klagt er. Selbstverständlich lassen wir es auf eine Klage ankommen, aber so was dauert und kostet Geld, und deshalb wollen wir uns lieber mit ihm vergleichen. Wie wäre es mit einem Nachtisch?«

»Eine Schokoladencreme«, sagte sie prompt.

Ich ließ mir noch einen Kaffee geben, und nachdem sie mit ihrer Creme kurzen Prozeß gemacht hatte, steckte ich ihre Zigarette in Brand. Ich habe immer Streichhölzer für anderer Leute Zigaretten bei mir.

»Deshalb wollte ich von Stolowitz wissen, woran Stonehouse voriges Jahr erkrankt war, aber natürlich habe ich es nicht rausbekommen.«

»Das ist das ärztliche Berufsgeheimnis, und das Personal ist strengstens angewiesen, nicht über die Patienten zu sprechen. Als ob wir dazu Lust hätten! So eine Arztpraxis ist eine richtige Schreckenskammer, es macht keinen Spaß, immer mit Kranken zu tun zu haben.«

Der Kellner brachte zwei Rechnungen, und ich nahm rasch auch die zweite.

»Hören Sie mal«, wehrte Ardis sich schwach, »wir machen aber halbe-halbe.«

»Auf keinen Fall«, entrüstete ich mich. »Schließlich habe ich Sie zum Essen eingeladen.«

Wir schlenderten zurück zu ihrer Praxis.

Ich schüttelte verzweifelt den Kopf. »Diese Sache mit Stonehouse liegt mir schwer im Magen, wir brauchen im Grunde bloß den Namen seiner Krankheit zu wissen, dann können wir den Fall abwickeln, aber wie die Dinge liegen, muß ich mich wohl auf einen Prozeß vorbereiten.«

Ich schielte sie aus den Augenwinkeln an, doch sie biß nicht an. »Wenn ich doch bloß einen Blick in sein Krankenblatt tun könnte«, setzte ich gereizt fort, »das Blatt selber brauche ich ja nicht, bloß den Namen der Krankheit.«

Damit hatte ich sie. Sie nahm meinen Arm. »Ihre Gesellschaft würde einen Haufen Geld sparen, wenn sie wüßte, welche Krankheit Stonehouse hatte?«

»Stimmt, mehr brauchen wir nicht.«

»Und das wäre, ah, absolut vertraulich?«

»Ich wäre der einzige, der weiß, woher die Information stammt. Der Gesellschaft ist es gleich, wie ich sie beschaffe.« Einige Schritte gingen wir schweigend.

»Würden Sie dafür zahlen?« fragte sie zögernd. »Ich habe dauernd mit den Krankengeschichten zu tun, das gehört zu meinem Job.«

Sie wollte 500 Dollar, ich sagte aber, meine Gesellschaft würde nicht über 100 gehen, ungeachtet der Inflation und der Tatsache, daß der Mensch schließlich leben will.

»Sie brauchen bloß den Namen der Krankheit?«

»Richtig.«

»Okay. Hundert. Jetzt.«

»Fünfzig jetzt und fünfzig, wenn Sie die Information bringen.«

»Abgemacht.« Sie lächelte, als ich ihr diskret die erste Rate hinschob. »Sie hören von mir.« Und mit munterem Winken setzte sie den Weg fort, während ich mir eine Taxe zur East Side nahm.

9

Ich stand auf dem Gehsteig vor Kippers Haus auf der East 82. Straße zwischen der 5. Avenue und Madison Avenue. Im Westen sah ich das Metropolitan Museum, nach Osten zu die prachtvollen Fassaden von Botschaftsgebäuden und Konsulaten, von prestigeträchtigen Stiftungen und Privathäusern wohlhabender Bürger. Die Müllbeseitigung klappte hier augenscheinlich hervorragend, man sah weder Abfälle herumliegen, noch waren die Hauswände beschmiert.

Kippers Haus war ein imposantes Gebäude aus grauem Stein, das Portal aus Schmiedeeisen. Im zweiten und dritten Stock gab es große, runde Erkerfenster mit gebauchten Scheiben, und ich fragte mich, was es wohl kosten mochte, eine solche Scheibe zu ersetzen. Der um das fünfte Stockwerk laufende Sims wies reiche Ornamente auf, und das Mansardendach darüber war aus Kupfer.

Zwischen diesem und dem benachbarten Haus befand sich ein schmaler, mit einer Eisentür gesicherter Durchgang, und ein Messingschild trug die Aufschrift LIEFERANTEN. Ob man mich wohl an diesen Eingang verweisen würde?

Entgegen dem Rat von Stilton wollte ich nicht so tun, als hinge mein Besuch mit Kippers Versicherung zusammen. Die betreffende Gesellschaft hatte das bestimmt längst in die Hand genommen, und mir fehlten sowohl die erforderlichen Ausweispapiere als auch die nötigen Kenntnisse.

Ich klingelte also an dem schmiedeeisernen Portal. Die schwere eichene Haustür tat sich auf und bot den Anblick eines der dicksten Männer, die mir je vor Augen gekommen waren. Er war kein Weißer, auch kein Schwarzer, sondern hatte eine mehr beige Hautfarbe und sah aus wie der Michelinmann oder eine jener aufblasbaren Gummipuppen, die sich wieder aufrichten, wenn man sie umstößt. Allerdings glaubte ich nicht, daß er sich wieder aufrichten würde, falls man ihn niederschlüge. Dazu bedurfte es denn wohl doch eines Krans.

»Ja bitte, Sir?« Er sprach mit dem weichen, fließenden Tonfall der Westinder.

»Mein Name ist Joshua Big, und ich komme im Auftrag der Anwaltskanzlei Tabatchnik, Orsini, Reilly und Teitelbaum, den Anwälten von Mrs. Kipper. Falls Mrs. Kipper daheim ist, hätte ich sie gern einige Minuten gesprochen.«

Er starrte mich aus metallischen Augen an, die Mokkalöffeln glichen, und kam offenbar zu dem Schluß, daß ich weder ein gedungener Mörder noch ein Terrorist sei, denn er sagte: »Bitte warten Sie einen Moment, Sir.«

Damit schloß er die Tür und ließ mich im Kalten stehen, kam aber wie versprochen nach einem Moment zurück und schritt die kleine Vortreppe herab, um das Portal aufzuschließen. Er hatte erstaunlich kleine Hände und Füße und bewegte sich so langsam und widerwillig, als fände er jede körperliche Anstrengung ordinär. Er führte mich in eine gekachelte Halle, die durch zwei Stockwerke reichte und bequem eine Zirkustruppe hätte aufnehmen können. Linkerhand schwang sich eine breite Treppe aufwärts, zu beiden Seiten sah ich Flügeltüren, und ein Korridor führte in den hinteren Teil des Hauses. Die Halle war mit lebenden Bäumen in Kübeln geschmückt, sowie mit einem überlebensgroßen Amor, der seinen Pfeil genau auf mich richtete.

Der Butler nahm mir Hut und Mantel ab, meine Aktenmappe behielt ich in der Hand. Er führte mich alsdann nach links, klopfte und öffnete mir die Flügeltür.

Was ich jetzt betrat, war offenbar nicht der Salon, sondern eher das Wohnzimmer der Familie. Einen Raum von solchen Ausmaßen konnte man unmöglich gemütlich einrichten, doch der Innenarchitekt hatte sein Bestes getan, in dem er mehrere Gruppen von Tischen und Sitzgelegenheiten über das Zimmer verteilte. Allerdings kam dadurch weiter nichts zustande als der Eindruck, man befände sich im Spielzimmer eines gut besuchten Clubs. Immerhin wirkte das Ganze recht heiter, dank heller Farben, Blumendrucken an den Wänden und einem, wie mir schien, echten Cézanne über dem Kamin.

Zwei Personen hielten sich im Moment hier auf, der Mann stand auf, als ich mich näherte, die Dame blieb sitzen und steckte eine Zigarette in eine goldene Spitze.

Ich wiederholte meinen Namen und den meiner Auftraggeber. Der Herr drückte mir fest die Hand.

»Es ist mir ein Vergnügen, Mr. Big. Ich bin Godfrey Knurr, die Dame hier ist Mrs. Kipper.«

Ich stellte meine Aktenmappe hin, die ich nun schon den ganzen Tag mit mir herumschleppte, und setzte ihre

Zigarette in Brand. »Es ist mir eine Ehre, Madame«, murmelte ich dabei.

»Danke Ihnen.« Sie streckte eine schlanke weiße Hand aus. »Setzen Sie sich doch, Mr. Big. Nein, nicht dorthin, das ist Godfreys Sessel.«

»Ach, Tippi«, lachte er, »es gibt hier wirklich genügend Sessel, ich kann auch anderswo sitzen.«

Ich nahm seinen Sessel aber doch nicht, sondern wählte einen nahe dem Kamin, von dem aus ich die beiden im Auge hatte, ohne den Kopf drehen zu müssen.

»Was für ein wunderschönes Haus Sie haben, Mrs. Kipper«, begann ich. »Geradezu atemberaubend.«

»Es ähnelt eigentlich mehr einer Bahnhofshalle«, bemerkte Knurr in seiner ironischen Art und fuhr dann mit Stiltons Worten fort: »Eine grausige Platzverschwendung.«

Mrs. Kipper machte ein Geräusch, ein kurzes Lachen, das fast wie ein Bellen klang.

»Mr. Knurr ist Geistlicher«, erklärte sie mir. »Er wirkt unter den Armen und hat mehr als einmal angedeutet, daß es ein Akt christlicher Nächstenliebe wäre, wenn ich einer Horde seiner zerlumpten Schützlinge mein schönes Heim zur Verfügung stellte.«

»Angefangen mit mir«, sagte Knurr gewichtig, und beide lachten. Ich lächelte höflich.

Nun sagte ich: »Madame, Sie werden mir verzeihen, daß ich mich nicht telefonisch angesagt habe, doch hatte ich hier in der Nähe zu tun und habe auf gut Glück versucht, Sie zu erreichen. Falls Sie Zweifel an meiner Identität haben sollten, rufen Sie vielleicht Mr. Tabatchnik an?«

»Ach, das ist wohl nicht nötig«, bemerkte sie lässig. »Wie geht es dem lieben Leonard?«

»Leopold, Madame. Er ist gesund und tätig wie immer.«

»Sie meinen wohl sein ulkiges Hobby – was war es doch gleich? Briefmarken oder Stierzucht?«

»Tropische Fische, Madame«, erwiderte ich und hatte damit die Prüfung bestanden.

»Richtig. Tropische Fische. Ein sonderbars Steckenpferd für einen Anwalt. Man sollte doch denken, er bevorzuge aktivere Schoßtierchen.«

»Manche sind sehr aggressiv, geradezu streitsüchtig, Madame.« Mir war bewußt, daß der Reverend Knurr mich aufmerksam beobachtete, so als wolle er dahinterkommen, ob meine Worte mehr besagten, als es den Anschein hatte. Das lag mir selbstverständlich fern, so gerissen bin ich nicht.

»Nun denn«, sagte Mrs. Kipper, »Sie sind gewiß nicht gekommen, um über Mr. Tabatchniks Fische zu reden. Was ist denn der Grund Ihres Besuches, Mr. Big?«

»Es handelt sich um den Nachlaß Ihres verstorbenen Mannes, Mrs. Kipper«, und dabei blickte ich zu Knurr.

»Möchten Sie lieber allein mit Mr. Big sprechen, Tippi? Falls es um Familiendinge geht, könnte ich derweil ein Schwätzchen mit Chester und Perdita in der Küche halten.«

»Unsinn«, lehnte sie ab, »bestimmt ist es nichts, was Sie nicht auch hören können, Mr. Big. Godfrey ist seit Jahren mit uns befreundet und hat mir nach dem Tode meines Mannes sehr geholfen. Sie dürfen offen vor ihm sprechen.«

»Sehr wohl, Madame«, sagte ich unterwürfig. »Es gibt auch nichts Vertrauliches mitzuteilen. Im Moment sind Ihre Anwälte damit beschäftigt, den Nachlaß überschlägig zu bewerten. Dazu gehören Wertpapiere, andere Investitionen, sein persönliches Vermögen und so fort, und das geschieht, damit die Erbschaftssteuer berechnet werden kann.«

»Godfrey?« sagte sie und blickte ihn fragend an.

»Ganz korrekt. Gebt dem Kaiser, was des Kaisers ist. Ich fürchte, Sie werden da noch eine unangenehme Überraschung erleben, Tippi.«

»Nun, wir möchten, daß die Schätzung so genau wie

möglich ausfällt«, fuhr ich fort, »denn es kommt vor, daß die Steuerbehörden eigene Schätzungen vornehmen, die von denen abweichen, welche die Anwälte vorlegen.«

»Sie meinen höher«, sagte Pastor Knurr und lachte bekümmert.

»Meist ja. Selbstverständlich ist es unser Bestreben, die Abgaben so gering zu halten, wie es rechtlich vertretbar ist. Mir ist die Aufgabe zugefallen, den Wert dieses Hauses samt dem Mobiliar und die persönlichen Besitztümer Ihres verstorbenen Mannes zu schätzen.«

Knurr ließ sich in seinen Sessel sinken und kramte Pfeife und Tabaksbeutel hervor. Er stopfte die Pfeife und drückte den Tabak mit einem dicken Zeigefinger fest.

»Das ist ja interessant«, bemerkte er dabei. »Wie wollen Sie den Wert eines Hauses, wie dies hier eines ist, schätzen, Mr. Big?« Das war eine leichte Frage.

»Man legt den Verkehrswert zurunde, also den Preis, den man bei einem Verkauf erzielen würde. Weitere Faktoren sind die Grundsteuer und der Wert vergleichbarer Häuser in dieser Gegend. Beim Mobiliar wird es schon schwieriger. Wir möchten unsere Schätzung auf den Beschaffungspreis stützen, minus Wertminderung, um die Summe so gering wie möglich zu halten, doch die Steuerbehörde legt meist den Wiederbeschaffungspreis zugrunde, und der könnte, in Anbetracht der Inflation, erheblich höher sein als der ursprüngliche Kaufpreis.«

»Das möchte ich meinen«, sagte Mrs. Kipper scharf. »Manche von meinen schönen Stücken bekäme man heute nicht für das Doppelte, und einige überhaupt nicht.«

Knurr setzte die Pfeife in Brand, tat ein paar tiefe Züge und bemerkte trocken: »Das sagen Sie der Steuerbehörde lieber nicht, Tippi!«

Ich machte eine Pause und sah ihm zu, wie er die

Glut schön gleichmäßig verteilte. Drei Streichhölzer brauchte er dazu. Der Tabakgeruch roch fruchtig und nach Wein.

Der Reverend Knurr war knappe einsachtzig, dabei sehr kräftig gebaut, hatte breite Schultern und stramme Arme. Er trug eine Tweedjacke zu grauen Flanellhosen und ochsenblutfarbigen Mokassins. Das karierte Hemd war bis oben zugeknöpft, doch einen Schlips trug er nicht. Man sah seinen kräftigen, sehnigen Hals. Die Hände waren breit, die Finger kurz. Haar und Bart waren schiefergrau, der Bart nicht voll, sondern bedeckte nur die Kinnpartie, war unten gerade gestutzt und ließ volle, beinahe rosige Lippen sehen. Sein Blick war fest, er duldete offenbar keinen Unfug, die Nase leicht eingedrückt. Er war kein schöner Mann im herkömmlichen Sinn, doch auf eine rauhe, maskuline Weise attraktiv. Ein Gesicht, das Leben ausstrahlte. Ich schätzte ihn auf Anfang Vierzig, etwa zehn Jahre jünger als Mrs. Kipper. Er bewegte sich geschmeidig, fast athletisch, hielt sich sehr gerade, und seine Gesten waren sehr bestimmt. Ich wandte meine Aufmerksamkeit wieder der Witwe zu.

»Ich fürchte, daß ich ein komplettes Inventar aufnehmen muß«, sagte ich. »Selbstverständlich nicht heute. Das kann Tage dauern, und ich will Sie sowenig belästigen wie möglich, Madame. Heute möchte ich mir nur einen ersten Überblick verschaffen, die Zimmer zählen, mir überlegen, wie ich am besten das Inventar aufnehme. Wäre Ihnen das recht, Mrs. Kipper?«

»Verflixt, wenn das doch nur schon alles vorbei wäre!« fauchte sie, nahm eine Zigarette aus einer Porzellandose, und ich sprang ihr mit Feuer bei.

»Danke Ihnen.« Sie schaute mich amüsiert an. »Sehr höflich von Ihnen. Sie rauchen selber nicht?«

»Nein, Madame.«

»Trinken auch nicht?«

»Doch, gelegentlich. Aber fast nur Wein.«

»Dem Magen zuliebe«, murmelte Knurr.

»Möchten Sie vielleicht jetzt ein Glas trinken, Mr. Big?«

»Oh nein, danke, Mrs. Kipper. Ich will mich, je eher, desto lieber, an den ersten Überblick machen.«

»Eine Minute noch. Wie lange sind Sie schon bei Mr. Tabatchnik?«

»Sechs Jahre etwa.«

»Verheiratet?«

»Nein, Madame.«

»Nein?« Sie riß theatralisch die Augen auf. »Na, da müssen wir wohl was unternehmen.«

»Oh, Tippi«, ächzte Knurr, »betätigen Sie sich bitte nicht wieder als Heiratsvermittlerin.«

»Und was ist daran so schlimm?« fauchte sie ihn an. »Sol und ich waren so glücklich miteinander. Ich möchte, daß alle Welt glücklich ist.«

Knurr blinzelte mir zu.

»Also Obacht, Mr. Big«, sagte er lachend. »Tippi bringt die Paare zusammen, und ich traue sie. Das ist eine Partnerschaft.«

»Ach, Godfrey«, murmelte sie, »Sie sagen das so – es klingt so vorbedacht.«

»Kaltes Blut – heiße Ehe. Ein altes griechisches Sprichwort.«

»Das Sie sich eben ausgedacht haben.«

»Stimmt«, gab er gleichmütig zu, und nun lachten beide.

»Darf ich dann wohl –« sagte ich.

»Nun, wenn Sie auch nichts trinken, der Reverend und ich wollen uns nicht abhalten lassen. Das übliche, Godfrey?«

»Bitte.« Ich schaute ihn an, und mir war, als hebe er etwas resigniert die Schulter.

Ich glaubte nicht, daß Mrs. Kipper sich vorsätzlich sperrte. Sie würde mir schon gestatten, ihr Haus anzusehen – sobald es ihr paßte. Ich sollte unmißverständlich wissen, daß sie die Herrin im Hause, daß ihr Wunsch Gesetz war, einerlei für wie närrisch oder launenhaft andere sie halten mochten. Ich wartete also geduldig darauf, daß die Drinks gebracht wurden.

Mrs. Kipper drückte eine Klingel, und wir schwiegen, bis gleich darauf der fette Butler eintrat.

»Mam?« fragte er.

»Drinks, Chester. Für den Reverend und mich das Übliche. Mr. Big dankt.«

»Ja, Mam«, sagte er gewichtig und entfernte sich lautlos. Für seinen Umfang war er erstaunlich leicht auf den Füßen, seine Bewegungen waren fast tänzerisch.

Während wir warteten, erzählte Mrs. Kipper, daß sie am vergangenen Abend auf einer Vernissage in einer Galerie auf der Madison Avenue gewesen sei, und ihre Worte waren fast ausschließlich an den Reverend Knurr gerichtet, wenngleich sie so tat, als bezöge sie mich ins Gespräch ein, anders ausgedrückt, sie ignorierte mich nicht, verhehlte aber auch nicht, daß sie in mir einen bezahlten Angestellten sah, den man höflich behandeln kann, ohne herzlich zu sein. Mir war das ganz recht, denn so konnte ich sie gut beobachten.

Sie war silberblond, hübsch auf eine etwas grelle Art, das Haar hochgesteckt und vorbildlich frisiert. Keine lockere Strähne. Ihre Figur war jugendlich und in jeder Weise durchaus sehenswert, schlanke Arme und prachtvolle Beine, die durch das kurze, gerade geschnittene ärmellose Kleid aus hellbraunem Samt aufs beste zur Wirkung kamen. Die Nase war perfekt, klein und zierlich, die Augen hatten, wie die einer Katze, einen grünlichen Schimmer. Die eher schmalen Lippen waren kunstvoll in zwei verschiedenen Rottönen geschminkt, um sie voller erscheinen zu lassen.

Das Gesicht war glatt, die Haut straff über prominenten Wangenknochen, und mir kam der Gedanke, daß dieses faltenlose Gesicht einiges der plastischen Chirurgie verdanken mochte. Sie hielt das spitze Kinn etwas vorgestreckt, auch wenn sie lachte.

Ich vermutete, sie würde als Gegnerin brutal und

rachsüchtig sein. Nun brachte Chester die Drinks, Scotch und Soda für Knurr und einen trockenen Martini für Mrs. Kipper. Die sagte jetzt:

»Chester, Mr. Big möchte sich das Haus ansehen. Bitte, führen Sie ihn herum, und zeigen Sie ihm alles, was er sehen will.«

»Ja, Mam.«

Ich stand hastig auf und ergriff meine Aktenmappe.

»Mrs. Kipper, ich danke Ihnen für Ihr Verständnis und Ihre Gastfreundschaft. Mr. Knurr, es war mir ein Vergnügen.« Er stand auf und gab mir die Hand. »Wir sehen uns hoffentlich bald wieder, Mr. Big. Viel Erfolg bei Ihrer Bestandsaufnahme.«

»Danke Ihnen, Sir.«

Ich folgte dem beleibten Butler aus dem Zimmer und hörte, bevor er die Tür hinter uns zumachte, Mrs. Tippi Kipper und den Reverend Godfrey Knurr herzlich lachen.

Der Butler blieb in der Halle stehen. »Sie möchten alle Zimmer sehen, Sir?«

»Bitte. Ich soll eine Liste der Einrichtung aufstellen, selbstverständlich nicht heute, sondern später an mehreren Tagen. Sie werden mich also häufiger zu sehen bekommen. Ich werde mich bemühen, möglichst wenig zu stören.«

Er sah mich verwundert an.

»Wegen der Erbschaftssteuer«, erklärte ich. »Der Nachlaß muß geschätzt werden.«

»Ah ja.« Er nickte. »Es gibt hier viele schöne, kostbare Dinge. Sie werden es selber sehen, Sir. Hier entlang bitte.«

Er ging voran in den rückwärtigen Teil der Halle zu einer ganz gewöhnlichen Tür, öffnete sie und schob eine Stahltür zur Seite, hinter der sich der Aufzug befand. Ich ging voran, er schob die Tür zu. Die Außentür schloß sich automatisch. Ich roch sein süßliches Toilettenwasser. Er drückte einen Knopf, und der Aufzug bewegte sich langsam aufwärts.

»Wie lange sind Sie schon bei Kippers?« fragte ich wißbegierig.

»Siebzehn Jahre, Sir.«

»Dann kannten Sie also noch die verstorbene Mrs. Kipper?«

»Oh ja. Eine sehr gütige Dame. Seither sind –«

Er brach ab, schwieg und starrte geradeaus auf die Stahltür. Der Aufzug hielt, Chester schob die Tür beiseite und öffnete die Außentür, trat hinaus und hielt sie für mich auf. »Der fünfte Stock, Sir.«

Ich schaute mich um. »Die Haupttreppe führt nicht bis hier herauf?«

»Nein, nur bis zum vierten Stock. Es gibt aber eine schmale Hintertreppe, die hierherauf führt. Und selbstverständlich den Aufzug.«

Ich öffnete die Aktenmappe, holte das Notizbuch hervor, um mir den Anschein zu geben, als machte ich wichtige Aufzeichnungen. Wir befanden uns in dem Gesellschaftsraum, von dem Stilton gesprochen hatte, dem Riesenraum, der die vordere Hälfte des Hauses einnahm, mit Bistro-Tischchen und Stühlen, einem übergroßen Fernsehgerät, einer Hifi-Anlage und einer freien Fläche, auf der wohl getanzt wurde, einem Filmprojektor und so fort.

»Hier werden Gesellschaften gegeben?« fragte ich.

»Ganz recht, Sir.«

»Und wohin führen die beiden Türen da?«

»Eine zur Hintertreppe, die andere zu einem Waschraum mit Toilette.«

»Gibt Mrs. Kipper oft Gesellschaften?«

»Nicht seit dem Tod von Mr. Kipper, Sir, doch hat sie gesagt, sie will demnächst wieder damit anfangen – für nächste Woche ist eine Einladung mit kaltem Buffet geplant.«

Klang Mißbilligung in seinem Ton? Doch anzusehen war ihm nichts, er starrte ausdruckslos vor sich hin.

Ich durchquerte den Raum. Zwei Glastüren gewährten

Zugang zur Terrasse, ich sah die Pflanzen in ihren Kübeln und die von Stilton erwähnten wetterfesten Gartenmöbel. Ich drückte die Klinke einer Tür, doch war die verschlossen.

»Mrs. Kipper hat angeordnet, daß die Türen verschlossen bleiben, Sir«, sagte Chester mit Grabesstimme. »Seit dem Unfall.«

»Dürfte ich mich trotzdem kurz umsehen da draußen?«

»Wie Sie wünschen, Sir«, gab er nach kurzem Zögern nach.

An einer dünnen Kette, die an seinem Gürtel befestigt war, trug er einen Schlüsselbund, wählte mit sicherer Hand einen Messingschlüssel und schloß die Tür auf. Er folgte mir, während ich rasch meine Notizen machte: 4 Garttsche, 8 Alustle, Cotsch, 2 lgn, 2 Bstsche, Pflz, Bäe etc. Die Brüstung am Ende der Terrasse war erst kürzlich frisch gestrichen worden.

»Ist hier der Unfall geschehen?« fragte ich.

Er nickte stumm. Mir kam es vor, als wäre er bleicher, doch das mochte am Tageslicht liegen. Ich beugte mich vorsichtig über die Brüstung und schaute hinab. Einerlei, was Perce auch meinte, mir schien die Höhe beträchtlich, und ich glaubte nicht, daß man einen Sturz von hier oben überleben könnte.

Direkt unter mir war der Patio, ebenfalls mit Gartenmöbeln ausgestattet, dahinter der kleine Garten, jetzt öde und voll welker Pflanzen. Wo Sol Kipper aufgeschlagen war, hatte man die Platten erneuert.

Ich glaube, erst in diesem Moment wurde mir richtig klar, was ich eigentlich tat: ich löste kein abstraktes Rätsel, ich war bemüht, ausfindig zu machen, wie ein Mensch zu Tode gekommen war. Der verödete Garten, die geborstenen, nun ersetzten Platten, der Fall durch den leeren Raum – das alles erschien mir jetzt ganz real, auch der dunkle Körper, der mit ausgestreckten Armen und Beinen durch die Luft taumelte, die Kleidung vom

Wind gebläht, der näherkommende Boden, ein übelkeiterregender Aufprall . . .

»Hat er geschrien?« fragte ich leise.

»Nein«, antwortete Chester ebenso gedämpft. »Wir hörten erst den Aufprall. Vorher nichts.«

Mich schauderte.

»Kalt hier draußen. Gehen wir lieber wieder rein«, sagte ich.

Chester hatte für Treppen augenscheinlich nichts übrig, denn er nahm den Fahrstuhl zum vierten Stock.

»Hier befindet sich das eheliche Schlafzimmer samt zwei Bädern und dem Ankleidezimmer von Mrs. Kipper. Die Zofe hat hier ebenfalls ein Appartement, um rasch zur Hand zu sein. Mr. Kipper hatte hier auch ein kleines Arbeitszimmer. Wie Sie sehen, hört die Haupttreppe hier auf.«

Wir besichtigten alle Räume, und ich kritzelte eifrig Notizen. Das eheliche Schlafgemach interessierte mich besonders; die Möbel waren cremefarben und mit Ranken, Trauben und Blumen dekoriert; die beiden Badezimmer lagen gleich nebenan, Mrs. Kippers Ankleidezimmer ebenfalls. Der Raum war beinahe quadratisch, hatte einen vom Fußboden bis zur Decke reichenden dreiteiligen Spiegel, eine mit rosa Satin bezogene Chaiselongue, einen reich bestückten Toilettentisch, ein antikes Telefon auf einem goldbronzierten Tischchen und ein Barwägelchen aus Messing mit einem Assortement von Flaschen, Gläsern und anderem Zubehör. Zwei Wände bestanden aus Lamellentüren.

»Mrs. Kippers Garderobe, Sir. Wollen Sie sehen?«

»Oh nein, das ist überflüssig«, sagte ich hastig.

»Hundert Paar Schuhe«, bemerkte er trocken.

Es waren noch zwei unbenutzte Räume auf diesem Stockwerk, einer hatte, wie Chester erklärte, früher als Kinderzimmer, der andere den Kindern als Spielzimmer gedient.

»Das war wohl noch vor Ihrer Zeit?«

»Ja, Sir«, antwortete Chester gemessen. »Damals war mein Vater im Dienst der Familie Kipper.«

Ich schaute ihn mit neu erwachtem Interesse an.

»Wie lautet Ihr Nachname, Chester?«

»Himmel.«

Anfangs glaubte ich, er habe Überraschung geäußert, doch als er dann wiederholte »Chester Himmel«, wußte ich, wir hatten etwas gemeinsam.

»Die Zofe heißt Perdita Schug«, fuhr er fort, »Mrs. Bertha Neckin ist unsere Haushälterin und Köchin. Wir wohnen alle im Haus. Zweimal in der Woche kommt Reinigungspersonal, ein Hauswart kümmert sich allmorgendlich mehrere Stunden um die Abfallbeseitigung und sonstige grobe Arbeiten. Werden Gesellschaften gegeben, kommt weiteres Hilfspersonal ins Haus.«

Um nicht den Eindruck zu machen, ich sei an Klatsch interessiert, der mit meinem vorgeblichen Auftrag nichts zu tun hatte, fragte ich: »Die Einrichtung der Zimmer des Personals ist Eigentum von Mrs. Kipper?«

»Ja, jedenfalls die Möbel. Wir haben dann noch einige persönliche Besitztümer – Bilder, Radioapparate, Nippes – Dinge dieser Art.«

»Ich verstehe«, sagte ich und machte wieder Notizen.

Der Fahrstuhl brachte uns in den dritten Stock, der, wie Chester mir sagte, völlig unbewohnt war. Die Räume waren aber allesamt möbliert und unverschlossen, insgesamt vier Schlafzimmer mit je einem Bad, ehedem von den Kindern Kippers benutzt, dazu zwei Gästeschlafzimmer, ebenfalls mit Bad, ferner eine Nähstube, eine Dunkelkammer, für einen der Söhne, der sich fürs Fotografieren interessierte, und ein weiteres Zimmer, das offenbar keinem besonderen Zweck gedient hatte.

»Was hat es mit diesem Zimmer auf sich?« fragte ich.

»Es ist eben bloß ein Zimmer«, erklärte Chester beiläufig, und ich wiederholte bei mir, was schon Stilton und Knurr gesagt hatten: eine grausige Platzverschwendung.

Im zweiten Stock schien dann mehr Leben zu herrschen. Hier gab es eine paneelierte Bibliothek, die auch als Arbeitszimmer diente und, wie Chester sagte, von dem Verstorbenen häufig benutzt wurde; er saß hier auch oft mit Freunden bei einem Kartenspiel oder einem besinnlichen Umtrunk und einer Zigarre nach dem Essen beisammen. Hier wohnte auch die Köchin Bertha Neckin in einem Appartement, das mit hellen indianischen Teppichen auf dem gebohnerten Parkett und viel Chintz einen gemütlichen Eindruck machte. Überall hingen gerahmte Fotos, hauptsächlich von Kindern.

Auf diesem Stockwerk gab es dann noch zwei weitere Gästezimmer und einen sehr großen Raum über die ganze Breite des Hauses, der jene zwei schon von mir bemerkten Erkerfenster hatte und als ›Sommerzimmer‹ bezeichnet wurde. Eingerichtet war er mit weißen Korbmöbeln, an den Wänden hingen Zirkus- und Reiseplakate, und am einen Ende befand sich eine kleine Bühne, die von den Kipperkindern eifrig als Marionettentheater benutzt worden war. Mir gefiel das Zimmer sehr.

Im ersten Stock gab es dann einen Spiegelsaal, der als Ballsaal diente und folgerichtig ein Podest für eine Band hatte. Entlang den Wänden standen Stühle mit geraden Lehnen, und es gab mehrere Waschräume und für die Damen eine besondere Garderobe.

Auf diesem Stockwerk befand sich auch das Appartement von Chester Himmel, bestehend aus Schlafzimmer, kleinem Arbeitszimmer und Bad. Die Möbel verrieten nicht mehr als der Mann selber, alles war sehr ordentlich, beinahe von einer pedantischen Ordnung. Keine Fotos. Wenige Bücher, ein Radio, ein kleines tragbares Fernsehgerät und an den Wänden Landschaften.

»Sehr hübsch«, sagte ich höflich.

Ich fragte dann, ob alle diese Zimmer jemals gleichzeitig benutzt worden wären, und er erwiderte, ja, zu Zeiten der ersten Mrs. Kipper während der Weihnachtsfeiertage. Es seien dann alle Kinder und Enkel gekommen, dazu gelegentlich noch andere Verwandtschaft, und eine Woche, manchmal auch länger geblieben. Es habe dann große Einladungen gegeben, man habe getanzt und getafelt, es habe ein richtiger Trubel geherrscht.

»Aber seit Mr. Kipper wieder geheiratet hat, nicht mehr?«

»Nein, Sir«, antwortete er ausdruckslos. »Die Familie kommt nicht mehr zusammen.«

Im Erdgeschoß waren außer der Halle und dem Wohnzimmer, das ich schon gesehen hatte, ein Salon, ein Speisezimmer, die Küche und eine Pantry. Ich warf einen Blick durch die französischen Fenster in den Patio, und der sah von hier noch verödeter aus als von oben. Chester führte mich dann in die Küche und die Pantry. Schon die Küche von Stonehouses war mir sehr groß vorgekommen, diese aber war riesig, gewiß vier auf acht Meter, sah aus wie die Küche eines Restaurants und war mit unzähligen Gerätschaften aus Kupfer und rostfreiem Stahl ausgerüstet.

Vier Türen führten aus der Küche, die eine zum Flur, durch die wir eingetreten waren; eine Schwingtür zum Speisezimmer; eine verglaste Hintertür auf den Patio und eine vierte, mit Riegel und Kette gesicherte und einem Guckloch versehene auf den Durchgang zum Nachbarhaus, von wo die Lieferanten Zutritt hatten.

»Mrs. Neckin hat heute frei«, sagte der Butler mit seiner sanften Stimme, »aber Sie möchten vielleicht das übrige Personal kennenlernen?«

Er führte mich in die Pantry, groß genug, um einem viereckigen Eichentisch und vier Stühlen Platz zu bieten. Auf einem der Stühle saß eine lebensprühende junge Dame, die lässig in der Zeitung blätterte und schnippisch aufblickte, als wir eintraten.

»Mr. Big«, sagte Chester förmlich, »darf ich Sie mit unserer Zofe Perdita Schug bekannt machen. Steh auf, Mädchen, wenn du einen Gast des Hauses begrüßt.«

Sie erhob sich gemächlich und lächelte mir dabei zu.

»Guten Tag, Miss Schug.«

»Es ist wirklich ein angenehmer Tag«, erwiderte sie keß, »und Sie dürfen mich Perdita nennen. Das tun alle, ausgenommen Chester, und ich möchte nicht sagen, wie er mich nennt.«

Als er sie anschaute, bemerkte ich die erste Gefühlsregung in seinem Gesicht – Ekel.

»Hüte deine Zunge, Mädchen«, entgegnete er, und sie streckte ihm zur Antwort ihre Zunge heraus. Er wandte sich ab, ich nickte Perdita zu und wollte Chester folgen, als ein Summer und ein scharfes Klicken ertönten. Chester schaute zu einem Glaskasten auf, in dem zwei Reihen Nummern zu sehen waren; auf diese Weise wurde das Personal in die betreffenden Zimmer gerufen. Ich zählte insgesamt 32. »Der Tee wird gewünscht. Entschuldigen Sie, Mr. Big. Perdita, mach den Tee fertig.«

Ich stand unweit der Eingangstür, und es war reichlich Platz vorhanden, doch dränge Perdita sich dicht an mir vorbei. »Entschuldigen Sie«, bemerkte sie dabei vergnügt, »aber die Pflicht ruft.«

Sie nahm aus dem Kühlschrank eine Schale, entfernte das darüber gebreitete Tuch, und es kamen Sandwiches ohne Rinde von Briefmarkengröße zum Vorschein. Sie stellte die Schale auf ein silbernes Tablett, dazu eine silberne Teekanne, Tassen, Untertassen, Löffel, silbernes Sahnekännchen und silberne Zuckerdose. Sie setzte Wasser zum Kochen auf den Herd und gab achtlos vier Löffel Tee in die Kanne, als das Wasser zu kochen begann. Ihre Bewegungen waren geschickt und wohlbedacht.

Chester kam zurück und begutachtete das Tablett. »Servietten«, sagte er schroff. Perdita holte aus einem Schrank zwei kleine rosa Leinenservietten.

»Mr. Big«, sagte Chester, »Mrs. Kipper fragte, ob Sie, falls Sie noch im Hause wären, eine Tasse Tee oder Kaffee mit uns trinken wollen.«

»Sehr freundlich. Falls es keine Mühe macht, hätte ich gern Kaffee.«

»Nicht die Spur. Perdita, mach genügend Kaffee für uns alle. Sobald ich serviert habe, komme ich zurück.«

Der Kupferkessel dampfte jetzt, und der Butler goß den Tee auf. Sodann ergriff er das Tablett mit beiden Händen, und weil sein Bauch im Wege war, mußte er es mit ausgestreckten Armen tragen. So bewegte er sich denn in feierlicher Gangart den Korridor entlang.

Perdita war kaum größer als ich, dunkel, hatte kurzgeschnittenes schwarzes Haar und sprühende Augen. Die lange Zunge kam immer wieder zwischen den feuchten Lippen und den weißen Zähnen zum Vorschein, während sie unsere Mahlzeit anrichtete. Ihre Figur war die einer Miniaturvenus, beinahe so pummelig wie der marmorne Amor in der Halle, die Haut wie Sahne, und vor meinem inneren Auge erschien sie in einem kurzen seidenen Röckchen mit winzigem Schürzchen und Häubchen, Pumps an den Füßen und ein schockierendes décolletée, schnurstracks den Seiten von *La Vie Parisienne* entstiegen. Ihre animalische Energie machte mir Angst, doch fühlte ich mich zu ihr hingezogen.

Sie brachte jetzt einen Teller Makronen herein und ließ sich mir gegenüber auf einen Stuhl fallen, stützte einen Ellenbogen auf den Tisch, legte das Kinn auf den Handteller und starrte mich aus glitzernden Augen an.

»Sie sind niedlich«, bemerkte sie dann.

»Nett, daß Sie das sagen, Perdita.« Ich versuchte zu lachen.

»Ich bin nicht nett, ich sage nur, was ist. Ich sage immer, was ich meine, Sie nicht?«

Ich erwog das. »Nicht immer. Manchmal kann man dabei nicht umhin, jemand zu kränken.«

»Und wie finden Sie mich – geradeheraus gesprochen?«

Chesters Rückkehr rettete mich. Er ließ sich gewichtig

am Tische nieder und steckte nacheinander drei Makronen in den Mund.

»Der Kaffee ist fertig, Perdita. Willst du einschenken?«

Sie stand auf, ging hinter seinem Stuhl herum und strich dabei über sein glatt gebürstetes Haar. Er wollte ihre Hand wegstoßen, doch war sie schon in der Küche.

»Entschuldigen Sie das Mädchen, sie ist etwas wild«, bemerkte er.

Perdita kam mit dem Kaffee, und wir aßen die Makronen dazu. Ich überlegte, wie ich die beiden dazu bringen könnte, von Kippers Todessturz zu sprechen.

»Es ist alles sehr traurig.« Chester wiegte den Kopf. »Mr. Kipper war ein vortrefflicher Arbeitgeber.«

»Ein Schatz«, bestätigte Perdita.

»Eine Tragödie«, stimmte ich bei. »Die Einzelheiten sind mir zwar nicht bekannt, doch muß es für Sie alle ein schwerer Schock gewesen sein.«

Nun berichteten sie, wie sie den Aufprall gehört hatten und welch schreckliche Momente dem folgten, lauter Dinge, die ich schon von Stilton wußte. Wie er, hatte auch ich den Eindruck, daß sie die Wahrheit sagten, soweit sie ihnen bekannt war. »Sie waren also nur zu viert im Hause, als es passierte?« fragte ich.

»Zu fünft, wenn wir den bedauernswerten Mr. Kipper mitzählen«, berichtigte Chester.

»Der Hauswart war also nicht da?«

»Nein, es war ja Nachmittag, Sir. Der kommt nur vormittags.«

»Schrecklich. Ein furchtbares Erlebnis. Mrs. Kipper fiel in Ohnmacht, sagen Sie?«

»Ja, sie sackte einfach zusammen«, bestätigte Perdita. »Und Mrs. Neckin fing an zu heulen.«

»Zu weinen«, korrigierte der Butler prompt.

»Jedenfalls machte sie ziemlich viel Lärm.«

»Sie waren gewiß alle sehr verstört, als Sie ihn sahen und hinausliefen.«

Der Butler seufzte.

»Ein schlimmer Moment, Sir. Sind noch Makronen da, Kind? Falls nicht, liegt da noch ein Nußkuchen. Bring den. Ja, Sir, wie gesagt, schlimm. Der Herr tot, Mrs. Kipper ohnmächtig, Mrs. Neckin weinte – man wußte gar nicht, was zu tun war.«

»Aber dann klingelte Pastor Knurr«, gab ich das Stichwort.

»Ganz recht, Sir. Daß dieser Herr gerade vor dem Hause wartete, war unsere Rettung. Er nahm alles in die Hand, Mr. Big, rief die Polizei an, brachte Mrs. Kipper zu sich, schob uns alle ins Wohnzimmer und reichte uns Cognac. Was wir ohne ihn gemacht hätten, ahne ich nicht.«

»Scheint ein sehr umsichtiger Mann zu sein.« Meine Aufmerksamkeit galt Perdita, die den Nußkuchen brachte. Sie stand so dicht neben mir, daß ihre Hüfte meinen Arm berührte, und schnitt den Kuchen in Teile.

»Das ist er, Sir.« Chester suchte das Stück mit den meisten Nüssen aus und schob es in den Mund. »Ein sehr feiner Mann.«

»Oh ja«, kicherte Perdita, »ein ganz, ganz feiner Mann.«

»Hüte deine Zunge, Mädchen«, sagte Chester wieder, und wieder steckte sie ihre Zunge raus. Das schien ein Ritual zu sein. Ich goß mir Kaffee nach und bemerkte dabei nachdenklich: »Er scheint häufig zu Besuch zu kommen. An welcher Kirche predigt er denn?«

»Er hat im eigentlichen Sinn keine eigene Gemeinde, Sir. Er berät, die es nötig haben, und befaßt sich mit den Jugendlichen in Greenwich Village. Straßenbanden und so.«

»Er kommt aber doch häufig her?« beharrte ich.

»Ach, ja. Seit einigen Jahren.« Er beugte sich dicht an mein Ohr und flüsterte: »Mir ist so, als ließe sich Mrs. Kipper jetzt nach dem Tode ihres Mannes von Reverend Knurr geistlich unterweisen.«

»Das macht der Schock«, sagte ich.

»Ganz recht, der Schock. Der hat ihr klargemacht, wie kurz unser Leben in dieser Welt ist und daß wir eine Ewigkeit tot sind. Und nur wer die Güte des großen Gottes Jehova sucht, wird auch seines Segens teilhaftig. Ja, es steht geschrieben, daß wir echte Erlösung und die Vergebung unserer Sünden mit schweren Plagen und Leiden erkaufen müssen.«

Nun wußte ich jedenfalls, was *sein* Hobby war.

Wieder klingelte es am Nummernkasten, was mir willkommen war. Ich stand auf. »Jetzt muß ich wirklich gehen. Chester, ich danke Ihnen für Ihre übergroße Hilfsbereitschaft. Ich sagte schon, ich muß wiederkommen, rufe dann aber vorher an. Falls es Ihnen oder Mrs. Kipper ungelegen sein sollte, sagen Sie es mir, und ich wähle einen anderen Tag.«

Perdita ging mir in die Halle voran, und ich bewunderte ihren Gang. Sie half mir in den Mantel.

»Halten Sie sich gut warm«, sagte sie und schloß meinen Mantelkragen.

»Ja, danke, das will ich.«

»Donnerstags habe ich meinen freien Tag.«

»So?«

»Wir haben jeder einen eigenen Telefonanschluß. Sie finden mich unter Schug. S-c-h-u-g.«

Daheim saß ich über einem Teller Spaghetti und machte dabei Notizen über meine Gespräche mit Dr. Stolowitz und Ardis Peacock und kritzelte auch etwas über den Besuch bei Kippers.

Zu meinem Entzücken wurde ich in dieser Tätigkeit durch einen Anruf von Detective Stilton unterbrochen; er hatte es also ehrlich gemeint, als er Zusammenarbeit in Aussicht stellte, und ich begrüßte ihn fast überschwenglich. »Nicht so hastig, junger Mann, ich habe Ihnen kaum was mitzuteilen. Ich habe mal in die Akte Reape geschaut, und wie schon vermutet, ist die Sache als Unfall abgelegt. Kein Zeuge hat was anderes ausgesagt. Aber was kann man schon erwarten? In unserer Stadt möchte niemand in was reingezogen werden. Ein interessantes Detail gibt es allerdings: er ist polizeibekannt. Nichts Schlimmes, sonst hätte man ihm keine Lizenz erteilt, aber immerhin: Körperverletzung – Anklage niedergeschlagen; versuchte Erpressung – das gleiche; Hausfriedensbruch – keine Verurteilung. Sagt Ihnen das was?«

»Nein.«

»Ich hab mich dann noch umgehört. Reape war offenbar ein ungehobeltes Früchtchen. Bei der Leiche wurde keine größere Geldsumme gefunden. Überhaupt wurde nichts gefunden, was auf ein Verbrechen hindeutet. Das ist ungefähr alles. Haben Sie was ausgerichtet?«

Ich erzählte, daß ich in Reapes Büro nach Beweismaterial gesucht hatte, verschwieg, daß Mr. Ng mich zum Narren gehalten, schilderte die Trauerversammlung im *Dirty Shame*. Er lachte.

Ich sagte ferner, ich vermute, daß schon vor mir jemand sich an die Witwe herangemacht habe, denn sie habe genügend Geld gehabt, den Mietrückstand und das Begräbnis zu zahlen.

»Hm . . . das hört sich recht wahrscheinlich an«, meinte Stilton. »Falls die Sache nicht erledigt wäre, würde ich mir die Dame mal vorknöpfen, um herauszubekommen, woher sie die Piepen hat, ich darf aber nicht, Josh. Es klingt, als wäre sie ziemlich abgebrüht, und wenn ich mit der Blechmarke komme, fängt sie am Ende an zu zetern, die Sache kommt raus, und meine Vorgesetzten wollen wissen, weshalb ich mich für einen abgeschlossenen Fall interessiere. Dann bin ich dran. Sie verstehen?«

Ich sagte, ich verstehe sehr gut und man könnte höchstens die Wohnung von Mrs. Reape auf den Kopf stellen in der Hoffnung, sie besitze noch das Beweisstück, um dessentwillen ihr Mann umgebracht worden war. Und ein solcher Einbruch kam nicht in Frage.

Ich berichtete dann über meinen Besuch bei Kippers,

und er hörte stumm zu, bis ich sagte, Chester habe behauptet, man habe Kipper nicht schreien gehört, erst der Aufprall habe sie aufmerksam gemacht.

»Scheiße«, sagte er nun.

»Was ist denn?«

»Nichts, bloß hätte ich ihm diese Frage selber stellen sollen. Ich hab's glatt vergessen. Sie sind schon in Ordnung, Josh!«

Das freute mich sehr, Aber wir waren uns dann einig, daß ich nichts Neues herausbekommen hatte.

»Außer seiner religiösen Macke«, meinte Perce. »Knurr ist Prediger, und der fette Butler ist ein religiöser Fanatiker.«

»Bedeutet das was?«

»Keine Ahnung. Aber immerhin ganz interessant. Sie bleiben doch am Ball, Josh?«

»Aber bestimmt. Ich gehe so oft hin wie möglich. Die Köchin habe ich noch nicht gesehen, und alles übrige bloß sozusagen im Vorbeigehen. Wie finden Sie meinen Vorwand?«

»Fantastisch. Sie werden ein blendender Lügner.«

»Danke für das Kompliment«, sagte ich matt.

10

Ich wachte samstagsfrüh spät auf; es schneite. Dicke Flocken blieben liegen, doch hieß es im Radio, später solle der Schneefall nachlassen und die Temperatur über Null klettern. Ich frühstückte üppig, säuberte die Wohnung und dachte über meine beiden Fälle nach.

Am frühen Abend nahm ich eine Dusche und rasierte mich zur Feier des Tages. Dann zog ich ein weißes Hemd an, band einen kastanienbraunen Schlips um, dazu nahm ich den marineblauen Blazer, graue Flanellhosen und blank geputzte schwarze Mokassins. Ich sah nun aus wie ein Erstsemester, doch war ich daran gewöhnt.

Ich stopfte gerade ein weißes Taschentuch in die Brusttasche, als jemand klopfte. »Wer ist da?« rief ich.

»Finkel«, kam die Antwort.

Ich öffnete lächelnd, und herein trat Adolph Finkel aus dem dritten Stock, gegenüber Madame Zora Kadinsky.

»Guten Abend, Big« grüßte er, »ich glaube, uns obliegt es, Shank die Treppe runterzuhelfen.«

Ich schaute auf die Uhr.

»Noch haben wir ein paar Minuten. Wie wäre es mit einem Drink, um die nötige Kraft zu sammeln?«

»Nun . . . machen Sie sich keine Mühe . . .«, doch ließ er sich zu einem Scotch überreden.

»Auf glückliche Tage«, prostete ich ihm zu.

»Sie sind so fein angezogen«, sagte er bedrückt, »ich hatte keine Zeit, mich umzuziehen, ich mußte heute arbeiten . . .«

»Sie sehen doch sehr gut aus so«, beruhigte ich ihn.

Er schaute an sich herab.

»Der Manager sagte, ich dürfe keine braunen Schuhe zu einem dunkelblauen Anzug tragen, es sähe nicht gut aus, wenn ein Schuhverkäufer braune Schuhe zu Blau trüge. Dabei arbeite ich in einem Schuhgeschäft für Damen . . . aber immerhin. Was meinen Sie, Big?«

»Nun, schwarze Schuhe sähen vielleicht wirklich besser aus.«

»Ich könnte raufgehen und welche anziehen«, versicherte er. »Ich habe ein Paar schwarze Schuhe.«

»Machen Sie sich nicht die Mühe, das merkt doch keiner.«

Er war groß, fast zwei Meter, hielt sich aber schlecht, war sehr mager und reckte den Kopf vor wie ein hungriger Vogel. Sein volles, aber mausgraues Haar wuchs sehr dicht über der niedrigen Stirne, die Haut war kalkig, und er sah immer aus, als wäre er gerade gekränkt worden. Auftreten und Stimme schienen um Verzeihung zu bitten. Man kennt die Geschichte von den beiden zum Tode Verurteilten: der eine spuckt den Henker an, der andere ermahnt ihn: »Mach ihn doch nicht wütend!« Genau das war Adolph Finkel.

»Glauben Sie, die Party findet in Mrs. Hufnagels Wohnung statt oder bei Cleo?«

»Ich weiß nicht. Vermutlich bei Mrs. Hufnagel.«

»Sie gehen wohl oft mit Frauen aus?«

Ich lachte. »Wie kommen Sie darauf, Finkel? Nein, ich gehe nicht oft mit Frauen aus.« Madame Kadinsky hatte recht gehabt: Er wollte zu gern wissen, ob ich mich für Cleo Hufnagel interessierte. »Ich bin in eine aus meinem Büro verliebt.«

Da strahlte er – oder versuchte es wenigstens. Das war ein Fehler, denn so konnte man seine Zähne sehen.

Finkel und ich beförderten den Kapitän in seinem Rollstuhl nach unten, was weniger beschwerlich war, als ich befürchtet hatte: wir ließen den Rollstuhl mit den Hinterrädern Stufe um Stufe herabrollen. Finkel faßte hinten an, ich vorn, wobei ich besonders darauf achtete, daß die Fußstütze nicht aufprallte. Ohne Shanks gebrüllte Kommandos wäre alles noch leichter gewesen. Er trank dazu den von mir besorgten Wein.

Auf dem Treppenabsatz im ersten Stock wurden wir schon von den drei Damen erwartet, die uns die Treppe hatten herunterpoltern hören. Ich hatte mich geirrt: Die Tür zu Cleo Hufnagels Wohnung stand offen, und es war klar, daß die Party dort stattfinden sollte.

»Sie sagten doch –« begann Finkel.

»Vergessen Sie's«, unterbrach ich ihn, fest entschlossen, ihn mir an diesem Abend so gut es ging vom Leibe zu halten.

Ich reichte Mrs. Hufnagel den Wein mit der Bemerkung, es sei dies ein Beitrag von Kapitän Shank und mir.

»Aber das ist ja reizend, schau doch nur, Cleo, was Mr. Big mitgebracht hat.«

»Und der Kapitän«, erinnerte ich sie.

Madame Zora Kadinsky trillerte: »Hallo, Joshy! Hallo, Käpt'n Shink!«

»Shank«, korrigierte er sie.

Cleos Wohnung war offenbar ganz im Geschmack ihrer Mutter eingerichtet, eintönig und von Polstermöbeln überquellend, so recht zum Ersticken. Nun also sollte die große Hufnagel-Verschwörung ihren Lauf nehmen.

Es gab Punsch und Gebäck, und ich war froh, am Spätnachmittag ein Schinkenbrötchen gegessen zu haben. Der Punsch schmeckte wie Fruchtsaft.

»Was soll denn das sein?« erkundigte sich der Kapitän. »Das schmeckt ja nach nichts. Gießen Sie mal den Muskateller dazu.«

Das tat ich, und überdies schlich ich mich nach einem Weilchen hinauf, holte noch Wodka und Cognac und goß das alles ebenfalls in die Bowle. Bislang war die Atmosphäre steif gewesen, man bemühte sich, die Partyallüren von Mrs. Hufnagel und Madame Kadinsky zu imitieren, doch nach einer Stunde etwa wurde die Stimmung lockerer. Madame Kadinsky gab mehrere Arien zum besten. Der Kapitän trommelte dazu den Takt auf der Lehne seines Rollstuhles und brummte mit. Von Madame Kadinsky und Mrs. Hufnagel dazu gedrängt, tanzten Cleo und ich gemessen zu *Stardust*, von Madame K. auf dem Klavier begleitet. Finkel wollte ebenfalls mit Cleo tanzen, doch ihre Mutter verhinderte das, in dem sie sich den Schuhverkäufer selber griff.

Nach einer Weile kam es dann soweit, daß Mrs. Hufnagel eine Jig aufs Parkett legte, wobei sie die Röcke hoch genug hob, um Gummistrümpfe sichtbar werden zu lassen, und darauf folgte ein eher trübsinniges, gemeinsam gesungenes *Auld Lang Syne*. Der sehr verdrossene Finkel und ich hatten viel Mühe, den Kapitän wieder nach oben zu befördern. Zum Schlafen war ich zu aufgedreht, saß daher noch eine Weile schon im Schlafanzug im dunklen Wohnzimmer und starrte in den leeren

Kamin. So gegen 1 Uhr 30 – ich döste behaglich vor mich hin und sammelte Kraft, endlich ins Bett zu steigen – pochte es schüchtern an meine Tür. »Wer ist da?« flüsterte ich heiser.

Nach kurzem Zögern kam die Antwort: »Cleo. Cleo Hufnagel.«

Ich entriegelte die Tür und machte die Kette los. Cleo trug noch ihr Partykleid.

»Ich wollte gern einen Moment mit Ihnen sprechen.«

Ich erwiderte mit einer Stimme, die mir selber unnötig schrill in den Ohren klang: »Und ich bin im Begriff, zu Bett zu gehen.«

»Nur eine Minute, bitte.«

»Na schön.« Ich ließ sie eintreten. Sie setzte sich in meinen Lieblingssessel, ich mich ihr gegenüber, züchtig aufgerichtet, den Morgenrock eng um mich geschlungen.

»Lassen Sie mich Ihnen zunächst einmal danken. Die Party war ein Einfall meiner Mutter, und ich dachte schon, es würde grauenhaft werden, doch dank Ihrer Hilfe wurde es dann noch recht lustig.«

Ich wischte das weg.

»Dafür müssen Sie nicht mir danken, sondern dem Punsch.«

Sie lächelte matt. »Einerlei – es hat mir wirklich Freude gemacht.«

»Mir auch. Es war lustig, und ich bin froh, daß Sie mich eingeladen haben.«

»Es war ein Einfall meiner Mutter«, wiederholte sie und atmete dann tief ein. »Sie müssen wissen, ich bin jetzt bald dreißig, und Mutter fürchtet . . .«

Sie verstummte.

»Ich verstehe«, sagte ich sanft.

Sie schaute mich hoffnungsvoll an.

»Wirklich? Aber natürlich. Sie sind gescheit. Sie begreifen genau, was sie vorhat. Was sie möchte. Aber Sie sollten wissen, daß nicht ich auf diese Idee verfallen bin.

Bestimmt war das alles sehr peinlich für Sie, und ich möchte mich entschuldigen. Für meine Mutter.«

»Ach Cleo – Sie haben doch nichts dagegen, wenn ich Sie Cleo nenne und Sie mich Josh?«

Sie nickte stumm.

»Also Cleo . . . ich weiß selbstverständlich, worauf Ihre Mutter hinaus will. Aber ist das so schlimm? Ich mache ihr keinen Vorwurf daraus, und Ihnen schon gar nicht.«

»Aber es ist so . . . so vulgär!« brach es aus ihr hervor. »Und mir liegt soviel daran, daß Sie wissen, es war nicht mein Einfall. Ich würde nie so etwas tun.«

»Das weiß ich doch«, tröstete ich sie. »Für Sie muß das sehr bedrückend sein, aber verurteilen Sie Ihre Mutter nicht, Cleo. Sie möchte nur Ihr Bestes.«

»Das weiß ich wohl.«

»Ihre Mutter liebt Sie und möchte, daß Sie glücklich werden.«

»Das weiß ich auch.«

»Lassen wir sie also gewähren, was ist schon dabei? Jetzt, wo wir beide wissen, was sie beabsichtigt, soll sie ruhig denken, daß sie Ihnen nützlich ist.«

»Ja, da mögen Sie recht haben.«

Wir saßen ein Weilchen stumm, ohne einander anzusehen.

»Was ist denn mit Adolph Finkel?« fragte ich schließlich.

»Ausgeschlossen«, kam es prompt zurück. »Ist Ihnen nicht aufgefallen, daß er heute abend einen braunen und einen schwarzen Schuh trug?«

»Nein, das ist mir nicht aufgefallen.«

»Aber das ist längst nicht das Schlimmste, es ist einfach alles an ihm unmöglich.«

»Interessieren Sie sich für jemand anderen?« fragte ich. »Ich will nicht zudringlich sein, aber wenn wir schon mal offen reden –«

»Nein, niemand.«

Ihre Stimme klang so leer, so bar jeder Hoffnung, daß es mir den Atem verschlug. Ich schaute sie an. Sie war doch eine schlanke, hochgewachsene Schönheit, ein spanischer Typ, ganz distanziert und geheimnisvoll. Es war geradezu ein Verbrechen, daß niemand sie haben wollte.

Ich sagte einigermaßen verzweifelt: »Wir können aber doch trotzdem Freunde sein, Cleo?«

Sie blickte mich aus ihren leuchtenden Augen fest an, doch ihren Ausdruck konnte ich nicht entziffern, es waren tiefe Augen, die nichts preisgaben.

Endlich lächelte sie. »Das würde mich freuen. Wir könnten gute Freunde sein.«

Mir wurde leichter ums Herz.

»Wir könnten neue Tänze lernen, den Peabody zum Beispiel.«

»Die Maxixe.« Nun lachte sie gar verhalten.

Bevor sie ins Treppenhaus hinausschlüpfte, beugte sie sich zu mir herab und gab mir einen flüchtigen Kuß auf die Wange.

»Vielen Dank, Josh.«

Als ich endlich Kette und Riegel vorgelegt hatte, war ich total entnervt, mochte keinen Gedanken mehr fassen, wollte nur noch schlafen, mich erholen, die Eindrücke, Erinnerungen und Vermutungen, die mir durch den Kopf gingen, betäuben.

Ich war fast eingeschlafen, als das Telefon klingelte.

»Ha?«

»Josh?«

»Ja, wer ist denn da?«

»Ardis. Ardis Peacock. Erinnern Sie sich?«

Plötzlich war ich hellwach.

»Und wie«, sagte ich herzlich. »Wie geht es Ihnen, Ardis?«

»Wo stecken Sie denn die ganze Zeit? Ich versuche es schon den ganzen Abend, Sie zu erreichen.«

»Mmmm . . . ich war noch spät verabredet.«

»Sie Schürzenjäger! Also hören Sie zu, ich habe die Information über Stonehouse, die Sie benötigen.«

»Wunderbar. Also woran war er erkrankt?«

»Kriege ich die fünfzig Piepen?«

»Selbstverständlich. Also was war es?«

»Das raten Sie nie.«

»Was war es denn, um Himmels willen?«

»Arsenvergiftung.«

TEIL ZWEI

1 Montag früh drückte ich mich vor Mr. Ignaz Teitelbaums Büro herum und hielt, während ich darauf wartete, vorgelassen zu werden, einen kleinen Schwatz mit Ada Mondora. Die sah mich abschätzend an und meinte: »Ich weiß nicht, was ich machen soll.«

»Machen? Was denn?«

»Mit Ihnen. Und Yetta Apatoff. Und Hamish Hooter.«

»Oho!« Mir sank das Herz, als ich hörte, daß meine Privatangelegenheiten offenbar schon Büroklatsch waren.

»Wissen Sie, daß bereits Wetten abgeschlossen werden?«

Ich schüttelte den Kopf.

»Der Einsatz beträgt einen Dollar. Die Frage ist, wer von Ihnen beiden Yetta Apatoff heiratet – Sie oder Hooter. Derzeit stehen die Wetten etwa gleich, man kann also höchstens einen Dollar gewinnen.«

»Und auf wen haben Sie gesetzt?«

Sie schaute mich scharf an.

»Noch gar nicht. Ich bin unentschlossen. Nehmen Sie die Sache ernst, Josh?«

»Aber gewiß doch.«

»Nun ja, wir werden sehen.«

Die Tür von Teitelbaums Büro öffnete sich, und heraus kam Hamish Hooter, ein schweres Hauptbuch unterm Arm.

Er schaute mich an, dann Ada Mondora und entfernte sich wortlos mit großen Schritten.

»Eine starke Persönlichkeit. Sie dürfen jetzt eintreten, Josh.«

Teitelbaum wirkte kleiner denn je, ein unaufgepumpter Fußball, das Leder voller Runzeln und Falten. Er saß reglos hinter seinem mächtigen Tisch und hielt mich scharf im Auge, als ich eintrat und mich näherte. Dann deutete er ruckartig mit dem Kinn auf einen Sessel, und ich nahm Platz.

»Bericht?« Das war halb Frage, halb Befehl.

»Mr. Teitelbaum, in Sachen Stonehouse bitte ich um die Zuweisung von hundert Dollar für eine vertrauliche Information.«

»Was für eine Information?«

»Professor Stonehouse litt etwa sechs Monate lang, bis einen Monat vor seinem Verschwinden, an Arsenvergiftung.«

Falls ich eine Reaktion erwartet hatte, wurde ich enttäuscht; sie blieb aus.

»Die Information wurde auf eine Weise beschafft, Sir, welche den Namen der Kanzlei aus dem Spiel ließ. Ich halte sie für zutreffend. Seit dem Spätsommer vergangenen Jahres war der Professor das Opfer einer Arsenvergiftung. Die Symptome wurden schließlich so handfest, daß er einen Arzt aufsuchte. Nach mehreren Untersuchungen wurde die richtige Diagnose gestellt.«

»Und das alles ist Ihnen als Tatsache mitgeteilt worden?«

»Die Informationen stammen aus verschiedenen Quellen, aber das Bild ist überzeugend. Nachdem der Professor erfuhr, woran er litt, unternahm er Schritte, sich einer weiteren Vergiftung zu entziehen. Jedenfalls hat er sich davon erholt. Zur Zeit seines Verschwindens war er bei relativ guter Gesundheit.«

Teitelbaum wiegte sich in seinem Sessel, wobei er jedesmal den Kopf zur Seite wandte, um mich im Auge zu behalten.

»Sie halten das für einen vorsätzlichen Vergiftungsversuch, Mr. Big?«

»Ja, Sir.«

»Durch ein Familienmitglied?«

»Oder durch jemand im Haushalt. Es sind zwei ständige Dienstboten vorhanden, Sir. Ich kann mir nicht vorstellen, wie die Vergiftung außer Haus vorgenommen worden sein könnte. Er aß fast immer zu Hause. Arsen kann ihm nur daheim verabreicht worden sein.«

»Sonst ist niemand im Hause erkrankt?«

»Bislang ist mir nichts dergleichen bekannt, Sir, aber ich prüfe das noch nach.«

Darüber dachte er lange nach.

»Scheußlich«, bemerkte er schließlich, ohne Widerwillen im Ton, ohne Zeichen der Enttäuschung über das Verhalten seiner Mitmenschen. Es war eben einfach seine Meinung: »Scheußlich.«

»Ja, Sir.«

»Und das Motiv? Angenommen einmal, Ihre Vermutungen sind richtig – wer von der Familie hätte Grund, ihn zu vergiften?«

»Das weiß ich nicht, Sir. Vielleicht hat es mit dem Testament zu tun. Dem verschwundenen Testament. Kann man übrigens auch ohne Beistand eines Anwalts ein Testament machen, Mr. Teitelbaum?«

Er starrte mich an. »Es wäre das ein handschriftliches Testament. Um den Formvorschriften zu genügen, müßte die Echtheit der Unterschrift bezeugt sein. Ja, das wäre gültig. Mit Einschränkungen. So etwa kann der Gatte die Ehefrau nicht völlig enterben, und sittenwidrige Legate wären auch ungültig. Etwa die Finanzierung der Ermordung eines Staatsoberhauptes. Und so weiter. Es gibt da noch dies und jenes, das man besser mit einem Anwalt berät. Doch, wie gesagt, ein solches Testament wäre gültig.«

»Würden Sie, Sir, aus Ihrer Kenntnis der Person des Professors annehmen, daß er imstande war, ein derartiges Dokument abzufassen?«

Diesmal zögerte er nicht. »Ja. Dazu wäre er imstande, ja es ist sogar wahrscheinlich, wenn man seinen Charakter in Betracht zieht. Was meinen Sie?«

»Ich weiß nicht recht«, gestand ich. »Möglich scheint

es mir. Haben Sie Mrs. Stonehouse gefragt, ob ihr Mann noch andere Anwälte beschäftigte?«

Er nickte. »Ja. Und sie sagte, ihr sei keiner bekannt. Was selbstverständlich nicht heißt, daß er keine anderen Anwälte hatte. Er war ein sehr verschlossener Mensch, Mr. Big. Ich finde die ganze Angelegenheit doch recht beunruhigend. Ich sagte Ihnen ja schon, ich glaubte, der Professor sei tot, konnte diese Meinung aber auf weiter nichts stützen als Instinkt, die lebenslange Beschäftigung mit den Schwächen meiner Mitmenschen. Was Sie da von Arsenvergiftung berichten, bestärkt mich in meiner Meinung.« Er verstummte. »Wir sehen ihn beide als *Opfer*, Mr. Big. Eine unabsichtliche Vergiftung halten Sie also für ausgeschlossen?«

»Ziemlich.« Wir saßen ein Weilchen schweigend. »Soll ich die Ermittlung fortsetzen, Mr. Teitelbaum?«

»Ja.« Das kam so leise heraus wie ein fernes Echo: »ahhh.«

»Sie finden also nicht, daß die Vergiftung eine Sache für die Polizei wäre?«

Er richtete sich auf.

»Nein, jedenfalls noch nicht. Setzen Sie Ihre Ermittlungen fort.«

Ich ging runter in die Halle in der Hoffnung, ein paar Worte mit Yetta Apatoff wechseln zu können, doch kam gerade jetzt Mr. Orsini ins Haus, dem ein ehrfürchtiger Sklave die Tür hielt, während zwei weitere sein Gefolge bildeten.

»Josh!« Er packte mich am Arm. »Ich weiß einen neuen, der Ihnen bestimmt gefällt!«

Er zog mich näher, und sein Gefolge umringte uns, liebdienerisch kichernd. »Ein sehr kleiner Mann sitzt an einer Bar und ganz am anderen Ende sitzt eine statueske Blondine. Können Sie sich das vorstellen?«

Als es endlich überstanden war, taumelte ich in mein Büro und verabredete mich mit Ardis um 13 Uhr 45 Ecke 74. Straße und Amsterdam Avenue. Alsdann fragte ich telefonisch bei Stonehouses an, ob ich um 14 Uhr mit dem Hausmädchen Olga Eklund sprechen und ein Foto des Professors abholen dürfe, das wir auf den Handzetteln verwenden wollten, die eine Belohnung in Aussicht stellten. Das war ein Vorwand, um noch einmal die Wohnung zu betreten. Am Apparat war Glynis Stonehouse, die behauptete, sie und ihre Mutter würden mich mit Vergnügen empfangen.

Ich kaufte unterwegs ein Brötchen und eine Cola und fand Ardis bereits wartend. »Gott sei Dank sind Sie pünktlich! Eine Kollegin ist für mich eingesprungen, aber wenn Stolowitz mich verlangt und ich bin nicht da, geht er durch die Decke!«

»Danke Ihnen, Ardis«, sagte ich sanft und schob ihr einen Umschlag hin, »Sie haben mir sehr geholfen.«

»Gern geschehen.« Sie ließ den Umschlag verschwinden. »Falls Sie mal wieder in die Gegend kommen, rufen Sie mich an – wir gehen essen oder unternehmen was.«

»Gern.«

Bei Stonehouse ließ ich mich wieder durch den Portier anmelden, die Wohnungstür wurde diesmal aber von einer Walküre aufgetan, ohne Zweifel Olga Eklund. Sie war gute dreißig Zentimeter größer als ich, hatte breite Schultern und Hüften, lange, sehnige Gliedmaßen. Der Kopf war kaum breiter als der starke Hals, und unter dem schwarzen Dienstgewand vermutete ich einen muskulösen, straffen, gesunden Körper. Ich hatte sie mir mit flachsblonden Zöpfen vorgestellt, und tatsächlich trug sie die Haare, zu einem seilartigen Gebilde geknüpft, mehrfach um den Kopf geschlungen, was sehr eindrucksvoll wirkte und sie noch größer machte. Die Augen waren, wie erwartet, meerblau, das Weiße darin wie Milch. Sie war ungeschminkt, die Lippen von Natur hellrot, der Teint sahnefarbig. Kurzum, von ihr ging so viel Kraft, Vitalität und blühende Gesundheit aus, daß ich mich bei ihrem Anblick schrumpfen fühlte. Sie schien einer anderen Gattung anzugehören, vom Planeten 4x-5-

6-Gb gekommen zu sein, um uns Erdbewohnern unsere beklagenswerte Unzulänglichkeit vor Augen zu führen.

»Mr. Big«, sprach sie mit jener schwülen, bebenden Stimme, bei deren Anhören übers Telefon mir alle jene aufregenden Bilder vor Augen gekommen waren.

»Ja. Und Sie sind gewiß Miss Eklund.«

»Ja. Hut? Mantel?«

Sie hängte beides in einen Garderobenschrank. Ich folgte ihr den Korridor hinunter; sie bewegte sich mit kraftvollen, abgemessenen Schritten. Unter dem Rock schwollen die Muskeln an, glätteten sich wieder. Es waren die Muskeln einer Trapezkünstlerin, Marmor unter Wildleder. Welches Glück, daß sie mir nicht die Hand gegeben hatte!

Mrs. Stonehouse samt Tochter erwarteten mich im Salon, auf einem der Beistelltische war Tee angerichtet, und auf ihr Drängen ließ ich mir von Olga Eklund einschenken.

»Leider habe ich Ihnen nichts Neues betreffend das Verschwinden von Professor Stonehouse zu melden«, begann ich.

»Mutter sagte, Sie haben sich nach Vaters Gesundheit erkundigt, nach seiner Krankheit im vergangenen Jahr«, sagte Glynis. »Waren Sie bei seinem Arzt?«

Sie hatte sich in der Ecke eines Sofas zusammengekauert, die bildhübschen Beine unter sich gezogen.

»Ja«, wandte ich mich an beide Damen zugleich, »ich habe mit Dr. Stolowitz gesprochen. über die Art der Krankheit wollte er sich nicht auslassen, ich hatte den Eindruck, es war eine Grippe oder ein Virus. War sonst jemand im Hause zur gleichen Zeit erkrankt?«

»Da muß ich nachdenken.« Mrs. Stonehouse neigte den Kopf auf die Seite. »Vergangenes Jahr. Hm. Richtig, ich hatte eine Erkältung, die wollte und wollte nicht weggehen. Und die arme Effie hat mindestens eine ganze Woche geschnieft. Warst du krank, Glynis?«

»Vermutlich«, sagte die Tochter mit ihrer rauhen

Stimme, »erinnern tue ich mich nicht, aber zu Winteranfang habe ich meist mindestens einmal eine Erkältung. Hat dies irgendwas mit dem Verschwinden meines Vaters zu tun, Mr. Big?«

»Nein, nein«, versicherte ich hastig, »mir liegt nur daran, mich zu vergewissern, daß er am 10. Januar bei guter Gesundheit war, und nach allem, was ich von Ihnen und Dr. Stolowitz höre, ist das der Fall.«

Glynis Stonehouse schaute mich, wie mir schien, etwas verblüfft an, doch dann glätteten sich ihre Züge.

»Sie wollen sichergehen, daß er nicht an Amnesie litt. Oder an einer vorübergehenden Geistesstörung, nicht wahr?«

»Ja, so etwas der Art. Das können wir aber offenbar unberücksichtigt lassen. Dürfte ich ein paar Worte mit Ihrem Hausmädchen sprechen, Mrs. Stonehouse? Vielleicht fällt der doch noch was ein, was mich weiterbringt.«

»Selbstverständlich«, sagte Glynis Stonehouse, bevor ihre Mutter noch antworten konnte. »Sie ist entweder in der Küche oder im Eßzimmer. Sie kennen sich ja schon aus. Gehen Sie nur. Ich habe Olga schon instruiert, sie wird alle Ihre Fragen beantworten.«

»Das ist sehr gütig.« Ich stand auf. »Lange wird es nicht dauern, und falls Sie so liebenswürdig sein wollen, das zu gestatten, möchte ich anschließend noch ein paar Worte mit Ihnen sprechen.«

Olga saß am Eßtisch im Speisezimmer und las ein Magazin. »Hallo«, rief ich munter, »Mrs. Stonehouse hat mir erlaubt, ein paar Worte mit Ihnen zu reden, darf ich Sie Olga nennen?«

»Ja.«

Sie setzte sich aufrecht hin, berührte mit dem Rücken nicht die Lehne und überragte mich also auch noch im Sitzen.

»Sie wissen, daß ich im Auftrag der Anwälte der Familie das Verschwinden von Professor Stonehouse aufklären soll, und ich hoffe, Sie können mir dabei behilflich sein.«

Sie richtete die türkisfarbenen Augen auf mich, ja sie durchbohrte mich mit diesem Blick wie mit einem Zahnarztbohrer.

»Wie?«

»Haben Sie eine Ahnung, was ihm zugestoßen sein könnte?«

»Nein.«

»Ich weiß, Sie waren an dem betreffenden Abend, als er verschwand, nicht im Hause, aber vielleicht ist Ihnen etwas Merkwürdiges an ihm aufgefallen, sagen wir, hat er sich anders verhalten als üblich?«

»Nein.«

»Und er war zu jener Zeit gesund?«

Sie hob die Schulter.

»Er war doch vergangenes Jahr krank gewesen? Sehr krank sogar?«

»Ja.«

»Aber er genas?«

»Ja.«

Ich seufzte. Das ging ja großartig. Ja, nein, ein Achselzucken.

»Sie arbeiten hier von 13 bis 21 Uhr an sechs Tagen in der Woche, stimmt das?«

»Ja.«

»Sie servieren den Nachmittagsimbiß und das Abendessen?«

»Ja.«

»Hat der Professor Speisen gegessen, von denen sonst niemand aß?«

»Nein.«

Ich gab auf. Die schweigsame Schwedin. Die Garbo war dagegen eine Schwätzerin.

»Na schön, Olga.« Ich stand auf. »Es war sehr freundlich von Ihnen, und Sie waren mir sehr behilf–«

Ihre Hand schnellte vor und umfaßte meinen Arm; die

Durchblutung setzte auf der Stelle aus. Sie zog mich nahe zu sich. Zwar suchte ich mich zu sträuben, aber man sträube sich gegen einen Schlepper! Sie zog mich ganz dicht an sich heran, legte ihre Lippen an mein Ohr, so daß ich sie fühlen konnte, und flüsterte: »Vergiftet wurde er.« Ihr warmer Atem kitzelte mein Ohr, doch war ich zu verdutzt, um Anstoß zu nehmen. War dies der Durchbruch, den ich erhoffte?

»Von wem?«

»Ich hätte das verhindern können.«

Ich glotzte sie an.

In Beantwortung meiner ungestellten Frage hob sie feierlich das Magazin, in dem sie gelesen hatte »Gesund durch Diät«. Sie meinte: Professor Stonehouse wurde vergiftet durch den Genuß giftiger Lebensmittel, wie wir alle.

Die Damen Stonehouse hatten derweil im Salon ihre Plätze nicht gewechselt, nur nippte Mrs. Stonehouse an einem vollen Glas.

Ich seufzte. »Nichts. Höchst frustierend. Trotzdem, ich will nicht aufgeben. Außer Ihrem Sohn kenne ich nun den ganzen Haushalt, Mrs. Stonehouse. Er war ja am Abend des Verschwindens seines Vaters hier . . . mag sein, ihm fällt noch was ein.«

Man gab mir seine Adresse und die nicht im Buch verzeichnete Telefonnummer. Dann bat ich um Fotos und saß gleich darauf nervös zwischen den beiden Damen auf dem Sofa und ging mit ihnen einen Stapel Bilder durch. Das war ein merkwürdiges Erlebnis, denn ich war überzeugt, wir betrachteten die Bilder eines Toten. Yale Stonehouse war ein schmalgesichtiger, mürrisch dreinblickender Mann mit eingesunkenen Wangen und einem rasiermesserscharfen Mund gewesen. Die Augen blickten anklagend, die Nase glich einem Messer. Auf Ganzporträts sah er aus wie ein Skelett im Tweedanzug, nur scharfe Winkel und schlenkernde Gliedmaßen. Er war hochgewachsen, hielt sich aber gekrümmt, hatte abfallende Schultern und reckte den Kopf streitsüchtig vor.

»Wie groß?« fragte ich.

»Einsfünfundachtzig«, sagte Mrs. Stonehouse.

»Nicht ganz so groß, Mutter«, korrigierte Glynis ruhig, »knapp einsachtzig.«

»Haarfarbe?«

»Bräunlich«, sagte Mrs. Stonehouse.

»Vorwiegend grau«, sagte Glynis.

Wir wählten schließlich ein Hochglanzfoto, ich bedankte mich bei den Damen und stellte in Aussicht, sie auf dem laufenden zu halten. Ich fragte den Pförtner in der Halle, ob er an jenem Abend Dienst gehabt habe, als Professor Stonehouse auf Nimmerwiedersehen das Haus verließ. Nein, sagte er, das wäre wohl Bert Lord gewesen, der von 16 Uhr bis Mitternacht an der Reihe sei. Bert komme für gewöhnlich um 15 Uhr 30 und ziehe im Keller seine Dienstkleidung an; wenn ich es in einer Viertelstunde probieren wolle, werde ich ihn wohl treffen. Ich machte also einen Spaziergang in der Nachbarschaft und sah mir an, welche Wege der Professor genommen haben könnte.

Von der U-Bahnstation Central Park West – 72. Straße hätte er sowohl stadteinwärts wie stadtauswärts fahren können. An der 72. Straße gab es eine Bushaltestelle, von der aus er die 57. Straße entlang, über die Madison Avenue die East 72. Straße erreichen konnte.

Er mochte auch zu Fuß die Columbus Avenue heruntergegangen sein und dort einen stadteinwärts fahrenden Bus bestiegen haben. Es gab Busse am Broadway, an der 5. Avenue und die Stadtbahn an der 7. Avenue Richtung Bronx und Brooklyn.

Mit einer Taxe hätte er in jeder beliebigen Richtung davonfahren können.

Als ich genau siebzehn Minuten später wieder das Haus betrat, saß ein anderer Portier hinter dem Tisch in der Halle.

»Mr. Lord?« fragte ich.
»Das bin ich.«
Ich erklärte, daß ich mich im Auftrag der Anwälte der Familie Stonehouse mit dem Verschwinden des Professors beschäftigte.
»Ich habe der Polizei schon alles gesagt, was ich weiß.«
»Das ist mir bewußt. Er verließ das Gebäude gegen 20 Uhr 45 am 10. Januar, das stimmt doch?«
»Stimmt.«
»In Hut, Mantel und Schal?«
»Richtig.«
»Zu Ihnen hat er nichts gesagt?«
»Kein Wort.«
»Das war aber nicht ungewöhnlich, wie? Er war nicht gerade ein umgänglicher Mensch?«
»Das dürfen Sie zweimal sagen.«
Das tat ich nicht, sondern fragte statt dessen: »Wissen Sie noch, wie das Wetter an jenem Abend war, Mr. Lord?«
Er schaute mich aus großen blauen, arglosen Augen an.
»Weiß ich nicht mehr, das ist länger als einen Monat her.«
Ich schob ihm eine Fünf-Dollar-Note über den Tisch, die blitzschnell von einer riesigen Hand eingestrichen wurde.
»Jetzt fällt es mir wieder ein. Es war eine üble Nacht. Kalt. Eisregen. Ich weiß noch, daß ich dachte: Was für ein Esel, an solch einem Abend noch aus dem Haus zu gehen.«
»Kalt also. Und Eisregen. Er bat Sie aber trotzdem nicht, eine Taxe zu rufen?«
»Der?« Er lachte verächtlich. »Kam ja nicht in die Tüte. Der hätte Angst gehabt, ich könnte fünfzig Cent dafür verlangen, daß ich die Außenbeleuchtung andrehte.«

»Er marschierte also einfach hinaus?«

»Richtig.«

»In welche Richtung er ging, konnten Sie nicht sehen?«

»Ach wo. Und es war mir auch scheißegal.«

»Danke Ihnen, Mr. Lord.«

»Es war mir ein Vergnügen.«

»Ganz meinerseits.«

Ich ging schnurstracks heim, zog mich um und wollte gleich wieder aus dem Hause, etwas essen gehen, doch Käpt'n Shank erwartete mich auf dem Treppenabsatz. Als ich meine Tür aufmachte, drehte er geschickt seinen Rollstuhl in meine Richtung.

»Nanu?« sagte er. »Ich warte die ganze Zeit darauf, daß Sie endlich nach Hause kommen, und dabei sind Sie schon längst daheim!«

»Ich bin heute früher dran und übrigens eben erst nach Hause gekommen.«

»Und ich habe gewartet«, wiederholte er.

»Ich bin hungrig und will was essen gehen, Käpt'n. Wenn ich zurückkomme, in einer Stunde etwa, klopfe ich bei Ihnen. Einverstanden?«

»Aber erst nach sieben. Bis dahin gibt es eine Wiederholung von Ironside im Fernsehen, die muß ich unbedingt sehen. Also nach sieben. Vor neun kommt nichts, was ich sehen muß.«

Woodys Restaurant an der West 23. Straße gehörte Louella Nitch, einer Witwe, deren Mann ihr außer dem Lokal so gut wie nichts hinterlassen hatte. Sie war kinderlos, und ich glaube, sie betrachtete einen Teil ihrer Kundschaft als Familienersatz. Die meisten wohnten in der Nachbarschaft und kannten einander. Es war fast wie in einem Klub, und jedermann nannte sie Nitchy.

Als ich an diesem windigen Montag hereinkam, saßen vorne an der Bar ein Dutzend Trinker, im Hinterzimmer nahm ein halbes Dutzend Esser eine Mahlzeit ein. Es war angenehm warm, die kleinen Tischlampen glommen rötlich, aus dem Musikautomaten kam ein alter Bing-Crosby-Schlager, *Just a Gigolo*, und ich fühlte mich wie in einem vertrauten Hafen.

Louella Nitch war um die Vierzig und die magerste Person, die mir je vor Augen gekommen ist, hatte olivfarbene Haut, trug das Haar kurz geschnitten, so daß es wie eine Kappe an ihrem Schädel anlag, und war stark geschminkt. Sie trug Ringe in den Ohren und an den Fingern und um den Hals Ketten, an denen Medaillons und Amulette klirrten.

Als ich eintrat, saß sie hinter der Bar und sah einen Stoß Rechnungen durch; sie trug Halbgläser, die ihr Gesicht noch schmaler erscheinen ließen, fast wie das eines Kindes.

»Wo haben Sie denn so lange gesteckt, Josh? Ich habe letzte Nacht von Ihnen geträumt.«

»Wie nett«, sagte ich.

Ich nahm den Hocker ihr Gegenüber und bestellte Bier. Sie erzählte ihren Traum, in dem sie auf einer Hochzeit war; ich war der Bräutigam und erwartete die Braut.

»Und wie sah sie aus? Haben Sie sie gut erkennen können?«

Sie schüttelte bedauernd den Kopf. »Ich wachte auf, bevor sie hereinkam. Aber Sie habe ich deutlich erkannt, Josh. Sie wollen doch nicht etwa heiraten?«

»Kaum. Wer nimmt schon einen Zwerg wie mich?«

Sie legte eine Hand auf meinen Arm. »Sie denken zuviel daran, Josh. Sie sehen gut aus, haben einen festen Arbeitsplatz, und jede Menge Frauen würden sich um Sie reißen.«

»Nennen Sie mir nur eine.«

»Meinen Sie das im Ernst?« Sie schaute mich prüfen an. »Dann wüßte ich nämlich was für Sie, nichts auf die Schnelle, versteht sich, sondern eine liebe, gesunde, gutartige Frau aus der Nachbarschaft, die unter die Haube und Kinder haben möchte. Wie wär's, soll ich mal anrufen?«

»Hm . . . nicht gerade heute abend, Nitchy, das ist mir zu überraschend.«

»Wie alt sind Sie – 28?«

»32«, gestand ich.

»Gütiger Gott, da bleiben Ihnen nur noch zwei Jahre. Die Statistik weist aus, daß Männer, die mit 34 noch nicht verheiratet sind, selten überhaupt noch heiraten. Wollen Sie etwa so ein alter, mürrischer, miesepetriger Junggeselle werden, wie ich sie hier vor ihren Biergläsern sitzen sehe?«

»Irgendwann werde ich bestimmt noch heiraten.«

Sie merkte wohl, daß mir das Thema unbehaglich war, denn sie fragte: »Wollen Sie bloß was trinken, Josh, oder auch essen? Ich will Sie nicht drängen, aber der Koch hat ein gutes Rinderstew gemacht, und falls Sie Hunger haben, lasse ich Ihnen was reservieren, bevor der Mob kommt und alles ratzekahl frißt.«

»Rinderstew klingt verlockend. Kann ich es gleich hier an der Bar essen?«

»Aber gewiß. Hettie legt ein Gedeck für Sie auf. Die wäre übrigens auch was für Sie, Josh – Hettie meine ich.«

»Bloß, das sie einen halben Zentner schwerer ist als ich.«

»Stimmt.« Sie lachte schallend. »Die walzt sie platt.«

Das Stew schmeckte großartig.

Als ich meinen Parka anzog, kam Louella und fragte: »Was denn, Sie gehen schon?«

»Ich habe noch zu arbeiten«, log ich lächelnd.

»Also, Josh – ich habe da vorhin nicht bloß so dahergeredet: Falls Sie ein wirklich nettes Mädchen suchen, sagen Sie mir Bescheid, ja?«

»Ich weiß, Sie meinen es gut, Nitchy, aber ich muß mich wohl selber auf die Suche machen.«

»Ich hoffe, Sie finden das Richtige«, sagte sie bekümmert, und fügte gleich darauf munter hinzu: »Aber klar, es wird Ihnen schon gelingen. Denken Sie an meinen

Traum. Immer wenn Sie herkommen, sind Sie allein, aber eines Tages werden Sie mit einer Prinzessin am Arm hereinstolzieren. Einer Prinzessin!«

»Genau«, sagte ich.

2 Mr. Tabatchnik stäubte Fischfutter von seinen Fingern und sah mich an, als erwarte er das Schlimmste.

»Und wie ist es Ihnen gelungen, Mr. Big«, trompetete er, »sich Zugang zum Kipperschen Haushalt zu verschaffen?«

Wenn er doch nur die Frage nicht gestellt hätte! Belügen konnte ich ihn nicht, es mochte ja sein, daß Tippi Kipper anrief und fragte, ob alles seine Richtigkeit habe. Ich gestand also, vorgegeben zu haben, eine Schätzung des Nachlasses vorzunehmen. Darüber war er nicht, wie ich befürchtet hatte, verärgert, sondern eher amüsiert, wenn ich die Runzeln und Falten seines Bluthundgesichtes richtig las. Allerdings sagte er streng: »Mr. Big, ein komplettes Nachlaßverzeichnis muß, wenn es der Behörde vorgelegt wird, vom Anwalt und vom Nachlaßverwalter unterschrieben sein, und das bin zufällig ich. Ist Ihnen klar, daß die willentliche oder fahrlässige Unterlassung der Angabe von Vermögenswerten ein Vergehen darstellt?«

Darauf sagte ich bedrückt: »Nun weiß ich es, nur hatte ich nicht die Absicht, das endgültige Verzeichnis anzufertigen, sondern –«

»Ich verstehe sehr gut Ihre Beweggründe«, versetzte er unwirsch. »Sie wollten sich Zugang zum Haus verschaffen. Kein schlechter Vorwand. Ich rate Ihnen aber, zu sagen, daß es sich um einen vorläufigen Überblick handelt, sollte Mrs. Kipper oder sonstwer Sie danach fragen. Die endgültige Bestandsaufnahme, die von mir unterzeichnet werden muß, fertigen Anwälte und Schätzer an, die Erfahrung mit solchen Dingen haben. Ist das klar?«

»Ja, Sir. Eines noch, Sir – außer der Affäre Kipper beschäftigt mich derzeit noch ein Auftrag von Mr. Teitelbaum – ich bin auf der Suche nach einem verschwundenen Klienten – Professor Yale Stonehouse.«

»Das ist mir bekannt«, erwiderte er belehrend.

»Das also neben meinen sonstigen Pflichten. Bislang habe ich die mit knapper Not noch erledigen können, doch die Fälle Kipper und Stonehouse beanspruchen mehr und mehr von meiner Zeit. Es wäre eine große Hilfe, wenn eine Sekretärin die Schreibarbeiten und die Ablage für mich erledigen könnte.«

Er starrte mich an.

»Es muß ja keine Ganztagssekretärin sein«, sagte ich eilig, »sie könnte halbtags aushelfen oder an zwei bis drei Wochentagen. Nichts auf die Dauer, Sir.«

Er seufzte schwer. »Sie wären erstaunt, Mr. Big, wüßten Sie, mit welcher Gesetzmäßigkeit aus Halbtagskräften Ganztagskräfte werden. Indessen scheint mir Ihr Ersuchen nicht unangemessen, und ich werde die Angelegenheit mit meinen Kollegen erörtern.«

Am liebsten hätte ich auch gleich um Zuteilung eines größeren Büros gebeten, überlegte mir das aber noch im letzten Moment. Ich würde mein Reich ganz sachte etablieren.

»Vielen Dank, Mr. Tabatchnik.« Ich sammelte meine Unterlagen ein. »Nur noch eine Frage: Ich hätte gern Ihre Erlaubnis, mit den beiden Kippersöhnen zu sprechen, denen, die jetzt die Firma leiten.«

»Weshalb nicht?«

»Und was soll ich denen sagen, Sir? Welchen Grund soll ich ihnen nennen für die Überprüfung der Umstände des Todes ihres Vaters?«

»Mmmm . . .«, sagte er beinahe verträumt, »das überlasse ich Ihnen, Mr. Big. Bislang sind Sie ja recht erfindungsreich gewesen.«

Ich rief bei Powell Stonehouse an, schon zum zweitenmal an diesem Vormittag. Beim erstenmal war eine Frau am Apparat, die mir sagte, er meditiere gerade und dürfe nicht gestört werden. Diesmal erreichte ich ihn, erklärte mein Interesse am Verschwinden seines Vaters und fragte, wann ich ihn sprechen könne.

»Ich glaube nicht, daß was dabei herauskommen kann«, sagte er mit steinerner Stimme. »Ich habe der Polizei bereits alles gesagt, was ich weiß.«

»Ja, Mr. Stonehouse, das ist mir durchaus klar. Mir fehlen aber die Hintergrundinformationen, die ich nur von Ihnen bekommen kann. Lange wird es nicht dauern.«

»Könnten wir das nicht am Telefon erledigen?«

»Lieber nicht, es geht dabei um . . . ah . . .einiges Vertrauliche.«

»Zum Beispiel?« fragte er mißtrauisch.

Er machte es mir nicht leicht.

»Nun . . . Beziehungen zwischen den Familienmitgliedern, die sein Verschwinden verständlich machen könnten. Ich möchte mich wirklich gern persönlich mit Ihnen unterhalten, Mr. Stonehouse.«

»Na, meinethalben«, gab er widerwillig nach. »Aber viel Zeit möchte ich darauf nicht verschwenden.«

Der trauernde Sohn.

»Es dauert bestimmt nicht lange«, versicherte ich ihm nochmals. »Ich richte mich ganz nach Ihnen.«

»Heute abend meditiere ich von acht bis neun. Nach neun kann ich eine Stunde für Sie erübrigen. Kommen Sie keinesfalls früher, das würde eine katastrophale Wirkung haben.«

»Bis nach neun also. Ihre Adresse habe ich. Vielen Dank, Mr. Stonehouse.«

»Friede«, sagte er.

Das überraschte mich. Friede. Das war doch wohl mit den Blumenkindern der sechziger Jahre aus der Mode gekommen?

Mein nächster Anruf galt dem Kipperschen Butler, Chester Himmel. Ihm sagte ich, falls dies nicht ungelegen sei, wolle ich um 14 Uhr mit der Bestandsaufnahme fortfahren. Er meinte, Madame habe Anweisung gegeben, mich jederzeit einzulassen, das sei also kein Problem.

Um 13 Uhr ging ich in ein Schnellrestaurant auf der 3. Avenue und aß ein Paar Würstchen. Anschließend schlenderte ich zur Madison Avenue zurück und warf einen Blick in das Schaufenster der bewußten Boutique. Der grüne Pullover war noch da.

Da es noch nicht 14 Uhr war, umrundete ich die Kippersche Residenz mehrmals und klingelte sodann pünktlich am Portal. Ich trug meine Aktenmappe mit Papier, Schreibzeug und Plänen der fünf Stockwerke, die ich nach dem Gedächtnis angefertigt hatte.

Chester, der aussah wie ein gut genährter Leichenbestatter, ließ mich ein. Mrs. Kipper befinde sich, so sagte er, mit dem Reverend Knurr und einigen Bekannten im Wohnzimmer, Bertha Neckin und Perdita Schug bereiteten in der Küche den Tee für diese kleine Gesellschaft.

»Falls Sie eine Tasse Tee oder Kaffee wünschen, Sir, sind Sie uns dort jederzeit willkommen.«

Ich dankte ihm, sagte aber, zuerst wolle ich die Arbeit hinter mich bringen, danach würde ich mich mit Vergnügen in der Küche einfinden. Er verbeugte sich gemessen und sagte, ich möge nur gleich anfangen. Brauche ich seine Hilfe, könne ich in fast jedem Zimmer des Hauses klingeln.

Ich hatte eine bestimmte Idee: Mrs. Kipper hatte gesagt, am Nachmittag von Sol Kippers Tod sei sie mit ihm im gemeinsamen Schlafzimmer gewesen und habe sich dann vom vierten Stock nach unten begeben. Das bestätige auch das Personal. Minuten später habe man den Aufprall von Kippers Körper im Patio vernommen.

Mich interessierte nun, wie Mrs. Kipper nach unten gekommen war, vermutlich doch mit dem Fahrstuhl. Sie sah mir nicht aus wie jemand, der vier Stockwerke treppab geht.

Hatte sie den Fahrstuhl genommen, müßte er zum Zeitpunkt des Todes ihres Mannes im Erdgeschoß gehalten haben, es sei denn, Kipper selber hatte ihn wieder raufkommen lassen und war vom vierten in den fünften Stock gefahren. Das kam mir unwahrscheinlich vor. Im Schlafzimmer angekommen, blickte ich auf die Uhr, ging dann mit mäßig schnellem Schritt auf den Korridor, von da zur Hintertreppe und diese hinauf zum fünften Stock in den Gesellschaftsraum bis zu den verschlossenen Glastüren zur Terrasse. Ein Blick auf die Uhr zeigte, daß dies nicht ganz eine Minute dauerte. Was nicht bewies, daß jemand, der entschlossen war, sich das Leben zu nehmen, nicht vielleicht doch auf einen langsam fahrenden Aufzug wartete, sondern nur, daß der Weg vom Schlafzimmer, wo der Abschiedsbrief lag, bis zur Terrassenbrüstung kurz war.

Die nächste Stunde verbrachte ich damit, in den oberen Stockwerken ein Verzeichnis der Bilder, Teppiche, Möbel sowie einen Lageplan der Zimmer anzufertigen, vor allem aber wollte ich mich mit dem Haus vertraut machen.

So prüfte ich auf jedem Stockwerk die Fahrstuhltür; das war nicht nur morbide Neugier, nein, mir war so, als spiele der Fahrstuhl bei den fatalen Ereignissen jenes Nachmittags eine wichtige Rolle. Die Fahrstuhltüren waren alle gleich gearbeitet, die übliche Flügeltür aus schwerer Eiche mit Paneelen. Die Paneele waren massiv, ausgenommen ein gläsernes Guckloch. Alle Türen waren verschlossen und ließen sich nur öffnen, wenn der Fahrstuhl auf dem betreffenden Stockwerk hielt. Dann machte man die Tür auf und betrat die Kabine.

In jeden Türknopf war ein Zifferblatt unter Glas eingelassen, kaum größer als das einer Armbanduhr, und der Zeiger bewegte sich entsprechend der Bewegung des Fahrstuhls. Man konnte also auf jedem Stockwerk jederzeit sehen, wo der Fahrstuhl sich befand und ob und in welcher Richtung er sich bewegte, aufwärts oder abwärts. Was und ob das was bedeuten würde, ahnte ich damals nicht, doch notierte ich es vorsorglich.

Im Erdgeschoß angelangt, hörte ich durch die geöffnete Tür des Wohnzimmers Gespräche und Gelächter. Perdita Schug sauste an mir vorbei, eine Schüssel mit jenen winzigen Sandwiches in Händen, und hatte kaum Zeit, mir zuzunicken. Chester folgte ihr in gemessenerer Gangart, in der Hand ein kleines Tablett mit einem einzigen Glas, offenbar Cognac.

Ich schlenderte durch Küche und Pantry. Von der Küchentür aus konnte ich den Flur entlang sehen, die Fahrstuhltür, die Türen zum Wohnzimmer sowie einen Ausschnitt der Halle. Den Hauseingang sah ich nicht.

Zurück in die etwas wüste Küche, in die Pantry. Auf einem der hochlehnigen Stühle saß eine magere, eckige Person vor einer Tasse Tee. Zu ihrem schwarzen Servierkleid mit weißem Krägelchen trug sie eine grobe Schürze.

»Mrs. Neckin?« fragte ich.

Sie blickte widerwillig auf.

»Und?« Ihre Stimme klang wie Kreide auf der Wandtafel.

Mit meinem einschmeichelndsten Lächeln stellte ich mich vor und erklärte, was ich hier zu tun hatte, auch daß Chester mich in die Küche eingeladen hatte.

»Der hat zu tun.«

»Auf eine Tasse Tee«, setzte ich fort und schaute vielsagend auf die Kanne. »Eine angenehme, freundliche Tasse Tee.« Ich konnte ihr fast ansehen, daß sie überlegte, wie weit sie die Unhöflichkeit noch treiben könnte.

»Dann setzen Sie sich. Da ist eine Tasse, da steht die Kanne.«

»Danke, sehr freundlich von Ihnen.«

Die Ironie war an sie verschwendet, sie war zu verbissen in ihre schlechte Laune.

Ich setzte mich und goß mir Tee ein. »Haben Sie viel zu tun heute nachmittag?«

»Ach die!« sagte sie angeekelt.

»Wahrscheinlich tut es Mrs. Kipper gut, nach dem Unfall wieder einmal Gäste im Haus zu haben.«

»Ah ja, er ist noch nicht kalt«, grollte sie, »und sie gibt wieder Parties. Das können Sie weitererzählen, wem Sie wollen.«

»Ich habe nicht die geringste Absicht«, versicherte ich. »Eine Klatschbase bin ich nicht.«

»So?« Sie schaute mißtrauisch auf.

Ich nahm kleine Schlucke Tee. »Sie sind doch schon lange bei den Kippers, Mrs. Neckin.« Der Tee war gut, aber nicht so gut wie der bei Stonehouses.

»Seit ich arbeite, war ich bei Mr. Sol«, blaffte sie. »Lange bevor sie auftauchte.« Das war begleitet von einer Daumenbewegung in Richtung Wohnzimmer.

»Soviel mir bekannt ist, war sie früher bei der Bühne?« fragte ich beiläufig.

»Bühne! Nackttänzerin war sie! So!«

Als wäre sie mir dankbar dafür, daß ich ihr Gelegenheit bot, ihren Ärger laut werden zu lassen, brachte sie aus der Küche einen kleinenTeller mit petit fours, auch goß sie mir unaufgefordert Tee nach. Mrs. Neckin war eine grobschlächtige Landfrau mit harten Zügen und eckigen Knochen. Der flachbusige Körper unter der Schürze und dem Servierkleid bewegte sich ruckartig und heftig, und als sie den Tee eingoß, war mir ganz so, als hätte sie lieber einem Huhn den Hals umgedreht.

»Ein Heiliger war er«, sagte sie im Niedersitzen – übrigens rückte sie näher an mich heran. »Einen besseren Menschen hat es nie gegeben, das schwöre ich. Und er ist jetzt im Himmel.«

Ich machte teilnahmsvolle Geräusche.

Sie flüsterte scharf: »Ich bleibe nicht. Für diese Frau arbeite ich nicht, nicht ohne Mr. Sol.«

»Schwer zu glauben, daß ein solcher Mensch sich das Leben genommen haben soll«, bemerkte ich.

»Ha!« schnaubte sie verächtlich. »Sich das Leben genommen. Ja, das sagen die!«

Ich sah sie verblüfft an.

»Er ist doch aber von der Terrasse gesprungen? Oder nicht?«

»Das kann sein«, und sie schob sich vom Tisch weg, »ich will nichts gesagt haben, aber was hat ihn dazu getrieben, was? Antworten Sie darauf – was hat ihn getrieben?«

»Sie?« fragte ich leise. »Mrs. Kipper?«

»Die«, versetzte sie angeekelt, »die hat doch Milch in den Adern. Die ist viel zu nett. Er war es.«

»Er?«

»Chester«, bestätigte sie nickend.

»Chester hat Mr. Kipper zum Selbstmord getrieben?« Ich hörte, wie meine Stimme schwankte.

»Genau«, bestätigte Mrs. Neckin selbstzufrieden. »Hat ju-ju bei ihm gemacht. Er hat doch 'ne Kirche. Da wird Menschenblut getrunken. Chester hat ihn behext, und Mr. Sol ist gesprungen. So war das.«

Ich nahm einen großen Schluck brühheißen Tee.

»Warum sollte Chester so was tun?«

Sie kam so nahe, daß ich ihren nach Anis riechenden Atem spürte.

»Das sieht man doch. Ich weiß genau, was vorgeht. Ich sehe alles.« Sie formte aus linkem Zeigefinger und Daumen einen Ring und bewegte darin den rechten Zeigefinger in einer Art hin und her, die obszön war, daß mir fast übel wurde. »Darauf ist er scharf. Er ist ein Nigger. Egal wie hellhäutig er ist, er ist und bleibt ein Nigger. Und sie ist eine weiße Dame, egal wie ordinär. Deshalb hat er Mr. Sol verhext.«

Ich schob den Stuhl zurück.

»Ich danke Ihnen vielmals für den Tee, Mrs. Neckin, das war sehr gütig von Ihnen. Und ich versichere Ihnen, daß ich keiner lebenden Seele über unser Gespräch berichten werde.«

Im Flur wich ich Perdita aus, die mit einem Tablett voll leerer Gläser vorbeikam und mir zulächelte.

»Donnerstags, donnerstags ist mein freier Tag. Und meine Nummer ist im Telefonbuch. Sie wissen doch.«

»Stimmt.«

»Probieren Sie's mal, es wird Ihnen gefallen.«

Ich stammelte noch irgendwas, als sie schon in der Küche verschwunden war.

Chester kam aus dem Wohnzimmer, als ich bereits an der Haustür angelangt war. Ihm folgten Mrs. Tippi Kipper und der Reverend Knurr. Durch die offengebliebene Tür sah ich mehrere Damen im Kreise sitzen, Tee trinken, Gebäck knabbern und sich unterhalten.

»Ah, Mr. Big«, sagte Mrs. Kipper mit ihrer kühlen, leicht amüsierten Stimme. »Fertig mit der Arbeit für heute?«

»Ja, Madame. Es bleibt noch eine Menge zu tun, doch mache ich Fortschritte, wenn ich so sagen darf.«

»Hat Chester Ihnen was angeboten?«

»Ja, Madame, ich habe Tee getrunken und bin Ihnen sehr verbunden.«

»Ich wollte, ich hätte mich ebenfalls auf Tee beschränkt«, fiel der Reverend Knurr ein und klopfte sich auf den Bauch. »Wenn Sie nicht aufhören, mich mit Gebäck zu füttern, Tippi, darf ich nicht mehr herkommen.«

»Sie müssen bei Kräften bleiben«, murmelte sie, und er lachte.

Die beiden standen nebeneinander, während Chester Knurrs und meine Garderobe aus dem Schrank nahm, einen verschmutzten Trenchcoat für Knurr samt einem irischen Tweedhut, einem von der völlig verbeulten Sorte mit herunterhängender Krempe.

»Kann ich Sie mitnehmen, Mr. Big?« fragte Knurr. »Ich habe meinen Wagen hier.«

Sein Wagen war ein uralter, unzählige Male übermalter Käfer. Als wir einstiegen, entschuldigte er sich: »Die

Heizung ist kaputt, aber so kalt ist es ja nicht. Fahren wir die 5. Avenue runter und dann rüber zur 38. Straße. Einverstanden?«

»Einverstanden.« Ich schwieg, während er sich in den Verkehr einfädelte und zur 5. Avenue fuhr. Dann bemerkte ich: »Mrs. Kipper scheint es ja einigermaßen verwunden zu haben. Ich meine, den Tod ihres Mannes«, setzte ich hinzu.

»Sie kommt wieder auf die Füße.« Er mogelte sich noch bei Gelb über die Kreuzung und bog links in die 5. Avenue ein. »Anfangs hat sie es sehr schwer genommen, ich glaubte schon, ich müßte sie in ein Sanatorium bringen. Schließlich war sie praktisch Augenzeugin, jedenfalls hörte sie ihn aufprallen.«

»Ein Glück, daß Sie gerade dort waren.«

»Nun, ich war genaugenommen nicht anwesend, kam erst etliche Minuten danach. Eine fürchterliche Szene. Alle rannten schreiend und kopflos durcheinander. Ich tat, was ich konnte, rief die Polizei und so weiter.«

»Kannten Sie ihn gut?«

»Sol Kipper? Sehr gut. Ein wunderbarer Mensch. Sehr großzügig, dazu aufrichtig interessiert an meiner Arbeit.«

»Darf ich Sie nach Einzelheiten dieser Arbeit fragen? Ich bin nämlich neugierig.«

»Ob Sie dürfen?« lachte er. »Ich rede nur allzugern darüber. Also hören Sie . . . darf ich Sie übrigens Joshua nennen?«

»Josh, wenn Sie wollen.«

»Ich ziehe Joshua vor. Das klingt so vertraut nach Altem Testament. Also zu meiner Arbeit, Joshua. Haben Sie je den Ausdruck ›Zeltmacher‹ gehört?«

»Zeltmacher? Sie meinen wie Omar der Zeltmacher?«

»Nicht ganz. Eher schon wie der heilige Paulus. Doch wie auch immer, unsere Probleme sind wesentlich finanzieller Art. Es gibt Tausende von protestantischen Geistlichen, aber nicht genügend Kirchen, folglich wenden sich mehr und mehr dieser Pastoren weltlichen Aufgaben zu. Dafür gibt es ein durchaus ehrenwertes Vorbild, nämlich Paulus, der sich als Prediger am Leben hielt, indem er Zelte herstellte. Deshalb nennen wir uns auch die Zeltmacher. Heute finden Sie Pastoren in Unternehmen, manche sind Künstler, andere sammeln für wohltätige Zwecke Geld, manche schreiben Bücher, andere gehen sogar in die Politik. Auch ich bin ein Zeltmacher. Ich habe keine eigene Kirche, übernehme aber gelegentlich die Vertretung für Pastoren, die krank, überarbeitet oder auf Urlaub sind. Aber im wesentlichen lebe ich vom Betteln.« Er warf mir aus dem Augenwinkel einen raschen Blick zu. »Schockiert Sie das?«

»Nein, nicht eigentlich. Mir ist so, als gäbe es auch dafür ein ehrenwertes Vorbild.«

»Stimmt. Ich will damit nicht sagen, daß ich wie ein Bettelmönch mit der Almosenschale auf der Straße stehe, aber es kommt schon auf etwas Ähnliches heraus. Sie haben mich heute bei der Arbeit gesehen. Ich lerne reiche Leute kennen, meist Frauen, manche allerdings sind nicht so sehr reich. Die zapfe ich an, und als Gegenleistung berate ich sie. Manchmal reicht es auch, daß ich bloß zuhöre. Das heißt: in neun von zehn Fällen reicht es. Fragen sie um Rat, gebe ich ihn. Manche wünschen geistlichen Beistand, meist aber geht es um praktische Dinge. Der gesunde Menschenverstand reicht da im allgemeinen aus. Wer Probleme hat, ist häufig nicht imstande, klar zu denken.«

»Da haben Sie wohl recht.«

»Also darin besteht ein Teil meiner Zeltmacherarbeit: daß ich den Reichen als geistlicher Berater diene, und ich versichere Ihnen, die haben so was ebenso nötig wie die Armen.«

»Das glaube ich Ihnen.«

»Bieten sie mir finanzielle Unterstützung an, so akzeptiere ich. Und wie gern! Nicht nur, um mein Leben zu fristen, sondern um die andere Hälfte meiner Arbeit finanzieren zu können. Nicht, daß ich meine private Kirche in einem ehemaligen Ladengeschäft unterhalte, bei mir geht es längst nicht so fein zu wie bei Chester Himmels Gemeinde *Zum Heiligen Lamm* in Harlem. Ein Club ist es auch nicht, eher eine Mischung von beidem, und zwar in Greenwich Village, in der Carmine Street. Hinten wohne ich, und ich arbeite mit Jungen zwischen acht und achtzehn, die in Schwierigkeiten stecken, Ärger gehabt haben oder künftig haben werden. Vorn habe ich einen Gymnastikraum eingerichtet, da können sie sich austoben. Außerdem mache ich Gruppentherapie und nehme mir den und jenen auch einzeln vor. Dort können die Burschen ihre überschüssigen Energien loswerden.«

Wir waren jetzt in der 59. Straße im dicksten Verkehr, und Knurr flitzte durch Lücken, die so eng waren, da ich erschrocken die Augen zukniff; er war ein kühner Fahrer.

»Woher stammen Sie, Joshua?« Die Frage kam überraschend für mich. »Ursprünglich aus Iowa.«

»Und ich aus Illinois, also gleich nebenan. Aus Peoria. Aber bevor ich nach New York kam, habe ich unweit von Chicago gewohnt. New York ist eine tolle Stadt, finden Sie nicht? Das Zentrum. Hier muß man leben. Entweder man schafft es hier, oder man schafft es nirgendwo. Was für Kontraste! Reichtum und Armut. Häßlichkeit und Schönheit. Empfinden Sie das nicht auch so?«

»Durchaus.«

»Und die Möglichkeiten. Das beeindruckt mich am meisten an dieser Stadt: die Möglichkeiten, die sich bieten. Man kann bis zu den Sternen reichen.«

»Oder in der tiefsten Grube enden.«

»Stimmt. Ich möchte Sie übrigens um etwas bitten. Sie können selbstverständlich ablehnen, doch würden Sie mir eine Freude machen, wenn Sie mich in Greenwich Village besuchten, sich ansähen, was ich da so treibe. Oder wenigstens versuche. Würden Sie das tun?«

»Selbstverständlich«, entgegnete ich prompt. »Sehr gern sogar. Vielen Dank für die Einladung.«

Wieder schaute er mich flüchtig an und schmunzelte dabei. »Ich giere vermutlich nach Anerkennung, jedenfalls wäre es mir lieb, Sie sähen sich das mal an. Und um die ganze Wahrheit zu sagen: Ich hoffe, Sie können mir bei ein paar kleinen juristischen Problemen behilflich sein. Eigentlich habe ich die Räume als Wohnung gemietet, und weil ich da so eine Art Club betreibe, haben etliche der lieben Nachbarn protestiert.«

Ich war entsetzt.

»Ich bin kein Anwalt, Mr. Knurr.«

»Nicht?« staunte er. »Ich denke, Sie kamen als einer von Mrs. Kippers Anwälten zu ihr!«

»Nein, nur mit einem quasi-juristischen Auftrag. Ich selber bin kein Anwalt, habe auch keine juristische Prüfung abgelegt.«

»Sie nehmen doch aber den Nachlaß auf?«

»Nur für eine vorläufige Schätzung. Bevor die Unterlagen an die Finanzbehörde gehen, muß ein Anwalt die Angaben verifizieren.«

»Ah so. Aber das macht nichts, Sie sind trotzdem herzlich eingeladen. Ich mache Sie dann mit meinen Schwierigkeiten bekannt, und Sie können womöglich in Ihrer Kanzlei jemand um Rat fragen. Das kostet mich dann wenigstens nichts.«

»Das werde ich gern tun. Um welche Zeit paßt es Ihnen am besten?«

»Jederzeit. Halt, rufen Sie mich lieber vorher an. Ich stehe im Telefonbuch. Am besten wäre vormittags. Die Nachmittage verbringe ich meist bei meiner wohlhabenden Klientel, höre mir deren Probleme an und trinke ihren Cognac.«

Er hielt vor unserem Büro, lehnte sich herüber und betrachtete das Gebäude.

»Wie schön«, sagte er. »Ein umgebautes Stadtpalais. Man kann sich kaum noch vorstellen, daß dies mal Privathäuser waren. Welcher Reichtum! Ganz und gar unwirklich.«

»Und doch gibt es diesen Reichtum noch. Denken Sie nur an das Kippersche Haus.«

»Ganz recht. Es gibt ihn noch, diesen Reichtum.« Er klopfte mir aufs Knie. »Ich habe auch nichts dagegen, ich will mir nur mein Teil davon holen«, schloß er heiter.

»Ich ebenfalls«, bemerkte ich trübselig.

»Hören Sie, Joshua, das mit der Einladung habe ich durchaus ernst gemeint. Die kostenlose Rechtsauskunft soll der Teufel holen. Sie gefallen mir, und ich würde Sie gern öfters sehen. Also rufen Sie an, und besuchen Sie mich.«

Ich verabschiedete mich mit einer unverbindlichen Zusage und ging in mein Büro.

Ich brachte gerade meine Akten auf den neuesten Stand, etwas gereizt, weil ich nicht wußte, ob ich nun Resultate zu verzeichnen hatte oder nicht, da klingelte das Telefon. Percy Stilton war am Apparat, und seine Stimme klang schroff, wenn nicht gar wütend.

Ob ich was Neues rausgebracht hätte? Ich berichtete von meinem letzten Besuch im Hause Kipper. Als ich erzählte, daß Mrs. Neckin behauptet hatte, Chester Himmel habe den alten Kipper verhext, lachte er grimmig. »Ich hätte Sie vor ihr warnen sollen. Die hat 'ne Schraube locker. Den Typ kennen wir leider nur allzu gut. Bis zu einem gewissen Punkt ist alles logisch, was sie sagen, aber dann geht's mit ihnen durch. Wie schätzen Sie Godfrey Knurr ein?«

»Mir gefällt er«, erwiderte ich prompt. »Für einen Geistlichen kann er ganz schön fluchen, macht aber den Eindruck, als rede er frei und offen. Er hat mich nach Greenwich Village eingeladen, ich soll mir ansehen, was er da mit jugendlichen Straftätern macht. Auf keinen Fall habe ich den Eindruck, als verberge er was.«

»Genau diesen Eindruck hatte ich auch. Das ist alles? Mehr haben Sie nicht zu berichten?«

»Nun, da wäre noch was in bezug auf den Fahrstuhl. Eine ziemlich alberne Sache. Eher eine Lappalie.«

»Ja?«

Ich erklärte nun, daß der Fahrstuhl, falls Mrs. Kipper an jenem Tag damit nach unten gefahren war, zur Zeit des Todessturzes von Sol Kipper im Erdgeschoß gehalten haben müßte, es sei denn, Kipper habe ihn heraufkommen lassen, um ihn zu einer Fahrt vom vierten ins fünfte Stockwerk zu benutzen.

»Möglich wäre das«, meinte Stilton.

»Möglich ja, aber ich habe geprüft, wie lange er zu Fuß bis auf die Terrasse gebraucht hätte, über die Hintertreppe. Keine Minute.« Ich brauchte nicht in Einzelheiten zu gehen, denn er sagte prompt:

»Verstehe. Sie möchten, daß ich mich bei den Beamten, die als erste am Unfallort waren, erkundige, ob sie sich erinnern, in welchem Stockwerk der Fahrstuhl gehalten hat?«

»Ganz recht«, sagte ich dankbar.

»Und falls er im Erdgeschoß war, beweist dies, daß Mrs. Kipper ihn benutzt hat, was uns keinen Schritt weiterbringt. Und wenn er im fünften Stock war, heißt dies, daß Sol ihn vielleicht benutzt hat, um zu seinem großen Sprung damit zu fahren. Was uns ebenfalls nicht weiterbringt. Und null plus null ergibt bekanntlich null.«

Ich seufzte.

»Sie haben ja recht, Percy. Ich greife nach jedem Strohhalm.«

»Na gut, ich frage mal herum. Die Sache ist nicht uninteressant.«

»Wenn Sie meinen?«

»Sie klingen ja recht deprimiert, Josh.«

»Nicht gerade deprimiert, aber etwas verstört.«

»Sie kommen wohl allmählich zu der Überzeugung, Kipper habe Selbstmord begangen?«

»Ich weiß nicht . . . Jedenfalls kommen mir langsam Zweifel an meinen schönen Theorien.«

»Tun Sie das nicht.«

»Wie?«

»Zweifeln Sie nicht. Ich habe Ihnen doch gesagt, mir ist ganz so, als führe uns wer an der Nase herum. Erinnern Sie sich? Und jetzt bin ich meiner Sache sicher. Heute früh hat man nämlich unweit der 34. Straße im North River eine weibliche Leiche gefunden, so um die Fünfzig und noch nicht lange im Wasser, höchstens zwölf Stunden.«

»Perce, doch nicht etwa –«

»Ganz recht. Mrs. Blanche Reape. Anhand der Fingerabdrücke identifiziert. Sie war vorbestraft, wegen Wucher und Prostitution. Es gibt keinen Zweifel daran, daß sie Martys Witwe war.«

Ich gedachte einen Moment stumm der lauten, schrillen Person, die in der Kneipe alle freigehalten hatte.

»Sind Sie noch da, Josh?«

»Ja.«

»Offiziell ist sie ertrunken. Hatte aber einen hohen Alkoholgehalt im Blut. Also in betrunkenem Zustand in den Fluß gefallen. So kommt es in die Akten. Glauben Sie das?«

»Nein.«

»Ich auch nicht. Sol Kipper fällt von der Terrasse, Marty Reape fällt vor die U-Bahn, seine Frau fällt ins Wasser. Das stinkt.«

»Ja«, sagte ich matt.

»Was? Ich verstehe Sie nicht.«

»Ja«, sagte ich lauter, »ganz meine Meinung!«

»Das dürfen Sie laut sagen!« Und plötzlich so wütend, als ersticke er an seiner Galle. »Mir paßt es nicht, so herumgeschubst zu werden! Irgend so ein raffinierter Halunke möchte mich an der Nase herumführen, und das paßt und paßt mir nun mal nicht!«

»Immer mit der Ruhe, Perce.«

»Na ja, ich beruhige mich ja schon. Es geht schon wieder.«

»Meinen Sie, alle drei . . .«

»Und warum nicht? Kipper war der erste, es folgte

Marty, denn er hatte die Beweise. Dann die Witwe. Das paßt. Jemand hat sie dafür bezahlt, daß sie die Unterlagen rausgerückt hat, die Marty über den Kipperschen Nachlaß besaß. Das hat ihr Appetit gemacht, sie verlangte mehr, und heidi, ab geht die Witwe.«

»Würde das wirklich jemand machen? Ich meine, drei Menschen ermorden?«

»Klar, es ist ja auch einfach. Der erste Mord geht wie geschmiert, keinerlei Probleme. Nichts kann schiefgehen. Die Kerle fühlen sich wie die Götter. Ich erzähle Ihnen das alles nur, Josh, weil ich nicht will, daß Sie die Sache Kipper aufstecken. Mit dem, was wir haben, kann ich den Fall offiziell nicht noch mal aufrollen, deshalb müssen Sie unbedingt am Ball bleiben. Sie sollen nur wissen, daß ich auch noch da bin, und zu allem bereit, was in meinen Kräften steht.«

»Danke Ihnen, Perce.«

»Wir bleiben in Verbindung, alter Knabe. Und wegen des Fahrstuhls höre ich mich um. So ein Schwein!« schrie er rachsüchtig. »Dem rösten wir noch den Arsch!«

Powell Stonehouse wohnte in der Jones Street unweit der Bleecker Street. Das Gebäude wirkte nicht gerade einladend – ein zweistöckiges Lagerhaus aus Backsteinen, der Sims bröckelte schon, und das den Hof einfassende Gitter war rostig und verbogen. Ich kam kurz nach 21 Uhr, klingelte bei Chard-Stonehouse, und sogleich summte der Türöffner. Ich stieg in das obere Stockwerk.

Dort begrüßte mich eine dunkelhaarige, mittelgroße, schlanke junge Frau, der ich mich vorstellte. Sie gab sich als Wanda Chard zu erkennen, flüsterte allerdings kaum vernehmlich, so daß ich sie bitten mußte, ihren Namen zu wiederholen. Sie führte mich alsdann in einen riesigen Raum, der wohl die ganze Wohnung ausmachte, abgesehen von einem kleinen Bad und einer Kochnische. Mitten im Zimmer lag auf einer Tür, die Schaumbetonsteine als Beine hatte, eine Schaumgummimatratze. Überall lagen Kissen und Polster in allen erdenklichen

Farben und Formen. Sessel, Sofas oder Tische waren nicht vorhanden, woraus ich schloß, daß die Bewohner vom Fußboden speisten und auf dem Bett ruhten. Der Raum war fast leer, karg. Offenbar verzichtete man bewußt auf Radio und Fernsehen, auch auf Bücher. Eine einzige trübe Lampe brannte und zeigte, daß auch nirgendwo Nippes standen oder Bilder hingen. Es gab eine weiß angestrichene Kommode, einen türlosen Schrank, in dem etliche Kleidungsstücke hingen, männliche und weibliche. Außer Mrs. Chard gab es so gut wie nichts zu sehen. Sie legte meinen Hut und meinen Mantel auf dem Bett ab und deutete auf einen Stoß Kissen. Gehorsam nahm ich eine halb liegende Haltung an. Wanda Chard hockte mit untergeschlagenen Beinen auf dem Fußboden mir gegenüber.

»Powell kommt gleich«, sagte sie.

»Ah.«

»Er ist im Bad.«

Darauf gab es nichts zu erwidern, ich schwieg also und sah zu, wie sie eine lange, scharlachrote Zigarette in eine vergilbte Elfenbeinspitze steckte. Ich richtete mich auf, suchte in der Tasche nach meinen Streichhölzern, doch sie winkte ab.

»Ich rauche jetzt nicht, nicht gleich. Möchten Sie eine?«

»Nein, danke vielmals.« Sie starrte mich an.

»Macht es Ihnen viel aus, so klein zu sein?« fragte sie mit tiefer, heiserer Stimme, und es klang wie gemurmelt.

Ich hätte mich über diese zudringliche Frage vielleicht ärgern sollen, hatte aber das Gefühl, als sei sie aufrichtig an einer Antwort interessiert.

»Ja«, sagte ich also. »Es macht mir häufig was aus.«

Sie nickte.

»Ich wiederum bin fast taub. Ich lese Ihnen von den Lippen.«

Ich schaute sie verdutzt an.

»Das glaube ich nicht!«

»O doch. Sagen Sie mal was stimmlos, bewegen Sie bloß die Lippen.«

Ich sagte lautlos, nur die Lippen bewegend: Wie geht es Ihnen heute abend?

»Wie geht es Ihnen heute abend«, wiederholte sie.

»Wunderbar!« staunte ich. »Wie lange hat es gedauert, bis Sie das gekonnt haben?«

»Ich lerne unaufhörlich. Es ist einfach, wenn man jemand gegenüber sitzt, so wie wir beide jetzt, aber wenn jemand sich umdreht oder auch bloß beiseite spricht, bin ich verloren. In überfüllten Restaurants hingegen kann ich bei allem Lärm auch Unterhaltungen folgen, die weit entfernt geführt werden.«

»Das ist bestimmt amüsant.«

»Manchmal. Manchmal ist es auch gräßlch. Was manche Leute sagen, wenn sie meinen, man könne sie nicht verstehen, ist gelegentlich furchterregend. Die meisten Menschen, mit denen ich zusammenkomme, merken nicht, daß ich fast taub bin, und Ihnen habe ich das eigentlich auch nur erzählt, weil ich mir schon dachte, Sie leiden unter Ihrem kleinen Wuchs.«

»Ah so. Das war sehr liebenswürdig von Ihnen.«

»In unserer Schwäche sind wir einander alle gleich«, bemerkte sie ernsthaft.

Ihr Haar war von glänzendem Schwarz und reichte ihr bis auf die Hüften. Sie trug es in der Mitte gescheitelt, es umrahmte ihr Gesicht wie ein dunkler gotischer Bogen und verdeckte fast ganz die bleichen Züge. Die Augen funkelten im Halbdunkel. Mir schien, daß sie kein Make-up trug, das Kinn wirkte spitz, der Mund schmal und blutleer.

Sie trug einen grell gemusterten seidenen Kimono, lauter Klatschmohn und Papageien. Als sie zu Boden glitt, fielen mir ihre weichen, katzenhaften Bewegungen auf. Ob sie unter dem Kimono nackt war, ahnte ich nicht, doch ihre Bewegungen waren fließend, und es klang, als raschele Seide auf bloßer Haut. Die Füße waren nackt, die Fußnägel stumpf silbern lackiert. Um das linke Fußgelenk trug sie eine überraschend schwere Sklavenkette, und auf der rechten Fußsohle war ein Schmetterling tätowiert.

»Womit beschäftigen Sie sich, Mrs. Chard?« fragte ich.

»Beschäftigen?«

»Nun ich meine – haben Sie einen Beruf?«

»Oh ja. Ich bin Forschungsassistentin im medizinischen Labor.«

»Wie fesselnd«, bemerkte ich und überlegte, was Powell Stonehouse so lange im Bad zu tun haben mochte.

Als hätte ich die Frage laut gestellt, öffnete sich die Tür zum Bad, und er kam mit langen, schlenkrigen Schritten auf uns zu. Wieder wollte ich mich von meinem Kissenberg erheben, doch gebot er mir mit gegen mir ausgestreckter Handfläche Einhalt. Das sah beinahe so aus, als erteile er mir seinen Segen.»

Möchten Sie eine Apfelsine?« fragte er mich.

»Eine Apfelsine? Oh nein, vielen Dank.«

»Wanda?«

Sie schüttelte den Kopf, und das lange Haar glitt ihr ins Gesicht. Statt dessen hielt sie die Elfenbeinspitze mit der Zigarette hoch. Er nahm Streichhölzer von der Kommode, beugte sich über sie und gab ihr Feuer. Ich roch mehr Weihrauch als Tabak. Sodann holte er aus der Kochnische eine Mandarine, setzte sich neben Wanda auf den bloßen Fußboden mir gegenüber, und das ohne sichtliche Anstrengung. Er schaute mich blinzelnd an und ging daran, die Mandarine zu schälen.

»Also worum geht es denn nun überhaupt?«

Wieder einmal erklärte ich, daß ich von den Anwälten der Familie beauftragt sei, das Verschwinden seines Vaters zu untersuchen. Ich sagte, mir sei durchaus bewußt, daß ich dabei Fragen stellen müßte, die bereits von der Polizei gestellt worden seien, hoffe aber, er besitze die Geduld, mir mit eigenen Worten noch einmal genau zu schildern, was sich am Abend und in der Nacht des 10. Januar ereignet habe. Mir kam vor, als werfe er Wanda einen raschen Blick zu, doch falls zwischen den beiden ein Signal gewechselt wurde, entging es mir. Immerhin berichtete er, was am Abend des Verschwindens seines Vaters vorgegangen war und hielt nur inne, um die Mandarine stückchenweise in den Mund zu schieben, zu zerkauen und herunterzuschlucken. Sein Bericht unterschied sich nicht wesentlich von dem, was ich bereits von seiner Mutter und seiner Schwester gehört hatte. Ich tat so, als notiere ich alles sorgfältig, doch gab es in Wahrheit nichts zu notieren.

Als er mit seinem Bericht fertig war, fragte ich: »Mr. Stonehouse, fanden Sie Stimmung und Verhalten Ihres Vaters an jenem Abend normal?«

»Für seine Verhältnisse durchaus.«

»Also nichts, was er sagte oder tat, gab Ihnen den Eindruck, er stehe unter außergewöhnlichem Druck, habe schwere Sorgen oder dergleichen? Oder daß er erwäge, die Seinen aus freien Stücken zu verlassen?«

»Nein, nichts dergleichen.«

»Kennen Sie jemand, der Ihrem Vater – ah – nicht wohlwollte, ihn verabscheute, ihn vielleicht gar haßte?«

Wieder war mir, als blicke er blitzschnell zu Wanda Chard hin, so, als wünsche er ihren Rat.

»Da fallen mir glatt ein Dutzend Leute ein, Hunderte sogar. Leute, die ihn nicht leiden konnten. Ihn verabscheuten.« Und mit einem kurzen Lachen, das wie ein Husten klang, fügte er an: »Mich eingeschlossen.«

»Wie war denn Ihr Verhältnis zu ihm, Mr. Stonehouse?«

»Jetzt hören Sie mal zu«, entgegnete er gereizt, »am Telefon sagten Sie, Sie wollten sich über die Familienverhältnisse informieren. Ich frage Sie: Was hat das mit seinem Verchwinden zu tun?«

Ich lehnte mich so weit vor, wie das in halb liegen-

der Haltung möglich war, und glaube,
aufrichtig und besorgt wirkte.

»Mr. Stonehouse«, sagte ich alsdann,
Vater nicht gekannt. Ich habe Fotos v
und Ihre Mutter und Ihre Schweste
beschrieben. Mir liegt aber daran, d
verstehen. Wer er war und was. Welche Empfindu
er seinen Nächsten entgegenbrachte. Gelingt mir das, darf ich hoffen, einen Hinweis darauf zu finden, was ihm zugestoßen sein mag. Ich hege keinerlei Verdacht, gegen niemand, und es kann keine Rede davon sein, daß ich jemand beschuldige. Ich möchte nur meine Kenntnisse erweitern. Was Sie mir erzählen, egal was, kann dazu beitragen.«

Diesmal war nicht zu übersehen, daß er sich stumm mit Wanda beriet. Er wandte sich ihr voll zu, sie blickten einander fest an, und sie nickte deutlich.

»Sag es ihm.«

Er begann nun zu sprechen. Notizen machte ich nicht, denn ich wußte, ich würde nichts von allem vergessen.

Er gab sich große Mühe, beherrscht zu sprechen. Ohne Erfolg. Sein Ton wechselte zwischen unverhohlener Feindseligkeit und einer gewissen Scheu, und er unterbrach sich wiederholt durch das kurze, hustenähnliche Lachen. Manchmal kreischte er vor Wut, und seine Gesten waren ruckhaft. Er blickte immer wieder seine Gefährtin an, dann wieder warf er mir böse funkelnde Blicke zu. Nicht, daß er den wilden Mann gespielt hätte, doch er spuckte seinen Bericht gleichsam bruchstückhaft aus. Er hatte das schmale Gesicht und die eckige Gestalt seines Vaters, gemildert durch seine jugendliche Erscheinung. Das Gesicht war großflächig, er hatte einen dünnen Schnurrbart und die Anfänge eines Kinnbartes, welcher das schwächliche Kinn nicht verdeckte. Dazu war er völlig kahl, das heißt, der Schädel war kahlgeschoren – vielleicht war er vorhin im Bad damit beschäftigt gewesen, jedenfalls spiegelte seine Glatze das matte Licht.

em nackten Schädel hingen große Ohren wie ke Kalbfleisch. Seine Augen hatten die Farbe des hildes einer Schildkröte, die Nase war gebogen wie der chnabel eines Raubvogels, der Mund hingegen eher der eines Mädchens Er wirkte verletzlich, das Gesicht schien zu beben, so als erwarte er, gekränkt zu werden. Im Reden bewegte er rastlos die recht schmutzigen Finger: Mal strich er den Schnurrbart, mal zupfte er an dem ärmlichen Kinnbart, zog an den Läppchen der riesigen Ohren, strich über den geschorenen Kopf. Er trug eine Robe aus Nessel, von einem Strick zusammengehalten, mit einer zurückgeschlagenen Kapuze. Das Gewand eines Mönchs. Die Füße waren bloß und schmutzig, und er betastete häufig die Zehen. Nach einer Weile konnte ich die Augen nicht mehr von diesen ruhelosen Fingern abwenden; sie kamen mir vor wie eingesperrte Vögel, die sich irgendwann einmal von seinen Händen befreien und davonschwirren würden. Was er zu erzählen hatte, war durchaus nicht originell, aber doch mitleiderregend. . . .

Nie war er imstande gewesen, seinen Vater zufriedenzustellen. Nie. Aus seiner Kindheit waren ihm nur tückische, säuerliche, kritische Bemerkungen erinnerlich. Mutter und Schwester versuchten als Puffer zu agieren, doch der Vater ließ seine üble Laune meist ungehemmt an ihm aus. Seine Zensuren waren nicht annehmbar; er war kein eifriger Sportler; seine Tischmanieren ließen zu wünschen übrig.

»Nicht mal stehen konnte ich richtig!« schrie Powell Stonehouse mich an. »Und er konnte nicht mit ansehen, wie ich ging.«

Diese unaufhörliche Litanei von Kränkungen nahm einfach kein Ende, im Gegenteil, je älter Powell wurde, desto beißender wurden die Bemerkungen. Sein Vater haßte ihn – so einfach war das. Eine andere Erklärung für seine Bösartigkeit gab es einfach nicht. Sein Vater haßte ihn und wünschte ihn zum Teufel, davon war er überzeugt. Ich fürchtete schon, er werde nun in Tränen ausbrechen, und sah erleichtert, daß Wanda Chard eine dieser rastlosen Hände einfing und festhielt.

Seine Schwester Glynis sei stets der Liebling seines Vaters gewesen, fuhr Powell fort. Er wisse, es sei ganz normal, daß die Tochter der Liebling des Vaters, der Sohn jener der Mutter sei, doch sei die Familie Stonehouse eben keine normale Familie gewesen. Die Mißlaunigkeit des Alten habe die Freunde aus dem Hause getrieben, seine Frau zu einer halb wahnsinnigen Alkoholikerin gemacht und die Tochter gezwungen, ein eigenes Leben allein, fern von zu Hause, zu führen.

»Ich war nahe daran, verrückt zu werden und wäre es bestimmt noch geworden, hätte ich nicht Wanda kennengelernt.«

»Und Zen«, murmelte sie.

»Ja«, stimmte er zu. »Und Zen. Jetzt wurde ich allmählich ein ganzer Mensch dank meines Instinktes und der Meditationsübungen. Ich will Ihnen die Wahrheit sagen, Mr. Big: Mir ist es ganz egal, ob Sie meinen Vater finden. Ohne ihn bin ich jedenfalls besser dran. Und meine Schwester ebenfalls. Auch meine Mutter. Überhaupt die ganze Welt. Sie sehen und müssen verstehen, daß ich voller Haß bin. Ich versuche, diesen Haß abzuschütteln.«

»Haß ist Gift«, bemerkte Wanda Chard.

»Ja«, nickte er heftig, »Haß ist Gift, und ich gebe mir alle Mühe, mein Bewußtsein und meine Seele davon zu befreien. Aber das dauert . . . jahrelang diese kalt brutalen Auftritte, diese schneidenden Vorwürfe . . . es wird lange, lange dauern, das weiß ich. Es geht mir aber schon besser, viel besser als früher.«

»Ach, verzeih ihm doch«, sagte Wanda Chard sanft.

»Nein, nein und nein«, fauchte er. »Niemals. Ich werde ihm nie vergeben, was er mir angetan hat. Vielleicht, wenn ich Glück habe, vergesse ich ihn eines Tages. Mehr will ich nicht.«

Ich schwieg, mochte er sich erst einmal beruhigen und

mir Gelegenheit geben, zu überdenken, was ich da gehört hatte. Er hatte keine Anstrengung gemacht, seine Abneigung gegen den Vater zu verhehlen. War das nun der aufrichtige Ausdruck seiner Gefühle, oder hatte er mir was vorgespielt? Das heißt, hoffte er, mich durch diese zur Schau gestellte Empörung von einer Spur abzubringen?

»Glauben Sie keinem«, hatte Roscoe Dollworth mich gewarnt, »verdächtigen Sie jeden.«

Und noch etwas hatte er gesagt: Noch schwerer, als die Wahrheit herauszubringen, sei es, die richtigen Fragen zu stellen. »Freiwillig packt keiner aus!« Der Ermittler mußte, Dollworth zufolge, gelegentlich in alle Richtungen vorstoßen, alle erdenklichen, nicht zur Sache gehörenden Fragen stellen in der Hoffnung, Gesichtspunkte zu entdecken, von denen aus niemand zuvor eine Sache betrachtet hatte.

»Fliegen fangen« nannte er das.

Und ich fand es an der Zeit, Fliegen zu fangen.

»Ihre Schwester war also der Liebling Ihres Vaters?« fragte ich.

Er nickte.

»Und was empfand er für Ihre Mutter?«

»Er duldete sie.«

»Wie oft waren Sie daheim zum Abendessen – ich meine, seit Sie ausgezogen sind?«

»Sagen wir, in der Woche durchschnittlich zweimal.«

»Wissen Sie, woran Ihr Vater im vergangenen Jahr erkrankt war?«

»Mutter sagte, an Grippe. Oder an einem Virus.«

»Kennen Sie die Freunde Ihrer Schwester?«

»Nicht eigentlich. In letzter Zeit habe ich überhaupt niemand von ihren Bekannten kennengelernt. Sie geht ihre eigenen Wege.«

»Sie ist viel außer Haus?«

»Ja. Häufig.«

»Wohin geht sie dann?«

»Ins Theater. Ins Kino. Zum Ballett. Fragen Sie sie.«

»Sie ist doch eine schöne Frau. Weshalb heiratet sie nicht?«

»Vater fand keinen Bewerber gut genug.«

»Aber sie ist mündig. Sie kann tun, was sie will.«

»Ja«, unterbrach Wanda Chard. »Ich habe mich oft gefragt, warum sie nicht heiratet.«

»Sie würde meine Mutter niemals verlassen. Sie hängt sehr an ihr.«

»Nicht aber an Ihrem Vater?«

Er hob die Schulter.

»Fällt Ihnen zum Personal was ein?«

»Was ist mit dem Personal?«

»Vertrauen Sie den Leuten?«

»Selbstverständlich.«

»Worüber haben Sie mit Ihrem Vater gestritten – ich meine den letzten, ausschlaggebenden Streit.«

»Er erwischte mich, wie ich Hasch rauchte. Wir beide sagten Sachen, die besser ungesagt geblieben wären. Und da zog ich eben aus.«

»Sie haben eigenes Einkommen?«

»Ausreichend«, sagte Wanda Chard rasch.

»Ihre Schwester hat nicht zufällig einen festen Freund, den sie regelmäßig trifft?«

»Weiß ich nicht. Fragen Sie sie.«

»Hat Ihr Vater eine besondere Diät gegessen?«

»Wie?«

»Hat er bestimmte Speisen oder Getränke zu sich genommen, die sonst niemand im Haushalt angerührt hat?«

»Nicht, daß ich wüßte. Was soll das?«

»Haben Sie in den Wochen vor seinem Verschwinden eine allmähliche Veränderung an Ihrem Vater wahrgenommen?«

Darüber dachte er nach.

»Mag sein, er hat sich noch mehr in sich selber zurückgezogen.«

»Er wurde also distanziert?«

»Und mürrischer. Gemeiner. Sprach noch weniger als sonst. Gleich nach der Mahlzeit verschwand er in seinem Arbeitszimmer.«

»Sein Testament ist nicht aufzufinden. Wissen Sie das?«

»Glynis hat's mir gesagt. Mir ist das egal. Ich will keinen Pfennig von ihm. Keinen Pfennig. Wenn er mir was hinterlassen haben sollte, verschenke ich es.«

»Warum blieb Ihre Mutter wohl bei einem Menschen, der so war, wie Sie Ihren Vater schildern?«

»Was sollte sie denn tun? An wen sich denn wenden? Verwandte hat sie nicht, und allein mit sich wird sie nicht fertig.«

»Ihre Mutter und Ihre Schwester hätten doch ebensogut zusammen weggehen können, wie Sie es getan haben.«

»Warum sollten sie? Sie waren doch schließlich zu Hause.«

»Haben Sie je das Testament Ihres Vaters gesehen?«

»Nein.«

»Haben Sie das Buch gesehen, an dem er arbeitete? Eine Geschichte der *Prince Royal,* eines britischen Schlachtschiffes?«

»Nein, das habe ich nicht gesehen. Ich ging nie in sein Arbeitszimmer.«

»Hat Ihr Vater getrunken? Alkohol, meine ich.«

»Manchmal einen Schluck vor dem Essen. Gelegentlich Wein. Vor dem Schlafengehen einen Cognac. Aber nicht richtig getrunken.«

»Nehmen Sie derzeit Drogen?«

»Hin und wieder Hasch. Aber nichts Hartes.«

»Und Ihre Mutter? Ihre Schwester?«

»Meine Mutter hängt an der Sherryflasche, das haben Sie sicher bemerkt.«

»Und Ihre Schwester?«

»Nichts, soweit mir bekannt ist.«

»Ihr Vater?«

»Sie sind vielleicht ulkig.«

»Jemand vom Personal?«

»Lachhaft.«

»Lieben Sie Ihre Mutter?«

»Ich empfinde tiefe Zuneigung für sie. Und Mitleid. Er hat ihr Leben zerstört.«

»Lieben Sie Ihre Schwester?«

»Sehr. Sie ist ein Engel.«

Wanda Chard machte ein Geräusch.

»Sagten Sie was?« fragte ich sie. »Ich hab's nicht verstanden, Miss Chard.«

»Nichts.«

Genau das hatte ich herausbekommen. Nichts. Ich fuhr fort, Fliegen zu fangen.

»Ist Ihr Vater jemals hier gewesen, in dieser Wohnung?«

»Einmal. Ich war nicht anwesend. Er hat Wanda angetroffen.«

»Und wie fanden Sie ihn, Miss Chard?«

»Unglücklich«, murmelte sie. »Verbittert. Irgendwas nagte an ihm.«

»Wann war das, ich meine, wie lange vor seinem Verschwinden?«

Sie blickten einander an.

»Zwei Wochen vorher vielleicht, mag sein, noch etwas später«, sagte sie.

»Und er schneite einfach herein? Ohne vorher anzurufen?«

»Ja.«

»Und gab er einen Grund für seinen Besuch an?«

»Er wollte mit Powell sprechen, der war aber in Brooklyn bei seinem Meister. Da ist Professor Stonehouse dann wieder gegangen.«

»Wie lange blieb er?«

»Nicht lange. Zehn Minuten oder so.«

»Und worüber er mit Powell sprechen wollte, hat er nicht gesagt?«

»Nein.«

»Und wiedergekommen ist er nicht?«

»Nein«, sagte Powell Stonehouse. »Wiedergekommen ist er nicht mehr.«

»Hat er später, als Sie ihn zu Hause trafen, seinen Besuch erwähnt oder gesagt, weshalb er Sie hatte sprechen wollen?«

»Er hat das mit keinem Wort erwähnt. Und ich ebenfalls nicht.

Ich überlegte.

»Einen Versöhnungsversuch halten Sie für ausgeschlossen? Vielleicht wollte er sich bei Ihnen entschuldigen?« brachte ich dann vor.

Er starrte mich an, und sein Gesicht erstarrte allmählich. Der erwartete Schlag war gefallen.

»Ich ahne es nicht«, murmelte er.

»Das könnte sein«, sagte Wanda Chard leise.

3 Olga Eklund war einverstanden, mich in einem vegetarischen Restaurant auf dem Irving Place zu treffen. Der Salat – meist aus Keimen bestehend – war gar nicht so übel. Und ich spülte ihn mit völlig naturbelassenen Säften herunter, während ich so geduldig, wie es mir möglich war, ihren Vortrag über gesunde Diät anhörte. Als sie eine Pause einlegte, sagte ich: »Sie bezogen sich also auf die häuslichen Mahlzeiten, als Sie mir erzählten, Professor Stonehouse wäre vergiftet worden?«

»Ja. Übles Zeug. Ich sage es ihnen immer wieder, aber niemand hört auf mich. Diese Mrs. Dark – die Köchin –, also die kennt nichts außer Butter und Sahne. Viel zuviel Öl. Alles zu fett.«

»Essen tun aber alle davon?«

»Ich nicht. Ich esse rohe Mohrrüben und grünen Salat

mit etwas Zitrone. Frisches Obst. Ich vergifte mich nicht.«

»Sie richten jeden Tag das Abendbrot an, Olga?«

»Nicht an meinem freien Tag.«

»Erinnern Sie sich daran, daß der Professor etwas aß oder trank, was niemand sonst anrührte?«

Sie überlegte ein Weilchen.

»Nein.« Und dann: »Mag sein spätabends, wenn ich nicht mehr da war.«

»Ach – was denn zum Beispiel?«

»Immer, wenn er lange arbeitete, ließ er sich spät noch eine Tasse Kakao machen und trank einen Cognac, bevor er zu Bett ging.«

Das machte mich munter.

»Und woher kam der Kakao?«

»Woher?« Sie war sehr erstaunt. »Aus Holland.«

»Nein, ich meine, wer machte ihm so spät noch den Kakao?«

»Ach, den machte Mrs. Dark, bevor sie zu Bett ging, solange ich noch im Hause war. Wenn der Professor dann später davon trinken wollte, wärmte Glynis ihn auf und brachte ihn in sein Arbeitszimmer.«

»Das passierte jeden Abend?«

»Ich glaube schon.«

»Und sonst trank niemand von diesem Kakao?«

»Weiß ich nicht.«

Das klang besser und besser.

»Lassen Sie mich das noch mal wiederholen«, sagte ich. »Mrs. Dark bereitete jeden Abend eine Kanne Kakao. Bevor Sie aus dem Haus gingen und sie selber ins Bett. Fragte der Professor noch spät nach dem Kakao, wurde der von Glynis gewärmt und ihm gebracht. Richtig?«

»Ja«, sagte sie selbstzufrieden, nicht im geringsten daran interessiert, weshalb mich der Kakao so aufregte.

»Ich danke Ihnen, Olga, Sie haben mir sehr geholfen.«

»So?« fragte sie überrascht.

»Geht Glynis häufig aus? Abends meine ich?«

»O ja.«

»Hat sie einen Freund?«

Das mußte sie erst bedenken.

»Ich glaube schon«, sagte sie dann. »Früher war sie meist traurig, aber jetzt ist sie heiter, manchmal lacht sie auch. Sie zieht sich anders an. Ja, ich glaube, es gibt einen Mann, der sie glücklich macht.«

»Seit wann geht das so, ich meine, seit wann wirkt sie glücklich?«

»Ein Jahr vielleicht, kann sein auch länger. Ich habe sie auch mal in einem Restaurant auf der 2. Straße gesehen, als sie eigentlich im Theater sein wollte. Sie hat mich nicht gesehen, und ich habe nichts gesagt.«

»War sie in Begleitung?«

»Nein, aber mir kam es vor, als erwarte sie jemand.«

»Um welche Zeit war das?«

»So gegen neun, halb zehn. Wäre sie ins Theater gegangen, wie sie sagte, hätte sie nicht dort sein können.«

Und Sie haben ihr gegenüber diesen Vorfall nie erwähnt?«

»Nein, was geht das mich an«, meinte sie schulterzuckend.

»Was halten Sie von Powell Stonehouse, Olga?«

»Der vergiftet sich mit Marihuanazigaretten. Das ist schlimm, und er tut mir leid. Sein Vater war richtig gemein zu ihm.«

Ich leerte die köstliche Naturgabe aus meinem Glas und stand auf. »Nochmals vielen Dank, Olga. Das Essen ist hier delikat. Sie haben mich bekehrt.«

Was für ein Lügner wurde ich doch allmählich!

Im Büro trat mir Hamish Hooter zahnzutzelnd in den Weg. »Hören Sie mal, was soll denn dieser Unsinn mit der Sekretärin?«

»Ich brauche eine und habe Mr. Tabatchnik entsprechend unterrichtet!«

»Aber ich bin Bürovorsteher! Weshalb wenden Sie sich nicht an mich?« entgegnete er hitzig.

»Weil Sie doch nur wieder abgelehnt hätten«, klärte ich ihn in, wie ich meinte, sachlichem Ton auf. »Ich brauche nur jemand auf Zeit. Jemand, der meine Sachen tippt und ablegt, bis ich mit einigen sehr komplexen Aufträgen fertig bin.«

Ich hatte immer angenommen, »er knirschte mit den Zähnen«, sei eine literarische Übertreibung, doch knirschte Hooter tatsächlich mit den Zähnen, was faszinierend und zugleich abstoßend war. »Das wird sich erst noch finden«, röchelte er und wandte sich ab.

Kaum im Büro, verabredete ich mich mit Yetta Apatoff für Freitag zum Mittagessen und machte mich alsdann an den Arbeit.

Die Firma Kipmar hatte ihre Büros Ecke 7. Avenue und 35. Straße, und es meldete sich eine süß flötende Stimme: »Kipmar Textilien danke für Ihren Anruf«, was mich innerlich zu der Frage veranlaßte, was wohl die Reaktion sein würde, kreischte ich ins Telefon, daß ich die Firma auf fünf Millionen Dollar Schadenersatz verklagen wolle? Nachdem ich mehrmals verbunden worden war, geriet ich an eine Dame, die behauptete, Miss Gregg zu sein, Sekretärin von Mr. Hershel Kipper.

Ich machte mich bekannt, nannte meine Auftraggeber und fragte, ob es vielleicht Mr. Hershel oder Mr. Bernard Kipper passe, mich heute im Laufe des Nachmittags zu empfangen. Auf ihre Frage, weshalb, sagte ich, es handele sich um eine Aufstellung des Nachlasses, der aus Steuergründen vorausgeschätzt werden müsse.

Sie ließ mich glatte fünf Minuten warten, was mich allerdings nicht langweilte, weil die Firma ihre Kunden sogleich mit dem Radioprogramm bediente, wenn diese warten mußten; ich bekam also noch ein Stück Nachrichten, den Wetterbericht und den Anfang von *I want to Destroy You, Baby* mit, bevor Miss Gregg sich wieder meldete. Die Gebrüder Kipper könnten um 15 Uhr »ein paar Minuten« für mich erübrigen, ich solle direkt in den 33. Stock hinauffahren und nach ihr fragen. Ich bedankte mich, sie bedankte sich wiederum für meinen Anruf – das war ein sehr zivilisiertes Gespräch.

Ich ging um 14 Uhr 30 vom Büro weg, auf der 38. Straße Richtung Westen, schlenderte die 5. Avenue entlang bis zur 35. Straße und bog nach rechts ins Textilviertel ein, Richtung 7. Avenue. Dieses Viertel ist typisch für die Stadt. Vom frühen Morgen bis in den späten Abend herrscht hier ein unvorstellbares Gedränge, eine unbeschreibliche Hast. Fußgänger teilen sich den Gehsteig mit Handkarren, und auf den Straßen wimmelt es von Taxen, Bussen, Privatwagen, wiederum Handkarren und Fußgängern. Der Lärm ist ohrenbetäubend: Geschrei, Flüche, Autohupen, quietschende Bremsen, Sirenen, Glocken, Trillerpfeifen, betäubende Musiküberfälle aus offenstehenden Plattenläden, das Geschrei der Bettler und Straßenhändler.

Sicher gab es im alten Rom ähnliche Straßen, mag sein, es ging auch im Mittelalter in den Gassen europäischer Städte an Markttagen ähnlich zu. Ein wilder Tumult, ein quirlendes Durcheinander, das einen einfach mitreißt – man rennt bei Rot über die Straße, boxt sich durch das Gewimmel von hastenden Menschen. Ein anscheinend zielloses Gewimmel, aber ungemein belebend.

Kipmars Bürohochhaus war in neutralen gebrochenen Weiß- und Grautönen gehalten, die die ausgestellten Spindeln mit bunten Garnen und die Ballen farbiger Stoffe nur noch besser zur Geltung brachten. Man sah Baumwolle, Synthetics, Wolle, Seide, Kunstseide, schwere Plaids, gestreifte und karierte Tuchballen, Satin, Stoffe, in welche dünne Metallfäden eingewebt waren, und ein schier unglaublich feines Tuch, spinnwebzart und mit winzigen Pailletten besetzt, darunter eine Karte, auf der zu lesen stand: STERNWUNDER, Spezialanfertigung. Fragen Sie nach Mr. Snodgrass. Am Empfang saß eine junge Dame hinter einem Schreibtisch mit dem Schild

REZEPTION. Sie kicherte gerade ins Telefon, als ich herantrat, und ich hörte sie sagen: »Oh, Herbie, du bist ja ein ganz Schlimmer!« Als ich vor ihrem Tisch stehenblieb, legte sie die Hand über die Sprechmuschel und fragte strahlend: »Bitte, Sir, kann ich Ihnen irgendwie behilflich sein?«

»Mein Name ist Big, ich möchte zu Mr. Kipper. Ich soll mich bei Miss Gregg melden.«

»Zu welchem der Herren möchten Sie?«

»Zu beiden.«

»Einen Moment, Sir«, und ins Telefon, »warte einen Moment, Herbie.« Sie drückte mehrere Knöpfe und sprach sodann: »Mr. Big für die beiden Herren Kipper«, lauschte einen Moment und schenkte mir ein göttliches Lächeln. »Bitte, nehmen Sie Platz, Miss Gregg wird gleich kommen.«

Ich setzte mich in einen niedrigen Sessel, und wirklich kam Miss Gregg gleich darauf, mich abzuholen. Sie war groß, mager und sah ungemein tüchtig aus, was ich daran erkannte, daß die Bügel ihrer Brille mit einer schwarzen Schnur befestigt waren, die sie um den Hals trug. »Mr. Big?« Sie lächelte gläsern. »Bitte, kommen Sie mit mir.« Sie ging mir durch ein Labyrinth von Korridoren voran bis zu einer Tür, an der eine kleine Messingplatte mit der Aufschrift H. KIPPER, VORS. befestigt war.

Ich bedankte mich bei ihr, während sie mich eintreten ließ und die Tür leise hinter mir schloß.

Das Büro war ein Eckzimmer, zwei Wände bestanden aus Glas und boten eine phantastische Aussicht auf Manhattan. Der Boden war mit einem sündhaft weichen Teppich ausgelegt, der Tisch ein Marmorklotz auf einem Chromsockel, und dahinter standen zwei Männer.

Mir war, als sähe ich doppelt, oder jedenfalls zwei eineiige Zwillinge. Tatsächlich waren es nur Brüder, doch glichen Hershel und Bernard Kipper einander wie ein Ei dem anderen, sie trugen gleiche Anzüge, ähnelten einander verblüffend in ihren Gesten, ihrer Redeweise, ihrem ganzen Auftreten, so daß ich während des folgenden Gespräches aus der Verwirrung nicht herauskam und schließlich bei meinen Fragen zwischen ihnen hindurchblickte und die Antwort dem einen oder anderen überließ. Beide waren mittelgroß und untersetzt, beide hatten dünne Haarsträhnen seitlich über die rosa schimmernde Kopfhaut gekämmt, und beide rauchten Zigarren.

Sie trugen Anzüge aus grauer Rohseide, vom Besten, versteht sich. Nur ihre Schlipse waren unterschiedlich. Die Stimmen klangen bestimmt und heiser vom Rauchen, und sie sprachen beide sehr schnell. Sie forderten mich auf, Platz zu nehmen, blieben selber aber stehen, die Beine gleichsam im Teppich verwurzelt, und sie betrachteten mich aus scharf blickenden, mißtrauischen Augen.

Ich erklärte wieder einmal, daß ich mit der vorläufigen Aufnahme des Nachlasses ihres Vaters beschäftigt und gekommen sei, zu fragen, ob er persönliches Eigentum im Büro hinterlassen habe. »Soweit ich weiß, hat er hier auch noch, nachdem er sich von den Geschäften zurückgezogen hatte, ein Arbeitszimmer gehabt.«

»Ja, das stimmt. Pop hatte hier ein Büro«, bestätigte der eine.

»Aber keinerlei persönliche Sachen. Die Austattung des Zimmers gehört der Firma«, sagte der andere.

»Keinerlei persönliche Dinge? Vielleicht Manschettenknöpfe in einer Schublade? Fotos in silbernen Rahmen?«

»Klar, Fotos hatte er.«

»Die haben wir an uns genommen, es waren Bilder von unserer Mutter und von seinen Eltern.«

»Und von seinen Kindern und Enkeln. In schlichten Rahmen. Kein Silber oder so was. Und ein Foto von ihr. Das kann sie gerne haben.«

»Das Luder«, sagte der andere Kipper gehässig.

Ich hatte darüber nachgedacht, wie ich am besten auf

Tippi und das Testament zu sprechen kommen könnte, und war dieser Sorge nun enthoben

»Sie sprechen von der Witwe Ihres Vaters?« fragte ich.

»Luder habe ich gesagt. Und das meine ich wörtlich so.«

»Nun laß mal«, sagte der andere. »Wir haben uns nicht zu beklagen.«

»Schön, es geht uns nicht schlecht, aber daß diese Goldgräberin einen Anteil an der Firma bekommen soll, ist ärgerlich.«

»Wer kann schon ahnen, was dieses Spatzenhirn sich ausdenkt!«

»Sie könnte ihre Aktien verschleudern.«

»Den Kurs verderben.«

»Oder hier alles auf den Kopf stellen.«

»Vom Geschäft versteht sie nichts.«

»Jedenfalls könnte sie eine Masse Ärger machen, diese Attrappe.«

»Stimmt es, daß sie ehedem bei der Bühne war?« warf ich ein.

»Bühne!«

»Lachhaft!«

»In einem Nachtclub ist sie aufgetreten.«

»Ein Tanzgirl war sie.«

»Mit dem Arsch hat sie gewackelt, das ist alles.«

»Und nicht mal besonders gut.«

»Nebenher ging sie vermutlich auf den Strich.«

»Ja. Talent hatte sie – in der Horizontalen.«

»Wie ein Fisch hat sie ihn geködert.«

»Sie war schlau genug, zu erkennen, wen sie da an der Angel hatte.«

»Und hat ihm das Leben vergällt.«

»Kaum war der Heiratsvertrag unterschrieben, war es aus mit dem Ei-ei.«

»Es sei denn, sie bekam, was sie wollte.«

»Das Haus, das sie weiß Gott nicht brauchten, jede

Menge Kleider, Autos, Kreuzfahrten, Juwelen – kurzum alles. Sie hat ihn richtig ausgenommen.«

»Man konnte es gar nicht mit ansehen.«

»Aber er wollte ja nicht hören. Er wollte einfach nicht hören.«

»Mhmmm . . . sie hat Ihren Vater, soweit mir bekannt ist, auch dazu gebracht, für gute Zwecke zu spenden. Da ist ein gewisser Reverend Godfrey Knurr . . .?«

»Ach der!«

»Dieser Ganove!«

»Hunderte!«

»Tausende!«

»Für seinen verrückten Club. Seine Tagediebe.«

»Pop konnte nicht mehr richtig denken.«

»Hat nicht gemerkt, daß ihm das Fell über die Ohren gezogen wurde.«

»Das sage ich, obwohl er nun tot ist.«

»Das wissen Sie aber wohl schon alles.«

Ich wußte es nicht, wußte nicht, worauf er sich da bezog. Wollte meine Unkenntnis aber nicht verraten, indem ich Fragen stellte. So sagte ich denn beschwichtigend: »Nun, dies geschieht nicht zum ersten Mal. Ein alternder Witwer. Eine jüngere Frau. Hat sie Verwandte?«

»Wer kann das schon wissen?«

»Sie tauchte aus dem Nichts auf. Trieb sich rum. Angeblich kommt sie aus der Nähe von Chicago.«

»Davon hat sie nie geredet.«

»Er hat sie in Las Vegas kennengelernt.«

»Er hat dort gespielt. Und diese Person war, was er gewonnen hat. Ein schönes Geschäft!«

»Verloren hat er.«

»Haben wir alle.«

»Ein Flittchen.«

»Eine Hure.«

»Das sah jeder auf den ersten Blick, bloß er nicht.«

»Geil war er nach ihr.«

»So ein alter Mann. Unser Vater. Schlichtweg geil.«

»Das hat uns schwer getroffen.«

Und sie schauten mich anklagend an. Ich zog den Kopf ein und kritzelte sinnlose Notizen, tat, als lohne es, diese Wutausbrüche festzuhalten. Zwar hatte ich mehr erfahren, als erhofft, doch drängten sich mir wichtige Fragen auf, die ich nicht zu stellen wagte, um kein Mißtrauen zu erregen.

»Damit wäre die Frage der persönlichen Besitztümer Ihres Vaters wohl beantwortet«, sagte ich nur. »Allerdings könnten Sie mir in einer anderen Angelegenheit vielleicht behilflich sein – ein gewisser Marty Reape fordert aus dem Nachlaß 1000 Dollar. Nun können wir diesen Herrn aber nicht auftreiben, und ich frage mich, ob einer von Ihnen ihn kennt oder wenigstens weiß, worauf seine Forderung beruhen könnte?«

Sie schauten einander an und schüttelten die Köpfe.

»Marty Reape?«

»Nie gehört.«

»Wir haben uns gedacht, daß es sich um eine Firmenangelegenheit handeln könnte«, sagte ich. »Gibt es eine Möglichkeit . . .«

»Klar, das können wir nachprüfen.«

»Es ist alles auf Mikrofilm.«

»Wir können Ihnen sagen, ob er ein Kunde war oder ein Lieferant oder sonst was. Hershie, ruf mal Al Baum an.«

Hershie ergriff einen versilberten Telefonhörer. »Al Baum bitte.« Und gleich darauf: »Al? Hershel hier. Ich schicke Ihnen einen Anwalt runter, der nachsehen möchte, ob sich eine bestimmte Person in unseren Büchern findet. Verstehen Sie? Gut. Helfen Sie ihm dabei, so gut es geht.«

Und legte auf.

»Das war Al Baum, unser Prokurist. Falls dieser Bursche – wie heißt er noch –?, in den Büchern steht –«

»Marty Reape.«

»Also falls dieser Reape irgendwo steht, zieht Al ihn ans Licht und stellt fest, ob wir ihm was schulden. Okay?«

Ich stand auf.

»Sie waren sehr liebenswürdig, meine Herren. Ich danke Ihnen.«

»Ist der Erbschein schon beantragt?«

»Da fragen Sie besser Mr. Tabatchnik. Der kümmert sich persönlich um diese Dinge.«

»Richtig. Sonst noch was? Onkel Leo und Pop waren uralte Freunde.«

»Grüßen Sie Onkel Leo von uns.«

»Das will ich tun. Und nochmals vielen Dank für Ihre Mühe.«

Und damit ging ich ab. Beide standen noch Schulter an Schulter hinter dem Tisch, beide noch wütend. Die Zigarren waren viel kürzer, und auf dem Marmortisch lagen Häufchen weißer Asche.

Das 30. Stockwerk unterschied sich erheblich von der Chefetage. Hier lagen abgewetzte Läufer auf den Dielen, die Wände waren in einem abscheulichen Grün gehalten, noch dazu bröckelte der Putz ab. Eine Rezeption gab es nicht, sondern man verlor sich, sobald man aus dem Fahrstuhl trat, in einem Labyrinth aus Käfterchen, die mit Blechwänden abgeteilt waren. Es herrschte erheblicher Lärm, ein Getöse und Geknattere, dazwischen laut herausgeschriene Fragen und Antworten, und überall flitzten Menschen herum. Überdies nahmen große Bürotische viel Platz weg; bei etlichen sah man die Tastaturen, bei anderen wieder nicht, manche knatterten vor sich hin, andere spien stumm breite Papierstreifen aus.

Ich näherte mich einem Schreibtisch, an dem ein junger Farbiger mit dem Sortieren von Computerausdrukken beschäftigt war. Er trug eine drahtgefaßte Brille und in seinem Afroschopf einen stählernen Kamm.

»Verzeihung«, begann ich schüchtern.

Er ließ sich in seiner Arbeit nicht stören.

»Verzeihung!« sagte ich lauter.

Nun blickte er auf.

»Was gibt's?«

»Ich suche Mr. Baum. Könnten Sie vielleicht –«

»Al!« brüllte er mich an. »He Al, hier ist wer für Sie!«

Ich wich verdutzt zurück, doch bevor ich noch recht zu mir kam, packte mich jemand am Ellbogen, ein kleiner rundlicher Man, der einer Butterkugel ähnelte.

»Was, was, was?« sprudelte er hervor. »Ich bin Al Baum. Was gibt's, was gibt's?«

»Mein Name ist Big, Mr. Baum. Ich bin –«

»Wer? Was? Wie? Kommen Sie von Lupowitz?«

»Nein, nein, nein!« Das war ja förmlich ansteckend! »Ich komme von Tabatchnik, Orsini, Reilly und Teitelbaum. Mr. Hershel Kipper hat meinetwegen eben mit Ihnen telefoniert.«

»Stimmt, stimmt, stimmt. Kommen Sie mit. Hier entlang. Folgen Sie mir einfach. Stolpern Sie nicht über die Kabel.«

Er wetzte los, ich hinterher. Wir gelangten in einen großen Raum, an dessen Wänden zahllose Module standen, deren Magnetbänder kreisten, stoppten, wieder anliefen.

»Ah, Computer«, bemerkte ich töricht.

»Nein, nein, nein«, sprudelte Mr. Baum. »Datenverarbeitung. Lohnabrechnung. Wir haben Hunderte von Garn- und Tuchsorten, alle mit einem Code ausgezeichnet. Wie war doch gleich der Name von diesem Burschen?«

»Reape. R-e-a-p-e. Marty Reape.«

Ich folgte ihm in eine Ecke, wo eine junge Frau vor einer Tastatur und einem großen Bildschirm saß.

»Josie«, sagte Baum, »suchen Sie mal Marty Reape raus. R-e-a-p-e.« Und zu mir gewandt: »Ist das ein Kunde? Ein Lieferant? Was? Was? Was?«

»Ich weiß es nicht recht.« Ich kam mir vor wie ein

Idiot. »Sie haben ihn wahrscheinlich bezahlt. Also sagen wir, ein Lieferant.«

Josies Finger huschten über die Tastatur, Baum und ich sahen über ihre Schulter auf den Bildschirm. Hier erschienen plötzlich Buchstaben, einer nach dem anderen, Wörter, Zeilen, neue Zeilen darunter. Dann hörte das Knattern der Maschine auf, und auf dem Bildschirm waren sieben Zahlungen zu je 500 Dollar aufgezeichnet, Empfänger Marty Reape, Adresse sein Büro in der 49. Straße. Die erste Zahlung war im August des vergangenen Jahres vorgenommen worden, die letzte eine Woche vor Kippers Tod.

»Da haben wir ihn«, sagte Baum. »Wollten Sie das sehen?«

»Ja.« Ich war ungemein aufgeregt. »Könnte man auch die abgezeichneten Scheckformulare sehen?«

»Warum nicht? Bei uns ist alles auf Mikrofilm. Josie?«

Josie drückte wieder Tasten. Der Bildschirm wurde leer, dann erschienen darauf Scheckformulare der Firma Kipmar, ausgestellt auf Marty Reape. Ich lehnte mich vor. Die Schecks waren allesamt von Albert Baum unterzeichnet, dem Prokuristen.

Ich wandte mich an ihn. »Sie haben die Schecks unterzeichnet?«

Das klang wohl etwas vorwurfsvoll, denn er schaute mich mitleidig an. »Klar habe ich unterschrieben, na und? Wie? Was?«

»Wissen Sie noch, wofür Reape diese Zahlungen bekommen hat?«

Er hob die Schulter. »Ich unterschreibe jede Woche tausend Schecks. Mindestens. Wer soll sich daran erinnern? Josie, die Rechnungen.«

Wieder drückte sie Tasten, und auf dem Bildschirm erschienen Rechnungen, keine gedruckten Formulare, sondern Name und Adresse mit der Maschine geschrieben. Jede lautete über 500 Dollar und gab als Grund der Forderung lakonisch an: »Für geleistete Dienste.«

»Sehen Sie das da unten in der rechten Ecke?« fragte Baum. »Jedesmal O. K., SK. So hat Sol Kipper Rechnungen abgezeichnet. Er zeichnete ab, und ich zahlte.«

»Was das für Dienste waren, wissen Sie nicht?«

»Woher denn?«

»Können Sie mir Kopien der Rechnungen und der Scheckformulare machen lassen?«

»Warum nicht? Mr. Hershie hat angeordnet, Ihnen behilflich zu sein. Stimmt's? Also Josie: Ausdrucke der Rechnungen und der Schecks. Alles.«

»Haben Sie vielen Dank, Sie waren sehr liebens–«

»Gern geschehen, gern geschehen, gern geschehen.«

Und schon war er weg. Ich wartete. Josie drückte wieder Tasten, und ein anderes Gerät spuckte Ausdrucke. Ich schaute fasziniert zu, wie Reapes Rechnungen, Kipmars Schecks, die Gesamtsumme, die Daten der Zahlungen zum Vorschein kamen. Josie riß den Streifen ab und überreichte ihn mir. Ich faltete ihn behutsam und barg ihn in meiner Tasche.

»Tausend Dank«, sagte ich.

»Ein Vergnügen«, zirpte sie.

Auf dem Korridor fand ich einen Münzfernsprecher, schaute in mein Notizbuch und bekam sofort Anschluß.

»Ja bitte?«

»Perdita?« fragte ich. »Perdita Schug?«

»Ja? Wer spricht da?«

»Joshua Big. Sie –«

»Josh! Wie reizend! Ich hatte gehofft, Sie würden mal anrufen. Wie geht es Ihnen?«

»Ah . . . hm . . . wie geht es Ihnen selber?«

»Ich langweile mich zu Tode, zu Tode, zu Tode.« Kannte sie etwa Al Baum? »Ich brauche ein bißchen Aufregung. Eine neue Liebschaft.«

»Hm ja . . . mir fiel gerade ein, daß Sie sagten, Donnerstag ist Ihr freier Tag? Stimmt das?«

»Genau. Morgen mittag bin ich frei und brauche erst Freitag mittag wieder anzufangen. Das ist doch prima?«

»Ganz prima«, sagte ich tapfer. »Was machen Sie gewöhnlich an Ihrem freien Tag?«

»Dies und das. Eigentlich müßte ich nach Weehawken fahren, meine liebe alte Mutter besuchen. Fällt Ihnen nicht was Besseres ein?«

»Ich hatte an ein gemeinsames Abendessen gedacht. Morgen.«

»Akzeptiert.«

»Wir könnten zeitig essen, dann bleibt Ihnen noch reichlich Zeit, rüberzufahren nach New Jersey.«

Sie lachte munter.

»Sie sind wirklich komisch, Josh, ein richtiger Witzbold.«

»Danke für das Kompliment. Wo möchten Sie essen? Wissen Sie ein Restaurant, wo wir uns treffen könnten?«

»Bei Mutter Tucker auf der 2. Avenue unweit der 69. Straße. Da wird es Ihnen gefallen. Ich gehe oft hin. So zwischen sieben und acht vielleicht?«

Auf dem Heimweg traf ich Cleo Hufnagel, voll beladen mit Einkaufstüten. Ich eilte zu ihr und war behilflich.

»Danke Ihnen, Josh«, sagte sie. »Das Zeug ist schwerer, als man denkt.« Sie trug ein rotes Plaid und eine Wollmütze tief in die Stirn gezogen. Der Wind und die Anstrengung hatten ihr Farbe verliehen, ihre Augen funkelten, und sie sah bildhübsch aus. Das sagte ich ihr. Sie lächelte scheu.

Als wir die Stiege erklommen, fagte ich: »So früh schon von der Arbeit?«

»Heute habe ich frei, dafür muß ich Samstag arbeiten. Sie sind aber auch früh dran.«

»Ich schwänze die Schule«, sagte ich und nahm ihr auch die andere Tüte noch ab, während sie den Schlüssel hervorholte. Sie schloß auf und hielt mir die Tür auf.

»Soll ich das Zeug in die Küche bringen?«

»Nein, danke, das meiste ist für Mutter«, sagte sie hastig.

Ich stellte die Tüten also vor der Tür zu Mrs. Hufnagels

Wohnung ab, und Cleo bedankte sich noch einmal. Ich tat das großartig ab. »Kein Trinkgeld erforderlich.« Wir lachten beide. Dann standen wir nur so da und schauten einander an. Ich platzte heraus: »Cleo, hätten Sie nicht Lust, nach dem Abendessen auf ein Glas Wein zu mir zu kommen?«

»Gern«, erwiderte sie leise. »Um welche Zeit?«

»Paßt es Ihnen so gegen acht?«

»Ausgezeichnet. Bis dann also.«

Ich stieg die Treppe zu meiner Wohnung hinauf und bedachte, was ich da eben getan hatte.

Nun stellte sich heraus, daß es mir an Trinkbarem mangelte, ich machte mich deshalb, nachdem ich geduscht und mich umgekleidet hatte, auf den Weg, doch erwartete mich bereits Bramwell Shank auf dem Treppenabsatz. »Gott verdammt!« rief er. »Da warte ich nun die ganze Zeit darauf, daß Sie heimkommen, und dabei sind Sie längst zu Hause!«

Das war nun offenkundig meine Schuld. Ich erklärte, ich sei bereits zeitig heimgekommen, gab auch die Gründe dafür an, erbot mich, für ihn einzukaufen, und weil ich ihm versprach, auf ein Glas hereinzusehen, sobald ich zurück sei, ließ er mich endlich ziehen. Mir war das übrigens recht, denn so stand nicht zu befürchten, daß er mich heimsuchte, wenn Cleo da war.

Sie kam pünktlich um 20 Uhr, klopfte leise an, und ich sprang auf, wobei ich einen Rest Wein auf den Teppich kippte. Das Glas fiel herunter, ohne zu zerbrechen, und auch meine Kleidung blieb zum Glück trocken.

»Ich komme!« rief ich. Ich hob hastig das Glas auf und schob den Sessel über den Fleck auf dem Teppich. Nun mußte ich aber auch den Beistelltisch verrücken, und dabei kippte die Lampe um. Ich fing sie im letzten Moment auf und rannte zur Tür.

»Kommen Sie herein, kommen Sie herein«, forderte ich sie eifrig auf und führte sie zum Sessel. »Setzen Sie sich da hinein, das ist der bequemste.«

»Aber steht er nicht zu nahe am Kaminfeuer? Wollen Sie ihn nicht etwas abrücken?« fragte Cleo.

Ich stierte sie an, mußte dann aber lachen und berichtete, was mir alles gerade eben zugestoßen war. Sie lachte mit und versicherte, an dem Fleck auf dem Teppich keinen Anstoß nehmen zu wollen. Also stellten wir gemeinsam die gewohnte Anordnung der Möbel wieder her.

»So ist es viel besser«, sagte sie und setzte sich. »Mir passieren übrigens dauernd solche Sachen, ich meine, daß ich was umwerfe, verschütte. Sie hätten sich keine Mühe geben sollen, das zu verbergen.«

Wir saßen behaglich bei unseren Gläsern, und ich fragte, ob ihr nicht auch aufgefallen sei, daß Käpt'n Shank und Madame Kadinsky einander näherzukommen schienen? Das sähe bereits nach einer Romanze aus. Das war ein guter Anfang. Cleo streifte die Schuhe ab, und schon waren wir im schönsten Klatschen.

Dann hörte ich mich sagen: »Sollten die beiden heiraten, könnte es aber sein, daß sie unentwegt streiten.«

»Selbst das wäre besser, als allein zu leben, meinen Sie nicht?«

Diese Wendung des Gespräches behagte mir nicht sehr, also ging ich in die Küche und holte frische Drinks.

»Ich weiß übrigens von Ihrer Arbeit nur, daß Sie in einer Bibliothek beschäftigt sind, Cleo. Erzählen Sie doch mal davon.«

»Stimmt. Ich bin Bibliothekarin.«

Fünf Minuten verbrachte ich damit, ihr zu versichern, wie sehr ich die Arbeit der Bibliothekarinnen bewundere, wie ich einige der schönsten Stunden meines Lebens in Bibliotheken verbracht habe, die ich das Theater des armen Mannes nannte, das Tor zu einer Wunderwelt, und wie sie in Wahrheit einem edlen, höchst ehrenwerten Beruf nachgehe usw. usw. Ich trug dick auf, glaubte zugleich aber jedes Wort.

»Das ist ja alles sehr nett, was Sie da sagen, meinte Cleo

schließlich, »aber in Wahrheit bediene ich Hausfrauen, die den neuesten Klatsch über Jackie Onassis oder Gespenstergeschichten lesen wollen. Sie sind doch in einer Anwaltskanzlei, Josh?«

»Ja, aber ich bin kein Anwalt, sondern bloß Ermittler.«

Und ich erläuterte meine Tätigkeit. Und siehe da, ich redete schier endlos. Sie schien aufrichtig interessiert und stellte sachliche Fragen. Sie wollte wissen, woher ich meine Informationen bezöge und an wen ich mich in schwierigen Fällen wende. Manche meiner Geschichten amüsierten sie, so etwa, wie ich einen Sonntagvormittag damit verbracht hatte, in Geschäften auf der 2. Avenue Bier zu kaufen, wie ich widersetzliche Zeugen manipulierte, wie man mich belog und wie ich selber nachgerade gegen meinen Willen zum perfekten Lügner wurde.

»Aber in Ihrem Beruf müssen Sie das«, wandte sie ein.

»Schon, doch fürchte ich, daß ich auch im Privatleben anfangen werde zu lügen, und das gefällt mir weniger.«

»Das würde auch mir nicht gefallen. Gibt es noch was zu trinken?«

Ich brachte neue Drinks, und sie langte lässig nach ihrem Glas. Sie lag praktisch im Sessel hingestreckt, den Kopf zurückgelehnt, die bestrumpften Füße dem verlöschenden Feuer zugekehrt. Ihr Rock war aus karamelfarbiger Wolle, dazu trug sie einen engen schwarzen Pullover ohne Kragen, ganz anders als die weiten, wallenden Gewänder, die sie sonst zu tragen pflegte. Der Feuerschein färbte ihre Wangen, Kehle und Stirne rosig, das lange, kastanienbraune Haar hing locker über die Sessellehne, und ich hatte Lust hindurchzufahren.

Der Anblick dieser gertenschlanken Gestalt, hingestreckt im matten Licht, versetzte mir einen Schock, so schön fand ich Cleo. Ihre Züge schienen weicher, die haselnußbraunen Augen waren geschlossen, die Lippen standen leicht geöffnet. Sie wirkte völlig gelöst.

»Cleo«, sagte ich leise.

Sie schlug die Augen auf.

»Eben fällt mir was ein. Ich möchte Sie um etwas bitten.«

»Aber gern.« Sie richtete sich auf.

Ich erklärte, einer meiner Fälle betreffe jemanden, der mit Arsen vergiftet worden sei, und deshalb müsse ich mich genau informieren, was das für eine Art Gift sei, wie es auf den menschlichen Körper wirke, wo man es beschaffen könne, wie man es dem Opfer beibringe und so fort. Ob Cleo wohl die entsprechenden Bücher heraussuchen bzw. mir Hinweise auf Quellen zusammenstellen könne?«

»Das tue ich gern«, sagte sie eifrig. »Soviel habe ich nämlich auch wieder nicht zu tun. Wann brauchen Sie das?«

»Hm . . . so bald wie möglich. Ich weiß nämlich nicht, wo anfangen. Und falls Sie mir Literaturnachweise geben könnten, wäre das schon mal ein Ausgangspunkt.«

»Mache ich. Ist der Mann daran gestorben?«

»Nein, aber verschwunden ist er, und ich glaube, die Vergiftung hat damit zu tun.«

»Sie meinen, wer ihn vergiftete, hat beschlossen . . . direktere Maßnahmen anzuwenden?«

»Sehr scharfsinnig gefolgert.« Ich schaute sie bewundernd an.

»Ich habe einen recht guten Verstand.« Das war nicht geprahlt, sie stellte bloß eine Tatsache fest. »Zu schade, daß ich nie Gelegenheit bekomme, ihn zu nutzen.«

»Sind Sie in New York geboren, Cleo?«

»Nein. In Rhode Island.« Und sie erzählte ihre Familiengeschichte. Ihr Vater war eines Tages aus Newport verschwunden, und Mrs. Hufnagel brachte die kleine Cleo in dieses Haus, das mit dem letzten vorhandenen Geld gekauft worden war, als eine Investition.

Ich erzählte nun meinerseits von meiner Vergangenheit, von Onkel und Tante, und was ich von Vettern und Kusinen auszustehen gehabt hatte. »Ich beklage mich aber nicht, es waren gute Menschen.«

»Ja, daß die Sie aufgenommen haben, spricht für sie . . . immerhin . . .«

»Ja. Immerhin.«

Wir saßen eine Weile schweigend in einem vertraulichen, dämmrigen Schweigen. »Noch einen Drink?« fragte ich schließlich.

»Lieber nicht. Oder doch, einen ganz, ganz kleinen.«

»Einen Gutenachtschluck?«

»Genau«, stimmte sie zu.

»Ich werde einen kleinen Cognac trinken.«

»Das klingt gut. Geben Sie mir auch einen.«

Also tranken wir jeder einen kleinen Cognac. Ich dachte an ihren Vater, einen scheuen Menschen, der, bevor er verschwunden war, gern Drachen hatte steigen lassen. Das schien irgendwo zur verlöschenden Glut meines Kaminfeuers zu passen. »Ich habe nie Drachen steigen lassen«, gestand ich, »nicht mal als Kind.«

»Das würde Ihnen Spaß machen.«

»Das glaube ich selber. Meinen Sie, Cleo, Sie kämen mit mir, wenn ich einen Drachen kaufte, und ließen ihn im Central Park steigen? Eines Sonntagsvormittags vielleicht? Würden Sie mir zeigen, wie man das macht?«

»Selbstverständlich, mit Vergnügen. Dazu brauchen wir nicht mal in den Central Park zu gehen, wir können es auch auf den alten Molen hier am Fluß machen.«

»Welche Art Drachen soll ich kaufen?«

»Den billigsten, den Sie kriegen. Und Schnur dazu. Für den Schwanz nehmen wir ein paar Stoffetzen.«

»Welche Farbe hätten Sie gern?«

»Rot«, sagte sie prompt. »Das hebt sich gut vom Himmel ab und ist besonders hübsch.«

Einen grünen Pullover für Yetta und einen roten Drachen für Cleo.

Schweigend nippten wir unseren Cognac. Nach einer Weile umfaßte ihre freie Hand locker die meine. Sie war warm und weich. So blieben wir reglos, Hand in Hand. Es war schön.

4 Ich erwachte an einem schmutziggrauen Morgen mit nassem Schnee und Regen. Vor dem scharfen Westwind zogen die Fußgänger den Kopf ein. Bei TORT herrschte nicht das übliche morgendliche Gewimmel, denn viele Pendler waren noch nicht eingetroffen: Straßen waren überflutet oder durch umgestürzte Bäume blokkiert, Vorortszüge hatten Verspätung.

Ich hatte schwarzen Kaffee und einen Apfelstrudel mit und telefonierte während dieses zweiten Frühstücks. Der Reverend Knurr war bereit, mir heute seinen Club vorzuführen, und Glynis Stonehouse wollte mich empfangen. Ihre Mutter allerdings sei indisponiert und liege mit einem Virus zu Bett (wohl mit dem Sherry-Virus, dachte ich, sagte es aber nicht).

Trotz des elenden Wetters brauchte ich nur eine halbe Stunde bis zu den Stonehouses. Glynis machte selber auf. Wieder wandelten wir den langen Korridor entlang zum Wohnzimmer. Mir fiel auf, daß von den gerahmten Seekarten und Schlachtszenen einige durch bunte Poster und heitere Graphiken ersetzt worden waren. Jemand schien nicht zu erwarten, daß der Professor je zurückkäme.

Wir saßen in je einer Ecke des langen Sofas, einander zugewandt. Glynis sagte, ihre Mutter ruhe. Ich lehnte eine Tasse Kaffee ab, nahm statt dessen mein Notizbuch zur Hand.

»Miss Stonehouse, ich habe mich ziemlich ausführlich mit Ihrem Bruder unterhalten«, begann ich.

»Ich hoffe, er war . . . kooperativ?«

»Durchaus. Ich habe den Eindruck, daß zwischen Powell und seinem Vater . . . nun, sagen wir, Feindschaft herrschte?«

»Er hat meinem Bruder das Leben schwergemacht. Powell ist wirklich ein guter Junge, aber Vater hat ihn . . . zerstört.« Die unterdrückte Heftigkeit in ihrer tiefen Stimme überraschte mich, und ich schaute sie scharf an.

Das dreieckige Gesicht mit den blauen Katzenaugen war ausdruckslos, die vollen Lippen lagen fest aufeinander. Das schwarze Haar lag glatt an. Eine bemerkenswert schöne Frau mit eigenen Geheimnissen. In ihrer Gegenwart kam ich mir vor wie ein täppischer Anfänger. Ich hatte keine Hoffnung, diese Selbstbeherrschung zu brechen und zu entdecken – was wohl?

»Können Sie mir etwas über Powells . . . ah, Gefährtin sagen, Wanda Chard heißt sie wohl?«

»Ich kenne sie kaum, bin ihr nur einmal begegnet.«

»Aber Ihr Eindruck?«

»Sehr still. Distanziert. Powell zufolge sehr religiös. Zen.«

»Ihr Vater hat sie zwei Wochen vor seinem Verschwinden kennengelernt.

Das packte sie. Sie war platt.

»Vater? Hat Wanda Chard kennengelernt?«

»Sagt sie. Er war in der Wohnung Ihres Bruders. Powell war nicht anwesend. Ihr Vater blieb etwa zehn Minuten und sprach mit Miss Chard. Hat er diesen Besuch nie erwähnt?«

»Nein. Nie.«

»Und Sie ahnen nicht, weshalb er Ihren Bruder besuchen wollte?«

»Nicht im geringsten. Das paßt überhaupt nicht zu meinem Vater.«

»Halten Sie es für ausgeschlossen, daß er einen Versöhnungsversuch vorhatte?«

Sie überlegte einen Moment.

»Ich würde das gerne glauben«, sagte sie dann gedehnt.

»Ich möchte Ihnen eine Frage stellen, Miss Stonehouse, von der ich hoffe, daß sie nicht kränkend ist. Halten Sie Ihren Bruder für fähig, körperliche Gewalt gegen Ihren Vater angewendet zu haben?«

Die blauen Augen senkten sich in meine, und es dauerte mehr als einen Herzschlag, bevor sie antwortete. Sie zuckte aber mit keiner Wimper.

»Es wäre denkbar gewesen, solange er noch daheim

wohnte«, sagte sie mit ganz unbewegter Stimme. »Seit er aber für sich lebt, hat er sich bemerkenswert erholt. Hätte er womöglich körperliche Gewalt angewendet an jenem Abend, da mein Vater verschwand? Die Antwort ist nein. Übrigens war er ja anwesend, als mein Vater das Haus verließ.«

»Ja«, bestätigte ich. »Halten Sie Wanda Chard für möglicherweise gewalttätig?«

»Das weiß ich nicht. Ich weiß es einfach nicht. Möglich ist es wohl. Ganz normale, durchschnittliche Menschen sind der unglaublichsten Handlungen fähig.«

»Unter Druck«, stimmte ich zu. »Oder aus Leidenschaft, überhaupt unter dem Einfluß starker Gefühle, welche zum Verlust der Selbstbeherrschung führen. Liebe beispielsweise.«

»Wohl möglich.«

Sie legte sich da nicht fest.

»Ist Mrs. Dark anwesend?« fragte ich seufzend.

»Ja doch. In der Küche.«

Endlich mal eine handfeste Antwort. Welche Erleichterung.

»Darf ich sie einen Moment sprechen?«

»Selbstverständlich. Sie finden den Weg?«

Effie saß am Küchentisch, rauchte und blätterte in der Morgenausgabe der *Daily News*. Sie blickte auf, als ich eintrat, und die funkelnden Äuglein schauten erfreut.

»Ah, Mr. Big!« Ihr schlecht sitzendes Gebiß klapperte. »Welch eine Freude!«

»Und wie geht es Ihnen? Ich freue mich, Sie zu sehen.«

»Nun, ich kann nicht klagen. Was machen Sie denn an einem so scheußlichen Vormittag unterwegs? Hier . . . setzen Sie sich doch.«

»Danke. Effie, ich hätte Ihnen gern noch einige Fragen gestellt, sie betreffen Kleinigkeiten und haben womöglich mit dem Verschwinden des Professors nichts zu tun. Ich muß sie aber stellen, denn sie lassen mir keine Ruhe.«

»Nur zu.« Sie hob die wohlgepolsterten Schultern.

»Ich verstehe das gut, ich bin nämlich selber neugierig, mindestens ebensosehr wie meine Mitmenschen.«

»Wann gehen Sie für gewöhlich schlafen, Effie?«

»Normalerweise gehe ich so gegen halb zehn auf mein Zimmer, wenn ich hier mit allem fertig bin. Dann lese ich noch ein bißchen, sehe auch mal fern, schreibe einen Brief. Um elf liege ich gewöhnlich im Bett.«

Ich lachte. »Sie haben es gut. Richten Sie hier in der Küche abends noch etwas an, für den Fall, daß jemand spät was essen möchte?«

»Das kann jeder selber machen«, bemerkte sie lässig. »Die wissen ja, wo alles ist.« Und als ich mich fragte, wie ich endlich zur Sache kommen könnte, setzte sie zum Glück hinzu: »Als der Professor noch da war, bereitete ich ihm allerdings immer seinen Kakao.«

»Kakao? Ich dachte, der wäre längst aus der Mode gekommen?«

»Keine Spur. Kakao ist was Köstliches.«

»Und Sie brachten ihm eine Tasse Kakao, bevor Sie in Ihr Zimmer gingen?«

»Ach wo, ich bereitete ihn nur zu. Der konnte dann abkühlen, und gegen Mitternacht hat Miss Glynis ihn gewärmt. Auch wenn sie weg war, im Theater oder so, den Kakao hat sie immer warm gemacht, wenn sie heimkam, und ihrem Vater ins Arbeitszimmer gebracht.«

»Aha, so war das also. Miss Glynis hat ihrem Vater allabendlich noch spät seinen Kakao gebracht.«

»Stimmt genau.«

»Sonst hat niemand im Haus von diesem Kakao getrunken?«

»Niemand.« Mein Herz tat einen Satz, doch fügte sie hinzu: »Ich ausgenommen. Ich habe den Rest morgens getrunken.«

»Den Rest?«

»Na, was noch im Topf war. Ich trinke gern einen Schluck heißen Kakao, ehe ich anfange, das Frühstück zu machen.«

Damit schien die große Kakaoverschwörung geplatzt. Aber stimmte das?

»Wer hat die Tasse des Professors morgens abgewaschen, Effie?«

»Ich. Sie stand immer in der Spüle.«

»Weshalb nur trank er noch spät abends Kakao?«

»Weil er danach besser schlafen konnte. Behauptete er.« Sie kicherte spöttisch. »Ganz unter uns: Ich nehme an, es war der Cognac, den er dazu trank.«

»Ah. Nun, das wäre es dann wohl, Effie. Um einen Gefallen möchte ich Sie allerdings noch bitten – ich würde mich gern noch mal im Arbeitszimmer umsehen.«

»Nur zu. Es ist nicht abgeschlossen.«

»Ich möchte aber nicht gern allein hineingehen.«

»Oh?« Sie schaute mich verschmitzt an. »Sie wollen jemand als Zeugen dafür, daß Sie nichts mitnehmen?«

»Ganz recht«, sagte ich dankbar.

Das Arbeitszimmer sah unverändert aus. Ich stellte mich etwa in die Mitte des Raumes, schloß halb die Augen, drehte mich langsam einmal um mich selber und betrachtete alles. Der Beistelltisch. Cognacflasche und zwei Schwenker auf dem silbernen Tablett. Die Flasche Rémy Martin noch unangebrochen, noch versiegelt.

Wo mochte er das Testament versteckt haben? Gewiß nicht im Kamin. Nicht auf dem unaufgeräumten Schreibtisch. Nicht hinter einem beweglichen Paneel. Ula und Glynis hatten bestimmt im Kamin gestochert, den Schreibtisch umgepflügt, die Wände abgeklopft, alle Bücher und Karten durchgeblättert.

Ich glaubte aber zu wissen, wo es versteckt war.

Glynis hatte sich seit vorhin nicht gerührt, sie saß noch immer in der Sofaecke. Sie fummelte nicht an ihrem Schal, betrachtete nicht ihre Fingernägel, fuhr sich nicht durch das glatte schwarze Haar, sondern verhielt sich absolut reglos. Eine Begabung.

»Dürfte ich Ihre Zeit noch einige Minuten in Anspruch nehmen, Miss Stonehouse?«

»Selbstverständlich.«

»Ich habe Ihnen eine ziemlich traurige Eröffnung zu machen, meine aber, daß Sie im Bilde sein sollten. Eigentlich wollte ich es Ihrer Mutter sagen, doch da sie indisponiert ist, halte ich es für geboten, Sie ins Bild zu setzen.«

Sie legte den Kopf ein wenig schräg und schaute mich erstaunt an.

»Als Ihr Vater im vergangenen Jahr einige Monate krank war, litt er an einer Arsenvergiftung.«

Nun ging etwas in ihrem Gesicht vor – es zog sich zusammen. Die Haut schien straffer gespannt, erblaßte. War das nun der echte Schock, weil sie sich entdeckt fühlte?

»Wie bitte?«

»Ihr Vater wurde mit Arsen vergiftet. Er ist noch rechtzeitig zum Arzt gegangen und hat sich davon erholt. Dies bedeutet, daß er dahintergekommen war, wie man ihm das Arsen beibrachte. Und wer es tat.«

»Ausgeschlossen.« Ihre Stimme klang rauh, fast wie ein Krächzen.

»Ich fürchte, nein. Es kann keinem Zweifel unterliegen. Da Ihr Vater kaum je außer Hause aß, muß er das Arsen hier zu sich genommen haben, in Speisen oder Getränken, die sonst niemand anrührte, denn außer ihm zeigte niemand Vergiftungssymptome. Ich muß mich dafür entschuldigen, Miss Stonehouse, daß ich eine Weile annahm, das Arsen habe sich in dem Kakao befunden, welchen Sie ihm jeden Abend brachten. Doch hat mir Mrs. Dark soeben berichtet, sie habe morgens den restlichen Kakao getrunken und nichts Nachteiliges gespürt. Entschuldigen Sie also bitte meinen Verdacht. Ich muß jetzt herausbringen, auf welchem anderen Wege Ihr Vater das Gift bekam.«

Sie fuhr zusammen, mit der Reglosigkeit war es vorbei. Sie knöpfte ihre schwarze Gabardinejacke auf, dann wieder zu. Sie trug einen BH, doch in der Taillengegend bemerkte ich bloße Haut. »Sie haben geglaubt, ich . . .«, stotterte sie.

»Bitte, verzeihen Sie mir. Ich weiß jetzt, daß es nicht am Kakao lag. Ich sage Ihnen dies alles, weil ich möchte, daß Sie noch einmal ganz scharf darüber nachdenken, ob Ihr Vater irgendwas zu sich nahm, was von sonst niemand angerührt wurde.«

»Und Sie wissen bestimmt, daß er Gift verabreicht bekam?« fragte sie matt.

»Ah ja, daran besteht kein Zweifel.«

»Und Sie glauben, sein Verschwinden hängt irgendwie damit zusammen?«

»Das wäre doch nur logisch, nicht wahr?«

Ihre Züge entspannten sich etwas, die Farbe kehrte in ihr Gesicht zurück. Sie schaute mir fest in die Augen, hörte auf, mit den Jackenknöpfen zu fummeln und nahm ihre alte Haltung wieder ein. Dann holte sie tief Luft. »Ja«, sagte sie leise. »Sie könnten recht haben. Falls jemand darauf aus war, ihn zu töten . . .«

»Das dürfte offensichtlich der Fall gewesen sein.«

»Aber wer?«

»Ich weiß es nicht, Miss Stonehouse. Soweit bin ich in meinen Ermittlungen noch nicht gekommen. Noch nicht.«

»Sie machen also Fortschritte?«

Nun war es an mir, hinterm Berg zu halten.

»Ich habe das eine und andere herausgebracht. Einiges davon mag von Bedeutung sein. Aber um auf meine ursprüngliche Frage zurückzukommen: Können Sie sich denken, wie man Ihrem Vater das Gift beigebracht hat, ausgenommen im Kakao?«

Sie starrte mich an, ohne mich zu sehen.

»Nein, das kann ich nicht. Alle aßen das gleiche, tranken das gleiche. Vater ließ Mineralwasser kommen, doch davon tranken alle.«

»Er hielt keine besondere Diät?« – »Nein.«

»Nun . . . falls Ihnen doch etwas einfallen sollte, rufen Sie mich bitte an.«

»Mr. Big«, sagte sie gedehnt, »Sie haben gesagt, Sie hatten mich im Verdacht, meinen Vater mit Hilfe des Kakaos vergiftet zu haben.«

»Das stimmt nicht genau. Eine Weile meinte ich, der Kakao, den Sie ihm brachten, könnte vergiftet gewesen seien. Jeder im Hause hätte das Gift hineintun können. Seit ich von Mrs. Dark weiß, daß sie den Rest morgens getrunken hat, ist mir klar, daß ich mich irrte.«

»Das hat sie Ihnen erzählt«, sagte Glynis. »Ich selber habe nie gesehen, daß sie vor dem Frühstück Kakao trank, und ich glaube auch nicht, daß das sonstwer jemals gesehen hat.«

Wieder trafen sich unsere Augen, doch diesmal schaute sie mich voll an, und ihr Blick war herausfordernd. Sie blinzelte nicht, zuckte dabei nicht mit der Wimper.

Der Schneeregen hatte fast aufgehört, die Luft war aber immer noch feucht. Ich schlüpfte auf der Columbus Avenue in eine Telefonzelle und rief Yetta Apatoff an. Ich erinnerte sie an unsere Verabredung zum Essen für Freitag, und sie hatte das nicht vergessen. Der Bürovorsteher habe etwas für mich hinterlassen, sagte sie – er habe eine Aushilfskraft für mich eingestellt, die um 15 Uhr eintreffen solle. Das ließ mir Zeit genug für meinen Besuch bei Reverend Knurr.

Bis zur Houston Street nahm ich die U-Bahn, von da ging ich zu Fuß zur Carmine Street. Unterwegs kaufte ich eine Packung Bierbüchsen. Da ich noch etwas zu früh dran war, besah ich mir die Nachbarschaft. Der von Knurr gemietete Laden unterschied sich nicht von denen ringsumher, nur daß sein Schaufenster dunkelgrün übermalt war. Darüber hatte ein Amateur ein Schild mit der Aufschrift ZELTMACHERCLUB befestigt. Als ich eintrat, klingelte die Ladenglocke.

»Heda!« hörte ich Knurrs Stimme aus dem hinteren Teil.

»Ich bin es, Joshua Big!«

»Komme gleich. Machen Sie sich's unterdessen bequem, Joshua.«

Der Vorraum war klein und diente augenscheinlich als eine Art Büro, darauf ließen ein alter Schreibtisch, ein verbeulter Aktenschrank, drei (nicht zueinander passende) Stühle, ein Garderobenständer und mehrere mit zerlesenen Taschenbüchern gefüllte Kartons schließen. Der weiter nach hinten führende Korridor war mit einem am Türrahmen angenagelten Fetzen abgeteilt. Ich schob ihn beiseite und befand mich in einem großen leeren Raum, der von Leuchtstoffröhren an der Decke erhellt wurde. An den schmutzigen Wänden hingen Plakate, auf denen Judo-, Jiu-Jitsu- und Karatepositionen dargestellt waren. Auch hingen hier Programme, die Wettkämpfe anzeigten. In einer Ecke lagen Jacken, Kendostäbe und Masken sowie Hanteln, und an der Wand lehnte eine aufgerollte Bodenmatte. Ich betrachtete gerade eine Anweisung für Kung-Fu-Positionen, als der Pastor durch die ebenfalls mit einem Vorhang versehene hintere Türe hereintrat.

»Nett, daß Sie gekommen sind, Joshua.«

»Und das habe ich mitgebracht.« Ich hielt ihm die Bierbüchsen hin. »Für einen gemeinsamen Lunch.«

Er schaute in die Tragetasche. »Wunderbar. Kommen Sie mit nach hinten, ich stelle das Bier in den Kühlschrank, und Sie können dort Ihre Sachen ablegen.«

Ein kurzer Korridor führte zur Küche und zum Schlafzimmer. Die Küche faßte mit Mühe einen Tisch und vier Stühle, einen Kühlschrank, Spüle und Wandregale sowie einen winzigen Herd. Man sah, daß die Wände unzählige Male gestrichen waren. Das Fenster gab den Blick in einen traurigen kleinen Hof frei, der jetzt, im Regen, besonders trübselig wirkte. Das Schlafzimmerfenster bot den gleichen Ausblick, im übrigen glich das Zimmer einer Mönchszelle: Bett, Schrank, Kommode, Stuhl, Nachttisch samt Lampe und Telefon. Ein Bücherregal.

»Nicht ganz das Kippersche Palais, wie?« bemerkte Knurr. Er stellte gerade das Bier in den Kühlschrank, als die Türglocke anschlug. »Jetzt kommen sie. Gehen wir nach vorn.«

Ich folgte ihm in den großen Raum. Er trug einen grauen Trainingsanzug, ausgebeult an Ellbogen und Knien, fleckige, stellenweise aufgeplatzte Tennisschuhe mit geknoteten Senkeln.

Im Büro legten derweil drei Jungen ihr nasses Zeug ab, kamen herein und zogen sich hier bis auf die Turnhosen aus. Knurr stellte mich beiläufig vor: »Josh. Und diese drei Viechskerle sind Rafe, Tony und Walt.«

Wir nickten uns zu. Ich hielt sie für zwischen dreizehn und fünfzehn, sie waren mager und blaß, hauptsächlich Haut und Knochen. Gesichter und Hals von Akne übersät.

Wieder schepperte die Glocke, weitere Burschen kamen. Schließlich wimmelte etwa ein Dutzend Jungen in Turnhosen und Socken um den Pastor herum. »Schluß jetzt!« rief Knurr. »Aufstellen und anfangen.« Sie stellten sich mit den Gesichtern gegen ihn in zwei Reihen auf und begannen auf sein Kommando mit Übungen, wohl zum Anwärmen. Er machte alles vor, hatte das linke Bein vorgestellt, den linken Arm ausgestreckt, die Hand geballt, die Knöchel zeigten abwärts. Das rechte Bein hatte er zurückgenommen, den rechten Arm angewinkelt, die rechte Hand ebenfalls geballt. Auf sein »Ha!« machten alle einen Schritt vorwärts, stießen gegen einen imaginären Gegner mit der Rechten, während sie die Linke anwinkelten und die Faust vor die Schulter hielten. Auf das zweite »Ha!« nahmen sie die vorige Position wieder ein.

Sie waren wohl doch etwas älter, manche ausgesprochen groß, darunter ein Schwarzer von mehr als einsachtzig. Insgesamt waren vier Neger da, ein Orientale, und zwei waren offenbar südamerikanischer Abstammung. Alle auffallend dünn, manche geradezu mitleiderregend, und alle hatten die Blässe der Slumkinder. Man sah jede Menge Narben und Kratzer, und einer der Jungen trug eine Augenklappe.

Knurr ließ sie Übungen von sich steigender Heftigkeit ausführen, die als Höhepunkt mit kräftigen Tritten vorwärts und rückwärts endeten. Anschließend traten die Jungen paarweise zu Scheinkämpfen an. Es wurden keine Schläge oder Tritte gelandet, doch war deutlich, daß die Jungen die Sache todernst nahmen, sorgsam ihre Schläge und Tritte plazierten und ihnen auswichen. Knurr ging von Paar zu Paar, beobachtete alles genau, griff ein, um einen Stoß oder Tritt zu demonstrieren, die Fußstellung zu korrigieren. Und er hatte für jeden der Jungen ein paar Worte.

»So, das reicht«, rief er schließlich. »Rollt die Matte aus. Zum Schluß machen wir Würfe.«

Die Bodenmatte wurde auf den Dielen ausgelegt, die Jungen drängten heran, und auch ich trat näher. Knurr betrat die Matte und winkte einen Jungen heran.

»Komm her, Lou, du bist mein erstes Opfer.«

Zu allgemeinem Gelächter trat der große Schwarze zu Knurr auf die Matte.

»Gut so«, sagte Knurr. »Du versetzt mir einen rechten Geraden. Aber nicht verkrampfen! Ganz locker bleiben. Fertig?«

Lou nahm die klassische Karatestellung ein und stieß dann mit der Rechten gegen Knurrs Kehle. Der Pastor vollführte so fließend und schnell eine Bewegung, daß ich kaum folgen konnte; er packte das Handgelenk des Jungen, zog es über die Schulter, wobei er eine Drehung vollführte, die seine Schulter unter die Achsel des Jungen brachte, benutzte dessen Arm als Hebel, und schon zappelten Lous Füße in der Luft, und er wäre über Knurrs Kopf zu Boden gestürzt, hätte der Pastor ihn nicht an den Hüften gehalten und sanft herabgleiten lassen.

Gelächter, Entzückensschreie. Der Pastor half Lou auf die Beine, und nun wiederholten die beiden diesen

Schwung im Zeitlupentempo. Knurr hielt immer wieder ein und erklärte, wie er was machte, lenkte die Aufmerksamkeit der Jungen auf seine Fußstellung, darauf, wie er sein Gewicht verlagerte, wie er die Stoßkraft des Angreifers dazu benutzte, diesen außer Gefecht zu setzen.

»Okay. Das war eine Demonstration. Morgen werdet ihr alle diesen Wurf üben. Und so lange daran arbeiten, bis ihn jeder perfekt kann. Dann zeige ich euch, wie man ihn abwehrt. Und jetzt – wer kommt heute abend zur Versammlung?« Er schaute sich um, sah aber nichts als hängende Köpfe. Keiner meldete sich. »Na, na«, sagte er ungeduldig. »Ihr müßt für euren Spaß auch bezahlen. Also – wer kommt?«

Zögernd hoben sich einige Hände, dann noch welche. Endlich hatte sich etwa die Hälfte der Jungen gemeldet.

»Was ist mit dir, Willy?« Knurr redete den Jungen mit der Augenklappe an. »Dich habe ich seit Wochen nicht mehr gesehen. Bestimmt hast du eine ganze Wagenladung Sünden zu beichten. Dich möchte ich ganz besonders gerne sehen.«

Die anderen lachten und machten aufmunternde Bemerkungen. Willy grinste gequält. »Also schön, ich komme.«

»Gut. Und jetzt trocknet euch ab und verschwindet alle miteinander. Falls jemand Lust hat – der Turnsaal ist heute von fünf bis acht offen. Bis morgen also dann.«

Die Jungen suchten ihre Sachen zusammen und machten dabei den zu erwartenden Radau. Knurr rollte die Matte auf und stellte sie gegen die Wand. Seine Bluse war unter den Armen und im Rücken durchgeschwitzt. Während er unter der Dusche stand, saß ich am Küchentisch, nahm kleine Schlucke Bier und hörte auf das Rumoren der abziehenden Jungen. Im Hause gegenüber fütterte eine Frau ihren Papagei, indem sie ihn Körner von den Fingern picken ließ.

Godfrey Knurr kam in die Küche, angetan mit einem Frotteemantel; er trocknete noch Haar und Bart, dann schlang er das Handtuch um den Hals, holte das Bier aus dem Kühlschrank und setzte sich mir gegenüber.

»Na, was halten Sie davon?« wollte er wissen.

»Ich bin sehr beeindruckt. Sie sprechen zu den Jungen in ihrer Sprache. Man gehorcht ihnen. Meine Bedenken gelten einzig –«

»Kann ich mir schon denken«, unterbrach er. »Sie fragen sich, ob mein Unterricht nicht darauf herausläuft, tüchtige Straßenräuber heranzubilden.«

»Ja, so ungefähr.«

»Dieses Risiko besteht«, gab er zu. »Ich bleue den Jungen zwar immer wieder ein, daß alles, was sie hier lernen, nur der Selbstverteidigung zu dienen hat, und, glauben Sie mir, das können die gebrauchen, wenn man bedenkt, wie ihre Lebensumstände sind. Und körperliche Bewegung tut ihnen gut.«

»Aber muß es gerade Karate sein? Ginge nicht auch Korbball?«

»Oder Dritten abschlagen?« versetzte er säuerlich. »Ich könnte auch Pindars Oden mit ihnen lesen. Bedenken Sie doch mal, Joshua, die meisten dieser Jungen sind bereits vorbestraft, sie haben einen Hang zu Gewalttätigkeit. Und daraus versuche ich, Nutzen zu ziehen. Jedesmal wenn sie ›Ha!‹ schreien und einen Stoß in die Luft führen, gilt der dem Establishment. Ich bemühe mich, diesen Hang zur Gewalttat in etwas friedlichere Bahnen zu lenken.«

»Man kann aber mit Karateschlägen auch töten, nicht wahr?«

»Solche Schläge lernen sie bei mir nicht«, erwiderte er knapp. »Und was Sie vorhin gesehen haben, ist nur die eine Hälfte meines Programms. Die andere Hälfte besteht aus Gruppentherapie und Einzeltherapie. Ich bemühe mich, eine Vaterfigur zu sein, denn die Väter dieser Jungen sind entweder Trinker, nehmen Drogen oder sind einfach abgehauen. Ich bin also der einzige Vater, den sie haben, und ich bemühe mich, Ordnung in ihre Spatzenhirne zu bringen. Manche dieser Burschen sind geradezu unvorstellbar verwirrt. Mens sana in corpore sano, das ist mein Motto für diese Kinder. Darauf möchte ich hinaus. Lassen Sie uns jetzt was essen.«

Er hatte einen grünen Salat mit Mayonnaise angerichtet, dazu gab es fertig gekaufte Roastbeefsandwiches, ebenfalls mit Mayonnaise beschmiert. Er machte noch zwei Dosen Bier auf und redete weiter. Er war ein kluger, redegewandter Mann. Am meisten beeindruckte mich die Energie, die er ausstrahlte. Er fiel über die Sandwiches her wie ein Wolf, stopfte den Mund voll Salat, trank das Bier in langen Zügen.

»Das alles kostet aber auch Geld«, sagte er. »Geld, Geld, Geld, darauf läuft alles immer wieder hinaus. Mit einer Festanstellung bei einer Gemeinde kann ich nicht rechnen – für uns Zeltmacher gibt es keine Kirchen. Wir müssen uns also auf eigene Faust durchschlagen, nebenher das Geld verdienen, das wir für unsere Arbeit brauchen.«

»Das könnte auch sein Gutes haben«, bemerkte ich.

Er schaute mich überrascht an. »Sie sind recht scharfsinnig, Joshua. Falls Sie damit sagen wollen, was ich glaube, daß Sie sagen wollen, haben Sie recht. Jawohl, es hat sein Gutes, insofern, als wir auf diese Weise in Berührung mit dem Alltag bleiben, die täglichen Probleme der arbeitenden Massen und ihre Frustration verstehen. Ein Pastor, der Jahr um Jahr nur in seiner Gemeinde lebt, setzt Moos an. Er sieht Tag um Tag die gleichen Leute und langweilt sich tödlich. Die Welt ist groß, grausam, aber auch wunderbar, doch der durchschnittliche Pastor strampelt in seinem Tümpel, denkt an seine Predigt, daran, wer die Orgel spielen wird, und sein größtes Problem ist: Wer bezahlt für eine neue Altardecke! Kein Wunder, daß so viele zur Flasche greifen oder mit dem Sopran des Kirchenchors durchbrennen.«

»Wie haben Sie Tippi Kipper eigentlich kennengelernt?«

Ein Schatten glitt über sein Gesicht, und er wurde einen Spur wortkarger.

»Durch Freunde von Freunden. Die Reichen von New York bilden eine Stadt innerhalb der Stadt, Joshua, sie sind alle miteinander bekannt. Besuchen die gleichen Parties. Ich hatte das Glück, zu diesem magischen Kreis Zutritt zu erhalten, und jetzt empfehlen sie mich untereinander weiter. Durch Freunde von Freunden, so habe ich Tippi Kipper kennengelernt, Joshua.«

»War sie ehedem bei der Bühne?«

Er grinste. »Das behauptet sie, doch lassen wir das auf sich beruhen. Wenn sie die Großmütige spielen will, gut, ich bin bereit, ihr in dieser Rolle zu helfen. Verstehen Sie mich nicht falsch, Joshua, ich bin Tippi Kipper dankbar, und ihrem gutherzigen, großmütigen Mann ebenfalls; für den werde ich den Rest meines Lebens beten. Ich bin aber auch Realist. Für Kippers war das alles eine Sache der Selbstbestätigung, was übrigens auf alle meine Gönner zutrifft. Und meine Gönnerinnen.

»Sol Kipper hat Ihnen also finanziell bei Ihrer Arbeit geholfen?«

»Ja. Ganz regelmäßig. Er konnte das ja auch von der Steuer absetzen. Ich habe hier in New York den Status einer gemeinnützigen Einrichtung. Ich mache keinen Profit. Nicht, daß ich es nicht gern täte.« Und er lachte.

Ich stellte die nächste Frage nach einigem Überlegen: »Was haben denn Ihre Förderer vom Kaliber Kipper für Schwierigkeiten, bei deren Bewältigung Sie ihnen helfen können? Mir kommt es sonderbar vor, daß Leute, die so reich sind wie Kippers, auch noch Probleme haben sollen.«

»Durchaus reale Probleme«, versicherte er ernüchtert. »Zum einen stellen sich bei ihnen Schuldgefühle ein, weil sie ringsumher so viel Armut sehen. Zum anderen leiden sie an den gleichen Symptomen wie wir alle: Sie fühlen sich einsam, ungeliebt, wertlos.«

Er blickte mir offen in die Augen, und es war nicht leicht, diesem prüfenden Blick standzuhalten.

»Er hat einen Abschiedsbrief hinterlassen, das wissen Sie wohl?«

»Ja. Tippi hat es mir erzählt.«

»Er hat sich darin bei ihr entschuldigt. Für irgendwas, was er getan hat. Was mag das gewesen sein?«

»Ach, wer weiß das schon? Ich habe Tippi nie danach gefragt, und sie selber hat es nicht erwähnt. Es könnte alles mögliche gewesen sein. Eine Lappalie vielleicht. Ich weiß, daß die beiden ah, sexuelle Schwierigkeiten hatten, also das könnte der Grund gewesen sein; es wären auch ein Dutzend andere Gründe denkbar. Sol war der schlimmste Hypochonder, dem ich je begegnet bin. Das wissen Sie aber wohl schon von anderer Seite.«

»Wann haben Sie ihn zuletzt gesprochen?« fragte ich beiläufig.

Prompt erwiderte er: »Am Tage vor seinem Tode. Das war ein Dienstag. Wir führten ein sehr inhaltsreiches Gespräch in seinem Büro, und er überreichte mir einen großzügigen Scheck. Anschließend hatte er eine Konferenz.«

Wir saßen einige Minuten schweigend und leerten jeder die zweite Dose Bier. Ich blickte auf die Uhr. »Lieber Himmel, ich ahnte ja nicht, daß es schon so spät ist! Ich muß zurück ins Büro, sonst fliege ich da raus. Ich danke Ihnen sehr für diese Mahlzeit, Reverend, sie war köstlich und die Unterhaltung lehrreich, es war mir eine große Freude.«

»Kommen Sie ruhig wieder, sooft Sie mögen. Sie sind ein guter Zuhörer, Joshua, hat Ihnen das schon mal wer gesagt? Bringen Sie ruhig Freunde mit. Und die sollen ihre Scheckbücher nicht vergessen!«

Um 14 Uhr 50 schlüpfte ich aus dem Nieselregen, der zu Schnee zu werden drohte, ins Bürogebäude von TORT. Yetta Apatoff begrüßte mich kichernd.

»Sie wartet schon.«

»Wer?«

Sie nickte in eine bestimmte Richtung und hielt dabei

die Hand vor den Mund. Im Korridor vor meinem Büro wartete eine Frau. Sie war an die zwei Meter groß, und der Mantel aus imitiertem Affenfell ließ sie wie ein aufrecht gehendes Gorillaweibchen aussehen. Im Näherkommen fuhr mir durch den Kopf, daß es sich hier um einen der geschmacklosen Scherze von Hamish Hooter handeln müsse, und ich fragte mich, wie viele Bewerberinnen er wohl abgewiesen haben mochte, bevor er diese fand.

Im Näherkommen erkannte ich jedoch, daß sie durchaus angenehm aussah. Ihr Gesicht zeigte das stille Lächeln und die resignierte Gleichmut, die ich nur allzugut kannte. Man findet sie bei allen sehr kleinen, sehr großen und sehr dicken Menschen.

»Hallo«, grüßte ich. »Mein Name ist Joshua Big. Warten Sie auf mich?«

»Ja, Mr. Big.« Sie zuckte mit keiner Wimper, als sie meiner kleinen Gestalt ansichtig wurde. Mag sein, man hatte sie bereits informiert. Jedenfalls reichte sie mir einen Zettel, der aus Hooters Büro stammte und sie als Hilfskraft auswies. »Ich heiße Gertrude Kletz.«

»Kommen Sie rein. Hier, geben Sie mir Ihren Mantel.«

Ich saß hinterm Schreibtisch, sie in meinem Besuchersessel. Wir schwatzten fast eine halbe Stunde miteinander, und während dieses Gespräches gefiel sie mir besser und besser. Hooter hatte nur gesehen, daß sie übermäßig groß war, nun erwies sie sich auch als sehr umsichtig, gelassen, offenbar qualifiziert und mit einem trockenen Humor begabt. Sie war mit einem Mann von der Stadtreinigung verheiratet, und weil ihre Kinder erwachsen genug waren, für sich selber zu sorgen, wollte sie in ihren alten Beruf als Sekretärin zurück, allerdings täglich nicht länger als bis 15 Uhr arbeiten, das ließ ihr Zeit, daheim das Abendbrot zu richten. Wir einigten uns darauf, daß sie montags, mittwochs und freitags von 11 bis 15 arbeiten sollte, ohne Mittagspause.

Ihr Gesicht hatte eine gesunde Farbe, erinnerte ein

bißchen an das eines Pferdes, und ihre Augen blickten arglos wie die einer Jungfrau. Das Haar war eisengrau und lockig. Für eine Frau ihrer Größe hatte sie eine überraschend hohe Stimme. Sie war ungeschickt gekleidet, allerdings konnte ich mir auch nicht vorstellen, wie eine Person dieses Formates es fertigbringen sollte, elegant auszusehen. Ihr grauer Flanellrock hätte den Stoff für einen ganzen Anzug samt Weste für mich abgegeben. Ihre schlichte weiße Bluse war am Halse eng mit einem schwarzen Bündchen abgeschlossen, und ihre Tweedjacke zeigte ein grauenhaftes Muster. Undurchsichtige Strümpfe und bequeme Schuhe vervollständigten ihren Aufzug. An den kräftigen Händen trug sie einzig einen goldenen Ehering.

Ich erklärte ihr, so gut es ging, was ich bei Tabatchnik, Orsini, Reilly und Teitelbaum zu tun hatte und was ich von ihr erwartete: Ablage, die Transkription meiner Notizen, Beantwortung meines Telefons, Botengänge und die elementare Überprüfung von Informationen, die ich ihr zukommen lassen würde. »Meinen Sie, das schaffen Sie, Mrs. Kletz?« fragte ich.

»Bestimmt«, sagte sie zuversichtlich. »Sie müssen damit rechnen, daß ich was falsch mache, aber niemals den gleichen Fehler zweimal.« Das klang ja immer besser.

»Noch eines«, setzte ich hinzu. »Meine Arbeit – und mithin auch die Ihre – betrifft häufig Prozeßsachen und ist deshalb vertraulich. Sie dürfen keine Arbeit mit nach Hause nehmen, dürfen mit niemand über das reden, was Sie hier erfahren, auch nicht mit Ihren nächsten Verwandten. Ich muß mich auf Ihre Diskretion absolut verlassen können.«

»Das können Sie«, versetzte sie beinahe grimmig. »Ich schwatze nicht.«

»Gut.« Ich stand auf. »Möchten Sie morgen schon anfangen oder lieber erst am Montag?«

»Morgen paßt mir ausgezeichnet.« Sie stemmte sich ebenfalls hoch. »Sind Sie dann im Haus?«

Ich überdachte meinen Fahrplan für Freitag. »Vermutlich. Falls nicht, hinterlasse ich Anweisungen für Sie auf meinem Schreibtisch. Einverstanden?«

»Einverstanden.«

Ich stellte mich auf die Zehen, um ihr in ihren lächerlichen Mantel zu helfen, wir gaben einander die Hand und sie ging. Mir kam sie vor wie eine ausgeglichene, vertrauenerweckende Person, und ich war Hamish Hooter geradezu dankbar. Nicht, daß er das je von mir hören würde.

Kaum war Mrs. Kletz gegangen, rief ich in Hooters Büro an; zum Glück war er nicht selber da, ich erklärte also seiner Sekretärin, was ich brauchte: Schreibtisch, Stuhl, Schreibmaschine, Papierkorb, Briefpapier und Schreibzeug und ein Telefon, das alles im Korridor vor meinem Büro, und zwar bis 11 Uhr des folgenden Tages.

Die Sekretärin keuchte entsetzt: »Aber Mr. Big!« Ich kannte sie – eine verängstigte, kaninchenähnliche Person, völlig unter der Fuchtel von Hooter. »Bis morgen vormittag können wir das alles unmöglich einrichten!«

»Dann so bald wie möglich«, sagte ich knapp. »Meine Sekretärin ist auf Anordnung der Geschäftsleitung eingestellt worden, und es dürfte wohl klar sein, daß sie einen Arbeitsplatz braucht.«

»Ja, Mr. Big«, sagte sie unterwürfig.

Ich legte befriedigt auf. Heute eine Aushilfskraft, bald eine Ganztagskraft, ein größeres Büro und endlich die Welt!

Den Rest des Nachmittags verbrachte ich am Schreibtisch. Das Schneetreiben wurde dichter, und wer ein Radio im Büro hatte, durfte hören, daß mit zehn Zentimeter Schnee zu rechnen sei, bevor es um Mitternacht abflauen würde. Die Geschäftsleitung ließ wissen, wegen des Schnees möge jeder, der dies wolle, vorzeitig nach Hause gehen. Das Gebäude begann sich zu leeren, gegen 17 Uhr war es praktisch verlassen, nirgendwo mehr Geräusche, die Korridore leer. Ich blieb. Es wäre Unsinn gewesen, erst nach Chelsea zu fahren und von da wieder in die Stadt zu meiner Verabredung mit Perdita Schug um 19 Uhr. Also wollte ich im Büro bleiben, bis es Zeit wurde, zum Essen zu gehen. Ich stand auf und schaute in die Halle. Die Lichter waren bereits teilweise ausgeschaltet, und an Yetta Apatoffs Tisch saß der Nachtwächter. Hinter ihm, durch die Glastüren, erblickte ich einen Vorhang aus Schnee, den heftige Windstöße gelegentlich beiseite fegten.

Zurück ins Büro. Hätte Roscoe Dollworth doch irgendwo zwischen den Akten eine seiner Wodkaflaschen versteckt, doch darauf war nicht zu hoffen. Auch hätte mir an einem solchen Abend Cognac mehr zugesagt. Hätte ich jetzt –

Ich ließ mich nachdenklich auf meinem Stuhl nieder, denn mir war plötzlich klargeworden, was mich beim Anblick von Professor Stonehouses Arbeitszimmer hatte stutzen lassen: Die Flasche Rémy Martin auf dem silbernen Tablett war unangebrochen, als dürfte sie mindestens seit seinem Verschwinden dort so gestanden haben. Dafür gab es selbstverständlich eine durchaus einleuchtende Erklärung: Er hatte am Abend zuvor eine Flasche geleert und eine neue bereitgestellt, in der Absicht, daraus zu trinken, sobald er von seinem abendlichen Ausgang am 10. Januar heimkehrte.

Es gab aber auch eine andere, weniger harmlose Erklärung: Stonehouse war nicht durch Arsen im Kakao, sondern im Cognac vergiftet worden. Er trank ja vor dem Schlafengehen beides, und die auf die Dauer tödliche Dosis konnte jedem von beiden zugesetzt worden sein. Und falls er dahintergekommen war, mochte das die versiegelte Flasche in seinem Arbeitszimmer erklären.

Ein Blick auf die Uhr – kurz nach 17 Uhr 30, also keine gute Zeit für einen Anruf. Doch ließ es mir keine Ruhe. Ich wählte die Nummer der Wohnung Stonehouse.

»Ja?« meldete sich Olga Eklund.

»Guten Tag, Olga, hier Joshua Big.«

»Ja.«

»Wie geht es Ihnen?«

»Bei dem Wetter nicht besonders.«

»Ja, es sieht scheußlich aus. Meinen Sie, ich dürfte mal ein paar Minuten mit Mrs. Dark sprechen, Olga? Falls es nicht gerade sehr ungelegen ist.«

»Ich hole sie«, sagte Olga unerschütterlich.

Ich wartete ungeduldig fast drei Minuten, dann kam Mrs. Dark an den Apparat.

»Ah, Sie sind's« begrüßte sie mich munter.

»Effie, entschuldigen Sie bitte, daß ich Sie um diese Zeit belästige. Sie haben wahrscheinlich alle Hände voll zu tun mit dem Abendbrot.«

»Ach wo, alles steht auf dem Herd, ich muß sowieso warten.«

»Ich habe da noch ein paar Fragen. Bestimmt halten Sie mich für verrückt, sie könnten aber doch sehr wichtig sein und mir helfen, herauszubekommen, was dem Professor passiert ist.«

»Wirklich?« Das schien sie zu freuen. »Nun, ich will Ihnen helfen, so gut ich kann.«

»Also Effie – wer kauft die Getränke bei Ihnen ein? Whisky, Wein Bier und so weiter?«

»Ich. Ich bestelle alles telefonisch im Laden auf der Columbus Avenue, und es wird geliefert.«

»Und wo wird es dann aufbewahrt?«

»Ich sorge dafür, daß die Bar im Wohnzimmer immer gut bestückt ist mit allem, was so gebraucht wird. Reichlich Sherry für, Sie wissen schon, wen. Was übrigbleibt, bewahre ich im Küchenschrank auf.«

»Und der Cognac, den der Professor abends trank?«

»Davon waren immer ein, zwei Reserveflaschen da. Nicht auszudenken, falls mal keiner dagewesen wäre!«

»Und wie lange kam er mit einer Flasche aus, Effie? Ich meine, die Flasche in seinem Arbeitszimmer.«

»Na, sagen wir, zehn Tage.«

»Das wären im Monat etwa drei Flaschen gewesen?«

»Ja, so ungefähr.«

»Und die Flaschen befanden sich im Kühlschrank?«

»Stimmt.«

»Wer brachte die neue Flasche ins Arbeitszimmer?«

»Meist holte er sie selber. Falls ich sah, daß seine Flasche leer war, stellte ich ihm eine hin. Manchmal brachte auch Glynis ihm die frische Flasche.«

»Und in der Bar im Wohnzimmer befand sich für gewöhnlich ebenfalls eine Flasche Rémy Martin?«

»Ach wo, da haben wir nur italienischen. Den teuren hatte der Professor für sich reserviert.«

Sieht ihm ähnlich, dachte ich, hocherfreut über diese Auskunft.

»Noch eine Frage, Effie, eine sehr wichtige. Bitte, denken Sie genau nach, bevor Sie antworten. Erinnern Sie sich, ob Sie in dem Monat vor dem Verschwinden des Professors eine neue Flasche ins Arbeitszimmer brachten?«

Sie schwieg eine Weile.

»Nein«, sagte sie dann, »ich hab ihm keine gebracht. Vielleicht hat Glynis das besorgt oder er selber. Moment, ich sehe mal nach, ich spreche sowieso aus der Küche.«

Sie blieb eine kurze Weile weg. »Komisch«, sagte sie dann, »ich weiß, daß im Kühlschrank zwei Flaschen waren. Jetzt ist nur noch eine da und die unangebrochene im Arbeitszimmer.«

»Haben Sie in dem Monat oder auch den sechs Wochen vor Verschwinden des Professors neuen Vorrat gekauft?«

Wieder eine Pause.

»Auch das ist sonderbar. Ich kann mich erinnern, Cognac bestellt zu haben; wenn er im Monat drei Flaschen trank, hätte ich welchen bestellen müssen. Aber ich habe keine einzige bestellt. Ich müßte mal die Rechnungen durchsehen.«

»Würden Sie das tun?«

»Aber sicher. Jetzt muß ich aber erst mal auflegen, da brennt mir sonst was an.«

»Es war sehr liebenswürdig von Ihnen, Sie haben mir wirklich geholfen.«

»Wirklich? Na, das freut mich.« Und sie legte auf.

An Professor Stonehouses Stelle hätte ich auch, wäre ich dahintergekommen, daß man mich vergiftete, versucht, herauszubekommen, wie das geschah und wer das tat. Ich hatte keinen Zweifel, daß er es herausbekommen hatte.

Es ging auf 18 Uhr, und weil ich nicht wußte, wie lange ich bei diesem Wetter für den Weg brauchen würde, zog ich Galoschen an, klappte den Mantelkragen hoch, zog die Hutkrempe ins Gesicht und ging los. Ich sagte dem Nachtwächter guten Abend und verließ das Haus.

Fast wäre ich umgeblasen worden. Es schneite nicht etwa still in dicken Flocken, sondern der Schnee wirbelte wie wild, kam von allen Seiten, sogar, wie es schien, von unten, und sammelte sich bereits in Ecken und Nischen. Auf meinen Bus warteten schon mindestens zwanzig Personen, und nach endlosem Warten – wahrscheinlicher aber nach einer Viertelstunde – kam nicht ein Bus, es kamen gleich vier hintereinander, und ich quetschte mich in den letzten. Die Fahrt dauerte ewig. An der 69. Straße stiegen vier Passagiere aus, und ich wurde mit ihnen hinausgedrückt. Ich marschierte gegen den Wind, den Kopf eingezogen. Und richtig, gleich um die Ecke auf der 2. Avenue glühte rötlich eine Neonschrift im Schneetreiben MUTTER TUCKER. »Gott segne dich, Mutter«, ächzte ich laut.

Perdita saß bereits auf einem Hocker an der Bar in einem schwarzen, gefährlich tief ausgeschnittenen Kleid. Sie hatte den Kopf zurückgeworfen und lachte aus vollem Hals über etwas, das ein Mann, der neben ihr stand, wohl eben gesagt hatte. Trotz des Wetters war das Lokal voll, doch Perdita zu finden machte keine Schwierigkeiten.

Sie erblickte mich im gleichen Moment, da ich sie erkannte, rutschte mit einer aufreizenden Bewegung vom Hocker und lief auf mich zu, um mich zu umarmen.

»Josh!« rief sie und ließ jenes animalische Knurren hören, das bei ihr ein Ausdruck herzlicher Freude war. »Nie im Leben habe ich damit gerechnet, daß du noch auftauchst. Ich kann es gar nicht glauben, daß du dich bei diesem Sauwetter rausgewagt hast, bloß um mich zu treffen.« Ihre Knopfaugen funkelten, die Zunge kam zwischen den feuchten Lippen zum Vorschein. »Du Ärmster. Wir müssen dich erst mal auftauen. Col, besorg mal eine Runde von Harry.«

»Und was hätten Sie gern, Sir?« fragte ihr Begleiter höflich.

»Scotch bitte, mit Wasser.«

Wir machten uns miteinander bekannt – es handelte sich um Clyde Manila – Colonel Clyde Manila, von Perdita Col genannt. Der bärtige Bartender, der alle Hände voll zu tun hatte, vernahm den Anruf und beugte sich in Richtung zu Colonel Manila.

»Noch mal dasselbe, Harry, plus einen Scotch mit Wasser.«

Harry nickte und stellte gleich darauf die Drinks vor uns hin. Ich langte nach der Brieftasche, doch Harry nahm das Geld von einem Haufen Banknoten und Münzen, die vor dem Colonel auf der Theke lagen.

»Danke Ihnen, Sir«, sagte ich, »die nächste Runde geht auf meine Rechnung.«

»Red keinen Unsinn«, belehrte mich Perdita, »der Col hat es dicke. Stimmt's etwa nicht, Süßer?«

»Das will ich meinen.« Er trank das halbe Glas in einem einzigen Zug leer. »Bei solchem Wetter hat es keinen Sinn, nach Hause zu fahren, wie, was?« Und er kniff die winzigen Augen zusammen.

Er sah recht sonderbar aus – weißer Walroßschnurrbart, dicke Säufernase, haariges Tweedjackett, und über allem thronte ein schlecht passendes, ingwerfarbiges Toupet.

»Ich habe scheußlichen Hunger«, sagte ich zu Perdita. »Meinst du, wir finden einen Tisch?«

»Klar. Col, sprich mal mit Max.«

Er schob sich gehorsam durchs Gedränge.

»Ein nettes Lokal«, sagte ich zu Perdita, die jemand am anderen Ende der Bar zublinzelte.

»Tja, ein richtiges Zuhause, fern von zu Hause. Und man findet hier immer Anschluß, Josh. Denk daran: Bei Mutter Tucker bleibst du nicht allein. Hier kommt der Col.«

Ich wandte mich um und sah, daß Colonel Manila heftig gestikulierte.

»Er hat einen Tisch. Gehen wir«, sagte Perdita.

»Ißt er mit uns?« fragte ich.

»Ach wo, der ißt nie.«

Ich wollte mich bei ihm bedanken, weil er den Tisch besorgt hatte, verfehlte ihn aber im Gedränge. Bei Tisch sagte Perdita: »Ich will noch einen Drink, einen Cäsar-Salat, Spaghetti mit Öl und Knoblauch, Scampi und zum Dessert ein Parfait.«

Ich halte nichts von Kreditkarten und fürchtete, nicht genügend Geld bei mir zu haben.

»Und was trinkst du?«

»Wer weiß! Ich bin schon seit mittags hier.«

Eine Kellnerin erschien; auf ihrem T-Shirt las man PLATT IST SCHÖN, und sie nahm Perditas Bestellung auf.

»Mach dir keine Sorgen wegen der Rechnung, Schatz, der Colonel zahlt alles.«

»Kommt nicht in Frage«, widersprach ich empört. »Ich habe dich eingeladen und will nicht, daß er für unser Essen bezahlt.«

»Sei nicht albern. Er gibt gern Geld für mich aus. Ich sage doch, er hat's dicke. Gib mir mal Feuer.«

Das Gespräch mit ihr war nicht schwierig – ich brauchte nur zuzuhören. Sie quasselte während ihrer gargantuanischen Mahlzeit, zu der sie eine Flasche Chianti leerte. Mehrmals versuchte ich das Gespräch auf Kippers zu bringen, etwa indem ich sagte: »Das schmeckt bestimmt besser, als was Mrs. Neckin kocht«, doch Perdita biß auf nichts an, sie ließ sich in ihrem Monolog nicht unterbrechen. Ich gab schließlich auf und verlangte die Rechnung, doch sagte die Kellnerin, alles sei bezahlt.

»Siehst du? Der Colonel macht immer solche Sachen. Er glaubt, er kann sich damit was kaufen.«

»Und kann er?«

»Klar doch, was denkst denn du? Komm wieder an die Bar.«

Nötig war dies nicht, denn sie war schon stark betrunken. Zusammen mit dem Colonel wurde erwogen, in einem Lokal in Hoboken Hummer zu essen. Ich lehnte ab. Zwei junge Männer traten heran und flüsterten Perdita was ins Ohr, doch sagte sie laut: »Zieht Leine!«, und die beiden verschwanden rasch. Der Lärm war unglaublich.

Colonel Clyde Manila lehnte schräg auf Perditas Barhocker. Kaum erblickte er uns, glitt er herab und verbeugte sich vor ihr. »Den hab ich für Sie warm gehalten, schönste Dame«, sagte er mit belegter Stimme.

»Ich möchte mich bei Ihnen für das Essen bedanken, Colonel«, rief ich über den Lärm. »Es war ganz ausgezeichnet.«

Die blassen Äuglein blickten gläsern. »Tadellos«, sagte er.

»Darf ich Ihnen einen Drink anbieten, Sir?« fragte ich.

»Tadellos«, wiederholte er.

»Red nicht solchen Quatsch, Josh«, rügte mich Perdita. »Komm, tanz lieber mit mir.«

Sie umklammerte mich, schloß die Augen und schob mich herum. »Wiener Walzer sind das Größte«, sagte sie dabei verträumt.

»Mir scheint, das hört sich eher nach *Beautiful Ohio* an«.

»Elende Viecher«, sagte Colonel Manila. Er torkelte neben uns auf der winzigen Tanzfläche herum. »Stinken tun sie. Haben Sie jemals Schore geschafen?« Also war er Australier, ganz wie ich vermutet hatte. »*Seit ich Paris nicht mehr gesehen*«, summte Perdita mir ins Ohr. Laß uns Jum-Jum machen, nur wir zwei beide.«

»Aber ich muß schon sagen, Perdita –«, protestierte ich.

»Geht es in deiner Wohnung?« flüsterte sie.

»Auf keinen Fall. Ich fürchte, das wäre –«

»Wo wohnst du?«

»Meilenweit entfernt. Auf der West Side.«

»Wo genau? Jum-Jum.«

»Ich sage doch, ganz weit weg von hier.«

»Col!« kreischte sie. »Auf geht's.«

»Tadellos«, brummte er.

Vor Mutter Tucker gerieten wir in einen bösartigen Sturm, der uns die Flocken ins Gesicht trieb. Manila bedeutete uns, ihm um die Ecke in die 69. Straße zu folgen, wo er vor einem Automobil stehenblieb und in den Taschen nach Schlüsseln kramte. Dann setzten wir uns zu dritt nach vorn, Perdita in die Mitte.

»n' Joint«, sagte der Colonel.

»Ich fand das Restaurant ausgezeichnet«, entgegnete ich darauf.

Perdita fischte bereits aus der Handtasche eine selbstgedrehte stramme Zigarette, an beiden Enden angefranst, zündete sie an, nahm einen tiefen Zug und reichte sie dem Col. Der tat einen ungeheuren Zug, und die Zigarette war zur Hälfte weg, wobei die Funken nur so stoben. »Ab dafür«, sagte er sodann, reichte den Joint Perdita zurück und machte sich an Knöpfen und Schaltern zu schaffen. Gleich darauf brannten die Scheinwerfer, der Motor brummte, die Heizung ging an. Der Schnee schmolz von den Scheiben.

»Whisky!« befahl der Colonel im Ton eines Exerziermeisters.

Perdita erhob sich halb, drehte sich herum und angelte im rückwärtigen Teil des Wagens nach einer Flasche. Dabei streckte sie das Hinterteil in die Luft. Colonel Manila klopfte es zärtlich.

»Gutes Kind«, sagte er liebevoll.

Sie ließ sich wieder auf den Sitz fallen, in den Händen eine volle Flasche, dazu drei Becher aus geschliffenem Kristall. Sie schenkte uns zu trinken ein, stellte dann die Flasche zwischen die Füße. Bestimmt würde man uns anhalten, würde uns verhaften. Es konnte ja gar nicht anders kommen, und ich wußte auch schon, wessen man uns beschuldigen würde. Vielleicht würde ich, meines jugendlichen Alters wegen und weil ich nicht vorbestraft war, mit drei Jahren davonkommen!

Aber nichts dergleichen geschah. Der Colonel fuhr vorbildlich. Auch als er im Radio Rock and Roll eingestellt hatte, mit einer Hand den Takt auf dem Lenkrad schlug, rauchte und trank, hielt er brav vor jeder roten Ampel, nahm geschickt die Kurven und setzte die Limousine haargenau vor meiner Haustür in eine Schneewehe. Ich lachte schrill.

»Nun, das war in der Tat ein denkwürdiger Abend, Sir.« Ich hörte selber, wie unsicher meine Stimme klang. »Ich möchte Ihnen ganz –«

»Raus«, knurrte Perdita und schubste mich. »Mach endlich.« Ich stolperte in den Schnee und blickte zurück zu Colonel Manila. Er drohte mir mit dem Zeigefinger. Ich drohte zurück. Perdita knallte die Wagentür zu und umfaßte mich mit festem, besitzergreifendem Arm.

»Immer der Nase nach«, sagte sie munter.

Es war so gegen Mitternacht – glaube ich. Mag sein, es war auch erst zehn. Vielleicht aber auch zwei Uhr früh. Ich hoffte jedenfalls von ganzem Herzen, Mrs. Hermione Hufnagel, Cleo, Käpt'n Bramwell Shank,

Adolph Finkel und Madame Kadinsky schliefen fest hinter verschlossenen Türen arglos in ihren Betten.

Ich führte Perdita, die albern kicherte, die Treppe hinauf und machte dabei »Psst!«

»Was soll denn diese Psssst-Scheiße?«

Ich dirigierte sie in meine Wohnung, und nun bewegte sie sich übertrieben behutsam. Ich knipste das Deckenlicht an, hängte unsere Mäntel über Stuhllehnen. Sie schaute sich im Wohnzimmer um. Ich wartete auf eine Reaktion, doch die blieb aus. Sie ließ sich in meinen Sessel fallen.

»Komm auf meinen Schoß«, befahl sie durchtrieben lächelnd. Ich stammelte was, doch packte sie mein Handgelenk, zog mich mit erstaunlicher Kraft zu sich und plazierte mich auf ihre weich gepolsterten Schenkel.

Sie küßte mich. Meine Zehen verkrampften sich in den Schuhen und den Galoschen, die ich noch anhatte.

»Mmmm«, schnurrte sie, »das ist schon viel besser.«

Sie setzte sich zurecht, zog mich näher zu sich, einen muskulösen Arm um meinen Nacken gelegt. Sie preßte ihre Wange an meine. *»Seit ich Paris nicht mehr gesehen«*, summte sie.

Ich machte einen letzten Versuch. »Ich verstehe nicht, wie du es bei Kippers aushältst, Perdita. So als Hausmädchen. Du bist eine so starke Persönlichkeit, begabt und erfahren. Weshalb bleibst du Zofe bei Tippi Kipper?«

»Weil es einfach dufte ist. Sie zahlt prima, ich kriege mein Essen, habe eine eigene Wohnung. Eigenes Telefon. Meinst du, ich wäre als Verkäuferin bei Macy's besser dran?«

»Es muß doch aber langweilig sein.«

»Manchmal schon, dann wieder nicht. Genau wie überall.«

»Ist Mrs. Kipper, ah, verständnisvoll?«

»Und wie!« lachte sie. »Ich kann praktisch machen, was ich will. Chester Himmel, der Hund, möchte mich gern loswerden, und Mrs. Neckin nennt mich ›Teufelsbrut‹. Beide sähen gern, daß ich fliege, aber Tippi schmeißt mich nie im Leben raus. Nie.«

»Und warum nicht?«

»Kuß.« Ich küßte sie.

»Na, du lernst ja allmählich. Tippi treibt's ebenso wie ich. Und sie weiß, daß ich Bescheid weiß.«

»Jetzt erst oder auch früher schon, als ihr Mann noch lebte?«

»Josh, du Idiot, sie hat's immer schon getrieben. Seit ich im Haus bin jedenfalls. Und das werden im April vier Jahre.«

»Und woher weißt du das?«

»Wie ich das weiß? Ach, du armer, argloser Unschuldsengel. Meinst du, ich rieche nicht, daß sie Hasch raucht, sehe nicht ihre Unterwäche, daß sie anders frisiert ist, wenn sie angeblich von einer Bridge-Partie nach Hause kommt? Eine Frau weiß solche Sachen. Schon gar eine Zofe. Kratzer auf dem Rücken, Druckstellen am Arsch. O ja, die treibt's, daran ist kein Zweifel. Hört mal, Josh, ich habe keine Joints mehr, hast du wenigstens Scotch?«

»Mja . . . aber willst du wirklich?«

»Rede nicht lange, her damit.«

Ich gehorchte.

»Und du?«

»Wir trinken aus einem Glas.«

»Ein Liebestrank. Und dann Jum-Jum. Wo ist das Bett?«

»Im Schlafzimmer.«

»Noch nicht«, sie hob tadelnd den Zeigefinger. »Nur keine Hetze, Tiger.«

»Ich bin gar nicht – ich meine, es ist nicht, wie du meinst . . .«

Sie packte mich und zog mich wieder auf ihren Schoß. Ich willigte gern in mein Schicksal ein. »Niedlich bist du«, murmelte sie schläfrig, »richtig niedlich.«

»Mit Knurr treibt sie's aber nicht, oder?«

»Ho-ho-ho –, und wie! Mindestens zwei-, dreimal die Woche. Er spielt im Moment bei ihr eine große Rolle. Sogar im Haus machen sie's. Kannst du dir das vorstellen? Wirklich. Noch als Sol lebte. Im Fahrstuhl. Wie findest du das, Josh? Hast du's je im Fahrstuhl gemacht?«

»Nein, nie.«

»Ich auch nicht«, meinte sie bedauernd. »aber einmal wenigstens in einem Schrank.« Sie lachte. »Komisch ist nur . . .«,., sie ließ den Satz hängen.

»Was ist komisch?«

»Ich könnte ihn haben, wenn ich wollte. So leicht.« Sie wollte mit den Fingern schnippen, doch glitten die einfach übereinander weg. »Ich meine Knurr. Der steht auf mich. Wenn sie nicht guckt, tätschelt er mich. Ein geiler Teufel ist das. Ein geiler Geistlicher! So, jetzt machen wir Jum-Jum.«

Sie fand den Weg ins Schlafzimmer, ich ließ die Nachttischlampe aus, vom Flur kam genügend Licht herein. Sie schaute sich benommen um, stützte sich an der Wand ab, drehte mir den Rücken zu.

»Aufziehen«, sagte sie.

Ich zog gehorsam den Reißverschluß bis zur Taille herunter, sie schüttelte das Kleid ab, trat beiseite. Sie trug BH, Höschen und schwarze Strumpfhosen. Sie schüttelte den Kopf, daß die kurzen Haare stoben.

»Blau bin ich«, verkündete sie.

Unvermittelt ließ sie sich aufs Bett fallen, streckte die Beine in die Luft.

»Abpellen.«

Ich hätte ihr gern noch Fragen über Tippi und den Pastor Knurr gestellt, doch schien das irgendwie nicht der richtige Moment. Also pellte ich ihre Strumpfhose ab.

Sie rollte sich auf die Seite unter die Bettdecke, die sie bis ans Kinn zog, und gleich darauf ließ ein schlanker weißer Arm Höschen und BH auf den Teppich fallen.

»Okay, Tiger«, sagte sie fast schon schlafend. «Jetzt ist der Augenblick der Wahrheit.«

Ich nahm ihr Kleid auf, glättete es, hängte es in den Schrank. Ihre Wäsche legte ich ordentlich auf die Kommode.

Als ich mich dem Bett zuwandte, schlief sie bereits fest, atmete gleichmäßig, den Kopf seitwärts aufs Kissen gelegt. Nun holte ich ihre Schuhe aus dem Wohnzimmer und stellte sie unters Bett.

Am folgenden Morgen erwachte ich total zerknittert und steif an allen Gliedern und Gelenken, weil ich auf zwei Stühlen geschlafen hatte. Manchmal ist es von Vorteil, klein zu sein. Ich kam mit Mühe auf die Füße und machte alle möglichen Übungen, um einigermaßen in Form zu kommen. Die Widerstandskraft der Jugend ist zum Glück so wunderbar, daß ich nach einem Weilchen wirklich gehen konnte, ohne mehr als eine Spur zu hinken.

Perdita schlief dabei ungestört weiter, mit angezogenen Beinen, die Decke unterm Kinn, den Kopf zur Seite gedreht, ganz wie sie eingeschlafen war. Nur das sachte Heben und Senken der Decke bewies, daß sie nicht verschieden war.

Ich ging so lärmend wie möglich ins Bad, knallte die Tür, sang unter der Dusche, putzte die Zähne, fand es unnötig, mich zu rasieren und kam wieder hereingehüpft, ein Handtuch schamhaft um die Hüften geschlungen.

»Hoho! Juhu!« krähte ich und warf einen Blick ins Schlafzimmer. Sie schlief fest.

Beim Anziehen war ich wieder so laut wie möglich, schepperte, endlich angezogen, in der Küche mit den Töpfen, während das Wasser für den Pulverkaffee kochte. Mit zwei Tassen in den Händen betrat ich das Schlafzimmer und setzte sie auf dem Nachttisch ab. Es war nun fast 8 Uhr 30.

Ich setzte mich aufs Bett und schüttelte sie sanft, dann

kräftiger und schließlich, ich schäme mich es zu sagen, heftig. Sie schlug die Augen auf und starrte die Wand an.

»Waaah?«

»Perdita«, erwiderte ich sanft, »ich bin es, Joshua Big, und du bist in meiner Wohnung in Chelsea. Colonel Clyde Manila hat uns hergefahren. Erinnerst du dich?«

»Klar!« versetzte sie strahlend, richtete sich auf, ließ die Decke bis zum Bauchnabel rutschen und umarmte mich. Ich erwiderte die Umarmung zurückhaltend.

»Geht's dir gut?«

»Klasse«, sagte sie, »einfach Klasse.«

»Ich habe Kaffee gebracht. Magst du welchen?«

»Warum nicht? Gibt's auch Cognac?«

»Gewiß.«

»Dann her damit.«

Ich ging ins Wohnzimmer, den Cognac holen, und als ich zurückkam, war sie schon aus dem Bett und in der Unterwäsche. Sie nahm einen Schluck Kaffee, und ich goß ihr Cognac in die Tasse. Sie rührte mit dem Zeigefinger um und leckte ihn ab, dann schlürfte sie auf der Bettkante sitzend ihren Café-Royal. Ich setzte mich neben sie. »Josh«, fragte sie nun zärtlich, »hab ich's dir gut gemacht?«

»Ganz wunderbar.«

»Und zu laut war ich auch nicht?«

»Nicht im mindesten. Es war einfach vorbildlich«, versicherte ich ihr.

»Auch ich fand es perfekt«, seufzte sie. »Perfekt. Ich fühle mich so gelockert und leicht. Das müssen wir unbedingt wieder machen.«

»Unbedingt.«

»Donnerstags bin ich immer bei Mutter Tucker. Komm einfach vorbei.«

»Gewiß.«

»Versprichst du's?«

»Ich verspreche es.« Ich küßte ihre Nasenspitze.

Sie trank aus, nahm ihre Handtasche und verschwand

für kurze Zeit im Bad, aus dem sie als prächtiger Anblick zum Vorschein kam, mit funkelnden Augen und feuchten Lippen. Sie kleidete sich rasch an, und schon schlüpften wir in die Mäntel.

»Kuß«, verlangte sie und reckte mir ihr Gesicht entgegen.

Ich schloß auf, trat ins Treppenhaus und stieß auf Adolph Finkel, dem fast die Augen rausfielen. Er hustete, und es klang wie eine Explosion. »Morgen, Finkel«, sagte ich.

»Guten Morgen, Big.«

Perdita Schug verschlang er mit Blicken.

»Hei!« sagte sie heiter.

»Ha . . . hei«, erwiderte er und nickte albern, wandte sich weg und flüchtete die Treppe runter.

»Nachbar von mir«, erklärte ich.

»Gespenstisch.«

Ich wollte uns eine Taxe rufen, doch vor der Tür stand ein schokoladenfarbiger Rolls-Royce mit Colonel Clyde Manila am Steuer, den Pelzkragen bis über die Ohren hochgeklappt, die Ledermütze genau waagerecht auf dem ingwerfarbenen Toupet. Er nuckelte Scotch aus einem der Kristallbecher. Daß es ein Rolls war, sah ich erst jetzt. Ich wandte mich total verblüfft an Perdita. »Er ist immer noch hier? Wartet er auf dich?«

»Na klar, was hast denn du gedacht?«

5

Yetta Apatoff telefonierte gerade, schenkte mir aber ein süßes Lächeln, als ich vorbeiging, und schnippte mit den Fingern. Ich schnippte zurück. Im Korridor vor meinem Büro wurde gerade ein Tisch, ein Stuhl und sonstiges Zubehör aufgestellt, und ein Elektriker war mit dem Verlegen einer Telefonleitung entlang der Tapetenleiste beschäftigt. Das sollte eine Nebenstelle für meinen Anschluß werden.

Ich sah die neuesten Anforderungen auf Ermittlungen durch, die sich derweil auf meinem Tisch angesammelt hatten, und machte zwei Häufchen daraus: der eine konnte von Mrs. Kletz erledigt werden, den anderen mußte ich selber übernehmen. An die Ränder der für Mrs. Kletz bestimmten Anforderungen kritzelte ich Hinweise auf die Quellen, die sie anzapfen sollte, um die benötigten Informationen zu beschaffen. Ein Blick ins Branchentelefonbuch belehrte mich darüber, daß es unerfreulich viele Laboratorien in Manhattan gibt, also beschloß ich, auch diese Aufgabe an meine neue Hilfskraft zu delegieren. Ich schrieb ihr einen Zettel mit der Anweisung, alle diese Institute anzurufen und sich als Beauftragte der Anwälte auszugeben, die den Nachlaß von Professor Stonehouse ordneten; darunter befinde sich auch ein Scheck, den der Professor für das betreffende Labor ausgeschrieben habe, ohne aber den Grund der Zahlung zu nennen. Man möge freundlicherweise in den Büchern nachsehen, wann die Rechnung über den betreffenden Betrag ausgestellt worden sei und wofür.

Auf dem Weg nach draußen blieb ich bei Yetta Apatoff stehen und sagte ihr, meine Assistentin werde um elf Uhr eintreffen. Sie kicherte.

»Oh Josh, die ist riesig, und Sie sind so klein; ihr beide zusammen seht richtig ulkig aus.«

»Schon gut«, versetzte ich ungeduldig, »aber Sie werden sich, wie jedermann im Haus, bald an diesen Anblick gewöhnen.« – »Richtig ulkig«, wiederholte sie und zog eine Grimasse. Das hätte sie bleiben lassen sollen, denn sie sah dabei aus wie ein Mastferkel, das Krämpfe hat.

Ich sagte, ich wolle zeitig genug zurück sein, um sie zum Essen abzuholen. Sie nickte, immer noch kichernd, und ich ging. Mir kam es ganz so vor, als beweise sie einen bemerkenswerten Mangel an Herzenstakt.

Unterwegs im Taxi zum Kipperschen Haus überlegte ich, wie ich Tippi – falls ich sie zu Gesicht bekommen sollte – dazu bringen könnte, auch von anderen Dingen als diesem verflixten Inventar zu sprechen, doch wollte mir nichts Brauchbares einfallen, und ich nahm mir vor, auch weiterhin den großäugigen Arglosen zu mimen.

Chester Himmel erschien am Tor, als ich klingelte, und begrüßte mich freundlich genug. »Guten Morgen, Sir.«

»Guten Morgen, Chester, ich hoffe, ich komme nicht ungelegen? Oder hätte ich lieber anrufen sollen?«

»Ganz und gar nicht, Sir.« Er geleitete mich in die riesige Halle und nahm mir Hut und Mantel ab. »Madame nimmt gerade das Frühstück im Speisezimmer. Warten Sie doch bitte einen Moment, ich sage Bescheid, daß Sie da sind.«

Ich blieb stehen, bis er zurückkam. »Madame fragt, ob Sie nicht eine Tasse Kaffee mit ihr nehmen wollen?«

»Sehr gern.«

Mrs. Kipper saß am Kopfe der langen Tafel, in deren Mitte eine mit Kamelien und Lilien gefüllte silberne Schale stand. Sie reichte mir die Hand.

»Guten Morgen, Mr. Big«, lächelte sie. »Schon so zeitig unterwegs?«

»Ja, Madame.« Ich beeilte mich, ihre Hand zu ergreifen. »Mir liegt daran, möglichst bald fertig zu werden, ebenso wie Ihnen gewiß daran liegt, nicht mehr von mir gestört zu werden.«

»Aber ich bitte Sie«, murmelte sie. »Haben Sie schon gefrühstückt?«

»Gewiß Madame.«

»Aber eine Tasse Kaffee trinken Sie doch mit?«

»Vielen Dank, das nehme ich gern an.«

»Chester, räumen Sie hier bitte ab, bringen Sie noch heißen Kaffee und eine Tasse für Mr. Big.«

»Jawohl, Madame.«

»Und Sie setzen sich neben mich.« Tippi wies auf den Stuhl zu ihrer Rechten. »Ein spätes, ausgedehntes Frühstück ist für mich ein besonderer Genuß – eigentlich die angenehmste Mahlzeit des Tages, meinen Sie nicht?« Sie bemühte sich, Loretta Young oder Greer Garson nachzumachen, und ich muß zugeben, sie bot einen angenehmen Anblick, wie sie da an der Schmalseite dieses langen polierten Tisches saß: Das Porträt einer Dame. In Pastelltönen. Sie trug ein Gewand, bedruckt mit blassen Gardenien, das ihr schmeichelte. Und es hatte den Anschein, als wäre sie in all diesem Luxus so recht an ihrem Platz. Falls die Söhne Kippers die Wahrheit gesagt hatten, falls Tippis Herkunft wirklich von der Art war, wie die beiden behaupteten, dann hatte sie in der Tat eine höchst wunderbare Verwandlung mit sich vorgenommen. Das silberblonde Haar war hochgesteckt und so kunstvoll frisiert wie immer. Das Gesicht – schließlich ein halbes Jahrhundert alt! – wies keinerlei Runzeln auf, ließ einen jedoch in seiner etwas maskenhaften Starre an plastische Chirurgie denken. Die braunen, grüngefleckten Augen zeigten eine klare Iris, die Nase war klassisch, das straffe Kinn vorgereckt.

Ich empfand das schamlose Verlangen, diese ungerührte Fassade zu beschädigen, indem ich sie in Zorn versetzte.

»Mrs. Kipper«, begann ich daher, »im Zusammenhang mit dem Nachlaß Ihres Mannes ist eine unbedeutende Frage aufgetaucht, die Sie vielleicht beantworten können. Unter den im Büro Ihres Mannes befindlichen Schriftstücken ist auch eine Rechnung über 500 Dollar, ausgestellt von einem gewissen Marty Reape, und der Grund für die Forderung ist einfach mit ›Für geleistete Dienste‹ angegeben. Es ist uns nicht gelungen, jenes Mr. Reape habhaft zu werden, um von ihm zu hören, welche Dienste er geleistet hat. Könnten Sie uns da wohl behilflich sein?«

Ich beobachtete sie scharf. Als ich Marty Reape das erste Mal erwähnte, senkte sie die Augen. Dann griff sie nach der Kaffeetasse und führte sie mit ruhiger Hand zum Munde. Während ich mit meiner Frage fortfuhr, schaute sie mich nicht mehr an, stellte die Tasse aber seelenruhig wieder ab.

Eine bemerkenswerte Darbietung und genauestens berechnet. Sie hätte, während ich meine Frage stellte, keinen Schluck Kaffee nehmen oder hätte mich wenigstens ansehen sollen, während ich sprach. Roscoe Dollworth hatte mich gewarnt: »Die Leute nehmen einen Drink, stecken eine Zigarette an, bücken sich und binden ihre Schnürsenkel, kurz sie tun irgendwas, das ihnen Zeit gibt zu überlegen, Zeit, eine glaubhafte Lüge auszudenken.«

»Reape?« fragte Mrs. Kipper schließlich und schaute mich fest an, »Marty Reape? Wie schreibt sich das?«

»R-e-a-p-e.«

Sie überlegte.

»Neiiiin«, sagte sie gedehnt, der Name sagt mir nichts. Haben Sie ihn noch anderswo in den Akten entdeckt?«

»Nein, Madame.«

Sah ich wirklich Erleichterung in ihren Augen, oder wollte ich sie nur sehen, als Beweis für ihre Schuld?

Sie schüttelte den Kopf. »Ich fürchte, da kann ich Ihnen nicht helfen. Mein Mann hat viele Menschen gekannt und sich mit vielen Dingen befaßt, von denen ich nichts wußte.«

Schön, wie sie das sagte ». . . Menschen . . ., von denen ich nichts wußte«, statt Leute, die ich nicht kannte«. Ich war stark in Versuchung, sie zu fragen, wie es in Las Vegas ausgesehen hat, als sie zuletzt dort war. Statt dessen sagte ich: »Ich habe den Eindruck, daß Ihr Mann viel für wohltätige Zwecke gegeben hat, Mrs. Kipper?«

»Ah ja«, bemerkte sie bekümmert, »da war er sehr großzügig.«

»Das hörte ich von Mr. Knurr.«

Kein Zweifel, dies war für sie eine Neuigkeit und eine

schockierende dazu. Wieder nahm sie einen Schluck Kaffee. Und als sie die Tasse diesmal absetzte, klirrte sie.

»Ach«, bemerkte sie tonlos, »es ist mir ganz neu, daß Sie und Godfrey sich über die Wohltätigkeit meines Mannes unterhalten haben.«

»Aber warum denn nicht!« rief ich munter. »Der Reverend hatte die Güte, mich aufzufordern, zu ihm nach Greenwich Village zu kommen, mir anzusehen, was er da macht. Höchst sehenswert! Ein bemerkenswerter Mann!«

»Das kann man wohl sagen«, versetzte sie grimmig. Sie nahm aus ihrer Dose eine Zigarette und klopfte den Tabak mit kurzen, wütenden Bewegungen fest. Dann schob sie sie ruckartig zwischen die Lippen und rauchte in raschen Zügen. Ganz Bette Davis.

»Worüber haben Sie sonst noch mit Godfrey gesprochen?«

»Im wesentlichen über die Jungen, mit denen er arbeitet, wie er sich bemüht, ihre Kräfte und ihren Hang zu Gewalttätigkeit in gesellschaftlich sanktionierte Kanäle zu lenken.«

»Und hat er auch über mich gesprochen?« Die Maske war gefallen, ich erblickte die Frau, wie sie war.

Ich zögerte lange genug, um sie glauben zu lassen, daß ich jetzt lügen würde.

»Nein, Madame«, bemerkte ich sanft und riß die Augen auf, so weit ich konnte. »Der Reverend Knurr hat nur erwähnt, daß Sie und Ihr Mann sich seinem Programm gegenüber sehr großzügig erwiesen haben.«

Das glatte Gesicht nahm einen scharfen, bösartigen, ja giftigen Ausdruck an, wirkte härter und bedrohlich. Mir fiel ein, wie das Gesicht von Glynis Stonehouse sich verändert hatte, als ich ihr mitteilte, daß jemand ihrem Vater Gift gegeben hatte.

»Ah ja«, sagte sie steinern, »wir haben gezahlt. Sehen Sie sich Sols Scheckbücher an, da finden Sie alles.«

Ich konnte mir ihre Wut nicht erklären; daß ich mit

dem Reverend Knurr ein Privatgespräch geführt hatte, rechtfertigte diese Veränderung nicht. Also beschloß ich, ihr noch mal auf den offenbar empfindlichen Zahn zu fühlen.

»Er sagte auch noch, daß es anfangs für Sie sehr schwer gewesen sei. Nach dem Tode Ihres Mannes, meine ich«, bemerkte ich gemessen.

»Sie haben also doch über mich geredet«, erwiderte sie vorwurfsvoll.

»Nur kurz, sozusagen en passant. Eines Tages werden Sie mir vielleicht über Ihre Zeit beim Theater etwas erzählen, Mrs. Kipper, das würde mich sehr freuen. Bestimmt haben Sie dort faszinierende Erlebnisse gehabt.«

Sie zischte. »Das hat er Ihnen also auch erzählt? Daß ich beim Theater war?«

»Keineswegs, Madame, das ist doch wohl allgemein bekannt?«

»Nun . . . mag sein«, gab sie widerwillig zu.

»Gehört habe ich davon, wenn ich mich recht erinnere, zum erstenmal von Hershel und Bernhard Kipper«, versetzte ich mit Unschuldsmiene.

»Mit denen haben Sie auch geredet?« Sie war außer sich.

»Nur ein sachliches Gespräch«, antwortete ich rasch. »Ich mußte ja auch im Büro Ihres Mannes ein vorläufiges Inventar aufnehmen, Mrs. Kipper. Es täte mir leid, wenn ich Sie gekränkt hätte. Doch der Umstand, daß Sie bei der Bühne waren, hat in meinen Augen nichts Herabwürdigendes, ganz im Gegenteil.«

»Ja«, stimmte sie erstickt zu, »damit haben Sie recht.«

»Auch dürfen Sie sich, da ich der Angestellte einer Anwaltskanzlei bin, die Ihre Interessen vertritt, auf meine Korrektheit unbedingt verlassen.«

»Worauf bitte?«

»Ich bin kein Klatschweib, Mrs. Kipper. Was ich

bezüglich unserer Mandanten zu hören bekomme, geht niemand etwas an.«

Sie schaute mich aus zusammengekniffenen Augen an.

»Ah so. Die Gespräche zwischen Mandanten und Anwälten sind also streng vertraulich?«

»Ganz recht, Mrs. Kipper. Was der Anwalt von seinem Mandanten erfährt, darf er nicht offenbaren.«

Ihre Augen weiteten sich wieder, und sie starrte an die Decke. »Das darf er nicht offenbaren«, wiederholte sie gedämpft. »Dachte ich's mir doch.«

Da sie mich womöglich für einen Anwalt hielt, erwartete ich, daß sie mir etwas anvertrauen würde, doch sie war jetzt mit mir fertig. Womöglich hatte Knurr ihr auch gesagt, daß ich keiner war. Wie auch immer, sie erhob sich mit einem Ruck, und ich beeilte mich, ihren Stuhl zurückzuziehen.

Jetzt wieder die große Dame, reichte sie mir lässig die Hand und bemerkte: »Mr. Big, Sie werden sich gewiß Ihrer Arbeit widmen wollen.«

Ich schüttelte ihr herzlich die Hand. »Ja, Madame. Und ich danke recht sehr für den Kaffee. Und für die Unterhaltung.«

Sie entfernte sich mit wehenden Gewändern, ohne zu antworten.

»Einen angenehmen Tag noch!« rief ich ihr nach, doch hörte sie mich wohl nicht mehr.

Um meinen vorgeblichen Auftrag glaubwürdig erscheinen zu lassen, mußte ich wenigstens ein Weilchen im Hause bleiben, nahm also den Fahrstuhl zum fünften Stock. Hier betrat ich den leeren, hallenden Partyraum und wanderte umher; meine Absätze klapperten auf dem nackten Fußboden. Es zog mich zu jenen verschlossenen Glastüren, und ich starrte hinaus auf die Terrasse, von der aus Sol Kipper den tödlichen Fall getan.

In den Ecken lag noch angewehter Schnee, auf Tischen und Stühlen schmolz er bereits weg. Die Pflanzen waren verkümmert und bräunlich. Ein trübseliger Anblick, eine tote, winterliche Szene.

Hierher also war er gekommen oder gebracht worden, von hier war er in den leeren Raum gesprungen oder gestoßen worden. Ein knochenloses Kleiderbündel. Ob Selbstmord oder Mord, dieses Ende hatte er jedenfalls nicht verdient, und bei diesem Gedanken verspürte ich einen metallenen Geschmack im Mund, so als wenn man versehentlich auf Silberpapier beißt.

Ich glaubte, ja ich war überzeugt, man hatte ihn getötet, aber wie? Vier Menschen im Haus, und alle im Erdgeschoß. Vier augenscheinlich ehrliche, anständige Menschen. Aber wenn alle logen, wer von ihnen wäre stark und entschlossen genug gewesen, die Tat zu vollbringen? Und auf welche Weise? Und immerhin war ja der Abschiedsbrief vorhanden . . .

Ich begab mich ziemlich deprimiert ins Erdgeschoß, schaute in die Küche und sah Chester Himmel mit Bertha Neckin am Tisch sitzen. Sie tranken ihren Kaffee aus dem gleichen Silbergeschirr, das eben noch den Tisch der Herrschaft geziert hatte.

Als Chester mich sah, erhob er sich, folgte mir in die Halle und reichte mir Hut und Mantel.

»Danke Ihnen, Chester. Ich hoffe, ich werde Sie nun kaum noch belästigen müssen.«

»Davon kann keine Rede sein, Sir.« Er schaute mich ernst an. »Ihre Arbeit nähert sich also dem Ende?«

Er blickte so undurchschaubar, daß ich einen Moment meinte, er vermute oder wisse gar, worauf ich aus war.

»Alles geht gut. Bald ist es vorüber. Noch ein Besuch oder zwei.« Er nickte gemessen und stumm und ließ mich auf die Straße, schloß hinter mir zu und prüfte sorgsam das Schloß.

Auf der 5. Avenue nahm ich eine Taxe und ließ mich Ecke Madison Avenue und 34. Straße absetzen. Von dort aus erreichte ich zu Fuß die Boutique, wo Yetta Apatoffs Pullover auslag. Ich beschrieb sie, so gut es gehen wollte, ohne die Hände zu Hilfe zu nehmen, und die Verkäuferin wählte die ihr passend scheinende Größe; ein solcher Pullover, sagte sie dabei, müsse eher knapp sein, keinesfalls zu groß, und im übrigen könne man ihn umtauschen, sollte er nicht passen. Ich ließ ihn schön einpacken und in eine Tüte tun, die keinen Rückschluß auf den Inhalt erlaubte.

Im Büro traf ich Mrs. Kletz auf ihrem neuen Arbeitsplatz im Korridor an. Sie telefonierte und machte Notizen. Dankbar empfand ich, daß sie sich hier sehr tüchtig ausnahm. Noch in Hut und Mantel schrieb ich in Stichworten den Inhalt meiner Unterhaltung mit Mrs. Kipper auf. Den besonderen Beigeschmack dieser Unterhaltung konnten meine Notizen zwar nicht wiedergeben, doch lag mir daran, festzuhalten, daß sie bestritten hatte, von Marty Reape zu wissen, daß sie zugegeben hatte, den Reverend Knurr erheblich unterstützt zu haben, und hielt auch ihren Wutausbruch fest, als sie von meiner privaten Unterhaltung mit Godfrey Knurr erfuhr.

Ich war damit gerade fertig, als meine Gehilfin mit ihrem Stenogrammblock hereinkam.

»Guten Morgen, Mrs. Kletz«, grüßte ich.

»Guten Morgen, Mr. Big.«

Wir strahlten einander an. Sie trug einen zeltartigen Pullover über einem Männerhemd. Ich fragte, ob Tisch, Stuhl, Telefon etc. zu ihrer Zufriedenheit installiert sein, was sie bejahte.

»Haben Sie meine Anweisungen gefunden und verstanden?«

»Selbstverständlich. Das war kein Problem. Ich weiß, welches Labor für Professor Stonehouse tätig war.«

»Nein, wirklich?« Ich war überrascht und entzückt. »Wie viele Anrufe mußten Sie in dieser Sache machen?«

»Vierzehn«, sagte sie, als wäre das nichts. Was für ein Schatz, diese Person! »Zwei Analysen wurden für ihn angefertigt.« Sie reichte mir einen Zettel. »Hier sind alle Informationen: Datum, Kosten usw. Das Ergebnis wollten sie mir aber nicht sagen.«

»Macht nichts, ich kenne es bereits. Glaube ich wenigstens. Haben Sie vielen Dank, Mrs. Kletz.«

»Ich bin jetzt dabei, weitere Erkundigungen einzuziehen.«

»Gut«, sagte ich. »Halten Sie sich dran, und falls Sie Fragen haben, genieren Sie sich nicht.«

»Das tue ich gewiß nicht.«

Und ich glaubte ihr – ängstlich war sie bestimmt nicht. Und plötzlich, ohne zu überlegen, rein instinktiv, bat ich sie: »Um eins gehe ich zum Essen, Mrs. Kletz, und werde wohl so eine Stunde wegbleiben. Es wäre mir lieb, wenn Sie sich unterdessen die Akten Stonehouse und Kipper vornähmen. In der obersten Schublade. Ich bin sehr gespannt darauf zu hören, was Sie dazu meinen.«

»Gern«, antwortete sie ungerührt. »Die Arbeit ist interessant, nicht wahr?«

»Oh ja, sehr«, stimmte ich begeistert zu.

Ich zog den Mantel aus, setzte den Hut ab und wusch mir die Hände auf der Toilette. Dann zog ich mich wieder an, nahm das Päckchen und holte im Triumph Yetta Apatoff zum Lunch ab.

Eine Viertelstunde später saßen wir an einem Tisch für zwei Personen beim Chinesen in der 3. Avenue. Ich bestellte Frühlingsrolle, Wontonsuppe, Krabben mit Hummermayonnaise und gebratenen Reis. Schließlich war es ein Geburtstagsessen. Ehe noch die Frühlingsrollen kamen, zog ich das Päckchen aus der Tüte und überreichte es Yetta. »Meinen herzlichen Glückwunsch«, sagte ich dazu.

»Ah, Josh!« Sie riß die Augen auf. »Das sollten Sie aber nicht. Hätte ich geahnt . . . Ungeduldig riß sie die Verpackung auf, und als sie sah, was darin war, formte ihr Mund ein überraschtes O.

»Aber Josh«, hauchte sie, »woher wußten Sie . . .?«

Es gelang mir, das Triumphgefühl zu unterdrücken, das ich empfand, weil ich eben im Wettkampf um Yetta Apatoff meinem Mitbewerber Hooter eine Nasenlänge voraus war, und flirtete, so gut ich konnte, während der Mahlzeit mit ihr. Yettas warmer Händedruck zum Abschied versprach unmißverständlich eine Intensivierung unserer Beziehung schon für die allernächste Zukunft.

Mrs. Kletz saß auf dem Korridor und las so gebannt, daß sie mich nicht bemerkte, als ich neben ihr stehenblieb.

»Welche Akte haben Sie da?«

»Den Fall Kipper. Ich bin beinahe fertig damit. Leute gibt's!« Das kam sanft und mit leichtem Lächeln heraus, es bedeutete nicht *schrecklich* sondern *wirklich zum Verwundern*.

»Ja, Sie haben recht. Sobald Sie damit fertig sind, kommen Sie bitte herein.«

Ich hängte Hut und Mantel weg, rief Ada Mondora an und bat um einen Termin bei Mr. Teitelbaum. Sie versprach zurückzurufen.

Mrs. Kletz hatte mir das Ergebnis ihrer Nachfragen wohlgeordnet auf den Tisch gelegt; sie hatte sich dazu der von mir aufgeführten Quellen bedient, gründlich und zufriedenstellend gearbeitet. Ich entwarf die Antworten für jene Mitarbeiter, welche die Anforderungen gestellt hatten, und überließ es Mrs. Kletz, die Reinschriften zu besorgen. Damit war ich gerade fertig, als sie hereinkam, die Akte Kipper unterm Arm.

Ich wies auf meinen Besuchersessel. »Setzen Sie sich, Mrs. Kletz. Noch ein Entwurf, dann bin ich fertig. Sie haben Ihre Sache übrigens tadellos gemacht.«

»Danke Ihnen, Sir.«

Es geschah selten genug, daß jemand mich »Sir« nannte, und ich fand es höchst angenehm.

Ich beendete den letzten Entwurf und schob ihr den Stoß über den Tisch. »Die ausgearbeitete Fassung brauche ich in zwei Exemplaren. Sehen Sie, wie weit Sie heute kommen, der Rest hat bis Montag Zeit.« Ich zog die Akte Kipper heran und klopfte mit den Knöcheln auf den Deckel. »Absolut vertraulich«, sagte ich dabei und sah sie fest an.

»Das versteht sich.«

»Und was meinen Sie dazu?«

»Ist immer der am wenigsten Verdächtige der Täter, Mr. Big?«

Ich lachte. »Probieren Sie nicht, die Polizei davon zu überzeugen. Die glaubt, der Täter ist der am meisten Verdächtigte. Und meist hat sie damit recht. Wen verdächtigen Sie?«

»Die Witwe ist mit dem Priester im Einvernehmen«, sagte sie ernst. »Vermutlich hatten sie was miteinander, als der alte Herr noch lebte, er hat was gemerkt, hat den Privatdetektiv engagiert und wollte sein Testament ändern, als er die Beweise hatte. Da haben sie ihn umgebracht.«

Ich schaute sie bewundernd an.

»Ja«, nickte ich, »das ist auch meine Theorie, eine, sagen wir elegante Theorie, welche die Angelegenheit erklärt. Nach dem Tode von Sol Kipper hat Marty Reape versucht zu erpressen, dabei aber die Entschlossenheit oder Verzweiflung der Täter unterschätzt. Also wurde auch er umgebracht. Seine Witwe bekam seine Akten in die Hand, zumindest teilweise, darunter auch die Kopien der Beweise im Fall Kipper. Die hat sie verkauft, oder teilweise verkauft, vielleicht hat sie auch Kopien angefertigt, weil sie merkte, daß sie eine Gans besaß, die goldene Eier legt. Sie wurde zu gierig, und da mußte auch sie daran glauben. Leuchtet das ein?«

»Und wie. Tippi und Knurr waren einzig am Geld des Alten interessiert. Er hätte sich mit seinen Beweisen in der Hand von ihr scheiden lassen und sie mit einer winzigen Abfindung abspeisen können, mit viel weniger, als sie jetzt erbt. Darum haben sie den armen Kerl umgebracht.«

»Eine elegante Theorie«, wiederholte ich, »die nur einen Schönheitsfehler hat: sie können es nicht gewesen sein.«

Sie runzelte die Stirn. »Das ist mir auch aufgefallen. War wirklich niemand sonst im Haus?«

»Ein gedungener Mörder? Das Personal sagt, niemand ist gekommen und niemand ist gegangen. Die Polizei traf kurz nach Sols Tod ein und hat das Haus gründlich durchsucht, ohne jemand zu finden.«

»Könnte das Personal lügen? Bestochen sein?«

»Glaube ich nicht, und der die Untersuchung führende Kriminalbeamte glaubt es ebenfalls nicht. Es müßten schon alle mitgemacht haben, also fünf Personen schmieden ein Mordkomplott. Das kommt mir unwahrscheinlich vor. Je mehr Leute beteiligt sind, desto größer die Möglichkeit, daß was herauskommt. Jeder hat die Möglichkeit, später zu erpressen – dafür sind Tippi und Knurr zu schlau. Es ist sicher so gewesen, wie sie behaupten: vier Personen im Erdgeschoß, als Sol Kipper zu Tode stürze.«

»Und einen Abschiedsbrief hinterließ«, seufzte sie.

»Auch das, ja.«

»Und was machen wir jetzt?«

»Nun ich –« Ich wußte nicht weiter. Was sollte ich jetzt wirklich machen? »Ich weiß es nicht«, gestand ich. »Ich weiß nicht, was ich sonst noch tun kann. Ich kann Tippi oder Knurr beschatten, kann den Beweis erbringen, daß sie eine Affäre haben, aber was nützt das? Dadurch weiß ich auch nicht, wie der Mord an Sol Kipper ausgeführt wurde. Und daß es Mord war, glaube ich ebenso fest wie Sie.«

»Chicago«, sagte sie.

»Wie bitte?«

»In Ihren Notizen, Mr. Big. Der Reverend hat Ihnen erzählt, er stammt aus der Gegend von Chicago, und die Brüder Kipper sagten Ihnen, soweit sie wüßten, kommt auch Tippi daher.«

Ich holte tief Luft. »Ich danke Ihnen, Mrs. Kletz«, sagte ich mit Nachdruck. »Ich hatte gehofft, daß Ihnen gerade so etwas auffallen würde. Ich bin zu nahe dran an der Sache, Sie haben Abstand. Gut. Angenommen einmal, die beiden stammen aus der Gegend von Chicago. Was beweist dies? Wahrscheinlich noch nichts, es sei denn, sie kannten einander, bevor sie nach New York kamen. Und auch das muß nicht unbedingt etwas bedeuten, es sei denn –«

»Es sei denn, die beiden hätten schon mal gemeinsam ein Ding gedreht.«

»In Chicago?«

»Zum Beispiel.«

»Hm . . . viel ist das nicht, aber es reicht vielleicht, um die Polizei dazu zu bringen, die Sache noch mal aufzugreifen. Die hat Mittel, so etwas im Handumdrehen zu entwirren, damit kann ich nicht konkurrieren. Ich will trotzdem versuchen, etwas über Knurrs und Tippis Vergangenheit rauszubekommen. Mag sein, ich finde nichts, aber probieren –«

Das Telefon klingelte. Mr. Teitelbaum war jetzt zu sprechen. Ada Mondora klirrte mit ihrem Zigeunerschmuck und lächelte mich schnippisch an, als ich vor ihrem Tisch stand. »Wie ich höre, hat heute jemand einen besonders reizenden Lunch gehabt«, sagte sie neckisch.

»Neuigkeiten verbreiten sich rasch, wie es scheint.«

»Worüber soll man sonst auch reden? Etwa über Prozesse? Yetta ist ganz verliebt in ihren Pullover.«

Ich ächzte.

»Meine Wette habe ich so gut wie gewonnen», meinte sie selbstzufrieden. »Ich habe auf Sie gesetzt. Thelma wird platzen, wenn sie von dem Pullover hört.«

»Dann hat Thelma Potts also auf Hooter gesetzt?«

»Wußten Sie das nicht?« fragte Ada. Sie tat ganz unschuldig, riß ihre Augen auf und ließ die blendendweißen Zähne sehen. »Thelma und ich haben nebenher noch eine ganz private Wette abgeschlossen. Die Verliererin muß einen Lunch im Hotel *Four Seasons* zahlen. Ich weiß schon genau, was ich bestelle.«

Mr. Teitelbaum saß wie gewohnt an seinem riesigen Tisch, die wie gepökelt aussehenden Hände auf der Platte gefaltet. Er wies mir einen Sessel an und wollte Bericht in Sachen Stonehouse erstattet haben.

Mit Hilfe meiner Notizen gab ich einen gerafften Überblick, sagte, anfangs habe ich vermutet, das Gift sei dem Kakao beigemischt gewesen, wisse jetzt aber, daß es ihm in seinem Cognac verabreicht worden sei und daß Stonehouse durch ein Labor zwei Substanzen habe analysieren lassen.

»Ich werde versuchen, Abschriften der Analysen zu beschaffen, Sir, und möchte wetten, daß der Cognac das Gift enthielt.«

»Und wer hat es da reingetan?«

Ich berichtete von meiner Unterhaltung mit Powell Stonehouse und Wanda Chard, auch von meinem letzten Zusammentreffen mit Glynis Stonehouse. Powell, so sagte ich, habe dem Anschein nach am leichtesten Zugang zu Gift, nämlich über Wanda Chard, doch sei er in der Zeit, als dem Professor das Gift verabreicht wurde, von daheim verbannt gewesen, er komme als Täter also nur in Betracht, wenn ihm einer oder mehrere Personen innerhalb des Hauses geholfen hätten.

»Und halten Sie das für wahrscheinlich?« fragte Mr. Teitelbaum in seinem immer wieder überraschend lebhaften Ton.

»Nein, Sir.«

»Die Ehefrau hat doch gewiß nicht auf eigene Faust gehandelt?«

Nein, Sir.«

»Und das Personal?«

»Auch nicht, Sir«, seufzte ich. »Die Tochter. Doch muß ich sagen, daß mir für diesen Verdacht alle Beweise fehlen. Weder weiß ich, wie sie an Arsen kommen könnte, noch kenne ich ein denkbares Motiv.«

»Halten Sie sie für geistig gestört?«

»Keinesfalls, Sir. Es wäre mir eine wirkliche Hilfe, Mr. Teitelbaum, wenn Sie mir sagen würden, welche rechtlichen Konsequenzen sich hier ergeben. Was geschieht mit den Vermögenswerten des Vermißten?«

Nun war er an der Reihe zu seufzen. Er schlang die Finger umeinander, musterte sie, als handele es sich um ein Tier mit zehn Beinen, womöglich eine Art Echse, die mit ihm nichts zu tun hatte.

»Mr. Bumble nennt das Recht einen Esel. Ich möchte das abändern und sagen, es ist meist ein halber Esel.«

Ein Juristenwitz. Ich lachte pflichtschuldigst.

»Die Vorschriften hinsichtlich der Vermögenswerte eines vermißten Individuums sind kompliziert«, fuhr er mit scharfer Betonung fort. »Im Falle Davie versus Briggs hat der Oberste Gerichtshof 1878 entschieden, daß der Vermißte nach sieben Jahren für tot erklärt werden kann. Der Fall Stonehouse fällt aber in die Jurisdiktion des Staates New York, und da gibt es zwei Vorschriften, die anzuwenden sind.«

Ich unterdrückte ein Stöhnen und setzte mich behaglicher zurecht. Ich hatte eine Antwort in einem Satz haben wollen, jetzt bekam ich statt dessen eine Vorlesung.

»Das Gesetz über Vermögenswerte, Vollmachten und Stiftungen kennt die Todesvermutung nach einer ununterbrochenen Abwesenheit der betroffenen Person von fünf Jahren, vorausgesetzt – und eben darum habe ich Sie beauftragt, eine gründliche Untersuchung vorzunehmen –, vorausgesetzt, der Vermißte war erstens besonderer Lebensgefahr ausgesetzt und es wurden zweitens vor dem Antrag auf Todeserklärung gründliche Nachforschungen über seinen Verbleib angestellt. Nach fünf Jahren also, und bei Erfüllung der eben von mir genannten Voraussetzungen, kann ein Vermißter für tot erklärt und sein Testament dem Nachlaßgericht eingereicht werden. Sollte er aber nach Ablauf der genannten fünf Jahre wieder auftauchen, so kann der Vermißte verlangen, in alle seine Rechte wieder eingesetzt zu werden. Gründliche Nachforschungen sind also von höchster Bedeutung hinsichtlich einer etwa zu beantragenden Todeserklärung. Können Sie mir folgen, Mr. Big?«

»Ja, Sir, ich glaube schon.«

»Hinwiederum«, fuhr Mr. Teitelbaum mit großer Selbstgefälligkeit fort, und mir wurde klar, daß ein *Hinwiederum* für den Juristen etwa ebenso gefühlsbeladen ist wie für den Laien der Ausspruch *Ich liebe dich.* »Hinwiederum ist das Nachlaßgericht, wenn es sich um vermißte Personen handelt, der Auffassung, solche dürften erst zehn Jahre vom Datum ihres Verschwindens an als an ihrem Vermögen nicht mehr interessiert betrachtet werden, und erst dann wird der Nachlaß entsprechend dem vorhandenen Testament oder, im Falle ein solches nicht vorhanden ist, entsprechend der gesetzlichen Erbfolge unter den Erben aufgeteilt. Nach Ablauf dieser zehn Jahre betrachtet das Nachlaßgericht den Vermißten als tot, auch wenn er noch am Leben sein sollte, und erscheint er in personam nach dieser Frist, hat er, nach Ansicht dieses Gerichtes, keinen Anspruch mehr auf sein vormaliges Eigentum.«

»Und können Personen, denen der Vermißte zum Unterhalt verpflichtet war, während dieser zehn Jahre an das Vermögen heran, Sir?«

»Das Gericht setzt zunächst einen Nachlaßpfleger ein, der das Vermögen verwaltet, die fälligen Steuern zahlt, für den Unterhalt der Familie des Vermißten sorgt etc. etc. Aber auch hierzu ist erforderlich, daß gründliche Nachforschungen angestellt wurden.«

»Ich bin verwirrt, Sir. Einmal heißt es, fünf Jahre reichen aus für eine gesetzliche Todesvermutung, dann wieder müssen zehn Jahre vergehen, bis das Erbe geteilt wird.«

»Sie sagen es. Unsere jüngeren Kollegen, denen dieser Sachverhalt zwecks systematischer Beurteilung vorgelegt worden ist, haben sich darüber schon die Köpfe zerbrochen. Ich selber sehe hier nicht unbedingt einen Widerspruch. So etwas kann im Fall zwei – d. h., während der Zehnjahresfrist – der Nachlaßpfleger oder jedermann, der dann ein legitimes Interesse besitzt, jederzeit die Todeserklärung beantragen, falls er Beweise dafür hat, daß der Vermißte verstorben ist.« Und er fügte trocken an: »Die Auffindung der Leiche würde meines Erachtens als ausreichender Beweis angesehen werden.«

»Ah, hm, Sir.« Ich suchte dies alles zu verdauen. »Was geschieht nun aber genau gesagt mit der Familie Stonehouse?«

Er fuhr in dozierendem Ton fort: »Nach Erwägung aller mir bekannten Tatsachen halte ich es für ratsam, daß die Angehörigen sich zwecks Erlangung eines angemessenen Unterhaltes an das Nachlaßgericht wenden und keine Einwände gegen die Einsetzung eines Nachlaßpflegers erheben. In diesem Sinne werde ich Mrs. Stonehouse beraten. Ich muß allerdings, und das sage ich ganz offen, Mr. Big, zugeben, daß ich in dieser Sache nicht gerade Eile an den Tag gelegt habe. Mrs. Stonehouse und die Kinder sind zwar nicht gerade vermögend, verfügen aber über genügend Mittel, um die nötigsten Ausgaben zu bestreiten; sie sind keineswegs notleidend. So bewohnen sie z. B. eine voll bezahlte Eigentumswohnung, für die sie relativ geringe Unterhaltskosten aufbringen müssen. Ich habe die Dinge herangezogen, weil ich das Nachlaßgericht erst anrufen möchte, wenn ich dartun kann, daß die erforderten gründlichen Nachforschungen wirklich stattgefunden haben. Auch bestürzt mich, was Sie da von dem Versuch einer Vergiftung berichten. Ich möchte nicht, daß ein Mitglied der Familie vom Nachlaß profitiert, das, sagen wir, mit dem Verschwinden des Professors zu tun gehabt hat.«

»Ich ebenfalls nicht, Sir. Wenn ich recht vestanden habe, wird das Testament also eröffnet, falls ein Nachlaßpfleger eingesetzt wurde und der Vermißte zehn Jahre nicht in Erscheinung getreten ist?«

»Ganz richtig.«
»Und falls kein Testament vorhanden ist?«
»Dann tritt die gesetzliche Erbfolge ein.«
»Hätte er seine Frau enterben können – ich meine, falls er ein Testament hinterlassen hätte?«
»Das kommt darauf an. Die Enterbung des Ehepartners liegt nicht im öffentlichen Interesse. Anders ist es, wenn der Erblasser gewichtige Gründe dafür hatte, die auch von einem Gericht als solche anerkannt würden.«
»Etwa der Versuch, ihn zu vergiften?«
»Das dürfte ausreichen«, meinte er zögernd. »Selbstverständlich nur, wenn es unwiderleglich bewiesen werden kann.«
»Und gleiches gilt entsprechend für die Kinder, vermute ich?«
Mr. Ignaz Teitelbaum holte tief Luft.
»Mr. Big, das Erbrecht ist keine steinerne Gesetzestafel. Nicht einmal ein sachverständig aufgesetztes Testament kann als sakrosanktes Dokument gelten. Man kann es anfechten, und dies geschieht alle Tage. Fragen Sie bei Anwälten herum. Und dann kommt es meist zu einer Übereinkunft. Oder zum Rechtsstreit. Und in solchen Fällen sind außergerichtliche Vergleiche an der Tagesordnung.«
»Darf ich mal eine hypothetische Frage stellen, Sir?«
»Sie dürfen.«
»Angenommen, der Ehegatte oder eines der ehelichen Kinder trachtet dem Erblasser nach dem Leben. Das Opfer besitzt dafür Beweise und enterbt entweder den Gatten oder das Kind in einem eigenhändig aufgesetzten Testament, dem er auch die erforderlichen Beweise beifügt. Der Erblasser verschwindet. Das Testament wird aber nicht aufgefunden. Nach zehn Jahren, oder auch früher, falls die Leiche aufgefunden wird, findet die Erbteilung gemäß der gesetzlichen Erbfolge statt. Dann würde die schuldige Person also ihren respektive seinen Anteil erben?«

»Selbstverständlich«, versetzte er prompt. »Wird das Testament nicht aufgefunden und kommt das Verbrechen nicht ans Licht, dann geschieht es, wie Sie sagen.«

»Und falls man morgen die Leiche fände, Sir, wie lange würde es dauern, bis der Erbschein ausgestellt wird?«

»Falls kein Testament vorliegt, womöglich ein Jahr oder auch länger.« Dann verstummte er, entwirrte die Finger, spreizte die lederfarbigen Hände auf der Tischplatte. Er hielt den Kopf gesenkt, blickte mich jedoch von unten herauf scharf an.

»Sie glauben, man wird morgen schon die Leiche finden, Mr. Big?«

»Ich glaube, man wird sie bald finden, Sir. Ich glaube nicht, daß der Täter oder die Täterin sich zehn Jahre gedulden werden.«

»Sie gehen davon aus, daß ein zweites Testament gemacht wurde, doch hat der Professor womöglich dazu keine Gelegenheit gefunden, und dann wäre das vorhandene Testament noch gültig.«

Das war mir nicht eingefallen. Es traf mich wie ein Schlag. Doch hielt ich es nach kurzem Nachdenken für unwahrscheinlich. Nachdem er das Resultat der Analyse erhalten hatte, dürfte Professor Stonehouse entweder ein neues Testament aufgesetzt oder das alte geändert haben. Das entsprach jedenfalls seinem Wesen. Er war ein bösartiger, rachsüchtiger Mensch, und den Versuch, ihn zu vergiften, dürfte er nicht verziehen haben. »Eine letzte Bitte, Mr. Teitelbaum«, sagte ich. »Ich bin überzeugt, daß Professor Stonehouse, als er das Haus am 10. Januar abends verließ, irgendwohin mit einem Auto oder einer Taxe gefahren ist, die ihn erwartete. Die Nacht war kalt und regnerisch, bestimmt hat er nicht auf den Bus gewartet oder ist zur U-Bahn gegangen. Falls ein Privatwagen ihn erwartet hat, bin ich hilflos, doch falls ihn eine Taxe mitnahm, kann ich versuchen, den Fahrer aufzuspüren. Taxichauffeure müssen ein Fahrtenbuch führen, es wäre allerdings praktisch unmöglich, sämtliche Fahrtenbücher für diesen Abend zu überprüfen, selbst wenn ich dazu die Erlaubnis erhielte, was nicht sicher ist. Ich möchte deshalb auf Plakaten, die Stonehouse zeigen, eine mäßige Belohnung aussetzen für den Taxifahrer, der sich erinnert, ihn vor seiner Wohnung oder in der Nähe am Abend des 10. Januar mitgenommen zu haben. Ich gebe zu, die Erfolgsaussichten sind nicht gut, denn ich könnte die Plakate nur in den Großgaragen der Taxiunternehmer aushängen, und es gibt eine Menge unabhängiger Taxifahrer, die sie auf diese Weise nicht zu Gesicht bekämen. Immerhin, wir könnten Glück haben und den Chauffeur finden, der den Professor an jenem Abend gefahren hat.«

»Machen Sie das«, stimmte Mr. Teitelbaum prompt zu. »Ich bin sehr einverstanden. Das fällt unter die gründlichen Nachforschungen, die das Gesetz verlangt.«

Er wollte noch etwas sagen, behielt es aber für sich. Nachdenklich preßte er zwei magere Zeigefinger gegen den Mund. Endlich sagte er: »Mr. Big, ich finde, Sie führen diese Untersuchung in höchst professioneller Weise, und ich möchte Ihnen dafür meine Anerkennung aussprechen.« – »Ich danke Ihnen, Sir.«

»Indessen«, fuhr er mit starker Stimme fort, »die Untersuchung kann nicht ewig fortgehen. Die Firma ist in erster Linie ihren Mandanten verpflichtet, also dem vermißten Professor Stonehouse, aber auch seinen Angehörigen. Ich kann die Beantragung der Einsetzung eines Nachlaßpflegers nicht endlos aufschieben. Das wäre der Familie gegenüber nicht anständig gehandelt. Können Sie mir ungefähr sagen, wie lange Sie für Ihre Untersuchung noch brauchen?«

»Nein Sir«, antwortete ich kleinlaut. »Ich kann nicht mal dafür garantieren, daß ich sie je abschließe.«

Er nickte bedauernd.

»Ich begreife. Und doch kann ich mich unserer Verantwortung nicht entziehen. Mehr als eine Woche darf ich Ihnen nicht mehr zubilligen, Mr. Big. Dann muß ich Sie bitten, die Nachforschungen in diesem rätselhaften und etwas abstoßenden Fall aufzugeben.«

Ich wollte widersprechen, wollte ihm vorschlagen, mit seinen juristischen Formalitäten schon mal anzufangen, mir aber weiterhin die Leine lang zu lassen. Aber wenn ich ehrlich war: Ich wußte einfach nicht, was nicht im Falle Stonehouse zu tun blieb. Falls die Plakate kein Resultat brachten, war ich ratlos.

Auf der Walze meiner Schreibmaschine fand ich folgende Notiz von Mrs. Kletz:

Mr. Big: Weshalb war Tippi (Fall Kipper) so bestürzt, als Sie von Ihrer Unterredung mit dem Rev. Knurr berichteten? Sind beide gemeinsam in diese Sache verwickelt, wie wir beide annehmen, wäre es verständlich, denn dann muß einer sich auf den anderen verlassen können. Beide sind aber gerissen, das heißt mißtrauisch, und fürchten, der andere könnte abspringen, ihm vielleicht einen Strick drehen wollen. Wenn zwei Menschen gemeinsam ein schweres Verbrechen begehen, sehen sie einander bestimmt mit neuen Augen an und stellen sich Fragen. Weil eben der eine sich auf den anderen verlassen können muß. Ich kann es nicht so richtig ausdrükken, hoffe aber, Sie verstehen mich. G.K.

Ich verstand sie durchaus und fand, sie hatte recht. Falls Tippi und Knurr einander mit neuen Augen betrachteten, mochte das der erste kleine Spalt in ihrer Panzerung werden, einer, der sich womöglich noch vergrößern ließ.

Ich rief bei Stilton an. Am anderen Ende sagte jemand sehr förmlich: »Detective Stilton ist nicht erreichbar.« Ich hinterließ meinen Namen und bat, Stilton möge mich so bald wie möglich zurückrufen.

Mein zweiter Anruf galt Mrs. Effie Dark. Ein Weilchen schwatzte ich mit dieser angenehmen, gemütvollen Dame, und dabei brachte sie selber zu Sprache, was ich wissen wollte.

»Ich habe meine Getränkerechnungen durchgesehen,

Mr. Big, und festgestellt, daß Professor Stonehouse zwei Monate vor seinem Verschwinden den letzten Cognac bestellt hat. Wie das möglich ist, kann ich mir nicht erklären, aber es ist so.«

»Danke Ihnen, Effie, wieder ein Backstein für die Mauer, aber einer, auf den es ankommt.«

Wir verabschiedeten uns, legten auf. Es war nun später Freitagnachmittag, und allmählich kehrte Ruhe ein. Besonders im Winter gibt es eine unverwechselbare Freitagnachmittagstimmung in New York. Zeitige Dämmerung, zeitige Ruhe. Die Konturen verschwimmen. Melancholie greift um sich. Man erinnert sich verpaßter Gelegenheiten.

Da saß ich nun in meinem winzigen Büro, die Akten Kipper und Stonehouse vor mir auf dem Tisch und starrte aus traurigen, verglasten Augen darauf. Welche Leidenschaften, welche Unordnung. Ich faßte es nicht. Schlimmer noch, alle Inspiration, aller Mut schienen mich verlassen zu haben. So viele Menschen, und alle in irgendwelche verzweifelte Machinationen verstrickt. Was bedeuteten sie mir, was ich ihnen? Es handelte sich um eine einzigartige Angelegenheit, der ich nicht gewachsen war, etwas, das ganz gegen meine Natur war. Schließlich war ich ein ruhiger, kleinwüchsiger, zurückgezogen lebender, nicht zu Gewalttaten neigender Mensch, plötzlich durch Glück und Zufall, welche das Leben regieren, in eine Art terra incognita versetzt, für die mir der Kompaß fehlte. Und das machte mir die größten Bedenken. Mir lag mehr daran herauszubekommen, was mich dazu trieb, mich mit diesen Widerwärtigkeiten zu befassen, sie nicht einfach von mir zu schieben, als daran, die Wahrheit zu entdecken. Ich zwang mich endlich dazu, die Verzweiflung abzuschütteln, die sich meiner mehr und mehr bemächtigte, packte die Akten in die Mappe, zog den Mantel an, setzte den Hut auf, machte das Licht aus und entfernte mich stapfenden Schrittes in die Dunkelheit, die weniger düster, bedrohlich und doch voll unheimlicher Vorzeichen schien als jene, die in mir herrschte.

Unangefochten daheim angelangt, legte ich bequemere Kleidung an und entzündete ein kleines Feuer im Kamin. Nach dem ausgiebigen Lunch hatte ich keinen Hunger, trank aber eine Tasse Kaffee und aß ein Stück Nußkuchen dazu. Dann saß ich da und starrte in die Flammen, zu meinen Füßen die Akten Kipper und Stonehouse. Von neuem überkam mich meine Depression. Meine erste große Untersuchung führte zu nichts. Ich war ein sanfter Zwerg, fehl am Platze in einer Welt voller Riesen, die stießen und schoben. Und ich war allein, allein an einem Freitagabend, und fragte mich, wer und was ich sei. Da klopfte es leise an meiner Tür. Ich erhob mich, immer noch von meinen trüben Gedanken umdüstert, und fand Cleo Hufnagel vor der Tür, die ebenso bekümmert dreinsah wie ich. Es hätte gewiß nicht viel gefehlt, daß wir einander weinend um den Hals gefallen wären.

»Hier«, sagte sie distanziert und schob mir einen verschlossenen großen Umschlag hin.

»Was ist denn das?« fragte ich verwirrt.

»Die Informationen über Arsen, die Sie haben wollten.«

Ich wog den Umschlag in der Hand.

»Aber Cleo, nicht Sie sollten das Material sammeln, Sie sollten nur die Quellen heraussuchen.«

»Nun, ich habe es selber gemacht«, und sie hob den Kopf. »Ich dachte, es könnte . . . könnte Ihnen von Nutzen sein. Guten Abend.«

Sie wandte sich ab, doch ergriff ich ihren Arm. Sie blieb stehen, wollte mich aber nicht ansehen.

»Was ist Cleo? Sie sind offenbar wütend auf mich.«

»Enttäuscht bin ich«, sagte sie leise.

»Also dann enttäuscht. Aber wie habe ich Sie gekränkt? Sollte ich es getan haben, bitte ich aufrichtig um Vergebung, aber ich kann mir nicht denken –«

Ich brach ab. Adolph Finkel!

»Cleo«, begann ich noch einmal, »wir haben einander versprochen, Freunde zu sein. Mir war es damit ernst, und ich glaube, Ihnen auch. Zwischen Freunden muß Aufrichtigkeit herrschen. Kommen Sie bitte herein, setzen Sie sich, und lassen Sie mich erzählen. Bitte, geben Sie mir diese Gelegenheit. Falls Sie nachher immer noch gehen und nie wieder mit mir zu tun haben wollen – bitte. Aber mindestens sollen Sie eine solche Entscheidung auf Tatsachen gründen.«

Mit diesem juristischen Argument zog ich sie herein und schloß hinter uns die Tür ab. Ich geleitete sie sanft zum Sessel, in dem sie sehr aufrecht Platz nahm, die Hände im Schoß gefaltet. Sie starrte versonnen in das herabbrennende Feuer. »Wollen wir nicht etwas trinken?« fragte ich. »Das würde uns beiden guttun.«

Sie deutete ein Nicken an, und ich schenkte uns eilig zwei kleine Cognacs ein, zog einen Stuhl heran und lehnte mich ernst vor, das Glas zwischen den Knien.

»Also dann«, begann ich. »Ihre Enttäuschung rührt vermutlich von etwas her, das Adolph Finkel über eine Besucherin gesagt hat, der er heute früh begegnet ist. Stimmt das?«

Wieder das kurze kalte Nicken.

»Cleo, diese Frau ist eine wichtige Zeugin in einem Fall, den ich derzeit bearbeite. Ich brauchte von ihr bestimmte Informationen. Folgendes hat sich ereignet . . .«

Ich darf wohl ohne Selbstüberschätzung sagen, daß ich hinlänglich überzeugend wirkte. Ich sprach langsam, mit eindringlicher Stimme und sagte weiter nichts als die Wahrheit. Ich beschrieb Cleo die Busfahrt im Schneetreiben, die Atmosphäre bei *Mutter Tucker,* meinen Abend mit Perdita und Colonel Manila. »Das klingt ja urgemütlich«, sagte Cleo leise, fast ein wenig neidisch.

»O ja.« Ich war ermutigt. »Wir müssen dort mal zusammen hingehen.« Ich schilderte dann mein vergebliches Bemühen, während des Essens das geringste aus Perdita herauszubekommen, und daß ich schon den Entschluß gefaßt hatte, den Abend abzuschreiben und auf irgendeinem Wege heimzufahren. Dann beschrieb ich, wie Perdita und der Colonel darauf bestanden, mich in Manilas schokoladenfarbigen Rolls-Royce nach Hause zu bringen, wie wir unterwegs tranken und die beiden einen Joint rauchten. Ich verschwieg nichts.

»Das hab ich nie probiert«, bemerkte Cleo Hufnagel nachdenklich, »ich täte es aber gerne mal.«

Ich verbarg meine Verblüffung, so gut ich konnte, und schilderte, wie Perdita hier eingedrungen war und mir nach einem weiteren Drink geradezu unbezahlbare Informationen für meine Untersuchungen gegeben hatte.

»Und dann –« sagte ich.

»Und dann?« fragte Cleo scharf.

Ich beschrieb, so zartfühlend es gehen wollte, die weiteren Ereignisse, und als ich zu meinem behelfsmäßigen Bett kam und den Schmerzen, mit denen ich am Morgen erwachte, lachte sie laut heraus. Und sie lachte auch über meine zärtliche Unterhaltung mit Perdita, bevor sie ging. Ja, ihr liefen vor Lachen förmlich die Tränen übers Gesicht.

»Und als wir ins Treppenhaus kamen, siehe, da stand Adolph Finkel, und ich schwöre Ihnen bei unserer Freundschaft, Cleo, genau so hat es sich zugetragen.«

»Ich glaube Ihnen, Josh.« Sie rieb sich noch mal über die Augen. »So was kann sich keiner ausdenken. Und wie haben Sie sie heimgebracht?«

Ich erzählte, daß Colonel Manila noch in der Schneewehe vor dem Hause saß, daß die beiden mich zur Arbeit gefahren hatten und dann gemeinsam verschwunden waren.

»Und werden Sie sie wiedersehen?« fragte Cleo, plötzlich ernst geworden.

Darüber mußte ich nachdenken.

»Ich kann nicht versprechen, daß es nicht dazu

kommt, Cleo. Es kann sein, daß ich aus beruflichen Gründen noch mal mit ihr reden muß. Aber verlassen Sie sich darauf, es hat wirklich rein berufliche Gründe, ich habe an Perdita Schug nicht das geringste persönliche Interesse. Noch einen Schluck Cognac?«

»Bitte.« Ich ging dankerfüllt die Flasche holen, denn ich fürchtete, sie könnte meine Schuldgefühle von meinem Gesicht ablesen. Ich hatte zwar die Wahrheit gesagt, aber nicht die ganze Wahrheit.

Wieder im Zimmer, zog ich meinen Stuhl nahe zu ihrem Sessel und ergriff ihre Hand. »Ist mir verziehen?«

An diesem Abend sah sie ungewöhnlich attraktiv aus, doch erging es mir jedesmal so, wenn ich sie sah: immer entdeckte ich neue Schönheiten an ihr. Das lange Haar, das mir ehedem nur glänzend kastanienbraun erschienen war, wirkte jetzt wie eine Flamme; das Lächeln, das ich bisher angenehm, aber distanziert genannt hatte, fand ich nun geheimnisvoll und voller Verheißungen. Die schmale Nase wirkte nun aristokratisch, die hohe reine Stirn zeugte von Intelligenz, der breite Mund war nicht nur schön geformt, er war auch sinnlich und begehrenswert.

Was ihre Figur angeht, begriff ich nicht mehr, wie ich sie je hatte dürr finden können, vielmehr kam sie mir jetzt elegant vor, gertenschlank. Zu den langen Armen und Beinen paßten die schlanken Hände und Füße, ihr Körper schien mir ungemein schmiegsam, und daß sie einen Kopf größer war als ich, verlor ich völlig aus dem Bewußtsein. Wir waren Ebenbürtige, so dachte ich.

»Selbstverständlich verzeihe ich Ihnen«, sagte sie mit ihrer wunderbar tiefen und leisen Stimme, »es gibt da nichts zu verzeihen. Die Schuld liegt ganz bei mir. Ich habe keine Ansprüche auf Sie. Sie können tun und lassen, was Sie wollen. Es war dumm von mir, weiter nichts.«

»Nein, nein«, bestritt ich heftig, »es war nicht dumm, Sie sind alles andere als dumm.«

»Gekränkt war ich . . .«, sagte sie zögernd, »einfach gekränkt. Ich weiß nicht weshalb, aber so war es.«

»Nie würde ich Sie kränken«, verschwor ich mich. »Nie! Und den Drachen habe ich auch nicht vergessen. Ich werde uns einen kaufen. Einen roten. Samt Schnur.«

Sie lachte. »Wie nett, daß Sie daran noch denken, Josh.« Sanft entzog sie mir ihre Hand. »Wollen Sie jetzt hören, was ich über Arsen zusammengetragen habe?«

Ich nickte, obwohl ich in diesem Moment lieber über sie und mich gesprochen hätte. Sie hob den Umschlag auf und öffnete ihn. Ich rückte die Tischlampe näher.

»Ich lasse Ihnen das alles zur ungestörten Lektüre da. Das meiste sind Fotokopien aus medizinischen Zeitschriften und Material der pharmazeutischen Industrie. Alles sehr technisch, Josh. Ich sollte vielleicht nur die Hauptpunkte erwähnen, dann brauchen Sie nicht alles zu lesen. Ist der Mann tot, dem das Arsen beigebracht wurde? Ich meine, hat er ein großes Quantum bekommen und ist daran gestorben? Oder kleine Mengen über einen längeren Zeitraum?«

»Kleine Mengen, glaube ich. Und gestorben ist er, glaube ich, nicht, jedenfalls nicht an Arsenvergiftung.«

»Nun denn – Arsen befindet sich in unterschiedlichen chemischen Verbindungen, in Form von Pulver, Kristallen oder flüssig. Es gibt sogar etwas, das man zerstäuben kann, als giftige Dämpfe. Papst Clemens VII. und Leopold I. von Österreich sind angeblich duch Arsen in Wachskerzen umgebracht worden. Die Dämpfe der Kerzen waren giftig, und wer sie einatmete, starb daran.

»Unglaublich«, murmelte ich, und unversehens kniete ich neben ihrem Sessel und hatte wieder eine ihrer langen schlanken Hände ergriffen. Sie wehrte nicht ab.

»Ich vermute, daß es sich in Ihrem Fall um Arsentrioxyd handelt, Josh. Das ist die übliche Form und das Grundmaterial für alle Arsenverbindungen.«

»Ah», sagte ich und küßte ihre Fingerspitzen. »Arsentrioxyd.«

»Das sind weiße oder durchsichtige Klümpchen oder Pulver. Falls es behutsam und in kleinen Dosen beigemischt wird, löst es sich auf. Es ist dann geruchlos und ohne Eigengeschmack. Schon geringe Mengen sind giftig. Es könnte einen leichten Nachgeschmack haben.«

»Nachgeschmack«, wiederholte ich, küßte ihre Knöchel, ihren Handrücken, drehte ihn herum und küßte das perlweiße Gelenk mit den pulsierenden Adern.

»Schon zwei bis drei Zehntelgramm Arsentrioxyd können einen Erwachsenen innerhalb von 48 Stunden töten, eine winzige Menge würde also bereits Krankheitssymptome verursachen.« Offenbar wollte sie trotz aller Ablenkungen in ihrem Vortrag fortfahren. »Falls ich richtig verstanden habe, greift Arsen die roten Blutkörperchen und die Nieren an. Die Symptome sind unterschiedlichster Art; das Opfer einer Arsenvergiftung kann über Kopfschmerzen klagen, über Schwindel, Muskelkrämpfe, Delirium und Stupor. Der Tod wird durch Kreislaufkollaps verursacht. Kleinste Dosen, über längere Zeit gegeben, verursachen erhöhte Temperatur, Appetitlosigkeit, Blässe, Schwäche, Entzündung von Nasen- und Rachenschleimhäuten. Symptome also, die sehr denen einer Grippe gleichen, deshalb wird bei Arsenvergiftung gelegentlich eine falsche Diagnose gestellt. Winzige Mengen über lange Zeit verursachen im allgemeinen weder Delirium noch Stupor.«

»Stupor«, sagte ich, und meine Zungenspitze glitt in ihre Handfläche. Ihr Arm erbebte von oben bis unten, doch sprach sie mit fester Stimme weiter.

»Nach wiederholten Gaben von Arsen kann es zum Ausfall von Haaren und Nägeln, zu Heiserkeit und heftigem Husten kommen. Arsen sammelt sich in der Haut, im Haar und den Nägeln. Manches spricht dafür, daß Napoleon auf St. Helena mit Arsen vergiftet wurde. Man fand Jahre später Arsen in einer Locke seines Haares.«

»Armer Napoleon«, wisperte ich, legte den Kopf

zurück und richtete mich auf, um den Geruch ihres Haares einzuatmen, vergrub mein Gesicht in der süßen Grube zwischen Hals und Schulter und sog ihren Duft in vollen Zügen ein, doch ließ sie sich nicht ablenken. »Ein aufmerksamer Arzt bemerkt gelegentlich einen leichten Geruch nach Knoblauch im Atem und den Ausscheidungen des Patienten.« Sie ließ sich nicht bremsen. »Eine Urinprobe und Magenspülungen erweisen ebenfalls das Vorhandensein von Arsen im Körper. Die Symptome ähneln aber so sehr denen einer Darmgrippe, daß viele Ärzte erst an Arsenvergiftung denken, wenn es bereits zu spät ist.«

»Zu spät«, ächzte ich und schob ihr Haar zärtlich beiseite, um ihr himmlisches Ohr zu küssen. Sie zitterte etwas, las aber weiter aus ihren Notizen.

»In der Medizin wird Arsen kaum noch benutzt, es gibt wirksamere Medikamente. Früher behandelte man Infektionen mit Arsen, ferner Hautabschürfungen, auch Syphilis, chronische Bronchitis, Anämie, Schuppenflechte und so fort. Tierärzte wenden es auch heute noch an, jedoch weniger häufig als ehedem. Arsen wird zumeist bei technischen Prozessen verwendet, zur Härtung von Kupfer, Blei und Aluminium, bei der Herstellung von Farben und Glas, beim Gerben von Leder, in Druckereien und Färbereien. Ferner als Pigment für Anstriche, zur Schädlingsbekämpfung, sowohl gegen Pflanzen als gegen Nagetiere und Insekten, ferner bei der Herstellung von Feuerwerkskörpern.«

»Feuerwerk«, hauchte ich und strich über ihr seidiges Haar. Es war weich und nachgiebig wie Spinnweben.

»Wir kommen nun zur Beschaffung von Arsen . . . in Lebensmitteln und Medikamenten darf es nicht mehr verwendet werden, und als Unkrautvernichtungsmittel nur noch selten. Rattengift und Holzschutzanstriche enthalten zwar Arsen, wären aber auch ohne dieses schon giftig genug. Man bekommt Arsen im Großhandel, z. B. zur Herstellung von Autobatterien, doch kauft man es da gleich tonnenweise und nur gegen Vorlage einer Verwendungsbestätigung. Was also soll ein bedauernswerter Giftmischer tun? Er täte sich schwer, ein arsenhaltiges Präparat in einem Gartenbedarfsgeschäft, in einer Eisenwarenhandlung oder einer Apotheke zu kaufen, es wäre wahrscheinlich sogar ausgeschlossen.«

»Ausgeschlossen«, stöhnte ich, nunmehr kniend, einen Arm um ihre Schulter gelegt. Meine Finger strichen über ihren Hals, ihr Ohr, die lockeren Haarsträhnen, welche ihr über die Schulter fielen. Mit der anderen Hand streichelte ich scheu ihren Arm. Ich spürte, wie sie erschauerte, doch beherrschte sie sich gleich wieder. »Arsentrioxyd wird aber immer noch in Labors verwendet. Man bestellt es im Handel für Laborbedarf, selbstverständlich schriftlich. Labors kaufen für gewöhnlich Mengen zwischen 100 und 500 Gramm. In der üblichen Zusammensetzung kosten 250 Gramm etwa 10 Dollar. Hochwertiges Arsentrioxyd, also besonders reines, kostet pro Gramm einen Dollar. Am leichtesten käme ein Giftmischer vermutlich in einem Universitätslabor an geringe Mengen Arsentrioxyd. Es wirken bereits so kleine Mengen tödlich, daß deren Fehlen kaum bemerkt werden dürfte, und – oh Josh!«

Sie ließ Ihre Notizen zu Boden fallen, rutschte von dem Sessel auf die Knie und drängte sich in meine Arme. In dieser Haltung, beide auf den Knien, waren wir fast gleich groß, und wir umarmten einander innig. Wir küßten uns, unsere Zähne stießen gegeneinander, wir küßten uns wieder, murmelten: »Nie im Leben –«, »ich wollte nicht –«, »ich kann nicht –«, woraus über ein kleines »Ich wollte so gern –«, »ich hatte so sehr gehofft –« und schließlich »ich liebe –« wurde.

Kein einziger Satz wurde zu Ende gesprochen, was auch nicht nötig war. Nach einer Weile wurden wir des Küssens müde, ließen uns einfach fallen, lagen dicht beieinander auf dem Boden, genauer gesagt Nase an Nase und starrten einander an, lächelnd, lächelnd, lächelnd.

»Mir ist alles einerlei«, sagte Cleo Hufnagel mit tiefer Stimme, »mag daraus werden, was will.«

»Mir ist auch alles einerlei, ausgenommen wir beide.«

»Wir beide«, wiederholte sie staunend.

»Wir beide.« Ich strich ihr das Haar aus der Stirne und streichelte die glatten Schläfen. Als ich sie, die sich keineswegs widersetzte, an mich drückte, wurde die Umarmung noch inniger. Ich massierte sanft ihren Rükken durch den Pullover hindurch, sie schloß die Augen und schnurrte zufrieden.

»Hör bitte nicht auf.«

»Ich habe nicht die Absicht«, versicherte ich und dehnte mein Operationsgebiet auf Schulterblätter und Rippen aus.

»Ah«, seufzte sie, »ah, ah, ah. Bist du noch Jungfrau, Josh?«

»Nein.«

»Aber ich.«

»So?«

»Ich mag aber keine sein.« Gleich darauf riß sie die Augen auf und schaute mich erschrocken an. »Nur nicht gleich heute abend!« fügte sie hastig an.

»Das verstehe ich«, versicherte ich ernst. »Nur mit dir zusammenzuliegen ist schon schön genug.«

»Und daß du mir den Rücken streichelst, ist herrlich.«

»Magst du noch einen Cognac?«

»Lieber nicht, mir geht es im Moment ganz wunderbar. Wie alt bist du, Josh?«

»Zweiunddreißig.«

»Ich bin vierunddreißig«, sagte sie niedergeschlagen.

»Na und?«

»Also bin ich älter als du.«

»Dafür bin ich kleiner.«

Sie rutschte so weit weg, daß sie mein Gesicht mit

beiden Händen umfassen konnte und starrte mich eindringlich an.

»Das ist aber weiter nicht schlimm, nicht wahr? Ich meine, daß ich älter bin und du kleiner. Ist das wichtig?«

»Nein«, sagte ich, selber verblüfft, »nicht die Spur.«

»Ich muß dir was beichten.«

»Was denn?«

»Ich muß mal dringend ins Bad.«

Als wir einander zum Abschied küßten, reckte ich mich auf die Zehenspitzen, und sie beugte sich zu mir herab, doch machte mir das nichts aus, und weder sie noch ich lachten darüber. »Ich danke dir für diesen wunderschönen Abend«, sagte ich. Statt einer Antwort strich sie mit den Fingerspitzen sanft über meine Wange. Dann war sie fort.

6

An den folgenden Tag erinnere ich mich gut, denn es ereigneten sich Dinge, die Konsequenzen hatten. Es war der erste Samstag im März, ein windiger, rauher Tag mit stahlblauem Licht aus einem verhangenen Himmel. Es roch scharf nach Schnee, und ich beeilte mich, das Nötigste zu besorgen, damit ich auch dann zwei gemütliche Tage daheim würde verbringen können, wenn die Stadt einschneien sollte.

Zu erledigen waren Wäsche, Reinigung, Einkaufen. Ich besorgte Wein und Brandy. Ich säuberte die Wohnung. Anschließend nahm ich eine Dusche, zog mich bequem an, und kurz nach Mittag ließ ich mich mit der *Times* und der dritten Tasse Kaffee des Tages nieder.

Daß das Telefon klingelte, ärgerte mich. Es war so gemütlich hier drinnen, und das scharfe Klingeln erinnerte mich an die unfreundliche Welt vor meinen Fenstern.

»Ja bitte?« meldete ich mich zurückhaltend.

»Josh?« rief Percy Stilton ins Telefon. »Mein Stecken und meine Stütze! Ich sitze hier in Unterhosen, meine Puppe hat in der Küche was mit einem Huhn vor, ich rauche einen Joint, dick wie eine Zigarre, probiere einen frischen weißen Chablis, Gott ist in seinem Himmel, alles steht zum Besten mit der Welt, also was kann ich für Sie tun? Sie haben hinterlassen, ich soll Sie anrufen.«

»Das klingt ja, als wären Sie in bester Form, Perce.«

»In Hochform. Und nichts und niemand bringt mich vor Montag früh aus dem Hause. Sie wollen Bescheid wissen wegen diesem blöden Fahrstuhl, nicht wahr? Also der war im fünften Stock, als die Streifenwagenbesatzung bei Kippers nachsah. Beide sind sich darin einig. Aber was beweist das? Sol hätte ihn trotzdem benutzen können.«

»Könnte schon, aber es ist schlecht vorstellbar, daß ein verstörter Mensch mit Selbstmordabsichten auf einen Aufzug wartet, bloß um eine Treppe höher zu fahren, wenn er in weniger als einer Minute zu Fuß dort sein kann. Aber es stimmt schon, möglich wär's.«

»Gehen wir mal davon aus, daß er's getan hat. Nur keine Fakten den Theorien anpassen. Dabei sind schon viele auf den Bauch gefallen. Man muß die Theorie den Fakten anpassen. Wie kommen Sie von der Stelle? Irgendwas aufregend Neues?«

Ich berichtete, daß ich in der Firma Kipper die Rechnungen von Reape gefunden hatte, abgezeichnet von Sol Kipper. Ferner die von Reape quittierten Scheckformulare.

Ich wartete auf seine Reaktion, doch blieb er stumm.

»Sind Sie noch da, Perce?«

Er klang plötzlich ernüchtert. »Sie wissen wohl, was Sie da gefunden haben, Josh?«

»Ja, selbstverständlich. Ich habe Anhaltspunkte dafür, daß zwischen Sol Kipper und Reape eine Verbindung bestand.«

»Sie elender Pfadfinder! Sie haben Beweise!« schrie er

mich an. »Stichhaltige Beweise, mit denen wir vor die Strafkammer gehen können! Bislang war alles bloß Nebel, aber jetzt haben wir Papier! Lieber Himmel, das ist ja wunderbar!«

Mir erschien das gar nicht so wunderbar, doch haben Kriminalbeamte wohl andere Prioritäten, die mir nicht bekannt sind. Ich erzählte Stilton noch von der Affäre zwischen Tippi und dem Reverend Knurr, und auch, daß sie bereits vor Sol Kippers Tod angefangen habe.

»Wo haben Sie das her?« wollte er wissen.

Ich zögerte einen Moment.

»Von der Zofe«, sagte ich schließlich.

Er lachte. »Von der Horizontalen persönlich? Ich will nicht fragen, wie Sie die zum Reden gebracht haben, ich kann's mir schon vorstellen. Na ja, stimmen könnte es.«

Ich beharrte: »Das erklärt doch die Verbindung Kipper–Reape. Sol wurde mißtrauisch und engagierte Reape. Reape brachte die Beweise dafür bei, daß Knurr und Tippi intim miteinander waren. Daraufhin rief Kipper bei Tabatchnik an und wollte sein neues Testament machen.«

»Hört sich gut an. Sol wird beseitigt, bevor er sein Testament ändern kann. Das Paar findet die Beweise und vernichtet sie. Es könnten Fotos gewesen sein oder Tonbänder. Aber Reape hat Kopien gemacht und versucht sich als Erpresser, und damit ist sein Schicksal besiegelt.«

»Und nachdem er aus dem Weg ist, probiert seine Witwe ihr Glück und geht ebenfalls baden.«

»Wie gesagt, es hört sich gut an, aber lieber wäre mir, wir wüßten endlich, wie Sol erledigt wurde. Und wie der Abschiedsbrief zustande gekommen ist. Immerhin wissen wir jetzt mehr. Sobald ich Montag in meinem Laden bin, lasse ich Knurr durch den Computer laufen.«

»Und Tippi bitte auch.«

»Warum die?«

Ich sagte, die Brüder Kipper hätten von Las Vegas gesprochen und Chicago als Tippis eigentlichen Herkunftsort erwähnt, und daß auch Knurr von dort komme.

»Gut, das könnte was sein oder auch nicht«, meinte Stilton. »Ich lasse also auch Tippi durch die Mühle laufen, und dann werden wir ja sehen. Halten Sie sich weiter so gut, Josh, Sie machen Ihre Sache brav.«

»Finden Sie? Und ich glaubte schon, ich komme nicht mehr von der Stelle. Ich habe Sie gebeten, anzurufen, weil ich nicht weiter wußte. Ich hoffte, Sie könnten mir sagen, wie ich es anders versuchen soll.«

Kurzes Schweigen.

»Es ist Ihr Fall«, sagte er schließlich. »Aber wenn ich Sie wäre, würde ich Knurr und Tippi eine Weile beschatten.»

»Wozu?«

»Einfach so, zum Spaß. Josh, meine Puppe schreit, und ich muß auflegen. Wahrscheinlich soll ich arbeiten. Bleiben Sie mit mir in Verbindung, und ich lasse Sie wissen, ob der Computer für Tippi und Knurr Vorstrafen ausspuckt.«

»Danke für Ihren Anruf.«

»Es war mir ein Vergnügen«, erwiderte er gespielt förmlich. »Also dann, adieu, Josh, und schönes Wochenende!«

Ich war etwa zur gleichen Zeit mit der *Times* und dem erkalteten Kaffee fertig, goß mir einen schwachen Scotch mit Wasser ein, stellte das Radio leise und nahm mir wieder einmal meine Notizen im Falle Stonehouse vor. Ich fing ganz von vorne an, bei der ersten Unterredung mit Mr. Teitelbaum. Dann las ich, was ich mir über die ersten Gespräche mit Mrs. Ula Stonehouse, mit Glynis und Mrs. Dark notiert hatte, und fand dabei etwas recht Interessantes. Bei dem Gespräch in der Küche mit Mrs. Dark waren etwa folgende Fragen und Antworten gewechselt worden:

F: »Und Glynis? Arbeitet sie irgendwo?«

A: »Nicht mehr. Ein oder zwei Jahre hatte sie Arbeit, aber die hat sie aufgegeben.«

F: »Und was war das für Arbeit?«

A: »Ich glaube, als Sekreätrin in einem medizinischen Labor.«

F: »Und jetzt tut sie gar nichts?«

A: »Doch, an drei Tagen in der Woche arbeitet sie unbezahlt in einer städtischen Klinik.«

Ich klappte sachte den Hefter zu und starrte in den leeren Kamin. Sekretärin in einem medizinischen Labor. Jetzt in einer Klinik.

Möglich war es.

Doch Mr. Teitelbaum hatte mir nur noch eine Woche gegeben. Ich verbrachte weitere Stunden mit Aktenstudium und Pläneentwerfen. Nach einem einsamen Abendbrot besorgte ich mir die Abendzeitungen. Es war jetzt 20 Uhr 30, weder regnete noch schneite es, doch war die Luft so feucht, daß ich Nässe im Gesicht spürte. Ich ging rasch, mit gesenktem Kopf. Die Straßen waren leer, es herrschte so gut wie kein Verkehr, und erst als ich um die Ecke in die 10. Avenue einbog, erblickte ich Fußgänger.

Die *News* war bereits am Kiosk, aber die *Times* noch nicht ausgeliefert. Ein halbes Dutzend Leute waren reingegangen, um sich zu wärmen; alle warteten auf den Lieferwagen. Ich konnte mir die *Times* ja auch am folgenden Vormittag besorgen und machte mich auf den Rückweg.

Das Haus, in dem ich wohne, liegt etwa in der Mitte des Häuserblocks, und auf der gegenüberliegenden Straßenseite steht eine Laterne, die jetzt ein geisterhaftes, orangefarbiges Licht verbreitete. Kurz bevor ich mein Haus erreichte, traten zwei Männer aus einem Hauseingang etwas weiter die Straße herunter und kamen auf mich zu. Sie hielten ziemlich viel Abstand voneinander, und jeder trug so etwas wie ein Schlagholz in der Hand. Ich weiß noch, daß ich dachte: Was jetzt passiert, passiert dir! Zugleich kam mir der Einfall, daß das Benehmen der beiden für Straßenräuber ganz untypisch war; meist nähern die sich ihrem Opfer von hinten. Ich blieb stehen und blickte mich um. Richtig, auch hinter mir kam einer ebenso entschlossenen Schrittes auf mich zu wie die beiden vor mir.

Ich schaute mich hastig um. Die Straße lag verlassen. Ich hätte vielleicht schreien sollen, bis jemand ein Fenster öffnete, den Kopf rausstreckte und vielleicht Anteil genug nahm, wenigstens die Polizei anzurufen, doch kam ich nicht auf den Gedanken zu schreien, ich sann nur auf einen Fluchtweg.

Die beiden vor mir waren jetzt so nahe, daß ich sah, sie trugen gestrickte Skimützen mit Augenschlitzen; sie schwenkten ihre Waffen bedrohlich, und ich wußte mit aller Bestimmtheit: Dies ist keiner der üblichen Straßenüberfälle, vielmehr wollen sie dir einen gehörigen Denkzettel verpassen, wenn nicht gar ans Leben. Ich warf einen schnellen Blick zurück. Der einzelne Angreifer näherte sich mir, doch nicht so rasch wie die von vorne kommenden. Offenbar war es seine Aufgabe, zu verhindern, daß ich vor den beiden anderen kehrtmachte und weglief. Er hielt das Schlagholz in beiden Händen, wie ein Spieler, der den ersten Ball erwartet. Auch er trug eine Skimütze, doch bemerkte ich, daß einer der Augenschlitze undurchsichtig war; er trug darunter eine schwarze Augenklappe.

Die Stoßstange an Stoßstange parkenden Wagen hinderten mich daran, auf die Fahrbahn auszuweichen. Ich wagte nicht, die Vortreppe zum nächsten Haus hinaufzulaufen, um zu klingeln, in der Hoffnung, hier Zuflucht zu finden, bevor die Angreifer mich erreichten. Also tat ich, was mir am aussichtsreichsten schien: ich machte kehrt und lief auf den einzelnen Mann zu, der mir folgte; gegen den rechnete ich mir bessere Chancen aus als gegen die beiden anderen. Auch brachte jeder Schritt in diese Richtung mich der hellerleuchteten und belebten 10. Avenue näher. Er war wohl durch meine plötzliche Kehrtwendung und die Geschwindigkeit meiner Annäherung verblüfft, denn er blieb stehen, wendete sich hierhin und dorthin und packte das Schlagholz an beiden Enden.

Er erwartete wohl ein Ausweichmanöver und war nicht darauf gefaßt, daß ich einfach in ihn hineinrannte. An meinem Ansturm war nichts besonders gerissen oder geschickt, ich rannte einfach gegen ihn, so fest ich konnte, ich fühlte das Schlagholz an meiner Brust, hörte aber nicht auf zu rennen. Er wich aus, schwankte rückwärts, ich rannte noch einmal gegen ihn, wobei ich bereits die Schritte der anderen näher kommen hörte. Nun stolperte er, fiel platt auf den Rücken, und ich rannte weiter, so rasch ich konnte, zunächst einmal über ihn weg, und das buchstäblich. Mir war es einerlei, wohin ich trat, auf seine Schienbeine, in seinen Bauch, auf die Brust oder ins Gesicht. Ich stieß mich von ihm ab, benutzte ihn wie der Läufer die Startlöcher, um gut abzukommen, und wetzte Richtung 10. Avenue, wohl wissend, daß ich nun frei war, daß auch der Teufel mich nicht einholen würde.

Ich umrundete die Straßenecke, verhielt am Kiosk, und richtig, da war jetzt der Lieferwagen der *Times*, der die Sonntagsausgabe brachte, und ringsherum ein drängendes, stoßendes Knäuel von Käufern und Händlern, ein wunderschöner Anblick, und ich warf mich mitten ins Getümmel, nach Atem ringend und höchst überrascht, noch heil zu sein. Und ich war nicht nur unverletzt, ich hatte sogar noch meine *News* bei mir.

Ich wartete, bis die Exemplare der Zeitung zusammengestellt waren, wartete noch länger, bis zwei weitere Zeitungsverkäufer in meine Straße einbogen, ihre Blätter unterm Arm, und schloß mich ihnen an. Ich hielt mich nahe bei ihnen, ließ die Blicke wachsam schweifen, doch von meinen Angreifern keine Spur.

Vor dem Haus hatte ich bereits die Schlüssel in der Hand, schloß auf, rannte die Treppe rauf, öffnete die Wohnungstür, schloß ab und verriegelte hinter mir. Ich machte alle Lampen an und durchsuchte die Wohnung.

Ich wußte, dies war unsinnig, ich tat es aber trotzdem. Sogar in den Schrank schaute ich. Ich zitterte am ganzen Leib. Ich goß mir einen großen Cognac ein, trank ihn aber nicht, sondern saß, noch mit Mütze und Parka angetan, im Sessel und schaute auf die Reste des Feuers im Kamin, in dem noch Fünkchen glommen wie Glühwürmchen.

Ich konnte die Augenklappe nicht vergessen, die einer meiner Angreifer unter seiner Skimütze getragen hatte.

Selbstverständlich tragen viele Männer in New York schwarze Augenklappen und glichen von Gestalt und Größe einem der Jungen, den ich in Knurrs Club gesehen hatte. Immerhin . . . Ganz gewiß hatte Tippi Kipper Einzelheiten unserer Unterhaltung Knurr mitgeteilt, vielleicht auch erwähnt, daß ich den Namen Marty Reape genannt hatte. Womöglich hatte sie gesagt, ich hätte ihr bohrende Fragen gestellt, was schon deshalb besonders verdächtig scheinen mußte, weil ich ja angeblich im Auftrage ihrer Anwälte einzig mit der Aufnahme eines vorläufigen Inventars beschäftigt war. Die beiden könnten also beschlossen haben, mich aus dem Weg zu schaffen, mindestens mir einen Denkzettel zu verpassen, als Warnung, die Finger von ihren Angelegenheiten zu lassen.

War es wirklich so?

Ich mußte mir eingestehen, daß diese Theorie mir nicht ganz einleuchten wollte, denn kannte ich den Namen von Reape, mußten die beiden annehmen, daß er auch meinen Arbeitgebern bekannt war, und dadurch, daß sie mich krankenhausreif prügeln ließen, konnten sie einer weiteren Überprüfung der Rechnungen eines Privatdetektivs keinen Riegel vorschieben. Was die ›bohrenden Fragen‹ anging, so ließen die sich ohne weiteres als Bekundung von Anteilnahme auffassen.

Warum Knurr diesen Angriff gegen mich ausgelöst

haben sollte, wollte mir also nicht einfallen, doch daß er dahintersteckte, bezweifelte ich keinen Moment. Das betrübte mich, denn ich bewunderte ihn.

Ich schaute auf die Uhr. Etwas nach 22 Uhr. Falls ich mich jetzt sofort auf den Weg zu Knurrs Hauptquartier machte, könnte ich womöglich die Ankunft meiner drei Angreifer noch miterleben, vielleicht auch nur ihren Weggang aus dem Club, und auf diese Weise meinen Verdacht bekräftigen oder entkräftigen.

Ohne weiter zu erwägen, ob dies nicht ganz abwegig sei, machte ich die Lampen aus, stülpte die Kapuze über die Mütze, vergewisserte mich, daß ich die warmen Handschuhe dabei hatte und trat wieder hinaus in die Dunkelheit. Dies war eines der unangenehmeren Unternehmen, die ich in meinem Leben ausgeführt habe. Als das Taxi mich Ecke Carmine Street und 7. Avenue absetzte, stellte ich entgeistert fest, daß ich vergessen hatte, mehr Geld mitzunehmen. Das Taxi samt Trinkgeld konnte ich noch bezahlen, aber dann blieben mir nur noch rund zehn Dollar in Scheinen und Münzen – gerade genug, um wieder nach Hause zu kommen.

Gesenkten Kopfes, die Kapuze überm Kopf, ging ich auf der gegenüberliegenden Straßenseite an Knurrs Club vorüber und sah scharf hin. Anfangs schien es mir da ganz dunkel, doch dann gewahrte ich durch das übermalte Schaufenster Licht. Das mochte natürlich nur ein Nachtlicht sein, der Club leer, der Pastor irgendwo unterwegs und das Ganze mithin reine Zeitverschwendung meinerseits.

Doch rief ich mir Roscoe Dollworths Maxime ins Gedächtnis, bei einer Beschattung niemals die Geduld zu verlieren, ging am Club vorüber und machte nach einer Weile kehrt. Gewiß habe ich das ein gutes Dutzend Mal wiederholt, bis ich endlich, ermüdet von diesem Marsch, mich im Eingang einer chinesischen Wäscherei verbarg, nicht gerade gegenüber vom Zeltmacherclub, doch immerhin so, daß ich dessen Eingang im Auge behalten konnte, ohne selber gesehen zu werden.

Eine Stunde etwa kauerte ich dort in dem Ladeneingang, dann nahm ich meinen Postengang wieder auf, stets Knurrs Club im Auge. Die Straße war nicht gerade belebt, doch leer war sie auch nicht. Von den Fußgängern schien sich niemand für mich zu interessieren, doch wenn größere Gruppen auftauchten, schloß ich dicht auf, wie ich hoffte, den Eindruck erweckend, als sei ich auch einer der späten Heimkehrer von einer Party.

Ich stand wieder im Eingang der Wäscherei und stampfte mit den Füßen, der Kälte wegen, als es in Knurrs Club heller wurde. Ich wich weiter in die Schatten zurück und wartete. Endlich ging die Tür da drüben auf, Licht fiel auf den Gehsteig.

Godfrey Knurr trat heraus; kein Zweifel, er war es. Ich sah sein Gesicht genau, besonders den schiefergrauen Bart, als er sich umdrehte, um die Tür abzusperren. Er trug keine Kopfbedeckung, doch einen Mantel mit hochgeschlagenem Kragen. Er versicherte sich, daß das Schloß sperrte, steckte den Schlüssel ein und ging in östlicher Richtung davon, Richtung 6. Avenue. Er legte ein gutes Tempo vor, und ich folgte ihm auf der anderen Straßenseite, möglichst im Schatten und ein gutes Stück zurück. Er überquerte die 6. Avenue, blieb am Fahrbahnrand stehen und hielt ein Taxi an, vielmehr er versuchte es, doch war es besetzt. Ich lief die Avenue ein Stück hinunter, überquerte sie, stellte mich einen Häuserblock oberhalb von Knurr an den Straßenrand und hielt das erste leere Taxi an, das sich näherte.

»Wohin?« fragte der Fahrer.

»Stellen Sie die Uhr an, und bleiben Sie hier stehen. Ich habe ungefähr 10 Dollar. Wenn ich Ihnen acht schulde, sagen Sie es, ich steige aus und gebe Ihnen zehn. Klar?«

»Warum nicht?« sagte er freundlich. »So verbrauche ich kein Benzin. Haben Sie Ärger mit Ihrer Frau?«

»So was Ähnliches.«

»Haben wir den nicht alle?« seufzte er und verstummte dann.

Ich las auf dem Schild, daß der Fahrer Abraham Pincus hieß, ein grauhaariger Mann in mittlerem Alter mit zerfurchtem Gesicht unter abgegriffener Mütze.

»Was dagegen, wenn ich rauche?« fragte er.

»Im Fahrgastraum stand zu lesen BITTE NICHT RAUCHEN. FAHRER ALLERGISCH GEGEN TABAKRAUCH und ähnliches.

»Was sollen denn diese Schilder?« fragte ich.

»Die hat die Tagesschicht angebracht. Ich fahre Nachtschicht.«

Ich saß derweil auf der Kante der Bank und blickte durch die verschmutzte Windschutzscheibe zu Knurr hin, der noch immer kein Taxi bekommen hatte. Nach etwa drei Minuten kam eines, dessen Leuchtzeichen brannte und das auf Knurrs Winken hin an den Randstein fuhr.

»Los jetzt. Fahren Sie einfach nach Norden.«

»Warum nicht?« sagte Mr. Pincus wieder. »Sie sind der Boss. Alles für acht Dollar.«

Wir hielten uns etwa einen Häuserblock weit hinter Knurrs Taxi, das an der Ecke 14. Straße nach links abbog. –

»Links abbiegen«, befahl ich meinem Fahrer.

»Bleiben wir hinter dem Kollegen?«

»Ja.«

»Warum sagen Sie das nicht gleich? Ich warte mein Lebtag darauf, daß jemand zu mir einsteigt und sagt: ›Folgen Sie diesem Wagen!‹ Genau wie im Film, verstehen Sie? Endlich mal eine Chance, und Sie vermasseln mir alles! Ist das der Kerl, der sich an Ihre Puppe rangemacht hat?«

»Ebenderselbige.«

»Na, den verlieren wir nicht. Bis zu acht Dollar entgeht der uns nicht.«

Knurrs Taxi fuhr mal nach Westen, dann wieder nach Norden, wir immer hinterher, meist einen Block entfernt, mein Fahrer schloß nur dichter auf, wenn er fürchtete, ihn bei wechselnden Lichtsignalen zu verpassen. Schließlich waren wir auf der 11. Avenue und hielten genau nordwärts.

»Sind Sie aus New Jersey?« fragte Pincus.

»Nein, weshalb?«

»Ich dachte, er will vielleicht über die George-Washington-Brücke nach New Jersey, und das schaffen Sie für acht Mäuse nicht.«

»Nein, nach New Jersey fährt er wohl nicht.«

»Vielleicht können Sie sich ja mit Ihrer Puppe versöhnen. Wie heißt doch der alte Schlager? *Mit ein bißchen Zärtlichkeit* . . .«

»Ein guter Rat.« Ich rückte noch weiter an die Kante des Sitzes und ließ die Rücklichter des vor uns fahrenden Wagens nicht aus den Augen. Nun fuhren wir auf der West End Avenue, immer noch in nördlicher Richtung.

»Er wird langsam«, meldete Pincus. »Jetzt hält er.«

Ich suchte ein Straßenschild. 66. Straße. »Vorbeifahren und einen Häuserblock weiter halten.«

»Warum nicht?«

Ich ließ mich auf den Sitz zurückfallen, wir passierten Knurrs Taxi, und meines hielt einen Block weiter an.

»Bislang haben Sie sechs Dollar auf der Uhr«, sagte Pincus. »Soll ich hier auf Sie warten?«

»Nein, nein, ich steige aus.« Ich gab ihm neun Dollar – mit einem würde ich per U-Bahn oder Bus schon noch heimkommen.

»Viel Glück«, sagte Pincus.

»Danke. Das war sehr nett von Ihnen.«

»Warum nicht?« Und davon ratterte er mit seinem Taxi.

Ich stand auf der östlichen Seite der West End Avenue an einem Häuserblock, vor dem Bäume wuchsen und der an eine riesige Wohnmaschine grenzte. Wohntürme, weite Grasflächen, Gesträuch und Bäume überall. Bei Tage gewiß ein hübscher Anblick. Zu dieser Nachtstunde allerdings verlassen, voller Schatten, irgendwie unheimlich.

Ich hatte Knurr im Rückspiegel beobachtet und gesehen, wie er auf eine Lücke im Verkehr wartete, um über die West End Avenue zu flitzen, und ging jetzt schnell dorthin, wo er ausgestiegen war. Er ging gerade in eine hell erleuchtete Tiefgarage in einem der Wohnblocks, die sich bis an den Fluß erstreckten. Davor waren riesige Schilder, die anzeigten, was es kostete, hier einen Parkplatz für den Tag, die Woche, den Monat zu mieten.

Im Schatten eines Baumes blieb ich auf meiner Straßenseite gegenüber der Garageneinfahrt stehen. Knurr wurde von einer Frau erwartet, die bislang im Schatten unsichtbar gewesen war, jetzt aber ans Licht trat und ihn umarmte. Nun kam ein Parkwächter, mit dem Knurr wenige Worte wechselte. Er reichte ihm etwas, der Mann wandte sich ab und ging. Knurr und die Frau blieben an Ort und Stelle, in eine Unterhaltung vertieft, sein Arm um ihre Schulter gelegt.

Sie trug einen Pelz, den ich für Nerz hielt, einen weit geschnittenen, bis zur halben Wade reichenden Mantel, mit einer Kapuze, die sie hochgeschlagen hatte und die so ihre Züge verbarg. Nach einer Weile rollte ein schwerer schwarzer Mercedes herauf, dem der Parkwächter entstieg und Knurr etwas aushändigte. Dieser gab seinerseits dem Parkwächter etwas in die Hand.

Knurr öffnete die Tür auf der Beifahrerseite und half der Dame in den Wagen, ging auf seine Seite herum, stieg ein, machte die Tür zu – ich hörte das dumpfe Zufallen des Wagenschlages bis hierher – und fädelte sich dann sorgsam in den Verkehr auf der West End Avenue ein, Richtung Norden. Ich sah seinen Rücklichtern nach und überlegte dabei nicht etwa, wohin er sich jetzt wenden mochte, das war mir einerlei. Ich war total geschockt.

Denn als er der Dame in den Wagen half, streifte sie die Kapuze zurück, und einen Moment war ihr Gesicht im grellen Licht der Garageneinfahrt sichtbar geworden; ich sah sie ganz deutlich. Es war keinesfalls Tippi Kipper.

Es war Glynis Stonehouse.

TEIL DREI

1 In jener Nacht erwachte ich immer wieder, schlief auch wieder ein und konnte am Ende nicht mehr sagen, ob ich träumte oder wach war. Jedenfalls weiß ich, daß ich mich fragte, ob ich denn nun wirklich den Reverend Godfrey Knurr und Glynis Stonehouse zusammen gesehen hatte.

Mein Hirn wälzte diese Dinge die ganze Nacht über herum, und Sonntag früh wurde es keineswegs besser. Ich duschte, zog mich an und stocherte lustlos in einer Schale mit matschigen Cornflakes. Was sollte ich jetzt nur tun? Mir schien die Sache über den Kopf zu wachsen, und ich brauchte dringend Rat. Stilton wollte ich nicht schon wieder belästigen, doch was ich da gesehen hatte, war immerhin so wichtig, daß er es umgehend erfahren mußte. Ich rief also die Nummer an, die er mir gegeben hatte, und erfuhr, daß er erst Montag früh im Büro erwartet wurde.

»Könnten Sie ihn bitte daheim anrufen und ihm sagen, er möge sich mit mir in Verbindung setzen?« Ich bemühte mich, größte Dringlichkeit in meinen Ton zu legen.

»Kann Ihnen nicht vielleicht wer anderes helfen?«

»Nein, einzig Stilton kann das, und die Sache ist für ihn ebenso wichtig wie für mich, glauben Sie mir.«

Stille.

»Betrifft es einen seiner Fälle?« wurde endlich gefragt.

»Genau«, log ich tapfer. »Rufen Sie ihn an und sagen Sie, er möchte bitte Joshua Big anrufen. So bald wie möglich.«

Nach kurzem Schweigen: »Wie war der Name?«

»Big. Joshua Big. Es ist äußerst wichtig, sagen Sie ihm das.«

»Das werde ich.«

Ich blätterte in den Zeitungen, stellte das Fernsehen an, konnte aber nicht folgen. Kurz vor Mittag klingelte das Telefon

»Hallo?« meldete ich mich kurzatmig.

Eine tiefe, rauhe Stimme sagte beschwichtigend: »Mr. Big?«

»Ja.«

»Hier spricht Maybelle Hawks«, tönte es liebenswürdig. »Ich bin Percy Stiltons Heimtrainerin, wenn Sie so wollen.«

»Ja Madame?«

»Mr. Big, Percy hat Ihre Nachricht bekommen, kann sich aber bedauerlicherweise im Moment nicht verständlich äußern.«

»Er ist doch nicht krank?«

»Man könnte es so nennen«, bemerkte sie versonnen, »aber nicht ernstlich. Er wird sich erholen, nur dauert das ein Weilchen. Im Moment ist er etwas , ah, aus dem Ruder gelaufen. Schließlich ist Sonntagvormittag. Sie verstehen?« – »Ja, Madame«, sagte ich bekümmert, »er hat einen Kater.«

»Ah, Mr. Big, das ist die Untertreibung des Jahres«, lachte sie. »Er ist im Koma, Mr. Big, im Ko-ma. Ich sollte Ihnen erklären, daß es besser wäre, Sie sprächen Montag früh im Dienst mit ihm.«

»Miss Hawks, ist –«

»Nennen Sie mich doch Belle.«

»Vielen Dank. Also Belle, vielleicht könnte ich ihn im Laufe des Tages sehen? Es ist nämlich wirklich dringend, andernfalls würde ich Sie nicht belästigen. Percy und Sie müssen heute doch irgendwann mal etwas essen, und es wäre mir ein großes Vergnügen, wenn ich Sie irgendwohin zum Abendbrot einladen dürfte. Beide. Egal wo.«

»Mr. Big, Sie scheinen ein recht vernünftiger Mann zu sein.«

»Ich hoffe es sehr, Madame.«

»Dann dürfte Ihnen klar sein, daß Percy Stilton mir eine runterhauen würde, spräche ich jetzt im Moment zu ihm von Essen.«

»Das ist doch auch nicht nötig, Madame«, erwiderte ich hastig, »es muß ja nicht gleich sein. Ich dachte, daß er am späten Nachmittag, sagen wir so gegen sechs, soweit erholt ist, daß Sie alle beide mit mir gemeinsam essen könnten.

»Hmm, das hört sich nicht schlecht an, Mr. Big. Ich will mal sehen, was sich tun läßt mit diesem Unglücksraben. Wo dachten Sie denn, daß wir hingehen?«

Wir einigten uns auf *Woodys Restaurant* gegen 18 Uhr.

Den Nachmittag verbrachte ich mit dem Durchblättern der Zeitungen, dann nahm ich mir wieder die Akte Stonehouse vor. Um 17 Uhr 30 verließ ich die Wohnung und ging zu *Woodys*. Noch war es nicht dunkel, doch sah ich mich gründlich um, bevor ich das Haus verließ, und schaute immer wieder hinter mich, solange ich noch auf der 23. Straße war. Kaum hatte ich die Garderobe abgelegt, begrüßte mich Nitchy.

»Noch ohne Prinzessin heute abend, Josh?«

»Heute abend noch ohne, ja.«

»Aber die kommt«, behauptete sie zuversichtlich. »Sie werden sehen, eines Abends kommen sie mit der Prinzessin am Arm hier hereingewalzt.«

Wie gewöhnlich war sie vor lauter kunstgewerblichem Schmuck kaum zu sehen, ihr schwarzes Haar schimmerte sündhaft, und Lidschatten wie Lippenstift taten das ihre, um ihr das Aussehen einer Zauberin zu verleihen. Sie gab mir einen Tisch, von dem aus ich den Eingang im Auge behalten konnte.

Die beiden verspäteten sich kaum – bloß um eine Viertelstunde. Kaum betrat Maybelle Hawks das Lokal, wandten sich ihr alle Bicke zu, und ich wußte auf der Stelle, wer sie war – nämlich eines der gesuchtesten Mannequins von Manhattan. Ihre klassischen Züge waren immer wieder auf den Titelseiten der Modemagazine zu sehen, sie hatte nackt für Fotografen und Maler Modell gestanden, und ein Kunstkritiker hatte sich nicht gescheut, ihr die Schönheit der Nofretete zu bescheinigen, dazu eine ätherische Sinnlichkeit. Sie überragte Stilton merklich, der hinter ihr hereingeschlurft kam. Es fehlten ihr nicht viel an zwei Metern. Sie trug einen weichen Ledermantel mit Pelzfutter, darunter ein hemdartiges Gewand aus weicher, pflaumenfarbiger Wolle, und um den kräftigen langen Hals eine dünne goldene Kette. Ich sah gleich, weshalb sie den Kunstkritiker an Nofretete erinnert hatte. Besonders der Hinterkopf war stark betont, das Haar eine Kappe aus dicht anliegenden schwarzen Locken, der Schnitt der Augen orientalisch, die Lippen semitisch, die Nase glich einer türkischen Dolchklinge. Und alles wie aus poliertem, geölten Holz geschnitten. Die Zähne waren unglaublich weiß.

Beide setzten sich zu mir, und aus der Nähe wirkte Percy nicht besonders gesund. Zwar war er so elegant gekleidet wie bei unserer ersten Begegnung, doch lagen die Augen tief in den Höhlen, und die Tränensäcke waren geschwollen. Die Iris war gerötet, und er blinzelte häufig, auch wirkte seine Haut irgendwie kränklich. Nitchy fragte, ob wir einen Drink wollten. Belle sah, daß ich Weißwein trank, und bestellte ebenfalls welchen. Percy blickte Maybelle Hawks aus blutunterlaufenen Augen an und krächzte: »Bitte, Baby.«

Belle sagte mit äußerst melodischer Stimme: »Nitchy, bringen Sie diesem Rollstuhlfahrer bitte einen Cognac und ein großes Glas Eiswasser.«

»Sofort.« Nitchy sah Percy teilnahmsvoll an. »Sie haben wohl das arme Tier?«

»Daß ich nicht lache«, versetzte Belle. »Dieser Bursche rühmt sich, alles zu vertragen, und zwar wild durcheinander« Hasch, Martinis, Wein, Bourbon und Cognac. ›Mir macht das nichts‹, hat er behauptet.«

»Schrei bitte nicht so, Belle«, flehte Percy.

Unsere Drinks wurden gebracht und Stilton stierte in

sein Cognacglas. Er holte Luft und beugte sich dann so tief über das Glas, daß er es nur Zentimeter zu heben brauchte. Er trank die Hälfte auf einen Zug aus, schloß die Augen und knirschte mit den Zähnen.

»Herr im Himmel«, sagte er sodann, »habt ihr gehört, wie es eingeschlagen hat?«

Er holte wieder tief Luft, lehnte sich zurück und trank das Eiswasser aus. Nitchy hielt einen Krug bereit und füllte nach.

»Ah, Leute«, ächzte Stilton, und schaute uns an, »das hätte ich schon vor acht Stunden trinken sollen.«

»Es tut dir gut, ein bißchen zu leiden«, meinte Belle.

Stilton leerte das Cognacglas und hielt es Nitchy hin. »Noch etwas Plasma, bitte.«

Als Belle und ich unseren Wein getrunken hatten, ging es dem Kriminalisten offenbar wieder recht gut, jedenfalls setzte er mit einer Hand, die nicht zitterte, eine Zigarette in Brand, er lachte und machte Witze und sah sich interessiert im Lokal um.

»Nett hier«, sagte er. »Sehr behaglich. Wie ist das Essen?«

Nitchy hielt sich immer noch in unserer Nähe auf; es war zu merken, daß es ihr schmeichelte, Maybelle Hawks in ihrem Lokal zu haben. Sie hatte damit auch schon an anderen Tischen geprahlt.

»Für Sie habe ich ein blutiges Steak samt einem grünen Salat und weiter nichts«, schlug sie Stilton vor.

»Heiraten Sie mich«, erwiderte er.

»Für mich dasselbe»«, sagte Belle, »und Essig und Öl an den Salat.«

Ich bestellte Hamburger und eine weitere Runde Drinks.

»Na, denn mal los, Josh«, begann Percy, »worum dreht es sich?«

Ich blickte zu Maybelle Hawks hin, doch bemerkte Stilton sogleich: »Sie weiß Bescheid und findet es interessant.«

»Faszinierend«, bestätigte sie.

»Also kennen Sie alle Beteiligten? Tippi Kipper? Godfrey Knurr? Marty Reape?«

Sie nickte.

»Gut. Was ich zu erzählen habe, wird Ihnen beiden neu sein. Und es ist eine Menge.«

»Nur zu«, sagte Stilton. »Wir hören.«

Ich begann mit dem Fall Stonehouse, der Arsenvergiftung, wie das Gift meiner Meinung nach verabreicht worden war, charakterisierte die Beteiligten, sagte, ich bemühe mich, den Taxifahrer aufzutreiben, der Professor Stonehouse an dem fraglichen Abend womöglich mitgenommen hatte. Beide hörten aufmerksam zu.

Als ich zu dem versuchten Überfall am vergangenen Abend kam, hielt Stilton im Essen inne, das letzte Stück Fleisch auf der Gabel und starrte mich an. Dann schob er die Gabel in den Mund, kaute, stieß den Teller weg und langte nach seinen Zigaretten. Nun beichtete ich, wie ich Knurr beschattet hatte, ihm bis zu jener Tiefgarage auf der West End Avenue gefolgt war, wo er eine Frau traf, mit der er in einem schwarzen Mercedes Richtung Norden verschwand.

»Nur, daß es nicht Tippi Kipper war«, schloß ich, »sondern Glynis Stonehouse.«

Ich beendete meine Mahlzeit und schaute dann vom Teller auf. Stilton hatte eine Zigarette in Brand gesetzt, an der er nachdenklich sog und dabei über meinen Kopf weg ins Leere blickte. Trotz meiner weltbewegenden Neuigkeiten hatte auch Maybelle Hawks ihre Mahlzeit unterdessen beendet und betupfte zierlich ihre Lippen mit der Serviette.

»Das Steak war gut«, war alles, was sie zu bemerken hatte.

Stilton schaute mich nun voll an und summte dabei ein unzüchtiges Verslein vor sich hin.

»Kaffee?« fragte die Kellnerin.

Wir nahmen Kaffee und Cognac. Die Kellnerin entfernte sich, und nun schlug Stilton mit der Faust auf den Tisch, daß das Besteck klirrte.

»So ein Arschloch!« rief er dabei, »so ein Arschloch!«

»Sachte, Baby«, ermahnte ihn Maybelle Hawks, »nicht gleich persönlich werden.«

»Meinen Sie . . .«, fragte ich zögernd.

»Aber ja«, antwortete Stilton angewidert. »Klar ist er es gewesen. Wie er das Ding mit Kipper gedreht und was er mit Stonehouse gemacht hat, ahne ich nicht, aber gewesen ist er's. Und er glaubt offenbar, daß er damit durchkommt.«

»Bislang ist ihm das ja auch gelungen«, bemerkte Belle trocken.

»Ja«, nickte ich. »Und alles übrige sind nur Vermutungen.«

Stilton drückte die halbgerauchte Zigarette aus und nahm sogleich die nächste.

»Hmja. Lauter Vermutungen. Keine stichhaltigen Beweise. Stimmt. Manchmal geht's einem so, Josh. Man weiß, wer es war, aber man kann es nicht beweisen.«

»Und was macht man dann?«

Er legte den Kopf in den Nacken und blies Rauchringe.

»Hmmm«, machte er dann. »Ich kenne da ein paar Burschen, die mir verpflichtet sind. Keine Bullen, bloß alte Freunde aus der Nachbarschaft. Die gehen gern auf die Jagd.«

Ich schaute ihn verdutzt an.

»Die könnten diesen Knurr mitnehmen. In den Wald. Da draußen gibt es jede Menge Bäume. Und Unfälle passieren am laufenden Band. Ich meine, Jagdunfälle.«

»Nein«, lehnte ich ab.

»Und warum nicht?« verlangte Stilton scharf.

»Perce, ich glaube nicht an Gewalt. Auch nicht an die gewaltsame Durchsetzung moralischer Prinzipien. Ich will nicht glauben, daß die Menschheit nur auf diese Weise vorankommt. Sehen Sie mich an. Ich bin ein Zwerg. Und falls brutale Gewalt die Welt regiert, habe ich nicht die kleinste Chance, ich wäre schon längst eine Leiche. Mir paßt das nicht. Lieber wäre ich tot, als in einer Welt zu leben, in der man nur mit Gewalt überleben kann. Eine solche Welt wäre für mich ohne Hoffnung und ohne Freude.«

Stilton starrte mich aus weit aufgerissenen Augen an.

»Sie sind ein Pisser«, sagte er dann.

»So komme ich mir auch vor«, bestätigte ich.

Maybelle Hawks legte mir eine Hand auf den Arm.

»Ich bin ganz auf Ihrer Seite«, sagte sie leise.

Der Detective lehnte sich zurück, nahm wieder eine Zigarette und sagte tonlos: »Und den Sanftmütigen soll die Welt gehören.«

»Das meine ich nicht«, widersprach ich heftig. »Ich möchte Knurr ebenso gern zur Strecke bringen wie Sie. Vielleicht liegt mir sogar noch mehr daran als Ihnen. Er hat mich an der Nase herumgeführt, und ich nehme das durchaus nicht leicht. Ich werde ihn nicht entwischen lassen.«

»Und wie wollen Sie ihn festnageln?«

»Ich habe Grips, und zwar eine Menge, das weiß ich. Knurr wird mir nicht entgehen. Wie ich ihn festnagle, weiß ich im Moment noch nicht, aber daß ich es tue, bezweifle ich keinen Augenblick. Mit List und Tücke. Damit kriege ich ihn. Das sind die einzigen Waffen einer verfolgten Minderheit, und ich fühle mich durchaus einer Minderheit zugehörig: der der Kleinwüchsigen.

»Meinethalben, Josh, machen wir es, wie Sie sagen – zunächst mal. Morgen werden wir sehen, ob der Computer was über Knurr ausspuckt.«

»Und über Tippi Kipper«, erinnerte ich ihn.

»Gut. Sie lassen die Plakate anschlagen?«

»Gleich morgen.«

»Folgen Sie meinem Rat und geben Sie keine Personenbeschreibung auf dem Plakat, sondern nur ein Bild von seinem Kopf und die Adresse seiner Wohnung.

Andernfalls kriegen Sie einen Haufen Anrufe von Leuten, die es auf das Geld abgesehen haben. So aber können Sie danach fragen und merken gleich, wer ihn wirklich gesehen hat.«

»Ein guter Rat.«

Stilton fuhr fort: »Prüfen Sie auch nach, was für Analysen Stonehouse hat vornehmen lassen. Gehen Sie in das Labor und machen Sie etwas Wind, damit man Ihnen Kopien der Analysen aushändigt. Sie glauben, das Gift war im Cognac, und Sie haben damit vermutlich recht, aber Sie müssen das nachweisen. Gehen Sie in die Klinik, wo Glynis Stonehouse arbeitet, und stellen Sie fest, ob dort Arsen benutzt wird.«

Ich machte mir Notizen in mein Büchlein. »Noch was?«

»Falls es mit der Klinik nichts ist, sehen Sie sich an ihrem früheren Arbeitsplatz um. Vielleicht gibt es dort Arsen.«

»Ich weiß nicht mal, wann sie da beschäftigt war, das kann ein Jahr her sein oder mehr.«

»Na und? Es ist trotzdem eine Möglichkeit.«

»Wissen Sie denn, wann Knurr diese Glynis kennengelernt hat?« fragte Maybelle Hawks.

»Nein«, gestand ich, »das muß ich erst ausfindig machen.«

»Wenn Sie schon dabei sind, beschaffen Sie uns ein möglichst neues Foto von ihr.«

»Wozu das?«

»Das weiß ich jetzt auch noch nicht«, erwiderte er lässig.

Ich notierte *Gly, Foto.*

»Sonst noch was?« fragte ich dann.

»Ich weiß ja nicht, wieviel Zeit Sie für diese Sache haben, es wäre aber gut, wenn Sie Knurr nicht aus den Augen ließen. Man muß ungefähr wissen, wie er seinen Tag einteilt, wohin er geht, wen er trifft. Vor allem, wohin er mit Glynis in seinem Mercedes fährt. Da wäre übrigens noch was. Bringen Sie heraus, ob es sein eigener Wagen ist.»

»Ist es nicht. Knurr hat einen uralten Käfer.«

»Klar hat er einen, das paßt ja nur allzugut zu dem Bild vom armen, aber ehrlichen Pfarrer. Vermutlich hat er einen Stapel Wertpapiere auf der Bank, der Sie erschlagen würde. Also mehr fällt mir im Moment nicht ein, Josh.« Er schaute Maybelle Hawks an. »Dir vielleicht?«

»Nicht im Augenblick. Mir wäre sehr viel wohler, wenn wir dahinterkämen, wie Knurr und Tippi die Sache mit Sol gedeichselt haben. Und mit seinem Abschiedsbrief.«

»Du bist doch eine schlaue Füchsin», sagte Stilton. »Denk mal ein bißchen darüber nach, dann wird es dir einfallen.«

»Ich wollte, ich könnte heute abend das gleiche von dir behaupten«, murmelte sie.

»Probier's doch mal aus.«

»Das werde ich auch. Vielen Dank für das Essen, Josh. Und bleiben Sie dran. Sie knacken den Fall, daran zweifle ich keinen Moment.«

»Das ist lieb von Ihnen. Perce, würden Sie mir Ihre Privatnummer wohl geben?«

»Klar.« Und er tat es sofort.

Ich wartete mit den beiden auf ihr Taxi, dann beugte Maybelle sich herab, um mich zu küssen.

»Ich möchte Sie gern öfter sehen, Josh. Versprechen Sie's?«

»Selbstverständlich gern.«

»Ich bin eine gute Köchin, nicht wahr, Perce? Sie müssen mal zu uns zum Essen kommen.«

Er machte eine unbestimmte Geste. »Mit deinen Kochkünsten ist es nicht weit her.«

»Du Lump!«

Ich ging etwas beschämt heim, beschämt, weil ich mich als Angehöriger einer verfolgten Minderheit bezeichnet hatte. Und doch war etwas dran. Man mag denken, meine Kleinwüchsigkeit sei schon zur Obsession geworden, doch man möge mich das erklären lassen: Ich habe schon darauf hingewiesen, daß die Gesellschaft Menschen von hohem Wuchs dafür belohnt, daß sie groß sind. Man behandelt sie achtungsvoll, kleine Leute jedoch nicht, im Gegenteil, man verhöhnt sie noch. Und das gilt, wohlgemerkt, nur für Männer. Eine zierliche Frau hat solche Schwierigkeiten nicht. Dieses Vorurteil kommt ja auch in der Sprache zum Ausdruck. Ein bedeutender Mann ist einer, *zu dem man aufblickt;* ein kleiner Mensch ist ein *abgesägter Riese.* Das Wort *kurz* hat einen überwiegend negativen Beigeschmack. Man denke etwa an *kurzangebunden; Kurzschluß, Zukurzkommen* und ähnliches.

So spiegeln sich unsere Vorurteile in der Sprache, und die Gedanken über diesen Sachverhalt, die ich in einem Moment der Schwäche Belle und Perce gegenüber geäußert hatte, reflektierten akkurat meine wahren Gefühle hinsichtlich meiner Kleinwüchsigkeit. Meine Überzeugungen, Träume, Gedanken, Gefühle, Phantasien und Reaktionen gingen direkt auf meine Körpergröße zurück. Was alles in der vor mir liegenden schweren Woche auf die Probe gestellt werden sollte, ob mir das nun paßte oder nicht.

2

Am nächsten Morgen war ich schon vor 9 Uhr im Büro. In meinem EINGÄNGE-Körbchen häuften sich die Anforderungen auf Ermittlungen, doch nachdem ich sie durchgesehen hatte, zeigte sich, daß die meisten von Mrs. Kletz erledigt werden und die übrigen warten konnten.

Kurz vor 10 Uhr rief ich Gardner & Weiss an, die alle

anfallenden Druckarbeiten für TORT erledigten, und erklärte Mr. Weiss persönlich, wie ich mir die Plakate im Falle Stonehouse vorstellte.

»Keine Affäre«, sagte er. »Ich lasse das Foto und den Text durch einen Boten holen. Wieviel Stück wollen Sie haben?

Keine Ahnung. »Hundert«, sagte ich.

»Mittwoch«, sagte er.

»Heute nachmittag«, sagte ich.

»Ah, oh«, sagte er bekümmert.

»Die Sache eilt. Wir zahlen.«

»Versteht sich. Wollen Sie einen Korrekturabzug haben?«

»Nein, ich vertraue Ihnen.«

»Wirklich?«

»Heute mittag um 13 Uhr?«

»Ich versuche es. Und nur, weil Sie gesagt haben, Sie vertrauen mir. Der Bote ist schon unterwegs.«

Ich suchte das Foto des Professors heraus und verfaßte den Text für das Plakat. BELOHNUNG *Ein Betrag in bar wird demjenigen Taxichauffeur ausgezahlt, der glaubhaft machen kann, daß er den abgebildeten Mann am Abend des 10. Januar diesen Jahres in der Nähe von Central Park West und der 70. Straße aufgenommem hat.* Dazu die Telefonnummer von TORT und die meiner Nebenstelle.

Thelma Potts saß wie gewöhnlich züchtig vor dem Büro von Mr. Leopold Tabatchnik.

»Miss Potts«, rief ich, »wie hübsch Sie heute aussehen!«

»Ah! Sie wollen was von mir.«

»Tja . . . ich habe einen Freund, der dringend juristischen Rat braucht, und da hätte ich gern eine von Mr. Tabatchniks Karten.«

»Lügner. Sie wollen sich selber für ihn ausgeben.«

Ich war verdutzt. »Woher wissen Sie das?«

Sie achtete nicht auf meine Frage. »Wie viele brauchen Sie?«

Dann verlangte sie von mir einen Dollar für ihre Apotheke. Ich zahlte.

»Setzen Sie immer noch auf Hamish Hooter?« fragte ich.

»Ich schließe nur ganz sichere Wetten ab«, erwiderte sie von oben herab.

Als Getrude Klotz erschien, bat ich sie in mein Büro, zeigte ihr das Foto von Stonehouse und meinen Text und sagte, die Plakate von Gardner & Weiss sollten am frühen Nachmittag eintreffen. Bis dahin solle sie aus dem Branchenadreßbuch die Taxiunternehmer heraussuchen.

»Das macht auch die Taxenvermittlung«, sagte sie.

Ich blickte sie bewundernd an und sagte, die Plakate müßten von ihr in die Großgaragen gebracht und dort mit Genehmigung der Manager am Schwarzen Brett oder an sonst geeigneter Stelle ausgehängt werden.

»Dazu brauche ich Klebestreifen und Reißzwecken«, antwortete sie bereitwillig. Die Akte Kipper wirkte auf sie wie ein leckerer Köder, und der Fall Stonehouse tat dieselbe Wirkung. Ich sah es ihr an, ihr Gesicht brannte förmlich vor Eifer.

Ich sagte, ich wolle jetzt in dem Labor wegen der Analysen für Stonehouse Erkundigungen einziehen und käme vermutlich erst zurück, wenn sie bereits mit den Plakaten unterwegs sei. Dann zog ich den Mantel an, setzte den Hut auf, packte die Aktentasche und segelte hinaus, vorüber an Yetta, der ich zuwinkte. Sie trug den grünen Pullover, den ich ihr geschenkt hatte, doch sonderbarerweise ließ mich das kühl.

Das Labor befand sich auf der 11. Avenue nahe der 55. Straße. Ich nahm ein Taxi. Bommer & Co. lag im 3. Stock eines unscheinbaren Gebäudes zwischen einer Seemannskneipe (von 21 bis 2 UHR GROSSE SCHNÄPSE FÜR ALTE KNABEN, 75 CENTS) und einer Wahrsagerin (IHR SCHICKSAL, VERGANGENHEIT, GEGENWART, ZUKUNFT. GESUNDHEIT.) Am Fahrstuhl stand ein Schild NUR FRACHTEN, also erkletterte ich die drei Stockwerke auf einer abgetretenen Treppe, wobei ein stechender Geruch von Chemikalien immer stärker wurde, je höher ich kam.

An der Rezeption saß eine Person, die auf dem Uraltmodell einer Underwood tippte und sogleich ihre Arbeit unterbrach.

»Bitte Mr. Bommer«, sagte ich.

Kurz darauf stürmte ein untersetzter Mann in fleckigem weißen Kittel herein.

»Ja?« fragte er mit piepsender Stimme.

Die Schreibmaschinistin wies auf mich. Er trat an mich heran und betrachtete mich mißtrauisch. Ich hielt ihn für einen Sechziger – vermutlich einen 1860er.

»Ja?«

»Mr. Waldo Bommer?«

»Ja.«

Ich hielt ihm Mr. Tabatchniks Karte hin. Er zog sie nahe an die Augen und las laut: »Leopold Tabatchnik, Rechtsanwalt.« Dann ließ er die Karte sinken. »Wer verklagt uns?«

»Niemand. Ich möchte Sie nur einen Moment sprechen. Es handelt sich um den Nachlaß von Professor Yale Stonehouse. Darunter befindet sich ein auf die Firma Bommer ausgestellter, eingelöster Scheck ohne Angabe des Zahlungsgrundes. Die Finanzbehörden prüfen den Wert des Nachlasses, und es wäre uns eine große Hilfe, wenn wir eine Kopie der Rechnung bekommen könnten.«

»Kommen Sie mit.«

Ich folgte ihm in einen großen Raum, das Labor, wo fünf Personen, drei Männer und zwei Frauen, sämtlich in fleckigen Arbeitskitteln auf hohen Hockern vor Arbeitstischen mit steinernen Platten saßen. Sie schienen völlig an ihre Tätigkeit hingegeben, denn keiner sah auf, als wir vorübergingen. Mr. Waldo Bommer führte mich in sein Privatbüro – eine abgeteilte Ecke dieses Raumes – und schloß die Tür hinter uns.

«Wie halten Sie das aus?« fragte ich.

»Was?«

»Den Geruch.«

»Welchen Geruch?« Er sog die Luft tief ein. »Schwefelwasserstoff, Chlor, Schwefeldioxyd, ein bißchen von diesem, ein bißchem von jenem. Es riecht? Ich liebe den Geruch! Der Geruch ist die Butter auf meinem Brot, Mister. Was glauben Sie, wie ich eine Analyse vornehme? Zuerst rieche ich mal. Sie haben es mit einer gebildeten Nase zu tun.«

Und er tippte daran – eine kleine Stupsnase mit weit geblähten Nasenlöchern.

»Eine gebildete Nase«, wiederholte er stolz. »Zuerst wird gerochen, und oft reicht das schon.«

Er packte mich plötzlich an den Schultern und zog mich an sich; ich glaubte schon, er wolle mich küssen, doch beroch er nur meinen Mund und meine Wangen.

»Sie rauchen nicht, stimmts?«

»Stimmt.« Ich entzog mich seiner Umklammerung.

»Und heute morgen haben Sie zum Frühstück Kaffee und dänisches Gebäck zu sich genommen. Irgendwas mit Früchten drin. Vermutlich Feigen.«

»Pflaumen.«

»Da sehen Sie. Eine gebildete Nase. Mein Vater hatte die beste Nase der Branche. Der konnte Ihnen sagen, wann Sie frische Socken angezogen haben. Setzen Sie sich.

Dann wühlte er in der Schublade eines stark mitgenommenen Aktenschrankes.

»Stacy, Stone, Stonehouse. Hier haben wir's. Professor Yale Stonehouse, zwei Analysen von Flüssigkeiten unbekannter Herkunft. 14. Dezember vergangenen Jahres.«

»Darf ich mal sehen?«

»Warum nicht?«

Ich überflog die beiden Kopien; sie enthielten eine Masse chemischer Formeln, darunter die von Arsentrioxyd.

»Können Sie mir sagen, um welche Art Flüssigkeit es sich gehandelt hat?«

Er riß mir die Kopien aus der Hand und glitt mit den Blicken darüber. »Ganz einfach. Dies war schlichter Kakao, das andere war Cognac.«

»Und im Cognac war das Arsentrioxyd?«

»Stimmt.«

»Fanden Sie das nicht ungewöhnlich?«

Er zuckte die Achseln.

»Mister, ich mache die Analyse. Was drin ist, geht mich nichts an. Vorige Woche brachte eine Frau eine mit Strychnin geladene Tube Zahnpasta.«

»Zahnpasta? Wie kriegt man Strychnin in eine Zahnpastatube?«

Wieder hob er die Schulter. »Wer weiß? Vielleicht mit einer Injektionsspritze. Mir ist das schnurz. Ich mache bloß die Analyse.«

»Könnten Sie mir Kopien dieser Berichte überlassen, Mr. Bommer? Fürs Finanzamt . . .«

Er dachte nach. »Ich sehe kein Hindernis . . . dieser Professor ist also tot?«

»Seit Anfang des Jahres.«

»Dann kann er mich auch nicht wegen Herausgabe von Kopien seines Eigentums verklagen.«

Zehn Minuten später hüpfte ich die ausgetretenen Treppen hinunter, Fotokopien der Berichte in der Mappe. Ich hatte angeboten, für die Kopien zu zahlen, und Bommer hatte angenommen. Ich sog die frische Luft tief ein und wetzte sodann die 11. Avenue entlang. Nichts kommt dem Gefühl gleich, das sich einstellt, wenn man seine Vermutung bestätigt findet. Da ich nun schon mal Glück gehabt hatte, würde es mir vermutlich treu bleiben, also betrat ich die erste unzerstörte Telefonzelle, die ich fand, und bekam richtig Olga Eklund an den Apparat.

»Dürfte ich mal Miss Glynis sprechen? Hier Joshua Big.«

»Die ist in ihrer Klinik.«

Genau das hatte ich zu erfahren gehofft.

»Aber Mrs. Stonehouse ist daheim?«

»Ja.«

»Nun, dann schaue ich vielleicht für ein paar Minuten herein. Sie hat sich von ihrer ah, Indisponiertheit erholt?«

»Ja.«

»Kann also Besucher empfangen?«

»Ja.«

»Dann komme ich gleich rüber. Sagen Sie ihr bitte, ich käme auf einen Sprung herein.«

Ich wartete auf Ihr »Ja«, doch blieb es aus; sie hatte bereits aufgelegt. Kurz darauf nahm mir die leibhaftige Olga Hut und Mantel ab.

»Ich bedauere sehr, daß Miss Glynis nicht daheim ist«, sagte ich, »könnte ich sie wohl telefonisch in der Klinik erreichen?«

»Ja. Hals-Nasen-Ohren-Klinik für Kinder auf der East Side.«

»Ich danke Ihnen«, sagte ich, aufrichtig dankbar. »Da rufe ich dann mal an.«

Ula Stonehouse lag hingegossen im samtenen Sofa und hielt mir strahlend eine Hand entgegen. Wie üblich standen auf dem Glastisch vor dem Sofa Weinglas und Sherryflasche.

»Wie reizend«, flötete sie. »Ich habe mich so nach Gesellschaft gesehnt, und nun kommen Sie.«

»Ja, hier bin ich, Madame.« Ich nahm ihre schlaffe Hand. »Es tat mir so leid zu hören, daß Sie nicht wohl waren, aber jetzt sehen Sie ja wieder glänzend aus.«

»Und mir ist auch so wohl.« Sie patschte neben sich aufs Sofa.

Ich setzte mich gehorsam. »Meine Konstellation hat sich geändert, und ich fühle mich wie ein neuer Mensch.«

»Wie erfreulich zu hören.«

Ich sah zu, wie sie ihr Glas mit zitternder Hand füllte, sich behutsam zurücklehnte, einen Schluck nahm und mich aus ihren milchigen unsteten Augen über den Rand des Weinglases hinweg ansah. Die blonden Haare sahen zerzauster aus denn je. Sie betupfte ihre Nasenspitze wie andere Leute eine Schramme.

»Kann ich Ihnen etwas anbieten, Mr. Bigger? Einen Drink? Kaffee, irgendwas?«

»Big, Madame. Joshua Big. Danke nein, nichts für mich außer einigen Minuten Ihrer Zeit, falls Sie nicht zu beschäftigt sind.«

»Massenhaft Zeit«, lachte sie übertrieben munter.

Ihr Kleid war in der Taille eingehalten und wurde von einem geflochtenen Gürtel gehalten. Kleid, Pumps, Make-up und Modeschmuck waren viel zu jugendlich für sie. Die unsteten Augen, die flötende Stimme, die zerfahrenen Geste, alles machte deutlich, daß hier eine Frau unter großem Druck stand, und ich bezweifelte keinen Moment, daß sie wußte, was wirklich vorging.

»Ich wollte, ich hätte Gutes über das Schicksal Ihres Mannes zu berichten, Mrs. Stonehouse, doch ist dies nicht der Fall.«

»Ach, reden wir nicht davon. Geschehen ist geschehen. Erzählen Sie lieber etwas von sich.«

Dabei schaute sich mich aus weit aufgerissenen Augen aufmunternd an. Sollte sie wirklich ablehnen, über den verschwundenen Gatten zu reden, saß ich in der Klemme, aber das blieb abzuwarten. Am besten, ich gab ihr vorerst mal nach.

»Und was hätten Sie gern gehört, Madame?«

»Sie sind Jungfrau, nicht wahr?«

»Fisch.«

»Aber selbstverständlich.« Als hätte ich ihre geheimsten Vermutungen bestätigt. »Und sind Sie verheiratet?«

»Nein, Mrs. Stonehouse, das bin ich nicht.«

»Sie müssen aber heiraten«, sagte sie eindringlich. »Hören Sie auf mich. Ich war in meiner Ehe so glücklich, müssen Sie wissen. Eine Familie ist eine kleine Welt für sich. Ich habe meinen Mann, meinen Sohn, meine Tochter, und wir stehen einander alle sehr nahe, wie Sie wissen.«

Ich blickte sie ratlos an. Seit ich ihr zum ersten Mal begegnet war, war es mit ihr unaufhaltsam bergab gegangen, und jetzt war sie praktisch aus dem Rennen. Ich überlegte fieberhaft, wie ich ihre augenblickliche Stimmung für meine Zwecke ausnutzen könnte. »Ich bin Waise«, sagte ich, »meine Eltern starben, als ich noch ein Baby war.«

Tränen traten in die milchigen Auge, es war überraschend und schockierend. Sie unterdrückte ein Schluchzen und packte mich am Arm. Es war ein verzweifelter Klammergriff.

»Armer Kleiner«, ächzte sie und langte sodann nach ihrem Weinglas.

»Ich wuchs bei Verwandten auf«, fuhr ich fort, »es waren gute Menschen, man hat mich nicht schlecht behandelt. Immerhin . . . wenn Sie von ihrer kleinen Welt sprechen, von den innigen Beziehungen innerhalb der Familie – das alles kenne ich nicht. Die Erinnerung daran fehlt mir.«

»Die Erinnerung.« Sie nickte wie eine zerbrochene Puppe. »Oh ja, die Erinnerungen . . .«

»Haben Sie nicht ein Familienalbum, Mrs. Stonehouse?« fragte ich sanft, und zu meiner Verblüffung brachte sie im Handumdrehen eines zum Vorschein.

Es folgte nun eine wahrhaft gräßliche Stunde. Wir betrachteten alte Fotos, eines nach dem anderen, und zu jedem wußte Ula Stonehouse eine pointenlose Anekdote. Ich gab unentwegt meiner Freude und Bewunderung Ausdruck.

Ich sah Hochzeitsbilder, der hagere große Bräutigam überragte die mit Rüschen herausgeputzte Puppenbraut. Ein altes Haus in Boston. Die winzige Glynis, splitternackt auf einem Bärenfell. Kinderbilder. Der zehnjährige

Powell Stonehouse, wie er mit gerunzelter Stirne ernsthaft in die Kamera blickt. Picknicks. Ausflüge. Freunde. Dann verschwanden allmählich die Gruppenbilder der Familie, nichts mehr von Picknicks und Ausflügen, statt dessen Porträts von Yale, Ula, Glynis, Powell; leblose Augen; Zeugnis des Zerfalls einer Familie.

Als Mrs. Stonehouse wiedermal ihr Glas nachfüllte, ließ ich ein jüngeres Porträt von Glynis in der Mappe verschwinden, bevor Mrs. Stonehouse sich zurücklehnte. »Bemerkenswert«, sagte ich dabei und tat, als wäre ich ganz hingerissen, »wirklich bemerkenswert. Sie haben glückliche Tage verlebt.«

Sie sah mich an, ohne mich wahrzunehmen.

»Ah ja, glückliche Tage. Und die Kleinen waren so lieb. Glynis hat nie geweint. Nie. Powell schon, aber nicht Glynis. Nun ist es vorbei.«

Ich wagte nicht zu fragen, was sie damit meinte.

»Erscheinungen, fuhr sie fort, »Besuche aus dem Jenseits. Ich weiß, es ist vorüber.«

»Fühlen Sie sich nicht gut, Mrs. Stonehouse?« fragte ich besorgt.

»Wie?« Sie strich mit unsicherer Hand über ihre Stirne. »Ich sollte mich vielleicht etwas hinlegen. Die Erinnerungen sind zuviel für mich.«

»Selbstverständlich«, stimmte ich zu. »Ich rufe Olga.«

Olga saß am Küchentisch und blätterte in *Der Heimwerker.*

»Ich glaube, Mrs. Stonehouse braucht Sie, Olga. Sie möchte eine Weile ruhen.«

»So?« Sie gähnte, streckte sich und ging.

Effie stand an dem riesigen Herd und rührte mit einem langen Holzlöffel in einer Kasserolle. Bei meinem Anblick schmunzelte sie.

»Mr. Big! Was für eine angenehme Überraschung.«

Sie legte den Löffel beiseite, stülpte den Deckel auf

den Topf und wischte die Hände an der Schürze ab. Dann deutete sie auf den Tisch, und wir nahmen beide daran Platz.

»Es tut mir gut, Sie zu sehen, Effie.«

Dies stimmte, und ich empfand es als Wohltat, nicht mehr lügen zu müssen. Sie war so eine gemütliche Person.

»Mir geht's soweit gut«, sagte sie, »aber Sie? Sie kommen mir reichlich blaß vor. Sie sind doch nicht etwa krank?«

»Nein, mir fehlt nichts, nur habe ich mich eben eine Weile mit Mrs. Stonehouse unterhalten, und davon bin ich etwas mitgenommen.«

»Ah ja, ich weiß, was Sie meinen.« Sie schüttelte bedauernd den Kopf. »Und es wird täglich schlimmer mit ihr.«

»Warum nur? Was geht denn da vor?«

Sie runzelte die Stirne. »Genaues weiß ich nicht. Wohl wegen des Verschwinden ihres Mannes. Und weil Powell ausgezogen ist. Und weil Glynis sich so komisch benimmt. Das alles ist für sie wohl zuviel.«

»Inwiefern benimmt Glynis sich komisch?«

»Anders als sonst. Sie ist jetzt immer kurz angebunden. Abweisend. Sitzt in ihrem Zimmer. Allein. Sie lacht niemals mehr.«

»Und das erst in letzter Zeit?«

»Ja. Ungefähr seit Ihrem letzten Besuch.«

Sie schaute mich verschmitzt an, und ich beschloß, es zu wagen. Sagte sie Glynis weiter, was ich ihr jetzt mitteilen würden, nun, um so besser. Also sprach ich zu Effie über die Arsenvergiftung. Sie hörte aufmerksam zu und nickte, als ich zu Ende war.

»Sind Sie Detektiv?« fragte sie dann.

»So was Ähnliches. Chefermittler bei der Anwaltskanzlei, die Professor Stonehouse vertritt.«

»Sie haben doch nicht mich im Verdacht, ihn vergiftet zu haben?«

»Keinen Moment«, log ich.

»Etwa Glynis?«

Wir starrten einander an. Ob ihr Schweigen wohl Zustimmung bedeutete? Ich nahm es dafür und sagte: »Ich muß beweisen, daß Glynis dazu in der Lage war. Arsen kann man nicht im Laden um die Ecke kaufen. Wenn ich weiterkommen will, brauche ich den Namen der Firma, in der sie früher gearbeitet hat. Das Labor. Sie wissen schon.«

»Ich möchte damit nichts zu tun haben«, wehrte sie ab.

»Ich wollte Mrs. Stonehouse danach fragen, doch sie ist außerstande, Fragen zu beantworten. Effie, ich brauche den Namen der Firma.«

Wir starrten einander wieder schweigend an.

»Es muß sein«, drängte ich.

»Ja, das stimmt wohl«, gab sie bekümmert nach.

Dann erhob sie sich und watschelte aus der Küche, kam nach ein paar Minuten mit einem Zettel zurück, auf den ich einen kurzen Bick warf. *Atlantic Medical Research* las ich, dazu Adresse und Telefonnummer.

»Die hatte ich in meinem Buch, falls wir Glynis dort mal hätten anrufen müssen.«

»Wann hat sie aufgehört, da zu arbeiten?«

Sie dachte nach. »So im Juni, Juli vergangenen Jahres.«

Gerade um die Zeit, als Professor Stonehouse erkrankte.

»Hat sie gekündigt oder hat man ihr gekündigt?«

»Sie selber hat gekündigt, sagte sie. Es sei ihr da zu langweilig.«

»Haben Sie je gehört, daß Glynis einen gewissen Godfrey Knurr erwähnte, Effie? Er ist Geistlicher.«

»Godfrey Knurr? Nein.«

»Ist Glynis religiös?«

»Nicht besonders. Die Familie gehört der Episkopalkirche an, aber für religiös habe ich sie nie gehalten. Allerdings ist Glynis ein stilles Wasser.«

»Ganz recht, das ist sie bestimmt. War sie vor dem Verschwinden ihres Vaters ausgeglichen und heiter?«

Mrs. Dark überlegte.

»Ja, das könnte man sagen. Verändert hat sie sich erst seither, und richtig schlimm geworden ist es erst letzte Woche.«

»Das liegt an mir. Ich habe ihr nämlich gesagt, daß ich weiß, ihr Vater ist vergiftet worden.«

»Was denn . . .?«

»Jawohl. Selbstverständlich habe ich nicht gesagt, daß ich glaube, sie sei es gewesen.«

»Und was wollen Sie jetzt machen?«

»Nachstochern. Herausfinden, was aus dem Professor geworden ist. Was für einen Wagen haben Stonehouses, Effie?«

»Einen Mercedes.«

»Und der steht in einer Tiefgarage Ecke 66. Straße und West End Avenue?«

»Stimmt. Falls er gebraucht wird, fährt ihn jemand her. Woher wissen Sie das?«

»Ich habe mich umgesehen.«

»Das kann man wohl sagen. Und haben Sie auch das Testament gefunden?«

»Noch nicht, ich glaube aber, ich weiß, wo es ist.«

»Warum das so wichtig sein soll, begreife ich nicht. Wenn er ohne Testament gestorben ist, kriegen seine Frau und die Kinder sein Geld doch sowieso?«

»Schon, es kann aber auch sein, daß er jemand enterbt hat.«

»Das geht?«

»Falls er Grund gehabt hat. Zum Beispiel, daß ihm der Enterbte nach dem Leben trachtete.«

»Ach«, sagte sie leise, »daran habe ich gar nicht gedacht.«

»Kann ich mich darauf verlassen, daß Sie über diese Dinge nicht reden, Effie?«

Sie legte einen Wurstfinger auf die Lippen. »Verschwiegen wie ein Grab.«

Ich stand auf, und gab ihr einen flüchtigen Kuß auf die Apfelwange. »Seien Sie herzlich bedankt. Ich weiß, schön ist das alles nicht, aber wir sind uns einig: es muß sein. Letzte Frage: Ist Miss Glynis heute abend zu Hause? Hat sie was gesagt?«

»Gesagt hat sie, daß sie ins Theater will. Und sie möchte früh zu abend essen.«

»Ah. Wann etwa geht sie dann weg?«

»Spätestens um halb acht.«

»Nochmals tausend Dank, Effie, Sie haben mir sehr geholfen.«

Bevor ich ins Büro zurückging, nahm ich einen Big Mac zu mir samt einer Cola. Yetta Apatoff telefonierte, als ich hereinkam, und warf mir eine Kußhand zu. Ich habe wohl mit einer etwas wenig begeisterten Geste erwidert. Ihr Schal war verrutscht, und der Ausschnitt des Pullovers ließ reife Früchte ahnen. Wann würde Mr. Teitelbaum oder Mr. Tabatchnik ihr wohl durch eine Sekretärin ausrichten lassen, daß sie sich ordentlich anzuziehen habe?

Mrs. Kletz hatte eine Notiz hinterlassen – sie war zu den Großgaragen unterwegs mit den Plakaten und hatte mir ein Exemplar zur Ansicht hingelegt. Ich fand es perfekt. Den Rest des Nachmittags verbrachte ich damit, meine Akte Stonehouse auf den neuesten Stand zu bringen, fügte auch die Fotokopien der Analysen bei. Bis gegen 16 Uhr widmete ich mich Routineanfragen und rief dann in der Kinderklinik von Manhattan an. Ich fragte gleich nach dem Direktor.

»Wer spricht, bitte?« fragte die Telefonistin.

»Die städtische Giftkontrollbehörde«, antwortete ich förmlich.

»Es handelt sich um ihr Medikamenteninventar.«

Fast sofort meldete sich eine herzhafte Stimme.

»Ja bitte, Sir? Womit kann ich Ihnen behilflich sein?«

»Hier spricht Inspektor Waldo Bommer von der städtischen Giftkontrollbehörde. Im Zusammenhang mit den kürzlich sich häufenden Einbrüchen bei Apotheken, Ärzten, Labors usw. machen wir eine Bestandsaufnahme derjenigen Institute, die Vorräte an gifthaltigen Medikamenten haben.«

»Etwa Rauschgifte? Derartiges gibt es bei uns nicht. Wir behandeln nur unterprivilegierte Kinder.«

»Wir interessieren uns für Gift aller Art, Arsen, Strychnin, Zyankali und so fort.«

»Himmel nein!« Es klang recht erleichtert. »So was halten wir nicht vorrätig.«

Dann entschuldigen Sie die Anfrage. Vielen Dank für die Auskunft.«

Mit dem nächsten Anruf, bei der Firma *Atlantic Medical Research,* hatte ich weniger Glück. Auf meine Behauptung, ich spreche im Auftrag der Giftkontrollbehörde, bekam ich zur Antwort: »Sie erwarten doch wohl nicht, daß ich eine solche Frage am Telefon einem völlig Fremden beantworte? Kommen Sie mit Ihrem amtlichen Ausweis her, und wir sagen Ihnen, was Sie wissen wollen.«

Damit wurde aufgelegt.

Noch war es nicht 17 Uhr, doch packte ich die Akten Kipper und Stonehouse ein, zog mich an und verließ das Büro. Yetta telefonierte ausnahmsweise mal nicht und hielt mich auf.

»Josh«, schmollte sie, »Sie haben nicht mal Notiz davon genommen!«

»Aber gewiß habe ich das. Der Pullover steht Ihnen wunderbar, Yetta.«

»Er gefällt Ihnen?« Und sie streckte die Brust heraus.

»Sehr.« Ich schluckte. »Und der Schal paßt ganz genau dazu.«

»Ach, das alte Ding«, und sie schob ihn noch weiter beiseite. »Der ist mir nur beim Tippen im Weg. Ich nehme ihn am besten ganz ab.«

Und das tat sie. Ich blickte mich ängstlich um. Immerhin waren Leute in der Nähe. War ich prüde? Das war sehr wohl denkbar.

»Sie haben doch gesagt, wir wollten mal gemeinsam abends ausgehen, Josh«, sagte sie nun drängend.

»Und das werden wir auch«, erwiderte ich mit mehr Überzeugung als ich aufbringen konnte. »Erst zum Dinner und anschließend ins Theater oder Ballett.« Als ich mir Yetta Apatoff in einer Vorstellung von Schwanensee vorstellte, wurde mir ganz anders. »Nur habe ich gerade jetzt eine Masse zu tun, nicht nur hier im Büro, sondern auch noch abends zu Hause.«

»Hm, so.« Sie dachte offenbar nach, während ich wortlos vor ihrem Tisch stand und nicht wußte, wie hier wegkommen. Es war klar: sie dachte nach und kam auch zu einem Resultat.

»Vielleicht mal wieder Lunch?«

»Unbedingt. Lunch schaffe ich schon.«

»Morgen«, sagte sie bestimmt.

»Morgen?« Wie sollte ich mich da nur herauswinden? Ich war verzweifelt. »Also gut, morgen. Ich muß sehen, wie ich mit meiner Arbeit zurechtkomme, äh . . . wir nehmen morgen in Aussicht, nur, falls ich verhindert bin, lasse ich es Sie rechtzeitig wissen, okay?«

»Okay.« Kühle Distanz. Unmißverständlich.

Ich winkte, stolperte hinaus. Ich empfand Schuldgefühle. Ich hatte sie irregeführt. Dann wurde ich auf mich selber wütend. Was hatte ich eigentlich so Schlimmes getan? Sie mehrmals zum Lunch eingeladen. Ihr ein Geburtstagsgeschenk gemacht. Hatte ich ihr jemals Grund gegeben anzunehmen . . . nun ja, angestarrt hatte ich sie mehr als einmal, doch so, wie sie aussah und sich kleidete, Strickkleider, immer eine Nummer zu klein, wer wollte mir das übelnehmen?

Das also ging mir durch den Kopf, während ich an jenem Montag zum Abendbrot gebratenes Hähnchen und Kartoffelsalat einkaufte, außerdem eine Flasche Scotch. Daheim verzehrte ich dies Mahl mit einem Blick auf die Uhr. Spätestens um 19 Uhr 15 mußte ich gegenüber dem Heim der Familie Stonehouse Posten fassen, und ich hatte keine Lust, mich wieder so zu beeilen wie die letzten Male. Angetan mit meinem gefütterten Parka bezog ich rechtzeitig Stellung. Der Abend war kalt und klar, die Luft wie mit Elektrizität geladen. Solche Nächte gibt es in New York meist zwischen dem Winter und dem Frühjahr, auch zwischen Sommer und Herbst; dann birst die Stadt förmlich vor Verheißung, und die Skyline blitzt in kristallener Klarheit.

Als ich vor dem Häuserblock auf und ab ging, immer den Hauseingang im Auge, sah ich jenseits des Parks die erleuchteten Hochhäuser der East Side und den rosigen Widerschein von Manhattan-Mitte. Der Verkehr summte, Hupen plärrten, Flugzeuge brummten. Alles wirkte so *lebendig*. Ich rief mir in Erinnerung, daß ich es hier mit einem Fall zu tun hatte, der sich vermutlich schon sehr bald als ein Fall von gewaltsamem Tod entpuppen würde, doch daran zu glauben fiel mir schwer.

Genau 23 Minuten hatte ich gewartet, als Glynis in dem langen Nerzmantel mit Kapuze auf die Straße trat, in dem ich sie auch im West End gesehen hatte. Sie blieb einen Moment im Eingang stehen, klappte die Kapuze hoch, und ich sah sie ganz deutlich. Dann ging sie flotten Schrittes los. Ich glaubte zu wissen, wohin sie ging – entgegen der Information von Mrs. Dark jedenfalls nicht ins Theater. Ich folgte ihr, nicht zu dicht, nicht zu weit entfernt, ganz wie Roscoe Dollworth es mich gelehrt hatte, meist auf der anderen Straßenseite, wenn möglich sie von Zeit zu Zeit überholend. Schwer war das nicht, denn bald schon war mir klar, daß sie mich zu einer Tiefgarage in der 66. Straße führte.

Sie überquerte den Broadway, ging die 69. Straße entlang und hielt sich im Schatten der Mietskasernen. Ein Mann sprach sie an, doch sie erwiderte nichts, verhielt auch nicht den Schritt. Als sie die West End Avenue in Richtung auf die erleuchtete Garage überquerte, legte ich einen Schritt zu, blieb aber auf meiner Seite der Straße und blieb einen halben Häuserblock südwärts. Ich sah, daß sie in der Einfahrt stehenblieb, und ich hielt das erste Taxi an, das sich näherte.

Der Fahrer, ein ältlicher Farbiger, fragte »Wohin?« und griff zu dem Fahrtenbuch.

»Nirgendwohin. Stellen Sie die Uhr an, und warten Sie hier.«

Er legte das Fahrtenbuch beiseite, drehte sich um und starrte mich an.

»Was soll das?«

»Sehen Sie die Frau da drüben auf der anderen Straßenseite! Die im Pelz?«

Er schaute hinaus. »Ja, die sehe ich.«

Gewitzt durch meine jüngste Erfahrung, sagte ich: »Das ist meine Frau, und ich will wissen, wo sie hinfährt. Vermutlich holt sie jemand hier ab.«

»Sie wollen doch keinen Ärger machen?«

»Nein, nein, das will ich nicht.«

»Na schön. Ich habe nämlich gerade genug Ärger.«

Da saßen wir, beobachteten beide Glynis Stonehouse auf der drüberen Seite, und die Uhr tickte.

Knurr kam etliche Minuten später. Ich hatte erwartet, er werde in einem Taxi vorfahren und in den Mercedes umsteigen, doch brauste er in die Garageneinfahrt, hielt bei Glynis und stieß die Tür seines verbeulten Käfers auf. Kaum saß sie drin, setzte er zurück, beschrieb eine Rechtskurve und drängte sich rücksichtslos in den Verkehr.

»Hinterher?« fragte mein Fahrer.

»Ja.«

»Das ist mir vielleicht ein Cowboy! Der fährt ja, als wäre ihm alles Wurscht.«

»Das könnte durchaus sein.«

Wir folgten den beiden nordwärts. Knurr bog nach links in die 79. Straße und fuhr mehrmals um den Häuserblock.

»Der sucht einen Parkplatz«, bemerkte mein Chauffeur. »Was soll ich machen, wenn er einen findet?«

»Dann fahren Sie vorbei und halten bei der nächsten Ecke.«

Und so geschah es. Knurr fand einen Parkplatz unweit

dem Riverside Drive auf der 77. Straße, wir fuhren vorbei und hielten an der Ecke. Durchs Rückfenster sah ich die beiden aussteigen, herankommen und an meinem Taxi vorbeigehen, ohne mich zu bemerken – sie waren zu sehr in ihr Gespräch vertieft.

Ich ließ sie um die Ecke gehen, zahlte und stieg aus.

»Vielen Dank«, sagte ich zu meinem Chauffeur.

»Machen Sie bloß keinen Blödsinn!«

Ich folgte Glynis Stonehouse und Godfrey Knurr in den Riverside Park und sah erleichtert, daß etliche Jogger und Gruppen lärmender Teenager hier noch der einfallenden Dunkelheit trotzten, doch je weiter wir in die Anlagen kamen, je einsamer die Wege wurden, desto mehr steigerte sich meine Nervosität. Ich hielt mich so gut es gehen wollte an die unbelaubten Bäume und suchte möglichst geräuschlos aufzutreten, doch das war überflüssig, denn das vor mir gehende Paar, Arm in Arm und immer noch angestrengt plaudernd, schien von dem heimlichen Beobachter nichts zu bemerken. Sie umrundeten die Rotunda, ein großes rundes Wasserbecken, eingefaßt von Bogengängen, die wohl an das antike Rom erinnern sollten. Der Springbrunnen funktionierte schon seit langem nicht mehr, das Bassin lag trocken und rissig. Die weißen Kugellampen waren samt und sonders kaputt, und die römischen Rundbögen mit Graffiti eingesprüht. Man trat überall auf Glasscherben und Mörtelbrocken, die unter den Sohlen zerbröselten. Ich verhielt, weil ich den beiden nicht unter die Bögen folgen wollte, wo meine Schritte notgedrungen ein Echo geweckt hätten, sondern wartete, bis sie auf der anderen Seite des Beckens zum Vorschein kamen; dann eilte ich hinterher.

Vor uns lag der Strom wie geschmolzenes Blei und atmete sanft im Dunkel. Gegenüber flackerten die Lichter des Ufers von New Jersey, in der Nähe wirkte das Wasser schwarz. Ich sah mich suchend um und entdeckte die beiden, als sie gerade den Bootsliegeplatz an der 79. Straße betraten. Ich hielt mich im Schatten, während sie auf den Steg hinaustraten. Jetzt blieben sie stehen und wechselten mit jemandem ein paar Worte, offenbar dem Nachtwächter. Sie setzten ihren Weg fort und kletterten auf das Deck eines Hausbootes. Gleich darauf ging drinnen das Licht an. Als ich sah, wie die Gardinen vor die breiten Fenster gezogen wurden, machte ich kehrt und eilte den Weg zurück, den ich gekommen war.

3 Dienstag früh war ich schon vor 9 Uhr im Büro. Am Tisch von Yetta Apatoff saß noch der Nachtwächter.

»Vor einer Viertelstunde hat jemand für Sie angerufen, Mr. Big«, begrüßte er mich. »Name und Nummer wollte er nicht angeben, er will aber noch einmal anrufen.«

Mein Telefon klingelte, noch ehe ich den Mantel abgelegt hatte. Eine Männerstimme knurrte dumpf: »Sind Sie der mit den Plakaten?« Ich bejahte. »Wie hoch ist die Belohnung?«

Daran hatte ich überhaupt noch nicht gedacht. Fünfzig Dollar schien zu wenig, hundert mochten mir zu viele falsche Informationen einbringen, doch dachte ich, lieber ein paar zuviel als zuwenig.

»Hundert Dollar«, sagte ich also.

»Scheiße«, kam es zurück und er legte auf.

Zehn Minuten später kam der nächste Anruf, und wieder lautete die erste Frage »Wieviel?«

»Hundert Dollar«, sagte ich bestimmt.

»Gut. Ich habe den Burschen am 10. Januar abends Ecke Central Park West und 70. Straße eingeladen.«

»Und wie sah er aus?«

»Naja, so normal, würde ich sagen. Gut gesehen hab ich ihn nicht, aber er war so durchschnittlich groß.«

»War er nicht eher untersetzt, richtig dick sogar?«

Doch, das könnte man sagen.«
»Und trug Pullover und Jacke?«
»Genau. Das ist er.«
»Nein, das ist er nicht.«
»Arschloch«, sagte er und legte auf.

Ich beendete seufzend mein Frühstück und blätterte die eingelaufenen Routineanfragen durch. Sollte ich Percy Stilton mit meiner neuesten Entdeckung belästigen – dem Hausboot an der 79. Straße und den Vermutungen, die ich daran knüpfte, welche die Art und Weise betrafen, wie der Reverend Knurr den alten Sol Kipper umgebracht haben könnte?

Stilton beantwortete diese Frage selber, indem er gegen 10 Uhr anrief.

»Hören Sie, Josh«, sprach er sehr schnell, »ich wollte Sie zwar nicht im Büro anrufen, aber es ist wichtig. Im Moment habe ich keine Zeit zu reden. Treffen wir uns um 15 Uhr 55 in der Halle des Newsweek-Gebäudes Madison Avenue 444? Zwischen der 49. und 50. Straße?«

»Eigentlich wollte ich – ja, ich komme, Perce. Nur möchte ich vorher –«

»Bis dann. Ich muß los.«

Und er legte auf. Ich legte ebenfalls etwas verdutzt den Hörer hin, und schon klingelte der Apparat. In der Hoffnung, Stilton sei noch mal dran, hob ich ab.

»Josh, Sie haben doch unsere Verabredung zum Lunch hoffentlich nicht vergessen?« Yetta Apatoff, offenbar in bester Laune.

»Aber nein. Welche Zeit ist Ihnen recht?«

»Zwölf Uhr. Ich habe Ihnen eine Masse zu erzählen.«

»Gut«, sagte ich mit sinkendem Herzen.

Noch ein Anruf. »Ich habe den Kerl, den Sie suchen, damals gefahren. Groß und hager, stimmt's?«

»Schon möglich. Und wohin? Zur Filiale der Eastern Airlines auf der 5. Avenue?«

»Genau.«

»Haben Sie auf ihn gewartet und ihn wieder zurückgefahren zur Ecke Central Park Ecke 70. Straße?«

»Mmmja.«

»Das glaube ich nicht.«

Darauf machte er mir einen unzüchtigen Antrag.

Ich legte auf, innerlich die Geldgier meiner Mitmenschen verfluchend, und wählte Kippers Nummer. Chester Himmel war am Apparat. Wir wechselten höfliche Redensarten, fragten einander nach dem Befinden und meinten beide, für die Jahreszeit sei das Wetter recht erträglich.

Schließlich fragte ich: »Chester, Mr. Kipper starb doch Mittwoch, den 24. Januar. Stimmt das?«

»Ja, Sir«, erwiderte er umdüstert. »Dieses Datum werde ich nie vergessen.«

»Das glaube ich Ihnen. Mr. Knurr kam, wie bekannt, einige Minuten nach der Tragödie ins Haus. Nun habe ich folgende Frage: Wissen Sie, ob er auch tags zuvor, am 23., im Haus gewesen ist?«

Nach einer Pause sagte Chester: »Das kann ich Ihnen nicht aus dem Gedächtnis sagen, Sir, aber wenn Sie einen Moment am Telefon bleiben wollen, Sir, sehe ich im Buch nach.«

»Augenblick mal«, fragte ich hastig, »was ist denn das für ein Buch?«

»Das Besucherbuch, Sir. Die erste Mrs. Kipper hat darauf bestanden, daß wir eins führen. Früher hat das mein Vater getan. Nach dem Tod von Mrs. Kipper und meinem Vater habe ich es mit dem Einverständnis der zweiten Mrs. Kipper weitergeführt. Dort werden alle Besucher verzeichnet, ferner bestimmte Lieferungen, auch Reparaturen am Haus und dergleichen. Das ist in vielen großen Häusern üblich. Es ist oft eine große Hilfe, Sir.«

Meine Hoffnungen stiegen. »Das kann ich mir vorstellen. Könnten Sie also nachsehen, Chester, ob der Reverend Knurr am 23. Januar im Hause war?«

»Einen Moment bitte, Sir?«

Es dauerte allerdings etwas länger, und ich hielt beide Daumen, bis der Butler sich wieder meldete.

»Sind Sie noch da, Mr. Big?«

»Ja.«

»Aus dem Buch geht hervor, daß der Reverend Knurr am 23. Januar einen Besuch gemacht hat. Er traf gegen 15 Uhr 30 ein.«

»Und steht auch da, wann er wieder gegangen ist?«

»Nein, Sir, das ist nicht verzeichnet.«

»Ich danke Ihnen sehr, Chester. Übrigens – darf ich wissen, wo dieses Buch aufbewahrt wird? Reine Neugier.«

»In einer Küchenschublade, Sir.«

»Dann tun Sie mir noch einen Gefallen, Chester, nehmen Sie es mit in Ihr Appartement und verstecken Sie es dort sorgfältig. Ich weiß, es klingt sehr sonderbar, aber es ist wichtig.«

Eine Weile sagte er nichts, dann ganz leise: »Sehr wohl, Mr. Big, ich tue, was Sie verlangen.«

»Ich danke Ihnen.«

»Keine Ursache, Sir.«

Meine Theorie nahm sich besser und besser aus, ich glaubte, Knurr in der Falle zu haben und machte mir um die notwendigen Beweise keine Gedanken.

»Ich komme später noch mal vorbei«, sagte ich zu Chester.

»Das sollte mich freuen, Sir«, und er legte auf.

Höhepunkte meines langweiligen Vormittags waren zwei weitere Anrufe von Taxichauffeuren, mit denen ich nichts anfangen konnte. Kurz vor Mittag machte ich mich auf der Herrentoilette für den Lunch mit Yetta zurecht. Am Becken neben mir kämmte Harmish Hooter seine schwarzen, fettigen Strähnen seitlich über den Schädel, in dem vergeblichen Bemühen, die kahlen Stellen zu verbergen. Er erblickte mich im Spiegel und zutzelte greulich an den Zähnen.

»Hören Sie mal, Big«, seine Stimme klang zwar nörgelnd, aber nicht beleidigt, eher schon selbstzufrieden. »Wie ich höre, gehen Sie mit Yetta Apatoff zum Essen.«

»Da haben Sie richtig gehört«, versetzte ich kalt.

Er trocknete seine Hände emsig mit einem Papierhandtuch. Vor einem Jahr hatte er ein Memo kursieren lassen, in dem er darauf hinwies, daß mehr als ein einziges Handtuch zu benutzen eine unerlaubte Verschwendung darstelle.

Er betrachtete sich jetzt mit dem Ausdruck größter Zufriedenheit im Spiegel und strich über das glatt angeklatschte Haar. Er richtete sich sogar gerade auf, holte tief Luft, was seinen Schmerbauch zum Verschwinden brachte, wenigstens bis er ausatmete.

»Nun«, er kehrte sich mir voll zu, »ich wünsche viel Spaß. Amüsieren Sie sich, solange es noch geht.« Und mit einem füchsischen Grinsen verließ er mich.

Als ich mich Yettas Tisch näherte, bemerkte ich gleich, daß sie sich sorgfältig zurechtgemacht hatte und besonders attraktiv wirkte. In der Annahme, dies geschehe unserem gemeinsamen Lunch zu Ehren, schwoll mein männliches Selbstgefühl mächtig. Zugleich stellte ich mir vor, wie verheerend es auf sie wirken würde, wenn ich mit meiner vorbereiteten *Können-wir-nicht-gute-Freunde-bleiben*-Rede herausrückte. Um so mehr, als sie sich augenscheinlich so große Mühe gegeben hatte. Die blonden Locken wurden von einem hellblauen Chiffonschal gehalten.

Der lieblich geschwungene Mund, der sahnige Teint und die feuchten braunen Augen wurden durch die Kombination von Grün und Blau noch besonders hervorgehoben. War es etwa übereilt, unsere Beziehung auf rein freundschaftlichen Umgang zu beschränken?

Auf dem Weg zum Chinesen erzählte Yetta angeregt von einem Film, den sie gesehen hatte: Wesen von einem anderen Stern waren hier gelandet und verwandelten alle Menschen, denen sie begegneten, in Pilze.

Es sei, so versicherte sie mir, einer der gruseligsten Filme, die sie je gesehen habe.

»Und außerdem stimmt es einen nachdenklich.«

Danach kam sie auf einen Gebrauchtwagen zu sprechen, den ihr Bruder zu kaufen beabsichtigte, ferner auf eine ehemalige Mitschülerin, die jetzt bei der Telefongesellschaft eine Anstellung gefunden hatte. Selbst für Yetta war das allerhand.

Bei der Wontonsuppe wurde dann alles klar.

Sie legte ihre Hand auf die meine, und da es die war, die den Löffel hielt, plumpste ein fetter Wonton zurück auf den Teller. »Ich möchte Sie um nichts auf der Welt kränken, Josh«, versicherte sie mir schwer atmend.

Ich starrte sie verständnislos an.

»Vor allem möchte ich, daß wir nach wie vor Freunde bleiben, Yosh.«

Das war doch die Höhe, diese Eröffnung hatte schließlich ich mir ausgedacht!

»Und außerdem sollen Sie wissen, daß ich an unseren gemeinsamen Mahlzeiten und alledem immer sehr viel Freude gehabt habe und daß ich Sie nie vergessen werde, Josh!«

»Was –«

»Ich habe Hamish Hooters Heiratsantrag angenommen«, sprudelte sie hervor. »Ich weiß, das ist schlimm für Sie, Josh, aber ich glaube fest, daß ich das Richtige tue. Ich habe lange darüber nachgedacht. Er ist nicht so hübsch wie Sie, Josh, das gebe ich zu, doch er sagt, daß er mich liebt und daß er mich braucht. Sie brauchen mich nicht, Josh. Oder?«

Was sollte ich darauf erwidern? Ich starrte in mein Suppenteller, sah, wie er weggenommen und durch die Nummer drei des Menüs ersetzt wurde.

»Nehmen Sie es nicht so schwer, Josh«, bat Yetta. »Glauben Sie mir, es ist für uns alle drei am besten so.«

Sollte ich ihr etwa sagen, daß mein Herz vor Freude hüpfte wie ein beschwipstes Eichhörnchen?

»Sie haben Ihre Arbeit«, fuhr sie fort, »und ich weiß, wie ernst Sie die nehmen. Reichen Sie mir doch bitte mal die Sauce rüber. Ich dachte also, das heißt, Hamish und ich dachten, dies ist die beste Gelegenheit, es Ihnen rundheraus beizubringen. Er wollte eigentlich dabeisein, aber ich finde, nur wir zwei, so ist's am besten . . .« Sie starrte mich mit unschuldigen Blicken an. »Sie verabscheuen mich doch nicht deswegen, Josh?«

Ich bemühte mich, keinen Jubel in meinem Ton anklingen zu lassen. »Verabscheuen? Ich? Wie könnte ich? Ich möchte doch nur, daß Sie glücklich werden, Yetta, ich wünsche für Sie das Beste, und Hooter ist zu beglückwünschen.«

»Ach, wie lieb und verständnisvoll Sie sind, Josh«, seufzte Yetta. »Ich wußte es ja. Ich sagte zu Hammy – so nenne ich ihn nämlich –, Hammy, sagte ich, auch wenn es ihm das Herz bricht, er wird mir Glück wünschen. Hat es Ihnen das Herz gebrochen, Josh? Geben Sie mir mal den Senf rüber?«

Ich empfand den starken Drang, Yetta vorzuschlagen, selber für ihr Essen zu zahlen, doch ich ließ es, und die Stunde ging, alles in allem angesichts der Umstände, glimpflich vorüber.

Kaum wieder im Büro, wurde ich von Hamish Hooter besucht. »Hören Sie mal, Big, Yetta hat Ihnen wohl gesagt, wie die Dinge liegen?«

»Das hat sie, und ich wünsche Ihnen beiden alles Gute.«

»So?« Er staunte. »Nun, vielen Dank jedenfalls.«

Ich fuhr eindringlich fort. »Gewiß werden Sie beide sehr glücklich sein miteinander. Ich glaube das fest. Meine herzlichen Glückwünsche.«

»Danke nochmals. Sie nehmen es wirklich sehr anständig auf, Big.«

Ich machte eine Geste: Was ist das schon!

»Falls ich Ihnen irgendwie . . .«

»Ja, Sie können«, sagte ich prompt. »Sie wissen, ich

habe eine Aushilfe. Zunächst vorübergehend. Doch mein Arbeitspensum wächst von Tag zu Tag, und falls mal irgendwo im Haus ein größerer Raum frei werden sollte, wäre ich Ihnen sehr dankbar, wenn Sie an mich dächten.«

»Klar, das mache ich. Verlassen Sie sich drauf.«

»Da bin ich Ihnen sehr dankbar«, sagte ich demütig.

»Und noch einmal, alles, alles Gute.«

Als nächstes tat ich, was die meisten unserer Angestellten tun, die innerbetriebliche Probleme haben, ich ging zu Thelma Potts.

Die Neuigkeit hatte sich schon verbreitet, und Thelma grüßte mich teilnahmsvoll. »Tut mir leid, Mr. Big.«

»Der bessere Mann hat gewonnen«, versetzte ich.

Darauf sagte sie etwas, das so wenig zu ihren sonstigen Äußerungen paßte, daß ich sie offenen Mundes anstarrte.

»Quatsch. Seien Sie froh, daß Sie da raus sind. Das Mädchen ist eine totale Nulpe und nichts für Sie.«

»Hm . . . wenigstens haben Sie Ihre Wette gewonnen.«

»Nicht nur ich habe gewonnen, Sie ebenfalls. Sie wollen doch nicht etwa von mir bemitleidet werden? Sind Sie deshalb gekommen?«

»Nein, nicht eigentlich. Ich habe da ein Problem. Mit Yetta hat das nichts zu tun«, setzte ich eilig hinzu.

»Und worum geht es?«

»Ich möchte mir Mr. Teitelbaum und mit Mr. Tabatchnik eine Art Konferenz abhalten. Ich habe ihnen eine Menge Wichtiges zu sagen und möchte nicht jedem einzelnen berichten; deshalb dachte ich, Sie und Ada Mondora könnten vielleicht was arrangieren . . .«

»So wichtig ist es?«

»Ja, wirklich, Miss Potts. Andernfalls würde ich Sie nicht darum bitten. Es geht darum, daß ich für jeden der beiden Herren einen Fall behandele, die nun auf sehr merkwürdige Art zu einem einzigen geworden sind.«

»Kipper und Stonehouse?«

»Gibt es irgendwas, was Sie nicht wissen, Miss Potts?«

»Ada und ich essen jeden Tag gemeinsam unseren Lunch. Wann wollen Sie die beiden sprechen?«

»So bald wie möglich.« Mir fiel ein, daß ich heute noch mit Stilton verabredet war. »Heute geht es allerdings nicht mehr. Aber morgen wäre gut, falls Sie es arrangieren können.«

»Ich rede mal mit Ada, und wir sehen zu, was sich machen läßt. Ich sage Ihnen Bescheid.«

»Tausend Dank. Ich wüßte nicht, was ich ohne Sie anfangen sollte.«

Sie rümpfte die Nase.

Ich beugte mich herunter und gab ihr einen Kuß auf die Wange.

»Nachdem ich gerade einen Korb bekommen habe, bin ich wieder zu haben«, sagte ich dabei.

»Sie Schlimmer!«

Im Büro erhielt ich noch zwei Anrufe von Taxichauffeuren, einer davon betrunken, und erledigte dann Routinekram, bis es Zeit wurde für meine Verabredung mit Stilton. In Hut und Mantel, die abgeschabte Mappe unterm Arm, lugte ich vorsichtig in die Halle. Yetta Apatoff saß an ihrem Platz, die Hände züchtig auf dem Tisch gefaltet. Ich zog mich zurück ins Büro und wartete. Als ich wieder hinaussah, hatte sie ihre Haltung nicht verändert; sie glich einer Statue. Wieder zog ich mich zurück. Beim dritten Versuch telefonierte sie, also wagte ich es, und ging traurig lächelnd und mit einer resignierten Handbewegung an ihr vorüber. Ich war ein rechter Feigling.

Kurz vor 16 Uhr betrat ich das *Newsweek*-Gebäude. Stilton, der von mir unbemerkt von rückwärts herangetreten war, stieß mir seinen Zeigefinger ins Kreuz.

»Perce, ich muß Ihnen etwas sagen, ich –«

»Später, später. Um 16 Uhr sind wir mit Bischof Harley Oxman verabredet. Das ist der Personalchef der Kirche, zu welcher der Reverend Godfrey Knurr gehört. Sie reden möglichst wenig und richten sich im übrigen nach mir. Sie haben in dieser Szene einen Anwalt zu spielen.«

»Ich habe eine Geschäftskarte von Mr. Tabatchnik dabei.«

»Um so besser. Zeigen Sie die vor.«

Die Personalabteilung der Kirche befand sich in einem Bürogebäude in der 49. Straße zwischen der Madison und der Park Avenue, und es ging hier sehr sachlich und geschäftsmäßig zu. Die Wände waren in gebrochenem Weiß gestrichen, auf dem Boden ein praktischer Kunststoffbelag, die einzelnen Büroräume durch Blechwände unterteilt. Bilder mit religiösen Motiven glänzten durch Abwesenheit, dafür klapperten muntere Schreibmaschinen. Geistliche Kleidung trug niemand. Perce und ich machten uns der Dame am Empfang bekannt, die sich nicht davon überrascht zeigte, daß der Bischof einen Kriminalbeamten empfangen wollte. Sie redete ein paar Worte in eine Gegensprechanlage und gönnte uns ein kühles Lächeln.

»Sie werden erwartet. Erster Korridor links bis ans Ende, dann die letzte Tür rechts.«

Das Büro des Bischofs fanden wir mühelos, und die Tür wurde geöffnet, bevor wir angeklopft hatten. Der Mann, der uns begrüßte, war groß und hatte breite Schultern, hielt sich aber nicht sehr aufrecht und war überdies etwas beleibt. Er trug einen altmodischen Anzug aus rostfarbenem Cheviot, dazu eine taubengraue, weiß paspelierte Weste. Seine getupfte Fliege war nachlässig gebunden. Sein Gesicht war dick und fleischig und wies abgestufte Rottöne auf. Der volle, hellrote Rosenmund ließ so blendend weiße Zähne sehen, wie man sie nur im Laden zu kaufen bekommt. In diesem an einen Blutpudding gemahnenden Gesicht steckten zwei scharf blickende, eisblaue Augen mit rein weißer Iris. Das Haar war eisgrau und dicht.

»Ich bin Bischof Oxman«, ließ er sich mit volltönender

Stimme vernehmen. »Wollen Sie bitte eintreten, meine Herren?«

Er geleitete uns in sein Büro und wies uns Sessel gegenüber seinem Schreibtisch an. Ohne eine Aufforderung abzuwarten, schob Perce Stilton dem Bischof seinen Ausweis hin, und ich kramte, seinem Beispiel folgend, eilig Mr. Tabatchniks Geschäftskarte hervor.

Während der Bischof in aller Ruhe unsere Ausweise prüfte, besah ich mir sein spartanisch eingerichtetes Büro: ein Bücherregel, eine künstliche Topfpalme, an der Wand hinter ihm eine Foto unter Glas. Offenbar die Abschlußklasse, welcher der Bischof angehört hatte.

Er gab uns unsere Karten zurück, lehnte sich in seinen Sessel, rückte sich bequem zurecht und faltete die Wurstfinger über dem Bauch. Mit höflichen Plaudereien hielt er sich nicht auf, sondern kam gleich zur Sache.

»Mr. Stilton«, begann er in einem dröhnenden Baßbariton, »Sie sagten mir am Telefon, es sei im Hinblick auf einen unserer Geistlichen eine Lage entstanden, die am besten zwischen uns unter vier Augen zu besprechen sei.« Und dabei warf er mir einen vielsagenden Blick zu.

»Ganz recht, Sir«, antwortete Perce achtungsvoll, »womit ich meine: bevor amtliche Schritte eingeleitet werden.«

»Oh weh«, lächelte der Bischof kalt, »das klingt ja bedrohlich.«

Es schien ihn aber nicht im geringsten zu erschüttern.

Stilton fuhr ohne zu zögern fort: »Ich halte es für das beste, Sie ins Bild zu setzen, Sir. Mr. Tabatchnik ist hier als Beauftragter einer jungen Frau, die behauptet, sie sei um eine Summe von über 10 000 Dollar betrogen worden, und zwar von einem ihrer Geistlichen, der angab, imstande zu sein, diese Summe in weniger als einem halben Jahr zu verdoppeln.«

»Hum, hum«, machte der Bischof.

»Ferner versprach er der jungen Dame, offenbar um

sie williger zu machen, sie zu heiraten, sobald der Betrag sich verdoppelt habe.«

»Und wie heißt die junge Dame?« wollte der Bischof wissen.

»Ich glaube, das tut im Moment nichts zur Sache, Sir.«

»Und wie alt ist sie? Das können Sie mir doch wohl verraten?«

Stilton schaute mich fragend an.

»Wie alt ist Ihre Mandantin, Mr. Tabatchnik?«

»Dreiundzwanzig«, versetzte ich prompt.

Oxman richtete die durchdringenden Augen auf mich.

»War sie schon einmal verheiratet?«

»Nein, Sir, soweit mir bekannt ist, nicht.«

Der Bischof hob die Hände, legte sie zusammen wie zum Gebet und preßte dann die Zeigefinger an die vollen Lippen. Er schien gründlich nachzudenken. Endlich sagte er:

»Ist Ihre Mandantin schwanger, Mr. Tabatchnik?«

Stilton blickte mich an.

»Ja, Sir«, sagte ich gedämpft. »Das ist sie leider. Ich habe die Bestätigung ihres Arztes gesehen. Meine Mandantin hat dieserhalb vergeblich versucht, sich mit dem Geistlichen in Verbindung zu setzen.«

Stilton fiel ein: »Sie hat es unter der Telefonnummer versucht, unter der er vordem zu erreichen gewesen ist, der Anschluß ist aber aufgehoben. Sie ist dann, von Mr. Tabatchnik begleitet, in seine Wohnung am Murray Hill in Manhattan gegangen, doch er war ausgezogen ohne Hinterlassung seiner neuen Adresse. Mr. Tabatchnik hat die Angelegenheit alsdann der Polizei übergeben, und ich bekam den Fall. Auch mir ist es nicht gelungen, diesen Mann zu finden. Ich bin nun der Meinung – und Mr. Tabatchnik stimmt mir darin zu –, es wäre das beste, mit Ihnen über diesen Fall zu sprechen, bevor drastischere Maßnahmen ergriffen werden.«

»Und wie heißt dieser Geistliche?«

»Reverend Godfrey Knurr«, sagte Stilton und buchstabierte: »K–n–u–r–r.«

Der Bischof nickte, zog das Telefon heran, wählte drei Zahlen und wartete. »Timmy«, sprach er dann, »sehen Sie doch mal nach, ob Sie eine Akte Knurr haben. K–n–u–r–r«, und legte auf. Zu uns gewandt sagte er dann gemessen: »Leider ist dies kein Einzelfall. Doch darf ich sagen, daß die darin verwickelten geistlichen Herren im allgemeinen keine Schuld trifft. Junge Frauen verstehen es manchmal falsch, wenn man ihnen Verständnis und Sympathie entgegenbringt. Und wenn der Pastor dann erklärt, daß seine Interessen rein geistlicher Natur sind, werden sie leicht hysterisch. Und in diesem Zusammenhang erheben sie die wildesten Vorwürfe.«

»Das verstehe ich gut, Sir«, sagte Stilton, »doch leider wurde Anzeige erstattet, und ich muß der Sache nachgehen.«

»Aber selbstverständlich! Und ich bin Ihnen dankbar dafür, daß Sie zu mir gekommen sind, bevor Sie weitere Schritte unternehmen. Es kann nämlich gut sein, daß es sich nicht um einen bona-fides-Geistlichen handelt, sondern um einen Schwindler, der als Geistlicher posiert und einsame Frauen betrügt.«

Dies allerdings sollte sich als irrig erweisen, denn der Bischof hatte kaum geendet, als es leise klopfte und ein junger Mann mit einem Aktenhefter eintrat, den er Oxman behutsam auf den Tisch legte und sich auch schon wieder entfernte.

»Danke Ihnen, Timmy!« rief der Bischof ihm nach, nahm den Hefter auf und las das Etikett. Dann blickte er zu uns auf und sagte bekümmert: »Leider, leider, ich fürchte, er gehört wirklich zu uns. Godfrey Mark Knurr. Nun, sehen wir mal, was wir da haben . . .«

Er überflog die im Hefter befindlichen Papiere, und wir sahen ihm dabei schweigend zu. Unter anderem betrachtete er ein Hochglanzfoto und bemerkte: »Ein gutaussehender Mann.«

Wir warteten geduldig, bis der Bischof alle Papiere durchgeblättert hatte. Er schloß die Akte und murmelte: »Oh weh, oh weh, es scheint, daß Mr. Knurr sich wieder mal unartig betragen hat.« Und dabei lächelte er dünn.

»Wieder mal?« fragte Stilton.

Bischof Oxman seufzte. »Manchmal neige ich zu der Ansicht, daß auch christliche Barmherzigkeit ihre Grenzen haben sollte. Der Reverend Knurr kam zu uns aus Chicago, wo er als Aushilfspfarrer tätig war. Er war offenbar bei der Gemeinde sehr beliebt. Es scheint, als habe er mit der 22jährigen Tochter eines Kirchenältesten intime Beziehungen unterhalten, jedenfalls gab sie, als die Schwangerschaft sich nicht mehr verbergen ließ, Mr. Knurr als den Vater an und behauptete zudem, sie habe ihm erhebliche Summen Geldes geliehen, Summen, die, wie ich nicht eigens betonen muß, nie zurückgezahlt wurden. Man hat die Sache wohl vertuscht, doch Knurr wurde, obwohl er trotz der gegen ihn sprechenden Beweise hartnäckig seine Unschuld beteuerte, aus Chicago verbannt und nach hier abgeschoben.«

Ich fragte neugierig: »Geht denn so was? Ich meine, darf die Kirche vcon Chicago ihre Probleme auf die hiesige Kirche abladen?«

»Nun, es mag sein, daß Knurr zu einer Art – äh – Austauschprogramm gehörte, sagen wir mal. Ein fauler Apfel von dort gegen einen von hier. Selbstverständlich konnten wir ihm hier keine Gemeinde anvertrauen. Schon darum nicht, weil wir eine nicht unerhebliche Menge überzähliger Geistlicher haben, die Jahr um Jahr wächst. Ich darf Ihnen aber versichern, daß die große Mehrzahl unserer Pastoren ehrenhafte, gottesfürchtige Männer sind, die es mit ihren Pflichten sehr ernst nehmen.«

»Und was haben Sie mit Knurr angefangen?« fragte Stilton.

»Er behielt seinen Status als Pastor, und ihm wurde gestattet, sich als solcher auf eigene Faust zu betätigen; daß wir ihm keine Gemeinde anvertrauen würden, war ihm bekannt. Aus den Akten geht hervor, daß er zuletzt um Erlaubnis bat, in Greenwich Village eine Art Club für unterprivilegierte Jugendliche zu eröffnen; die dafür benötigten Gelder wollte er selbst beschaffen. Wir erlaubten ihm das. Aus den Akten geht allerdings nicht hervor, ob er diesen Plan verwirklicht hat, und seine Adresse und Telefonnummer liegen auch nicht bei.«

»Von wo kam denn aber sein Brief mit dieser Anfrage?«

»Auf dem befindet sich leider auch kein Absender.«

»Sind seine nächsten Angehörigen registriert?« fragte Stilton weiter.

»Ja, die haben wir. Moment.« Er blätterte in der Akte. »Hier. Eine Schwester, Goldie Knurr, wohnhaft in Athens, Indiana. Möchten Sie die Adresse haben?«

»Bitte.«

Percy und ich hatten den Aufzug für uns allein, und er sagte: »Sie haben sich gut gehalten, Josh. Ich habe daran aber auch keinen Moment gezweifelt, sonst hätte ich vorher mit Ihnen geübt. Dieser kleine Schwindel war notwendig, denn wäre ich einfach reingegangen und hätte um Einblick in die Akte Knurr gebeten, ohne einen entsprechenden Auftrag der Staatsanwaltschaft, hätte der Bischof mich rausgeschmissen. Er sieht zwar etwas verschlafen aus, aber rumstoßen läßt er sich nicht.«

In der Halle blieb Stilton stehen und steckte sich eine Zigarette an.

»Wie sind Sie eigentlich auf diese Kirche gekommen, Perce?« fragte ich. »Ich weiß ja nicht mal, zu welcher Sekte Knurr gehört.«

»Ich habe im Telefonbuch die Adresse seines Clubs in Greenwich Village rausgesucht und mir dann vom Grundbuchamt den Namen des Hauseigentümers geben lassen. Bei dem habe ich mir den Mietvertrag angesehen, den er mit Knurr abgeschlossen hat, weil ich annahm, Knurr würde darin eine Adresse angeben müssen. Und das hat er auch, nämlich die der Kirchenverwaltung. Dort hat man mich an die Personalstelle und Bischof Oxman verwiesen.«

Ich schüttelte staunend den Kopf.

»Es ist eben alles viel einfacher, wenn man einen Dienstausweis hat.« Er schaute auf die Uhr. »Ich habe noch etwa eine halbe Stunde Zeit. Sie wollten mir etwas erzählen, nicht wahr? Hier um die Ecke ist eine Bar. Trinken wir ein Bier, und ich höre Ihnen derweil zu,«

In einer Ecke der kleinen Bar auf der East 48. Straße sitzend fragte ich: »Perce, die Geschichte, die Sie sich da mit Knurr ausgedacht haben, daß er nämlich ein Mädchen verführt und ausgenommen hat, ist doch Wort für Wort die, die er in Chicago tatsächlich inszeniert hat. Wie sind Sie nur darauf gekommen?«

Er zuckte die Achseln. »Reine Mutmaßung. Die Schurken haben das Glück nicht für sich gepachtet, manchmal haben wir auch welches. Ich habe mir gesagt: Falls wir mit unseren Vermutungen betreffend Knurr richtig liegen, paßt ein solches Verhalten genau ins Bild. Ich frage mich, ob wir im Fall Kipper jetzt genügend Material haben, um eine Wiederaufnahme der Untersuchung zu beantragen.« Er überlegte. »Nein, es reicht wohl noch nicht. Sein Verhalten in Chicago gibt nicht genug her. Und mit Sol Kippers Tod hat es schon überhaupt keinen Zusammenhang. Also, was haben Sie zu berichten?«

Ich schilderte meine Plakataktion samt den derzeitigen Ergebnissen und wie ich Kopien der Analysen von Professor Stonehouses Cognac und Kakao beschafft hatte.

Stilton grunzte. »Sehr gut. Noch mehr Dokumente.«

Dann sagte ich, ich habe ein Foto von Glynis Stonehouse und den Namen der Klinik, in der sie derzeit arbeite, sowie den des Labors, in dem sie im vergangegenen Jahr angestellt gewesen war.

»In der Klinik habe ich telefonisch angefragt und die

Auskunft bekommen, daß man dort keinerlei Gift vorrätig hält. Das klingt auch wahrscheinlich, denn es ist eine Kinderklinik – Hals-Nasen-Ohren. Aber mit dem Labor hatte ich kein Glück.«

»Da gehe ich vorbei. Geben Sie mal Namen und Adresse.«

Er schrieb beides in sein elegantes Notizbüchlein.

Und schließlich berichtete ich, daß ich Glynis Stonehouse und Godfrey Knurr die 79. Straße hinunter bis zu einem Hausboot gefolgt sei.

»Das ist wirklich sehr interessant«, meinte Stilton nachdenklich. »Sehr gute Arbeit, Josh.«

»Dabei habe ich mir das Beste bis zuletzt aufgehoben. Ich glaube nämlich zu wissen, wie er Sol Kipper umgebracht hat.«

Stilton glotzte mich an.

»Trinken Sie noch ein Bier«, sagte er dann.

»In der Wohnung mir gegenüber«, begann ich, »lebt ein älterer Herr ziemlich einsam und an seinen Rollstuhl gefesselt. Der erwartet mich öfters auf dem Treppenabsatz, wenn ich heimkomme, weil er gern mal mit jemand schwatzt. Nun, im letzten Monat bin ich mehrmals früher gekommen als sonst, und er wußte nicht, daß ich schon in der Wohnung war, wenn er sich auf den Treppenabsatz rollte, um mich abzupassen. Ich kam dann für ihn ganz überraschend in den Flur, während er annahm, ich würde die Treppe raufkommen.«

Stilton schaute mich verständnislos an.

»Na und?«

»Das brachte mich auf den Gedanken, wie Knurr den alten Kipper hat umbringen können. Er war schon in der Wohnung.«

Stilton wollte gerade einen Schluck nehmen, setzte jetzt aber das Glas ab und starrte vor sich hin.

»Genau! So ein Hund! Genauso hat er es gemacht. Er war die ganze Zeit im Hause, wahrscheinlich in einem der unbenutzten Zimmer. Das wußte nur Tippi. Die läßt ihren Mann oben und geht nach unten, Knurr geht in das gemeinsame Schlafzimmer im 4. Stock und bringt Sol Kipper um, vielleicht mit einem Karateschlag oder mit dem sprichwörtlichen stumpfen Gegenstand, und trägt ihn dann –«

»Nein, so nicht. Sol Kipper war zwar nicht schwer, aber es wäre trotzdem nicht einfach gewesen, ihn die schmale Treppe zum fünften Stock hinaufzuschleppen. Ich nehme an, Knurr ließ den Fahrstuhl raufkommen und hat Kipper darin befördert.«

»Das stimmt ja auch damit überein, daß die Streifenpolizisten den Fahrstuhl im fünften Stock vorfanden. Also gut. Er schafft Kipper nach oben und wirft ihn über die Brüstung. Und ich meine das wörtlich, er wirft ihn. Deshalb wurde die Leiche auch so weit entfernt von der Hausmauer gefunden.«

»Dann geht Knurr nach unten – aber wie?«

»Über die Treppe. Denn den Fahrstuhl sieht man im Erdgeschoß von der Küche aus. Er wurde ja auch im fünften Stock vorgefunden.«

»Tippi wurde ohnmächtig, oder tat so«, erinnerte ich ihn.

»Klar. Um Knurr Zeit zu geben, die Treppe herunterzulaufen. Der geht aus dem Haus, macht kehrt, klingelt und läßt sich vom Butler aufmachen.«

Ich nickte. »So dürfte es gewesen sein. Von der Küche aus ist die Haustür nicht zu sehen, also konnte Knurr nichts passieren, er konnte ungesehen rausgehen. Ich glaube übrigens, daß er schon die Nacht über im Haus gewesen ist, Perce. Der Butler führt Buch über die Gäste, und für Dienstag, den 23. Januar, also den Tag vor Kippers Tod, hat er den Reverend Godfrey Knurr als Gast verzeichnet.«

»Das ist ja fabelhaft! Ich gebe es ja nicht gerne zu, doch muß man seinen Schneid bewundern.«

»Sie meinen also, so ist es passiert?« fragte ich eifrig.

»Unbedingt. Ganz bestimmt. Alles paßt. Eine Sache

der Planung und des richtigen Zeitpunktes. Der Bursche ist ein kühler Rechner. Und wenn es soweit ist, daß wir ihn festnehmen können, sorge ich dafür, daß wir die nötige Unterstützung kriegen. Aber was ist mit dem Abschiedsbrief?«

»Den kann ich nicht erklären, jedenfalls jetzt noch nicht«, gestand ich. »Ich werde mir aber den Kopf darüber zerbrechen.«

»Tun Sie das.« Er tätschelte mir den Arm. »Zerbrechen Sie sich den Kopf. Ich glaube allmählich, Roscoe Dollworth wußte ganz genau, was er tat, als er Ihnen den Posten des Chefermittlers verschaffte. Und Sie sollten das ebenfalls glauben. Ich meine, Josh, jetzt habe ich ausreichend Material, um die Wiederaufnahme des Falles durch meinen Chef beantragen zu lassen. Ich werde ihm alles erklären, auch wie dieser Fall mit dem Fall Stonehouse zusammenhängt, und –«

»Könnten Sie damit noch einen Tag oder auch zwei warten, Perce?«

»Ja, schon, aber warum?«

»Ich möchte gern eine Besprechung mit Mr. Tabatchnik und Mr. Teitelbaum herbeiführen. Teitelbaum vertritt die Familie Stonehouse. Ich will den beiden einen vollständigen Bericht geben und vor allem darauf hinweisen, daß die zwei Fälle zusammengehören. Die beiden sollen mir freie Hand und vor allem so viel Zeit geben, wie ich brauche, einerlei, wie lange es noch dauert. Und ich möchte, daß Sie an dieser Besprechung teilnehmen, Perce. Meine Chefs haben doch Einfluß, nicht wahr? Ich meine, politischen Einfluß?«

»Das nehme ich an.«

»Wenn wir die zwei erst mal auf unserer Seite haben, dürfte es für Sie einfacher werden, die Wiederaufnahme der beiden Fälle zu verlangen und zu erreichen, daß sie Ihnen überlassen werden.«

»Das könnte sein«, sagte er nachdenklich. »Das könnte sehr wohl sein.« Er fuhr mit den Fingerspitzen durch die Haare. »Sie sind ein gerissener Zwerg«, sagte er.

Und ich hatte dagegen nichts einzuwenden.

Wir standen auf dem Bürgersteig und waren im Begriff, auseinanderzugehen, als Perce noch etwas einfiel.

Er schnippte mit den Fingern. »Ich habe ganz vergessen, Ihnen zu sagen, daß wir von der Maschine nichts über Knurr erfahren haben; deshalb mußte ich auch den Schwindel mit dem Personalbüro der Kirche machen – bloß um überhaupt etwas über den Burschen herauszubekommen. Aber bei Tippi Kipper sieht es schon anders aus. Das haben wir was. Es ist schon fast zwanzig Jahre alt, aber es ist ein Anhaltspunkt.«

»Was denn, hat sie gesessen?« fragte ich ungläubig.

»Oh nein, sie ist bloß aufgegriffen worden. Zur Verhandlung oder zu einem Urteil ist es nicht gekommen.«

»Und weshalb wurde sie aufgegriffen?«

»Wegen Protitution.«

4 Bevor ich am Mittwoch morgen ins Büro ging, schob ich folgendes Briefchen unter Cleos Tür: »Mr. Joshua Big erlaubt sich für heute abend, Mittwoch, um 20 Uhr Miss Cleo Hufnagel zum Abendessen in seine Wohnung zu bitten. Anzug nach Wahl. U.A.w.g.«

Auf dem Weg ins Büro plante ich das Menü.

Eine Aktennotiz von Ada Mondora informierte mich darüber, daß Mr. Teitelbaum und Mr. Tabatchnik willens waren, mich um 14 Uhr in der Bibliothek zu empfangen. Percy war nicht in seinem Büro, also hinterließ ich, er möge mich baldmöglichst anrufen. Anschließend tippte ich für die Akte Kipper einen Bericht über unseren gemeinsamen Besuch bei Bischof Oxman.

Ein Anruf von Gertrude Kletz unterbrach mich dabei; ihr war ein Zahn abgebrochen, und der Zahnarzt konnte sie nur um 11 Uhr drannehmen; ob sie von 12 bis 16 Uhr kommen dürfe? Ich sagte, ja, das dürfe sie gern. Dann rief ein Taxichauffeur an und behauptete, Professor Stonehouse am 10. Januar abends aufgelesen zu haben; er beschrieb ihn als klein, Mitte 40 und hinkend.

»Tut mir leid, das war er nicht«, sagte ich.

»Na, man kann's ja mal versuchen«, versetzte er unerschütterlich und legte auf.

Als nächster rief Percy Stilton an. Ich sagte, die Besprechung mit Mr. Teitelbaum und Mr. Tabatchnik solle um 14 Uhr stattfinden, und er versprach, nach Möglichkeit dabeizusein. Dann sagte er, er habe vormittags die Firma *Atlantic Medical Research* aufgesucht, den ehemaligen Arbeitgeber von Glynis Stonehouse.

»Deren Giftvorräte langen für halb Manhattan«, berichtete er. »Und die Kontrolle wird sehr lax gehandhabt. Der Giftschrank ist mit einem ganz billigen Vorhängeschloß gesichert, das man praktisch aufpusten kann. Einen Schlüssel hat nur der Kontrolleur, doch der hängt ihn einfach an die Wand, wo jeder dran kann. Der ist mal im Büro, mal anderswo unterwegs, und wer von den Angestellten mal gern an den Schrank möchte, kann das mühelos tun, ohne dabei erwischt zu werden. Wer dem Giftschrank etwas entnimmt, soll Art und Menge in ein Register eintragen und dafür unterschreiben, auch das Datum angeben. Also ließ ich die vorhandene Menge Arsentrioxyd mit der Sollmenge vergleichen, und siehe da, mehr als zwei Unzen fehlten. Wie das passieren konnte, wußte er nicht zu erklären.«

»Aber ich kann es! Mehr als zwei Unzen! Damit hätte sie den alten Herrn zehnmal umbringen können!«

»Ja, so klingt es, aber beweisen können wir's nicht. Dort werden jetzt selbstverständlich schärfere Kontrollen eingeführt. Übrigens wurde Glynis Stonehouse nicht entlassen, sie hat selber gekündigt. Freitags ihre Schublade ausgeräumt und montags angerufen, sie kommt nicht mehr. Einfach so. Ich muß jetzt weiter, Josh. Mittags will ich mir den Bootsliegeplatz an der 79. Straße ansehen und falls irgend möglich um 14 Uhr bei Ihnen sein.«

Ich beendete den Bericht über den Besuch bei Bischof Oxman und machte mich daran, einen Plan für die Besprechung mit den beiden Chefs zu entwerfen. Ich wußte, es würde einen guten Eindruck machen, wenn ich knapp und sachlich berichtete. Wieder klingelte das Telefon, während ich noch dabei war, und ein weiterer Taxifarer meldete sich. Die Unterhaltung begann wie alle vorigen.

»Wie hoch ist die Belohnung?« fragte er mit etwas gurgelnder Stimme.

»Einhundert Dollar«, antwortete ich mechanisch und kritzelte weiter.

»Na, viel ist das ja nicht, aber besser als in die hohle Hand gespuckt. Ich glaube, ich habe den Kerl aufgelesen. So um den 10. Januar herum. Es könnte jedenfalls da gewesen sein. Ecke Central Park West und 70. oder 71. Straße. Da so ungefähr.«

»Wann?«

»So gegen neun Uhr abends. Damals hatte ich Spätschicht. Jetzt habe ich Frühschicht.«

»Erinnern Sie sich, was für Wetter war?«

»An dem Abend? Beschissen wäre geprahlt. Eine elende Fahrerei, Eisregen. Ich wollte schon in die Garage fahren, aber dieser Kerl warf sich mir praktisch vor den Wagen und wedelte mit den Armen.«

»Wie sah er aus?«

»Ich erinnere mich an den Kerl bloß noch, weil er mich so geärgert hat. Ich fuhr ihm zu langsam. Ich fuhr einen Umweg. Das Taxi war schmutzig. Hinten lag aller möglicher Kram herum. Es stank. Und so weiter, und so fort. Ein richtiger Stinkmops war das.«

Ich legte den Stift aus der Hand und holte tief Luft. Das klang ja schon sehr ermutigend.

»Könnten Sie seine Erscheinung beschreiben?«

»Hut, Schal, Mantel. Ein alter Klappergreis. Dürr. Ging vorgebeugt. Normalerweise sehe ich mir meine Fahrgäste nicht genauer an, aber dieser Armleuchter hat mich so genervt, daß ich ihn mir betrachtet habe.«

Das klang besser und besser.

»Und wohin ließ er sich fahren?« Ich schloß fest die Augen und hoffte.

»An den Bootsliegeplatz 79. Straße. Und das bei dem Wetter für 25 Cent Trinkgeld! Können Sie sich das vorstellen?«

Ich machte die Augen auf und atmete tief aus.

»Würden Sie mir bitte Ihren Namen sagen?«

»Bernie Baum.«

»Und von wo rufen Sie an, Mr. Baum?«

»Tankstelle 11. Avenue.«

»Unser Büro ist in der East 38. Straße. Falls Sie sich herbemühen und eine kurzgefaßte Niederschrift dessen, was Sie mir eben gesagt haben, unterschreiben wollen, bekommen Sie sogleich Ihre hundert Dollar.«

»Dann war es also der, den Sie suchen?«

»Er war es.«

»Na ja, schön, ich unterschreibe, schließlich ist es die Wahrheit, stimmt's nicht? Aber vor Gericht aussagen oder so, das tue ich nicht, das sage ich Ihnen gleich.«

»Das ist auch überflüssig, wir brauchen dies nur als Beleg für unsere Unterlagen.«

Es mochte dahin kommen, daß er eines Tages vor Gericht würde aussagen müssen, doch wollte ich ihn jetzt nicht damit verunsichern.

»Schön. Aber erst will ich was essen, dann komme ich vorbei.«

»Ausgezeichnet, versuchen Sie, vor 13 Uhr dazusein.«

Ich nannte ihm noch mal unsere Adresse und sagte, er solle nach Mr. Joshua Big fragen. Dann legte ich strahlend auf. Stilton hatte recht: die bösen Buben hatten das Glück nicht gepachtet. Nun entwarf ich die Erklärung, die Bernie Baum unterschreiben sollte. Sie lautete ganz schlicht: er habe einen Fahrgast gehabt, den er später anhand eines Plakates als Professor Yale Stonehouse identifizieren konnte; der Mann sei gegen 21 Uhr am 10. Januar unweit Central Park West – Ecke 70. Straße eingestiegen und zum Bootsliegeplatz an der 79. Straße gefahren. Alles so kurz und sachlich wie möglich.

Ich war noch damit beschäftigt, als Mrs. Kletz auftauchte. Ihre Zahnschmerzen seien viel besser und sie könne durchaus vier Stunden arbeiten, sagte sie.

Über den Anruf von Bernie Baum, von dem ich ihr erzählte, freute sie sich ebenso wie ich.

»Seit Sie die Akten Stonehouse und Kipper gelesen haben, ist eine Menge passiert«, sagte ich. Setzen Sie sich her und ich bringe Sie auf den neuesten Stand.«

Sie lauschte aufmerksam und sog scharf die Luft ein, als ich von Glynis und Knurr sprach.

»Und dorthin hat der Taxichauffeur den Professor gefahren, als er an jenem Abend verschwand«, schloß ich triumphierend.

Sie war in Gedanken aber anderswo; ihre jungen Augen hatten plötzlich einen uralten Ausdruck.

»Mr. Big«, fragte sie, »glauben Sie, diese beiden Frauen wissen voneinander – ich meine Tippi Kipper und Glynis Stonehouse?«

Ich blinzelte. Diese Frage war mir nicht eingefallen, und ich ärgerte mich über mich selber, denn ich hätte weiß Gott selber darauf kommen müssen.

»Ich weiß es nicht, Mrs. Kletz«, gestand ich. »Ich vermute, daß dies nicht der Fall ist, denn Knurr kann jetzt nichts weniger gebrauchen als eine eifersüchtige, rachsüchtige Frau.«

Sie nickte versonnen. »Damit haben Sie gewiß recht, Mr. Big.«

Und damit begab sie sich an ihren Tisch und machte sich an die Bearbeitung der Routinefragen. Ich ließ mir derweil aus einem Delikateßgeschäft in der Nachbarschaft Sandwiches, eine Dillgurke und Tee kommen. Dann erschien Bernie Baum, ein untersetzter Mann in mittlerem Alter mit einem zwei Tage alten Stoppelbart und einem zerkauten Zigarrenstummel. Er trug einen ziemlich schmutzigen Wollmantel und eine schwarze Ledermütze.

Ich reichte ihm das von mir vorbereitete Schriftstück, und er holte aus der Hemdtasche eine Brille hervor, der ein Bügel fehlte, so daß er genötigt war, die Gläser vor die Augen zu halten.

Nachdem er gelesen hatte, schaute er mich an.

»Was hat dieser Bursche auf dem Kerbholz? Hat er eine Bank ausgeraubt?«

»So was ähnliches.«

»Wundert mich nicht. Seit wir miteinander telefoniert haben, versuche ich mich besser an ihn zu erinnern, und mir ist jetzt, als ob er sehr nervös gewesen wäre. Irgendwas ärgerte ihn, und deshalb ließ er seine Wut an mir aus.«

»Das könnte sein.«

»Na ja. Falls er dort am Liegeplatz eine Yacht hatte, dann ist er mittlerweile in Honkong.«

»Auch das könnte sein. Wenn Sie jetzt bitte hier unterschreiben wollen, Mr. Baum.«

Er unterschrieb mit Bernhard J. Baum, samt Adresse, und ich gab ihm eine Anweisung für die Kasse auf hundert Dollar. Wir schüttelten einander die Hand, und ich schickte ihn mit Mrs. Kletz nach oben zur Kasse. Fünf Minuten später war sie zurück und berichtete, Mr. Baum habe sein Geld bekommen und sei glücklich aus dem Hause gegangen. Hamish Hooter habe meine Anweisung honoriert, ohne mit der Wimper zu zucken. Er spielte also den großmütigen Sieger.

Percy Stilton war pünktlich und überdies, zu meiner Erleichterung, ganz konservativ gekleidet: Dunkelblauer Anzug, weißes Hemd, schwarze Kravatte. Keinerlei Schmuck. Er hatte seine Gesprächspartner also haargenau richtig eingeschätzt. Ich zeigte ihm das von Bernie Baum unterzeichnete Schriftstück.

Er las es und verharrte einen Moment ganz still, die Beine übergeschlagen, leicht an der Unterlippe zupfend.

»Ah«, sagte er dann gedehnt, »allmählich füllen wir die Lücken. Wissen Sie, was ich glaube? Ich glaube, Professor Stonehouse liegt im Schlamm am Grunde des Hudson bei der 79. Straße, schön beschwert mit einem Anker. Vorhin habe ich den Liegeplatz überprüft und festgestellt, daß auf den Namen Mr. Godfrey Knurr dort ein Hausboot registriert ist. Nicht Reverend, sondern Mister. Ein fünfzig Fuß langes Kunststoffboot Marke Gibson, und der Bursche, mit dem ich sprach, sagte, das sei ein schwimmendes Palais, mit allem Komfort und Zurück.«

Ich seufzte.

»Das leuchtet ein«, seufzte ich, »während man sich nicht recht vorstellen kann, daß ein Mann wie Knurr im Hinterstübchen eines ehemaligen Ladens auf der Carmine Street wohnt.«

Perce blieb stumm, und ich schaute besorgt auf die Uhr. Es blieben uns nur noch wenige Minuten.

»Stimmt was nicht?« fragte ich.

Er fragte tonlos: »Glauben Sie wirklich, daß Knurr sowohl Stonehouse wie auch Kipper hingemacht hat?«

»Kipper bestimmt, und wahrscheinlich auch Stonehouse.«

»So sehe ich es ebenfalls«, versetzte er düster. »Was mir keine Ruhe läßt, ist der Gedanke: Von zweien wissen wir, aber wie viele mag es geben, von denen wir nichts wissen?«

Ich nahm Akten und Notizen auf, und wir fuhren schweigend mit dem Fahrstuhl bis zur Bibliothek hinauf.

An der Tür zur Bibliothek war ein Zettel befestigt, auf dem zu lesen stand: »Von 14 bis 15 Uhr geschlossen.« Also billigte man mir genau eine Stunde zu und keine Minute mehr. Stilton und ich gingen hinein und ließen uns nebeneinander in den Sesseln an der Längsseite des Tisches nieder.

»Können Sie es eine Stunde aushalten, ohne zu rauchen, Perce?«

»Selbstverständlich.«

»Versuchen Sie es jedenfalls.«

Ich legte die Papiere vor mich hin, überblickte noch einmal meine Notizen, dann warteten wir schweigend.

Als Punkt 14 Uhr Mr. Teitelbaum und Mr. Tabatchnik eintraten, erhoben wir uns, und mir kam der Gedanke, daß jetzt nur noch ein Tusch fehlte.

Beide Herren trugen sandfarbene Anzüge mit Weste, dazu unauffällige Hemden und Krawatten. Damit war die Ähnlichkeit aber auch schon zu Ende, denn Tabatchnik überragte Teitelbaum um ein erhebliches, so daß dieser besonders klein und zart wirkte. Mir wurde schlagartig klar, daß diese beiden Herren zusammen fast anderthalb Jahrhunderte zählten und ein volles Jahrhundert juristischer Erfahrung teilten. Das war ein furchterregender Gedanke, und es bedurfte einiger Sekunden, bis ich den Mut fand, mit meiner Präsentation zu beginnen.

»Mr. Tabatchnik«, begann ich, »Sie kennen Mr. Percy Stilton von der New Yorker Kriminalpolizei bereits, denn er hat die Untersuchungen im Fall Kipper geführt.«

Tabatchnik nickte Stilton kühl zu; mich bedachte er mit einem zornigen Funkeln in den Augen, denn ihm war klar, daß ich sein Gebot, meine Untersuchungsergebnisse nicht der Polizei anzuvertrauen, übertreten hatte.

Nun stellte ich Percy Mr. Teitelbaum vor, und wieder wurde beiderseits ein kühles Kopfnicken gewechselt. Keiner der beiden Herren hatte bisher Platz genommen, und ich sah, daß die von mir so sehr herbeigesehnte Konferenz nicht recht in Gang kommen wollte.

»Haben wir davon auszugehen, Mr. Stilton, daß Sie in amtlicher Eigenschaft hier sind?« fragte Mr. Tabatchnik in einem Ton, als plädiere er vor den Geschworenen.

»Nein, Sir«, erwiderte Percy fest. »Ich bin hier als interessierter Beobachter und kann möglicherweise dazu beitragen, das Dilemma aufzulösen, vor das Sie sich gestellt sehen, meine Herren.«

Am liebsten hätte ich ihn geküßt. Die Herren runzelten die Stirn und blickten einander an. Offenbar hörten sie das erstemal davon, daß sie in einem Dilemma steckten, und augenscheinlich lag ihnen daran, Näheres darüber zu erfahren, denn sie nahmen uns gegenüber Platz. Erst als alle drei ruhig in ihren Sesseln saßen, begann ich von neuem. »Es würde eine Menge Zeit sparen, wenn Sie, meine Herren, mir sagen wollten, ob Sie im Bilde sind über die Untersuchungen im jeweils anderen Falle, das heißt, ob Sie, Mr. Teitelbaum, über die Umstände informiert sind, die mit dem Ableben von Sol Kipper zu tun haben, und ob Sie, Mr. Tabatchnik –«

»Fangen Sie endlich an«, unterbrach Tabatchnik gereizt, »wir wissen beide, was vorgegangen ist.«

»Ich nehme an«, sagte Mr. Teitelbaum, die ledrigen Hände unbeweglich vor sich auf der Tischplatte, »daß Sie Ihrem letzten Bericht etwas Neues hinzuzufügen haben?«

»Eine ganze Menge sogar, Sir.«

Es befriedigte mich sehr, daß ich imstande war, frei und sachlich zu sprechen, ohne mich an meine Notizen zu klammern. Ich konnte also beim Reden abwechselnd beiden Herren in die Augen sehen, je nachdem, ob ich den Fall Kipper oder den von Professor Stonehouse darlegte.

Ich kam mir vor, als rede ich zwei jener steinalten Monolithen auf den Osterinseln an: sie waren finster brütend und rätselhaft. Sie regten sich nicht, und ihre Mienen änderten sich um kein Jota. Mr. Teitelbaum saß kerzengerade in seinem Sessel, die mageren Ärmchen von sich gestreckt, die Hände flach auf der Tischplatte. Mr. Tabatchnik hatte sich vorgebeugt, die massigen

Schultern und den schweren Kopf über der Tischplatte, um den Mund den gewohnten bärbeißigen Ausdruck.

Keinen von beiden schien mein Vortrag so recht zu interessieren, bis ich auf den versuchten Überfall auf mich zu sprechen kam. Als ich berichtete, es habe sich um Beauftragte von Knurr gehandelt, und anschließend schilderte, was ich an der Tiefgarage Ecke West End Avenue und 66. Straße beobachtet hatte, wurde das anders.

Zunächst einmal änderten beide Herren ihre Haltung; Tabatchnik lehnte sich zurück, ja er fiel förmlich in seinen Sessel, wie von Ungläubigkeit geschlagen, während Teitelbaum sich mit einem Ruck vorbeugte.

»Sie sind Ihrer Sache ganz sicher, Mr. Big?« bellte er. »Der Reverend Godfrey Knurr hat sich mit Miss Glynis Stonehouse getroffen? Daran besteht kein Zweifel?«

»Nicht der geringste, Sir«, bestätigte ich.

Und anschließend sagte ich, daß ich daraufhin um eine Zusammenkunft mit Mr. Stilton von der Kriminalpolizei gebeten und ihm alles berichtet habe, was sich bis dahin ereignet hatte.

»Das war unbedingt notwendig, meine Herren«, sagte ich mit Nachdruck, »denn ohne die Hilfe von Mr. Stilton war ich nicht in der Lage festzustellen, ob einer der Beteiligten schon vorbestraft ist. Er selber wird Ihnen sagen, was seine Nachforschungen ergeben haben. Was nun Ihre Frage angeht, Mr. Teitelbaum, ob ich sicher sei, Knurr und Glynis Stonehouse zusammen gesehen zu haben: Jawohl, das bin ich, und das um so mehr, als ich die beiden vor zwei Tagen wiederum miteinander beobachten konnte.«

Und ich berichtete, daß ich Glynis Stonehouse zu ihrem Rendezvous mit Knurr gefolgt und anschließend beiden bis zum Hausboot an der 79. Straße nachgegangen war.

»Wollen Sie jetzt bitte weitermachen, Perce?«

Sein Bericht fiel wesentlich knapper aus als der meine,

noch dazu gab er ihn im Polizeijargon – »der Angeschuldigte«, »der Verdächtige« usw. Es klang wie vor Gericht, und die beiden Herren schienen damit vertraut und davon beeindruckt.

Er sagte, die Selbstmordtheorie im Falle Kipper habe ihn von Anfang an nicht befriedigt, und er begründete das auch. Deshalb habe er begrüßt, daß ich den Fall noch einmal nachgeprüft habe und mir dabei alle erdenkliche Hilfe geleistet, zumal die gründliche und einfallsreiche Art meiner Untersuchungsführung ihn sehr beeindruckt habe.

Ich senkte den Kopf und blickte auf die Tischplatte, während er fortfuhr. Er hoffe sehr, daß ich Beweismaterial zusammentrage, das es ermögliche, den Fall Kipper noch einmal von Amts wegen aufzunehmen. Er habe zu diesem Zwecke sowohl Knurr als auch Tippi Kipper durch den Computer laufen lassen und festgestellt, daß Tippi vor Jahren einmal festgenommen worden war. Es folgte eine Schilderung unseres Besuches bei Bischof Oxman, bei dem herausgekommen war, daß Knurr sich in Chicago bereits etwas hatte zuschulden kommen lassen. Ferner sei er, Stilton, einem Hinweis von mir nachgegangen, der ihn zu der Quelle geführt habe, aus der mutmaßlich das Arsen stammte, das Professor Stonehouse beigebracht worden war, nämlich ein Labor, in welchem Glynis Stonehouse im Vorjahr beschäftigt gewesen war. Und schließlich habe er festgestellt, daß Godfrey Knurr der Eigentümer des an der 79. Straße liegenden Hausbootes sei.

Zu mir gewandt setzte er dann noch hinzu, erst diesen Vormittag habe sich ein Taxichauffeur gemeldet, der angab, Professor Stonehouse an dem Abend, als dieser verschwand, zu jenem Bootsliegeplatz gefahren zu haben.

Ich schob den beiden Herren Baums Erklärung über den Tisch zu, doch rührte keiner sie an, vielmehr starrten sie unentwegt auf Percy Stilton.

Dann ließ Mr. Tabatchnik sich mit seiner dröhnenden Stimme vernehmen: »Mr. Stilton, glauben Sie, der Sie als Kriminalist jahrelange Berufserfahrung besitzen, daß Godfrey Knurr Solomon Kipper ermordet hat?«

»Ja, Sir.«

»Aber wie?« fragte Mr. Teitelbaum milde und verträumt.

»Das soll Josh Ihnen erzählen«, antwortete Perce.

Und das tat ich.

Als erster reagierte Mr. Tabatchnik. »Was ist mit dem Abschiedsbrief?«

»Dafür fehlt mir leider noch die Erklärung, Sir«, sagte ich voller Bedauern. »Sie werden aber zugeben, Sir, daß der Wortlaut dieses Briefes mehrere Auslegungen zuläßt. Er deutet nicht zwingend auf die Absicht hin, Selbstmord zu begehen.«

»Sie gehen also nicht nur von der Annahme aus, daß der Mord in der von Ihnen geschilderten Weise stattfand, sondern von der weiteren Annahme, daß zwischen Tippi Kipper und dem Reverend Knurr ein Mordkomplott bestand? Sie gehen davon aus, daß die beiden den Mord an Solomon Kipper planten und ausführten, weil dieser über Marty Reape erfahren hatte, daß seine Frau ihn mit Knurr betrog und er sie deshalb im vom Gesetz erlaubten Maße enterben wollte? Das alles nehmen Sie an?«

»Ganz recht, Sir. Das alles vermute ich«, sagte ich abschließend.

Und nun war Mr. Teitelbaum dran.

»Nehmen Sie auch an«, begann er mit seidenweicher Stimme, »daß Professor Stonehouse nicht nur entdeckt hatte, daß seine Tochter ihn zu vergiften suchte, sondern überdies eine Affäre zu Pastor Knurr unterhielt? Und nehmen Sie an, daß Professor Stonehouse auf uns unbekannte Weise entdeckte, daß Knurr ein Hausboot besaß und daß Stonehouse die Absicht hatte, an dem Abend, da er verschwand, seine Tochter und deren Liebhaber zu stellen? Und vermuten Sie, ohne einen Beweis dafür zu haben, daß der Professor damals und an jenem Ort getötet wurde? Ja? Vermuten Sie das?«

»Ja, Sir«, sagte ich, etwas weniger bestimmt als zuvor, »das vermute ich allerdings.«

Nun saßen wir alle stumm da. Das Schweigen schien gar nicht enden zu wollen, doch verging wohl nur eine Minute, bis Mr. Teitelbaum sich vom Tisch abstieß und im Sessel zurücklehnte.

»Und was, bitte«, ließ er sich mit überraschend kräftiger Stimme vernehmen, »was schlagen Sie vor, in dieser höchst unangenehmen Sache zu unternehmen?«

»Was mich betrifft«, versetzte Percy, »so werde ich meinen Vorgesetzten berichten und den Vorschlag machen, den Fall Kipper wiederaufzunehmen. Und Sie, meine Herren, könnten mich in diesem Vorhaben unterstützen, dank des Einflusses, den Sie ja wohl haben.«

»Und worin läge der Vorteil einer Wiederaufnahme?« fragte Leopold Tabatchnik.

»Ich hoffe, daß man mir den Fall zuteilt«, antwortete Percy, »und dazu so viele Leute, daß ich den Liegeplatz unter Beobachtung halten und verhindern kann, daß Knurr plötzlich verschwindet. Ferner fände ich Gelegenheit, die Vergangenheit der Beteiligten gründlicher zu durchleuchten. Ich könnte Knurrs Bankkonten überprüfen lassen und so weiter. Also alles das, was man normalerweise bei einer Morduntersuchung veranlaßt.«

Die beiden Herren schauten einander an, und ich spürte, daß sie sich wortlos verständigten.

»Ganz ohne Einfluß sind wir tatsächlich nicht«, gab Ignaz Teitelbaum nun zu, »und wir wollen tun, was wir können, um zu bewirken, daß der Fall Kipper wiederaufgenommen wird. Ich sage Ihnen aber ganz offen, daß ich keine Aussichten dafür sehe, diesen Fall zu dem gewünschten Abschluß zu bringen, auch nicht, wenn die Untersuchung mit den Mitteln der Mordkommission geführt wird.«

»Ich stimme zu«, murmelte Mr. Tabatchnik.

Mr. Teitelbaum schob seinen Sessel zurück und schlug mit einiger Mühe ein Bein über das andere. So saß er und starrte zwischen Perce und mir hindurch, ohne uns wahrzunehmen. Mir schien es, als bereite er sich vor, die Geschworenen anzusprechen.

»Zunächst einmal möchte ich Ihnen beiden – insbesondere Ihnen Mr. Big – mein Kompliment machen; Sie haben diese Untersuchung außergewöhnlich geschickt und hartnäckig geführt.«

»Einfallsreich und kreativ«, nickte Mr. Tabatchnik.

»Ganz recht«, fuhr Teitelbaum fort. »Sie haben eine Hypothese erarbeitet, die zu allen bekannten Tatsachen paßt.«

»Eine Hypothese, die möglicherweise richtig ist«, gab Tabatchnik beinahe widerwillig zu.

»Das ist durchaus möglich, und, offen gesagt, ich halte sie sogar für zutreffend.«

»Immerhin handelt es sich um Annahmen«, warnte Tabatchnik. »Und vor Gericht kämen Sie in Beweisnot«, stimmte Teitelbaum zu.

»Eine Handhabe für rechtliche Schritte ist das noch lange nicht«, sagte Tabatchnik nachdrücklich.

Weder Augenzeugen noch eine Tatwaffe, kurzum keine handfesten Beweise.« Auch Teitelbaum sprach jetzt überzeugter.

»Einzig Indizienbeweise, mit denen Sie etwas stützen könnten, das weiter nichts ist als eine Theorie.« Dies von Tabatchnik.

»Wir möchten nicht unnötig pessimistisch erscheinen, doch bislang haben wir von Ihnen nichts gehört, was darauf schließen ließe, daß eine Fortsetzung der Untersuchung Tatbestände ans Licht fördern könnte, die zu einer Anklageerhebung ausreichten.« So Teitelbaum.

»Wir haben es hier mit einer kriminellen Verschwörung zu tun«, urteilte Tabatchnik, doch versetzte uns Teitelbaum den Gnadenstoß: »Genaugenommen mit zwei Verschwörungen, wobei ein Individuum, nämlich Knurr, an beiden beteiligt ist.«

Perce schaute benommen drein, und ich war niedergeschmettert. Ich glaubte nämlich, dieser Dialog sei der Auftakt dazu, daß die beiden anordnen würden, ich solle die Untersuchung einstellen. Ich schaute zu Percy Stilton, und der seinerseits starrte die beiden Anwälte an. Er schien in Trance, es war, als höre er was, was nicht an meine Ohren drang, als freute es ihn, als eine Art Tennisball in einem juristischen Schlagabtausch zu dienen.

»Es ist ein ungewöhnliches Problem«, ließ Mr. Tabatchnik sich vernehmen und betrachtete dabei die Flecken auf seinen fleischigen Händen. »Und ungewöhnliche Probleme erfordern unter Umständen ungewöhnliche Mittel.«

»Sind mehrere Personen in ein Verbrechen verwikkelt«, sagte Mr. Teitelbaum, nahm das übergeschlagene Bein zurück und glättete sorgsam seine Bügelfalte, »dann ist es gelegentlich möglich . . .« Weiter redete er nicht.

»Bislang haben Sie so viel Initiative an den Tag gelegt«, bemerkte Mr. Tabatchnik, »daß wohl die Möglichkeit besteht . . .«, und auch er ließ den Satz in der Luft hängen.

Sodann wechselten die beiden Anwälte einen Blick, der wohl ein Signal darstellte, denn beide erhoben sich gleichzeitig. Auch Perce und ich standen auf. Sie streckten die Hände über den Tisch und ergriffen die unseren.

»Ich erwarte weitere Fortschritte«, sagte Tabatchnik streng.

»Ich setze das größte Vertrauen in Sie«, sagte Teitelbaum milder.

Benommen sah ich ihnen nach, die zur Tür schritten. Meine Verwirrung rührte daher, daß ich wußte: man hat dir was gesagt, doch was es bedeutet, war mir unklar.

Mr. Teitelbaum hatte bereits die Tür geöffnet, wandte sich aber noch einmal an mich: »Ist Tippi Kipper älter als Glynis Stonehouse, Mr. Big?« fragte er gedämpft.

»Wie?« ächzte ich und nickte dann heftig: »Ja, o ja, viel älter. Mindestens zehn Jahre, wahrscheinlich noch mehr.«

»Das wäre doch eine Möglichkeit«, bemerkte er liebenswürdig.

Und dann waren die beiden verschwunden.

Wir sanken in unsere Sessel zurück, und ich wartete, während Perce eine Zigarette anzündete, zwei Züge nahm und tiefer in seinen Sessel rutschte. Und schon kam auch das Hilfspersonal herein, um die Bibliothek zu benutzen.

Ich lehnte mich zu Stilton hinüber und fragte leise:

»Was sollte denn das nun wieder heißen? Ich meine, was sie zuletzt gesagt haben? Ich habe kein Wort verstanden und weiß nicht, wo mir der Kopf steht.«

Percy lehnte sich zurück und blies einen perfekten Rauchring gegen die Zimmerdecke. Und um sein Können zu demonstrieren, blies er einen weiteren, kleineren, in den großen.

»Das sind keine Anwälte«, bemerkte er dann, beinahe veträumt, »das sind Piraten. Piraten sind das.«

»Was meinen Sie denn damit?«

»Unglaublich. Absolut unglaublich. Teitelbaum und Tabatchnik.

T und T. TNT. Hochexplosiv sind sie, weiß Gott. Falls ich je vor den Kadi gezerrt werde, möchte ich die auf meiner Seite haben.«

»Werden Sie mir jetzt bitte erklären, was das alles soll, Perce?«

Er richtete sich auf und beugte sich so weit herüber, daß unsere Köpfe sich beinahe berührten.

»Ich glaube, die beiden haben recht, Josh. Wie Sie die Verabredung zur Ermordung von Sol Kipper dargestellt haben, Josh, das war schon ein starkes Stück. Vermutlich hatten Sie recht. Aber wie sollen wir das beweisen? Nur, indem wir entweder Knurr oder Tippi zu einem Geständnis bringen. Einer muß gegen den anderen aussagen.

Und was können wir Glynis Stonehouse anhängen? Wir können nicht einmal beweisen, daß sie ihrem Vater Gift gegeben hat. Sie schläft mit Knurr auf seinem Hausboot. Na und? Das ist kein Verbrechen. Ihre Chefs haben sofort erkannt, daß alles nichts bringt, wenn wir nicht einen dieser Typen zum Singen bringen.«

»Und wie sollen wir das machen?«

»Ach, TNT waren so gerissen!« grinste er und zündete eine neue Zigarette an. »Es ist Ihnen doch wohl aufgefallen, daß keiner von beiden auch nur angedeutet hat, wir könnten oder sollten etwas Strafbares tun. Sie haben nur ganz vage Hinweise gegeben.«

»Aber was, um Himmelswillen, haben sie denn eigentlich gesagt?« rief ich verzweifelt.

»Pssst, leise. Sie wollen, daß wir Knurr reinlegen.«

Ich schaute ihn verblüfft an.

»Und wie, wenn ich fragen darf?«

Wir sollen ihm angst machen. Ihm und den Damen. Sie beunruhigen. Sie wissen lassen, daß sie unter Verdacht stehen, und sie beobachtet werden. Sie nervös machen. Sie dazu bringen, daß sie Dummheiten begehen. Guerillakriegsführung. Mausefallen aufstellen. Einen gegen den anderen ausspielen. Glauben Sie etwa, Knurr und Tippi und Glynis wären gerissener als wir beide? Ich nicht. Sie haben sich ein hübsches Spielchen ausgedacht, und bisher läuft es wie geschmiert. Nun, das können wir auch. Sogar noch ein hübscheres. Und das haben T und T uns angedeutet: Nehmt euch diese Leutchen vor, hetzt sie aufeinander, sät Zwietracht zwischen ihnen. Und damit haben sie ganz recht. Anders geht es nicht.«

»Ah«, sagte ich verständnisinnig, »die Offensive sollen wir ergreifen!«

»Genau.«

»Und warum hat Teitelbaum ganz zuletzt gefragt, ob Tippi Kipper älter ist als Glynis Stonehouse?«

»Damit wollte er sagen: Gebt Tippi einen kleinen Hinweis auf Glynis.«

Ehe wir uns trennten, einigten Perce und ich uns auf den ersten Zug in unserem neuen Spiel, und ich traf die Vorbereitungen dafür, kaum daß ich wieder in meinem Büro war. Mrs. Kletz und ich machten uns daran, einen Brief zu komponieren, den Mrs. Kletz mit der Hand auf neutrales Papier schreiben sollte. Das fertige Ergebnis lautete folgendermaßen:

»Sehr verehrte Mrs. Kipper,

wir sind einander nur selten begegnet, und doch weiß ich von Ihrem Privatleben mehr als Sie wohl ahnen. Sie sehen, daß ich diesen Brief nicht mit meiner Unterschrift versehe. Namen spielen keine Rolle, und ich möchte in diese Sache nicht hineingezogen werden. Ich schreibe in der besten Absicht, weil ich nicht möchte, daß Sie die Schmerzen erdulden müssen, denen ich in einer vergleichbaren Lage ausgesetzt war.

Zufällig weiß ich, wie eng Ihre Beziehungen zu Mr. Knurr sind, Mrs. Kipper. Sie vergeben mir wohl, wenn ich sage, Ihre Affäre sei allgemein bekannt und in den Kreisen, in denen wir beide uns bewegen, Gegenstand des Klatsches.

Ich muß Ihnen nun leider mitteilen, daß der Reverend Knurr derzeit noch eine weitere Affäre hat, mit einer sehr schönen jungen Frau, Glynis Stonehouse mit Namen. Glauben Sie mir, ich habe unwiderlegliche Beweise dafür, daß dieses Verhältnis schon seit Monaten währt. Zeugen, deren Wort über allen Zweifel erhaben ist, haben beide miteinander gesehen; sie treffen sich häufig, immer am späten Abend, und zwar auf dem Hausboot am Liegeplatz Ende der 79. Straße. Wußten Sie, daß der Reverend Knurr ein höchst luxuriöses Hausboot besitzt, auf dem er bei Nacht diese schöne Frau empfängt? Und womöglich noch andere?

Wie schon gesagt, schreibe ich Ihnen das, Mrs. Kipper, um Ihnen die Qualen zu ersparen, die ich kürzlich in einer ähnlichen Situation habe erdulden müssen. Hätte mir doch damals eine wohlmeinende Freundin so geschrieben, wie ich Ihnen jetzt schreibe! Sie hätte verhindern können, daß ich einem liederlichen Schürzenjäger zuliebe einen zärtlichen Gatten und meine Kinder im Stich ließ. Ich habe mir ein Foto jener Glynis Stonehouse beschaffen können und lege es bei.

Verzeihen Sie, daß ich ein Thema berührt habe, daß Ihnen Schmerz bereiten muß, doch möchte ich eine Frau von Ihrem Format und Ihrer Sensibilität nicht so leiden sehen, wie ich es tat und noch tue.

Eine wohlmeinende Freundin.«

Mrs. Kletz fertigte die Abschrift an, und wir steckten Brief und Foto in einen neutralen Umschlag, den Mrs. Kletz adressierte.

»Klingeln Sie am Tor«, instruierte ich sie, bevor ich sie auf diese äußerst wichtige Mission schickte. »Der Butler, ein sehr dicker Mensch, wird herauskommen. Sie sagen, Sie haben einen Brief für Mrs. Kipper, übergeben den Brief und machen schnurstracks kehrt. Halten Sie sich keinesfalls auf.«

»Keine Sorge, Mr. Big, ich mache, daß ich wegkomme.«

Sie setzte eine Mütze mit Ponpon auf, zog einen zeltförmigen Lodenmantel an und ging los. Eine halbe Stunde später schloß ich die Akten Stonehouse und Kipper weg und ging aus dem Büro. Ganz gegen meine Gewohnheit nahm ich für den Heimweg ein Taxi, denn ich konnte nicht erwarten, eine Nachricht von Cleo vorzufinden. Tatsächlich hatte sie eine unter meine Tür durchgeschoben: »Miss Cleo Hufnagel nimmt Mr. Joshua Bigs liebenswürdige Einladung zum Dinner heute abend 20 Uhr in seiner Wohnung mit Vergnügen an.«

Schmunzelnd warf ich mich in meinen Parka, setzte die Schirmmütze auf, überprüfte meine Vorräte, schrieb eine Einkaufsliste und machte mich mit meinem Einkaufswägelchen auf den Weg. Der Abend war kalt und neblig, und ich trödelte nicht. Ich kaufte zwei sehr schöne Steaks; zum Backen geeignete Kartoffeln; saure

Sahne mit Schnittlauch; Butter (falls Cleo die lieber essen sollte als saure Sahne); grünen Salat; eine äußerst appetitliche Tomate; eine Gurke, groß wie ein kleines U-Boot; eine Flasche Salatsoße mit Knoblauch; einen tiefgefrorenen Blaubeerkuchen; zwei fertige Krabbencocktails in kleinen Behältern, die sich als Saftgläser für später eigneten; eine Tischdecke und Servietten aus Papier. Eine Zwiebel.

Ferner kaufte ich ein halbes Dutzend gekühlte Büchsen Ale, zwei Flaschen Chianti im Strohgeflecht und einen Liter kalifornischen Brandy. Ferner zwei rote Kerzen. Einer Eingebung folgend betrat ich ein Blumengeschäft und kaufte eine langstielige gelbe Rose.

Sie klopfte kurz nach 20 Uhr und kam lächelnd herein, beugte sich rasch herunter und küßte meine Wange. Mitgebracht hatte sie frisches Schwarzbrot aus einer jüdischen Bäckerei – das perfekte Mitbringsel, denn an Brot hatte ich überhaupt nicht gedacht. Zum Glück hatte ich die Butter.

Ich übereichte ihr die gelbe Rose, was ihr fast Tränen in die Augen trieb und mir einen weiteren Wangenkuß einbrachte, einen herzhafteren diesmal. Ich führte sie zu meinem Lieblingssessel und fragte, ob sie Feuer im Kamin wünsche.

»Später vielleicht.«

Ich schenkte uns Rotwein ein.

»Auf dein Wohl«, sagte ich.

»Auf uns«, erwiderte sie.

Ich sagte ihr, was sie zum Abendessen erwartete.

»Das klingt überwältigend«, sagte sie mit ihrer leisen, tiefen Stimme, »eines wie das andere.«

Plötzlich fiel mir etwas ein, ich weiß nicht, was mich darauf brachte. Cleo sah die Veränderung in meinem Gesicht und fragte: »Stimmt was nicht?«

»Ich habe einen Drachen gekauft«, seufzte ich, »ihn aber im Büro vergessen, samt Strippe und Spule zum Aufwickeln.«

»Heute abend hätten wir ihn ohnehin nicht steigen lassen«, lachte sie, »es ist aber schön, daß du daran gedacht hast.«

»Rot ist er. Und jetzt muß ich in die Küche, arbeiten. Nimm dir unterdessen Wein.«

»Darf ich nicht mitkommen? Ich verspreche, nicht im Wege zu sein.«

Nie zuvor in meinem Leben hatte ich mich so zufrieden gefühlt. Dieses Gefühl stammte aus dem Bewußtsein, ein Zuhause zu haben – abgesehen einmal von dem wohltätigen Einfluß des Essens und des Weins. Ein wirkliches Zuhause hatte ich ja nie gekannt, jedenfalls kein eigenes. Da saßen wir also in meiner winzigen Küche, wo es nach Essen duftete und ein wildes Durcheinander herrschte, nach Kerzen roch, behaglich war. Geborgen in den eigenen vier Wänden.

Für mich war es eine neue Erfahrung, mit einer Frau zusammenzusein, die ich gut leiden mochte. Gut leiden? Nun, sagen wir, ich wollte mit ihr zusammensein. Es war überflüssig, Konversation zu machen, wir fühlten uns, auch ohne zu reden, wohl miteinander. Das war doch schon was, oder?

Nach dem Essen sagte sie, sie wolle mir beim Abwaschen helfen.

»Ach was, wir lassen alles stehen«, sagte ich, der ich doch sonst die Ordnungsliebe in Person bin.

»Dann kommen die Küchenschaben.«

»Die sind schon da«, sagte ich bekümmert, und wir schmunzelten beide. Ihre großen, vorstehenden Zähne störten mich nicht, ich fand sie geradezu hübsch.

Wir löschten die Kerzen und gingen zurück ins Wohnzimmer; hier war es so warm, daß wir beide fanden, ein Kaminfeuer sei überflüssig. Sie setzte sich in den Lehnstuhl, ich mich ihr zu Füßen auf den Boden. Sie fuhr mir durchs Haar, ich streichelte ihre langen Zehen. Sie stöhnte vor Wollust.

»Magst du mich, Cleo?«

»Selbstverständlich mag ich dich.«

»Also, wenn du mich gern magst, dann erhebst du dich jetzt von diesem komfortablen Sessel, nimmst die Brandyflasche aus der Bar und gießt uns beiden einen kleinen Brandy ein. Die Gläser sind im Küchenregal.«

»Dein Wunsch ist mir Befehl, o Herr«, sagte sie demütig. Und war gleich darauf mit den Gläsern wieder da. Sie reichte mir eines und beugte sich herunter, um mein Haar zu küssen. Sodann streckte sie sich wieder im Sessel aus, und ich fuhr fort, ihre Zehen zu streicheln.

»Das war ein ganz wunderbares Essen«, seufzte sie.

»Besten Dank für das Kompliment.«

»Ich bin noch Jungfrau«, sagte sie im gleichen Ton, in dem sie gesagt hatte: »Das war ein ganz wunderbares Essen.«

Was sollte ich anderes darauf erwidern als ein lässiges: »Du erwähntest das schon neulich.«

»Und erwähnte ich auch, daß ich keine mehr sein möchte?« fragte sie nachdenklich.

»Ah.« Wenn mir doch nur etwas anderes einfiele als diese einsilbigen Ausrufe! Und wirklich fiel mir ein, daß ein Sprung ins Wasser besser sein würde, und damit war das Eis gebrochen.

Ich sagte schon, sie war groß, sehr groß und schlank. Sehr schlank. Ich war aber nicht auf ihre Geschmeidigkeit vorbereitet, nicht auf die Süße ihrer Haut. Sie war wie ein in Honig getauchtes Seil. Anfangs herrschte noch eine gewisse Befangenheit, eine Zurückhaltung auf ihrer wie auf meiner Seite, doch trat an deren Stelle bald schon heftige Begierde. Sie erlebte ganz neuartige Gefühle, betrat eine fremde Welt und wollte alles wissen.

»Was ist das?« fragte sie eifrig, »und dies hier, und das?«

Daß auch Männer Brustwarzen haben, die erigieren können, erstaunte sie aufs höchste. Es entzückte sie, daß Dinge, die sie erregten, auch mich erregten, daß im Geben ebensoviel Wollust liegen konnte (wenn nicht mehr) wie im Nehmen. Sie wollte alles auf einmal wissen, entdecken, erproben, begreifen.

»Mache ich das so richtig«, fragte sie besorgt und: »Darf ich das machen?« und »Was muß ich jetzt tun?«

»Den Mund halten«, sagte ich.

Mag sein, wir wurden recht laut, jedenfalls taten wir alle beide einen Schrei, und ich erinnere mich dunkel, in ein ganz verändertes Gesicht geschaut zu haben, ein ekstatisches, primitives Gesicht. Hinterher lagen wir nebeneinander, beseligt zitternd, so eng umschlungen, daß meine Arme schmerzten von der Anstrengung, sie noch enger an mich zu ziehen, und ich fühlte, wie die Muskeln ihrer Beine zitterten, so fest umklammerte sie mich.

»Ich liebe dich«, sagte sie ein Weilchen später.

»Ich liebe dich auch«, antwortete ich.

Ich verbarg mein Gesicht in der weichen Grube zwischen Hals und Schulter und streichelte mit den Zehen ihre Schienbeine. Nur einmal unterbrach ich diese Idylle aus beruflichen Gründen. Ich hielt es für richtig, Cleo offen zu sagen, daß ich mit jenem Flittchen telefonieren müsse, das von Adolph Finkel auf dem Treppenabsatz erblickt worden war, als wir gemeinsam meine Wohnung verließen. Auch würde es sich anhören, als träfe ich eine Verabredung zu einem Rendezvous mit jener Person, obwohl ich weiter nichts im Sinne hatte als sie auszufragen. Und falls Cleo zu dem Schluß kommen sollte, ich langweile mich bereits, war ich nur allzugern bereit, ihr das Gegenteil zu beweisen, sobald ich den Anruf hinter mir hätte. Sie lachte nur und küßte mich.

Dreimal kam das Rufzeichen, bevor Perdita Schug antwortete.

»Ja bitte?«

»Perdita?«

»Ja. Wer spricht denn da?«

»Joshua Big.«

»Josh!«

»Entschuldige, daß ich so spät noch anrufe, ich habe dich hoffentlich nicht geweckt?«

»Unsinn. Ich bin eben erst auf mein Zimmer gekommen, heute abend war viel Betrieb – Essen für sieben Personen. Ein Haufen Arbeit, wie du dir denken kannst.«

»Ah so. War Mr. Knurr auch anwesend?«

»Nein, und das ist komisch. Erst hieß es, es wären acht Personen zum Essen da, aber er kam nicht. Sonst ist er doch dauernd hier. Bist du morgen bei Mutter Tucker?«

»Ich versuche es jedenfalls«, log ich. »Hör mal, Perdita, ich möchte dich etwas fragen, aber wundere dich nicht, bitte. Hat Sol Kipper zu Lebzeiten seiner Frau öfters mal Briefe geschrieben? Du weißt, ich meine so Briefchen, die er für sie an Stellen liegen ließ, wo sie sie finden mußte.«

»Klar, er hat ihr dauernd so Zettelchen hinterlassen. Sie war ja viel aus dem Hause, und wenn er selber mal weggehen mußte, dann schrieb er ihr kleine Briefchen. Ich habe manche davon gelesen, es waren meist Liebesbriefchen, manche handelten auch von anderen Sachen, die noch zu erledigen waren.«

»Und hat Mrs. Kipper die aufgehoben?«

»Tippi? Einige bestimmt. Ich habe mal einen ganzen Stoß in einem Kästchen zwischen ihrer Unterwäsche gefunden. Manche waren richtiggehend zum Lachen. Der arme alte Kerl war nämlich mächtig verliebt in sie. Sie hatte ihn an der Angel, womit, kannst du dir denken.«

»Ja, das kann ich. Tausend Dank, Perdita, und entschuldige den späten Anruf.«

»Wir sehen uns also morgen?«

»Wenn ich nur irgend kann, ganz bestimmt.« Das Lügen fiel mir von Mal zu Mal leichter.

5 Donnerstag früh: springlebendig und vor lauter Wohlbefinden lachend. Cleo wollte nicht die ganze Nacht bleiben, um ihre Mutter nicht zu ängstigen, doch erwachte ich noch ganz von ihrer Gegenwart erfüllt. Unter der Dusche sang ich *(O sole mio)*, schaute befriedigt aus dem Fenster in den Bindfadenregen. Nichts konnte mir die Laune verderben. Angetan mit Regenmantel und Galoschen machte ich mich auf den Weg ins Büro, den Regenschirm aufgespannt. Es war dies ein Modell, das auf Knopfdruck aufgeht, sehr brauchbar, ausgenommen bei heftigem Wind; dann öffnet er sich mit einem Knall, und ich hob dabei vom Boden ab. Immerhin gelangte ich ohne Zwischenfall ins Büro und machte mir einen Tagesplan.

Mein erster Anruf galt Glynis Stonehouse, die erst nach einer Weile an den Apparat kam und nicht gerade erfreut schien, von mir zu hören. Ich spielte den jungen, arglosen, optimistischen, tatenfreudigen Ermittler und sagte, ich habe neue Informationen betreffend das Verschwinden ihres Vaters, die ich ihr gern mitteilen wolle. Widerstrebend willigte sie ein, mir eine Stunde zu widmen, falls ich sofort kommen könne. Ich dankte ihr überschwenglich, rannte zum Haus hinaus und bekam auch gleich ein Taxi – bei diesem Wetter ein Wunder.

Olga Eklund nahm mir im Korridor Hut, Mantel, Überschuhe und Regenschirm ab und geleitete mich in das beigefarbene Wohnzimmer, wo Glynis Stonehouse sich auf dem Sofa niedergelassen hatte und in einer Zeitschrift blätterte. Nichts in ihrer Haltung oder ihrer Erscheinung ließ darauf schließen, daß sie besorgt war.

Falls sie einen Fehler beging, so war es in der Art, wie sie mich begrüßte.

»Ach, sieh da, Mr. Big, bitte nehmen Sie doch Platz.«

Das klang viel zu gleichmütig.

Ich setzte mich, öffnete die Aktenmappe und wühlte darin. Dann begann ich schwungvoll: »Miss Stonehouse, jetzt mache ich, glaube ich, echte Fortschritte. Sie erinnern sich, daß ich sagte, Ihr Vater habe vor seinem Verschwinden an Arsenvergiftung gelitten? Nun, ich weiß jetzt zuverlässig, auf welche Weise ihm das Gift beigebracht wurde – nämlich in seinem Cognac.«

Ich reichte ihr die Kopien der chemischen Analysen. Sie warf einen Blick darauf, ich glaube aber nicht, daß sie sie las. Dann nahm ich sie ihr wieder weg und versenkte sie in meiner Mappe. »Ist das nicht großartig«, schwatzte ich drauflos, »ein echter Durchbruch!«

»Das ist es wohl«, sagte sie mit ihrer leisen, rauhen Stimme, »nur, was bedeutet das?«

»Nun, es bedeutet, daß wir jetzt wissen, wie das Gift verabreicht wurde.«

»Und was machen Sie als nächstes?«

»Das ist doch wohl klar«, ich lachte leicht. »Jetzt muß festgestellt werden, woher das Gift stammt. Man kann Arsen nicht im Laden an der Ecke kaufen. Ich muß also alle Beteiligten daraufhin überprüfen, ob sie Zugang zu Arsen gehabt haben.«

Dabei starrte ich sie an, denn ich erwartete, eine Reaktion zu sehen. Doch blieb die aus.

Sie seufzte tief.

»Ja, Sie werden wohl weiter und weiter bohren müssen, bis Sie den Täter ermittelt haben. Aufgeben tun Sie wohl nie, Mr. Big?«

»Keinesfalls!« versicherte ich eifrig. »Ich bleibe am Ball! Darf ich eben mal mit Mrs. Dark sprechen, Miss Stonehouse? Ich würde gern erfahren, wer Zugang zu dem Cognac hatte, den Ihr Vater trank.«

Sie schaute mich an.

»Ja gerne«, sagte sie dumpf, »reden Sie mit ihr.«

Ich lächelte dankbar, neigte mich herab, um meine Aktenmappe zu schließen, doch bevor ich mich aufgerichtet hatte, fragte sie: »Warum machen Sie das eigentlich, Mr. Big?«

Ich schüttelte den Kopf, spielte den Begriffsstutzigen.

»Was meinen Sie damit, Miss Stonehouse?«

»Ich meine – weshalb stellen Sie alle diese Fragen, führen hier eine richtige Untersuchung?«

»Ich möchte Ihren Vater finden.«

Sie sackte in sich zusammen – ihr Körper schmolz förmlich. Anders kann ich es nicht beschreiben. Plötzlich waren die sonst so festen Konturen ihres Körpers, auch des Gesichtes, wie weggewischt, alles an ihr wirkte ungeformt. Es war wie ein Auflösungsprozeß und ein schrecklicher Anblick,

»Er war ein furchtbarer Mensch«, sagte sie leise.

Ich glaube, ich wurde wütend. Zwar suchte ich das zu verbergen, weiß aber nicht, ob es mir gänzlich gelang.

»Ja, das war er wohl, das behaupten alle. Ein gräßlicher Mensch. Nur hat das nichts zu bedeuten, nicht wahr?«

Sie winkte müde ab, eine kleine anmutige Geste, mit der sie mich entließ. Oder ihre Niederlage eingestand.

Effie Dark saß am Küchentisch, vor sich eine geleerte Kaffeetasse. Es roch irgendwie . . . ja, nach Cognac.

Sie schaute lustlos auf, als ich eintrat, lächelte dann matt.

»Mr. Big. Welche Freude, mal ein heiteres Gesicht zu sehen.«

Sie zog einen Stuhl für mich heran. Ich setzte mich.

»Was gibt es denn Effie? Probleme?«

»Ach, in diesem Haus ist kein Licht mehr. Die Missus hat sich ins Bett gelegt und will nicht mehr aufstehen.«

»Ist sie krank?«

»Sherry-itis. Und Miss Glynis ist so niedergeschlagen, daß ich sie gar nicht wiedererkenne. Ich habe Powell angerufen, weil ich dachte, wenn er zu Besuch kommt, geht's ihr besser, aber er sagt, er muß alle negativen Schwingungen vermeiden. Was ja nur heißt, daß er glaubt, unser Unglück könnte ansteckend sein. Na ja . . .«, sie seufzte. »Eigentlich wollte ich erst in ein zwei Jahren in Rente gehen, aber nun tue ich es vielleicht früher.«

»Und was fangen Sie dann an, Effie?«

»Och, ich komme schon zurecht.« Sie holte tief Luft. »Wegen dem Geld mache ich mir keine Sorgen, bloß vor dem Alleinsein habe ich Angst.«

»Ziehen Sie weg von hier, irgendwohin, wo die Sonne scheint. Nach Florida oder Kalifornien. Da finden Sie bald neue Freunde.«

Plötzlich wurde sie munter. Die Blaubeeraugen funkelten in ihrem Puddinggesicht, sie hob einen wulstigen Arm und fuhr durch das Haar ihrer Perücke, und ich möchte schwören, ich hörte ihr Gebiß klappern.

»Ich finde auch noch einen Mann, wenn ich es darauf anlege!« Und sie schaute mich schalkhaft an. »Was meinen Sie dazu Mr. Big? Bin ich zu dick?«

»Angenehm korpulent nennt man so etwas, Effie. Viele Männer haben eine Schwäche für gut bestückte Frauen.«

»Gut bestückt? Na, Sie sind mir aber einer, Mr. Big, wirklich! Da lache ich nun zum erstenmal seit Tagen. Aber Sie sind sicher nicht hergekommen, um eine törichte alte Frau aufzuheitern. Brauchen Sie Hilfe?«

»Danke Ihnen, Effie.« Und leiser: »Ist die Tür zum Arbeitszimmer des Professors verschlossen, Effie?«

Sie nickte und sah mich aus weit aufgerissenen Augen an.

»Haben Sie einen Schlüssel?«

Wieder nickte sie.

Nach einigem Nachdenken sagte ich: »Sie täten mir einen Gefallen, wenn Sie die Tür aufschlössen. Ich warte hier, bis Sie zurück sind, und gehe dann hinein. Sie sind hier, sehen mich also nicht hineingehen. Ich bleibe höchstens fünf Minuten, und ich schwöre, daß ich nichts mitnehme. Ich komme dann hierher, verabschiede mich und Sie schließen wieder ab. Auf diese Weise können Sie der Wahrheit entsprechend sagen – falls es je nötig sein sollte –, daß Sie mich nicht im Arbeitszimmer gesehen haben.«

Darüber dachte sie eine Weile nach.

»Glynis ist in der Wohnung, ich glaube, im Wohnzimmer«, gab sie zu bedenken, »und die Schwedin auch. Die ist mal hier, mal da. Beide könnten Sie überraschen.«

»Das weiß ich wohl.«

»Ich hoffe, ich tue das Richtige.«

Ich schloß die Tür des Arbeitszimmers leise hinter mir und ging schnurstracks auf die Wand mit den Schiffsmodellen zu. Hier beklopfte ich einen Schiffsrumpf nach dem anderen; manche klangen hohl, andere nicht. Die *Prince Royal* hing in der dritten Reihe, und ich mußte mich auf die Zehen stellen, um sie von den Bilderhaken abzunehmen, an denen der Sockel befestigt war. Dann stellte ich sie zwischen die Papiere auf den Schreibtisch, knipste die Arbeitslampe an und beklopfte den Rumpf mit einem Bleistift. Es klang hohl. So weit, so gut.

Ich packte den Rumpf, um ihn vom Sockel zu ziehen, und war erstaunt darüber, wie leicht er sich löste. Tatsächlich wurde er nur von acht kleinen Magneten gehalten, vier im Sockel, vier im Rumpf. Hing der Sockel an der Wand, hielten Sie den Rumpf mit Leichtigkeit, doch wenn man zog, gaben sie mit einem kleinen Ruck nach. Selbstverständlich interessierten mich am meisten die darin enthaltenen Papiere, hauchdünnes Durchschlagpapier. Ich faßte die Blätter bei den Ecken und entfaltete sie sorgsam. Die vier oberen waren mit der Hand beschrieben, und es brauchte eine Weile, bevor ich sie gelesen hatte. Die Handschrift war so kantig und widerborstig wie der Mann selbst.

»Ich, Yale Emerson Stonehouse, verfüge im folgenden . . .«

Da hatte ich es: das unauffindbare eigenhändige Testament des verschwundenen Professor Stonehouse. Als erstes waren Legate aufgeführt: 50 000 an seine Alma mater; 20 000 an Effie Dark, was ich mit Freude vermerkte. Ferner ein rundes Dutzend Legate an entfernte Verwandte, keines größer als 1000 Dollar; einer sollte ganze hundert Dollar erben. Olga Eklund bekam hundert.

Das eigentliche Vermögen sollte geteilt werden zwischen seiner Frau und seinem Sohn Powell. Ausdrücklich ausgeschlossen von der Erbfolge wurde seine Tochter Glynis, denn sie habe *vorsätzlich und aus niedrigen Motiven* versucht ihn zu töten, indem sie ihm Arsentrioxyd in seinem Cognac beibrachte. Zum Beweis dafür legte er die Analysen von Bommer & Sohn sowie ein Attest von Dr. Stolowitz bei, in dem bestätigt wurde, daß Professor Stonehouse tatsächlich an einer Arsenvergiftung erkrankt gewesen war.

Ferner hieß es, sollte der Erblasser eines gewaltsamen Todes oder an einem angeblichen Unfall sterben, müsse die Polizei eine gründliche Untersuchung der Umstände seines Todes vornehmen, denn da seine Tochter bereits einmal versucht habe, ihn zu ermorden, würde sie es auch ein zweites Mal versuchen, womöglich mit besserem Erfolg. Die Echtheit der Unterschrift war von Olga Eklund und Wanda Chard bezeugt worden. Daß das etwas bescheuerte Hausmädchen unbedenklich alles unterschrieb, was man ihr vorlegte und es anschließend vergaß, war mir vorstellbar. Aber Wanda Chard?

Ich faltete die Blätter wie sie gewesen waren, steckte sie in den Rumpf der *Prince Royal*, befestigte diesen auf dem Sockel und wischte alles mit meinem Taschentuch ab. Sodann hängte ich das Ganze wieder an die Wand, prüfte, ob es waagerecht hing und ging zurück in die Küche.

»Danke Ihnen, Effie.« Ich küßte sie auf die Wange.

Sie schaute zu mir auf, und ich glaubte, Tränen in ihren Augen zu sehen.

»Jetzt ist alles vorbei, nicht?«

Ich mochte sie nicht belügen. »So gut wie.«

Im Wohnzimmer stand Glynis Stonehouse an einem der Fenster und schaute hinab auf die regennasse Straße. Als sie mich hereinkommen hörte, drehte sie sich um.

»Fertig?«

»Fertig. Mrs. Dark sagte mir, es gehe Ihrer Mutter nicht gut. Ich bedaure das, Miss Stonehouse. Bitte übermitteln Sie ihr Grüße und die besten Wünsche für eine baldige Genesung.«

»Ich danke Ihnen.«

Sie stand hoch aufgerichtet, hatte ihre Fassung wiedergefunden, sah mich fest an, und nichts deutete darauf hin, daß sie wußte, wie nahe die Katastrophe bereits war.

»Ich halte Sie über die Ergebnisse meiner Nachforschungen auf dem laufenden, Miss Stonehouse.«

»Tun Sie das«, erwiderte sie gleichmütig.

Sie war so stark, oh, wie stark! Hatte sie vorhin auch einen Moment der Schwachheit gezeigt, so war der vorüber. Sie war entschlossen, alles durchzustehen, und ich bewunderte sie. Sie war eine kluge Frau, klug genug zu wissen, daß sie in Gefahr schwebte, am Rande des Abgrundes balancierte. Ich erbot ihr gemessen einen Abschiedsgruß und eilte dann quer durch die Stadt zum Hause Kipper.

Chester Himmel begrüßte mich in gewohnter Weise, doch spürte ich eine gewisse Zurückhaltung, fast Nervosität bei unserem üblichen Plausch über Wetter, Befinden und so fort. Wir standen in der Eingangshalle, und ich hörte, daß hinter den geschlossenen Türen zum Wohnzimmer laut gesprochen wurde.

»Madame ist daheim, Sir«, unterrichtete mich der Butler und schaute dabei über mich hinweg.

»Das höre ich. Und Mr. Knurr?«

Er nickte widerwillig.

Ich verbarg meine Freude.

»Ich werde nicht lange bleiben, es könnte sogar mein letzter Besuch sein, Chester.«

»So? Das täte mir aber leid, Sir.«

»Nur noch ein paar Kleinigkeiten.«

Er verbeugte sich leicht und verschwand in Richtung Küche. Ich blieb an der Haustür stehen und schaute in den rückwärtigen Teil des Hauses. Von der Küche her war die Haustür nicht zu sehen. Ich stellte mich an den Fahrstuhl und war dort den Blicken aller in der Küche Anwesenden ausgesetzt. Mrs. Bertha Neckin stand an der Spüle. Sie blickte her, ich winkte ihr zu, sie reagierte aber nicht.

Ich fuhr hinauf in den vierten Stock und betrat rasch Tippi Kippers Ankleidezimmer, stellte meine Aktentasche ab und begann mit der Suche. Unter spinnwebfeiner Unterwäsche in einer der unteren Schubladen entdeckte ich ein filigriertes Holzkästchen mit Messingbeschlägen, unverschlossen und voller Briefchen. Kurze Mitteilungen auf Kippers privatem Briefpapier, auf Notizblättern und Schmierpapier und auf einem Scheckformular »Trillionen Dollar und meine ganze Liebe«, unterzeichnet »Dein Sol.«

Ich überflog hastig die Blätter, und mein Herz zog sich zusammen. Zumeist waren es Liebesbriefe eines alten Mannes, der augenscheinlich von den Verführungskünsten einer jüngeren Frau bis zum Wahnsinn besessen war – er nannte sie allesamt einzeln beim Namen.

Und es fanden sich Entschuldigungsbriefe.

»Es tut mir so leid, daß ich dich aufgeregt habe, Baby«, war schon mal kein schlechter Anfang. Dann fand ich: »Bitte vergib mir mein gestriges Verhalten. Ich weiß, du hattest eine Migräne, doch ich konnte mich nicht bezwingen, du sahst zu wunderbar aus.« Verzweiflung, Abhängigkeit, Entwürdigung – dies schien das vorherrschende Muster, das sich beim Lesen ergab.

»Kannst Du mir je verzeihen?« Dann: »Hier ist eine kleine Wiedergutmachung für meine Äußerung von gestern abend. Vergibst Du mir?« Die ganz privaten Briefe eines Toten zu lesen war eine wahre Strafe für mich; zwei nahm ich an mich:

»Tippi, ich hoffe, Du verzeihst mir, daß ich Dir Kummer bereitet habe«, und : »Meine geliebte Frau, bitte verzeih mir all den Ärger, den ich Dir gemacht habe. Ich verspreche, Du sollst keinen Grund mehr haben, je wieder an meiner ewigen Liebe zu zweifeln.«

Ich fand, daß diese beiden ebenso als Abschiedsbriefe hätten gelten können wie jener, der so rasch nach Kippers Sturz im ehelichen Schlafzimmer gefunden worden war.

Ich steckte beide Zettel in meine Mappe, schloß den Deckel des Kästchens und legte es zurück, dann stieg ich über die Hintertreppe zum fünften Stock, betrat den Partyraum und stellte mich mit dem Rücken an eine der verschlossenen Fenstertüren, die auf die Terrasse führten.

Ich schaute auf die Uhr. Fünfzehn Sekunden mochte es gedauert haben, Kipper über die Brüstung zu werfen. Ich rannte los, die Hintertreppe hinab zum vierten Stock, so schnell ich konnte, überquerte den Korridor, und dann ging es über die Haupttreppe nach unten wie der Wind bis zur Eingangshalle, an die Haustür, und dort blieb ich keuchend stehen. Etwa neunzig Sekunden. Das hatte er also schaffen können. Und zwar leicht.

Ich sah niemand und hörte auch nichts aus dem Wohnzimmer. Also zog ich mich in der Garderobe an und ging, ohne mich von Chester zu verabschieden. Ich ging Richtung 5. Avenue in der Absicht, dort nach einem Taxi Ausschau zu halten und war auch schon fast da, als plötzlich jemand neben mir ging. Und wer war es? Der Reverend Knurr.

»Joshua!« Er machte sich den Schutz meines Regenschirmes zunutze. »Wie nett! Chester sagte, Sie wären im Hause. Und wenn Sie jetzt sagen, wir hätten gutes Wetter zum Angeln, dann versetze ich Ihnen womöglich einen Tritt.«

Wie heiter er war, wie keck!

Ich geriet nicht in Panik. Er hatte mir aufgelauert, das wußte ich wohl, doch begrüßte ich diese Konfrontation, warum eigentlich, wußte ich nicht genau. Ich empfand sie vielleicht als Herausforderung.

»Ich wollte Sie und Mrs. Kipper nicht stören, Reverend. Guten Tag übrigens. Es freut mich, Sie zu sehen.«

Er rollte die Augen wie ein Clown und nahm meinen Arm. »Ein fürchterlicher Streit. Soll ich erzählen?«

»Ja, bitte.«

Er schaute sich um.

»Gleich um die Ecke, keinen Häuserblock weit. Feines Hotel mit Cocktaillounge. Ganz ruhig. Da können wir reden – und sitzen trocken. Jedenfalls äußerlich.«

Minuten später standen wir an der mit schwarzem Vinyl bespannten Bar in der gemütlichen Lounge des *Stanhope*, der an die Fenster klatschende Regen erzeugte ein gedämpftes Licht, in welchem sich das Metropolitan Museum ausnahm wie ein Gemälde von Monet. Wir waren die einzigen Gäste, und es herrschte jenes geheimnisträchtige Ambiente, das typisch ist für eine Bar in Manhattan an einem regnerischen Tag. Es umgibt einen mit Behagen und fordert zu Vertraulichkeiten heraus.

Knurr bestellte einen echten Martini mit Zitronenschale, ich ein heimisches Bier. Als die Getränke kamen, schaute er sich um. »Nehmen wir doch einen Tisch.«

Er ging mit seinem Glas voran zu einem kleinen Ecktisch. Ich folgte mit Flasche und Bierglas. Genau dies kennzeichnete den Unterschied zwischen uns beiden: anders als er, hätte ich den Bartender zuvor gefragt, ob er was dagegen habe, wenn wir uns an einen Tisch setzten? Zugegeben, es war behaglicher in den weichen Sesseln zu sitzen, hinter uns die Wand. Wir saßen im rechten Winkel zueinander, rückten aber jeder etwas zur Seite, so daß wir einander anschauten.

Knurr schwatzte eine Weile drauflos, über das Wetter; über eine Erkältung, die er nicht loswerden könne; wie er jedes Jahr um diese Zeit den Trieb nach wärmeren Gegenden verspüre, sich nach Sonne und Strand sehne usw.

Ich sah ihn beim Sprechen an und nickte gelegentlich.

Lächelte auch wohl. Ein seltsames Gefühl – da saß man nun, trank und führte ein läppisches Gespräch mit einem Mörder.

Hatte ich mir vorgestellt, Mörder wären als solche zu erkennen, durch ein entstellendes Mal vielleicht? Das wäre zu einfach. So wie die Dinge lagen, mußte ich mir immer wieder ins Gedächtnis rufen, wer dieser Knurr war und was er getan hatte. Der vorherrschende Eindruck war der von Normalität und der ungemeinen Banalität unserer Unterhaltung. »Scheußliches Wetter.« »Angeblich soll es gegen Abend aufklaren.«

Endlich hörte er mit dem Gewäsch auf, stützte die Ellenbogen auf und rieb das Gesicht mit beiden Händen. Seufzend schaute er hinaus in den leeren Raum und sprach in die Luft: »Ich betreue eine Menge Leute, meist Frauen, wie ich Ihnen schon erzählte. Manche meinen nun, mein Interesse gelte nicht nur ihrer unsterblichen Seele, sie nehmen an, meine Anteilnahme sei mehr, ah, sagen wir persönlicher Natur. Sie verstehen?«

»Selbstverständlich. Das muß ja zu Schwierigkeiten führen.«

Er seufzte. »Das tut es tatsächlich. Schwierigkeiten jeder erdenklichen Art. So verlangen sie etwa mehr Zeit, als ich ihnen zugestehen darf oder auch nur kann.«

Ich gab mitfühlende Geräusche von mir.

»Würden Sie glauben, daß einige meiner – ich wollte gerade sagen Gönnerinnen, aber das sind durchaus nicht alle. Sagen wir also in Ermangelung eines treffenderen Wortes Klientinnen.«

»Wie wäre es mit Jüngerinnen?«

Er sah mich scharf an. War ich etwa sarkastisch? Das war ich durchaus nicht. Er boxte meinen Arm.

»Sehr gut, Joshua, das gefällt mir. Jüngerinnen. Viel besser als Klientinnen. Doch wie ich schon sagte, manchmal zeigen sich meine Jüngerinnen eifersüchtig auf andere Jüngerinnen, weil ich denen angeblich mehr Zeit widme, Ich will sie nicht gerade selbstsüchtig nennen, doch habe ich immer gefunden, daß unglückliche Menschen, Männer wie Frauen, egozentrisch sind, und daß sie sich unersättlich zeigen, sobald man ihnen Mitgefühl entgegenbringt. Sympathie wirkt auf sie wie eine Droge, und wenn sie mit anderen teilen müssen, paßt ihnen das nicht. Eben darum ging der Streit mit Mrs. Kipper. Ich berate derzeit auch noch andere Frauen, und sie meint, ich widme ihr und ihren Problemen nicht genügend Zeit.«

Eine ungeschickte Lüge war dies nicht, ich fand aber, daß sie zu umständlich sei. Wozu mußte er mir dies alles erklären? Und wenn schon, dann hätte er es einfacher halten sollen.

Ich sah zu, wie er dem Mann an der Bar winkte, eine neue Runde zu bringen; tatsächlich hatte er etwas Gebieterisches an sich – ein knapper Wink genügte.

»Und wie geht es im Zeltmacherclub?« fragte ich.

»Wie? Was?« Er schien zerstreut. »O da. Gut. Sehr gut. Der Barkeeper hat in meinen Drink zuviel Wermut getan, ich hoffe, der nächste ist trockener.«

Der Bartender brachte die Getränke selber, hielt sich aber nicht bei uns auf. Knurr probierte seines gierig.

»Viel besser«, lächelte er zufrieden und ließ sich gelokkert in seinen Sessel sinken. »Staubtrocken.«

Er war bei aller Kantigkeit ein gutaussehender Mann, und ich begriff sehr wohl, was Frauen an ihm anziehend fanden: Bedrohlich und kraftvoll strahlte er zugleich Selbstvertrauen und Lebenslust aus. Die leicht eingedellte Nase und die stetigen braunen Augen machten ihn besonders männlich, doch der schieferfarbige Bart ließ einen rosigen, fast zarten Mund sehen, der auf Verletzlichkeit schließen ließ.

»Ich hoffe, Sie haben sich als Freunde getrennt«, sagte ich. »Sie und Mrs. Kipper, meine ich.«

Er lachte schroff. »Ah, ich glaube, ich habe der Dame Vernunft beigebracht«, sagte er schmunzelnd.

Dieses Schmunzeln gefiel mir nicht, es war zu selbstgefällig. Bedeutete es etwa, daß der Brief von Mrs. Kletz keine Wirkung getan hatte?

Was mochte er über mich wissen, was vermuten? Ich hielt meine Tarnung im Falle Kipper noch für intakt, glaubte, daß er in mir den Angestellten einer Anwaltsfirma sah, der eine vorläufige Bestandsaufnahme des Nachlasses anzufertigen hatte. Was den Fall Stonehouse anging, lagen die Dinge anders: Glynis dürfte ihm erzählt haben, daß ich dem Verbleib ihres Vaters nachforschte. Er wußte, daß ich hinter die Sache mit dem Arsen gekommen war. Doch schien mir sicher, daß er nicht wußte, daß ich seine Beziehung zu Glynis kannte.

»Das war mein letzter Besuch bei Kippers«, warf ich hin. »Als nächstes sind die Experten dran.«

»So?« Das schien ihn nicht die Spur zu interessieren. »Nun, Sie haben gewiß noch anderes zu tun.«

»Und wie«, antwortete ich redselig. »Man hat mich beauftragt, alle meine Zeit der Aufklärung des Verschwindens eines Mannes zu widmen, der kein Testament hinterlassen hat.«

»Wie spannend«, sagte er lässig und nahm einen Schluck Martini. »Erzählen Sie mal.«

So etwa stellte ich mir das Degengefecht vor: Ausfall, Parade, Stoß. »Viel gibt es da nicht zu erzählen, es ist, wie ich gesagt habe: ein Mann ist verschwunden – das ist jetzt so ungefähr zwei Monate her –, und das Testament ist unauffindbar. Faszinierend daran sind eigentlich nur die juristischen Weiterungen. Das gesamte Vermögen steht auf seinen Namen. Die Familie muß also, schon um ihren bloßen Lebensunterhalt fristen zu können, ein Gesuch an das Nachlaßgericht richten.«

»Und falls er nicht gefunden wird?«

»Ha ja, das ist es gerade.« Ich lachte bedauernd und rief mir ins Gedächtnis, was Mr. Teitelbaum über die Rechtsprechung in solchen Fällen gesagt hatte. »Bevor das Vermögen einer vermißten Person an die Erben verteilt werden kann, müssen, glaube ich, fünf Jahre vergehen.«

»Fünf Jahre!« rief er.

»Mindestens.« Ich lachte herzlich. »Falls man die Leiche des Vermißten fände, wäre alles einfacher. Das heißt, falls er wirklich tot ist, wie alle Welt anzunehmen scheint. Aber das muß Sie langweilen.«

»Nicht im mindesten«, sagte er großmütig. So recht die Unterhaltung für einen verregneten Nachmittag. Sie sagen also, falls man die Leiche des Vermißten findet, könnte sein Vermögen sogleich unter den Erben aufgeteilt werden?«

Jetzt hast du ihn, dachte ich befriedigt.

»Ganz recht«, sagte ich leichthin. »Ist erwiesen, daß er tot ist, wird sein Testament eröffnet.«

»Und wenn es nun keines gibt? Oder wenn das vorhandene nicht auffindbar ist?«

»Dann wird das Vermögen nach den Regeln des Erbrechtes aufgeteilt, in unserem Fall zwischen der Ehefrau und der Tochter und dem Sohn.«

»Und ist es ein bedeutendes Vermögen?« erkundigte er sich.

Gieriges Luder!

Ich nickte. »Ich glaube schon. Wieviel genau es beträgt, ahne ich nicht, doch dürfte es ein erheblicher Betrag sein.«

Er holte Pfeife und Tabak aus der Tasche und hielt mir beides hin. »Macht es Ihnen etwas aus?«

»Nicht die Spur. Rauchen Sie nur.«

Ich beobachtete und wartete, während er das Ritual des Pfeifestopfens und Anzündens vollführte, den Kopf zurücklegte und eine Rauchwolke gegen die Decke blies.

»Wunderbare Sache, das Recht.« Er lächelte etwas mühsam. »Masse Geld drin. Ich meine, in einer Anwaltskanzlei.«

»Ja, Sir, damit haben Sie ganz recht.«

»Manchmal denke ich«, fuhr er fort und schmauchte mächtig, »daß Gerechtigkeit ein unerreichbares Ideal ist. Nehmen wir den Fall, den Sie eben beschrieben. Man sollte doch denken, die Tatsache, daß der Mann seit zwei Monaten verschwunden ist, müßte hinreichen, die Familie zu berechtigen, sich sein Vermögen zu teilen. Er ist doch wohl aus freien Stücken verschwunden?«

»Soweit wir wissen, ja.«

»Hat er nichts hinterlassen? Keinen Brief an seine Angehörigen oder seinen Anwalt?«

»Nein, nichts. Und es deutet auch nichts darauf hin, daß ein Verbrechen vorliegt. Durchaus möglich, daß er noch am Leben ist. Eben darum verlangt das Gesetz gründliche Nachforschungen und sieht die genannte Fünfjahresfrist vor. Aber für die Angehörigen ist das schlimm.«

»Das kann man wohl sagen«, murmelte er.

»Indessen«, fuhr ich fort, in der Hoffnung, daß er sich noch fester in den Köder verbeißen würde, »sollte seine Leiche entdeckt werden, kann der Nachlaß aufgeteilt werden, einerlei, ob er nun eines natürlichen Todes gestorben ist, einem Unfall oder gar einem Verbrechen zum Opfer fiel.« Das schien mir auszureichen, deshalb wechselte ich abrupt das Thema. »Sagten Sie nicht, Sie stammten aus Chicago, Reverend?«

»Nicht direkt, aber aus der Umgebung. Weshalb fragen Sie?« Er blickte mich prüfend an.

»Weil ich dort einen Vetter habe, der mich eingeladen hat, ihn zu besuchen. Ich war noch nie in Chicago und frage mich, ob es mir dort gefallen würde.«

»Oh, es gibt allerhand zu sehen«, bemerkte er tonlos.

»Hat es Ihnen gefallen?«

»Vorübergehend ja. Ich muß gestehen, Joshua, daß ich mich leicht langweile. Deshalb bin ich ja auch nach New York übersiedelt.«

»Um hier neue Welten zu erobern?«

»Genau.« Er verzog das Gesicht zu einem Lächeln.

»Und Sie haben es nicht bedauert?«

»Hin und wieder schon, so um zwei, drei Uhr morgens.« Er lächelte immer noch.

Es fiel mir schwer, mich seinem Charme zu entziehen, und einen Moment konnte ich nicht glauben, was ich über ihn in Erfahrung gebracht hatte.

Ich suchte diesen Zweifeln auf den Grund zu kommen, wollte wissen, weshalb ich mich so sehr dagegen wehren mußte, diesen Mann zu bewundern. Es lag wohl hauptsächlich an seiner Erscheinung – er war groß, kräftig, den Stürmen des Lebens gewachsen, ganz im Gegensatz zu mir; außerdem entschieden, verwegen und draufgängerisch.

Überdies verfügte er über eine elementare Kraft. Hinter dem strahlenden Lächeln, der Bonhomie, der Intelligenz und der Geistesgegenwart verbarg sich nackte, brutale Kraft. Und plötzlich wurde mir klar, wie sehr ich mir wünschte, er möge mich gut leiden. Was ja nur bedeutete, daß ich ihn fürchtete. Und das war keine sehr beruhigende Erkenntnis. Wir tranken aus, ohne noch einmal auf Kippers oder Stonehouses zu sprechen zu kommen. Knurr bestand darauf, die Zeche zu zahlen und gab ein sehr knappes Trinkgeld.

Er sagte, er habe eine Verabredung in der Stadt, und weil ich ins Büro mußte, verabschiedeten wir uns unter der Markise des Hotels mit Händedruck und der Versicherung, miteinander in Verbindung bleiben zu wollen.

Ich sah ihm nach, wie er festen Schrittes die 5. Avenue hinaufging, straff aufgerichtet, trotz des Regens. Er schien unschlagbar. Ich versuchte ein Taxi zu bekommen, gab aber bald den Versuch auf und nahm den Bus. Der war voll, es roch feucht und nach Mottenkugeln. Kurz nach 13 Uhr war ich in meinem Büro, hängte den nassen Hut und den Mantel auf, streifte die Überschuhe ab und stellte den Regenschirm in den Papierkorb.

Bei einem Anruf in Stiltons Büro erfuhr ich, daß er im Moment nicht zu sprechen sei. Ich hinterließ meine

Nummer und bat um Rückruf. Dann starrte ich die Wand an. Von den unterdessen eingegangenen Anforderungen auf Ermittlungen nahm ich weiter keine Notiz; ich saß nur da und stierte gegen die Wand.

Der Reverend Godfrey Knurr beschäftigte mich immer noch. Ich gestand mir ein, daß meine Abneigung gegen ihn aus dem Empfinden resultierte, daß er mich nicht ernst nahm, daß er mich begönnerte. Diese aalglatten Lügen, die spaßhaften Püffe und Knüffe, die er mir gern vesetzte, sein offenes, unverschämtes Lachen ärgerten mich. Daß er mich als Leichtgewicht betrachtete, schlimmstenfalls als lästig, aber nicht weiter ernst zu nehmen, bestätigte mir nur die schlimmsten Befürchtungen, die ich selber hinsichtlich meiner eigenen Person hegte. Ich hielt mir vor Augen, daß er versuchte, mich zu beherrschen, indem er meine Selbstachtung untergrub.

Ich las in den Akten Kipper und Stonehouse noch einmal alle jene Passagen, die unmittelbar mit Reverend Knurr zu tun hatten. Er geisterte durch beide Fälle, doch hielt ich ihn für den eigentlichen Verursacher, die Quelle, den Anstifter all jener Vorkommnisse, die ich aufzuklären hatte. Über diesen Mann hatte ich reichlich Material, kannte seine Stärke, seine Entschlossenheit, seinen Charme usw. Sogar über seine Vergangenheit wußte ich einiges.

Aber über seine Motive wußte ich so gut wie nichts, nicht, was ihn trieb, woran er Freude hatte, was ihn schmerzte. Insofern war er für mich nichts als ein Schatten. Ich wußte nicht, wo ihn packen. Für seine Handlungen in der Vergangenheit wußte ich keine Erklärung, und was er morgen tun würde, konnte ich nicht vorhersagen. Mit einem Wort, ich suchte nach einem Etikett, das ich ihm aufkleben könnte, fand aber keines. Und weil dies so war, kamen mir Zweifel daran, ob wir imstande sein würden, ihn in unseren listig ausgelegten Schlingen zu fangen. Weder war er ein kleiner Ganove noch ein billiger Erpresser. Ich wußte einfach nicht, was er war. Noch nicht. Meine Überlegungen wurden durch einen Anruf von Stilton unterbrochen. Er sprach sehr schnell, beinahe verärgert.

»Der Fall Kipper ist noch nicht wiederaufgenommen. Noch nicht. Mein Vorgesetzter meint, ich habe nicht genügend Material, und gab die Sache an seinen eigenen weiter. Wen der nun wieder fragt, ahne ich nicht, aber vor morgen wird keine Entscheidung fallen. Ich hoffe nur, Ihre Chefs strengen sich etwas an. Gestern ließ ich Knurr von einem Kollegen anrufen, der sich als jener Taxichauffeur ausgab, der Stonehouse zum Liegeplatz gefahren hat. Knurr hat aber nicht angebissen, sondern einfach aufgelegt. Der stellt sich stur.«

»Das ist auch mein Eindruck. Angst werden wir ihm kaum machen können.« Ich berichtete über die Auffindung des Testaments und dessen Inhalt.

»Sehr hübsch. Damit sitzt Glynis in der Patsche. Ich hoffe nur, Sie haben das Testament nicht eingesteckt? Dann wäre es als Beweisstück wertlos.«

»Nein, ich ließ es, wo es war. Allerdings habe ich was anderes mitgehen lassen.« Und ich erzählte, daß ich einige der Briefchen an mich genommen, die Sol Kipper an seine Frau geschrieben hatte, und daß die beiden, die ich im Besitz hatte, sehr wohl ihren Zweck als Abschiedsbriefe hätten erfüllen können.

»Gute Arbeit, Josh, Sie machen das ganz wie ein alter Hase – sammeln alle losen Fäden.«

Sein Lob machte mich froh.

»Noch was«, sagte ich. »Ich habe mich lange mit Knurr unterhalten. Wir haben gemeinsam was getrunken.« Ich teilte ihm das Wesentliche dieses Gespräches mit.

»Ich fürchte nur, das Foto von Glynis Stonehouse und der anonyme Brief haben nichts genützt«, schloß ich.

»Das könnte sein. Es ist ihm wohl gelungen, Tippi zu beschwichtigen, und er macht munter weiter.«

Ich sagte dann, ich hätte Knurr die gesetzlichen

Bestimmungen das Vermögen eines Vermißten betreffend schön ausführlich geschildert.

»Soso«, meinte Percy. »Glauben Sie, er zeigt die Leiche vor, falls er weiß, wo sie ist?«

»Das hoffe ich, aber unterdessen bezweifle ich, daß er sich so verhält, wie ich es von ihm erwarte. Knurr ist für mich ein Buch mit sieben Siegeln, Perce. Ich glaube kaum, daß er sich von uns manipulieren läßt.«

Er seufzte. »Hmja. Falls er sich keinen Schrecken einjagen läßt und seine Weiber unter Kontrolle behält, sind wir verloren.«

»Eine Möglichkeit sehe ich noch, wenn auch eine sehr vage.«

»Und die wäre?«

»Ich habe meine Notizen über Knurr noch mal durchgesehen. Erinnern Sie sich an unsere Unterhaltung mit Bischof Oxman? Von dem haben wir doch den Namen seiner nächsten Angehörigen. Goldie Knurr. Die Schwester.«

»Ja?«

»Falls das nun gar nicht seine Schwester wäre, sondern seine Frau?«

Stille.

»Sie haben recht. Eine vage Möglichkeit wäre das.«

»Versuchen müssen wir's«, sagte ich. »Die Adresse haben Sie doch? Ich glaube in Athens, Indiana.«

Er fand sie in seinem Notizbuch, und ich schrieb sie mir auf.

»Wollen Sie sie anrufen, Josh?«

»Das würde kaum was nützen. Wenn er sie als seine Schwester benannt hat, hat sie bestimmt Anweisungen, sich daran zu halten, falls jemand Erkundigungen einzieht.«

»Und?«

»Und«, der Entschluß kam mir in diesem Moment, »und deshalb fahre ich hin und rede selber mit der Dame.«

Genau dies mußte ich tun. Es war eine überzeugende Eingebung. Durch unser Büro buchte ich einen Flug nach Chicago. Es war keine Zeit, Teitelbaum oder Tabatchnik zu konsultieren, schon gar nicht Orsini. Ich machte mich sofort auf den Weg.

Mein Pech wollte, daß ich dabei Orsini in die Quere kam, der, wieder umgeben von seinen Anbetern, gerade das Haus betrat. Ich wollte mich vorbeidrücken, doch seinen glitzernden Augen entging so leicht nichts. Eine Hand schoß vor und umklammerte meinen Arm. Ich starrte den Brillantring an seinem kleinen Finger an, betrachtete die sorgfältig manikürten Fingernägel. Ich blickte auf und gewahrte die kleine Orchidee in seinem Knopfloch, ein wunderschönes Exemplar, lavendelfarben gesprenkelt.

»Welch glücklicher Zufall!« rief er. »Josh, ich habe einen Witz gehört, der Ihnen gefallen wird.«

Er sah sich im Kreise seiner Sykophanten um, die sich bereits um uns drängten, die Mienen erwartungsvoll gespannt, bereit, in nicht zu unterdrückenden Jubel auszubrechen.

»Denken Sie sich einen kleinen Mann«, begann Romeo Orsini, »der sich an eine große, statueske Blondine heranmacht. Er sagt zu ihr: ›Mit Ihnen möcht ich's mal machen‹, worauf sie –«

»Den kenne ich. Der ist alt und nicht besonders gut«, sagte ich kurz angebunden, riß mich los, drängte mich durch sein Gefolge und verließ das Haus. Ich schaute nicht zurück, spürte aber das verblüffte Schweigen hinter mir.

Ich verschwendete keinen Gedanken daran, weshalb ich Orsini so grob gekommen war, und wie sich das auf meine Karriere bei TORT auswirken könnte. Mir lag viel zu sehr daran, noch vor Schalterschluß zu meiner Bank zu kommen. Ich überlegte, was noch auf meinem Konto sein könnte und wieviel ich für die Reise nach Chicago brauchen würde. Zum Glück war genügend

Geld da. Ich nahm ein Taxi nach Hause, packte in aller Eile, und ein anderes Taxi brachte mich durch den Tunnel zum Flughafen.

Der Flug nach Chicago bot mir endlich Gelegenheit, mich zu entspannen, und das wollte ich ausnutzen. Ich lachte sogar über den grauenhaften Film, der gezeigt, und schlang das undefinierbare Fleisch herunter, das serviert wurde. Wir landeten glatt in Chicago, und ich stellte fest, daß es auf dem Flugplatz ebenso tumultuös zuging wie bei Mutter Tucker in Manhattan. Da, dachte ich mit einem Anflug des Bedauerns, feierten in diesem Moment Perdita Schug und Colonel Clyde Manila vermutlich schon den Beginn ihrer Walpurgisnacht. Ich schlenderte eine Weile im Flughafengebäude umher, faßte immer wieder nach meiner wohlgefüllten Brieftasche und befühlte den Rückflugschein. Schließlich fand ich den Halteplatz für Taxen und Busse. Ein Taxi nach Athens dürfte zu teuer werden. Ich wanderte eine Weile auf dem Busbahnhof umher, wandte mich dann an einen uniformierten Fahrer, der am Kotflügel eines riesigen Busses lehnte, der mehr Fensterscheiben hatte, als ein von einem Explosionsmotor getriebenes Vehikel braucht. Er schaute mich teilnahmslos an, seine schläfrigen Augen musterten meinen zerknüllten Mantel, den zerdrückten Hut, den kleinen Handkoffer, den ich unterm Arm trug, und seine einzige Reaktion bestand darin, einen Zahnstocher vom rechten in den linken Mundwinkel zu schieben.

»Fahren Sie nach Athens?« fragte ich.

»Wohin?«

»Nach Athens Indiana.« Ich hatte mich zuvor im Büro informiert.

»Nie gehört.«

»Es liegt zwischen Gary und Hammond.«

»Wo genau zwischen Gary und Hammond?«

»Das weiß ich nicht«, gestand ich.

»Dann fahre ich auch da nicht hin.«

Und der Zahnstocher wanderte wieder an seinen alten Platz. Ich weiß, wann es genug ist und ging also anderswo auf die Suche. Ein ebenfalls uniformierter Chauffeur lehnte an einem Bus mit dem Schild Gary–Hammond, und schaute teilnahmslos in die Gegend. Der kaute auch auf einem Zahnstocher, und ich dachte, das Verkaufen von Zahnstochern dürfte sich auf diesem Busbahnhof lohnen. Aber wenigstens ließ er ihn nicht wandern, als ich ihn ansprach.

»Kann ich mit diesem Bus nach Athens fahren?« fragte ich.

»Wohin?«

»Nach Athens in Indiana.«

»Und wo ist das?«

»Zwischen Gary und Hammond.«

Er blickte mich zweifelnd an.

»1939 hatte es eine Bevölkerung von 3079«, setzte ich hinzu, um ihm auf die Sprünge zu helfen.

»Wirklich? Zwischen Gary und Hammond?«

Ich nickte.

»Bleiben Sie hier stehen. Rühren Sie sich nicht von der Stelle, sonst werden Sie am Ende noch entführt. Ich bin gleich zurück.«

Er ging zur Abfertigung und redete mit einem Mann, der an einem Zahnstocher kaute. Der Busfahrer machte andeutende Gesten. Beide Männer starrten zu mir her. Dann entfaltete der Dispatcher eine Straßenkarte. Beide beugten sich darüber. Nun kam ein weiterer uniformierter Busfahrer, dann noch einer und noch einer. Schließlich beschäftigten sich fünf Männer mit der Karte, schwenkten die Arme, stritten laut und wackelten mit den Zahnstochern.

Der Fahrer kam zurück.

»Ich fahre nach Athens«, sagte er.

»Man lernt doch nie aus«, sagte ich heiter.

»Hat keine Bedeutung.«

Eine Stunde später sauste der Bus Richtung Süden,

und ich schaute durch beschlagene Scheiben nach draußen. Ich sah fast nur Dunkelheit, hin und wieder ein paar Lichter, flackernde Neonleuchten. Als wir über die Staatsgrenze nach Indiana hineinrollten, tauchte am Horizont der rosige Widerschein vieler Lichter auf, wir kamen an erleuchteten Fabriken vorüber, an Stahlwerken und eine ganze Weile an Kneipen, Schrottplätzen und Buchläden *Nur für Erwachsene* vorbei, die beiderseits den Weg säumten.

Etwa anderhalb Stunden nach der Abfahrt vom Flughafen, nachdem wir immer wieder Passagiere abgesetzt hatten, hielt der Bus an einer Straßenecke, wo es weder Licht noch menschliche Behausungen zu sehen gab.

»Athens!« rief der Fahrer.

Ich kletterte von meinem Platz, nahm das Köfferchen aus dem Gepäcknetz und taumelte durch den Gang an die vordere Tür. Hier bückte ich mich und schaute hinaus.

»Das hier soll Athens sein?« fragte ich den Fahrer.

»Das ist unter Garantie Athens.«

»Herzlichen Dank.«

»Es war mir ein Vergnügen.«

Ich stand an der dunklen Straßenecke und sah dem Bus nach, der mich bis zu den Knien naß spritzte. Ich empfand nichts als Bedauern darüber, daß ich nicht bis zur Endstation in diesem Bus geblieben war, den nächsten zurück zum Flugplatz und von dort die erste Maschine nach New York genommen hatte. Es war kalt, naß, scheußlich. Nach endloser Wanderung kam ich in eine Gegend, die man mit gutem Willen als Geschäftsviertel ansprechen konnte. Die meisten Geschäfte waren mit Rolläden geschlossen. Doch ein Drugstore hatte noch geöffnet, und – Gott sei gelobt! – auch ein Schnapsladen.

»Eine Flasche Brandy bitte«, verlangte ich.

Der Verkäufer musterte mich. »Einheimischen?«

»Egal«, sagte ich, »Hauptsache Brandy.«

Er suchte Wechselgeld heraus, und ich fragte, ob es hier ein Hotel gäbe.

»Einen Block weiter. Dann nach rechts, im zweiten Häuserblock. *Zur Neuen Grenze.* Bar und Grill.

»Das ist ein Hotel?«

»Klar. Oben drüber. Wollen Sie da übernachten?«

»Ja, selbstverständlich.«

»Sie müssen verrückt sein.« Er schüttelte den Kopf.

Ich folgte seiner Anweisung und gelangte zur *Neuen Grenze,* einer verkommenen Kneipe mit schmutzigen Fenstern. An der Bar standen, in den blauen Schein des Fernsehers getaucht, etliche Trinker, und in einem kleinen Hinterzimmer gab es einige Tische.

Der Bartender kam sofort; weil der Fußboden sich zur Straße hin senkte, ging ich bergab.

»Scotch und Soda bitte«, bestellte ich.

Er goß mir ein, wie mir schien, enormes Glas voll, doch stellte sich heraus, daß es einen sehr dicken Boden hatte.

»Angeblich kann man hier übernachten?« fragte ich.

Er lehnte sich vor, um mich genauer zu betrachten, insbesondere meine Schuhe schienen ihn zu fesseln.

»Naja, man könnte sagen, wir führen ein Hotel.«

»Und wie teuer ist das Zimmer?«

Er schaute durch mich hindurch. »Fünf Piepen.«

»Das geht ja.«

»Da, durch die Tür. Eine Treppe rauf. Da finden Sie den Besitzer. Sagen Sie einen schönen Gruß von Lou.«

Ich leerte mein Glas, zahlte, erkletterte eine schmale Stiege. Der Besitzer, ein Schwarzer, saß in einer Art Drahtkäfig mit Sprechklappe. Er war breit und kräftig, wohl schon an die Fünfzig, und trug auf seinem T-Shirt ein Porträt von Beethoven zur Schau. Im Moment arbeitete er sich durch ein Kreuzworträtsel und blickte nicht auf.

»Fünf Piepen die Stunde«, sagte er. »Im voraus. Saubere Bettwäsche und fließendes Wasser.«

»Ich möchte hier übernachten. Lou hat mich geschickt.«

Er blickte immer noch nicht hoch. »Ochse mit drei Buchstaben«, fragte er. »Langer Schwanz, kurzer Name.«

»Gnu. G-n-u.«

Da endlich sah er auf.

»Paßt. Danke. Zwanzig für die ganze Nacht. Im voraus.«

Er öffnete die Klappe um das Geld entgegenzunehmen und mir einen Schlüssel herauszureichen.

»Zwei-null-neun. Immer geradeaus. Sie wollen doch nicht etwas Selbstmord begehen?«

»O nein, nichts dergleichen.«

»Gut. Kleines Kind, vier Buchstaben?«

»Baby.«

Das Zimmer war fürchterlich, deprimierend. Etwa drei auf drei Meter; ein ehedem weißes Eisenbett mit den angepriesenen sauberen – wenn auch abgewetzten – Laken, das untere Drittel mit schwarzem Wachstuch bedeckt. Ich wußte mir das nicht gleich zu erklären, dachte aber dann, dies sei für Kunden, die zu betrunken oder zu hitzig seien, ihre Schuhe auszuziehen. Ich stellte alsdann fest, daß die Tür von innen zu verschließen und zu verriegeln war. In einer Ecke war ein fleckiges Waschbecken, es gab einen Küchenstuhl und einen Tisch, dessen Platte Brandspuren von Kippen aufwies. Statt eines Schrankes hatte man Garderobenhaken an den Wänden befestigt, an denen Kleiderbügel aus Draht hingen.

Im Korridor fand ich die Tür zum Bad, das unerträglich nach Desinfektionsmittel stank. Toilette, Waschbecken, Badewanne mit Handbrause. Ich schloß die Tür mit Haken und Öse, benutzte die Toilette, sparte mir aber Wanne oder Dusche.

Wieder im Zimmer, hängte ich meine Sachen an die Garderobenhaken und brachte mit Mühe eines der Fenster auf. Ein kalter, feuchter, nach Schwefel riechender

Wind fuhr herein. Hier in dieser kalten Pracht herumzusitzen schien mir unsinnig, ich nahm also Hut und Mantel und ging wieder hinunter.

»Ich will noch essen gehen«, sagte ich zu dem Besitzer, bemüht, kühl und zugleich beherzt zu sprechen.

»Affenart, fünf Buchstaben«

»Lemur.«

In der Kneipe waren unterdessen weitere Kunden eingetroffen, die meisten Barhocker waren besetzt, und im Hinterzimmer saßen mehrere Pärchen, auch weiße darunter. Die Männer waren ausnahmslos groß und muskulös, hatten grobe Hände, lachten dröhnend, und immer mal wieder flammte lärmender Streit auf, der sich aber ebenso schnell legte.

Es freute mich, daß der Bartender sich erinnerte, denn er fragte »Scotch?« in einem Ton, als nähme er das für ausgemacht.

»Bitte. Und Soda extra.«

Als er den Drink brachte, fragte ich, ob ich Sandwiches haben könnte und dazu vielleicht einen Beutel Kartoffelchips.

»Im Moment habe ich alle Hände voll zu tun, ich mache Ihnen aber welche, sobald ich Zeit habe.«

»Sehr schön. Es hat keine Eile.«

Ich nippte an meinem Glas und sah mich um. Die Riesen um mich her tranken Bier und Schnaps und stierten in den fleckigen Spiegel über der Bar. Da sie allesamt aussahen, als beklagten sie ihr Los, versuchte ich nicht, eine Unterhaltung zu beginnen.

Ich wandte mich wieder meinem Glas zu, spürte aber im gleichen Moment einen schweren Arm auf den Schultern.

»Hei, Söhnchen«, sagte eine ordinäre Frauenstimme.

»Guten Abend.« Ich erhob mich. »Möchten Sie vielleicht Platz nehmen?«

»Setz dich hierher, Sal«, sagte mein Nebenmann. »ich hab den Hocker gut angewärmt und muß jetzt nach Hause.«

»Das kann zur Abwechslung mal nicht schaden, Joe«, sagte die Frau zu ihm,

Beide lachten, Joe blinzelte mich an und verzog sich.

Sal plazierte sich mit geübtem Schwung auf den Hokker. »Bestellst du einem Mädchen was zu trinken?«

»Mit Vergnügen.«

»Einen Whisky?«

»Gerne.«

»Also Whisky. Von Bier muß ich furzen.«

Ich nickte verständnisvoll.

»Lou!« kreischte sie so laut und unerwartet, daß ich zusammenzuckte.

»Das Übliche! Ich habe hier einen an der Angel!«

Aus ihrer überquellenden Handtasche zog sie ein zerknittertes Päckchen Zigaretten, und ich riß ein Streichholz für sie an.

»Danke, Söhnchen.« Sie inhalierte tief, und der Rauch war einfach weg. Ich will damit sagen, er kam überhaupt nicht mehr zum Vorschein. Sie war eine aufgedunsene, dickliche Vierzigerin und sah aus, als könnte nichts sie überraschen, schockieren, kränken. Sie hatte bereits alles gesehen – und zwar mindestens zweimal.

Der Bartender brachte ihren Whisky und ein kleines Bier dazu. Sie sah mich prüfend von oben bis unten an.

»Arbeitest du im Stahlwerk, Söhnchen?«

»Sal ist schon eine Nummer«, bemerkte der Bartender zu mir.

»Ach wo«, sagte ich. »Ich bin nicht aus der Gegend, ich komme aus New York.«

»Ich wäre auch drauf reingefallen, wenn du gesagt hättest, du stehst am Hochofen.«

»Mach's mal halblang, Sal«, mahnte der Bartender.

»Keine Sorge. Ich begreife durchaus, daß die Dame mich auf den Arm nehmen will«, beruhigte ich ihn. »Das macht mir nichts aus.«

Sie schlug mir auf die Schulter, daß ich fast vom Hocker fiel. »Du bist schon in Ordnung, Söhnchen, du gefällst mir«, sagte sie mit rauher Stimme. »Aber was zum Teufel hast du in Gary zu suchen?«

»In Gary?« Ich bekam einen schrecken. »Ich denke, dies ist Athens? Bin ich etwa nicht in Athens?«

»Athens?« Sie lachte so laut und kippelte dabei mit dem Hocker, daß ich dachte, gleich fällt sie runter. »Junge, Junge«, sie rieb sich die Tränen aus den Augen, »seit Jahren redet keiner mehr von Athens. Es ist längst in Gary eingemeindet.«

»Aber früher hieß es doch mal Athens, oder?«

»Klar, als ich noch jung war, und das ist länger her, als ich wahrhaben möchte. Also, was suchst du in Athens?«

»Ich bin in New York in einer Anwaltskanzlei angestellt und suche einen Erben, dessen letzte uns bekannte Adresse mit Athens, Indiana, angegeben wurde.«

»Was denn – eine richtige Erbschaft?«

»Ja.«

»Viel?«

»Das kommt darauf an, was man unter viel versteht«, sagte ich zurückhaltend.

»Für mich ist viel alles, was mehr ist als zwanzig Mäuse.«

»Mehr als zwanzig Dollar ist es schon.«

»Und wie heißt der Erbe?«

»Eine Erbin. Knurr, mit Namen Goldie Knurr.«

»Goldie Knurr?« Sie schüttelte den Kopf. »Nie gehört. Lou!« schrie sie wieder, »je von einer gewissen Goldie Knurr gehört?«

Er überlegte eine Weile mit gerunzelter Stirn.

»Nee, könnte ich nicht sagen.«

»Bestell mir einen Doppelten, dann höre ich mich mal um.«

Sie rutschte vom Hocker und schlenderte ins Lokal. Nach einer Weile schwang sie sich wieder hinauf und knallte das leere Glas auf die Bar.

»Wie heißt du?«

»Josh.«

»Ich heiße Sal.«

»Ich weiß. Wie wäre es mit noch einem Glas, Sal?«

Sie tat, als erwäge sie dieses Angebot.

»Na schön, ehe ich mich schlagen lasse . . .« Sie hielt zwei Finger hoch. »Ich habe einen Burschen gefunden, der Goldie Knurr kennt. Jedenfalls behauptet er das. Siehst du den alten Schwarzen da hinten? Den grauhaarigen Frisselkopf? Der da allein sitzt?«

Ich drehte mich um. »Ja, ich sehe ihn.«

»Das ist Ulysses Tecumseh Jones. Nur ein Jahr jünger als der liebe Gott. Seit es hier Menschen gibt, lebt er hier. Und er sagt, er kennt die Familie Knurr.«

»Und wird er mit mir sprechen?«

»Warum nicht? Schließlich trinkt er gerne Bier.«

Ich trat zu seinem Tisch, in einer Hand meinen Drink, einen Krug Bier in der anderen. »Mr. Jones?«

Er blickte langsam auf. Sal hatte recht, neunzig war er gewiß. Eine Mumie ohne Bandagen, Haut wie zerknitterte Dachpappe, tränende Augen und Hände, die aussahen, als wären sie angeschwemmtes Strandgut, im heißen Sand getrocknet.

»Sir«, sagte er dumpf.

»Mr. Jones, mein Name ist Joshua Big und –«

»Joshua hat die Mauern von Jericho zum Einsturz gebracht«, bemerkte er.

»Ganz recht, Sir«, sagte ich, »und es währe mir eine Ehre, wenn Sie ein Glas mit mir trinken würden. Ich hätte gern ein paar Worte mit Ihnen geredet.«

»Ich nehme mit Vergnügen an. Setzen Sie sich. Sal sagt, Sie wollen was über Knurrs hören.«

»Ganz recht, Sir.« Ich glitt neben ihn auf die Bank. Der Alte schlürfte das Bier und erzählte mir aus seiner Militärzeit. Dann kicherte er.

»Und um welchen Krieg hat es sich gehandelt?« fragte ich.

»Ah . . .«, antwortete er unbestimmt, »um irgendeinen.«

»Und wie ist es nun mit Knurrs?« gab ich ihm das Stichwort.

»Es war so um 58 herum«, fuhr er fort, ohne das Jahrhundert zu erwähnen. »Auf der Sherman Street. Stimmt's? Sherman Street?«

»Das stimmt genau. Die Adresse ist uns bekannt. Sherman Street 113.«

Er zitierte:

»Ich stelle mich nicht zur Wahl, und falls ich gewählt werden sollte, übernehme ich kein Amt.«

»Wunderbar, wie Sie sich so genau daran erinnern.«

»Ich habe noch alle Tassen im Schrank.« Er nickte selbstgefällig. Und dann griente er – man sah die nackten Gaumen.

»Das wäre also 1958 gewesen?« fragte ich.

»1958. Vielleicht auch eine ganze Weile früher. Die Familie war insofern komisch, als alle mit G anfingen. Alle ihre Vornamen fingen mit G an.«

»Goldie Knurr«, sagte ich. »Godfrey Knurr.«

»Genau. Der Vater hieß George. Die Mutter Gertrude. Dann noch drei Kinder: Gaylord, Gordon und die Schwester Grace.«

»Sie haben wirklich ein unglaubliches Gedächtnis, Sir.«

»O ja, das habe ich. Mir fehlt keine Tasse im Schrank.«

»Und was ist aus ihnen geworden?«

»Hmm . . . die alten, George und Gertrude, sind gestorben, wie zu erwarten war. Die jungen sind allesamt weggezogen, was ja auch zu erwarten war. Soweit ich weiß, ist bloß noch Goldie hier.«

Das war nun keine gute Neuigkeit. Falls der Alte recht hatte, war Goldie wirklich die Schwester des Pfarrers.

»Wie kommt es, daß Sie so genau über die Familie Knurr Bescheid wissen, Mr. Jones?« fragte ich.

»Na ja, ich habe da gelegentlich ausgeholfen. Mal

dies, mal das. Sie wissen schon. Und meine dritte Frau, das war Emily, nein, Wanda war es., also Wanda war wie eine Mutter für die Kinder Knurr.«

»Erinnern Sie sich noch an Godfrey? Er war einer der Söhne.«

»Godfrey Knurr?« Seine Augen blickten stumpfer. »Das wäre dann der Mittlere gewesen. Prediger ist er geworden. Abgehauen ist er. Und verdenken kann man's ihm nicht.«

»Nein, das kann man wirklich nicht«, stimmte ich zu. »Erinnern Sie sich an irgendwas Besonderes, was diesen Godfrey betrifft?«

»Ein schlauer Bursche. Groß und kräftig. Hinter den Mädchen her. Football hat er gespielt. Irgendwas –«

Er verstummte plötzlich..

»Irgendwas?« half ich ihm weiter.

»Ich entsinne mich nicht mehr.«

»War es was Gutes oder was Schlimmes?«

Plötzlich war sein Blick scharf und durchdringend. »Ich entsinne mich wirklich nicht mehr.«

6

Freitag früh mußte ich mich zuerst zurechtfinden, als ich erwachte. Ich stand auf und machte unlustig ein paar gymnastische Übungen. Vergebens sah ich mich nach Seife, Waschlappen, Handtuch um, also benutzte ich zum Waschen mein Taschentuch. Tatsächlich hatte ich fließendes Wasser auf dem Zimmer, ganz wie versprochen. Nur war es kalt. Aber belebend.

Dann zog ich mich an. Mein Anzug war zerknittert, doch was konnte man schon erwarten? Es war auch nicht so wichtig.

Der Besitzer saß immer noch in seinem Drahtkäfig, trank Kaffee aus einem Pappbecher und las in einer Architekturzeitschrift.

»Wie lange habe ich mein Zimmer?« fragte ich.

»Immer für eine volle Stunde. Ach, Sie sind es. Sie können Ihr Zimmer bis heute abend behalten.«

Es regnete nicht mehr, die Sonne war aber hinter austernfarbenen Wolken verborgen. Ihr Licht übergoß die Welt mit einer matten Patina. Ich wanderte einige Häuserblocks weit und mußte mir alle Mühe geben, meinen Optimismus zu bewahren; ein Reihenhaus nach dem anderen, kaum ein Baum.

Schließlich fand ich ein Lokal, in dem Betrieb war, und bekam hier ein einigermaßen genießbares Frühstück. Als ich zahlte, ließ ich mir den Weg zur Sherman Street beschreiben.

Die Sherman Street unterschied sich in nichts von den anderen Straßen in Athen. Reihenhäuser, alle im gleichen öden Stil erbaut, alle zwei Stockwerke hoch, entweder mit Fassaden aus Holz oder Plastik, das Backsteine vortäuschte. Ich klingelte am Haus 113, nachdem ich drei Stufen der Vortreppe herausfgestiegen war, und wartete.

Die Tür wurde einen Spaltbreit geöffnet.

»Miss Goldie Knurr?« fragte ich.

»Ich kaufe nichts«, kam es schroff zurück.

»Das kann ich Ihnen gut nachfühlen, Madame.« Und dabei lächelte ich so breit, daß meine Gesichtsmuskeln schmerzten. »Wenn man die Preise bedenkt! Aber ich will nichts verkaufen. Es handelt sich um Ihren Bruder Godfrey.«

Nun wurde die Tür aufgerissen.

»Er ist also tot!« heulte die Frau.

»Aber nein, durchaus nicht! Erst gestern habe ich ihn noch gesehen, und er ist bei bester Gesundheit.«

»Ach, was haben Sie mich erschreckt.« Sie drückte eine Hand gegen den weichen Busen. »Treten Sie ein.«

Sie ließ mich ins Haus, verschloß die Tür hinter mir und legte den Riegel vor. Dann wandte sie sich mir zu.

»Sie haben Godfrey gestern gesehen?« fragte sie aufs höchste erstaunt.

»In der Tat, das habe ich, Madame.«

»Und es geht ihm gut?«

»Soweit ich das beurteilen kann, glänzend. Er trägt jetzt einen Bart. Wußten Sie das?«

»Einen Bart? Man denke! Und sollen Sie mir was von ihm bestellen?«

»Nein, nicht eigentlich, aber nur, weil ich ihm nicht gesagt habe, daß ich Sie besuchen wollte. Darf ich Ihnen näheres mitteilen?«

»Aber ja, unbedingt!« Und ihr fiel ein, daß sie jetzt einen Gast im Hause hatte. »Geben Sie mir Ihren Hut und ihren Mantel, kommen Sie ins Wohnzimmer, und dann wollen wir uns ausführlich unterhalten. Möchten Sie vielleicht eine Tasse Tee?«

»Danke, nein, Madame, ich habe eben erst gefrühstückt.«

Ich wartete, während sie meinen Mantel an eine altmodische Flurgarderobe hängte. Sie war aus Eiche, im viktorianischen Stil, mit einem Kasten für Handschuhe, mit Schirmständer und Tropfblechen. Dann zog ich meine Geschäftskarte hervor.

»Leopold Tabatchnik, Madame. Aus New York. Rechtsanwalt.«

»Er ist doch nicht etwa in Schwierigkeiten?« fragte sie angstvoll und blickte auf die Karte.

»Überhaupt nicht.« Ich ließ die Karte wieder verschwinden. »Aber lassen Sie mich in aller Ausführlichkeit berichten.«

»Gütiger Gott.« Sie preßte wieder die Hand gegen den Busen. »Ich bin ganz verwirrt. Weil ich doch so lange von Godfrey nichts gehört habe. Bitte kommen Sie herein, und setzen Sie sich, Mr. . . . wie war doch der Name?«

»Tabatchnik. Leopold Tabatchnik.«

»Also, dann erzählen Sie mir bitte in aller Ruhe, was Sie hierher führt, Mr. Leopold.«

Sie geleitete mich ins Wohnzimmer, wo die ganze Farbenpracht versammelt war, die draußen fehlte. Rot,

Grün, Blau, Gelb, Purpur, Rosa, Orange, Violett, und das alles in wildgewordenem Chintz. Sofa, Sessel, Kissen, sogar die Tischdecke bestanden praktisch aus Blumen und Vögeln, Schmetterlingen und Sonnenaufgängen. Papageien auf dem Teppich, Rosen auf der Tapete. Alles grell, und alle Farben bissen sich. Erdrückende Polstergruft. Der Anblick benahm einem den Atem, es war wie ein Horrorkabinett aus bunten Drucken, Streifen, Karos.

Goldie Knurr war fast ebenso erdrückend, nicht gerade fett, aber doch groß und schwer, ebenso wie Godfrey und ebenso kräftig gebaut. Sie trug ein langes Kleid mit Rüschen und Schleifen wie zu einer Gartenparty, alles mit Kirschen bedruckt, und wirkte darin doppelt so groß und erdrückend.

Ich hielt sie für mindestens 65; sie hatte den zarten Teint, mit dem manche Matronen gesegnet sind, es ist eine Art Glühen, das nicht erlischt, bevor der Sarg zugenagelt wird. Die Familienähnlichkeit war unverkennbar; sie hatte den vollen, sensiblen Mund von Godfrey, seine festblickenden Augen, sogar etwas von dem kantig Maskulinen seiner Züge.

Dazu war sie fast ebenso breitschultrig wie ihr Bruder, nur weicher, mehr wohlgepolstert. Die Hände waren dicklich. Das Haar – ich vermutete eine Perücke – war bläulich-weiß getönt, sorgfältig frisiert und wurde von einem fast unsichtbaren Netz gehalten.

Sie wies mir einen Sessel an, so weich, daß ich mir fast von ihm verschluckt vorkam, und als sie in meine Nähe kam, roch ich starken Lavendelduft. Ich hoffte, sie werde sich nicht zu nahe niederlassen, doch genau dies tat sie. Sie saß kerzengerade, die Füße gekreuzt, die Hände im Schoß gefaltet.

»Also, Mr. Leopold?« Sie lächelte auffordernd.

»Tabatchnik, Madame«, murmelte ich. »Leopold Tabatchnik. Miss Knurr, ich komme von einer Anwaltskanzlei in New York, deren Auftraggeber die Stiltonstiftung ist. Selbstverständlich haben Sie schon von dieser Striftung gehört?«

»Selbstverständlich.« Sie lächelte unverändert. Sie sprach mit warmer, etwas gurgelnder Stimme und betonte die Hauchlaute. Es war eine jugendliche, hoffnungsfrohe Stimme.

»Nun, Sie wissen vielleicht, daß die Stiltonstiftung große Summen für Forschungen ausgibt, von denen sie sich Fortschritte zum Wohl der Menschheit verspricht; diese Gelder werden qualifizierten Bewerbern überlassen, und Ihr Bruder Godfrey hat sich um Stiftungsgelder beworben. Er möchte damit den Ursachen des jugendlichen Verbrechertums auf den Grund kommen und Mittel für deren Beseitigung finden. Es scheint, daß er für einen solchen Forschungsauftrag sehr gut qualifiziert ist, doch handelt es sich bei diesen Forschungsstipendien um so erhebliche Summen, daß wir Kompetenz und Leumund des Antragstellers gründlich prüfen müssen. Deshalb bin ich hergekommen.«

Sie war zunächst sprachlos, und ich wußte nicht, ob sie alles begriff, was ich ihr da an den Kopf geworfen hatte, doch soviel verstand sie wohl: Ihr Bruder könnte in den Besitz erheblicher Geldmittel gelangen, falls der komische kleine Mann, der da in seinem zerknitterten Anzug in ihrem Sessel saß, einen günstigen Bericht machte.

»Wenn ich Ihnen da in irgendeiner Weise behilflich sein kann, selbstverständlich gerne . . .«

»Soweit mir bekannt ist, stammt er aus einer großen Familie, Miss Knurr. Fünf Kinder und –«

»Fünf sehr *glückliche* Kinder«, unterbrach sie. »Und fünf Kinder, die es im Leben zu etwas gebracht haben. Keiner von uns bezieht Sozialunterstützung!«

»Sehr lobenswert«, murmelte ich. »Was nun Godfrey angeht, könnten Sie . . .«

»Er war der Beste von uns allen«, behauptete sie fest. »Ohne Frage der Beste. Das war uns allen bewußt. Eifersucht gab es nicht zwischen uns, müssen Sie wissen. Wir waren alle so stolz auf ihn. Er war von allen Jungen der hübscheste, stärkste, größte. Der beste Footballspieler, Sprecher seiner Klasse, Leiter des Debattierklubs, und in allen Fächern gute Noten. Jedermann liebte ihn – nicht nur seine Familie. Jeder. Sie werden feststellen, daß niemand Abträgliches über Godfrey Knurr sagen wird. Wir wußten alle, daß er es weit bringen würde, und genauso ist es ja auch gekommen.«

Sie lehnte sich zurück, nickte, ein wenig außer Atem und sehr zufrieden mit dem Lobgesang, den sie da eben von sich gegeben hatte. Das war für meine Zwecke allerdings nicht ausreichend. Diese Frau hatte schließlich instinktiv geglaubt, die Nachricht vom Tode ihres Bruders zu erhalten, als ich bei ihr klingelte; diese Frau hatte gefragt, ob ihr Bruder in Schwierigkeiten wäre, als sie hörte, ich sei Rechtsanwalt; diese Frau hatte von ihrem Lieblingsbruder jahrelang nichts gehört. Das alles paßte nicht zu der Traumgestalt, die sie mir eben geschildert hatte.

»Er war als Junge also nie in ernsthaften Schwierigkeiten?«

»Aber nein!« behauptete sie entschieden, besann sich dann aber eines Besseren. »Selbstverständlich gab es mal den und jenen unbedeutenden Vorfall, das ist bei lebhaften Jungen nun mal nicht anders. Aber nichts Ernstliches, das versichere ich Ihnen.«

»Hatte er Freunde?«

»Viele! Godfrey war sehr beliebt.«

»Und das nicht nur bei seinen Altersgenossen, sondern auch bei seinen Lehrern?«

»Aber ja doch«, rief sie ganz begeistert. »Er war nämlich ein sehr guter Schüler. Er lernte leicht. Die anderen Jungen redeten davon, daß sie später in den Stahlwerken arbeiten wollten, aber für Godfrey war das nicht gut genug. Er wollte höher hinaus. Der Junge hatte großen Ehrgeiz.«

Alles zeugte von blinder Liebe der Schwester für einen

gutaussehenden, begabten jüngeren Bruder. Dagegen war schwer anzukommen. »Was nun Godfreys Berufswahl angeht, Miss Knurr, so wurde er Geistlicher. War er denn schon als junger Mensch sehr religiös?«

Ein Zufallstreffer. Bisher hatte sie prompt und geläufig geantwortet, jetzt überlegte sie. Offenbar dachte sie darüber nach, wie sie ihre Antwort formulieren sollte, und als sie zu sprechen begann, klang ihre Stimme verändert, unsicher, wie mir schien, wenn nicht gar ängstlich.

»Nun ja«, begann sie zögernd, »wir waren eine gottesfürchtige Familie. Jeden Sonntag Kirchgang, das war eine eiserne Regel. Daß Godfrey sich in seinen religiösen Neigungen von uns anderen unterschied, könnte ich nicht behaupten. Als er aber ankündigte, er wolle Geistlicher werden, waren wir alle selbstverständlich hoch erfreut darüber.«

»Selbstverständlich. Und sind die anderen Jungen, also Godfreys Brüder, später Stahlarbeiter geworden?«

»Nein.« Das klang sehr kurz angebunden. »Keiner von beiden. Sie wurden zum Militär eingezogen, und Gaylord blieb Berufssoldat. Gordon hat in Kentucky eine Tankstelle.«

»Und Godfrey wurde also Geistlicher«, half ich ihr weiter. »Ist Ihre Kirche hier in der Nähe?«

»Sankt Paul, in der Versailles Street, zwei Häuserblocks südlich. Damals war Reverend Stokes der Pastor. Der lebt jetzt im Ruhestand.«

»Und wer hat sein Amt übernommen?«

»Reverend Dix«, sagte sie steinern. »Ein Schwarzer.« Dann heiterte sich ihre Miene wieder auf. »Möchten Sie unser Familienalbum sehen? Bilder von uns allen?« Sie stand auf und kam schnell wieder mit dem Album zurück. Damit ließ sie sich auf das mit Schondecken bestückte Sofa nieder und bedeutete mir, mich neben sie zu setzen.

Warum wird man beim Betrachten von alten Schnappschüssen nur immer so deprimiert? Die Momentaufnahmen, die da bei schönstem Sonnenlicht gemacht werden, sollten doch freundliche Erinnerungen und glückliche Stimmungen verewigen, aber das tun sie eben nicht. Sie haben eher was Bedrohliches.

Wir hatten alle Bilder durchgeblättert, und ich kehrte zu jenem Teil des Albums zurück, der Godfrey vorbehalten war.

»Mit wem ist er denn hier zu sehen?« fragte ich und deutete auf zwei stramme junge Männer im Footballdreß, die Seite an Seite standen, mit gespreizten Beinen, die Hände in die Hüften gestemmt. Der Junge neben Godfrey Knurr war ein Schwarzer.

»Ach, das ist Jesse Karp.« Mir kam vor, als läge Herablassung in ihrer Stimme. »Können Sie sich vorstellen, daß er heute Direktor unserer Oberschule ist?«

»Waren die beiden gute Freunde?«

»Nun . . . befreundet waren sie wohl.«

»Und dieser Priester neben Godfrey, ist das der Reverend Stokes?«

»Ganz recht. Er hat Godfrey geholfen, Geistlicher zu werden, ihn an das Priesterseminar empfohlen. Er hat Godfrey überhaupt auf alle erdenkliche Art und Weise gefördert. Der arme Mensch . . .«

Ich blickte auf.

»Sagten Sie nicht, er lebe im Ruhestand?«

»Ja schon, doch geht es ihm . . . nicht gerade gut.«

»Das tut mir leid.«

»Sie wollen doch nicht etwa mit ihm sprechen?«

»Das hatte ich bislang nicht vor, Madame.«

»Nun, er ist nicht ganz da, wenn Sie mich verstehen.«

»Ach, das ist ja schlimm. Ist er senil?«

»Das kann man nicht sagen.« Sie musterte die rosa Nägel an ihren dicken Fingern. »Ich fürchte, der Reverend Stokes trinkt etwas mehr als gut ist für ihn.

»Wie bedauerlich.«

»Nicht wahr?« sagte sie ernst. »Dabei war er ein so hervorragender Mann. Daß er seine Tage so beenden soll . . . also falls Sie doch mit ihm sprechen sollten, Mr. Leopold, machen Sie sich das bewußt.«

»Tabatchnik«, murmelte ich. »Das werde ich gewiß tun.«

Auf einer Seite waren sechs Fotos zu sehen: Godfrey Knurr mit einem jeweils anderen hübschen Mädchen, einen muskulösen Arm um ihre Schulter gelegt. Seine Haltung war besitzergreifend.

»Bei den Mädchen scheint er ja sehr beliebt gewesen zu sein«, bemerkte ich.

»Und wie! Sie haben keine Vorstellung! Dauernd riefen sie bei uns an. Warteten auf ihn vor dem Hause. Schickten ihm Briefchen und so. Beliebt? Das kann man wohl sagen. Sie gaben ihm keine Ruhe.«

Auf einem der Fotos sah man Godfrey mit einem Mädchen, das kleiner und jünger war als die anderen. Langes, flachsblondes Haar reichte ihr bis zur Taille. Selbst auf dem etwas unscharfen Bild wirkte sie unerhört verletzlich, unvorstellbar zart. Ich schaute näher hin. Eines ihrer Beine war geschient. »Wer ist denn dieses Mädchen?« fragte ich wie nebenbei und zeigte darauf.

Die Antwort kam viel zu schnell. »Die da? Eine von Godfreys Freundinnen. An ihren Namen kann ich mich nicht mehr erinnern.«

Dies war die erste bewußte Lüge. Erfahrung im Lügen hatte sie nicht, man merkte es ihrer Stimme an, daß sie log; sie klang weniger fest und bebte etwas.

Ich klappte das Album zu.

»Nun ja, das war ja alles sehr interessant«, bemerkte ich dabei munter, »und ich danke Ihnen sehr für Ihre Hilfsbereitschaft, Miss Knurr. Ich glaube, ich weiß jetzt, was ich wissen mußte.«

»Und Godfrey bekommt also sein Geld?« fragte sie angstvoll.

»Ach, darüber habe ich nicht zu entscheiden, Miss Knurr. Immerhin darf ich sagen, daß nichts von dem, was ich bislang hier erfahren habe, dagegen spricht.

Nochmals vielen Dank für Ihre Gastfreundschaft und die Zeit, die Sie mir gewidmet haben.«

Sie half mir in den Mantel, reichte mir den Hut, entriegelte umständlich die Tür und sagte im letzten Moment: »Falls Sie Godfrey sehen sollten, Mr. Leopold . . .«

»Nun?«

»Bestellen Sie ihm bitte, er schulde mir einen Brief«, sagte sie forciert lachend.

Ich wandte mich nun zur McKinley-Oberschule, die mit ihren Spielplätzen einen ganzen Häuserblock einnahm. Als ich die Vortreppe hinaufging, öffneten sich die Glastüren und ein schwarzer Pedell, bewaffnet mit einem Schlagstock, kam mir entgegen.

»Was wünschen Sie?«

»Stimmt es, daß Mr. Jesse Karp Direktor dieser Schule ist?«

»Das stimmt.«

»Dann würde ich ihn gern einmal sprechen.«

»Sind Sie angemeldet?«

»Nein«, gestand ich.

»Dann treffen Sie lieber vorher eine Verabredung. Dann weiß man, daß Sie kommen, und Sie werden gleich vorgelassen.«

»Es handelt sich um einen ehemaligen Schüler dieser Schule. Ich brauche da einige Auskünfte. Versuchen Sie doch bitte, mich anzumelden.«

Er starrte mich an. Manchmal ist es von Vorteil, kleinwüchsig zu sein. Offenbar empfand er mich nicht als bedrohlich.

»Ich rufe mal rauf. Warten Sie hier.«

Er ging hinein und benutzte ein Wandtelefon in der Halle, kam auch gleich darauf zurück.

»Sie sollen sich schriftlich an die Schule wenden. Akten über ehemalige Schüler werden Ihnen mit der Post zugesandt – falls Sie triftige Gründe haben, welche anzufordern. Legen Sie bitte einen freigemachten Umschlag bei.«

»Ich weiß, saß ich Ihnen lästig falle«, sagte ich seufzend, »und es tut mir wirklich leid. Aber würden Sie es noch einmal versuchen? Sprechen Sie mit Mr. Karp selber oder mit seiner Sekretärin. Der Schüler, nach dem ich mich erkundigen möchte, heißt Godfrey Knurr. K-n-u-r-r. Und über den möchte ich mit Mr. Karp persönlich sprechen. Bitte versuchen Sie es noch einmal.«

»Mann, Sie sind wirklich ein Quälgeist.«

»Falls Mr. Karp ablehnt, schreibe ich ihm. Das verspreche ich Ihnen.«

Er holte tief Luft, faßte seinen Entschluß und hängte sich wieder ans Telefon. Diesmal dauerte das Gespräch länger, und ich sah, daß er mehrmals darauf wartete, von einem Apparat zum nächsten durchgestellt zu werden. Endlich legte er auf und kam wieder heraus.

»Sieht ja aus, als ob sie Schwein hätten.«

Gleich darauf sah ich durch die Glastüren eine hochgewachsene, magere Frau kommen, und der Pedell öffnete für mich die Tür.

»Sie wollen Mr. Karp sehen?« fragte sie kurz angebunden.

»Ja, Madame.« Ich nahm den Hut ab. »Ich möchte gern –«

»Folgen Sie mir«, befahl sie.

Der Pedell blinzelte mir zu, und ich folgte dem bolzengeraden Rücken einen gebohnerten Korridor entlang und zwei Treppen hoch. Dabei wurde kein einziges Wort gesprochen. Von irgendwo hörte ich jugendliche Stimmen im Chor *Frère Jacques* singen.

Wir betraten das große Vorzimmer, mit der Aufschrift DIREKTIONSBÜRO an der Milchglasscheibe. Meine Führerin geleitete mich an drei wie besessen tippenden Sekretärinnen vorüber in ein anschließendes Büro. Hier stand ein Mann hinter einem Schreibtisch voller Akten und schaute auf, als wir eintraten.

»Mr. Karp?« fragte ich.

»Richtig. Und wer sind Sie?«

Ich hielt eine Geschäftskarte in Bereitschaft. »Leopold Tabatchnik aus New York. Rechtsanwalt.«

Er betrachtete die Karte genau. »Und Sie wollen Informationen über Godfrey Knurr?«

»Das ist zutreffend, Sir.«

Und schon begann ich mit meiner erfundenen Stiltonstiftung. Er ließ mich dabei keinen Moment lang aus den Augen, und als ich geendet hatte, fragte er: »Knurr ist in Schwierigkeiten, nicht wahr?«

Fast wäre ich zusammengebrochen. Ich hätte wissen müssen, daß ich einmal auf den Bauch fallen würde mit meiner Geschichte. Deshalb sagte ich nur dumpf: »Ja, er ist in Schwierigkeiten.«

»Schlimm?«

»Schlimm genug.«

»Das mußte ja mal so kommen.«

Er schloß die Tür seines Büros, nahm mir Hut und Mantel ab und hängte beides an einen Garderobenständer. Dann wies er mir einen zerschlissenen Sessel an und nahm wieder hinter seinem Tisch Platz, lehnte sich zurück, verschränkte die Hände hinter dem Kopf und betrachtete mich eindringlich.

»Wie heißen Sie wirklich?«

Ich beschloß, mit den Spielereien aufzuhören.

»Ich heiße Joshua Big und bin kein Anwalt, sondern als Chefermittler bei der Kanzlei angestellt, die auf der Karte angegeben ist.«

»Chefermittler?« Er nickte. »Wenn man Sie den weiten Weg von New York herschickt, dürfte es sich um was Wichtiges handeln. Also was ist mit Godfrey Knurr?«

»Ah . . . es hat was mit Frauen zu tun.«

»Wie denn wohl nicht. Und mit Geld wohl auch?«

»Ja. Auch mit Geld. Falls Sie darauf bestehen, Mr. Karp, bin ich bereit, Ihnen im einzelnen zu berichten, was man alles Mr. Knurr vorwirft und wessen man ihn überdies verdächtigt. Ich möchte das aber nicht gern tun, weil das technisch gesehen als üble Nachrede ausgelegt werden könnte. Bislang ist er nämlich noch nicht angeklagt.«

»Angeklagt? Soweit ist es also schon mit ihm gekommen? Nein, Mr. Big, ersparen Sie mir die Einzelheiten; daraus, daß Sie hergekommen sind, entnehme ich, daß es sich um schlimme Dinge handeln muß. Aber was kann ich Ihnen sagen?«

»Mir ist mit allem gedient, was mir helfen würde, diesen Mann zu verstehen.«

»Godfrey Knurr zu verstehen?« Er verzog das Gesicht zu einem freudlosen Lächeln. »Unmöglich. Außerdem habe ich keinen Kontakt mehr zu ihm, seit er aufs Seminar gegangen ist.«

»Sie haben ihn seitdem nicht mehr gesehen?«

»Einmal noch, als er bei seinen Schwestern zu Besuch war. Das ist Jahre her. Er kam auch zu mir, und wir haben was miteinander getrunken. Es war durchaus nicht das, was man als freudiges Wiedersehen zu bezeichnen pflegt.«

»Und könnten Sie mir aus seiner Schulzeit etwas erzählen, was mir helfen würde, seinen Werdegang zu verstehen?«

»Nun ja . . . Meine Familie stammt aus Mississippi, und wir gehörten zu den ersten Farbigen hier. Es war nicht einfach für uns, das dürfen Sie mir glauben. Mein Vater und mein älterer Bruder fanden Arbeit in den Stahlwerken, mithin wurden wir satt. Das war schon eine Menge. Ich war zwischen lauter Iren, Polen und Ungarn der einzige Schwarze in der Schule. Und wäre Godfrey Knurr nicht gewesen, es wäre mir schlecht ergangen.«

Ich muß wohl verblüfft dreingeschaut haben.

»O ja, er hat mich mehr als einmal vor dem Schlimmsten bewahrt, das versichere ich Ihnen. Er war der größte und kräftigste Junge in der Schule, und auch der schlaueste. Die Lehrer liebten ihn geradezu, und die Mädchen liefen ihm nach, schrieben ihm Briefchen, fütterten ihn mit selbstgemachtem Kuchen. Man könnte ihn den Helden dieser Schule nennen.«

»Und erschien er Ihnen auch so?«

»Durchaus. Glauben Sie mir. Er war mein Abgott. Er schützte mich, zeigte mir, wo es langgeht. Man könnte sagen, er nahm mich unter seine Fittiche. Ich hielt mich für vom Glück begünstigt, weil ich einen Freund wie Godfrey Knurr an der Schule hatte. Ich verehrte ihn.«

»Und dann?«

»Dann kamen wir beide auf die Oberschule, und Godfrey fing an, seine Außenstände zu kassieren. Sie verstehen, was ich meine?«

»O ja.«

»Das fing ganz allmählich an – beispielsweise bat er mich, für ihn eine Hausarbeit zu schreiben, zu der er nicht gekommen war, weil er sich mit Mädchen herumtrieb. Mit den Mädchen hatte er es überhaupt. Oder er setzte sich bei Prüfungsarbeiten neben mich und schrieb von mir die Ergebnisse ab, falls er sie nicht wußte.«

»Aber Sie sagten doch, er sei sehr gescheit gewesen?«

»War er. Bei weitem der Gescheiteste. Hätte er sich auch nur etwas Mühe gegeben, er wäre nur so durch die Oberschule gesaust, und immer mit den besten Noten in seiner Klasse. Aber es fehlte ihm an Selbstdisziplin. Immer hinderten ihn andere Interessen daran, seine Schularbeiten zu machen – Mädchen natürlich, ein Ballspiel, ein Ausflug nach Chicago usw. –, was Sie wollen. Er stützte sich also mehr und mehr auf mich, bis ich ihn schließlich gänzlich durchschleppen mußte.«

»Und Sie hatten nichts dagegen einzuwenden?«

Jesse Karp drehte den ächzenden Sessel so, daß er aus dem Fenster blickte. Ich sah ihn im Profil – ein großer, dunkelbrauner, kahler Schädel. Eine finster brütende Miene.

»Ich hatte nichts dagegen einzuwenden«, sagte er mit tiefer, grollender Stimme. »Jedenfalls anfangs nicht. Aber dann wurde ich größer, ich meine rein körperlich.

Allein in der zehnten Klasse legte ich über zehn Zentimeter und fast dreißig Pfund zu. Nach einer Weile war ich so groß und stark wie Godfrey und flinker als er. Ich wurde auch gescheiter. Ich begriff, welchen Gebrauch er von mir machte. Noch machte ich mit, aber mit Vorbehalt. Ich wollte mich nicht dabei erwischen lassen, daß ich ihm bei seinen Schwindeleien behilflich war, wollte nicht mehr seinetwegen lügen. Ich wollte nicht mehr seine Hausaufgaben machen, ihm keine Notizen überlassen, seine Aufsätze für ihn schreiben. Seine Forderungen wurden mir lästig.«

»Halten Sie es für möglich«, fragte ich tastend, »daß Knurr schon damals, als Sie neu aus dem Süden herzogen, geahnt hat, daß er hier jemand vor sich hat, der ihm später einmal von Nutzen sein würde? Daß er Sie deshalb, wie Sie sagen, so zeitig unter seine Fittiche nahm?«

Karp wandte sich mir wieder zu und blickte mich melancholisch an.

»Auf den Kopf gefallen sind Sie also nicht«, bemerkte er. »Ja, ich habe mir später selbst oft diese Frage gestellt, und ich glaube, daß es so war. Er hatte die Begabung, sich Freunde zu suchen, die ihm nützlich sein konnten. Und wenn nicht gleich, dann eben später. Er legte diese Menschen gleichsam auf seinem Konto an, es war, als habe er ein Sparkonto, von dem er abheben konnte, wenn er was brauchte. Als mir das klar wurde, hat es mich sehr gekränkt, und es kränkt mich auch jetzt noch, nach all diesen Jahren. Ich glaubte nämlich, er habe mich gern. Um meiner selbst willen, meine ich.«

»Und das mag sehr wohl der Fall gewesen sein«, tröstete ich ihn. »Er selbst trifft diese Unterscheidungen vielleicht gar nicht, er mag eben nur Menschen, die ihm nützlich sein können. Er kann das nicht auseinanderhalten.«

»Wollen Sie damit sagen, er handele ohne Vorsatz? Er plane dies nicht bewußt so?«

»Ich halte seine Handlungsweise eher für instinktiv.«

»Mag sein. Wie auch immer, ich entschied mich dagegen, mit ihm zu brechen, auch nachdem ich seine Motive durchschaute. Ich wollte keine Konfrontation, keinen Streit, aber ich zog mich ganz sachte von ihm zurück.«

»Und wie nahm er das auf?«

»Tadellos. Wir blieben befreundet, das kann ich behaupten. Aber er begriff, was vorging. Er bat mich nicht mehr, seine Schularbeiten für ihn zu erledigen, ihn bei den Prüfungen abschreiben zu lassen. Das machte ihm auch weiter nichts aus, denn er hatte unterdessen ein Dutzend enge Freunde und Freundinnen, die sich danach drängten, ihm zu helfen. Er war schon als Junge so bezaubernd, daß man es nicht schildern kann.«

»Mir kommt es vor, als habe er diesen Charme immer noch«, sagte ich.

»So? Nun, in unserem letzten Schuljahr ereigneten sich zwei Vorfälle, die mir endgültig die Augen öffneten. Er arbeitete täglich nach der Schule in unserem Drugstore – als Aushilfe, Sie wissen schon. Nach einem Monat etwa wurde er rausgeschmissen. Angeblich hatte er Geld aus der Kasse genommen. Das mag stimmen oder auch nicht. So, wie ich Godfrey kenne, halte ich es für wahrscheinlich. Zweitens waren wir beide in der Footballmannschaft unserer Schule, und zwar als Konkurrenten um den Posten als Quarterback. Das war echte Konkurrenz, und drei Tage vor unserem letzten Wettspiel gegen die Edison-Oberschule stieß mich jemand von hinten die Betontreppe zu den Waschräumen runter – wer es war, habe ich nicht gesehen, aber noch auf meinem Totenbett werde ich glauben, daß es Godfrey Knurr war. Zum Glück bin ich mit einem gebrochenen Knöchel davongekommen.«

»Und er spielte als Quarterback?«

»Ja.«

»Und hat Ihre Mannschaft gewonnen?«

»Nein.« Karp war darüber offenbar immer noch sehr unzufrieden. »Wir haben verloren.«

»Und wer hatte die besten Noten in der Abschlußklasse?«

»Ich. Aber glauben Sie mir, wenn Godfrey Knurr sich dahintergesetzt, wenn er etwas Disziplin an den Tag gelegt hätte, ich hätte ihn niemals ausstechen können. Er war brillant, man kann es nicht anders ausdrücken. Brillant war er.«

»Aber was will er denn?« rief ich verzweifelt, »warum verhält er sich so? Was ist sein Motiv?«

Der Direktor spielte mit einem Brieföffner aus Ebenholz, hielt ihn mal so, mal andersherum und betrachtete ihn versonnen.

»Was er will?« fragte er dann nachdenklich, »er will Geld und Frauen und alles, was auf dieser Welt angenehm ist. Sie und ich wünschen uns sehr wahrscheinlich dasselbe, aber Godfrey Knurr möchte das gute Leben auf bequeme Weise haben. Und der Weg dazu ist schlichte Brutalität. Greif in die Kasse. Stoß deinen Konkurrenten die Treppe runter. Verführe arglose Mädchen, und sie tun, was du von ihnen verlangst. Geben dir, was du brauchst. Er macht seinen Weg im Leben, indem er sich rücksichtslos mit Schultern und Ellenbogen Platz schafft. Und wer ihm in den Weg kommt, dem gnade Gott. Er ist jähzornig – wissen Sie das? Er hat ein ungezügeltes Temperament. Er hat gelernt, sich zu beherrschen, aber einmal habe ich mit angesehen, wie er einen Mitspieler, der ihn auf dem Spielfeld austrickste, im Gedränge auseinandergenommen hat, Godfrey hat die nächste Gelegenheit benutzt, sich an ihm dafür zu rächen. Das war brutale Gewaltanwendung, anders kann ich es nicht nennen, und der Junge kann von Glück sagen, daß er mit dem Leben davongekommen ist.«

Ich dachte stumm an Solomon Kipper und Professor Yale Stonehouse. Die waren nicht lebend aus dem Gedränge entkommen.

»Was er will?« sann Jesse Karp weiter nach, »lassen Sie mich Ihnen etwas Sonderbares erzählen. Als wir klein waren, sammelten wir Jungen Zigarettenbildchen von Baseballspielern. Nur Godfrey nicht. Ahnen Sie, was der sammelte? Bilder von Filmstars, von Mannequins, von Jachten und Palästen. Von Juwelen und Antiquitäten. Gemälden und Skulpturen. Das alles wollte er eines Tages besitzen.«

»Der amerikanische Traum also?«

»Hm . . . das könnte man sagen, aber irgendwie verdreht. Angefault. Er wollte alles, und zwar gleich.«

»Weshalb wurde er Geistlicher?«

Er starrte mich an. »Was glauben denn Sie?«

»Um nicht eingezogen zu werden?«

»Das vermutete ich auch.« Er zuckte die Achseln. »Ich kann mich aber irren.«

»War Knurr je verheiratet?«

»Nicht, so weit ich weiß«, erwiderte er zu prompt.

»Wie ich gehört habe, wurde er von einem Reverend Stokes gefördert?«

»Stimmt. Reverend Ludwig Stokes. Lebt in Pension.«

»Goldie Knurr deutete an, er sei nicht ganz bei sich, trinke zuviel.«

»Er ist ein uralter Mann«, versetzte Karp steinern, »und man muß ihm das gönnen.«

»Wo finde ich ihn wohl?«

»Soweit ich weiß, bewohnt er ein weißes Fachwerkhaus unweit der Kirche Sankt Paul auf der Versailles Street.«

Er blickte vielsagend auf die Uhr, und ich stand sogleich auf. Ich bedankte mich für seine freundliche Unterstützung. Er half mir in den Mantel und geleitete mich zur Tür.

»Ich lasse Sie wissen, wie alles ausgeht«, sagte ich.

»Machen Sie sich keine Mühe«, bemerkte er kalt. »Ich möchte es gar nicht hören.«

Die Bitterkeit in seinem Ton stimmte mich fast traurig. Das alles war so viele Jahre her, und doch schmerzte es ihn noch. Er war betrogen und zum Narren gemacht worden, hatte geglaubt, einen Freund zu haben, der ihn um seiner selbst willen liebte. Und dieser Freund hatte sich als nichts weiter erwiesen als der übliche weiße Ausbeuter. Wie hatte diese Entdeckung wohl sein Leben beeinflußt?

An der Tür fiel mir noch etwas ein.

»Erinnern Sie sich zufällig an Knurrs Freundinnen – ein besonders hübsches Mädchen mit langem blonden Haar. Sie hatte ein geschientes Bein – vermutlich Kinderlähmung.«

Er sah durch mich hindurch und runzelte die Stirne.

»Ja«, sagte er dann zögernd, »ich erinnere mich. Sie hinkte stark. Und war sehr schlank.«

»Zerbrechlich wirkte sie auf dem Foto. Und sehr ernst.«

»Ja, ich erinnere mich, aber nicht an ihren Namen. Warten Sie eine Minute.«

Er trat an den verglasten Bücherschrank und suchte aus einem der Fächer einen kastanienbraunen Plastikband heraus, der aussah wie in Leder gebunden.

»Unser Jahrbuch.« Er lächelte scheu. »Als Godfrey und ich unsere Abschlußprüfung machten. Ich bewahre es immer noch auf.«

Er gefiel mir in diesem Moment sehr.

Er legte das Buch auf den Stapel Papier auf seinem Schreibtisch und blätterte die Seiten rasch um. Ich schaute ihm über die Schulter. Er fand die Bildseiten – Porträts der Graduierten. Nun wendete er die Blätter langsam um, fuhr die Reihen der Bilder und Daten mit dem Zeigefinger entlang und lachte plötzlich: »Das bin ich. Himmel, was für eine Visage!«

»Ich lehnte mich vor: Jesse Karp, keinesfalls eine Visage, sondern ein befangener Junge im weißen Stehkragen und einem unglaublich scheußlich gemusterten Schlips. Die anderen Jungen trugen Anzüge, nur Jesse nicht, aber ich bemerkte dazu nichts.

»Gar nicht übel«, widersprach ich und betrachtete die

noch ganz jugendlichen Züge. »Sie sehen aus, als wäre dies der feierlichste Augenblick Ihres Lebens.«

»Das war er auch.« Er starrte auf das Buch. »Ich habe als erster in meiner Familie die Oberschule abgeschlossen. Das war schon was. Und hier haben wir Godfrey.«

Dessen Foto war direkt unter dem von Karp. In einer karierten Sportjacke lächelte er in die Kamera, das Kinn vorgereckt. Hübsch, kraftvoll, arrogant. Ein Goldjunge. Direkt unter die Biografie von Karp hatte er geschrieben: »Für Jesse, meinen liebsten Freund. Godfrey Knurr.« Ähnliches hatte er wohl in viele Exemplare dieses Jahrbuches geschrieben. Unter jedem Bild stand eine Art Motto, und das unter dem von Karp lautete: »Ein langsamer, aber desto sicherer Sieger.«

Während das von Knurr lautete: »Von ihm wird man auf Jahre hinaus noch hören.«

Der Direktor blätterte die Bildseiten um, schließlich hielt er inne.

»Ist es diese?« fragte er mich.

Es war das Mädchen aus Goldie Knurrs Album, die gleiche blaßblonde Schönheit, die gleiche sanfte Verletzlichkeit.

»Ja. Sylvia Wiesenfeld? Wissen Sie Näheres von Ihr?«

Er schloß das Buch mit beiden Händen und einer, wie mir schien, unangemessenen Heftigkeit, stellte es zurück und schloß die Glastür.

»Weshalb interessieren Sie sich für sie?« Er kehrte mir dabei den Rücken zu, und ich meinte, einen neuen Ton in seiner Stimme zu hören: Feindseligkeit.

»Ich nehme an, aus Neugier. Ich finde sie so schön.«

»Ihr Vater besaß den Drugstore. Er ist tot«, sagte er wiederstrebend. »Der Vater, meine ich. Was aus ihr geworden ist, weiß ich nicht.«

»Und hat Godfrey Knurr nach der Schule in jenem Drugstore ausgeholfen?«

»Ja«, kam es knapp zurück.

Er ließ es sich nicht nehmen, mich persönlich hinauszugeleiten, durch das Büro, die Korridore entlang, bis zum Portal. Ich wußte nicht: ist es nun Höflichkeit, oder will er verhindern, daß ich mich hier noch herumtreibe?

Ich bedankte mich noch einmal, und er ließ mich gehen. Er stieß mich nicht gerade zur Tür hinaus, aber er überzeugte sich davon, daß ich draußen war. Daß er bedauerte, mir von Godfrey Knurr erzählt zu haben, glaube ich nicht, vielmehr schämte er sich wohl dessen, was er von sich selber preisgegeben hatte, und ärgerte sich darüber. Ich hatte alte Narben aufgerissen. Ich schaute mich noch einmal nach der alten Schule um, einem Ziegelbauwerk, das in seiner Häßlichkeit geradezu imposant wirkte. Mir gingen die üblichen Gedanken durch den Kopf: Tausende, mag sein Millionen junge Menschen waren diese düsteren Korridore entlanggegangen, hatten an den verkratzten Tischen gesessen, hatten gelacht, geweint, umhergetollt und Verzweiflung kennengelernt.

Das weiße Fachwerkhaus unweit Sankt Paul auf der Versailles Street war nicht zu verfehlen, obwohl es nicht mehr weiß, sondern eher staubgrau war, von Regen und Wind verwittert, von der Sonne gedörrt. Es blickte in die Welt aus erblindeten Augen: schmutzige, gardinenlose Fenster, versehen mit schiefen grünen Rolläden, zu ungleicher Höhe herabgelassen. Der gußeiserne Zaun war verrostet, der winzige Vorgarten mit Unrat bedeckt. Für einen pensionierten Pfarrer ein trübseliges Heim, und ich wunderte mich darüber, daß die Gemeinde zuließ, daß das Haus ihres alten Seelenhirten so verkam. Ich erstieg vorsichtig die Vortreppe und suchte nach der Klingel. Es war keine vorhanden, wo mal eine gewesen war. Also klopfte ich kräftig gegen die Tür und wartete. Keine Antwort. Ich klopfte neuerlich. Wieder nichts.

»Nur weiter so«, krächzte eine Stimme. »Er ist drinnen!«

Ich drehte mich um. Auf dem Bürgersteig stand ein alter Schwarzer mit wollener Kappe und fingerlosen

Handschuhen. Er kam mir ungemein aufgedunsen vor, doch erkannte ich dann, daß er drei Mäntel, mehrere Pullover und auch mehrere Hosen übereinander trug. Er schob einen verrotteten Kinderwagen vor sich her, angefüllt mit alten Zeitungen, leeren Flaschen, Konservendosen, einer alten Kaffeemaschine, verbogenen Regenschirmen und anderem.

»Wohnt hier Pastor Stokes?«

»Jaja.« Er nickte bekräftigend und zeigte dabei gelbe Zahnstummel.

»Man muß immer weiter klopfen. Er ist drinnen, o ja. Jetzt geht er nie mehr aus. Also klopfen Sie weiter, irgendwann kommt er schon.«

»Schönen Dank!« rief ich ihm nach, denn schon schlurfte er weiter, eine pittoreske Erscheinung.

Ich pochte und pochte also unermüdlich an die verwitterte Tür, und nach etwa fünf Minuten hörte ich von drinnen eine quäkende Stimme: »Wer ist da?«

»Ich möchte Sie gern sprechen, Reverend Stokes. Nur ein paar Minuten.«

Lange Pause. Ich glaubte schon, er habe abgeschaltet. Dann aber wurde ein Riegel gezogen, umgeschlossen, und die Tür ging auf.

Was ich vor mir sah, glich einem Vogel mit gesträubtem Gefieder. Er war wohl Ende Siebzig und etwas größer als ich, seine Kleider schienen aber zu groß für ihn, daher der Eindruck, er sei zu einem winzigen, gebrechlichen Wesen geschrumpft. Seine Haare waren ungekämmt und glichen Federn, auch hatte er mindestens drei Tage alte Stoppeln auf den Wangen, was aussah wie weißer Plüsch. Die Schläfen waren eingesunken, die Stirnhaut so dünn, ja durchsichtig, daß ich darunter die Blutgefäße wahrnahm. Tränende Augen suchten mich in den Blick zu bekommen, was aber nicht gelingen wollte, und die Nase war nur Knochen.

Er trug eine ehedem modische Samtjacke, die jetzt aber total abgewetzt und unansehnlich war. Darunter ein blaues, fleckiges, kragenloses Arbeiterhemd, aus dem der nackte dürre Hühnerhals ragte. Die ungebügelten Hosen waren aus undefinierbarem dunklen Material, an manchen Stellen schwarz vor Schmutz, und an einem Knie klaffte ein Riß. Der Hosenschlitz stand offen. An den Füßen trug er ausgefranste niedergetretene Pantoffeln, und seine nackten Knöchel wirkten keinesfalls sauber.

Ich stand draußen auf der Veranda, er drinnen im Hause, und doch erschnupperte ich den Geruch: seinen, den seines Hauses oder beides, ein säuerlicher Geruch nach ungewaschenem Alter, muffig, nach verschüttetem Schnaps, ungemachten Betten, unausgelüftetem Leinzeug, dazu eine Prise Weihrauch, ranzig wie alles übrige.

»Pastor Stokes?« fragte ich.

Der Vogelkopf nickte, machte eine pickende Bewegung.

Ich sagte forsch: »Mein Name ist Joshua Big. Ich will Ihnen nichts verkaufen, sondern möchte Sie nur kurz sprechen, Sir.«

»Und was wünschen Sie?« krächzte er.

»Ich wüßte gern etwas über ein ehemaliges Mitglied Ihrer Gemeinde, jetzt geweihter Priester. Godfrey Knurr ist der Name.«

Was nun geschah, traf mich völlig unerwartet und entnervte mich.

»Es ist nichts vorgefallen!« kreischte er und wollte mir die Tür vor der Nase zuknallen. In diesem Moment allerdings überzog sich sein Gesicht mit einer grünlichen Blässe, seine Hand rutschte von der Tür ab, und er sackte in sich zusammen, die knochigen Knie knickten ein, die Schultern krümmten sich, er sank vornüber wie eine schmelzende Kerze.

Ich tat einen Satz und packte ihn unter den Armen. Er war nicht schwerer als ein Kind, und ich konnte ihn aufrecht halten und zugleich mit dem Absatz die Tür hinter uns zustoßen. Dann brachte ich ihn in das übelriechende Haus, halb ziehend, halb tragend.

Ich schleppte ihn in ein Zimmer, das ehedem ein ganz ansehnlicher Wohnraum gewesen sein mochte, bettete ihn auf ein Sofa aus rissigem braunen Leder, stützte seinen Kopf gegen eine der Armlehnen und hob die Beine hinauf, so daß er flach lag. Dann richtete ich mich auf und atmete durch den Mund, um dem Gestank zu entgehen, der von ihm und seiner Umgebung ausging, stemmte die Hände in die Hüften, starrte auf ihn hinunter und überlegte, was wohl nun zu tun sei.

Er hatte die Augen geschlossen, atmete flach, aber regelmäßig. Mir kam vor, als verlöre sich die grünliche Blässe, die mich so erschreckt hatte, allmählich aus seinem Gesicht. Ich beschloß, vorerst weder die Polizei noch ärztliche Hilfe zu rufen, und legte Hut und Mantel über einen Sessel, auf dessen Bezug ein großer rötlicher Fleck zu sehen war – Wein oder Blut.

Dann sah ich mich im Hause um. Der üble Geruch hatte seine Quelle offenbar in einer kleinen Küche – kein Wunder, man konnte, was sich hier dem Auge bot, nur als Morast bezeichnen. Ich nahm ein schmutziges Geschirrtuch vom Boden auf und hielt es unter den Kaltwasserhahn der verdreckten Spüle. Es knackte in der Leitung, rostigbraunes Wasser kam zum Vorschein, wurde allmählich klar, und ich tauchte das Handtuch hinein, wrang es aus, tauchte es wieder ein, wrang es noch einmal aus. Dann ging ich damit ins Wohnzimmer, zog einen Stuhl zum Sofa und beugte mich über Pastor Stokes. Ich wischte sein Gesicht behutsam mit dem feuchten Handtuch ab. Plötzlich schlug er die Lider auf und starrte mich benommen an. Die Augen waren wie gestockte Milch, wolkig und geronnen.

Eine klauenartige Hand schob das Handtuch weg. Ich faltete es und legte es ihm auf die Stirne. Das duldete er.

»Bin ich ohnmächtig geworden?« flüsterte er.

»So etwas Ähnliches. Sie wären fast gefallen. Ich fing Sie auf und habe Sie hierhergebracht.«

»Im Arbeitszimmer gegenüber steht eine Flasche Whisky. Und ein halbvolles Glas. Holen Sie das.«

Ich schaute ihn besorgt an.

»Bitte«, hauchte er.

Ich ging ins Arbeitszimmer, ein düsterer Raum voll von Büchern und längst veralteten Zeitschriften, auffälligstes Stück ein großer, mit kastanienfarbigem Leder bezogener Schreibtisch. Der Bezug rissig und abgeschabt. Darauf fand ich den Whisky samt dem Glas. Ich nahm beides mit.

Auf einem kleinen Tischchen mit Marmorplatte nahe der Tür fiel mir eine Nachbildung von Michelangelos David auf, der einzige blitzblanke Gegenstand, den ich bislang in diesem verkommenen Haus gesehen hatte. Religiöse Darstellungen – Drucke, Gemälde, Ikonen, Statuetten, Kruzifixe oder ähnliches waren mir bislang nicht begegnet.

Ich reichte ihm den Whisky, er führte das Glas mit zitternder Hand an die Lippen, trank gierig und schloß die Augen. Nach einem Weilchen klappte er sie wieder auf, riß das Handtuch von der Stirn und schleuderte es zu Boden. Ich nahm ihm das Glas ab und berührte dabei seine Finger. Kalt wie der Tod.

»In der Küche ist noch ein Glas«, sagte er.

Seine Stimme war jetzt kräftiger, klang aber immer noch krächzend, so als habe er lange nicht mehr geredet, heiser und kehlig.

»Danke, aber für mich ist es dafür noch zu früh am Tage.«

»So?« fragte er ohne wirkliches Interesse.

Ich setzte mich wieder auf den Stuhl und sah zu, wie er langsam das Glas leerte. Er goß aus der auf dem Boden stehenden Flasche nach. Die Marke auf dem Etikett war mir unbekannt, es schien sich um ziemlich billigen Schnaps zu handeln.

»Sie sagten, daß Sie . . . wie war doch der Name?«
»Joshua Big, Sir.«
»Jetzt fällt es mir wieder ein, Mr. Big. Ich habe Sie jetzt nicht erkannt. Wo kommen Sie her?«
»Aus New York City, Sir.«
»New York«, sprach er mir nach, und in dem Bemühen, Munterkeit vorzutäuschen: »East Side, West Side, wohin man auch guckt, eine schöne Stadt.«
Und er versuchte ein Lächeln. Als die dünnen, weißlichen Lippen sich öffneten, sah ich sein dunkelfleckiges Gebiß. Die Gaumen waren geschrumpft, daß Gebiß saß nicht mehr fest, und er mußte den Mund immer wieder schließen, um zu verhindern, daß es rausfiel. Es sah aus, als verzöge er das Gesicht vor Schmerzen.
»Einmal bin ich dort gewesen«, sagte er verträumt, »das ist Jahre und Jahre her. Ich war im Theater, in einer Operette. Wie hieß sie nur? Es ist mir entfallen.«
»Ah ja, Sir.«
»Und was bringt Sie in unser schönes Städtchen, Mr. Big?«
Ich fürchtete mich, den Namen Knurr noch einmal zu erwähnen, womöglich reagierte er auf die gleiche Weise. Doch versuchen mußte ich es.
»Ich wollte mit Ihnen über Pastor Godfrey Knurr sprechen«, sagte ich behutsam.
Er schloß wieder die Augen. »Über Godfrey Knurr? Ich erinnere mich nicht an den Namen. Mein Gedächtnis . . .«
Das durfte ich ihm einfach nicht durchgehen lassen.
»Sonderbar, daß Sie sich nicht erinnern. Seine Schwester Goldie erzählte mir, Sie hätten ihm geholfen, aufs Priesterseminar zu kommen, und daß Sie ihn überhaupt in jeder Weise gefördert haben. Auch zeigte sie mir ein Foto, auf dem Sie mit dem jungen Godfrey zu sehen sind.« Nun begann er zu weinen. Ein schrecklicher Anblick. Tränen flossen aus diesen milchigen Augen über die eingesunkenen Schläfen und in das flockige Haar.

»Ist er tot?« keuchte er.

Das war auch Goldie Knurrs erste Frage gewesen. Steckte etwa so etwas wie Hoffnung dahinter? Wünschten sie beide seinen Tod?

Ich blickte beiseite, wollte nicht mitansehen, wie dieses Wrack von einem Mann weinte. Nach einer Weile hörte ich ihn schniefen, hörte ihn einen Schluck aus dem Glase nehmen, das er vor der mageren Brust hielt. Da blickte ich ihn wieder an.

»Nein, tot ist er nicht, Sir. Aber in erheblichen Schwierigkeiten. Ich komme im Auftrag einer Anwaltskanzlei; einer unserer Mandanten hat gegen Reverend Knurr schwere Vorwürfe erhoben. Ich soll der Sache nachgehen . . .«

Er hörte mir nicht zu, und so ließ ich den Satz in der Luft hängen. Doch bewegte er die Lippen, und ich lehnte mich vor, um ihn zu verstehen.

»Sünde«, hauchte Reverend Stokes, »Sünde, Sünde, Sünde . . .«

Ich lehnte mich zurück. Es war offenbar hoffnungslos, aus diesem Greis etwas herausbringen zu wollen. Goldie Knurr hatte ganz recht gehabt, er war verwirrt.

Dann aber sprach er plötzlich ganz klar und verständlich.

»Kennen Sie ihn? Sind Sie ihm begegnet?«

»Ja, Sir, erst gestern wieder. Er scheint bei guter Gesundheit. Er trägt jetzt einen Bart. In Greenwich Village unterhält er einen Club für gefährdete Jugendliche, und außerdem betätigt er sich als geistlicher Berater. Hauptsächlich bei vermögenden Frauen.«

Sein Gesicht verzerrte sich, und er klemmte das Gebiß wieder fest. Ein dünner Faden Whisky rann aus einem seiner Mundwinkel, und er wischte ihn mühsam mit dem Handrücken weg.

»Vermögende Frauen«, sagte er dumpf. »Ja, ja, das sieht ihm ähnlich, unserem Godfrey Knurr.«

»Ich wüßte gern, weshalb er sich ausgerechnet dem

Priesteramt zugewendet hat, Sir. Nichts, was ich über seine Jugendjahre bisher gehört habe, deutet darauf hin, daß er religiöse Neigungen hatte.« Ich machte eine Pause und sah ihn scharf an. »Wollte er der Wehrpflicht entgehen?« fragte ich dann rundheraus.

»Das auch. Aber hätte die Familie Geld gehabt, er wäre auf eines der vornehmeren Colleges im Osten gegangen. Das war sein eigentlicher Wunsch, aber es fehlte eben am Geld. Auch ich konnte ihm soviel nicht geben.«

»Hat er Sie darum gebeten?«

Keine Antwort.

»Nach allem, was ich gehört habe, war er ein guter Schüler«, fuhr ich fort. »Er hätte doch ein Stipendium bekommen und nebenher einen Job annehmen können?«

»Das war nicht seine Art.«

»Dann bliebe immer noch ein öffentliches College, was ihn nicht viel gekostet hätte. Warum also das Priesterseminar?«

»Es bot ihm eine Chance«, antwortete Reverend Stokes ausdruckslos.

»Die Chance, Seelen zu retten? Das traue ich Godfrey Knurr nicht zu. Und die Einkünfte eines Priesters dürften ihn auch nicht gelockt haben.«

»Und doch hat er da eine Chance gesehen«, wiederholte Stokes verstockt.

Ich dachte darüber nach, suchte mir auszumalen, wie sich das einem jungen, ehrgeizigen Godfrey Knurr dargestellt haben mochte.

»Vermögende Gemeindemitglieder?« mutmaßte ich. »Insbesondere solche weiblichen Geschlechtes? Witwen und geschiedene Frauen vielleicht? Könnte er so was im Sinn gehabt haben?«

Wieder gab er keine Antwort. Er leerte den Rest aus der Flasche in sein Glas und nahm zwei kräftige Schlucke.

»In der Küche, im Fach unter der Spüle steht noch eine.«

Ich fand die Flasche, fand auch ein einigermaßen sauberes Glas für mich, spülte es mehrmals aus, wischte die Innenseite mit den Fingern ab. Mit Flasche und Gläsern ging ich zurück, setzte mich, goß ihm sein Glas halb voll und nahm selbst einen kleinen Schluck. »Auf Ihr Wohl, Sir.« Ich benetzte kaum die Lippen und mußte husten.

»Er war ein gutaussehender Bursche, dieser Knurr, nicht wahr?«

Er grunzte.

Dann: »Blendend sah er aus. Und kräftig war er. Körperlich, meine ich.«

»Und seine Persönlichkeit? Sein Charakter?«

Wieder eine jener Pausen, die mich zum Wahnsinn trieben.

»Charme.« Und er versenkte die Nase in sein Glas. Nach einem Schluck wiederholte er: »Charme. Einen ganz besonderen Charme hatte er. So was wie einen goldenen Schimmer.«

»Er muß sehr beliebt gewesen sein.« Ich hoffte, seine Erinnerungen in Fluß zu halten.

»Man mußte ihn liebhaben«, seufzte er. In seiner Gegenwart fühlte man sich beglückt. Lebendiger. Er war so vielversprechend.«

»Vielversprechend?«

»Wenn er da war, kam ich mir jünger vor, voller Hoffnung. Das Leben schien heiterer. Das machte allein schon seine Nähe.«

»Hat er Sie jemals hier besucht? In diesem Haus?«

Wieder weinte er, und ich gab die Hoffnung auf, von diesem zerstörten Menschen etwas Nützliches zu erfahren.

Ich wartete, bis er zu weinen aufhörte. Diesmal wischte er nicht einmal die Tränen weg, und sie glänzten wie Öl auf seinen eingefallenen Wangen. Er nahm einen großen Schluck, leerte das Glas. Mit zitternden Händen tastete er nach der vollen Flasche am Boden. Ich goß ihm ein. Nie zuvor war ich jemand begegnet, der so finster entschlossen trank, als könne er nicht früh genug das Bewußtsein verlieren. Da lag er nun, die wächsernen Finger umklammerten das Glas auf seiner knochigen Brust. Ohne zu blinzeln, stierte er an die Decke. Mir kam es vor, als hielte ich Totenwache, warte auf den Bestattungsunternehmer.

»Ich habe gehört, daß er als Junge in Schwierigkeiten war«, fuhr ich trotz allem entschlossen fort. »In dem Drugstore, wo er aushalf. Er soll sich an der Kasse vergriffen haben.«

»Er hat alles zurückgezahlt.« Die dünnen Lippen bewegten sich kaum.

»Von dem Geld, das Sie ihm gaben?«

Sein gehauchtes »Ja« war kaum zu vernehmen. Doch plötzlich kreischte er: »Was habe ich ihm nicht alles gegeben! Nicht nur Geld! Nein, mich selber! Mich selber! Schönheit und die Dichter habe ich ihm nahegebracht. Liebe. Und er sagte, er verstehe das alles, aber er verstand nichts. Er hat mit mir gespielt. Gespielt hat er mit mir die ganze Zeit und sich dabei amüsiert.«

Mir wurde übel, als mir der ganze Umfang dieser Tragodie allmählich klar wurde. Ich begriff jetzt, was er gemeint hatte, als er anfangs kreischte: »Es ist nichts vorgefallen!« Die Statue des David. Und das geflüsterte »Sünde, Sünde, Sünde . . .«

»Sie haben ihn also geliebt?« fragte ich sanft.

»Wie sehr«, gestand er mit herzzerreißender Stimme, »oh, wie sehr.«

Er hob den Kopf, leerte das Glas und hielt es mir hin. Ich goß nach, nicht ohne Gewissensbisse.

»Sie waren nie verheiratet, Reverend?«

»Nein, nie.« Er stierte wieder an die Decke und sah dort Dinge, die nicht vorhanden waren.

»Und haben sie Godfrey Ihre Gefühle offenbart?«

»Er wußte Bescheid.«

»Und?«

»Er nutzte mich aus. Nutzte mich aus! Und lachte

dabei. Der leibhaftige Teufel. Ich aber sah einzig den goldenen Schimmer. Und darunter tiefste Schwärze. Finsternis.«

»Wie konnten Sie ihm helfen, Pfarrer zu werden, wenn Sie das alles doch wußten?«

»Schwäche. Ich hatte nicht die Seelenstärke, zu widerstehen. Er drohte mir.«

»Aber wie? Sie sagten doch, es sei nichts vorgefallen.«

»Das stimmt, immerhin hatte ich ihm geschrieben. Kleine Briefe, Gedichte. Das hätte mich ruiniert. Die Kirche . . .«

Wieder Briefchen. Nachgerade wurde ich von ihnen überschwemmt, von echten, von falschen . . .

Ich holte tief Luft und mühte mich, das ganze Ausmaß dieser Niedertracht zu erfassen. Das Muster von Godfrey Knurrs Leben wurde allmählich deutlich. Er setzte gewissenlos seinen Charme ein, weil es ihm an Selbstdisziplin fehlte, seinen Ehrgeiz zu verwirklichen. Er schritt lächelnd von Verrat zu Verrat und ließ hinter sich eine Spur von Narben, Wunden, zerstörten Existenzen. Und endlich, davon war ich überzeugt, hatte er zwei Morde begangen, die ihm nicht mehr bedeuteten als der Griff in die Ladenkasse oder die Vernichtung des Lebens dieses Mannes hier.

»Sie taten also, was er verlangte? Halfen ihm aus seinen Bredouillen, verschafften ihm Zugang zum Priesterseminar? Gaben ihm Geld?«

»Alles. Alles habe ich ihm gegeben. Meine Seele. Meine arme, geplagte Seele.«

Die Worte »geplagte Seele« kamen schon sehr undeutlich zwischen der vom Whisky unsicheren Zunge und dem schlecht sitzenden Gebiß hervor. Offenbar war er der erstrebten Bewußtlosigkeit schon recht nahe.

»Kannten Sie Sylvia Wiesenfeld?«

Keine Antwort.

»Sie müssen sie gekannt haben. Der Drugstore, in dem Godfrey gestohlen hat, gehörte ihrem Vater. Ein liebliches, leicht verletzliches Mädchen. Ich habe ihr Foto gesehen. Hat auch sie Godfrey geliebt?«

Er hatte die Augen wieder geschlossen, doch bewegte er schwach die Lippen. Ich beugte mich so nahe über seinen Mund, als wollte ich prüfen, ob er noch leben in sich hatte. »Was?« fragte ich schroff. »Wiederholen Sie das, ich habe nicht verstanden.«

Diesmal verstand ich.

»Ich habe die beiden getraut.«

Ich richtete mich auf, atmete tief ein, schaute auf diese geschrumpfte, wehrlose Hülle und konnte nur denken: Das ist Godfrey Knurrs Werk. Ich nahm ihm das Glas aus den kraftlosen Fingern und stellte es auf den Boden. Er atmete langsam, aber regelmäßig. Die Tränen waren auf seinem Gesicht getrocknet, doch in den Augen- und Mundwinkeln hatte sich eine weißlich klebrige Masse festgesetzt. Sein Körper zuckte hin und wieder, aus dem Mund gluckerte es gelegentlich wie Gas, das aus etwas Verwesendem entweicht.

Nun machte ich einen Rundgang durch den unteren Teil des Hauses. Im Garderobenschrank fand ich eine gehäkelte Decke, die ich über den Reverend Stokes breitete – ein buntes Bahrtuch für einen grauen Mann. Dann sah ich mich im Arbeitszimmer um und fand schließlich in der untersten Schublade des Schreibtisches ein Telefonbuch. Nicht weit von Goldie Knurr wohnte in der Sherman Street ein S. Wiesenfeld. Sonderbar, daß alle diese Ereignisse sich auf so engem Raum abgespielt hatten.

Die Frau, die auf mein Klingeln herauskam, war keinesfalls Sylvia Wiesenfeld, sondern eine mächtige Schwarze, nicht besonders groß, aber unmäßig breit. Ihre Züge mochten, wenn sie so gestimmt war, durchaus angenehm sein, doch war sie jetzt offensichtlich gereizt und schlug mit einer eisernen Bratpfanne auf ihren mächtigen Schenkel, während sie auf mich herunterblickte.

»Wir kaufen nichts!«

»Ich will auch nichts verkaufen«, versicherte ich eilig. »Mein Name ist Joshua Big, und ich komme im Auftrag einer New Yorker Anwaltskanzlei. Es handelt sich um Auskünfte über Mr. Godfrey Knurr, und ich hätte gern ein paar Worte mit Miss Wiesenfeld gesprochen.«

Sie sah mich mißtrauisch an.

»Was wollen Sie? Ihr Stadtleute redet immer so schnell.«

»Ich heiße Joshua Big«, antwortete ich langsam. »Ich ziehe Erkundigungen über Godfrey Knurr ein und möchte ein paar Minuten mit Miss Sylvia Wiesenfeld reden.«

»Sind Sie von der Polizei?«

»Nein, ich komme im Auftrag einer Anwaltsfirma, die gegen Godfrey Knurr einen Prozeß anstrengen will. Ich stelle nur Nachforschungen an, weiter nichts.«

»Wird er aufgehängt? Das wäre eine Freude!«

Ich versuchte zu lächeln.

»Mmjaaa, unser Mandant möchte das auch gern. Also darf ich jetzt mit Miss Wiesenfeld sprechen?«

Sie überlegte und musterte mich dabei scharf. Die schwere Pfanne klatschte immer wieder auf ihren Schenkel, was mir erheblichen Eindruck machte.

»Na ja, meinetwegen.« Und dann, ganz wild: »Wenn Sie meine Kleine aufregen, breche ich Ihnen das Genick!«

»Nein, bestimmt nicht«, versicherte ich.

Wieder stierte sie mich an.

»Wenn wir uns in die Wolle kriegen, Sie und ich, dann sehen Sie aber arm aus!«

»Kein Zweifel. Ich werde Ihnen keinen Anlaß dazu geben.«

Plötzlich schmunzelte sie breit – ein Lächeln voll echter menschlicher Wärme.

»Na, ich glaube Ihnen. Kommen Sie mal rein, Sie Advokat, Sie.«

Sie führte mich in das Entree und hängte meinen Hut

und Mantel an genauso eine Flurgarderobe, wie Goldie Knurr eine hatte.

»Darf ich Ihren Namen wissen?« fragte ich.

»Mrs. Harriet Lee Livingston«, sagte sie im schönsten Kontraalt. »Ich kümmere mich um Miss Sylvia.«

»Und seit wann tun Sie das?«

»Länger, als Sie auf der Welt sind.«

Die Frau war wirklich von unglaublichen Ausmaßen; ein solches Hinterteil war mir noch nicht vor Augen gekommen, und alles übrige paßte in den Proportionen: Arme und Beine stämmig wie ein normaler Leibesumfang, der Hals so dick wie ihr Kopf.

Die Gesichtszüge waren aber eher zart, die Augen standen etwas schräg, der Mund wirkte angenehm, das Kinn war kräftig und hatte genau in der Mitte ein tiefes Grübchen, in das ein Groschen gepaßt hätte. Hände und Füße überraschend klein, die Bewegungen leicht und anmutig. Ihre Hautfarbe war mittelbraun, und sie trug einen Kittel, der an ihr wirkte wie ein Zelt mit Taschen. Er wies alle Farben des Regenbogens auf, willkürlich gegeneinander abgesetzt, so daß man vom Hinsehen ganz schwindlig wurde.

»Rühren Sie sich nicht von der Stelle. Ich sage Miss Sylvia, daß Besuch da ist. Wenn ich Sie einfach so reinführe, regt sie das nur auf.«

»Ich rühre mich nicht von der Stelle«, versprach ich.

Sie öffnete zwei Schiebetüren, zwängte sich hindurch und schob beide Türen hinter sich zu. Seit ich das Haus meines Onkels in Iowa verlassen hatte, waren mir solche Türen nicht mehr begegnet. Es waren paneelierte Türen, glänzend gewachst, mit Messingbeschlägen: Komfort einer längst vergangenen Zeit. Nun glitten sie wieder auf, und Mrs. Livingston winkte mich heran.

»Seien Sie nett«, flüsterte sie.

»Bestimmt.«

»Ich bleibe in der Nähe und passe auf«, warnte sie mich finster.

Die Frau, welche am anderen Ende des Wohnzimmers stand, war zierlich, und das lange silberblonde Haar gab ihrer Erscheinung etwas Mädchenhaftes; dabei mußte sie über vierzig sein. Von der Schiene war nichts zu sehen, denn sie trug ein langes flaschengrünes Gewand aus Samt, das bis auf die Füße fiel.

Sie war ein zartes kleines Persönchen und zeigte immer noch den Ausdruck hochgradiger Verletzlichkeit, den ich auf dem Foto von Goldie Knurr und dem im Jahrbuch von Jesse Karp bemerkt hatte. Sie schien gebrechlich, mindestens schwächlich, die Taille schmal, der Hals schlank, der Kopf von der Last des Haares zurückgenommen, das Kinn leicht vorgereckt.

Es ging eine Art Leuchten von ihr aus – der Teint war bleich, die blau-grünen Augen (Achaten gleichend) waren groß, die Lippen liebreizend geformt. Nichts in ihrem Gesicht – keine Falten, keine Krähenfüße, keine Runzeln – deutete auf den Gang der Jahre. War sie verletzt worden, so zeigte sie davon keine Spuren. Die glatte Stirn wirkte heiter, das leichte Lächeln ungezwungen.

Und doch gab es hier einen störenden Mißklang. Sie wirkte wie von allem entfernt, die schönen Augen blickten leer oder wie auf etwas gerichtet, das einzig sie erblickte. Das leichte Lächeln war, wie ich bald bemerkte, ihr stetiger Gesichtsausdruck, es hatte nichts zu bedeuten. Ich erkannte in ihr Ophelia auf der Suche nach ihrem Gewässer.

»Mr. Big?« Die Stimme klang jung, ohne jedes Timbre. Eine Kinderstimme. »Miss Wiesenfeld.« Ich verbeugte mich. »Ich weiß, mein Eindringen muß unwillkommen sein, und ich danke Ihnen sehr dafür, daß Sie mir etwas von Ihrer Zeit widmen wollen.«

»Oh, là!« Sie lachte mädchenhaft. »Wie reizend Sie sich auszudrücken verstehen, nicht wahr, Harriet?«

»Ja, sehr«, bestätigte Mrs. Livingston mit Betonung. »Mr. Big, setzen Sie sich da in den Sessel. Ich setze mich hier aufs Sofa. Möchten Sie ruhen, Schätzchen?«

»Nein«, erwiderte die Dame. »Ich ziehe vor, stehen zu bleiben.«

Ich setzte mich, etwas nervös. Mein Sessel stand dicht bei dem Sofa, auf dessen Kante Mrs. Livingston hockte, zweifellos bereit, sich auf mich zu stürzen, sollte ich ihr Schätzchen aufregen.

»Miss Wiesenfeld«, begann ich. »Ich habe nicht die Absicht, alte Erinnerungen aufzufrischen, die Ihnen Schmerzen bereiten könnten. Sollte ich eine Frage stellen, auf die Sie lieber nicht antworten wollen, sagen Sie es bitte. Ich werde nicht darauf beharren. Die Angelegenheit, deretwegen ich gekommen bin, ist allerdings wichtig. Es betrifft den Reverend Godfrey Knurr. Eine unserer Mandantinnen, eine junge Frau, hat gewichtige Klagen gegen ihn vorzubringen, und ich bin beauftragt nachzuforschen, ob irgendwas in der Vergangenheit von Godfrey Knurr darauf hindeutet, daß diese Klagen begründet sein könnten.«

»Wie reizend«, murmelte sie. »Endlich mal jemand, der in ganzen Sätzen redet, Subjekt, Prädikat, Objekt. Sind Ihre Sätze grammatikalisch immer einwandfrei, Mr. Big?«

Das fragte sie ganz ernsthaft, und ich lachte.

»Ich möchte das gern glauben, aber behaupten darf ich es wohl nicht.«

Sie entfernte sich etwas von ihrem Platz, und dabei sah ich, daß sie stark hinkte; sie zog das linke Bein nach. Unter dem langen Gewand wurde das Ende der Schiene sichtbar. Sie stellte sich unweit eines Vogelkäfigs auf, der auf einem messingnen Tischchen stand. Darin hüpfte bei ihrem Näherkommen ein gelber Kanarienvogel hin und her.

»Chickie«, flüsterte sie, »Chickie, liebster Chickie. Wie geht es dir heute, Chickie? Willst du unserem Gast etwas vorsingen? Ein kleines Liedchen vielleicht? Wie haben Sie mich aufgespürt, Mr. Big?«

Diese abrupte Frage verblüffte mich.

»Ich sah ihr Bild im Knurrschen Familienalbum, Madame. Zusammen mit Godfrey. Ihren Namen habe ich von Mr. Jesse Karp. Und Pastor Stokes hat mir einige Informationen gegeben.«

»Da waren Sie ja sehr geschäftig, Mr. Big.«

»Ja, Madame«, sagte ich kleinlaut.

»Der geschäftige Mr. Big.« Sie kicherte wieder, steckte einen Finger durch das Gitter des Käfigs. »Sing etwas für den geschäftigen Mr. Big, Chickie. Was wirft man Godfrey vor?«

Ich wollte mich an den Schwindel halten, mit dem Percy den Bischof Oxman reingelegt hatte.

»Ihm wird vorgeworfen, eine junge Frau um ihre Ersparnisse betrogen zu haben, indem er vorgab, diese in einer gewissen Frist verdoppeln zu können.«

»Und die Ehe hat er ihr auch versprochen?«

»Ja.«

»Er ist schuldig«, bemerkte sie darauf ruhig. »Genau das hat er getan.«

Mrs. Livingston knurrte.

»Wenn ich ihn nur hier hätte«, ließ sie sich in ihrem pelzigen Kontraalt vernehmen, »ich drehte ihm den Hals um.«

»Darf ich fragen, Miss Wiesenfeld, ob Sie mit Godfrey Knurr getraut wurden?«

»Warum zwitscherst du nicht, Chickie?« fragte sie den Vogel. »Fühlst du dich nicht dazu aufgelegt?«

Sie wandte sich vom Käfig ab und näherte sich dem Sofa. Die Haushälterin rückte beiseite, so daß Miss Wiesenfeld in der Ecke Platz fand, das linke Bein ausgestreckt, die Schiene von dem Gewand verborgen. Mrs. Livingston strich ihr liebevoll etliche Haarsträhnen aus dem Gesicht.

»Oh, là«, sagte Sylvia, »das ist lange her. Wo ist der Schnee vom vergangenen Jahr? Wissen Sie das von Pastor Stokes?«

»Ja, Madame.«

»Das war in einer anderen Welt. In einer anderen Zeit.«

Sie schaute mich aus ihren wunderschönen Augen an, doch war ihr Blick anderswo.

»Sie waren also rechtsgültig mit ihm verheiratet?« stieß ich nach.

»Rechtsgültig. Ein Stück Papier. Ich besitze es noch.«

»Und wie lange waren Sie verheiratet, Miss Wiesenfeld?«

Sie richtete die großen leerblickenden Augen auf Mrs. Livingston.

»Harriet?«

»So um die vierzehn Monate.«

»Und dann?«

»Und dann?« wiederholte sie meine Frage verständnislos.

»Haben Sie sich von ihm getrennt? Wurden Sie geschieden?«

»Harriet?« fragte sie wieder.

»Er hat sie verlassen«, sagte diese wütend zu mir. »Einfach abgehauen ist er. Und hat alles mitgenommen, was er in die Finger kriegen konnte. Aber ihr Papa war doch zu schlau für ihn. Er hat meinem Schätzchen was vermacht, wo der Bösewicht nicht drankonnte.«

Wann hatte ich zuletzt gehört, daß jemand einen Mann einen Bösewicht nennt? Ich konnte mich nicht erinnern.

»Sie sind also immer noch mit Godfrey Knurr verheiratet?« fragte ich leise.

»Aber nein«, lachte Miss Wiesenfeld wieder auf ihre verwirrend kindische Art. »Ich habe ein Papier, nichts als ein Papier.«

Ich blickte Mrs. Livingston flehend an.

»Wir haben einen Brief bekommen, aus Mexiko. Von einem Advokaten. Darin steht, daß Godfrey Knurr von seiner Frau Sylvia geschieden ist.«

Ich wandte mich empört an Miss Wiesenfeld.

»Sie sind doch hoffentlich damit zu einem Anwalt

gegangen? Im Scheidungsrecht weiß ich nicht gut Bescheid, aber dieser Brief kann sehr wohl eine Fälschung gewesen sein. Auch ist denkbar, daß eine in Mexiko ohne Einwilligung beider Partner ausgesprochene Scheidung nicht rechtsgültig ist in dem Bundesstaat, in dem Ihre Ehe geschlossen wurde. Sie haben hoffentlich rechtlichen Beistand in Anspruch genommen?«

»Wozu denn nur?« fragte sie erstaunt. »Ich wollte ihn nicht mehr sehen, ich wollte, daß er tot sei. Er hat mir weh getan.«

Ich schluckte.

»Meinen Sie, er hat Sie mißhandelt?«

»Einmal«, sagte Mrs. Livingston mit grabeskalter Stimme. »Ich hab ihm gesagt: mach das noch mal, und ich bringe dich um. Genau das habe ich ihm gesagt. Aber das meint sie nicht, wenn sie sagte, er hat ihr weh getan. Er hat meinem Schätzchen das Herz gebrochen.«

Sie sprach von ihrer Herrin, als wäre diese nicht anwesend, und Miss Wiesenfeld verwahrte sich nicht dagegen. Sie lächelte weiter mit unveränderter Miene, die Augen ins Leere gerichtet.

»Oh, là«, sagte sie. »Er hat der armen Sylvia das Herz gebrochen.«

Wie verwirrt sie nun eigentlich war, konnte ich nicht beurteilen. Manchmal wirkte sie normal, dann wieder nicht, gelegentlich in ein und demselben Satz. Sie sprach fließend, wirkte beherrscht, und doch war sie im nächsten Moment auf und davon.

Ich verabscheute mich selber dafür, daß ich fragte: »Was hat Godfrey Knurr mit Ihrem Geld gemacht, als Sie verheiratet waren, Madame?«

»Ohhh . . . Sachen gekauft. Hübsche Sachen.«

Mrs. Livingston lehnte sich zu mir. »Weiber«, knurrte sie. »Sich ein schönes Leben gemacht. Einfach alles zum Fenster rausgeschmissen.«

Das kam so haßerfüllt heraus, daß mir schien, Godfrey

Knurr habe Glück gehabt, der Rache von Mrs. Livingston entronnen zu sein. Sie hätte ihn massakriert.

»Harriet«, ließ Sylvia sich wie ein quengelndes Kind vernehmen, »ich möchte wieder aufstehen.«

»Aber ja doch, mein Engel«, sagte die Haushälterin geduldig und wuchtete sich auf die Füße. Sie half Miss Wiesenfeld auf, die zurück zum Vogelkäfig hinkte.

»Chickie? Singst du mir was?«

Ich wollte noch mehr Fragen stellen, wollte tiefer schürfen, die Beziehung zwischen Sylvia und Knurr ausloten, wissen, wie es zur Eheschließung gekommen war, wann und weshalb die Ehe geschieden wurde. Aber dazu fühlte ich mich einfach außerstande.

Mir schien, daß ich schon den ganzen Tag in den menschlichen Resten rumstocherte, die Godfrey Knurr am Wege hatte liegenlassen. Roscoe Dollworth hätte die Befragung bestimmt fortgesetzt, doch ich hatte dazu einfach nicht das Herz. Er hatte mir eingeschärft, meine persönlichen Gefühle niemals meiner Arbeit hinderlich werden zu lassen, doch in diesem Fall konnte ich mir nicht helfen. Ich fand alle diese Opfer sympathisch, konnte ihr Unglück nachempfinden, ihre traurigen Erinnerungen verstehen, und mehr, als ich nun gehört hatte, konnte ich nicht verkraften. In alten Wunden herumzustochern war, weiß Gott, keine edle Tätigkeit.

Als ich aus dem Wohnzimmer ging, stand Sylvia Wiesenfeld immer noch am Vogelkäfig, einen Zeigefinger durchs Gitter gesteckt. »Chickie? Sing mir was vor, Chickie!«

Ich bedankte mich nicht, verabschiedete mich nicht einmal.

Mrs. Livingston half mir in den Mantel.

»Brechen Sie ihm das Genick?« wollte sie wissen.

Ich starrte sie an.

»Helfen Sie mir?« fragte ich dann.

»Soviel ich kann.«

»Ich brauche die Heiratsurkunde. Und den Brief von

jenem mexikanischen Anwalt, wenn Sie ihn finden. Am wichtigsten ist die Heiratsurkunde. Ich werde heute nachmittag Kopien machen lassen und gebe Ihnen alles gleich zurück. Kriege ich hier keine Kopien gemacht, nehme ich die Originale mit nach New York und schicke sie mit der Post. Das schwöre ich Ihnen.«

»Soll ich das glauben?« fragte sie mißtrauisch.

»Ich lasse Ihnen fünfzig Dollar da. Sobald Sie die Urkunden haben, schicken Sie mir das Geld zurück.«

»Was ist schon Geld? Haben Sie nicht was, woran Sie hängen?«

Ich schaute an mir herunter.

»Meine Armbanduhr. Die habe ich zur Abschlußprüfung geschenkt bekommen. Ich hänge sehr daran, aber es ist eine billige Uhr. Keine fünfzig Dollar wert.«

»Nehme ich. Sie bringen die Urkunden zurück oder schicken Sie per Post, dann kriegen Sie die Uhr wieder.«

Ich stimmte zu und streifte die Uhr ab. Sie ließ sie in einer ihrer großen Taschen verschwinden.

»Rühren Sie sich nicht von der Stelle«, befahl sie, und ich blieb wie angewurzelt stehen, während sie die teppichbelegte Treppe zum Oberstock erklomm. Das war wirklich das Gesäß des Leviathans! Minuten später kam sie herunter, zwei gefaltete Blätter in der Hand. Ich warf einen Blick darauf. Eine Heiratsurkunde, ausgestellt vom Staate Indiana auf Sylvia Wiesenfeld und Godfrey Knurr am 6. Februar 1959, und ein Brief von einem mexikanischen Anwalt, vierzehn Monate später datiert, mit der Mitteilung an Sylvia, daß Knurr die Scheidung erlangt habe. Ich faltete beides und versenkte es in meiner Brusttasche.

»Sie bekommen das zurück«, versprach ich noch einmal.

»Ich habe Ihre Uhr«, antwortete sie und schmunzelte wieder jenes wunderbare, warme Lächeln menschlichen Einverständnisses.

»Danke für Ihre Hilfe.«

»Ich weiß nicht, weshalb, aber ich traue Ihnen. Wenn Sie mich beschwindeln, wagen Sie ja nicht, sich hier wieder blicken zu lassen – ich reiße Sie in Stücke!«

In der Abendmaschine nach New York genoß ich meinen Scotch mit Wasser. Die Plätze rechts und links von mir waren frei, und ich konnte mich behaglich ausstrecken. Dem Vorbild des Passagiers gegenüber nacheifernd, streifte ich die Schuhe ab, wackelte mit den Zehen, was in 11 000 Metern Höhe besonders angenehm ist, und überlegte, wie ich Godfrey Knurr zur Strecke bringen könnte.

Mir wollte scheinen, daß unsere ursprüngliche Einschätzung der Situation zutreffend war; da uns handfeste Beweise sowohl im Fall Kipper wie im Fall Stonehouse fehlten, lag die einzige Chance darin, uns die Schwächen der beteiligten Individuen zunutze zu machen und ihnen so ihre Schuld nachzuweisen. Daß es uns bislang mißlungen war, sie aufs Glatteis zu führen, lag daran, daß uns der Hebel fehlte, mit dem sie aus ihren Positionen aufzustören waren, sie gegeneinander auszuspielen, das schwächste Glied zu finden und dort anzusetzen, bis wir die Kette sprengen konnten.

Als die Maschine zum Anflug auf La Guardia ansetzte, glaubte ich, einen gangbaren Weg gefunden zu haben. Wir würden dabei ein Risiko in Kauf zu nehmen haben, aber verglichen mit dem, das Knurr lief, war es nur ein geringes.

Dazu war nötig, daß ich mehrere Personen irreführte, eingeschlossen Percy Stilton.

Dies bedauerte ich besonders, rief mir aber ins Gedächtnis, daß er mir schon bei unserem ersten Zusammentreffen gesagt hatte, ich müsse überzeugend lügen lernen, ja, er hatte mir den Hinweis gegeben, wie das am besten zu machen sei. Nun konnte er wohl nichts dagegen einwenden, daß ich seinem Rat folgte.

Kurz nach 23 Uhr traf ich zu Hause ein und war

darüber heilfroh. Erstens hatte ich einen Bärenhunger, zweitens trieb es mich unter die Dusche. Zunächst aber wollte ich, solange mein Entschluß noch frisch war, mit Percy Stilton sprechen. Ich hatte meine Rolle genau überlegt, wußte, daß ich am Telefon entschieden, optimistisch, ja begeistert klingen mußte. Und überzeugen mußte ich ihn, denn er hatte als Kriminalbeamter die Möglichkeit, kraft seiner amtlichen Befugnisse meinen kleinen Tricks eben jenes Gewicht zu leihen, ohne das sie zweifellos scheitern mußten.

In seinem Büro sagte man mir, er sei nicht im Dienst. Bei ihm daheim antwortete niemand. Schließlich rief ich Maybelle Hawks an.

»Hallo?«

»Miss Hawks?«

»Ja, wer spricht bitte?«

»Joshua Big.«

»Wie schön, daß Sie sich mal melden, Josh! Wie geht es Ihnen?«

»Danke, sehr gut. Und selber?«

»Prächtig. Wir haben eben Unmassen Chili verdrückt. Perce erzählte, Sie wären nach Chicago gefahren. Rufen Sie von dort aus an?«

»Nein, ich bin wieder zurück. Miss Hawks –«

»Belle, bitte.«

»Belle, entschuldigen Sie die späte Störung, aber ich bemühe mich, Perce zu erreichen. Ist er –«

»Na klar«, unterbrach sie mich munter, »Seine Majestät sind anwesend. Haben Sie ihm etwas Neues zu berichten?«

»Und wie!«

»Na, dann hole ich ihn mal ran. Macht es Ihnen etwas aus, wenn ich auf einem zweiten Apparat mithöre?«

»Nicht die Spur. Ich habe gute Neuigkeiten.«

»Wunderbar. Einen Moment . . .«

Stimmen im Hintergrund, der Hörer wurde hingelegt, dann kam Stilton an den Apparat.

»Na, Josh? Wie kommen Sie voran?«

»Ausgezeichnet. Tut mir leid, daß ich Sie störe.«

»Ich hingegen bin entzückt darüber. Das Essen war scheußlich, und die Puppe ist langweilig.«

»Du kannst mich mal«, sagte Maybelle an ihrem Apparat.

»Ich habe übrigens gute Nachrichten für Sie, Josh. Der Fall Kipper wird wiederaufgenommen. Ihre Chefs haben ein bißchen draufgedrückt.«

»Phantastisch. Das höre ich gern. Und nun lassen Sie sich erzählen . . .«

Ich faßte mich so knapp wie möglich, sagte, Goldie Knurr sei wirklich Godfreys Schwester; berichtete kurz über mein Gespräch mit Jesse Karp, etwas ausführlicher über das mit Reverend Stokes und das mit Sylvia Wiesenfeld. Ich sagte, ich habe die Heiratsurkunde mitgebracht, erwähnte aber nichts von dem mexikanischen Brief.

Keiner von beiden unterbrach mich, bis ich sagte, daß Knurr tätlich gegenüber Sylvia Wiesenfeld geworden sei – was ich übrigens übertrieb. Maybelle Hawks rief: »So ein Lump!«

Als ich zu Ende war, wartete ich auf Stiltons Fragen, die denn auch prompt kamen.

»Fangen wir ganz oben an«, sagte er. »Wie alt ist der Pastor?«

»So um die Mitte Siebzig..«

»Und Knurr erpreßt ihn seit 25 Jahren?«

»Etwa.«

»Und warum hat er nichts dagegen unternommen?«

»Er schämt sich. Seinetwegen und für seine Kirche.«

»Wieviel hat Knurr ihm aus der Nase gezogen?«

»Den genauen Betrag kenne ich nicht, es muß aber eine Menge sein. Außerdem hat er ihn dazu gebracht, ihn aufs Seminar zu schicken und die Trauung vorzunehmen, vermutlich, ohne daß der Vater davon wußte.«

»Und dieser Stokes wäre also bereit, Anzeige zu erstatten?«

»Das hat er jedenfalls gesagt. Er sagt, er ist ein alter Mann und möchte seinen Frieden mit Gott machen.«

»Hm so. Was ist er für ein Bursche, ich meine, hat er alle Tassen im Schrank?«

»Durchaus«, sagte ich und drückte die Daumen – eine kindische Vorsichtsmaßnahme. »Ein würdevoller alter Herr, sehr gelehrt, lebt allein und hat reichlich Zeit, über seine Vergangenheit nachzudenken. Er sagt, er will für seine Sünden büßen.«

»Dazu wird er vermutlich Gelegenheit haben. Jetzt zu dieser Ehefrau. Ist die Heiratsurkunde echt?«

»Absolut.«

»Keine Hinweise auf eine gesetzliche Trennung oder eine Scheidung?«

»Sie sagt, nein. Sie lebt von dem Kapital, das ihr Vater für sie angelegt hat. Sie war froh, Knurr loszuwerden, weil er sie so schlecht behandelte, und hat ihren Mädchennamen wieder angenommen.«

»Er hat sie verlassen?«

»Genau«, sagte ich entschieden. »Sie ist froh, zu wissen, daß er noch lebt und wo, und sie zu einer Anzeige zu bewegen, dürfte einfach sein. Schon aus ökonomischen Gründen. Es geht ihr nämlich nicht sehr gut. Das Erbe ist allmählich aufgezehrt.«

»Und was ist sie für eine Person? Schraube locker oder so was?«

»Keineswegs. Eine durchaus reife, intelligente Frau.«

Nun schwieg er eine Weile. Dann: »Die Anzeigen müßten im Staat Indiana erstattet werden, und von dort würde dann Knurrs Auslieferung verlangt werden. Passiert das, geht er uns hier mit zwei Morden durch die Lappen.«

»Stimmt genau. Erpressung und böswilliges Verlassen sind kleine Fische. Aber die Heiratsurkunde und seine Affäre mit Glynis Stonehouse sind von anderem Kaliber.«

Er verstand mich sofort.

»Sie wollen also Tippi Kipper ins Spiel bringen?«

»Ja, Perce. Wir sollten sie einweihen, alle unsere Karten auf den Tisch legen. Ihr die Heiratsurkunde zeigen. Dann dürfte sie zu einem Handel bereit sein.«

»Mmmm. Möglich. Was meinst du, Belle, beißt sie darauf an?«

»Halte ich für wahrscheinlich«, sagte sie am Nebenapparat. »Bestimmt hat er ihr gegenüber nie erwähnt, daß er verheiratet ist. Ein Bursche wie der ist dazu viel zu gerissen. Und wenn sie von dir erfährt, daß er ein Verhältnis mit Glynis Stonehouse hat, bestätigt das nur, was sie schon aus dem anonymen Brief weiß. Dann geht sie hoch. Er hat sie an der Nase rumgeführt, aber sie ist ein Typ, der weiß, wo es langgeht, und die läßt sich das nicht gefallen. Ich wette, sie zieht ihm den Teppich unter den Füßen weg.«

»Tja«, meinte Stilton nachdenklich, »wir können ihr auch immer noch mit der Presse drohen – andeuten, daß wir wissen, sie ist wegen Prostitution aufgegriffen worden. Jetzt ist sie eine große Dame, aber wenn das in die Zeitungen kommt, ist es aus mit ihr.«

»Also nehmen wir sie uns doch vor«, drängte ich. »Drehen wir sie durch die Mangel.«

Er faßte seinen Entschluß.

»Ja, machen wir. Und zwar so bald wie möglich, bevor sie wieder auf dem hohen Roß sitzt. Morgen früh um neun treffen wir uns vor dem Haus Kipper, Josh. Klar? Und bringen Sie den ganzen Papierkram mit, vor allem Knurrs Heiratsurkunde.«

»Ich bin da«, versprach ich.

»Wir machen sie fertig.« Er klang jetzt ganz enthusiasmiert. »Keine Brutalitäten, nur Samthandschuhe und menschliches Verständnis. Behandle eine Hure wie eine Dame und eine Dame wie eine Hure. Von wem ist das, Josh?«

»Weiß ich nicht genau, klingt aber nach Lord Chesterfield.«

»Na, ist ja auch egal.«

»Wenn du das glaubst, Perce«, sagte Maybelle, »dann bin ich eine Dame.«

Wir lachten alle drei, verabredeten noch, in welchem Aufzug wir bei Tippi Kipper erscheinen wollten und sagten einander gute Nacht. Anschließend ließ ich mich in der Küche nieder und stopfte mich voll, drei Spiegeleier, ein Sandwich mit Sardinen und Zwiebeln, eine Tüte Milch, ein Paket Schokoladeneis. Dann war der Kühlschrank leer. Ich fand noch eine Dose Nudelsuppe im Schrank und aß auch die.

Rülpsend zog ich mich aus und ging unter die Dusche. Das Wasser war wundervoll heiß. Ich seifte mich mehrmals ab, wusch auch die Haare, rasierte mich und rieb mich mit Kölnisch Wasser ab.

Gegen ein Uhr früh rollte ich mich zufrieden in meine Decken. Vielleicht lag es an meiner Aufregung oder an den Sardinen mit Zwiebeln, jedenfalls schlief ich nicht gleich ein. Ich lag auf dem Rücken, malte mir aus, was am nächsten Morgen geschehen sollte, was wir zu Tippi Kipper sagen würden, und wie alles davon abhing, daß sie weich wurde.

Ich betete nicht, denn ich bin zwar religiös, aber Beten liegt mir nicht. Wozu? Gott sieht in unsere Herzen. Jedenfalls war ich überzeugt, daß meine List mir vergeben würde, wenn es damit gelang, Godfrey Knurr zur Strecke zu bringen.

Knurr war verabscheuungswürdig. Karp hatte ganz richtig gesehen, daß er sich gewaltsam mit Schultern und Ellenbogen seinen Weg durchs Leben brach. Er kannte keine Rücksicht, und das wollte ich ihm nicht vergeben. Für mich personifizierte er die nackte Brutalität, und als ich daran dachte, was ich ihm antun wollte, empfand ich keinerlei Schuldgefühle.

Anders bei dem Gedanken an Cleo Hufnagel. Kurz bevor ich einschlief, schoß es mir durch den Kopf, daß ich seit Tagen nicht an sie gedacht hatte. Dafür fühlte ich mich wirklich schuldig.

7 Am Samstag war der Märzhimmel hart wie Eis, die Sonne kam kaum durch den Dunst, im Westen sah man gerade noch einen blassen Mond. Keine Wolke am Himmel, dafür aber ein böser Wind, der durch die Straßen fegte.

In dem Taxi bewunderte ich mal wieder den Anblick, den die Stadt bei diesem Wetter bot: Unheimlich scharfe Konturen, jedes Detail wie gemeißelt. Die Luft war reingewaschen, die Kälte biß. Ich trug meinen guten gestreiften Anzug mit Weste, weißes Hemd und mattgetönten Schlips. Stilton und ich hatten verabredet, etwa wie Bestattungsunternehmer aufzutreten, konservativ, gemessen, voller Anteilnahme – Männer, denen man vertrauen darf.

Vor Kippers Haus parkte ein staubblauer Plymoth, am Steuer ein leger gekleideter Riese mit einem blonden Schnauzer, der seinen Mund verdeckte. Hinten saß Perce und wirkte wie ein Gerichtsvorsitzender. Er winkte mich heran, und ich setzte mich neben ihn, meine abgewetzte Aktenmappe auf dem Schoß.

»Morgen, Josh. Dieser Halunke da ist mein Partner. Lou.«

»Guten Morgen, Lou«, sagte ich.

»Haben Sie alle Papiere?« fragte Perce.

»Alle.« Mir war leicht übel.

»Gut. Überlassen Sie mir das Reden. Achten Sie auf Ihre Stichworte, und beschränken Sie sich im übrigen darauf, zu nicken. Klar?«

»Verstanden.«

»Spielen Sie den aufrichtig Besorgten. Das können Sie doch?«

»Selbstverständlich.«

»Na ja, wußte ich's doch.« Er gab sich Mühe, mir den Rücken zu stärken, und ich war ihm dankbar dafür. »Nur keine Sorge, Josh. Die Sache geht schon glatt. Ein klassischer Fall und ein wunderbares Schauspiel. Sie werden sehen.«

»Die Welt besteht aus fünf Elementen«, ließ Lou jetzt erstmals vernehmen: »Erde, Luft, Feuer, Wasser und dummem Geschwätz.«

»Ganz meine Meinung«, stimmte Percy zu. »Okay, Josh, auf geht's.«

Chester Himmel kam ans Portal.

»Meine Herren!« grüßte er förmlich.

»Guten Morgen, Chester«, murmelte ich.

»Morgen«, sagte Percy forsch. »Stilton, Kriminalpolizei. Wir kennen uns wohl schon. Hier, meine Dienstmarke.«

Er hielt ihm das Ledeteretui mit dem Dienstausweis unter die Nase, und Chester schnupperte gleichsam daran.

»Ja, Sir, ich erinnere mich. Und wie kann ich Ihnen behilflich sein?«

»Indem Sie uns zu Mrs. Kipper führen. Ist sie zu Hause?«

Chester zögerte, kapitulierte aber gleich.

»Bitte treten Sie ein. Ich melde Sie Madame.«

Wir warteten in der riesigen Halle, während Chester im Speisezimmer verschwand und die Tür hinter sich schloß. Ich fand, wir mußten ziemlich lange warten, und wurde unruhig. Stilton hingegen stand da wie sein eigenes Denkmal. Endlich kam Chester zurück.

»Madame wird Sie jetzt empfangen«, verkündete er ausdruckslos. »Sie frühstückt soeben. Darf ich um Ihre Mäntel bitten?«

Er ging mit unserer Garderobe ab, öffnete uns dann die Tür zum Speisezimmer und ließ uns eintreten, Percy voran. Als ich ihm folgen wollte, legte Chester eine gepolsterte Hand auf meinen Arm.

»Schlimm, Sir?«

Ich nickte.

Er nickte ebenfalls, tief bekümmert.

Sie thronte am Kopfende des langen Tisches. Königlich. In einem fließenden blattgrünen Peignoir. Ihr Haar allerdings hing lose herab und war nur flüchtig gekämmt. Im Näherkommen fiel mir auf, daß ihre Züge etwas verquollen wirkten, nicht so glatt wie sonst. Ich sah voller Verblüffung, daß die linke Wange geschwollen war, auch das Kinn, und daß die Haut verfärbt war. Sie hatte sich bemüht, diesen Makel unter Puder zu verbergen, doch war das nicht ganz gelungen. Nun verstand ich Knurrs selbstgefällige Bemerkung: »Ich glaube, ich habe die Dame zur Vernunft gebracht.«

Stilton und ich standen nebeneinander. Sie starrte uns an, ohne zu blinzeln, und forderte uns nicht auf, Platz zu nehmen.

»Madame«, begann Percy bescheiden, »mein Name –«

»Ich weiß, wer Sie sind. Wir kennen uns bereits. Was wollen Sie?«

Stilton behielt den sanften Ton bei. »Ich bin amtlicherseits mit Nachforschungen über den Reverend Godfrey Knurr betraut, Madame, und hoffe, daß Sie bereit sind, mit der Kriminalpolizei zusammenzuarbeiten, indem Sie uns notwendige Informationen geben.«

Nun schaute sie mich an.

»Und was wollen Sie hier?«

»Mr. Big hat gebeten, mich begleiten zu dürfen«, fiel Percy rasch ein, »weil der Antrag auf Untersuchung von seiner Firma ausgeht.«

Darüber dachte sie ein Weilchen nach. Sie glaubte uns nicht, aber sie hatte Zweifel. Also wollte sie weiteres hören. »Dann setzen Sie sich. Beide. Kaffee?«

»Für mich nicht, danke, Mrs. Kipper«, sagte Percy. »Sie vielleicht, Mr. Big?«

»Nein, vielen Dank.«

Wir zogen Stühle heran, Percy setzte sich rechts von ihr, ich links. So hatten wir sie zwischen uns, und ich glaube, sie war davon überrascht. Sie nahm eine Zigarette aus einer fast leeren Schachtel, und Stilton hatte sein Feuerzeug in der Hand, bevor ich mich rühren konnte. Seine Höflichkeit schien ihr einiges Selbstvertrauen wiederzugeben, denn sie blies genüßlich den Rauch gegen die Decke.

»Nun denn, worum geht es?« fragte sie.

»Madame«, Stilton beugte sich eindringlich vor, »die Sache ist einigermaßen kompliziert, und ich hoffe, Sie werden mich in Geduld anhören. Vor etwa zwei Wochen fragte die Ortspolizei von Gary im Staate Indiana bei uns an, ob uns ein gewisser Godfrey Knurr bekannt sei. Es liegt dort nämlich ein Haftbefehl gegen ihn vor, genauer, zwei Haftbefehle.«

»Haftbefehle? Weshalb?«

»Einer wegen Erpressung, Mrs. Kipper. Angeblich hat Mr. Knurr seit Jahren einen ältlichen Geistlichen erpreßt, der dort lebt, wo Knurr aufgewachsen ist. Der zweite Haftbefehl wurde aufgrund böswilligen Verlassens in Tateinheit mit Unterlassung der Unterhaltszahlungen ausgestellt.«

Wir blickten sie beide scharf an. Sie mochte eine Schauspielerin sein, aber sie konnte nicht verhindern, daß sie eine Reaktion zeigte. Die Hand mit der Zigarette zitterte, und sie stützte das Handgelenk auf die Tischplatte. Das Gesicht wurde bleich, die Schramme deutlicher sichtbar – ein ziemlich übler Bluterguß, wie ich sah. Sie lehnte sich vor, um Kaffee nachzuschenken. Maybelle Hawks hatte recht gehabt. Tippi wußte von nichts.

»Böswilliges Verlassen?« fragte sie nun gleichmütig, und mir fiel auf, daß der Vorwurf der Erpressung sie offenbar kalt ließ.

»Ganz recht«, sagte Stilton. »Knurr hat vor etwa zwanzig Jahren geheiratet und ist weder geschieden, noch lebt er gesetzlich getrennt von seiner Frau. Mr. Big, Sie haben die Heiratsurkunde?«

Ich zog sie aus der Mappe und hielt sie Tippi hin, allerdings so, daß sie sie mir nicht wegnehmen konnte. Sie lehnte sich vor uns las.

»Ah ja«, sagte sie dumpf.

Percy lehnte sich zurück und faltete die Hände behaglich auf der Tischplatte.

»Die Anfrage aus Indiana kam auch mir auf den Tisch. Normalerweise hätte ich sie abgelegt, denn Anfragen aus anderen Bundesstasaten genießen bei uns, die wir mit Arbeit überhäuft sind, nur eine geringe Priorität – das verstehen Sie gewiß, Madame?«

Ich bewunderte die Art, wie er sie ins Vertrauen zog – er bekannte sich mit einem kleinen Lachen sogar zu Nachlässigkeiten.

»Ja, natürlich«, sagte sie, immer noch benommen, »das verstehe ich gut.«

»Aber der Name fiel mir denn doch auf – ich hatte ja mit Godfrey Knurr anläßlich des bedauerlichen Todes Ihres Gatten gesprochen. Ich wußte also, wer er ist und wo er zu finden ist.«

Sie sagte darauf nichts, bemühte sich vielmehr um Fassung, nahm einen Schluck Kaffee, noch eine Zigarette. Kurzum, sie tat alles Erdenkliche, um uns nicht ansehen zu müssen.

»Bevor wir noch Gelegenheit fanden, den Kollegen in Indiana mit unserer Auskunft zu dienen«, fuhr Stilton sanft und beinahe nachdenklich fort, »kam Mr. Big im Auftrag seiner Firma zu uns. Man wünschte, daß wir uns mit dem Verschwinden eines Mandanten befassen sollten. Ein gewisser Yale Stonehouse. Unter mysteriösen Umständen abgängig. Nun, wir nahmen uns der Sache an und entdeckten, daß dieser Herr, bevor er verschwand, das Opfer einer systematischen Arsenvergiftung gewesen war. Mr. Big?«

Ich zog die Analysen hervor und hielt sie ihr hin. Ich glaube nicht, daß sie sie las, aber Eindruck machten sie. Es waren Dokumente. Ich begriff langsam, warum Perce solchen Wert auf Papiere legte. Dokumente, mochten sie echt sein oder gefälscht, Eindruck machten sie auf jeden Fall.

Percy fuhr leicht seufzend fort: »Weitere Nachforschungen ergaben, daß das Gift dem Professor von seiner Tochter Glynis verabreicht worden war, und dabei stellte sich denn auch heraus, daß Glynis Stonehouse ein intimes Verhältnis zu Reverend Godfrey Knurr unterhielt und immer noch unterhält. Noch wissen wir es nicht genau, doch haben wir den Verdacht, daß Professor Stonehouse ermordert wurde und daß Knurr in die Sache verwickelt ist. Wir bitten Sie deshalb, Mrs. Kipper, uns über diesen Mann mitzuteilen, was Sie wissen. Schon wird nach ihm wegen Erpressung und unterlassener Unterhaltszahlung gefahndet, Madame, und sehr bald dürfte er wegen Mordes angeklagt werden.«

Ich dachte schon: jetzt haben wir sie. Sie stand auf, ging um ihren Stuhl herum, machte Anstalten, sich wieder zu setzen. Statt dessen wanderte sie durch das Zimmer und verkrampfte die Hände. Wir beobachteten sie. Sie stand mit dem Rücken zu uns, starrte die Wand an, machte kehrt, kam zurück. Fühlbare Spannung lag in der Luft. Ich mußte sie bewundern – sie hatte einen schweren Schlag bekommen, kein Zweifel, aber sie erholte sich. Schneid hatte sie.

Diesmal ließ sie sich achtlos auf ihren Stuhl fallen. Nichts mehr von würdigem Auftreten. Sie fingerte nervös die letzte Zigarette aus dem zerknautschten Päckchen, und Percy Stilton gab ihr Feuer. Sie atmete den Rauch tief ein und ließ ihn durch die Nase heraus. Das silberblonde Haar war feucht und wirr. Das Profil war nicht mehr gemmenhaft, die Schramme verunstaltete die eine Gesichtshälfte. Die Augen waren trübe, die schmalen Lippen verzerrt. Das Kinn, sonst immer stolz vorgereckt, sackte herunter, in den Falten ihres Halses gewahrte ich winzige Schmutzpartikel. Der Körper fiel in sich zusammen, die Brüste erschlafften unter dem Peignoir, die Schenkel verloren ihre Spannkraft.

Kann man an einem Übermaß von Anteilnahme leiden? In diesem Moment bedauerte ich sie. Sie wurde schwer gebeutelt, war aber weit davon entfernt, zu kapitulieren.

»Das ist ja höchst, ah, bedauerlich«, sagte sie.

»Ja, das ist es wohl«, meinte Stilton.

Ich nickte heftig.

Schweigend starrten wir zwei sie an. »Also gut«, platzte sie heraus, »der Mann war ein – ein –«

»Sagen wir, ein guter Freund?« schlug Stilton vor.

»Nicht gerade das«, widersprach sie rasch. »Mehr ein – ein –«

»Ein geistlicher Ratgeber?« warf ich arglos ein.

Sie blickte mich scharf an.

»Paßt schon besser. Ja. Geistlicher Ratgeber. Einige Jahre lang. Na schön. Es erweist sich, daß er ein Halunke ist. Schlimme Sache. Es wird nach ihm gefahndet. Aber was hat das mit mir zu tun?«

Die Art, wie sie sich jetzt ausdrückte, schien mir ein erster Hinweis darauf, daß sie in ihr altes Milieu zurücksank. Allmählich wurde das Bild der großen Dame ausgewischt.

Stilton, ganz Gentleman, behandelte sie weiter mit rücksichtsvoller Höflichkeit und lehnte sich mit dem Anschein aufrichtiger Teilnahme zu ihr.

»Hören Sie bitte, was bislang vorliegt. Haftbefehle für Knurr und seine Geliebte Glynis Stonehouse. Hausdurchsuchungsanordnungen für ihre Wohnung, für seine Wohnung und für sein Hausboot. Und früher oder später fassen wir ihn.«

»Na wenn schon, fassen Sie ihn meinetwegen. Mich geht das nichts an.«

Percy lehnte sich zurück, schlug ein Bein übers andere und setzte umständlich eine Zigarette in Brand.

»Da bin ich anderer Meinung. Ich glaube, es geht Sie sehr viel an. Abgesehen von den Anschuldigungen, die in Indiana gegen ihn erhoben werden, und der Anschuldigung, am Verschwinden von Professor Stonehouse beteiligt gewesen zu sein, wird man ihm den Mord an Marty Reape anlasten.«

»An wem?« ächzte sie. »Nie gehört von dem Kerl.«

»Nein? Aber er stand im Dienste Ihres verstorbenen Mannes.« Er gab mir einen Wink. »Die Scheckformulare bitte, Mr. Big.«

Ich grub aus der Mappe die Schecks und Marty Reapes Rechnungen, zeigte sie Mrs. Kipper, und die betrachtete sie aus glasigen Augen.

Stilton fuhr unerbittlich fort: »Marty Reape war Privatdetektiv. Man hat ihn vor die U-Bahn gestoßen. Zwei Augenzeugen haben Godfrey Knurr zur Tatzeit am Tatort gesehen. Auch Reapes Witwe wurde ermordet, und es liegen Beweise dafür vor, daß Knurr auch damit zu tun hatte.«

Er log so geschickt, ich konnte es kaum glauben; Lügen waren in unwichtig scheinenden Nebensätzen versteckt, er äußerte sie so obenhin, wie er gesagt haben würde: »Heute ist es aber kühl draußen.« Sie waren durchaus glaubhaft. Er legte nicht die geringste Betonung darauf, es war, als sage er: »Diese Dinge kommen vor, das weiß jedes Kind.«

Tippi Kipper war derweil erstarrt. Sie saß reglos, wie eingefroren. Sie war in einem beinahe katatonischen Zustand. Jeder Schlag, den sie mit Mühe pariert hatte, war nur der Vorgänger des nächsten, den Stilton ihr versetzte. Er ließ ihr keine Ruhe, vermehrte unablässig ihre Verwirrung.

»Nun hat man aufgrund dieser und anderer Beweise die Untersuchung der Umstände, die den Tod Ihres Gatten begleiteten, erneut aufgenommen, Mrs. Kipper. Sollten Sie Zweifel an dieser meiner Behauptung haben, schlage ich vor, daß Sie sich durch einen Anruf im Präsidium von deren Richtigkeit überzeugen. Wir glauben jetzt nämlich, daß Ihr Mann ermordert wurde.«

»Ermordet? Aber das ist ausgeschlossen! Er hat ja einen Abschiedsbrief hinterlassen.«

Stilton streckte stumm die Hand aus, und ich reichte

ihm die Briefchen, die ich aus Tippis Ankleidezimmer hatte mitgehen lassen. Percy hielt sie ihr unter die Nase.

»Ähnelt er nicht diesen?« fragte er steinern.

Sie tat einen Blick darauf, und es war um sie geschehen.

»Wo haben Sie die her?« kreischte sie.

»Ah, ich habe sie, ah, beschafft«, sagte ich.

Sie wirbelte herum und funkelte mich an.

»Du gemeines Miststück!«

Ich senkte den Kopf.

»Wie schon gesagt, ist die Untersuchung der Todesursache Ihres Gatten erneut aufgenommen worden«, fuhr Percy gnadenlos fort. »Wie der Mord begangen wurde, ist uns bekannt: Knurr verbrachte die Nacht vor der Tat in einem der unbewohnten Zimmer. Zur Tatzeit begab er sich nach oben, tötete sein Opfer, rannte die Treppe herunter, zur Tür hinaus, machte kehrt, klingelte und betrat das Haus, während Sie alle, ausgenommen Chester, der öffnete, im Hof bei der Leiche standen.«

»Lachhaft. Das werden Sie nie beweisen können.«

»Oh, ich denke doch. Wir haben einen Hausdurchsuchungsbefehl beantragt, und wir werden ihn bei der augenblicklichen Beweislage auch bekommen, Mrs. Kipper. Wir werden das Haus auseinandernehmen, und die Jungen aus unseren Labors gehen mit dem feinen Kamm über alle Gegenstände. Sie werden nachweisen, daß Knurr in einem der oberen Räume die Nacht verbracht hat. Staub von seinen Schuhen, Teil von einem Fingerabdruck, ein Faden, eine Tabakfaser, vielleicht gar die Tatwaffe. Möglicherweise auch nur ein oder zwei Haare. Niemand kann irgendwo die Nacht verbringen, ohne Beweise seiner Anwesenheit zu hinterlassen. Auch werden wir das Besucherbuch konfiszieren, das der Butler führt. Daraus ist zu ersehen, daß der Reverend Knurr am Nachmittag vor dem Todestag Ihres Gatten hier zu Besuch war, es findet sich aber kein Eintrag darüber, daß er das Haus auch wieder verließ. Oh ja, ich glaube schon, es reicht für die Anklageerhebung aus, Mrs. Kipper. Godfrey Knurr als der eigentliche Täter, Sie als Mittäterin. Und Sie werden alle beide verurteilt werden.«

Sie schluckte. Stilton ließ sich nicht stören.

»Und falls wir damit nicht durchkommen, bleibt immer noch der Skandal. Denken Sie ans Fernsehen, an die Boulevardpresse. Tippi Kipper, bekannt für ihre Wohltätigkeit und ihre führende Rolle in der Gesellschaft, ist ehedem als Prostituierte aufgegriffen worden.«

Ich verstand sie kaum, denn sie hielt den Kopf gesenkt, sie sagte aber immer wieder ein einziges Wort: »Lump. Lump, Lump!«

Stilton schaute sich um und bemerkte die Hausbar auf dem hübschen Marmortisch. Er ging hin, betrachtete gleichsam die Auslage und wählte einen Flakon mit dem Etikett Brandy. Daraus goß er einen kräftigen Schluck in Tippis Kaffeetasse.

»Austrinken«, befahl er.

Sie hielt die Tasse mit beiden zitternden Händen und leerte sie. Er goß noch mal nach und stellte die Flasche dann neben sie. Sie suchte nach einer Zigarette, und er gab ihr eine, gab ihr auch Feuer. Dabei sah er mich nicht an, und in seiner Haltung lag keine Spur von Triumph.

»Ich habe so aufrichtig wie möglich mit Ihnen geredet, Mrs. Kipper«, fuhr er fort. »Im Moment liegt noch kein Haftbefehl gegen Sie vor, trotzdem scheint es mir an der Zeit, über Ihre rechtliche Stellung zu reden und über Ihre Zukunft.«

»Ah, jetzt soll ich die Kastanien aus dem Feuer holen«, sagte sie bitter.

»Ja, wenn Sie so wollen. Godfrey Knurr wird festgenommen, das wissen Sie nun. Und wir nehmen ihn uns vor, glauben Sie mir. Und denken Sie wirklich, er schweigt Ihnen zuliebe? Das wissen Sie doch wohl besser, Mrs. Kipper. Er plaudert alles aus, der liebe Junge, und wenn er fertig ist, dann war das Ganze Ihr Einfall, Sie haben ihn überredet, Sie haben den Plan zur Ermordung Ihres Gatten ausgeheckt, er war nur der unschuldige Zuschauer dabei. Sie wissen genau, daß dies die Erklärung ist, die er geben wird, denn er ist nun mal, der er ist.«

Sie stand unvermittelt auf, und der Stuhl glitt übers Parkett. Sie stemmte beide Hände auf die Tischplatte und beugte sich vor: Der Vorstandsvorsitze, der die widerspenstigen Aktionäre zur Ordnung ruft. Aber nicht uns schaute sie an, sondern zwischen uns hindurch, den Tisch entlang; sie sah die polierte Platte, das hauchdünne Porzellan, den silbernen Kerzenhalter. Reichtum. Respektabilität. Sicherheit.

Stilton sagte leise: »Wer zuerst kommt, mahlt zuerst.«

Sie blickte sich sehr langsam nach ihm um.

»Reden wir übers Geschäft«, versetzte sie schroff.

Ich wußte, jetzt hatten wir sie, doch Percy behielt sein höfliches, einfühlsames Wesen unverändert bei.

»Ich mache Ihnen folgenden Vorschlag. Nicht wir haben Sie aufgesucht, sondern umgekehrt Sie uns. Sie setzten sich mit Mr. Big als den Beauftragten der Anwälte Ihres Mannes in Verbindung, Mr. Big stellte die Verbindung zu mir her. Aber den ersten Schritt taten Sie. Sie übten tätige Reue. Und Mr. Big und ich werden entsprechend aussagen.«

Sie sah mich an, und ich nickte bekräftigend.

»Und welches Motiv hatte ich?« fragte sie.

»Sie wollten, daß Gerechtigkeit geschehe«, sagte Stilton.

Sie schüttelte den Kopf. »Das kauft mir keiner ab.«

»Sie wurden genötigt«, schlug ich vor. »Knurr hat Sie nicht nur bedroht, sondern körperlich angegriffen. Deshalb haben Sie sich seinen Plänen gefügt, doch jetzt fürchten Sie für Ihr eigenes Leben..«

Percy schaute mich bewundernd an.

»Ahja. Genauso war es. Umbringen wollte er mich, wenn ich nicht mitmachte. Ich wische mein Make-up weg, und Sie können eine Farbaufnahme von meinem

Gesicht machen.« Sie deutete auf die Schramme.. »Niedergeschlagen hat er mich, das ist die Wahrheit«, fauchte sie. »Er ist jähzornig. Ich hatte Angst um mein Leben.«

»Sehr schön. Alles paßt zusammen«, bemerkte Percy.

»Und Sie meinen, der Staatsanwalt glaubt das?«

Stilton lehnte sich zurück, schlug wieder ein Bein übers andere und steckte eine Zigarette an.

»Selbstverständlich nicht«, sagte er. Der ist doch nicht blöd. Aber er wird mitspielen, denn Sie sind seine beste Zeugin. Sie klären drei Morde auf, wenn nicht gar vier. Und deshalb spielt er mit. Weil er nämlich auch was abbekommt.«

»Und was bekomme ich ab?«

»So gut wie nichts. Verurteilung und Bewährung.«

»Und die Festnahme wegen Prostitution?«

»Vergessen. Nichts an die Presse. Darauf gebe ich Ihnen mein Wort.«

Sie holte tief Luft und schaute sich in diesem schönen Raum um, als nähme Sie Abschied für immer.

»Na denn . . . lassen wir's angehen, Leute. Je eher, desto besser. Ich will mich bloß noch anziehen.«

»Dabei muß ich Sie begleiten, Madame, das werden Sie verstehen.«

Wir begaben uns alle drei in die Halle. Im Küchenkorridor bildeten Perdita Schug, Mrs. Neckin und Chester Himmel eine eng beisammenstehende kleine Gruppe. Sie beobachteten entsetzt, wie ihre Herrin zusammen mit dem Kriminalbeamten in den Aufzug stieg. Ich holte schnell Hut und Mantel, denn mir war nicht danach zumute, ihre Fragen zu beantworten.

Lou, immer noch am Steuer des blauen Plymouth, sah mich kommen und rollte das Fenster auf der Beifahrerseite herab. »Na, wie ist es gegangen?«

»Prima. Bald kommen sie raus.«

»Und singt sie?«

Ich nickte.

»Hab ich mir gedacht. Dieser Perce ist eine Type!

Mann, bin ich froh, daß er nicht auf der Gegenseite ist. Dann würde ihm bald die ganze Stadt gehören.«

Dann warteten wir stumm. Ich hatte keine Lust, im Wagen zu sitzen, ich wollte den blanken Himmel sehen, die kühle, scharfe, würzige Luft atmen, wollte nicht an das eben Geschehene denken, sondern die weite, weite Welt fühlen.

Nach einer Viertelstunde etwa kamen die beiden heraus, Tippi Kipper in einem Nerz mit Gürtel, in den sie dreimal hineinzupassen schien, ohne Hut, nur mit einer übergroßen schwarzen Krokodillederhandtasche ausgerüstet. Ihr Make-up war verschwunden, die Schramme sah scheußlich aus. Percy Stilton trug einen Stadtkoffer aus Schweinsleder.

Er hielt ihr die Tür des Plymouth auf, und sie stieg ein, ohne mir einen Blick zu gönnen. Perce schob den kleinen Koffer auf den Vordersitz. Dann faßte er mich am Ellenbogen und führte mich beiseite.

»Damit sind Sie aus der Sache, Josh«, sagte er.

»Darf ich nicht –« Doch schüttelte er bedauernd den Kopf.

»Von jetzt an geht alles seinen amtlichen Gang. Ich rufe Sie an, sobald es was Neues gibt. Wo erreiche ich Sie?«

»Entweder im Büro oder zu Hause. Versprechen Sie, daß Sie anrufen, Perce?«

»Auf jeden Fall. Ich halte Sie auf dem laufenden. Schließlich haben Sie die ganze Sache gedreht.«

»Schönen Dank«, sagte ich leise.

Er blickte mich scharf an.

»Die beiden sind geschieden, stimmt's? Knurr und diese Sylvia, meine ich? Und die und der alte Priester sind nicht mehr ganz richtig im Kopf, habe ich recht?«

Ich nickte bekümmert.

Er lachte und schlug mir auf die Schulter.

»Sie sind gut, aber so gut nun auch wieder nicht. Probieren Sie nie, einen Schwindler zu beschwindeln.«

Ich sah dem Plymouth nach, Stilton neben Tippi auf dem Rücksitz. Als der Wagen um die Ecke verschwunden war, ging ich rüber zur 5. Avenue und weiter nach Süden. Ich wollte zu Fuß ins Büro.

Ich hätte in überschäumender Stimmung sein müssen, war es aber nicht. Die Moral meiner Handlungsweise schien doch fragwürdig. List und Täuschung. Ich hätte so gut wie jede Sünde begangen, um Godfrey Knurr dem Gericht auszuliefern, doch damit, daß Tippi Kipper ungeschoren davonkommen sollte, hatte ich nicht gerechnet. Und ich hatte dazu beigetragen. Ich hatte mir ebensolche Mühe gegeben wie Stilton, sie dazu zu bringen, Knurr zu verraten. Das mußte sein, aber wie hatte Perce gesagt: Sie würde davonkommen. Eine Mordkomplizin. War das Gerechtigkeit? War das fair? Nun wurde mir klar, daß ich im Grunde nicht wußte, was unter Gerechtigkeit zu verstehen sei. Sie war kein Absolutum. Keine Farbe, kein Mineral, keine Spezies. Gerechtigkeit ist ein von Menschen erdachtes Konzept (Was wissen Tiere von Gerechtigkeit?) und mithin den Launen und Widersprüchen menschlicher Hoffnungen unterworfen. Wie kann man Gerechtigket definieren? Ich sah darin jetzt einen fortdauernden Kompromiß, beeinflußt durch die Umstände.

Aus mir wäre kein brauchbarer Richter geworden.

Der forsche Schritt, den ich vorlegte, brachte meine Lebensgeister zurück. Bewegung und frische Luft vertrieben die Spinnweben aus meinem Hirn. Als ich das Büro betrat, war ich mit mir ins reine gekommen. Zwar verspürte ich noch ein gewisses Bedauern, doch keine Schuldgefühle mehr. Ich vermutete, daß ich nach einigen Wochen, falls alles glatt lief, stolz sein würde auf die Rolle, die ich dabei gespielt hatte, den Reverend Godfrey Knurr der Gerechtigkeit zu überantworten, wie immer die nun auch beschaffen sein mochte.

Mrs. Gertrude Kletz hatte mir ein Häufchen Anforderungen auf neue Ermittlungen säuberlich auf dem Tisch aufgebaut, und ich machte mich entschlossen an die Arbeit, schlug mir die Fälle Kipper und Stonehouse aus dem Sinn und widmete mich den Routineangelegenheiten.

Das ging so den ganzen Nachmittag, nur stand ich gelegentlich vom Schreibtisch auf, um mich zu recken, einen Gang im Korridor zu unternehmen, um die Steifheit in den Knien loszuwerden. Ich schaffte ein beachtliches Pensum; die Routinesachen waren fast gänzlich erledigt, und ich stellte eine Liste derjenigen Aufträge zusammen, denen ich mich selber eingehend widmen mußte. Ich bezwang die Versuchung, Percy Stilton anzurufen bis gegen 17 Uhr, erhielt dann aber die Auskunft, er sei »in einer Besprechung«, und könne nicht ans Telefon kommen, woraus ich schloß, daß die Vernehmung von Tippi Kipper noch andauerte.

Ich legte die Akten Kipper und Stonehouse in den Schrank und leerte meine Aktenmappe. Sie war wirklich so schäbig, daß ich mir eine neue würde anschaffen müssen. Womöglich ein Attachéköfferchen, das was hermachte. Allerdings hatte ich die abgewetzte Mappe von Roscoe Dollworth übernommen und schrieb ihr magische Eigenschaften zu: sie brachte mir Glück und hinderte mich an Übereiltheiten.

Um 17 Uhr 50 verließ ich das Haus und vergaß auch nicht, den roten Drachen samt Schnur mitzunehmen. Am Broadway bestieg ich einen Bus, der mich zur West 23. Street brachte, wo ich *Woodys Restaurant* betrat, wobei ich mich zu erinnern suchte, wann ich zuletzt anständig gegessen hatte.

Nitchy war an ihrem üblichen Platz und sah heute auf ihre zigeunerhafte Weise besonders attraktiv aus. Ich sagte ihr das, und sie streichelte leicht meine Wange.

»Auch heute abend ohne Prinzessin, Josh?« fragte sie.

»Heute abend noch.« Ich lächelte müde.

Sie begriff wohl, in was für einer Stimmung ich war, denn sie wies mir einen ruhigen Ecktisch an und ließ mich allein. Ich trank zwei Scotch, aß ein Steak, eine gebackene Kartoffel, grüne Bohnen und Salat. Dazu trank ich Bier, hinterher Kaffee und Cognac. Danach fühlte ich mich recht behaglich, wenn auch etwas gedämpft und nachdenklich. Ich brachte den Drachen in die Wohnung und stellte mich aufs Warten ein. Ein Versuch zu lesen scheiterte; ich hielt mein Exemplar des *Silas Marner* auf dem Schoß, ohne hineinzusehen; statt dessen starrte ich in den Kamin und bemühte mich, Ordnung in die Vorfälle der vergangenen Monate zu bringen.

Bedeutende Resultate erzielte ich dabei nicht, große Erleuchtungen blieben aus. Ich suchte zu verstehen, welche Motive, welche Leidenschaften augenscheinlich vernunftbegabte Männer und Frauen dazu bringen konnten, Morde zu begehen, und es gelang mir nicht. Das lag offenbar an mir – ich war nicht emotional genug veranlagt, um nachzuvollziehen, wie Menschen von heftigerem Temperament und stärkeren Begierden dazu getrieben werden mochten, zu töten.

Schließlich war ich ein sehr maßvoller kleiner Mann, der sich ohne große Mühe beherrschen konnte und zur Reflexion neigte. In meinem Leben gab es nichts Dramatisches, abgesehen von dem, was andere hineinbrachten. Es kam mir ganz unglaubhaft vor, daß ich in einer Welt überleben konnte, die von wilden Begierden und unersättlichen Wünschen beherrscht wurde. Als das Telefon um 20 Uhr 20 klingelte, sprang ich nicht etwa auf, sondern ging gemächlich an den Apparat. Mag sein, ich fürchtete mich vor dem, was ich jetzt hören sollte.

»Josh?« Das war Stilton.

»Ja.«

»Percy hier. Sie hat ausgepackt. Gründlich. Alles hat sich so abgespielt, wie Sie vermuteten. Wie Knurr die Tat begangen hat, weiß sie nicht – ob mit einem Karateschlag oder einem Gegenstand. Sie hat ihn nicht danach gefragt, wollte es nicht wissen. Das gleiche im Falle

Reape samt Witwe. Knurr sagte ihr bloß, sie solle sich deshalb nicht den Kopf zerbrechen, er werde schon alles erledigen.«

»Das hat er ja auch getan.«

»Ja. Mann, ich bin erledigt. Aber immerhin, wir können jetzt zugreifen. Unsere Leute suchen in Stonehouses Wohnung nach dem Testament. Auch Knurrs Laden im Village wird durchsucht, und sein Hausboot steht unter Beobachtung. Das Kippersche Haus wird ebenfalls noch mal vorgenommen, obwohl ich nicht glaube, daß da was zu finden ist. Aber wissen kann man's nicht.«

»Keine Haare, kein Staub, keine Tabakskrümel?«

»Na, hören Sie mal«, lachte Stilton, »Sie wissen doch, daß das alles bloß so dahergeredet war.«

»Ja.«

»Wir haben jedenfalls eine Handvoll Haftbefehle. Lou und ich wollen jetzt zum Hausboot fahren. Haben Sie Lust, mitzukommen?«

Jetzt wurde ich munter.

»Auf jeden Fall!«

»Dann holen wir Sie ab. Und Josh, tun Sie mir einen Gefallen: wir sind halb verhungert, besorgen Sie ein paar Sandwiches und ein halbesdutzend Dosen Bier.«

»Was wollen Sie für welche?«

»Egal. Wir zahlen.«

»Unsinn, das zahlen Tabatchnik, Orsini, Reilly und Teitelbaum.«

»Wirklich?«

»Unbedingt.«

»Wir kommen in einer halben Stunde vorbei.«

Ich besorgte die Sandwiches und stand wartend auf der Straße. Der blaue Plymouth hielt, Lou am Steuer. Ich kletterte auf den Hintersitz und reichte Stilton die Tüte mit den Sandwiches nach vorn.

»Aus einem Delikatessenladen auf der 10. Avenue«, sagte ich. »Roastbeef mit Mayonnaise und Bologneser

Wurst mit Senf. Zwei von jeder Sorte. Und Bier. Reicht das?«

»Plasma«, ächzte Lou, »pures Plasma.«

Sie langten in die Tüte, öffneten die Bierdosen. Percy wandte sich beim Essen zu mir um.

»Das Testament von Stonehouse haben wir gefunden. Jetzt werden die Sachen von Glynis durchsucht. Sie war nicht da, angeblich ist sie zu einer Matinee gegangen. Wahrscheinlich hat sie sich mit Knurr verabredet. Von beiden ist bislang nichts zu sehen. Schnappen wir sie nicht bis Mitternacht, wird die Fahndung eingeleitet.«

»Und Knurrs Club auf der Carmine Street?« fragte ich.

»Klar. Da haben sie schon einen Haufen Bankauszüge gefunden. Denen zufolge ging es ihm prächtig. Eine glatte halbe Million hat er eingesackt. Wie finden Sie das?«

»Nicht zu glauben.«

»Nun ja«, nuschelte Lou und biß in eine Sandwichhälfte, »er war ein fleißiger Mann.«

»Und was ist mit dem Gästebuch von Chester Himmel?«

»Haben wir auch. Außerdem sämtliche Briefchen, die Sol Kipper seiner Frau geschrieben hat, eine ganze Sammlung. Der Staatsanwalt möchte übrigens alle Dokumente, die Sie noch in Besitz haben. Montagvormittag reicht.«

»Hat Tippi Kipper schon einen Anwalt?«

»Jetzt ja. Aber keinen aus eurem Laden, sondern einen ganz gerissenen Strafverteidiger. Der verhandelt gerade mit den Leuten im Büro des Staatsanwaltes. Die machen da einen richtigen Kuhhandel, und man hört sie bis auf den Korridor brüllen.«

»Glauben Sie wirklich, daß Tippi davonkommt?«

»Vermutlich.« Das interessierte ihn offenbar nicht mehr. Dann sah er mich aber scharf an und setzte hinzu: »Josh, so was passiert immerzu. Der eine gibt ein bißchen, dafür bekommt er ein bißchen von der anderen Seite. So funktioniert das System nun mal.«

Sie waren unterdessen mit den Sandwiches und mit vier Dosen Bier fertig.

»Ganz köstlich«, sagte Lou und wischte den Schnauzer mit einer Papierserviette ab, »jetzt fühle ich mich zu weiteren Taten aufgelegt. Tausend Dank, Freund.«

»Wir fahren jetzt zum Liegeplatz«, sagte Stilton. »Für das Hausboot haben wir einen Durchsuchungsbefehl. Ein ziviler Streifenwagen mit zwei Mann steht auf dem Riverside Drive an der 79. Straße, und ein Mann ist nahe dem Steg postiert. Wir drei gehen ins Boot. Verbindung halten wir durch Funksprechgerät. Vorausgesetzt, die Dinger funktionieren.«

»Tun sie bestimmt nicht«, sagte Lou gleichmütig. »Also dann ab dafür.«

Wir fuhren auf der 10. Avenue Richtung Norden, rüber zur Amsterdamer Avenue und bogen in die 79. Straße ein. Die beiden Kriminalbeamten unterhielten sich ausschließlich über Baseball. Ich schwieg.

Den Wagen ließen wir vor einer Bushaltestelle unweit der West End Avenue stehen und stiegen aus, Percy und Lou mit den Funkgeräten versehen. Sie blickten sich nicht nach dem Streifenwagen um. Wir gingen quer durch die Anlagen, auf einem ziemlich morastigen Weg, und erreichten bald den gepflasterten Teil und die Rotunde.

Um diese Stunde wirkte sie gespenstisch und erinnerte mich wieder an eine archäologische Ausgrabungsstätte: geborstene Säulen, rissige Fundamente, der düstere Bogengang, der zum schmutzigbraunen Fluß führte. Alles im Zustand des Zerfalls und besprüht mit Graffiti. Risse im Mauerwerk. Eine zerfallende Welt.

Wir schritten die Stufen zur Uferpromenade hinab, sahen späte Jogger, eingemummelte Pärchen, einsame Schwule auf den Bänken, einen älteren Mann, der seinen Airdale springen ließ, Rollschuhläufer, die ihre Künste vollführten, etliche Radfahrer. Nicht gerade eine Menschenmenge, aber auch nicht einsam.

Stilton rüttelte am Tor zum Liegeplatz, und er und Lou wiesen sich aus, als der Wächter kam. Stilton hielt dem Mann den Durchsuchungsbefehl durchs Gitter unter die Nase. Wir wurden eingelassen, und der Mann zeigte auf Knurrs Boot unweit des Zugangs. Wir gingen über die schwimmenden Stege, die unter unseren Schritten schwankten.

»Hier irgendwo haben Sie einen Mann postiert?« fragte ich Stilton ängstlich. Der lachte.

»Der Mann mit dem Hund«, erklärte Lou.

»Al Irving«, erläuterte Stilton. »Wenn der jemand beschatten muß, schleppt er seinen Köter immer mit. Wer hält schon einen Spaziergänger mit Hund für einen Bullen? Der Hund hat sich schon unzählige Male bewährt.«

Nun traten wir auf das Deck von Knurrs Boot. Ein starkes Stromkabel führte zu einem Anschlußkasten auf dem Steg. Die Schiebetüren im Cockpit waren verschlossen, und Lou warf einen Blick darauf.

«Kleinigkeit«, sagte er.

Er nahm ein Lederetui mit Nachschlüsseln aus der Tasche, fummelte einen Moment am Schloß, schob dann die Tür auf und winkte uns, einzutreten. »Willkommen an Bord«, sagte er dabei.

Mir fiel aber auf, daß er die Jacke aufgeknöpft hatte und die Hand am Pistolenfutteral hiclt. Stilton ging voran, in der Hand den Revolver. Er fand den Lichtschalter, und es wurde hell.

»Wunderhübsch«, sagte er, und das war es in der Tat. Wir sahen uns um. Sessel, Tische, Sofas, Gardinen und Polster in heiterem Stoff. Reichlich Stehhöhe. Überall elektrisches Licht. Badewanne samt Dusche. Heißwasserboiler. Toilette. Eingebaute Schränke. Der Boden mit Teppich ausgelegt. Betten. Waschbecken. Größer als meine Wohnung und weit luxuriöser. Ein schwimmendes Zuhause.

Wir durchsuchten das Boot, betrachteten die beiden Motoren, die Lenzpumpe, kletterten aufs Sonnendeck, bewunderten die große Kajüte unter dem Vorschiff und die Instrumente im Ruderhaus. Schließlich kamen wir in die Kombüse, die mit einem Elektroherd ausgerüstet war und mit einem großen Kühlschrank.

Und mit einer riesigen Gefriertruhe, die waagerecht stand. Die gehörte hier offensichtlich nicht her, war in eine Ecke geschoben worden, eingeklemmt zwischen die Decksbalken und den Kühlschrank. Der Deckel war mit einem billigen Vorhängeschloß gesichert.

Die beiden Kriminalbeamten tauschten einen Blick.

»Willst du wetten?« fragte Lou.

»Keine Wette«, lehnte Percy ab.

Lou betrachtete das Schloß. »Direkt von Woolworth. Im Maschinenraum ist Werkzeug.«

Wir warteten schweigend, bis Lou gleich darauf mit einem kleinen Stemmeisen zurückkam. Damit hatte er das Schloß im Nu geöffnet. Metall knirschte. »Bitte nach Ihnen«, sagte Lou einladend zu Stilton und trat beiseite. Stilton öffnete den Deckel der Gefriertruhe, und Lou und ich traten herzu. Da war er, eingewickelt in eine große Plastikhülle, wie sie von chemischen Reinigungen benützt wird. Ich entzifferte die Warnung DIES IST KEIN SPIELZEUG.

Man hatte ihn da hineingezwängt, die Knie angezogen, die Arme angewinkelt. Um den Kopf war die Plastikhülle festgefroren. Ich sah undeutlich sein Gesicht, knochig, mager, mürrisch.

Stilton tippte an seinen Hut: »Professor Stonehouse, nehme ich an.«

»Mach den verfluchten Deckel zu, bevor er auftaut«, sagte Lou.

Ich wandte mich ab und kämpfte gegen einen Brechreiz. Percy versuchte, mit seinem Sprechgerät Kontakt zu seinen Kollegen aufzunehmen, doch bekam er nichts als knatternden Wellensalat.

»Scheiße«, sagte er

»Sag ich doch«, meinte Lou. »Die Dinger sind prima, solange man sie nicht benutzen muß.«

Wir überlegten, wer von uns zum nächsten Telefon gehen sollte, als wir Schritte auf Deck hörten und fühlten, wie das Boot leicht schwankte. Ehe ich mich besinnen konnte, kauerten die beiden Kriminalbeamten mit gezogener Waffe an der Kombüsentür, und Stilton zischte mir zu: »Runter, Josh!«

Ich ließ mich auf alle viere nahe der scheußlichen Gefriertruhe nieder. Percy lugte um die Tür herum, lächelte, stand auf und winkte auch uns, aufzustehen.

»Hier sind wir«, rief er jemand zu, den wir nicht sehen konnten. Glynis Stonehouse kam langsam herein, sie trug ihren langen Pelz, die Kapuze zurückgeschlagen, und hinter ihr erschien der Reverend Godfrey Knurr, gekleidet wie ein Dandy: maßgeschneiderter Überrock, Hemd mit breitem Kragen, eine Brokatkravatte zum Windsorknoten geknüpft, schwarze Melone keß auf dem Kopf.

Und hinter den beiden Al Irving, breit grinsend, den Airdale an der Leine. In der anderen Hand einen kurzläufigen Revolver. Der Hund knurrte.

»Seht mal, wen ich hier habe«, sagte Irving. »Liefen mir genau in die Arme. Ich wollte euch rufen, aber diese Funksprechgeräte taugen nichts.«

»Und darf ich fragen, was dies alles bedeuten soll?« donnerte Godfrey Knurr uns an.

Für diese seine melodramatische, ungemein banale Äußerung schämte ich mich in Grund und Boden.

Stilton grinste ihn an, ging mit zwei langen Schritten zur Gefriertruhe und öffnete den Deckel.

»Und darf ich fragen, was *dies* bedeuten soll?«

Da hatte nun niemand etwas zu sagen. Wir standen alle reglos, es war wie auf der Bühne. Wir stierten einander an. Daß Glynis Stonehouse betroffen war, merkte man nur daran, daß sie erbleichte. Ihre Hände zitterten nicht, ihr Blick war fest und kühl. Konnte denn nichts sie um ihre Fassung bringen? Da stand sie, hoch aufgerichtet, distanziert, als gehe sie das nichts an, und da lag ihr Vater eingewickelt in Plastik, tiefgefroren, ein Paket Fleisch wie aus dem Supermarkt, aber sie blieb ungerührt, betrachtete uns alle mit befremdlicher Herablassung. Godfrey Knurr hingegen schien mehr zu empfinden oder mindestens tat er so. Seine Augen waren unstet, sein Mund bewegte sich lautlos. Er zupfte nervös an den Knöpfen seines Überrockes. Er sackte etwas zusammen, so daß er gekrümmt wirkte, angespannt und bebend, ähnlich einem Menschenaffen.

Und sein Blick blieb auf mir haften – empört, wütend. Er sah mich von oben bis unten an, konnte nicht fassen, daß ein solcher Wicht wie ich seinen Ruin herbeigeführt haben sollte. Er gab so etwas wie ein Ächzen von sich, aber das war mehr Protest, ein Laut, der ausdrückte: »Das dürft ihr mir doch nicht antun!«

Nun sagte er heiser: »Joshua, Sie sollen wissen . . .«

Keiner von uns regte sich, wir alle warteten gespannt darauf, was er mir zu sagen haben könnte.

Er war so schnell, schnell wie der Blitz.

Er wirbelte auf dem linken Absatz herum und traf mit der Handkante der Unterarm von Al Irving. Wir hörten alle, wie der Knochen knackte. Der Revolver fiel zu Boden. Knurr brach mit Schultern und Ellenbogen zwischen Lou und Glynis durch, war schon in der Kajüte und rannte wie der Teufel.

Als erster faßte sich Stilton. »Achte auf die Frau!« rief er Lou zu und setzte Knurr nach. Ich hinterher.

Knurr sauste den Steg entlang, der unter seinem Stampfen ins Schaukeln geriet. Ein junges Paar kam ihm entgegen, schwatzend und lachend; er rannte sie über den Haufen und stieß sie ins Wasser.

Stilton und ich wetzten hinter ihm her. Warum ich mich an der Jagd beteiligte, wußte ich nicht, nur allein lassen wollte ich Percy nicht. Knurr brach durch das Gittertor und wandte sich den Stufen zur Rotunda zu.

Stilton hatte den Revolver in der Hand, es waren aber Leute auf der Promenade, Spaziergänger und Radfahrer. Sie rannten beiseite, als sie uns kommen sahen, aber Percy wollte keinen Schuß riskieren.

Knurr nahm die Treppe, zwei Stufen auf einmal. Ich erinnere mich, daß er den Hut verlor, der uns entgegenrollte. Nun nahmen auch wir keuchend die Stufen. Ich hielt mich für flink, doch war Percy schneller, er holte Knurr allmählich ein, und ich fiel zurück.

Dann rannten wir alle drei durch den hallenden Bogengang, eine Krypta. Zwei Fußgänger, die uns hörten und sahen, preßten sich entsetzt gegen die Mauer. Wir erreichten die Rotunda. Knurr wandte sich nach links, immer noch aus Leibeskräften laufend; er hoffte, hier den Ausgang zu finden. Der aufgeknöpfte Überrock umflatterte ihn. Jetzt hatte Percy freies Schußfeld. Er blieb stehen, ging in die Hocke, umklammerte den Revolver mit beiden Händen, hielt die Arme ausgestreckt, die Ellenbogen angewinkelt.

»Stehenbleiben!« schrie er.

Knurr umrundete ganz überraschend das Becken und kam auf uns zu. Sein Haar flatterte wild, das bärtige Gesicht war zu einer Grimasse verzerrt, mörderische Wut malte sich auf seinen Zügen.

»Ha!« brüllte er, hob einen Arm zur klassischen Karatehaltung, Finger geschlossen, die Handkante ein Hackmesser.

»Ach, du großer Gott«, sagte Stilton angewidert, zielte sorgfältig und schoß dem Reverend Godfrey Knurr ins rechte Bein. Ich sah das schwere Geschoß das Hosenbein kurz über dem Knie durchschlagen.

Der Einschuß warf Knurr herum. Er vollführte eine anmutige Drehung wie ein Ballettänzer, die Arme weit ausgebreitet, einen erstaunten Ausdruck in den verzerrten Zügen. Die Wucht des Einschlages und sein eigener Schwung bewirkten, daß er sich einmal ganz um sich selber drehte. Dann fiel er rücklings über den Beckenrand, und man hörte seinen Schädel auf Beton prallen. Die Beine hingen über den Rand, Kopf und Oberkörper lagen im Becken.

Wir näherten uns ihm behutsam, Stilton mit schußbereitem Revolver. Knurr blutete aus der Beinwunde und aus einer am Schädel. Er blickte benommen zu uns auf.

»Idiot!« brüllte Stilton ihn an, »Sie gottverdammter Idiot!«

Knurrs Blick wurde wieder klar, und seine Augen funkelten mich an. Ich wandte mich ab, tat ein paar Schritte beiseite, lehnte mich mit der Stirne an eine der geborstenen Säulen.

Percy kam nach einem Weilchen zu mir und legte den Arm um mich.

»Er war kein guter Mensch, Josh . . .«

»Ich weiß«, sagte ich, »und doch . . .«

8 In unserem Haus wurde wieder eine Party gegeben. Die letzte hatte allen solchen Spaß gemacht, daß sie unbedingt wieder eine veranstalten wollten.

Und es wurde eine wunderschöne Party. Selbstverständlich waren alle Mieter da, außerdem Freunde von Madame Kadinsky, lauter Musikmenschen, die einen Höllenlärm vollführten. Kapitän Bramwell Shanks hatte ehemalige Kollegen aus seiner Fährbootzeit eingeladen, streitsüchtige alte Seebären, die an zwei Tischen Karten spielten, aßen und tranken. Als ich dazukam, war die Party schon in vollem Gange. Im letzten Moment hatte ich noch eine große Schachtel Pralinen für Mrs. Hufnagel besorgt und bekam zum Dank einen Kuß auf die Wange. Madame Kadinsky wollte mich unbedingt allen ihren Bekannten vorstellen, deren Namen ich nicht behalten habe – sie schienen aus lauter Konsonanten zu bestehen.

Ich suchte Cleo vergeblich im Wohnzimmer und sah sie, als ich mich endlich losmachen konnte, in der Küche, im Gespräch mit Adolph Finkel. Genauer gesagt, er redete auf sie ein, und sie hörte zu, einen etwas verwirrten Ausdruck im Gesicht. Beide tranken Wein aus Pappbechern. Ich beobachtete sie ein Weilchen, bevor ich hinzutrat. Sie wirkte so rein auf mich, nicht nur körperlich sauber, sondern rein. Völlig arglos und unschuldig. Unberührt von Gewalt und Übel. Ich konnte mir nicht vorstellen, daß sie je aus Bosheit oder Haß, Gier oder Neid handeln würde. Sie trug ein loses Hemdkleid aus einer Art grün bedrucktem Musselin, hatte kein Make-up aufgelegt, ihr Gesicht war ganz klar und gelassen. Wie nur hatte ich je übersehen können, daß sie schön war? Diese hohe edle Stirn, die liebreizenden braunen Augen, die Nase ein Traum, die Lippen fein geschnitten. Ihre Zähne waren nicht zu groß, standen nicht vor, nein, es waren blinkende Juwelen. Das kastanienfarbene Haar fiel locker und frei und glänzte, und als ich an den schlanken geschmeidigen Leib dachte, nun verborgen in dem weit fallenden Gewand, fühlte ich, wie mir das Blut zu Kopfe stieg, wie mir die Luft wegblieb, meine Knie weich wurden. Ich wartete, bis ich wieder normal atmen konnte und ging in die Küche. Cleo sah mich kommen, ihre Augen weiteten sich, ihre Züge belebten sich, sie glühte.

»Josh, wo hast du denn nur gesteckt!« rief sie.

»Ich war verreist. Wie geht es dir, Cleo? Nett, Sie wieder mal zu sehen, Finkel.«

»Big«, sagte er nur.

Cleo erzählte, daß alle in Sorge um mich gewesen seien, weil niemand mich seit Donnerstagvormittag gesehen oder gehört hatte; man fürchtete bereits, es sei mir etwas zugestoßen.

Ich versicherte ihr, es gehe mir gut, und ich habe ihr

eine Menge zu erzählen, Dinge, über die wir auch schon zuvor gesprochen hätten. Adolph Finkel hörte dieses vertrauliche Gespräch sichtlich mit Unbehagen, seine bleichen Züge wurden trüber und trüber, Ich fürchtete schon, Tränen in diesen schwachen Augen zu sehen. Er sah maushafter aus denn je, das stumpfe Haar nachlässig gekämmt, sein Unglückslächeln ließ verfärbte Zähne sehen wie kleine Grabsteine.

»Also Big«, unterbrach er plötzlich, »ich sehe schon, der bessere Mann hat gewonnen.«

Er trank den Becher leer, bedachte uns mit einem märtyrerhaften Blick, für den ich ihn am liebsten ans Schienbein getreten hätte, und schlurfte mit hängenden Schultern hinaus. Wir schauten ihm verblüfft nach. Ich wandte mich an Cleo.

»Der bessere Mann . . .?« Und dachte an Hamish Hooper und Yetta Apatoff. Aber dann mußten wir beide kichern und steckten die Köpfe zusammen.

»Können wir uns hier nicht verdrücken?« fragte ich. »Ich habe dir wirklich eine Masse zu erzählen.«

Sie schaute mich fest an.

»Wo willst du hin?«

Ich holte tief Luft.

»Auf der 23. Straße gibt es ein sehr nettes Restaurant«, sagte ich leichthin. »Woodys. Es hat auch sonntags geöffnet, und man ißt da sehr gut. Ich kenne die Wirtin. Wir können essen und Wein aus richtigen Gläsern trinken.«

»Und du willst wirklich mit mir ausgehen?« Immer noch ließ sie mich nicht aus den Augen. Sie wußte, daß ich mich gefürchtet hatte, mit ihr zusammen gesehen zu werden – des Größenunterschiedes wegen.

»Unbedingt«, sagte ich fest.

»Und ich komme mit größtem Vergnügen mit dir zu Woodys«, lächelte sie.

Ich ging in den Flur, nahm Hut und Mantel und wartete auf Cleo. Sie kam gleich darauf in Mantel und Mütze, und wir gingen los.

Der Tag war klar und hell gewesen, von Sonnenschein durchflutet, doch ging jetzt ein scharfer Wind, der an unseren Mänteln riß, uns das Blut in die Wangen trieb. Cleo hängte sich bei mir ein, und ich beobachtete argwöhnisch die Passanten – würden sie über diese große schlanke Person mit dem Wichtelmann am Arm lachen?

Nichts dergleichen. Man beachtete uns gar nicht, und nach einer Weile war es mir egal, wer was denken mochte.

»Ich habe den Drachen mitgebracht«, eröffnete ich Cleo. »Und die Schnur. Und die Spule.«

»Heute ist es zu windig, wir lassen ihn ein andermal steigen.«

»Bestimmt.«

Wir hängten unsere Sachen an die Garderobe gleich beim Eingang, und schon kam Nitchy aus dem hinteren Teil des Restaurants.

»Nitchy, dies ist Cleo. Cleo, Nitchy ist eine gute Freundin von mir.«

Die beiden Frauen gaben einander die Hand, und Nitchy musterte aufmerksam Cleos Gesicht. Dann wendete sie sich mir zu und legte lächelnd die Hand auf meinen Arm.

»Endlich«, sagte sie.

Roman

Als Band mit der Bestellnummer 10 443 erschien:

Lawrence Sanders

DAS SECHSTE GEBOT

Aus Ehrgeiz und Eifersucht wird ein renommierter Wissenschaftler fast zum perfekten Verbrecher.
Samuel Todd soll im Auftrag der Bingham Foundation Dr. Thorndecker, den Leiter des Sanatoriums Crittenden Hall, auf Förderungswürdigkeit überprüfen. Er sieht sich sogleich mit schwierigen Problemen konfrontiert: Warum arbeitet Dr. Thorndecker wie besessen an seinem Vorhaben, das menschliche Leben entscheidend zu verlängern? Warum unternimmt er nichts, als ihn seine junge, hübsche Frau mit einem Polizisten betrügt? Und warum findet auf Crittenden Hall um Mitternacht eine Beerdigung statt?
Bevor Samuel Todd auch nur eine vage Antwort auf diese Fragen findet, nimmt das Geschehen eine dramatische Wende.